J.D. Barker
The Fourth Monkey
Das Mädchen im Eis

J.D. BARKER

DAS
MÄDCHEN
IM EIS
THE FOURTH MONKEY

THRILLER

Deutsch von Leena Flegler

blanvalet

Die Originalausgabe erschien 2018 unter dem Titel
»The Fifth to Die« bei Houghton, Mifflin, Harcourt, New York.

Das Zitat aus dem Gedicht »Der Tod« von Emily Dickinson auf
S. 350, 396/397, 508 stammt aus »Gesammelte Werke in
fünf Bänden. Band 5: Übertragungen« übersetzt von Paul Celan,
Suhrkamp Verlag, Frankfurt am Main, 1983.

Das Zitat aus dem Gedicht »Willst du ein Sinnbild wissen« von
Han Shan auf S. 350, 397, 508 stammt aus »Gedichte vom Kalten
Berg. Das Lob des Lebens im Geist des Zen« übersetzt von
Stephan Schuhmacher, Arbor Verlag, Freiburg im Breisgau, 2005.

Das Zitat von Sri Chinmoy auf S. 351,397,509,605 wurde
übersetzt von Leena Flegler.

Verlagsgruppe Random House FSC® N001967

1. Auflage
Taschenbuchausgabe 2020 bei Blanvalet,
einem Unternehmen der Verlagsgruppe Random House GmbH,
Neumarkter Str. 28, 81673 München
Copyright der Originalausgabe © 2018 by J. D. Barker
Copyright der deutschsprachigen Ausgabe © 2019 by
Blanvalet in der Verlagsgruppe Random House GmbH,
Neumarkter Str. 28, 81673 München
Redaktion: Susann Rehlein
Umschlaggestaltung: © www.buerosued.de
Umschlagmotive: © Arcangel Images (Anna Mutwil; Marie Carr)
NG · Herstellung: wag
Satz: KompetenzCenter, Mönchengladbach
Druck und Bindung: GGP Media GmbH, Pößneck
Printed in Germany
ISBN 978-3-7341-0496-1
www.blanvalet.de

Für meinen Vater

1

Porter

Dunkelheit.

Schwarz und zäh waberte sie um ihn herum, schluckte alles Licht und ließ lediglich tintige Leere übrig. Nebel erstickte seine Gedanken – Worte, die entstehen wollten, die einen vollständigen Satz bilden und Sinn ergeben wollten; aber bevor es dazu kam, lösten sie sich auf, waren verschwunden, verdrängt von zunehmender Furcht, von Schwere, als versänke sein Körper in den trüben Tiefen eines vergessenen Gewässers ...

Modriger Geruch.

Schimmel.

Feuchtigkeit.

Sam Porter wollte die Augen aufschlagen.

Musste die Augen aufschlagen.

Aber es ging nicht, sie blieben fest geschlossen.

In seinem Kopf hämmerte es.

Ein pulsierender Schmerz hinter dem rechten Ohr – und in der Schläfe.

»Versuchen Sie, sich nicht zu bewegen, Sam ... wollen doch nicht, dass Sie kotzen müssen.«

Die Stimme kam aus weiter Ferne, war gedämpft, klang bekannt.

Porter lag auf dem Rücken.

Unter den Fingerspitzen kalter Stahl.

Erst jetzt fiel ihm die Injektion wieder ein. Eine Nadel im unteren Nacken, ein Stich, die kalte Flüssigkeit, die unter seiner Haut in den Muskel einschoss, und dann ...

Er zwang seine Augen auf, auch wenn die schweren Lider sich wehrten. Trocken. Brennend.

Er versuchte, sich über die Augen zu reiben, doch sowie er die rechte Hand hob, spannte sich die Fessel um sein Handgelenk und riss die Hand zurück.

Er atmete tief ein und versuchte, sich hochzustemmen. Das Blut rauschte aus seinem Kopf, ihm wurde schwindlig, und fast wäre er rückwärtsgekippt.

»Heee, schön langsam, Sam. Jetzt da Sie wach sind, bauen Sie das Etorphin schneller ab, warten Sie einfach noch kurz.«

Ein Licht ging an, eine gleißende Halogenlampe, die auf sein Gesicht gerichtet war. Porter kniff die Augen zusammen, weigerte sich jedoch wegzusehen, sondern suchte mit dem Blick die fahle, schattenhafte Silhouette, den Mann neben der Lampe.

»Bishop?« Er erkannte seine eigene Stimme kaum wieder. Sie klang wie trockener Kies.

»Wie ist es Ihnen ergangen, Sam?« Der Schatten machte einen Schritt nach rechts, drehte einen leeren Farbeimer um und ließ sich darauf nieder.

»Nimm das Licht aus meinem Gesicht.« Porter zerrte an der Kette, die um sein Handgelenk lag – das andere Ende ratterte über eine dicke Rohrleitung, Wasser, vielleicht auch Gas. »Was soll der Scheiß?«

Anson Bishop streckte sich nach der Lampe und drehte sie leicht nach links. Eine Industrielampe auf einer Art Ständer. Das Licht fiel jetzt auf eine Betonziegelwand, an der ein Stück weiter hinten ein Warmwasserboiler hing. An der Rückwand standen eine alte Waschmaschine und ein Wäschetrockner.

»So besser?«

Porter zerrte an der Kette.

Bishop grinste schief und zuckte mit den Schultern.

Als Porter ihn zuletzt gesehen hatte, war sein dunkles Haar kurz geschoren. Inzwischen war es länger, heller und zerzaust. Außerdem war er unrasiert und trug keinen Anzug mehr, sondern Jeans und einen dunkelgrauen Hoodie.

»Du siehst verlottert aus«, stellte Porter fest.

»Schlechte Zeiten.«

Die Augen hatten sich kein bisschen verändert. Immer noch dieselbe Kälte im Blick.

Augen veränderten sich nie.

Bishop angelte einen kleinen Löffel aus der Gesäßtasche, einen Grapefruit-Löffel, und drehte ihn gedankenverloren zwischen den Fingern, sodass das Licht auf die gezähnte Kante fiel.

Porter sah darüber hinweg. Stattdessen blickte er nach unten und tippte mit dem Zeigefinger auf die Stahlfläche, auf der er saß. »Ist das dieselbe Art Rollbahre, an die du auch Emory gekettet hast?«

»Mehr oder weniger.«

»Konntest wohl kein Feldbett auftreiben?«

»Feldbetten gehen kaputt.«

Unter der Rollbahre sickerte eine dunkelrote Lache hervor, ein Schandfleck auf dem ohnehin schmutzigen Betonboden. Porter kommentierte ihn nicht. Seine Fingerspitzen waren klebrig, seit er die Unterseite der Stahlauflage berührt hatte. Doch auch darüber verlor er kein Wort. An der Wand zu seiner Linken hingen ein paar Regalbretter mit Malerbedarf – Dosen, Pinsel, Abdeckfolie. Über die Decke zogen sich im Abstand von je gut vierzig Zentimetern Holzbalken, die vielleicht fünf Zentimeter breit und fünfzehn Zentimeter tief waren. Dahinter verliefen elektrische Leitungen und Wasserrohre, dazwischen die obligatorischen

Lüftungskanäle. »Das hier ist der Keller eines Wohnhauses, nicht groß, schon etwas älter. Da gleich über dir, das ist ein altes Asbestrohr, insofern würde ich dir empfehlen, es nicht anzuknabbern. Ich nehme an, hier wohnt niemand mehr, weil deine Lampe an einem Verlängerungskabel hängt, das nach oben führt … wahrscheinlich zu irgendeinem Akkupack oder so. Kein Generator – der wäre zu hören. Du hast die Lampe in keine der Steckdosen hier gesteckt, was darauf hindeutet, dass der Strom abgestellt wurde. Außerdem ist es arschkalt. Ich kann meinen Atem sehen, hier wird also wohl kaum geheizt. Auch das lässt auf ein unbewohntes Haus schließen. Riskiert doch niemand, dass ihm die Rohre einfrieren.«

Bishop schien angetan zu sein. Ein feines Lächeln umspielte seine Lippen.

»Von einer Wand zur anderen ist dieses Haus recht schmal«, fuhr Porter fort. »Ich tippe auf ein Shotgun-Haus. Und weil ich schwören könnte, dass du dich von den In-Vierteln fernhältst, wo sie Starbucks haben und Internet und gesuchte Straftäter bei der Polizei melden, sobald sie welche sichten, würde ich jetzt mal vermuten, wir sind hier in der West Side, womöglich irgendwo an der Wood Street. An der Wood stehen jede Menge Häuser leer.«

Mit der freien Hand griff Porter nach der Waffe unter seiner Winterjacke, aber das Holster war leer. Sein Handy war ebenfalls weg.

»Durch und durch Cop.«

Wenn nichts los war, waren es gute fünfzehn Autominuten von der Wood Street zu seiner Wohnung an der Wabash. Porter war nur noch einen Block von zu Hause weg gewesen, als er den Stich im Nacken gespürt hatte. Natürlich war all das reine Spekulation, aber er wollte, dass Bishop sich mit ihm unterhielt. Je mehr er sagte, umso weniger würde er über den Scheißlöffel nachdenken.

Das Hämmern in Porters Schädel hatte sich inzwischen hinter seinem rechten Auge festgesetzt.

»Wollen Sie mir gar nicht erzählen, dass ich mich stellen muss? Und dass Sie mir die Todesstrafe ersparen könnten, wenn ich kooperiere?«

»Nein.«

Bishop lächelte. »He, wollen Sie mal was sehen?«

Am liebsten hätte Porter Nein gesagt, aber es spielte im Grunde keine Rolle, was er sagte. Dieser Mann hatte einen Plan, ein Ziel; ohne verdammt guten Grund ging man das Risiko nicht ein und entführte auf offener Straße einen Ermittler der Chicago Metro.

Sein Schlüsselbund steckte immer noch in seiner rechten Hosentasche. Bishop hatte ihn dort gelassen, als er ihm Waffe und Handy weggenommen hatte. An diesem Schlüsselbund steckte ein Handschellenschlüssel; mit dem konnte man die meisten Handschellen öffnen. Als Porter neu im Polizeidienst gewesen war, hatten sie ihm erklärt, dass derjenige, der einem Tatverdächtigen Handschellen anlege, womöglich nicht derselbe sei, der sie ihm später abnehme. Im Lauf einer Festnahme könne ein Tatverdächtiger durchaus durch zwei, drei Paar Polizistenhände gehen. Daher hatten sie ihnen auch eingebläut, dem Verdächtigen immer die Schlüssel abzunehmen, und zwar *sämtliche* Schlüssel, wenn sie ihn abtasteten. Jeder Kriminelle, der etwas auf sich hielt, besaß einen eigenen Handschellenschlüssel, gerade für den Fall, dass irgendein Polizeifrischling unachtsam war. Irgendwie musste Porter mit der linken Hand den Schlüsselbund in seiner rechten Hosentasche zu fassen kriegen, um die Handschellen aufzuschließen, und das, noch ehe Bishop die fünf Schritte auf ihn zumachen könnte, die sie beide trennten.

Der Mann schien keine Waffe zu tragen, hatte nur den Löffel in der Hand.

»Blick nach vorn, Sam«, sagte er.

Porter drehte sich wieder zu ihm um.

Bishop stand auf und marschierte auf einen Beistelltisch zu, der neben der Waschmaschine stand. Dann kehrte er mit einem Holzkästchen in der Hand, auf dem Porters Glock lag, an seinen Platz zurück. Er legte die Glock neben sich auf den Boden, schnippte mit dem Daumen den Verschluss des Kästchens auf und hob den Deckel an.

Von dem roten Samtfutter starrten sechs Augäpfel zu Porter hoch.

Bishops frühere Opfer.

Porter sah hinunter auf die Pistole.

»Blick nach vorn«, wiederholte Bishop und gluckste leise in sich hinein.

Das hier konnte nicht stimmen. Bishop ging immer nach ein und demselben Muster vor. Er entfernte das Ohr seines Opfers, dann die Augen und anschließend die Zunge und schickte mitsamt einem Briefchen eins nach dem anderen in einer weißen Schachtel mit schwarzer Paketschnur an die Angehörigen. Ohne Ausnahme. Von diesem Muster wich er nicht ab. Er sammelte keine Trophäen. Er war fest davon überzeugt, dass er auf diese Weise die Familie für etwas bestrafte. Eine verquere Art von Selbstjustiz. Er hatte die Augen nicht behalten, er hatte nie …

»Wir fangen besser an.« Beinahe zärtlich fuhr Bishop mit der Hand über den Deckel des Kästchens. Dann stellte er es auf dem Boden neben der Pistole ab und hielt den Löffel ins Licht.

Porter rollte sich von der Bahre und schrie kurz auf, als der Stahl der Handschellen, die ihn unerbittlich an die Rohrleitung fesselten, ihm ins Handgelenk schnitt. Er versuchte, den Schmerz zu ignorieren, schob ungelenk die linke Hand in die rechte Tasche, um an die Schlüssel zu kommen, und kickte gleichzeitig die Bahre in Bishops Richtung. Der wich der Bahre aus und trat, als Porters Fingerkuppen gerade die Schlüssel berührten, gegen dessen linkes Schienbein. Porter krachte zu Boden, die Handschelle am rechten Arm verhakte sich am Rohr und riss ihn so jäh zurück, dass er sich die Schulter auskugelte.

Noch ehe er irgendwie reagieren konnte, spürte er einen weiteren Stich, diesmal im Oberschenkel. Er versuchte, nach unten zu sehen, aber Bishop riss ihm den Kopf an den Haaren zurück.

Sein Blick vernebelte sich. Porter wehrte sich nach Leibeskräften, kämpfte mit aller Macht. Er sah gerade noch, wie der Grapefruit-Löffel sich seinem linken Auge näherte, spürte, wie sich die gezähnte Kante durchs Lidgerüst unterhalb des Augapfels drückte und Bishop ihm den Löffel in die Augenhöhle rammte...

»War sie sexy?«

Porter zuckte auf seinem Sitz zusammen, und der Gurt riss ihn zurück. Er atmete hektisch ein, drehte den Kopf in beide Richtungen, und sein Blick fiel auf Nash, der auf dem Fahrersitz saß. »Was? Wer?«

Nash grinste ihn an. »Die Frau aus deinem Traum. Du hast gestöhnt.«

Sechs Augäpfel.

Immer noch leicht orientierungslos, dämmerte es Porter erst allmählich, dass er auf dem Beifahrersitz von Nashs Chevy saß, einem alten 72er Nova, den dieser sich zwei Monate zuvor gekauft hatte, weil sein geliebter Ford Fiesta um drei Uhr nachts mitten auf der 290 das Zeitliche gesegnet hatte. Da er Porter nicht hatte erreichen können, hatte er die Leitstelle anrufen und darum bitten müssen, dass man ihn abholte.

Porter sah aus dem Fenster. Ein dünner Film aus Straßendreck und Eis verschleierte die Sicht. »Wo sind wir überhaupt?«

»An der Hayes, gleich auf Höhe des Parks«, antwortete Nash und setzte den Blinker. »Vielleicht solltest du diesmal aussetzen ...«

Porter schüttelte den Kopf. »Ich hab alles im Griff.«

Nash bog links in den Jackson Park ab und fuhr über den frisch geräumten Zufahrtsweg. Ihr rot-blaues Blinklicht schien von den Bäumen entlang des Wegs wider. »Es sind gerade mal vier Monate, Sam. Wenn du immer noch Schlafstörungen hast, solltest du vielleicht mal mit jemandem reden. Muss ja nicht ich sein. Oder Clair. Einfach nur ... irgendwer.«

»Ich hab's im Griff«, wiederholte Porter.

Sie kamen an einem verwaisten Baseballfeld vorbei und fuhren dann zwischen kahlen Bäumen hindurch. Vor ihnen blinkten jetzt weitere Lichter, vielleicht ein halbes Dutzend Fahrzeuge, womöglich mehr. Vier Streifen, ein Krankenwagen, ein Gerätewagen der Feuerwehr. Starke Flutlichter waren entlang des Ufers aufgestellt worden, und innerhalb des mit gelbem Polizeiband abgesperrten Areals standen mehrere Propanheizer.

Nash hielt hinter dem Gerätewagen, brachte den Schalthebel in Parkstellung und würgte den Motor ab. Der stotterte noch zweimal und klang, als würde eine finale stellare Fehlzündung folgen, nur um schließlich ein für alle Mal Ruhe zu geben. Porter konnte sehen, wie diverse Officers in ihre Richtung starrten, als sie ausstiegen und in die eisige Winterluft traten.

»Wir hätten auch meinen Wagen nehmen können«, sagte Porter. Seine Stiefel knirschten über den frisch gefallenen Schnee.

Porter besaß einen 2011er Dodge Charger. Die meisten Kollegen nannten den Wagen nur »Porters Midlife-Crisis-Karre«. Der Wagen hatte zwei Jahre zuvor anlässlich seines Fünfzigsten einen Toyota Camry ersetzt. Porters verstorbene

Ehefrau Heather hatte ihm den Sportwagen zum Geburtstag geschenkt, nachdem ihr alter Toyota geknackt und ziemlich ramponiert in einem der weniger polizeifreundlichen Viertel in der South Side stehen gelassen worden war. Porter hatte kein Problem damit zuzugeben, dass auf dem Fahrersitz des Dodge diverse Jährchen von ihm abfielen. Hauptsächlich aber zauberte der Wagen ihm ein Lächeln ins Gesicht.

Heather hatte den Zündschlüssel in seinen Geburtstagskuchen eingebacken, und er hatte sich beinahe einen Zahn daran ausgebissen.

Mit einer Augenbinde hatte sie ihn aus der Wohnung die Stufen hinuntergeführt und vor der Tür *Happy Birthday* gesungen. *American Idol* wäre sie mit ihrer Singstimme wohl kaum geworden.

Wann immer Porter in den Wagen stieg, musste er an sie denken, auch wenn ihn mit der Zeit immer weniger Dinge an sie erinnerten und ihr Gesicht vor seinem inneren Auge zusehends verschwamm.

»Dein Wagen ist Teil des Problems. Wir nehmen immer deinen Wagen, und Connie hier rostet unterdessen in meiner Auffahrt vor sich hin. Jedes Mal, wenn ich sie fahre, weiß ich wieder, dass ich sie endlich ordentlich instand setzen sollte. Und je öfter ich mir das bewusst mache, umso wahrscheinlicher fahr ich sie eines Tages in die Werkstatt und mach mich an die Arbeit.«

»Connie?«

»Ein Auto sollte einen Namen haben.«

»Schwachsinn. Ein Auto sollte keinen Namen haben, und du hast keinen Schimmer, wie man sie … es … restauriert … aber egal. Wenn du mich fragst, hast du dir einen verdammten Schrotthaufen zugelegt – und als du zum ersten Mal im Leben zu einem Schraubenschlüssel gegriffen hast, hast du feststellen müssen, dass du unter gar keinen

Umständen in einer Dreiviertelstunde fertig wärst wie diese Typen aus *Overhaulin'*.«

»Eine Scheißsendung. Die sollten einem echt sagen, wie lang so was wirklich dauert.«

»Zumindest siehst du dir nicht diese Einrichtungssendungen an und meinst, du könntest in deiner Freizeit mal eben auf Immobilienspekulant machen.«

»Auch wieder wahr. Andererseits polieren sie diese Häuser in zweiundzwanzig Minuten auf und verkaufen sie für ein Vermögen«, erwiderte Nash. »Wenn ich das nur mit ein, zwei Häusern mache, könnte ich jemanden bezahlen, der mir den Wagen restauriert. He, da ist Clair ...«

Sie duckten sich unter dem gelben Absperrband hindurch und marschierten auf das Ufer des Haffs zu. Clair stand mit dem Handy am Ohr neben einem der Heizgeräte. Als sie die beiden entdeckte, nickte sie in Richtung Ufersaum, hielt kurz das Mikro ihres Handys zu – »es ist wahrscheinlich Ella Reynolds« –, ehe sie sich wieder ihrem Telefonat widmete.

Porter hätte lieber etwas anderes gehört.

Die fünfzehnjährige Ella Reynolds war drei Wochen zuvor auf dem Heimweg von der Schule in der Nähe des Logan Square verschwunden. Zuletzt war sie gut zwei Blocks von zu Hause entfernt gesehen worden, als sie aus dem Bus gestiegen war. Ihre Eltern hatten sie umgehend als vermisst gemeldet, und über das AMBER-Informationssystem war binnen einer Stunde die Suchmeldung rausgegangen, hatte aber zu nichts geführt. Bei der Polizei war nicht ein einziger brauchbarer Hinweis eingegangen.

Nash steuerte auf das Ufer zu, und Porter lief ihm nach.

Das Haff war zugefroren.

Vier orangefarbene Leitkegel markierten eine Eisfläche direkt am Ufer. Dazwischen bildete gelbes Absperrband ein Rechteck, in dem der Schnee weggefegt worden war.

Vorsichtig setzte Porter den Fuß aufs Eis und lauschte auf ein verräterisches Knacken. Ganz gleich, wie viele Stiefelspuren hier bereits übers Eis führten – jetzt, da er es betreten musste, war er nervös.

Ein paar Schritte, und vor ihm tauchte das Mädchen auf. Über ihr war das Eis durchsichtig wie Glas.

Sie sah mit leerem Blick zu ihm hoch.

Ihre Haut war bleich und leicht bläulich verfärbt – außer rund um die Augen, dort war die Haut dunkellila. Ihre Lippen waren leicht geöffnet, als wollte sie ihm etwas sagen – etwas, was nun nie ausgesprochen würde.

Er ging in die Hocke, um besser sehen zu können.

Sie trug einen roten Mantel, schwarze Jeans, pinkfarbene Sneakers, eine weiße Strickmütze und dazu passende Handschuhe. Die Arme lagen locker an, während die Beine nach unten gesunken waren und im dunklen Wasser verschwanden. Für gewöhnlich quoll ein Körper im Wasser auf, aber bei diesen Temperaturen wurde er durch die Kälte konserviert. Porter mochte sie aufgedunsen lieber. Wenn sie weniger menschlich aussahen, war er weniger emotional bei der Sache.

Dieses Mädchen sah aus wie irgendjemandes Schatz: hilflos, allein, wie unter einem gläsernen Deckel eingeschlafen.

Nash war hinter ihn getreten und ließ den Blick über die Bäume am Ufer schweifen. »Hier hat 1893 die Weltausstellung stattgefunden. Da drüben am anderen Ufer gab es einen Japanischen Garten – dort, wo jetzt dieses Wäldchen steht. Mein Vater war oft mit mir hier, als ich noch klein war. Er meinte, das alles hier ist während des Zweiten Weltkriegs den Bach runtergegangen. Ich glaub, ich hab irgendwo gelesen, dass sie endlich die Mittel beisammenhaben, um ab dem Frühling alles wieder aufzubauen. Siehst du die ganzen markierten Bäume? Die kommen dann weg.«

Porter folgte dem Blick seines Partners. Die Bucht war in

zwei Hälften geteilt, eine östliche und eine westliche, dazwischen lag eine kleine Insel. Und tatsächlich waren diverse Bäume auf Wooded Island mit pinkfarbenen Bändern markiert. Ein paar eingeschneite Bänke standen davor am Ufer.

»Wann friert das hier zu, was meinst du?«

Nash überlegte kurz. »Ende Dezember, Anfang Januar? Warum fragst du?«

»Wenn das hier Ella Reynolds ist, wie ist sie dann unters Eis gekommen? Sie ist vor drei Wochen verschwunden, da war hier längst alles zugefroren.«

Auf seinem Handy rief Nash ein Foto von Ella Reynolds auf und hielt es Porter hin. »Sieht aus wie sie – aber vielleicht ist es ja auch Zufall, und irgendein anderes Mädchen ist hier eingebrochen, als die Eisdecke noch nicht geschlossen war?«

»Sieht allerdings wirklich aus wie sie …«

Clair tauchte neben ihnen auf. Sie pustete sich in die Hände und rieb sie aneinander. »Das am Telefon war Sophie Rodriguez von Missing Children. Ich hab ihr ein Bild geschickt. Sie ist sich ganz sicher: Das da ist Ella Reynolds. Nur die Kleidung stimmt nicht. Sie sagt, Ella hatte einen schwarzen Mantel an, als sie verschwunden ist. Wir haben außerdem drei Zeugen, die sie in einem schwarzen Mantel im Bus gesehen haben, nicht in einem roten. Sophie hat die Mutter des Mädchens angerufen – und die behauptet, ihre Tochter besitzt weder einen roten Mantel noch eine weiße Mütze und weiße Handschuhe.«

»Dann ist das da also ein anderes Mädchen, oder irgendwer hat sie umgezogen«, stellte Porter fest. »Außerdem sind wir gut fünfzehn Meilen von dem Ort entfernt, wo Ella verschwunden ist.«

Clair biss sich auf die Unterlippe. »Die Rechtsmedizin muss sie identifizieren.«

»Wer hat sie überhaupt gefunden?«

Clair zeigte auf einen Streifenwagen, der ein Stück entfernt am Rand des Geländes stand. »Ein Junge und sein Vater – das Kind ist zwölf.« Sie warf einen Blick auf ihre Notizen. »Scott Watts. Ist mit seinem Vater hier rausgekommen, um zu checken, ob das Eis schon hält. Wollten Schlittschuh laufen. Der Vater heißt Brian. Meint, sein Sohn hat den Schnee weggefegt und den Arm entdeckt. Daraufhin hat er den Jungen weggescheucht und selbst noch ein bisschen mehr Schnee entfernt – genug, um zu sehen, dass da ein Mensch liegt. Er hat auch den Notruf gewählt; das ist jetzt rund eine Stunde her. Der Notruf ging um sieben Uhr neunundzwanzig ein. Ich hab sie in die Streife gesetzt, falls ihr mit ihnen reden wollt.«

Porter kratzte mit dem Fingernagel übers Eis, dann musterte er den Ufersaum. Zwei CSI-Kollegen standen ein Stück weiter links und spähten misstrauisch zu ihnen herüber.

»Wer von Ihnen hat das hier freigeräumt?«, rief er.

Die Jüngere der beiden, eine Frau um die dreißig mit einem blonden Kurzhaarschnitt, Brille und einem dicken, pinkfarbenen Mantel, hob die Hand. »Ich, Sir.«

Ihr Partner trat von einem Bein aufs andere. Er war vielleicht fünf Jahre älter als sie. »Ich hab sie angeleitet. Warum?«

»Nash? Gib den mal rüber.« Er zeigte auf einen Besen mit langen weißen Borsten, der auf dem Handkoffer eines der CSI-Beamten lag. Dann winkte er die beiden näher. »Ist schon okay, normalerweise beiße ich nicht.«

Im vergangenen November war Porter frühzeitig aus seiner Zwangspause in den Dienst zurückgekehrt; seine Frau war bei einem Raubüberfall auf einen Supermarkt um die Ecke erschossen worden, und er hatte unbedingt weiterarbeiten wollen, hauptsächlich weil ihn die Arbeit auf andere Gedanken brachte.

In den Tagen unmittelbar nach ihrem Tod hatte er sich zu

Hause verbarrikadiert – und das war für ihn mit am schlimmsten gewesen: Alles um ihn herum hatte ihn an sie erinnert. Sie hatte ihn von Bildern auf nahezu jedem Regal angesehen. Die Luft hatte immer noch nach ihr gerochen; in der ersten Woche hatte er nicht einschlafen können, ohne erst ein paar Kleidungsstücke von ihr auf dem Bett zu verteilen. Er hatte in der gemeinsamen Wohnung gesessen und an nichts anderes mehr denken können als daran, was er mit dem Typen machen würde, der sie umgebracht hatte.

Der Four Monkey Killer hatte letztlich dafür gesorgt, dass er die Wohnung wieder verlassen hatte. Und es war auch 4MK gewesen, der am Mörder von Porters Frau Rache geübt hatte. 4MK war auch der Grund, warum Leute wie die zwei CSI-Kollegen sich in Porters Nähe derart merkwürdig verhielten. Nicht, dass sie eingeschüchtert gewesen wären – eher ehrfürchtig.

Porter war derjenige, der den Four Monkey Killer zu den Ermittlungen hinzugezogen hatte; er hatte den Mann für einen CSI-Neuling gehalten. Er war von 4MK in den eigenen vier Wänden niedergestochen worden. Er war derjenige, der den Serienkiller erst geschnappt und dann wieder laufen gelassen hatte.

Selbst vier Monate später war das noch immer Gesprächsthema. Nur ihm gegenüber wurde es nicht erwähnt.

Die zwei Kollegen kamen näher. Die Frau ging neben ihm in die Hocke.

Mit dem Besen legte Porter ein Stück direkt an der Uferkante und außerhalb der Absperrung frei. Nachdem er den Bereich um gut sechzig Zentimeter vergrößert hatte, warf er den Besen beiseite und fuhr von der Mitte nach außen mit dem Handballen übers Eis. Vielleicht zehn Zentimeter vor der Schneekante hielt er inne. »Hier, fühlen Sie mal.«

Die junge Ermittlerin streifte sich den Handschuh ab und fuhr zögerlich mit den Fingerspitzen über das Eis.

Zwei Fingerbreit neben seiner Hand hielt auch sie inne.

»Spüren Sie das?«

Sie nickte. »Hier ist eine Kante … nicht deutlich, aber da.«

»Fahren Sie einmal komplett herum. Und markieren Sie es.« Er drückte ihr einen Edding in die Hand.

Keine Minute später hatte sie ein ordentliches Rechteck rund um die Leiche gezogen, dazu zwei weitere, kleinere, rund zehn Zentimeter breite Rechtecke zu beiden Seiten.

»Das beantwortet unsere Frage«, sagte Porter.

Nash runzelte die Stirn. »Inwiefern?«

Porter stand auf und half der Kollegin auf die Beine. »Wie heißen Sie?«

»CSI Lindsy Rolfes, Sir.«

»CSI Rolfes, können Sie uns erklären, inwiefern das unsere Frage beantwortet?«

Alarmiert sah sie von Porter hinunter aufs Eis und wieder zurück. Dann dämmerte es ihr. »Das Haff war bereits zugefroren. Irgendjemand hat einen Eisblock herausgeschnitten, vermutlich mit einer Kettensäge, und das Mädchen ins Wasser gelegt. Wenn sie ins Eis eingebrochen wäre, hätten wir es mit einer schartigen, ungleichmäßigen Stelle zu tun statt mit diesem akkuraten Rechteck. Trotzdem ergibt das keinen Sinn …«

»Was?«

»Moment.« Sie zog die Stirn kraus, griff in ihren Koffer, angelte einen kabellosen Bohrer hervor, zog den Bohraufsatz fest und drillte in der Nähe der Leiche zwei Löcher ins Eis: eins außerhalb, eins innerhalb der Linie. Anschließend vermaß sie jeweils die Dicke des Eises bis zur Wasserkante. »Das kapier ich nicht – sie liegt unterhalb der Gefrierlinie.«

»Ich komm nicht mehr mit«, murmelte Clair.

»Er hat das Wasser ausgetauscht«, erklärte Porter, und Rolfes nickte.

»Stimmt, aber warum? Er hätte doch einfach ein Loch sägen, ihre Leiche unters Eis schieben und das Ganze dann auf natürliche Weise wieder zufrieren lassen können. Wär deutlich schneller gegangen und einfacher gewesen. Und so wäre sie verschwunden – womöglich für immer.«

Clair seufzte. »Können Sie das noch mal für all diejenigen erklären, die in der Schule nicht *Eisloch für Anfänger* hatten?«

Porter zeigte auf das Maßband, und Rolfes drückte es ihm in die Hand.

»Das Eis ist hier gut zehn Zentimeter dick. Man kann die Wasserkante hier erkennen.« Er tippte auf eine Markierung auf dem Maßband. »Wenn man aus diesem Eis ein Stück herausschneidet, beträgt die Schnittkante von oben bis zur Wasserlinie zehn Zentimeter. Sagen wir mal, wir legen eine Mädchenleiche in das Loch, sie sinkt, und wir wollen das Loch wieder schließen. Da gibt es nur eine Möglichkeit: Wir müssen warten, bis das Wasser um sie herum gefriert – zumindest ein Stück weit –, und dann füllen wir das Loch mit mehr Wasser bis zur Oberkante auf, um den Höhenunterschied auszugleichen.«

»Das würde Minimum zwei Stunden dauern«, warf Rolfes ein. »Bei den Temperaturen, die wir in letzter Zeit hatten, vielleicht ein bisschen weniger.«

Porter nickte. »Er hat Wasser drübergekippt, bis es die Höhe der Eisschicht drum herum erreicht hatte. Unser unbekannter Täter ist geduldig. Das hat ihn einige Zeit gekostet.« Er drehte sich zu Rolfes' Kollegen um. »Wir brauchen dieses Eis. Alles, was über ihr liegt und mindestens zehn, fünfzehn Zentimeter jenseits dieses Bereichs. Gut möglich, dass da Spurenmaterial mit reingeraten ist, während das Wasser gefroren ist. Unser Täter hat immerhin einige Zeit hier verbracht.«

Der Kollege sah aus, als wollte er etwas einwenden,

nickte dann aber widerwillig. Er ahnte, dass Porter recht hatte.

Porters Blick wanderte erneut zu dem Dickicht am anderen Ufer. »Was ich nur nicht verstehe ... Warum hat der Täter sie nicht einfach dort abgelegt? Eine Leiche hier ans offene Ufer zu schleifen, dann ein Loch ins Eis zu sägen, es wieder aufzufüllen und zu warten, bis es überfroren ist ... Da ist jemand ein enormes Risiko eingegangen. Unser unbekannter Täter hätte sie stattdessen doch einfach über die Brücke tragen und irgendwo da drüben ablegen können. Dort wäre sie bis zum Frühling unentdeckt geblieben – bis die Baumfällarbeiten losgegangen wären. Stattdessen verbringt er hier Stunden, um sie in unmittelbarer Nähe einer verkehrsreichen Stelle im Wasser zu deponieren. Er riskiert, erwischt zu werden. Warum? Um der Illusion willen, dass sie hier deutlich länger gelegen hätte, als es in Wahrheit der Fall war? Er muss davon ausgegangen sein, dass wir es herausfinden.«

»Leichen schwimmen nicht«, warf Nash ein. »Zumindest nicht in den ersten Tagen. Guck sie dir an, sie ist in einem Topzustand. Ich verstehe nicht, warum sie oben schwimmt.«

Porter fuhr mit dem Finger die markierte Kante entlang und hielt an einer der rechteckigen Ergänzungen inne. Dann beugte er sich übers Eis und betrachtete die Leiche von der Seite. »Ich fass es nicht ...«

»Was?« Rolfes kauerte sich daneben.

Auf Höhe der Schulter des Mädchens fuhr Porter über das Eis. Als er fand, wonach er gesucht hatte, zog er Rolfes' Hand an die Stelle. Ihre Finger verschwanden ein Stück im Eis, und sie sah ihn mit großen Augen an. Das Gleiche auf der gegenüberliegenden Seite.

»Er hat verhindert, dass sie untergeht, indem er irgendetwas über das Loch gelegt hat, womöglich ein handelsübliches Kantholz, wenn ich diese Einbuchtungen hier richtig deute. Dann hat er eine Schnur oder ein dünnes Seil unter ihren Schultern durchgezogen und an dem Balken befestigt, während das Wasser gefroren ist. Als er fertig war, hat er das Seil durchgeschnitten. Im Eis kann man noch den Abdruck der Litzen spüren. Und es ist immer noch genug davon da, um sie an der Oberfläche zu halten. Wenn man im richtigen Winkel hinsieht, kann man ein dünnes Seil erkennen.«

»Dann wollte er, dass sie gefunden wird?«, fragte Clair.

»Er wollte irgendeine Wirkung erzeugen, für den Fall, dass sie gefunden wird«, erwiderte Porter. »Er hat sich jedenfalls große Mühe gemacht, alles so hinzudrapieren, dass es aussieht, als wäre sie schon vor Monaten direkt unter der Oberfläche eingefroren, auch wenn sie maximal ein paar Tage hier liegen kann, vielleicht sogar weniger. Wir müssen herausfinden, warum er das gemacht hat.«

»Der Typ spielt ein Spielchen«, stellte CSI Rolfes fest. »Manipuliert den Tatort, um uns irgendeine Geschichte zu erzählen.«

Selbsterhaltung und Angst waren die beiden stärksten menschlichen Antriebskräfte. Porter war sich nicht sicher, ob er jemanden aufspüren wollte, der offenbar keins von beidem aufwies.

»Holt sie raus«, sagte er.

2

Porter

»Soll ich mit hochkommen?«

Sie hatten vor Parkers Haus an der Wabash geparkt. Nash tippte immer wieder aufs Gas, damit Connie nicht absoff. Draußen war es schweinekalt geworden.

Porter schüttelte den Kopf. »Fahr nach Hause und leg die Füße hoch. Wir machen morgen früh weiter.«

Mithilfe von Kettensägen hatten die Techniker einen großen Eisblock rund um das Mädchen ausgeschnitten, ihn dann in handlichere Stücke zerlegt, in Wannen geworfen und zur Analyse ins Labor geschickt. Die Leiche selbst war in die Rechtsmedizin gebracht worden. Porter hatte Tom Eisley angerufen, der sofort zugesagt hatte, gleich in der Früh loszulegen und ihm Bescheid zu geben, sobald sie das Mädchen identifiziert hätten. Als Porter und Nash gefahren waren, hatten die Kollegen immer noch den Park durchkämmt, bis dahin allerdings ohne Ergebnis. Clair hatte sich bereit erklärt zu bleiben und sich die Überwachungsbilder der einzigen Kamera über der Parkzufahrt anzusehen. Nicht, dass sie gewusst hätte, wonach sie suchte, und auch Porter hatte nicht mehr sagen können, als dass Clair nach irgendwelchen Auffälligkeiten innerhalb der letzten drei Wochen Ausschau halten sollte, womöglich vor allem nach Sonnenuntergang. Da schloss der Park, und abgesehen von ein paar vereinzelten Laternen an den zentralen Stellen lag das Gelände im Dunkeln. Rund um das Haff gab es keinerlei fest installiertes Licht. Wer immer also nach Einbruch der Dunkelheit hinein- oder wieder hinausfuhr, fiel auf.

»Noch mal wegen vorhin«, sagte Porter, »im Wagen...«

»Brauchst mir nichts zu erklären«, fiel Nash ihm ins Wort. »Ist schon in Ordnung.«

Porter fuchtelte durch die Luft. »Ich hab in letzter Zeit nicht wahnsinnig viel Schlaf gekriegt... seit Heather gestorben ist. Jedes Mal, wenn ich heimkomme, fühlt sich die Wohnung einfach nur leer an. Ständig rechne ich damit, dass sie aus einem der anderen Zimmer kommt oder mit Einkäufen durch die Tür, aber das passiert nie. Ich will mich nicht umdrehen und sehen, dass ihre Seite des Betts leer ist. Ich will ihre Zahnbürste im Bad nicht sehen, aber wegwerfen kann ich sie doch auch nicht. Oder ihre Klamotten. Nach der ersten Woche hätte ich um ein Haar alles in Kisten verpackt und zur Wohlfahrt gebracht. Ich hab's gerade bis zur ersten Bluse geschafft, dann musste ich aufhören. Sobald ich ihre Sachen in die Hand genommen habe, konnte ich ihren Duft riechen, und es war fast, als wäre sie wieder da, wenn auch nur für einen klitzekleinen Moment. Ich weiß schon, dass ich weitermachen muss, aber ich bin mir nicht sicher, ob ich es schaffe. Oder zumindest schon jetzt...«

Nash drückte ihm die Schulter. »Das schaffst du. Wenn die Zeit reif ist, schaffst du es. Es drängt dich niemand, und du weißt hoffentlich, dass wir für dich da sind. Wann immer du irgendwas brauchst.« Dann fing er an, am Lenkrad zu fummeln und an der Naht im Kunstleder zu zupfen. »Vielleicht könnte es helfen, wenn du umziehst. Dir eine neue Wohnung suchst, noch mal neu anfängst.«

Porter schüttelte den Kopf. »Das kann ich nicht. Die Wohnung ist unser Zuhause.«

»Dann vielleicht Urlaub?«, schlug Nash vor. »Du hast noch jede Menge Resturlaub.«

»Ja, mal sehen.« Porter starrte auf die Fassade seines Wohnhauses.

Er würde nicht ausziehen, nicht in naher Zukunft.

Die Scharniere quietschten, als Porter die Beifahrertür des Chevy aufschob und ausstieg. »Verdammt, ist das kalt!«

»Ist wohl an der Zeit für lange Unterhosen und Whiskey.«

Porter klopfte zweimal aufs Wagendach. »Wenn du ein bisschen Arbeit in dieses Ding investierst, könnte es ein echtes Schätzchen werden.«

Nash bedachte ihn mit einem Lächeln. »Um sieben in der Einsatzzentrale?«

»Ja, sieben ist gut.«

Dann gab er Gas.

Porter sah zu, wie der Wagen die Straße hinunter verschwand. Dann manövrierte er um die gefrorenen Hundehaufen auf der Treppe auf den engen Eingangsbereich des Wohnhauses zu, ging an den Briefkästen vorbei und nahm die Treppe. Aufzüge mied er inzwischen.

Als er die Wohnung betrat, schlugen ihm die Gerüche Dutzender Take-away-Mahlzeiten entgegen. Die schlimmsten Übeltäter – gestapelte Pizzakartons auf dem Küchentisch – rochen nach ranzigem Käse und alter Salami.

Porter hängte seinen Mantel über einen Stuhl, ging weiter ins Schlafzimmer und schaltete das Licht an.

Das Bett mitsamt der zwei Nachttischchen hatte er an die hintere Wand geschoben.

Wo früher das Bett gestanden hatte, klebten jetzt Hunderte Fotos, Notizen, Haftzettel und Zeitungsartikel an der Wand. Ein paar waren über Wollfäden miteinander verbunden, und als ihm die Wolle ausgegangen war, hatte er einfach mit einem schwarzen Filzschreiber weitergemacht.

Das hier war alles, was er über 4MK, Anson Bishop oder Paul Watson – alles ein und dieselbe Person – hatte zusammentragen können: Er hatte Einzelheiten zu Bishops Verbrechen zusammengestellt, sich hauptsächlich aber dafür interessiert, wo Bishop nach seiner Flucht wohl untergetaucht war.

In der Zimmerecke stand am Boden ein Laptop, dessen Bildschirm blau leuchtete. Porter nahm ihn hoch und warf einen Blick auf die Bildschirmanzeige. Er hatte sich Google Alerts eingerichtet (was erstaunlich einfach gewesen war) und verfolgte jede Erwähnung, jeden Artikel, jede vermeintliche Sichtung von Bishop, Watson oder 4MK, die im Internet erwähnt wurde. Die Alert-Meldungen landeten in seinem privaten E-Mail-Account. Auch wenn es manchmal Stunden dauerte – er sah sich jede einzelne Meldung an und vermerkte den erwähnten Ort auf einer großen Weltkarte, die er inmitten all der anderen Informationen an die Wand gepinnt hatte. Inmitten anderer Karten, inmitten Dutzender detaillierter Stadtpläne – Pläne von sämtlichen relevanten Metropolen.

Informationen aus vier langen Monaten.

Die Karte wimmelte von Reißzwecken: Rot stand für eine Sichtung, Blau für den Arbeitsort des Journalisten, der einen Artikel geschrieben hatte, und Gelb für den letzten bekannten Wohnort eines Opfers, das entweder verschwunden oder auf eine Art ermordet worden war, die an die Vorgehensweise von 4MK erinnerte. Nachahmer gab es überall. Auch wenn Chicago bei Weitem die meisten Reißzwecken aufwies, reichten sie bis Brasilien und Moskau.

Porter nahm sich eine gelbe Reißzwecke und markierte im Chicago-Stadtplan das Haff im Jackson Park.

»Ella Reynolds, vermisst seit dem 22. Januar 2015, womöglich am 12. Februar 2015 tot aufgefunden«, murmelte er vor sich hin. Er hatte keinen Grund anzunehmen, dass

4MK hierfür verantwortlich war, aber solange er es nicht ausschließen könnte, würde die Reißzwecke bleiben.

Ihm wurden die Lider schwer.

Er hatte brutale Kopfschmerzen.

Er setzte sich auf den Boden und fing an, die Google Alerts des Tages zu durchforsten, 159 an der Zahl.

Als sein Telefon zwei Stunden später klingelte, dachte er kurz darüber nach, nicht ranzugehen, überlegte es sich dann aber anders. Kein Mensch rief ohne triftigen Grund nachts um halb zwei an.

»Ja, Porter?«

Warum klang seine Stimme mitten in der Nacht eigentlich immer viel lauter?

Erst herrschte Stille in der Leitung. Dann: »Detective? Hier spricht Sophie Rodriguez von Missing Children. Ich habe Ihre Nummer von Clair Norton bekommen.«

»Was kann ich für Sie tun, Ms. Rodriguez?«

Wieder Stille. »Es ist noch ein Mädchen verschwunden. Könnten Sie und Ihr Partner vielleicht hier vorbeikommen?«

3

Porter

»Hier« war eins der für Chicago typischen Kalksteinhäuser in Bronzeville am King Drive.

Rodriguez hatte ihm am Telefon nicht mehr verraten wollen, als dass dieser neuerliche Fall mit dem Leichenfund im Park zusammenhing.

Porter stellte seinen Charger hinter Nashs Chevy ab, kletterte über den Schneehaufen am Straßenrand und lief auf das Eckhaus zu. Zu klopfen brauchte er nicht – ein Kollege in Uniform, der an der Tür stand, hatte ihn bereits erkannt und winkte ihn nach drinnen. Gleich linker Hand im Wohnzimmer saß Nash mit einer Frau, die er nicht kannte; neben Nash stand ein Mann Ende vierzig mit grau meliertem Haar, durchtrainiert, in einem Tweed-Sportsakko und Jeans. Eine zweite Frau – zweifelsohne die Ehefrau – saß auf dem Sofa und zerdrückte ein Papiertaschentuch in der Hand.

Die Frau neben Nash stand sofort auf, als Porter eintrat. »Detective Porter? Ich bin Sophie Rodriguez von Missing Children. Danke, dass Sie gekommen sind. Ich weiß, es ist spät in der Nacht.«

Porter gab ihr die Hand und sah sich um.

Die meisten Häuser des Viertels waren um 1900 entstanden. Dieses hier war mit allerhand Originalbauteilen und Zierelementen restauriert und instand gehalten worden.

Selbst die Teppiche sahen stilecht aus, mussten aber wohl Kopien sein, behutsame Reproduktionen der Originale. Überall Antiquitäten.

Der Mann, der sich gerade noch mit Nash unterhalten hatte, gab ihm die Hand. »Ich bin Dr. Randal Davies, und das ist meine Frau, Grace. Tausend Dank, dass Sie zu so später Stunde gekommen sind.«

Der Mann bot ihm einen Stuhl neben dem Sofa an, doch Porter lehnte ab.

»Ich bin schon zu lange wach, da bleib ich lieber stehen.«

»Kaffee?«

»Gerne. Schwarz, wenn's geht.«

Dr. Davies entschuldigte sich und huschte hinaus auf den Flur.

Porter sah Rodriguez an, die sich wieder auf die Couch gesetzt hatte.

»Mein Büro hat kurz nach Mitternacht einen Anruf von Mrs. Davies erhalten. Ihre Tochter ist nicht nach Hause gekommen«, erklärte Rodriguez.

Mrs. Davies blickte auf. Ihre Augen waren stark gerötet und verquollen. »Lili arbeitet downtown in einer Kunstgalerie. Sie geht immer direkt von der Schule dorthin und ruft sich um elf, wenn die Galerie schließt, eine Uber-Mitfahrgelegenheit. Um halb zwölf ist sie dann zu Hause. Wenn sie sich aus irgendeinem Grund verspätet, schreibt sie mir eine Nachricht – sie weiß, dass ihr Vater und ich uns Sorgen machen, deshalb schreibt sie uns immer. Sie ist eine verantwortungsbewusste junge Frau, und das ist ihr erster Job, und sie weiß, dass wir uns Sorgen machen ...« Sie tupfte sich die Augen mit dem Taschentuch trocken. »Um Viertel vor zwölf hatte ich immer noch nichts von ihr gehört, also hab ich sie angerufen, aber der Anruf landete sofort auf der Mailbox. Dann hab ich die Galerie angerufen und mit ihrer Chefin, Ms. Edwins, gesprochen. Sie meinte, Lili sei heute gar nicht zur Arbeit erschienen. Sie habe ein paarmal versucht, sie zu erreichen, aber da war es das Gleiche: Mailbox. Kein Klingeln, nur die Mailbox. Ich weiß, das bedeutet, das Handy ist ausgeschaltet. Dabei schaltet sie ihr Handy nie aus. Sie weiß, dass ich mir Gedanken mache. Ich hab ihre beste Freundin angerufen, Gabby, und ...«

»Wie heißt Gabby mit Nachnamen?«, unterbrach Porter sie.

»Deegan. Gabrielle Deegan. Die Kontaktdaten habe ich Ihrer Partnerin schon gegeben«, sagte sie mit Blick auf Rodriguez. Porter ließ es dabei bewenden.

»Gabby hat erzählt, dass sie Lili den ganzen Tag nicht gesehen hat. Sie war nicht in der Schule und hat auch nicht auf Nachrichten reagiert. Das sieht Lili nicht ähnlich, müssen Sie wissen – sie ist eine Einserschülerin, hat seit der vierten Klasse, als sie die Windpocken hatte, nicht einen einzigen Schultag verpasst ...« Mrs. Davies hielt inne und sah Porter alarmiert an. »Sie sind der Detective, der ... Oh Gott! Glauben Sie, 4MK hat unsere Tochter entführt? Sind Sie deshalb hier?« Ihre Augen füllten sich mit Tränen.

»Das hier hat nichts mit 4MK zu tun«, erwiderte er, auch wenn er sich nicht sicher war. »Und zum jetzigen Zeitpunkt haben wir keinen Grund anzunehmen, dass jemand Ihre Tochter entführt hat.«

»Sie würde nicht einfach verschwinden.«

Porter versuchte es mit einem Themenwechsel. »Welche Schule besucht sie?«

»Wilcox Academy.«

Dr. Davies war zurück und drückte Porter einen dampfenden Becher Kaffee in die Hand. Dann trat er neben seine Frau ans Sofa. »Ich weiß, was Sie denken, aber wie wir Ihren Kollegen hier schon erzählt haben, hat Lili keinen Freund. Sie würde nie die Schule schwänzen – und erst recht nicht die Arbeit. Sie liebt die Galerie. Irgendwas ist da passiert. Sie hat ›Mein iPhone suchen‹ aktiviert, aber wir können es nicht tracken. Ich hab schon bei Apple angerufen, und die meinen, ihr Handy sei offline. Unsere Tochter würde nie ihr Handy ausschalten.«

Nash räusperte sich. »Mrs. Davies, könnten Sie bitte Detective Porter sagen, was Lili anhatte, als sie zuletzt gesehen wurde?«

Mrs. Davies nickte. »Ihren Lieblingsmantel, einen roten Perro-Parka, eine weiße Mütze, dazu passende Handschuhe, dunkle Jeans. Wenn es so kalt ist, zieht Lili lieber erst auf dem Campus die Schuluniform an. Sie hat noch den Kopf in die Küche gesteckt und Tschüss gesagt, bevor sie zur Schule gefahren ist. In ihrem Lieblingsmantel. Den hat sie bei Barneys gekauft, von ihrem allerersten Gehalt. Darauf ist sie mächtig stolz.«

Rodriguez verzog den Mund.

Porter sagte lieber nichts.

4

Porter

»Wie kann das sein?«

»Wir könnten ihnen ein Foto des Mantels zeigen«, schlug Nash vor.

Porter schüttelte den Kopf. »Wir können ihnen doch nicht das Bild eines toten Mädchens vor die Nase halten.«

Sie standen zu dritt vor dem Haus der Davies. Ihr Atem bildete eisige Wölkchen.

»Dass irgendwer genug Zeit hatte, Lili Davies zu kidnappen, ihre Klamotten Ella Reynolds überzuziehen und die dann unter dem Eis im Park abzulegen, ist ein Ding der Unmöglichkeit. Komplett ausgeschlossen. Das haut einfach nicht hin.« Porter trat von einem Bein aufs andere. Es war zwölf, dreizehn Grad unter null, wenn nicht noch kälter. »Außerdem hieße das doch, dass derjenige tagsüber am Haff gewesen wäre, während der Park geöffnet war. Da wäre er garantiert gesehen worden.«

Nash dachte darüber nach. »Bei diesem Wetter ist im Park kaum was los. Insofern wäre das einzige echte Risiko, die Leiche aus dem Auto ans Ufer zu tragen. Ansonsten müsste man schon verdammt nah danebenstehen, um misstrauisch zu werden. Es hätte doch wahrscheinlich ausgesehen, als wollte irgendein Typ im Haff eisfischen oder so. Wenn er dann auch noch Angelzeug aufgestellt hätte, dann wette ich, er hätte dort den ganzen Tag verbringen können, ohne dass irgendwer genauer hingesehen hätte.«

»Die Logistik mal beiseite«, sagte Rodriguez, »warum sollte jemand so was tun?«

Porter und Nash wechselten einen flüchtigen Blick. Sie wussten beide, dass Serienkiller höchst selten Gründe vorbrachten, die außer für sie selbst Sinn ergaben. Und auch wenn sie zum jetzigen Zeitpunkt bloß ein Opfer hatten – wenn sie das zweite verschwundene Mädchen damit in Verbindung bringen könnten, hätten sie es womöglich wirklich mit einem Serientäter zu tun.

»Kannten sich Ella Reynolds und Lili Davies?«, wollte Porter von Rodriguez wissen.

Sie schüttelte den Kopf. »Ihre Eltern kannten den Namen bloß aus dem Fernsehen.«

»Wir sollten uns mit Lilis Freundin Gabby unterhalten«, schlug Porter vor. »Um wie viel Uhr hat sie sich auf den Schulweg gemacht?«

Rodriguez warf einen Blick in ihre Notizen. »Um Viertel nach sieben.«

Nash kniff die Augen zusammen, um nachzurechnen. »Das macht gerade mal zwölf Stunden ab dem Zeitpunkt von Lilis Verschwinden, bis wir Ella erfroren im Wasser gefunden haben.«

»Da schau einer an, wie er rechnen kann«, gluckste Porter.

»Wenn wir es mit einem Einzeltäter zu tun haben, dann ist er schnell und effizient«, fuhr Nash fort.

Porter wandte sich wieder an Rodriguez. »Sophie, nicht wahr?«

Sie nickte.

»Gehen Sie wieder rein und sehen Sie sich im Zimmer des Mädchens um. Halten Sie Ausschau nach allem, was ungewöhnlich ist. Nehmen Sie sich den Computer vor, checken Sie ihre Mails, gespeicherte Dokumente ... Suchen Sie ein Tagebuch, Fotos ... Wenn Sie irgendetwas finden, rufen Sie an. Finden Sie heraus, wie sie zur Schule kommt. Läuft sie? Fährt sie bei jemandem mit? Zusammen mit anderen Freunden? Allein? Alles verstanden?«

Rodriguez nagte an ihrer Unterlippe. »Aber ... was bedeutet das für Lili?«

Darauf wollte Porter noch nicht näher eingehen. Er drehte sich zu Nash um. »Und wir holen jetzt Eisley aus dem Bett.«

5

Porter

Sektionssaal und Arbeitsstätte des Leichenbeschauers von Cook County lagen in Downtown Chicago, an der West Harrison Street. Zu dieser frühen Stunde war so wenig los, dass Porter und Nash direkt vor der Tür parken konnten. Mit müdem Blick und einem Nicken hieß der Mann am Empfang sie willkommen. »Hier eintragen, bitte.«

Porter schrieb »Burt Reynolds« auf das Klemmbrett und reichte es an Nash weiter, der sich als »Dolly Parton« eintrug und das Formular auf den Tresen zurücklegte. Dann steuerten sie auf die Fahrstühle am hinteren Ende des Eingangsbereichs zu. Porter war kein Freund von Aufzügen, aber noch viel weniger mochte er über mehrere Stockwerke Treppen steigen.

Der zweite Aufzug von links kam, und er trottete hinter Nash hinein, bevor er es sich noch anders überlegen konnte. »Dolly war aber auch ein heißer Feger.«

»Ist sie immer noch«, erwiderte Nash. »Eine echte GILF.«

»GILF?«

»Erklär ich dir, wenn du ein bisschen älter bist, Sam.«

Die Türen glitten auf, und sie traten in einen leeren Flur.

Nash entdeckte einen Snackautomaten, ließ ihn dann aber links liegen und marschierte stattdessen auf eine Doppelschwingtür am Ende des Flurs zu.

Tom Eisley saß an seinem Schreibtisch. Er sah kurz auf, als sie eintraten, und widmete sich dann wieder seinen Unterlagen.

Porter rechnete schon damit, dass er etwas zur Uhrzeit sagen würde, doch stattdessen fragte er nur: »War einer von Ihnen schon mal am Meer?«

Porter und Nash sahen einander an.

Eisley schlug das Buch zu, in dem er geblättert hatte, und stand auf. »Schon gut. Bin mir gar nicht sicher, ob ich es überhaupt schon erwähnen sollte.«

»Aber Sie arbeiten an unserem Mädchen?«, fragte Porter.

Eisley seufzte. »Ich versuche es zumindest. Seit Sie sie hergebracht haben, wärmen wir die Leiche auf. Sie war nicht gefroren, eher deutlich unter Normaltemperatur – was es uns trotzdem erschwert, den genauen Todeszeitpunkt zu ermitteln.«

»Wissen Sie schon, woran sie gestorben ist?«

Eisley wollte bereits etwas sagen, überlegte es sich dann aber anders. »Noch nicht, ein paar Stündchen brauche ich noch. Sie dürfen gern hier warten, wenn Sie möchten.«

Ehe sie etwas erwidern konnten, verschwand er durch die Tür in Richtung des Sektionssaals.

Nash nickte Porter zu. »Klingt, als würde es eine Weile dauern.«

Porter ließ sich in einen gelben Plastikstuhl neben Eisleys Bürotür fallen. Seine Lider wurden sekündlich schwerer.

6
Porter

»Gentlemen?«

Porter riss die Augen auf, und es dauerte einen Moment, ehe er sich wieder daran erinnerte, dass er sich an Eisleys Arbeitsplatz in der Rechtsmedizin befand. Er war in seinem gelben Plastikstuhl nach unten gerutscht und hatte sich schmerzhaft den Nacken verdreht. Nash hatte sich an Eisleys Schreibtisch gesetzt; sein Kopf lag auf einem Papierstapel.

Eisley griff nach einem Lehrbuch und ließ es aus knapp einem Meter Höhe fallen. Es krachte auf den Schreibtisch, und Nash zuckte auf seinem Stuhl zurück. Ihm klebte Speichel am Kinn. »Verdammt noch ...«

»Chicagos Elitetruppe bei der Arbeit«, witzelte Eisley. »Los, mitkommen.«

Porter sah zu der Wanduhr am Ende des Flurs – es war jetzt kurz vor halb acht. Seit sie hier angekommen waren, waren gut drei Stunden vergangen. »Scheiße, ich wollte doch wach bleiben«, murmelte er. Dann zog er das Handy aus der Tasche. Drei verpasste Anrufe von Clair, die aber keine Nachricht hinterlassen hatte.

Eisley führte sie durch die Doppeltür am Ende des Bürotrakts in den großen Sektionssaal. Sowohl Porter als auch Nash fischten Latexhandschuhe aus einer Schachtel, die neben der Tür an der Wand hing.

Hier hallte jedes Geräusch von den Wänden wider. Das stellte Porter jedes Mal von Neuem fest, wenn er hier war. Inmitten der beigefarbenen Fliesen klang nichts wie sonst. Das Zweite, was ihm jedes Mal wieder zu schaffen machte, war die Temperatur. Er war sich nicht sicher, wie warm es wirklich war, aber wann immer er hier reinkam, fühlte es sich an, als würde die Temperatur um zwanzig Grad fallen. Er bekam eine Gänsehaut, und ein eiskalter Schauder lief ihm über den Rücken. Das Dritte – und daran würde er sich nie gewöhnen – war der Geruch. Es roch nicht eklig, zumindest heute nicht, aber der Geruch war immer *stark*. Es roch durchdringend nach Industriereinigern, mit denen etwas anderes übertüncht werden sollte, woran Porter lieber nicht denken wollte.

Das Licht der Neonröhren an der Decke spiegelte sich auf den Edelstahloberflächen der Schränke, und eine riesige runde OP-Lampe hing mittig im Saal über dem Sektionstisch, auf dem die Leiche lag, die sie in der Nacht aus dem Haff befreit hatten.

Eisley hatte ihr die Augen geschlossen.

Wie Dornröschen.

Neben ihr lagen eine Heizdecke und vier große Lampen.

»Wir hatten Glück, sie hat nicht lang im Wasser gelegen«, sagte Eisley. »Zudem lag sie unter der Gefrierlinie. Wenn sie komplett durchgefroren wäre, hätte es Tage gedauert, bis wir hätten obduzieren können. So brauchte es nur ein paar Stunden, um die Körpertemperatur auf ein Level zu bringen, mit dem wir weiterarbeiten können.«

»Sie haben sie noch gar nicht aufgemacht«, bemerkte Nash. »Von wegen weiterarbeiten – sieht nicht so aus, als hätten Sie überhaupt angefangen.«

»Sie wären überrascht, wie viel eine Leiche allein schon äußerlich preisgibt, wenn man nur an den richtigen Stellen nachsieht«, erwiderte Eisley. »Ich kann sie wahrscheinlich erst morgen öffnen, im Moment ist sie noch zu kalt. Wenn ich sie zu schnell aufwärme, riskieren wir, dass sie kristallisiert und die Zellen Schaden nehmen. Was aber nicht heißt, dass sie in der Zwischenzeit Antworten schuldig bliebe. Im Gegensatz zu Ihnen war ich nämlich schon fleißig.« Er fuhr sich durchs Haar. »Sie hat mir ein bisschen was erzählt, und ich hab gut zugehört.«

»Okay, jetzt machen Sie mir Angst«, sagte Porter.

Eisley schmunzelte und trat einen Schritt vom Sektionstisch zurück. »Wollen Sie trotzdem wissen, was ich herausfinden konnte?«

»Das wäre fabelhaft.«

Er ging an die Längsseite des Tischs und nahm ihre Hand. »Das kalte Wasser hat sie sozusagen konserviert. Bei den meisten Wasserleichen haben wir Schwierigkeiten, zum Beispiel Fingerabdrücke zu nehmen. Die Haut schwemmt auf, so in der Art, wie Sie schrumpeln, wenn Sie in der Wanne liegen, nur extremer – und wir müssen diesen Effekt quasi erst umkehren, bevor wir Abdrücke nehmen können.«

»Ich bin eher der Duschtyp«, erwiderte Porter, doch Eisley ging darüber hinweg.

»Kurz vor dem Gefrierpunkt hat das Wasser ihre Finger quasi verschont und hätte das wahrscheinlich sogar bis zur Schmelze getan.« Behutsam legte er ihre Hand zurück auf den Stahltisch. »Die Ergebnisse sind vor rund zwei Stunden gekommen. Es ist die vor drei Wochen verschwundene Ella Reynolds.«

Porter seufzte. Er hatte es befürchtet, aber es laut ausgesprochen zu hören war trotz allem frustrierend. »Was ist mit dem Todeszeitpunkt oder der Ursache?«

»Wie schon gesagt, der Todeszeitpunkt wird wegen des kalten Wassers schwierig werden… aber nach jetzigem Stand würde ich sagen, vor mindestens vierundzwanzig

Stunden, allerdings nicht länger als achtundvierzig. Ich hoffe, ich kann es ein bisschen genauer sagen, wenn ich mir ihre Leber und die anderen Organe ansehe«, erklärte er. »Helfen Sie mir mal, sie umzudrehen.«

Porter und Nash wechselten einen Blick, und Nash wich unwillkürlich einen Schritt zurück. Für einen Mordermittler hatte er eine bemerkenswerte Aversion gegen Leichen.

Porter griff nach den Beinen des Mädchens, während Eisley die Schultern nahm. Gemeinsam wuchteten sie sie herum.

Mit der Fingerspitze fuhr Eisley eine lange, dunkle Spur entlang, die quer über den Rücken verlief. »Der Abdruck des Seils, das sie im Wasser gehalten hat. Nach der Verfärbung zu urteilen definitiv post mortem – allerdings nicht allzu lang danach, sonst wäre die Druckstelle nicht so deutlich sichtbar, besonders da sie diesen dicken Mantel anhatte.« Er nickte in Richtung ihrer Kleidung, die ordentlich zusammengelegt auf einer Arbeitsfläche aus Edelstahl lag.

Nash ging hinüber, hob den roten Mantel an und durchsuchte die Taschen. »Ist an der Kleidung irgendwas gefunden worden, was auf ihre Identität hingewiesen hätte?«

»Auf die Identität der Besitzerin, meinen Sie?« Es hatte eher nach Feststellung denn nach Frage geklungen.

Porter drehte sich zu ihm um. »Wie sind Sie denn zu diesem Schluss gekommen?«

»Ich hab's bloß vermutet, insofern würde ich es nicht Schlussfolgerung nennen. Aber es saß alles ein bisschen eng, unter normalen Umständen hätte ich deshalb vermutet, dass sie im Wasser aufgedunsen wäre, aber das ist kaum passiert, deshalb fand ich es merkwürdig. Besonders die Unterwäsche und die Jeans waren mindestens ein, zwei Nummern zu klein. Die Jeans ging zwar zu, sah aber deutlich zu eng aus und war ganz bestimmt unangenehm. Und jetzt sehen Sie sich die Mütze an«, sagte er und zeigte auf den Arbeitstisch. »Auf dem Etikett stehen Buchstaben, wahrscheinlich die Initialen.«

Nash legte den Mantel beiseite, nahm die weiße Mütze zur Hand und drehte sie auf links. »LD. Ausgebleicht, aber deutlich zu erkennen.«

»Lili Davies«, murmelte Porter.

»Ja, davon können wir ausgehen.«

»Wer soll das sein?«, fragte Eisley.

»Ein zweites Mädchen, das gestern verschwunden ist«, antwortete Porter.

»Dann hat der Mörder unseres Mädchens hier sie in die Kleider einer anderen gesteckt?«

»Sieht ganz danach aus.«

»Puh.«

»Aber was ist denn jetzt mit der Todesursache?«, fragte Porter. »Ich kann an der Leiche nichts erkennen, keine Wunden, keine Würgemale ...«

Wie auf Kommando schien Eisley aufzuleben. »Ah, richtig. Das werden Sie gleich höchst merkwürdig finden.«

»Wie ist sie gestorben?«

»Sie ist ertrunken.«

Nash runzelte die Stirn. »Klingt jetzt nicht wahnsinnig merkwürdig, immerhin haben wir sie unter einer Eisschicht im Wasser gefunden.«

Porter hob die Hand. »Aber Sie haben gesagt, dass die Druckstelle auf ihrem Rücken post mortem entstanden ist. Wollen Sie jetzt behaupten, dass sie noch gelebt hat, als sie ins Wasser gelegt wurde?«

»Oh nein, da war sie längst tot. Ich behaupte, dass sie ertrunken ist, bevor sie im See landete.« Er trat an ein Mikroskop auf einem höhenverstellbaren Tisch zu seiner Linken. »Sehen Sie sich das hier an«, sagte er und zeigte auf das Okular.

Porter ging hin und spähte hindurch. »Und was sehe ich da?«

»Als sie hergebracht wurde, habe ich ihr einen Schlauch in die Lunge geschoben und Wasser entnommen – dieses Wasser.«

»Was sind das für Pünktchen, die da drin schwimmen?«, fragte er stirnrunzelnd.

Eisleys Mundwinkel zuckten nach oben. »Das, mein Freund, ist Salz.«

»Sie ist in *Salzwasser* ertrunken?«

»Ganz genau.«

Nash blickte abwechselnd verwirrt und ratlos drein. »Wir sind hier in Chicago ... Das nächste Meer ist ... was? Tausend Meilen weit entfernt?«

»Der Atlantik wäre das nächste«, dozierte Eisley, »Baltimore, Maryland. Ziemlich genau siebenhundert Meilen.«

Porters Handy klingelte. Er warf einen Blick aufs Display und ging ran. »Hey, Clair.«

»Zurück aus dem Urlaub? Ich hab zigmal versucht, dich zu erreichen!«

»Dreimal.«

»Also funktioniert dein Handy doch. Frauen darf man nicht ignorieren, Sam. Das geht nie gut aus.«

Porter verdrehte die Augen und schlenderte langsam durch den Saal. »Wir sind in der Rechtsmedizin bei Eisley. Er hat bestätigt, dass das Mädchen aus dem See Ella Reynolds ist. Und es sieht ganz danach aus, als hätte sie Lili Davies' Kleidung getragen.«

»Wer ist Lili Davies?«

Er hätte schwören können, dass er Clair von dem zweiten verschwundenen Mädchen erzählt hatte – aber nein, sie hatten seit dem Park nicht mehr miteinander gesprochen. Er brauchte dringend Schlaf, in seinem Kopf herrschte nebliges Chaos. »Kannst du Nash und mich in einer halben Stunde in der Einsatzzentrale treffen? Wir müssen allesamt Gas geben.«

»Klar«, sagte sie. »Aber willst du gar nicht wissen, warum ich angerufen habe?«

Porter schloss die Augen und fuhr sich mit der Hand durchs Haar. »Warum hast du angerufen, Clair?«

»Auf dem Parküberwachungsvideo hab ich was entdeckt.«

»In dreißig Minuten in der Zentrale. Da reden wir weiter. Und ruf Kloz dazu.«

7

Lili

»Magst du ein Glas Milch?«

Lili hörte seine Stimme, noch bevor sie ihn sah, bevor sie ihn *richtig* ansehen konnte.

Er sprach langsam und leise, fast gehaucht, brachte jedes Wort mit höchster Konzentration hervor, als würde er sich genauestens überlegen, was er sagen wollte, ehe er das nächste Wort aussprach. Außerdem lispelte er leicht, das s in *Glas* schien ihm schwergefallen zu sein.

Er war fast fünf Minuten zuvor die Treppe heruntergekommen. Die Stufen hatten unter seinem Gewicht geknarzt. Als er unten angekommen war, als er den Fuß der Treppe erreicht hatte, war er still stehen geblieben. Seitdem stand er im Schatten, und Lili konnte lediglich seine Konturen ausmachen.

Es waren die Konturen eines Mannes, keines Jungen.

Irgendetwas an der Art, wie er dort stand – breite Schultern, die Tiefe seiner Atemzüge –, sagte ihr, dass es sich um einen Erwachsenen handelte und nicht um einen der Jungs aus der Schule. Hier spielte ihr keiner, den sie kannte, einen bescheuerten Streich, sondern ein Erwachsener, ein Mann, hatte sie entführt.

Lili wollte gern ein Glas Milch.

Ihre Kehle war staubtrocken.

Außerdem hatte sie Hunger.

Trotzdem gab sie ihm keine Antwort. Sie gab keinen Mucks von sich. Stattdessen kroch sie tiefer in ihre Ecke, presste den Rücken an die klamme Wand. Sie schlang sich die muffige grüne Decke enger um den Leib. Der Stoff bescherte ihr ein Gefühl von Sicherheit.

Er war sicher eine Stunde weg gewesen, wenn nicht länger. Lili hatte die Zeit genutzt, um herauszufinden, wo sie war. Sie hatte nicht zugelassen, dass sie Angst empfand. Dies hier war einfach nur ein Problem, und sie war gut darin, Probleme aus der Welt zu schaffen.

Sie befand sich im Keller eines älteren Hauses.

Das wusste sie, weil auch ihr eigenes Haus schon älter war. Sie konnte sich noch gut daran erinnern, wie es bei ihnen im Keller ausgesehen hatte, bevor ihre Eltern ihn hatten sanieren lassen. Niedrige Decke, unebener Boden. Alles roch schimmlig, ein Paradies für Spinnen. Als ihre Eltern diese Bauleute angeheuert hatten, waren der Keller entkernt, der Boden geebnet, die Wände versiegelt und alles mit Gipskartonplatten verkleidet und frisch gestrichen worden. Die Spinnen hatten Reißaus genommen, zumindest vorübergehend.

Ihre Freundin Gabby wohnte in einem neuen Haus, das gerade mal zwei Jahre alt war, und in ihrem Keller sah es komplett anders aus: hohe Decken, plane Böden, alles hell und luftig. Sie hatten dort Teppichboden ausgelegt, Möbel hineingestellt und das Ganze in eine Art Familien-Hobby-keller verwandelt. In älteren Häusern waren Hobbykeller unvorstellbar, ganz gleich wie viel Arbeit man hineinsteckte. Man konnte gegen die Feuchtigkeit vorgehen, die Böden ebnen, Gipskartonplatten und Farbe an die Wände bringen – die Spinnen kamen trotzdem wieder. Die gaben ihr Revier nicht auf.

In diesem Keller gab es ebenfalls Spinnen.

Auch wenn sie von ihrer Ecke aus keine gesehen hatte, wusste sie genau, dass sie direkt über ihr hingen und zwischen den freigelegten Balken hin und her huschten. Und während sie ihre Netze spannen, sahen sie mit tausend Augen auf sie hinab.

Er hatte ihr Sachen gegeben, allerdings nicht ihre eigenen.

Als sie in die grüne Decke gehüllt auf dem Boden aufgewacht war, hatte sie sofort gespürt, dass er sie ausgezogen und in diesen Käfig gesperrt hatte. Neben ihrem Kopf hatte fein säuberlich zusammengelegt die Kleidung einer Fremden gelegen. Die Sachen passten nicht. Sie waren mehrere Nummern zu groß, trotzdem hatte sie sie angezogen, weil eben nichts anderes da gewesen war und die Sachen zumindest besser waren als die grüne Decke. Dann hatte sie sich trotzdem noch in die grüne Decke eingewickelt.

Sie befand sich in einem spärlich beleuchteten, feuchtkalten Keller. Oder genauer: in einem Maschendrahtkäfig innerhalb eines spärlich beleuchteten, feuchtkalten Kellers.

Der Käfig reichte vom Boden bis fast zur Decke, und die Einzelteile waren miteinander verschweißt. Ein Hundezwinger, das wusste sie, weil Gabbys Familie einen Husky besaß, Dakota; ein ganz ähnlicher Zwinger, wenn nicht der gleiche, stand bei ihnen im Hinterhof. Den hatten sie bei Home Depot gekauft, und sie und Gabby hatten dem Vater dabei zugesehen, wie er ihn im Sommer zusammengebaut hatte. Es hatte nicht lang gedauert, vielleicht eine Stunde, aber er hatte die Einzelteile auch nicht verschweißt.

Als Lili in ihre grüne Decke gewickelt aufgestanden und mit den Fingerspitzen über die Rohre und den dicken Maschendraht gefahren war, aus dem der Käfig bestand, hatte sie nach den Steckfugen gesucht, weil sie sich wieder daran erinnert hatte, wie Gabbys Vater seinen Zwinger zusammengesteckt hatte, und ihr war das Herz in die Hose gerutscht, als sie nur bucklige Schweißnähte gefunden hatte. Die Tür war nicht mit einem, sondern gleich mit zwei Vorhängeschlössern gesichert – eins oben, eins über dem Boden. Sie hatte an der Tür gerüttelt, doch die hatte sich kaum bewegt. Die komplette Konstruktion war mit dem Betonboden verschraubt und bombensicher. Und sie war darin eingesperrt.

»Du solltest etwas trinken, du musst bei Kräften bleiben für das, was gleich kommt«, sagte der Mann und hielt für den Bruchteil einer Sekunde beim s in *solltest* inne.

Lili reagierte nicht. Sie würde ihm nicht antworten. Spräche sie mit ihm, würde ihm das Macht über sie verleihen, und dagegen sträubte sie sich. Nichts dergleichen hatte er verdient.

Das einzige Licht schien derzeit von der offenen Kellertür zu kommen. Direkt davor war er reglos stehen geblieben.

Nur langsam gewöhnten sich Lilis Augen an die Lichtverhältnisse.

Er kam ihr immer noch wie ein Schatten vor, ein dunklerer Schatten inmitten anderer Schatten, eine Silhouette, die sich vor der Mauer in seinem Rücken abzeichnete.

»Dreh dich um. Gesicht zur Wand, und guck nicht her, bis ich es dir sage«, befahl er ihr.

Lili rührte sich nicht, sondern straffte stattdessen die Schultern.

»Bitte dreh dich jetzt um.« Es klang fast flehend.

Sie griff nach der Decke und zog sie enger um ihren Körper.

»Dreh dich verdammt noch mal um!«, schrie er jetzt, und seine Stimme dröhnte durch den Keller und hallte von den Wänden wider.

Lili keuchte erschrocken und wich einen Schritt zurück, stolperte beinahe rückwärts.

Dann war es wieder mucksmäuschenstill.

»Bitte, ich will nicht schreien. Ich will dich lieber nicht anschreien.«

Lili spürte, wie ihr Herz in der Brust hämmerte. Sie machte noch einen Schritt zurück, dann einen zweiten, einen dritten. Als sie die Wand erreichte, die Rückseite ihres Käfigs, musste sie ihre Füße schier zwingen, sich in Richtung Wand umzudrehen.

Sie konnte hören, wie er näher kam. Der lebende Schatten. Etwas an seinem Gang war komisch. Statt fester Schritte hörte sie, wie ein Fuß auf dem Boden auftrat und der andere über den Betonboden schlurfte, bevor er Tritt fasste. Das Gleiche beim nächsten Schritt wieder. Ein Schlurfen oder Hinken, ein leichtes Hinterherziehen des Fußes, ganz sicher war sie sich nicht.

Lili zwang sich, die Augen zu schließen. Eigentlich wollte sie sie nicht schließen, tat es trotzdem. Sie zwang sich, die Augen zusammenzukneifen, damit sie sich auf die Geräusche konzentrieren konnte, damit sie sich die Geräusche in ihrem Rücken *bildlich vorstellen* konnte.

Sie hörte Schlüssel klappern, das Aufschnappen eines des Vorhängeschlösser – es klang, als wäre es das obere gewesen –, dann nur einen Moment später das zweite. Sie hörte, wie er beide Schlösser zurückschob, den Handgriff nach oben drückte und die Tür aufmachte.

Sie biss die Zähne zusammen, als sie sich vorstellte, was als Nächstes kommen würde.

Sie rechnete mit seiner Hand, mit einer Berührung oder damit, dass er sie von hinten packte. Doch nichts davon passierte. Stattdessen hörte sie, wie er die Tür wieder zuzog, die Schlösser anbrachte und beide zuschnappten. Sein ungleichmäßiges Schlurfen, das sich vom Käfig entfernte.

»Du kannst dich jetzt umdrehen.«

Lili tat wie geheißen.

Er stand wieder an der Treppe, war wieder in die Schatten eingetaucht.

Gleich hinter der Käfigtür stand ein Glas Milch am Boden, ein winziger Wassertropfen lief daran hinab.

»Da sind keine Drogen drin«, sagte er. »Ich brauch dich bei vollem Bewusstsein.«

8

Porter

»Wir sehen uns gleich, ich muss noch mal wohin«, sagte Nash, als sie im Untergeschoss des Chicago-Metro-Hauptgebäudes an der Michigan Avenue aus dem Aufzug stiegen. Er lief nach rechts den Flur entlang und verschwand auf die Toilette, während Porter nach links ging.

Nachdem Bishop ihnen entwischt war, war das FBI auf den Plan getreten und hatte die Fahndung nach 4MK an sich gerissen. Porter war damals krankgeschrieben gewesen, und nach allem, was Nash ihm erzählt hatte, hatten sie anfangs sogar versucht, sich ihre Einsatzzentrale unter den Nagel zu reißen. Nash hatte seinen unvergleichlichen Charme spielen lassen – ihnen offen mit Gewalt gedroht – und die Besetzer letztlich in einen Raum am anderen Ende des Flurs verwiesen, der hauptsächlich für seinen unerklärlichen Gestank berüchtigt war, der aus der hinteren linken Ecke zu stammen schien. Seither hatten sie ähnlich wie Nord- und Südkorea koexistiert.

Der Raum der FBI-Kollegen lag im Dunkeln.

Porter wartete kurz, bis er hörte, wie Nash die Klotür verriegelte, und legte die Hand auf die Klinke.

Es war nicht abgeschlossen.

Er spähte den Flur entlang und schlüpfte dann hinein. Das Licht ließ er ausgeschaltet.

Sechs Augäpfel.

Sieben Opfer. Acht, wenn man Emory mit einrechnete.

Sein Unterbewusstsein schien ihm irgendwas sagen zu wollen.

Er marschierte quer durch den Raum auf die zwei Whiteboards an der Rückwand zu und sah sich die Fotos der Opfer an: allesamt wohlbekannte Gesichter, deren unwissendes Lächeln in einem glücklichen Moment für immer eingefangen worden war. In jenen letzten Minuten im zehnten Stock der 314 West Belmont hatte Bishop die Karten offengelegt und nahezu stolz angesichts der verqueren Logik seines Racheplans seine Beweggründe dargelegt. »Diese Leute hatten ihre Strafe verdient«, hatte er Porter erklärt. Und es hatte irgendwie gestimmt: Jede seiner Zielpersonen hatte etwas Unverzeihliches getan, was eine Strafe verdiente, nur dass er sich nicht die Täter selbst, sondern ihre Kinder vorgenommen hatte. Er hatte diese Kinder bis in den Tod leiden lassen, damit sich die Eltern bis ans Ende ihrer Tage damit quälten. Diese Mädchen und Frauen hatten nicht sterben müssen, weil sie selbst etwas verbrochen hatten, sondern weil ein Angehöriger Schuld auf sich geladen hatte. All diese hübschen jungen Gesichter waren ausgelöscht worden, um das Verbrechen eines anderen zu sühnen.

Porter ging näher an das erste Board heran und fuhr mit den Fingern über das Bild von Calli Tremell, Bishops erstem Opfer. Entführt am 15. März 2009 mit zwanzig Jahren. Bishops erstes Opfer als 4 MK – darauf wies Klozowski immer wieder hin. Denn die Sorgfalt und Präzision seiner Methode und Vorgehensweise legten nahe, dass er schon früher Menschen umgebracht und seine Technik über die Jahre verfeinert hatte. Für einen Debütanten war er einfach zu gut gewesen. Wenn dies sein Startschuss als 4 MK gewesen war, dann wollte sich Porter nicht ausmalen, wo die Anfänge dieses Mannes lagen. Das Tagebuch hatte ihm ein paar Erkenntnisse beschert, allerdings nicht annähernd genug, nur hier und da einen Eindruck – einen flüchtigen Blick durch einen Vorhang, ehe Bishop ihn wieder vorgezogen hatte.

Calli Tremells Eltern hatten sie an einem Dienstag als vermisst gemeldet. Am Donnerstag hatten sie per Post das Ohr ihrer Tochter erhalten, die Augen am Samstag, und die Zunge war am darauffolgenden Dienstag gekommen. Alles war in kleine weiße Versandschachteln verpackt und mit schwarzer Paketschnur verschnürt gewesen, handgeschriebene Adressetiketten, keine Fingerabdrücke. Er hatte nie irgendwo Fingerabdrücke hinterlassen.

Drei Tage, nachdem das letzte Päckchen gekommen war, hatte ein Jogger die Leiche im Almond Park gefunden. Sie saß auf einer Parkbank, und in ihren Händen klebte ein Pappschild mit der Aufschrift »Tu nichts Böses«. Porter und sein Team waren da aufgrund des Modus Operandi längst hellhörig geworden, und das Schild hatte ihre Vorahnung bestätigt.

Dieses »Tu nichts Böses« sollte sich schon bald als Bishops zentrale Botschaft erweisen – und zwar mit 4MKs zweitem Opfer, Elle Borton. Sie war am 2. April 2010 verschwunden, ein gutes Jahr nach dem ersten Opfer. Zunächst war Missing Children mit dem Fall betraut gewesen – bis die Eltern meldeten, dass sie per Post ein Ohr erhalten hatten. Als die Leiche eine gute Woche später gefunden wurde, hielt sie die Steuererklärung ihrer Großmutter aus dem Steuerjahr 2008 in Händen – nur dass die Großmutter, wie sich herausstellte, bereits 2005 gestorben war. Matt Hosman aus dem Wirtschaftsdezernat fand schließlich heraus, dass Elles Vater, der in der Verwaltung eines Pflegeheims saß, Steuerrückzahlungen eines guten Dutzends Bewohner kassiert hatte, die längst gestorben waren. Elle Borton, dreiundzwanzig, hatte wegen der Straftaten ihres Vaters sterben müssen.

Als sie 4MKs Motiv durchschaut hatten, nahmen sie sich

Calli Tremells Familie erneut vor und entdeckten, dass Callis Mutter bei der Bank, bei der sie angestellt war, über einen Zeitraum von zehn Jahren und in der Größenordnung von drei Millionen Dollar Geldwäsche betrieben hatte.

Porter machte einen Schritt nach rechts und sah sich das dritte Foto an. Missy Lumax, verschwunden am 24. Juni 2011. Der Vater hatte mit Kinderpornos gedealt. Susan Devoros Vater hatte in seinem eigenen Juwelierladen gefälschte Diamanten verkauft. Susan war Opfer Nummer vier gewesen, verschwunden am 3. Mai 2012. Nummer fünf – Barbara McInley, siebzehn Jahre alt. Sie war am 18. April 2013 verschwunden. Ihre Schwester hatte einen Fußgänger totgefahren, und zur Strafe hatte Bishop Barbara umgebracht. Allison Crammers Bruder hatte in seinem Laden in Florida illegale Einwanderer beschäftigt. Sie war Opfer Nummer sechs gewesen und im Alter von neunzehn Jahren am 9. November 2013 verschwunden. Am 13. Mai 2014 – nur wenige Monate später – war die zweiundzwanzigjährige Judi Blumington verschwunden und kurz darauf getötet worden, weil ihr Vater im Dienst eines Drogenkartells Kokain geschmuggelt hatte.

Das letzte Bild auf dem Whiteboard zeigte die Einzige von ihnen allen, die er kennengelernt hatte. Die Einzige, die nicht gestorben war. Emory Connors, fünfzehn Jahre alt, die im November letzten Jahres verschleppt worden war. Sie hatte ein Ohr eingebüßt und Tage in Gefangenschaft verbracht, trotzdem hatte Bishop sie nicht umgebracht. Womöglich hätte er es getan, wenn Porter ihm nicht auf die Schliche gekommen wäre. Zumindest hatte es so in den Zeitungen gestanden. Trotzdem wusste Porter genau, dass Bishop sie absichtlich hatte leben lassen, und er wusste auch, dass Bishop ihn ganz bewusst auf die eigene Spur geführt hatte. Der Mann hatte auf eine Gelegenheit spekuliert, seine Beweggründe darzulegen, sein Ziel offenzulegen, sein Manifest zu verkünden, ehe er Arthur Talbot umgebracht und dann das Weite gesucht hatte.

Talbot, der sich als Emorys leiblicher Vater entpuppt hatte, war der schlimmste Verbrecher von allen gewesen. Und auch wenn Bishop Emory entführt hatte, hatte er letztlich doch Talbot selbst bestraft, indem er ihn erst verstümmelt und dann einen Aufzugschacht hinuntergestoßen hatte. Er hatte ihn getötet und Emory verschont. Emory hatte daraufhin seine Milliarden geerbt.

Emory überlebte. Und Bishop entging seiner Festnahme.

Sechs Augäpfel.

Porter starrte die Fotos von 4MKs Opfern an.

Sieben Tote, eine Überlebende.

Anson Bishop war es gelungen, sich Porters Taskforce anzuschließen, indem er sich im vergangenen November als CSI-Fotograf ausgegeben hatte. Während ihres ersten gemeinsamen Briefings hatten sie über sämtliche vorigen Opfer von 4MK gesprochen, damit er für die Suche nach Emory schnellstmöglich im Bilde wäre. Er hatte aufmerksam zugehört, alles in sich aufgesaugt, was sie zusammengetragen hatten, und so getan, als wäre dies alles neu für ihn. Porter hatte oft an jenen Moment zurückgedacht und überlegt, ob er irgendeinen Hinweis auf Bishops wahre Identität übersehen haben mochte – aber es hatte keinen gegeben. Zweifelsohne hatte Bishop mit dem Gefühl, Großes geleistet zu haben, auf dieses Whiteboard gestarrt, während er nach außen hin gerade das richtige Maß Entsetzen und genau das richtige Maß Interesse an den Tag gelegt hatte. Er hatte die richtigen Fragen gestellt und kein einziges Mal mehr Informationen ausgespielt, als er hätte haben dürfen. Wenn Porter richtiglag, musste ihm das extrem schwergefallen sein. Während ihrer letzten Begegnung im Belmont war es nur so aus Bishop herausgesprudelt. Er hatte das dringende Bedürfnis gehabt, sein Wissen zu teilen und seine Motive offenzulegen. Dieses Bedürfnis musste doch schier überwältigend gewesen sein, als er hier vor diesen Whiteboards gestanden und mit angehört hatte, was sie über jedes seiner Opfer zu sagen gehabt hatten.

Trotzdem hatte Bishop ein, zwei Bemerkungen gemacht, sich an einzelnen Details festgebissen.

Porter schloss die Augen und versuchte, sich jenen Tag und jedes Wort zu vergegenwärtigen, das gefallen war.

Er erinnerte sich daran, wie Bishop auf den Zugang zu gewissen Informationen hingewiesen hatte – wir müssen herausfinden, wer über all die Verbrechen Bescheid wissen kann, und dann die Spur zurückverfolgen. Letztlich war dies aber bloß von theoretischem Interesse gewesen, denn sie hatten am Ende herausgefunden, dass ausgerechnet Talbot über sämtliche Verbrechen Bescheid gewusst hatte; ihm hatte Bishop die Infos entwendet. Aber er hatte auch auf die Daten verwiesen und darauf, dass bei 4MKs Taten eine Eskalation stattfand. Das stimmte, aber wenn es dafür einen Grund gegeben haben sollte, hatte er ihn nie genannt. Sie waren damals davon ausgegangen, dass 4MK ohnehin nicht mehr lebte, und es war ihnen nur noch darum gegangen, Emory zu finden.

Dann war da noch die Haarfarbe gewesen.

Porter wusste noch genau, wie Bishop sich auf das Foto von Barbara McInley eingeschossen hatte. Sie war die einzige Blondine gewesen. Die Ausnahme, hatte er sie genannt. Die einzige Blondine in einer Reihe hübscher Brünetter. Er hatte außerdem gefragt, ob an einer von ihnen sexuelle Handlungen vorgenommen worden seien – aber das war nicht der Fall gewesen. Und er hatte gefragt, ob sich 4MK je ein männliches Opfer geschnappt habe. Nein, genauer: Er hatte wissen wollen, ob eins der Mädchen einen Bruder gehabt hatte, und dann hatte er so etwas gesagt wie: »Wenn wir mal davon ausgehen, dass die Hälfte dieser Familien mindestens einen Sohn hatte und dass er sich die Kinder willkürlich gegriffen hat, dann hätten mindestens ein, wenn nicht zwei männliche Opfer darunter sein müssen. Aber das ist nicht der Fall, also muss es einen Grund geben, warum er sich die Töchter statt der Söhne geschnappt hat – nur dass wir diesen Grund nicht kennen.« Porter war davon überzeugt, dass 4MK sich nur deshalb Mädchen geschnappt hatte, weil sie leichter zu bewachen waren und ihm kaum etwas entgegensetzen konnten.

Sechs Augäpfel.

Sieben tote Frauen.

Porter kehrte zum Foto von Barbara McInley zurück. Die dafür hatte büßen müssen, dass ihre Schwester jemanden überfahren und dann Fahrerflucht begangen hatte. McInley war die Einzige, die Bishop während des Briefings länger beschäftigt hatte. An der er sich festgebissen hatte. Porter sah ihn regelrecht vor sich, wie er auf ihr Foto tippte. In Porters Kopf ratterten die Rädchen.

Er sah zurück zur Tür und lauschte auf Geräusche vom Flur, aber da war niemand.

Ein Tisch war an die linke Wand geschoben worden, und darauf stapelten sich kistenweise Akten. Alles, was sie über 4MK zusammengetragen hatten. Auf der dritten Kiste von links stand mit rotem Edding *Opfer* geschrieben – in Porters Handschrift. Er durchquerte den Raum, zog den Deckel auf und durchwühlte den Inhalt, bis er Barbara McInleys Akte fand – auch ihr Name in seiner Handschrift.

Das hier waren seine Akten. Die seines Teams. Das FBI hatte kein Recht darauf.

»Scheiß drauf.«

Porter schob sich die Akte unter die Jacke, drückte den Deckel wieder zu und marschierte zur Tür. Sobald er sich sicher sein konnte, dass der Flur leer war, schlüpfte er hinaus und zog lautlos die Tür hinter sich zu.

Dann eilte er zurück in den Raum der Taskforce und schaltete die Deckenbeleuchtung an.

»Und ich dachte schon, Sie hätten sich den Vormittag freigenommen«, sagte Special Agent Stewart Diener. Er saß an Porters Schreibtisch, hatte die Füße hochgelegt und stocherte auf das kleine Display seines Smartphones ein.

Porter hoffte inständig, dass die Zugluft das sorgsam über die Glatze drapierte Resthaar des Mannes durcheinanderbrächte... leider vergebens.

9
Porter

Porter starrte Diener an. »Wir haben eine Leiche und ein verschwundenes Mädchen. Ich habe die ganze Nacht kein Auge zugemacht. Was wollen Sie?«

War er schon die ganze Zeit hier gewesen?

»Tja, super gemacht, das mit der Geheimhaltung.« Diener warf ihm eine zusammengefaltete Ausgabe der *Chicago Tribune* zu.

Porter warf einen Blick auf die Schlagzeile.

Entführt 4MK wieder unsere Töchter?

Darunter war ein Foto von Emory Connors abgedruckt, die mit gesenktem Kopf einen Gehweg entlangeilte. Sowohl Artikel als auch Foto befanden sich noch über dem Knick – als Hauptmeldung. Unter dem Knick waren zwei weitere Fotos abgedruckt: eine Teleaufnahme des Leichenfundorts am Ufer im Jackson Park und ein Foto vom Haus der Davies'.

Diener stand auf, umrundete Porters Schreibtisch und zeigte auf die Zeitung. »Sowohl Ella Reynolds als auch Lili Davies sind namentlich genannt.«

»Wie kann das sein? Wir haben nichts nach draußen gegeben. Lili Davies' Eltern hab ich gerade erst vor ein paar Stunden getroffen.«

Diener zuckte mit den Schultern. »Da hat wohl einer aus Ihrem Star-Ermittlerteam ein bisschen geplaudert.«

»Das ist doch lächerlich«, murmelte Porter und überflog den Artikel.

Nicht nur war die Leiche aus dem Haff im Jackson Park erwähnt, es wurde auch spekuliert, dass es sich dabei um die Leiche des vermissten Teenagers Ella Reynolds handelte. Der Journalist erwähnte überdies, dass unmittelbar nach dem Leichenfund ein weiteres Mädchen verschwunden war: Lili Davies sei zuletzt gesehen worden, als sie sich auf den Schulweg gemacht habe, doch in der Schule sei sie nie angekommen. Der Rest des Artikels handelte von 4MKs früheren Opfern und legte den Schluss nahe, dass Anson Bishop nach seiner missglückten Festnahme anscheinend seinen MO verändert hatte.

»Was macht denn der Klappspaten hier?«, fragte Nash von der Tür.

Porter hielt die Zeitung hoch. »Hat uns die Nachrichten vorbeigebracht.«

Nash kam zu ihm geschlendert und warf seinen Mantel über den Stuhl, auf dem Diener gesessen hatte. Dann wischte er eine Fussel von dessen Schulter. »Schön zu sehen, dass Sie sich nach neuen Karriereoptionen umsehen. Wenn Sie ganz brav sind, können wir vielleicht nach dem Unterricht zu Walmart fahren und Ihnen ein Fahrrad kaufen, damit Sie Ihre Tour vergrößern können.«

Porter warf die Zeitung auf Nashs Tisch und zeigte auf die Fotos vom Haff und vom Haus der Davies'. »Das war nicht Bishop. Absolut unverantwortlich, sich so weit aus dem Fenster zu lehnen und das zu behaupten. Die versuchen doch nur, die Auflage in die Höhe zu treiben.«

»Und warum sind Sie sich da so sicher?«, fragte Diener. »Vielleicht hat Bishop ja beschlossen, mal was anderes zu machen, genau wie es da steht.«

»Serientäter verändern ihren MO nicht, das sollten Sie wissen. Ihre Handschrift ist und bleibt immer dieselbe.«

Diener zuckte mit den Schultern. »Bishop ist kein Null-achtfünfzehn-Serientäter. Jeder einzelne Mord war Teil eines größer angelegten Racheplans. Mit Talbots Tod war dieser Plan vollendet. Vielleicht hatte er ursprünglich vor, sich danach zur Ruhe zu setzen, hat dann aber festgestellt, dass er immer noch Lust auf junge Frauen hat. Und als er sich nicht mehr beherrschen konnte, hat er sich Ella Reynolds geschnappt. Kaum dass er mit ihr fertig war, war Lili Davies dran.« Er wandte sich zur Tür. »Treten Sie mal ein Stück zurück. Aus einer gewissen Distanz klingt das durchaus plausibel.«

Porter warf seine Jacke, in der immer noch Barbara McInleys Akte steckte, vor sich auf den Tisch. Ihm schlug das Herz bis zum Hals.

»Der Typ ist so hohl, dass es klappert«, stellte Nash fest.

»Das hab ich gehört!«, kam es vom Flur. »Wenn Sie falschliegen und die zwei Mädchen 4MK zum Opfer gefallen sind, dann geben Sie diese Fälle ab.«

»Der andere ist einen Hauch erträglicher«, sagte Porter. »Sein Partner – Suhl, Stuhl, Pfuhl …«

»Poole. Frank Poole. Auch 'ne Flasche. Genauso hohl. Hey, gar nicht schlecht, oder?« Er hatte schon die Hand an der Tür und wollte sie zuschlagen, als sich erst Clair mit ihrem iPad in der Hand an ihm vorbeiquetschte und gleich hinter ihr Kloz, der auf seinem MacBook vorsichtig drei weiße Schachteln vor sich herbalancierte.

»Hilfe naht«, sagte er.

Nash pflückte die oberste Schachtel vom Stapel und trug sie an seinen Tisch.

»Schön langsam«, winselte Kloz. »Die müssen für die ganze Woche reichen.«

»Was ist das?«, wollte Porter wissen.

»Drei Dutzendschachteln von diesem neuen Laden ein paar Türen weiter – Peace, Love and Little Donuts«, antwortete Clair. »Dieser Geizhals hier wollte sie in seinem Schreibtisch bunkern, bis ich ihm die Tugend des Teilens unter Kollegen beigebracht hab.«

Kloz gluckste. »Du hast gesagt, wenn ich die nicht mitnehme, schreibst du eine E-Mail ans ganze Haus und erzählst allen, dass ich Donuts im Schreibtisch bunkere. Bei diesen Aasgeiern konnte ich die doch nicht unbeaufsichtigt oben lassen! Binnen einer Minute wären sie weg gewesen. Außerdem sind es nur achtzehn – sechs pro Schachtel, nicht zwölf.«

Nash klappte die Schachtel auf, die er sich geschnappt hatte, und riss die Augen auf. »Ach Gottchen, sind die hübsch!«

Porter griff sich die zweite Schachtel vom Stapel und nahm sie mit an seinen Platz. Clair schnappte sich die dritte.

»Hey!«, rief Kloz. »Die gehören mir!«

»Und warum sind die so klein?«, fragte Porter, den Mund voller Sahnefüllung.

Clair angelte ein Donut aus ihrer Schachtel und hielt ihn in die Höhe. Er war mit Oreo-Krümeln bestreut. »Das sind *Gourmet*-Donuts. Ich würd ja Anführungszeichen in die Luft malen, aber meine Finger sind gerade beschäftigt. Die backen sie extraklein und verkaufen sie als den neuen heißen Scheiß, damit sie doppelt so viel dafür nehmen können wie für normale Donuts. Wenn sie nicht so verdammt lecker wären, würden die nie damit durchkommen. Aber diese kleinen Kerlchen sind einfach göttlich. Ich kann förmlich spüren, wie mein Arsch mit jedem Bissen breiter wird – und es ist mir egal.«

Kloz ließ sich auf seinem Stammplatz am Schreibtisch neben dem Besprechungstisch nieder. Dann legte er beide

Hände flach auf den Laptopdeckel, atmete tief ein, um sich zu sammeln, auch wenn sein Kopf schon jetzt hochrot war. »Okay, ihr dürft euch jeder einen nehmen. *Einen.*«

»Könnte sein, dass ich schon vier intus hab«, sagte Nash und wischte sich das kulinarische Beweismaterial vom Mundwinkel. Sein Blick wanderte auf den stark dezimierten Inhalt der Schachtel, die vor ihm stand. »Und den Rest behalte ich auch.«

Zehn Minuten später waren alle drei Schachteln leer – bis auf einen Donut mit Erdbeerglasur. Porter spürte, wie der Zucker anfing zu wirken. Er stand auf, lief auf das einzige Whiteboard zu, das sie hatten behalten dürfen, und schrieb »Ellen Reynolds« ganz oben hin.

»Sie hieß *Ella* Reynolds«, warf Nash ein.

Porter grunzte in sich hinein, wischte mit dem Handrücken den Vornamen weg und ersetzte ihn durch »Ella«. »In Ordnung ... Was wissen wir bisher?«

»Ella Reynolds wurde am 22. Januar als vermisst gemeldet«, antwortete Clair. »Gestern, am 12. Februar, wurde sie gefunden: eingefroren unter dem Eis im Haff am Jackson Park.«

»Sie war nicht gefroren«, widersprach Nash. »Zumindest nicht richtig. Hat Eisley gesagt. Bloß das Haff war gefroren.«

»Ja, tut mir leid«, sagte Clair. »Laut Parkverwaltung ist das Haff seit dem 2. Januar komplett überfroren. Ich hab da übrigens was auf Video, das wir uns ansehen sollten, sobald wir mit der Bestandsaufnahme fertig sind.«

Porter nickte. »Als sie gefunden wurde, trug sie nicht ihre eigene, sondern – wie wir derzeit annehmen – die Kleidung unserer zweiten Vermissten, Lili Davies.« Er schrieb auch ihren Namen auf, kehrte dann aber wieder zu Ellas Spalte zurück. »Ella wurde zuletzt gesehen, als sie zwei Blocks von ihrem Elternhaus entfernt in der Nähe des Logan Square – das ist rund fünfzehn Meilen vom Fundort entfernt – in einem schwarzen Mantel aus dem Bus gestiegen ist. Wir können also davon ausgehen, dass unser unbekannter Täter den Fundort am Haff so inszeniert hat, als hätte Ellas Leiche dort schon seit Wochen gelegen – was unmöglich ist, vor allem wenn die Kleidungsstücke wirklich Lili gehören.«

Nash stand von seinem Schreibtisch auf und setzte sich stattdessen an den Besprechungstisch direkt vor das Whiteboard. »Warum macht jemand so was? Es muss ihn einige Mühe gekostet haben, Ella unter dem Eis zu deponieren. Aber dann zieht er ihr auch noch Lilis Klamotten an und liefert uns so einen präzisen Punkt auf der Zeitleiste. Das ergibt keinen Sinn.«

»Für ihn schon«, wandte Porter ein. »All das ergibt für ihn Sinn. Auch das hier.«

Unter Ellas Namen notierte er »ertrunken in Salzwasser«.

»Nicht dein Ernst«, kam es von Kloz.

»Eisley hat sowohl in ihrer Lunge als auch im Magen Salzwasser gefunden. Außerdem ist er sich ziemlich sicher, dass Ertrinken die Todesursache war«, sagte Porter.

»Ertrunken«, wiederholte Clair, »in Salzwasser.«

»Dabei ist das nächste Meer siebenhundert Meilen entfernt«, fügte Nash hinzu.

»Wir müssen die hiesigen Aquarien und Aquaristikgeschäfte abklappern«, sagte Porter. »Denn einen Ausflug ans Meer können wir wahrscheinlich ausschließen. Dafür war keine Zeit.«

Clair schüttelte den Kopf. »Ich hab nicht genug geschlafen, um das zu verarbeiten.«

»Ich glaube, wir laufen alle auf Notstrom«, pflichtete Porter ihr bei. »Was wissen wir über das zweite Mädchen, Lili Davies?«

Nash klappte seinen kleinen Laptop auf. »Die Eltern sind Dr. Randal Davies und Grace Davies. Ihre beste Freundin heißt Gabrielle Deegan. Sie besucht die Wilcox Academy, wurde laut ihrer Mutter zuletzt in einem roten Mantel gesehen – einem roten Perro-Nylonparka in Diamantstepp mit Kapuze. Außerdem hatte sie eine weiße Mütze, weiße Handschuhe, dunkle Jeans und pinkfarbene Sneakers an. In der Schule ist sie nicht aufgetaucht, insofern liegt der Schluss nahe, dass sie gleich am Morgen des 12. Februar verschleppt worden ist. Ihre Mutter hat noch gesehen, wie sie sich auf den Schulweg gemacht hat – das war gegen Viertel nach sieben am Morgen. Der Unterricht fängt um zehn vor acht an, und normalerweise geht sie zu Fuß.«

»Mit anderen zusammen?«, hakte Porter nach.

Nash schüttelte den Kopf. »Ihre Mutter meint, die Schule ist bloß vier Blocks entfernt.«

Mit einem niedergeschlagenen Blick auf die Donut-Schachteln trat jetzt auch Kloz an den Besprechungstisch. »Vier Blocks sind wirklich nicht weit. Sprich: Der Entführer hatte nicht sehr viel Zeit.«

Clair setzte sich neben Nash. »Sofern sie auf direktem Weg zur Schule gelaufen ist. Wovon wir aber nicht ausgehen sollten. Sie könnte unterwegs Freunde getroffen haben und mit ihnen mitgefahren sein. Ich weiß, es sind nur ein paar Blocks, aber als ich zur Schule laufen musste, hab ich das ständig gemacht. Je näher man dem Schulgelände kommt, umso mehr kommen zusammen, und dann warten alle auf dem Schulparkplatz, bis die erste Stunde anfängt.«

»Darf ich reinkommen?«

Drei von ihnen drehten sich um. An der Tür stand Sophie Rodriguez. Sie trug immer noch denselben beigefarbenen Pulli wie im Haus der Davies', wie Porter feststellte; wahrscheinlich war auch sie noch nicht wieder zu Hause gewesen.

»Bitte«, forderte er sie auf. »Setzen Sie sich. Wir gehen gerade noch mal alles durch.«

»Äh, Sam?«, meldete sich Kloz zu Wort und musterte Rodriguez verstohlen. »Du weißt aber schon, was beim letzten Mal passiert ist, als du einen Streuner ins Haus geholt hast?«

Clair verpasste ihm einen Klaps auf die Schulter. »Ich kenne Sophie seit fast vier Jahren. Sie hat die Qualitätskontrolle bestanden.« Dann winkte sie Rodriguez auf den Platz zu ihrer Linken.

Sophie stellte ihre Tasche ab, zog den Mantel aus, setzte sich und studierte das Whiteboard. »Ich weiß, Sie arbeiten hier aus der Sicht von Mordermittlern, aber zum jetzigen Zeitpunkt gilt Lili bloß als vermisst. Allerdings gibt es einen klaren Zusammenhang. Wahrscheinlich ist es am besten, wenn wir zumindest fürs Erste zusammenarbeiten … bis wir wissen, womit wir es wirklich zu tun haben.«

»Willkommen im Team, Sophie«, sagte Porter.

Nash warf ihm einen skeptischen Blick zu, sagte aber nichts.

Sophie sah sie der Reihe nach an. »Ella war ebenfalls eins meiner Mädchen. Man hofft immer, dass es gut ausgeht, aber wenn sie nach achtundvierzig Stunden noch nicht aufgetaucht sind, bedeutet das entweder, dass wir es mit einer Ausreißerin zu tun haben, oder Schlimmeres. Beide Mädchen stammen aus gutem Hause, sodass ich sofort befürchtet habe, dass ›Schlimmeres‹ passiert sein dürfte. Als Sie mir von den Kleidungsstücken erzählt haben, war das mehr oder weniger die Bestätigung. Ich hoffe nur, dass wir Lili rechtzeitig finden.«

»Haben Sie Lilis Eltern die Fotos der Kleidungsstücke gezeigt?«, erkundigte sich Porter. Er hatte ihr die Aufnahmen aus der Rechtsmedizin gemailt.

Sophie nickte. »Ihre Mutter hat sie wiedererkannt. Sie meint, die Initialen in der Mütze hat sie selbst dort hineingeschrieben.«

Porter schrieb »in Lili Davies' Kleidung aufgefunden«

unter den Namen »Ella Reynolds«. Dann drehte er sich wieder zu Sophie um. »Was können Sie uns sonst noch über Ella erzählen?«

Sie überflog kurz die Notizen auf dem Whiteboard. »Vor ein paar Wochen bin ich die Strecke abgelaufen, gleich nachdem sie verschwunden war. Die Bushaltestelle liegt etwa zwei Blocks von ihrem Zuhause entfernt, in der Nähe des Logan Square. Allerdings haben die Eltern erwähnt, dass sie manchmal noch zu Starbucks an der Kedzie Avenue geht und dort Hausaufgaben macht. Ich bin beide Routen abgelaufen. Es sind vier Minuten von der Bushaltestelle nach Hause, sieben vom Bus zu Starbucks und neun Minuten von Starbucks bis zu ihrem Elternhaus. Die Gegend ist ziemlich belebt – überall Leute. Ich kann mir nicht vorstellen, dass er sie sich dort geschnappt hat, ohne dass er dabei beobachtet worden wäre.«

»Haben Sie schon mit dem Starbucks-Filialleiter gesprochen?«, wollte Nash wissen, und Sophie nickte.

»Er hat Ella von einem Foto wiedererkannt, konnte aber nicht sagen, ob sie an diesem speziellen Tag dort gewesen ist. Normalerweise zahlt sie bar, insofern gab es auch keine Bank- oder Kreditkartenbelege.«

»Überwachungskameras?«

»Eine, die leider täglich überschrieben wird. Sie speichern die Aufnahmen nicht. Als wir dort aufgetaucht sind, waren die Aufnahmen schon gelöscht.«

Kloz räusperte sich. »Vielleicht sollte ich mir das mal ansehen. Mir ist noch kein Überwachungssystem untergekommen, das die Bilder des Vortags komplett vernichtet. Wenn das System über Festplatte läuft, dann könnten da immer noch Speicherfragmente vorhanden sein, auch wenn der Filialleiter glaubt, dass die Aufnahmen futsch sind.«

Porter nickte und ergänzte auf dem Whiteboard »Starbucks-Aufnahmen (1 Tag Speicherung) – Kloz«.

»Was noch?«

»Wir haben uns ihren Computer und die E-Mails angesehen, aber nichts Außergewöhnliches gefunden«, fuhr Sophie fort. »Ihr Handy ist verschwunden. Zuletzt war es mit der Sendeanlage am Logan Square verbunden, hat sich aber vier Minuten nach dem fahrplanmäßigen Halt des Busses ausgeklinkt.«

»Kloz?«

Kloz nickte bereits und machte sich in seinem MacBook eine Notiz. »Schau ich mir ebenfalls an.«

Porter wandte sich wieder an Sophie. »Haben Sie in Lilis Zimmer irgendetwas gefunden?«

»Nichts, was auffällig gewesen wäre. Kleidungsstücke überall, aber nichts, was sie in den Schubladen oder unter der Matratze versteckt hätte, die üblichen Verstecke bei Kids. Am Spiegel klebt ein Foto von ihr und einem anderen Mädchen. Der Mutter zufolge ist das die beste Freundin, Gabby. Ihr Vater behauptet, sie habe sowohl ein Handy als auch einen Laptop, aber beides war nicht in ihrem Zimmer. Sie hat wohl beides mit zur Schule genommen, immerhin hatte sie nach Aussage der Mutter einen Rucksack dabei, als sie das Haus verlassen hat.« Sie hielt für einen kurzen Moment inne und überflog eine SMS auf ihrem Handy. »Mein Büro hat ihr Handy angepingt, aber es ist ausgeschaltet. Gerade habe ich den Bericht bekommen. Die letzte Sendeanlage befindet sich ganz in der Nähe des Elternhauses. Um dreiundzwanzig nach sieben ist das Signal weg. Das sind gerade mal acht Minuten, nachdem sie das Haus verlassen hat.«

»Kloz, schau mal, ob du in ihren Social-Media-Accounts oder den E-Mails was findest«, sagte Porter.

»Wird erledigt«, erwiderte Kloz.

Sophie zog einen Ordner aus ihrer Tasche und breitete den Inhalt auf dem Tisch aus. Es waren Fotos beider Mädchen. »Ella und Lili sehen sich ähnlich, insofern könnte man fast von ein und demselben Beuteschema oder sexuellen Motiv ausgehen. Allerdings konnte der Rechtsmediziner bei Ella keine Anzeichen sexueller Gewalt feststellen. Trotzdem muss das kein Zufall sein.«

»Guter Hinweis. Darf ich?« Porter zeigte auf die Fotos.

Sophie schob sie zu ihm rüber, und Porter befestigte sie am Whiteboard. »Wie alt ist Lili?«

»Siebzehn«, antwortete Sophie.

»Beide sind blond, etwa schulterlange Haare. Ella hatte blaue Augen, Lili hat grüne. Zwei Jahre Altersunterschied. Wo ist Ella zur Schule gegangen?«, fragte Porter.

Sophie blätterte in ihren Unterlagen. »Kelvyn Park High. Sophomore, also zweites Highschool-Jahr.«

»Irgendein Hinweis, dass die beiden sich gekannt haben könnten?«

»Nicht dass ich wüsste«, antwortete sie. »Verschiedene Schulen, verschiedene Freundeskreise, zwei Jahre Altersunterschied. Keine der beiden hatte einen Führerschein.«

»Was ist mit der Kunstgalerie?«, hakte Porter nach. »Könnten sie sich dort getroffen haben?«

»Dort war ich noch nicht, die machen erst um zehn Uhr auf.«

Porter kratzte sich an der Wange. »Mir wäre lieber, Sie und Clair könnten die Schule besuchen und vielleicht diese Freundin befragen, Gabrielle Deegan. Nash jagt Schulkindern ja eher Angst ein.«

Nash grinste. »Kann nichts dafür, dass ich einschüchternd wirke.«

Porter nickte ihm zu. »Wir beide checken die Galerie.«

»Kunst ist immer gut.«

»Ich schicke Ihnen die Adresse«, sagte Sophie. »Sie liegt an der North Halsted.«

Porter warf einen Blick zurück auf das Whiteboard. »Noch etwas?«

Niemand antwortete.

»Sollen wir uns jetzt das Video ansehen?«, schlug Clair vor.

»Klar, Film ab.«

Clair tippte auf das Display ihres iPad und schob es dann in die Mitte des Tischs. Es war ein Standbild und aus einem ungünstigen Winkel aufgenommen; die Linse war auf eine schmale Teerstraße ausgerichtet. Laut Zeitanzeige war es 8.47 Uhr am 12. Februar.

Clair drückte auf Start, und die Zeitanzeige tickte in Echtzeit los. Zwei Wagen fuhren vorbei – ein gelber Toyota und ein weißer Ford. Dann kam ein grauer Pick-up in Sicht, und Clair drückte Pause. »Ich spiel das jetzt langsamer ab«, sagte sie, und das Video spulte Einzelbild um Einzelbild ab.

Als das Heck des Pick-ups ins Bild kam, dämmerte es Porter. »Halt an.«

Der Pick-up zog einen großen Wassertank hinter sich her, wie ihn auch Pool-Reinigungsservices verwendeten.

»Im Park gibt es nirgends einen Pool, mal abgesehen davon, dass so ein Reinigungsservice im Winter wohl auch eher selten angefordert wird«, sagte Clair. »Ich nehme an, so hat er das Wasser hintransportiert.«

»Haben wir noch alternative Blickwinkel?«, wollte Porter wissen.

Clair schüttelte den Kopf. »Das ist die einzige Kamera.«

Kloz lehnte sich nach vorn. »Damit kann ich nicht allzu viel anfangen. Das Bild ist gestochen scharf, aber der Winkel ist eine Katastrophe.«

»Kannst du noch mal ein paar Bilder zurückspulen?«, bat Porter.

Clair tat wie geheißen, und mit jeder Berührung des Displays tickerten die Bilder rückwärts.

»Stopp«, sagte Porter. »Was ist das für ein Licht, und warum hängt die Kamera überhaupt so komisch?«

Sie war in einem spitzen Winkel fast senkrecht nach unten ausgerichtet, obwohl derlei Kameras normalerweise eher die Straße überblickten, damit sich nähernde oder davonfahrende Wagen bestmöglich erfasst wurden.

Sie hielten bei einem Standbild inne, das den größtmöglichen Teil der Windschutzscheibe zeigte. Allerdings verhinderte ein gleißender Lichtfleck den Blick in die Fahrerkabine.

Porter konnte gerade so den Umriss des Fahrers erkennen, aber nichts, was ihn hätte identifizieren können. »Kloz, was meinst du, kannst du das vergrößern und bearbeiten?«

Kloz kaute an seinem Daumennagel. »Möglich ... schwer zu sagen. Aber ich kann's mal versuchen.«

»Laut Parkverwaltung werden die Aufnahmen nur selten durchgesehen. Die Kamera hängt da eher zur Abschreckung. Irgendwann muss sie sich entweder gelockert haben, sodass die Linse nach unten gekippt ist, oder jemand hat sie in voller Absicht so ausgerichtet. Der Typ hatte keine Ahnung, wann oder wie das passiert ist«, berichtete Clair. »Er meinte, die Kamera hat früher schön die Straße runter gezeigt und die Autos samt Fahrer erfasst.«

Porter wandte sich erneut an Kloz, doch der winkte bereits ab, noch ehe Porter etwas sagen konnte. »Ja, schon kapiert, ich geh die alten Aufnahmen durch und guck mal, ob ich herausfinden kann, wann es passiert ist – für den unwahrscheinlichen Fall, dass unser unbekannter Täter uns mit einem Schraubenschlüssel in der Hand entgegengrinst.«

»Leute machen Fehler«, erwiderte Porter.

»Klar.«

»Gut. Und zumindest Marke und Modell des Pick-ups sollten doch kein Problem sein. Wenn wir diese Daten den Pool-Reinigungsservices gegenüberstellen, haben wir vielleicht Glück.« Er drehte sich wieder zum Whiteboard um. »Noch irgendetwas, das wir hinzufügen sollten?«

Als keiner etwas sagte, drückte Porter die Kappe auf den schwarzen Stift und setzte sich an den Besprechungstisch. »Ich will mehr über die Entführungen an sich wissen. Unser Täter arbeitet schnell und scheint kein Problem damit zu haben, sich die Mädchen auf offener Straße zu schnappen. Das bedeutet, entweder fällt er nicht weiter auf, oder aber er hat sie im Vorfeld kennengelernt, sodass sie ihm gegenüber nicht misstrauisch sind. Er kann sie ja nicht unbemerkt in seinen Pick-up gezerrt haben, während sie um sich getreten und gekreischt haben. Insofern bringt er sie irgendwie dazu, freiwillig einzusteigen.«

»Vielleicht stehen ihm auch noch andere Wagen zur Verfügung«, warf Nash ein. »Baustellenfahrzeug, Stadtwerke – irgendetwas, das mit dem Hintergrund verschmilzt.«

Kloz drehte sein MacBook herum, sodass alle den Bildschirm sehen konnten. Er hatte einen Stadtplan von Chicago und der unmittelbaren Umgebung aufgerufen. In der Nähe des Logan Square befand sich ein roter Punkt, dann einer im Jackson Park und ein dritter am King Drive im Stadtviertel Bronzeville. »Zwischen den beiden Punkten, wo die Mädchen verschwunden sind, liegen rund zehn Meilen. In einer so großen Stadt wäre das ein mächtiger Jagdgrund. Vom Jackson Park, wo Ella gefunden wurde, ist es tatsächlich näher zu Lilis als zu Ellas Elternhaus.«

Porter sah sich die Karte für einen Moment an. »Dann ist Lili in der Nähe der Stelle entführt worden, wo Ella gefunden wurde? Das könnte wichtig sein.«

»Und Ella ist in Salzwasser ertrunken?«, fragte Sophie, die stirnrunzelnd das Whiteboard betrachtete. »Das ergibt doch keinen Sinn.«

»Wie wäre es mit einem Salzwasserpool?«, schlug Kloz vor. »Das würde zu dem Pick-up passen.«

»Gibt's so was?« Nash rümpfte die Nase, doch Kloz nickte.

»Meine Tante in Florida hat einen. Sie hat eine Chlorallergie. Außerdem sind die einfach zu handhaben: Man muss nicht ständig Chemikalien abmessen.«

»Rund um Chicago dürfte es davon nicht allzu viele geben. Glaubst du, du könntest uns eine Liste zusammenstellen?«, fragte Porter.

»Vielleicht über die Baugenehmigungen«, murmelte Kloz.

Porter sah von einem zum anderen. Mit Ausnahme von Sophie Rodriguez kannte er sie alle seit Jahren. Er griff sich die Zeitung von Nashs Schreibtisch und legte sie auf den Besprechungstisch. »Passt auf mit Reportern. Irgendwer schnüffelt jetzt schon zu nah an der Sache herum, und sie halten sich auch nicht mit Spekulationen zurück.«

Clair drehte die Zeitung um, sodass sie die Schlagzeile lesen konnte. »Du glaubst doch wohl nicht, dass einer von uns mit der Presse gesprochen hat?«

Porter schüttelte den Kopf. »Ich glaube nur, dass sie alles drucken, was Auflage macht. Wenn sie mit keinem von uns reden können, erfinden sie eben was. Sobald wir so weit sind, gebe ich eine Presseerklärung raus, aber bis dahin herrscht Funkstille – außer was die AMBER-Meldung zu Lili angeht.«

Unbehagliches Schweigen machte sich am Tisch breit. Am Ende war es Sophie, die wieder das Wort ergriff.

»Will noch jemand diesen Donut?«

Mit einem Seufzer ließ Kloz die Stirn auf die Tischplatte sinken. »Nehmen Sie ihn.«

Stand der Ermittlung

ELLA REYNOLDS (15)
Vermisst gemeldet 22. 1.

aufgefunden 12. 2. im Haff/Jackson Park

Haff seit 2. 1. überfroren (20 Tage vor Verschwinden)

zuletzt gesehen Bushaltestelle am Logan Square (2 Blocks von zu
Hause, 15 Meilen bis Jackson Park)

zuletzt gesehen in schwarzem Mantel

ertrunken in Salzwasser (gefunden in Süßwasser)

in Lili Davies' Kleidung aufgefunden

4 Min zu Fuß von Bushaltestelle nach Hause

öfter im Starbucks an der Kedzie, von dort 7 Min nach Hause

LILI DAVIES (17)

Eltern = Dr. Randal Davies und Grace Davies

beste Freundin = Gabrielle Deegan

geht auf die Wilcox Academy (Privatschule), am 12. 2. nicht zum
Unterricht erschienen

zuletzt gesehen auf dem Weg zur Schule (zu Fuß) am 12. 2., 7.15

in rotem Perro-Nylonparka (Diamantstepp, Kapuze), weiße Mütze
und Handschuhe, dunkle Jeans, pinkfarbene Sneakers (alles bei
Ella gefunden)

vermutlich am Morgen des 12. 2. entführt (auf dem Schulweg)

schmales Zeitfenster = 35 Min (7.15 aus dem Haus, Unterricht
beginnt um 7.50)

Schule nur 4 Blocks von zu Hause entfernt

erst nach Mitternacht (Morgen des 13. 2.) als vermisst gemeldet

Eltern dachten, sie wäre direkt nach der Schule zur Arbeit (Galerie)
gegangen

Unbekannter Täter

fährt evtl. grauen Pick-up mit Wassertank-Anhänger

arbeitet evtl. mit Pools (Reinigung, Instandhaltung)

Aufgaben

- Starbucks-Aufnahmen (1 Tag Speicherung) - Kloz
- Ellas Laptop, Handy, E-Mail - Kloz

- Lilis Social Media, Handyverbindungen, E-Mail (Handy und Laptop verschwunden) - Kloz
- Bild des potenziellen unbek. Täters auf dem Weg in den Park vergrößern - Kloz
- Überwachungskamera im Park manipuliert? Alte Aufnahmen - Kloz
- Marke und Modell des Pick-ups - Kloz
- Clair und Sophie checken Lilis Schulweg/sprechen mit Gabrielle Deegan
- Porter und Nash: Kunstgalerie (Chefin = Ms. Edwins)
- Liste der Salzwasserpools in und um Chicago ggf. durch Baugenehmigungen - Kloz
- Aquarien und Aquaristikgeschäfte

10

Porter

»Sam, du musst das nicht machen.«

»Klar muss ich.«

Sie klingelten bei den Reynolds'.

Sie waren auf direktem Weg vom Revier hergefahren – Porter hatte das Blaulicht eingeschaltet und war mindestens über drei rote Ampeln gerast.

Neben ihm auf der Treppe trat Nash von einem Fuß auf den anderen. »Das Department könnte doch auch eine Streife schicken.«

Porter rieb sich die Hände. Diese Kälte würde ihn noch umbringen. Im Wind waren es gut minus fünfzehn Grad. »Es ist nach neun, womöglich haben sie schon die Zeitung gelesen. Und sicher ist es auch in den Morgennachrichten gewesen.«

Porter drückte erneut auf die Klingel.

Eine Gardine vor dem Fenster links neben der Tür wurde kurz zurückgezogen. Dann machte sich jemand am Türschloss zu schaffen. Die Tür ging einen Spaltbreit auf. Eine Frau Mitte vierzig sah sie mit rot unterlaufenen, verschleierten Augen an, um die der Schlafmangel deutliche Spuren hinterlassen hatte. Ihr braunes Haar war strähnig und sicher seit Tagen nicht gewaschen. Sie trug einen dicken braunen Pulli und Jeans. »Ja bitte?«

Porter zückte seinen Dienstausweis. »Detective Porter, und das ist Detective Nash, Chicago Metro. Dürfen wir reinkommen?«

Sie starrte ihn an, als benötigte sie ein paar Sekunden, um den Satz zu verarbeiten. Dann nickte sie, zog die Tür auf und spähte an ihnen vorbei zur Straße. »Anscheinend hat die Kälte endlich auch den letzten Übertragungswagen vertrieben. Gestern Nacht standen sie noch alle dort.«

Porter und Nash klopften sich den Schnee von den Schuhen, traten ein und zogen die Tür hinter sich zu. Im Vergleich zu draußen war es drinnen stickig warm. Halb erfroren, wie Porter war, machte es ihm nichts aus.

Er räusperte sich. »Ist Ihr Mann auch zu Hause?«

Mrs. Reynolds schüttelte den Kopf. »Er ist noch nicht wieder zurück.«

»Ist er verreist?«

Die Frau atmete tief durch und ließ sich auf die Armlehne des Ledersofas hinter ihr sinken. »Er ist seit dem Tag, an dem Ella verschwunden ist, immerzu herumgefahren und hat sie gesucht. Er kommt nur her, um kurz was zu essen und ein paar Stunden zu schlafen, und fährt wieder los. Ein paarmal bin ich mit ihm mitgefahren, aber es hat sich so sinnlos angefühlt – x-beliebige Straßen hoch- und runterzufahren und sie zu suchen ... wie einen streunenden Hund. Aber ich kann ihn auch nicht davon abhalten. Es würde ihm das Herz brechen. Am Dienstag hat er versucht, zu Hause zu bleiben – da sind wir beide die Wände hochgegangen. Gestern nach dem Abendessen ist er wieder losgefahren.«

»Es hilft, in Bewegung zu bleiben«, sagte Nash.

Sie sah ihn ausdruckslos an und fuhr dann fort: »In der ersten Woche habe ich nichts anderes gemacht, als herumzutelefonieren. Ich habe Ellas Freunde angerufen, die ganze Familie, sämtliche Nachbarn, einfach jeden, den ich erreichen konnte. Notunterkünfte, Krankenhäuser, Leichenschau-häuser ... Hier zu Hause zu sitzen, in diesem Haus einge-sperrt zu sein, fühlt sich so ... unnütz an. Aber was soll ich denn machen? Wir haben überall Suchplakate aufgehängt, nur helfen die bei diesem Wetter auch nicht viel weiter. Es ist doch niemand draußen.«

Porter holte tief Luft. »Was ich Ihnen jetzt sagen muss, fällt mir sehr schwer ...«

Mrs. Reynolds hob die Hand. »Sie müssen es nicht sagen. Ich hab es heute früh in den Nachrichten gesehen. Der Fern-seher läuft seit drei Wochen ununterbrochen. Ich bin auf dem Sofa eingeschlafen, und als ich letzte Nacht aufgewacht bin, haben sie Bilder aus dem Park gezeigt. Sie haben zwar nicht gesagt, dass es Ella war, nur dass die Leiche eines Mädchens dort im Wasser gefunden wurde, aber eine Mutter weiß sofort Bescheid. Ich denke mal, ich hab es schon die ganze Zeit gewusst. Und ich glaube, ich hab Sie im Fern-sehen gesehen. Sie kommen mir jedenfalls bekannt vor.«

»Es tut mir wahnsinnig leid.«

Sie nickte bloß und tupfte sich über die Augen, auch wenn sie aussah, als hätte sie schon vor zwei Wochen all ihre Tränen vergossen. »Meine Ella wäre nie weggelaufen, das war uns schon in dem Moment klar, als sie verschwun-den ist. Irgendwie hab ich seither minütlich ein bisschen mehr Hoffnung verloren ... In der heutigen Welt verschwin-det ein Mädchen nicht einfach so, nicht mit all den Kame-ras und dem Internet überall ... Wenn ein Mädchen spurlos verschwindet, dann weiß man, dass etwas Schlimmes pas-siert sein muss.« Sie holte tief Luft. »Wie ist sie gestorben?«

»Wir gehen derzeit davon aus, dass sie ertrunken ist. Allerdings warten wir noch auf den Bericht.«

»Sie ist im Haff ertrunken?«

Porter schüttelte den Kopf. »Nein ... woanders. Sie ist er-trunken und wurde dann im Haff abgelegt.«

»Sie meinen, sie wurde ertränkt. Das hat ihr doch irgend-wer angetan?«

»Ich fürchte, ja.«

Mrs. Reynolds blickte zu Boden. »Ich würde gern fragen, ob sie gelitten hat, aber ich glaube, ich kenne die Antwort, und ich bin mir nicht sicher, ob ich sie hören will. Ich mei-ne, irgendwer hat sie vor Wochen verschleppt. Wissen Sie, wann sie ertrunken ist? Wissen Sie, was dieses Monster meiner Tochter in der Zwischenzeit angetan hat?«

Mittlerweile starrte auch Nash zu Boden. »Zum jetzigen Zeitpunkt wissen wir nicht wesentlich mehr als das ... Wir hatten gehofft, Sie in Kenntnis zu setzen, bevor ...«

»Bevor ich es von anderer Stelle erfahre? Das ehrt Sie, aber diese Reporter ... Tja.«

»Haben Sie die Möglichkeit, Ihren Mann zu erreichen? Vielleicht sollten wir ihn anrufen? Und ihm sagen, dass er heimkommen soll?«

Wieder sah sie ins Leere, als müsste sie die Fragen erst verarbeiten. Porter kannte dieses Phänomen, diese Entkop-pelung von der Wirklichkeit. Traumaopfer rückten nicht selten leicht von der Realität ab. Sie *betrachteten* die Er-eignisse in ihrem Umfeld eher, als dass sie daran teilnah-men. Mrs. Reynolds nickte und griff zwischen den Falten der Decke auf dem Sofa nach ihrem Handy. Nach ein paar Sekunden hauchte sie tonlos: »Mailbox«, und starrte wie-der zu Boden, während sie ihrem Mann eine Nachricht hin-terließ. »Floyd? Ich bin's. Komm bitte heim, Schatz, sie ... Die Polizei ist hier. Sie haben sie gefunden, unser Baby ...« Dann legte sie auf und ließ das Handy achtlos aufs Sofa fallen.

An der Rückseite des Hauses wurde eine Tür zugeschla-gen, und ein kleiner Junge zog auf dem Weg ins Wohnzim-mer eine Spur aus Schneematsch hinter sich her. Er war in einen dunkelblauen Schneeanzug, eine ausgeleierte gelbe

Strickmütze, Schal und schwarze Handschuhe gepackt und sicher nicht älter als sieben, acht Jahre. »Mama? Irgendwer hat draußen in unserem Garten einen Schneemann gebaut.«

Mrs. Reynolds bedachte ihn mit einem flüchtigen Blick – »Jetzt nicht, Brady« –, und wandte sich wieder Porter und Nash zu.

»Ich glaub, der ist verletzt.«

»Was?«

»Er blutet.«

11

Lili

Lili war länger allein gewesen; jetzt war sie es nicht mehr.

Der Mann war die Treppe heruntergekommen und stand seit rund zwei Minuten einfach da und starrte sie an. Irgendetwas hielt er in der Hand, aber sie konnte nicht erkennen, was es war.

Als er endlich etwas sagte, klang seine Stimme leise, bedächtig und als hätte er sich gründlich auf diese Aussage vorbereitet: »Du hast die Milch nicht getrunken.«

Lili hatte sie wirklich nicht getrunken und würde es auch jetzt nicht tun. Nichts, was diese Person ihr anböte, würde sie essen oder trinken. Lieber würde sie verhungern und verdursten, als von diesem Mann etwas anzunehmen.

»Warum nicht?«

Sie antwortete nicht, zog bloß die Decke enger und verkroch sich in der hintersten Käfigecke.

»Das hier muss für dich wirklich nicht unangenehm werden. Es sei denn, du willst es so. Mir ist es lieber, wenn du dich wohlfühlst und dich entspannst«, sagte er. »Ist dir warm genug?«

Rechter Hand an der Wand hingen die Klimaanlage und der Warmwasserboiler des Hauses. Seit sie hier war, hatte die Anlage sich immer wieder an- und abgeschaltet; im

Augenblick war sie still. Der Lüfter an der Seite zeigte in Richtung des Käfigs und war tatsächlich sehr warm, aber das würde sie ihm nicht verraten.

»Wenn dir zu kalt wird, sag bitte Bescheid.«

Er trat aus dem Schatten am unteren Treppenabsatz und näherte sich ihrem Käfig. Schon komisch, dachte sie, wie schnell sie ihn als *ihren* Käfig betrachtet hatte. Er schien sie vor der Bedrohung von außen zu schützen. Als der Mann näher kam, war sie zutiefst dankbar dafür, dass der Maschendraht und die Stahlrohre sie voneinander trennten, und für die Sicherheit, die sie ihr bescherten. Mit der freien Hand griff sie nach hinten, umklammerte den Maschendraht und spürte, wie das kalte Metall in ihre Haut schnitt.

Als der Mann ins Licht trat, konnte sie ihn endlich gut sehen. Er war unnatürlich blass, fast weiß wie Papier. Über seinem Nacken konnte sie Adergeflechte erkennen und auf Wangen und Schläfen feine Wölbungen. Er hatte sich eine schwarze Strickmütze tief in die Stirn gezogen und versteckte sein Haar darunter – sofern er denn welches hatte. Seine Augenbrauen waren so dünn, dass sie beinahe gar nicht zu sehen waren. Als sie ihm in die Augen blickte, wünschte sie sich, sie hätte es nicht getan, hätte dieses Glotzen nicht gesehen, diesen starren Blick aus trüb grauen Augen. Es waren die Augen eines alten Mannes, die vom grauen Star und einem milchigen Schleier überzogen waren. Dabei sah er nicht alt aus, vielleicht höchstens dreißig. Die Augen passten nicht zu ihm, sie sahen unnatürlich aus. Außerdem war das rechte dunkler als das linke, als wäre es blutunterlaufen. Lili hätte sich am liebsten weggedreht, aber die Genugtuung wollte sie ihm nicht verschaffen. Sie würde keine Schwäche zeigen.

»Bitte entschuldige, wie ich aussehe, mir ging es nicht gut. Heute geht's wieder besser, und ich schwöre, ich bin auch nicht ansteckend. Du brauchst keine Angst zu haben«, sagte er wieder mit unüberhörbarem Lispeln.

Lili umklammerte den Maschendraht so fest, dass es wehtat, und genoss den Schmerz, die Ablenkung. Trotzig biss sie die Zähne zusammen.

Der Mann hatte den Mund leicht geöffnet. Mit jedem Atemzug konnte sie ein leises Pfeifen hören.

»Ich lass dich jetzt raus, und du tust, was ich sage.« Sein Blick huschte zu dem Gegenstand in seiner rechten Hand. Ein Elektroschocker. Den hatte er nicht erwähnt.

Lili wusste, dass diese Geräte nicht tödlich waren, aber sie fragte sich, wie schmerzhaft es würde. Würde sie es noch schaffen, an ihm vorbei und ins Freie zu kommen, selbst wenn er das Gerät einsetzte?

Mit der linken Hand schob er den Schlüssel erst ins obere, dann ins untere Vorhängeschloss, nahm beide Schlösser ab und hängte sie in den Maschendraht. Dann drückte er den Handgriff nach oben und zog die Tür auf.

Lili blieb stocksteif sitzen, nur ihre Finger krallten sich fester um das Käfiggitter in ihrem Rücken.

»Komm jetzt bitte raus«, sagte er leise. »Ich könnte dich hiermit außer Gefecht setzen und dich rausholen, aber dann müssten wir wieder warten oder noch mal von vorn anfangen. Am besten tust du einfach, was ich dir sage.«

Er durchbohrte sie schier mit dem Blick aus diesen bewölkten Augen. Die rechte Hand war ein Stück über dem Handgelenk verpflastert, schmutzig, mit getrocknetem Blut verschmiert.

»Raus jetzt!«, kreischte er unvermittelt, und Lili schnappte nach Luft. »Warum muss ich dich anschreien? Können wir das bitte bleiben lassen? Ich will nicht laut werden müssen, und ich will nicht fies werden. Komm einfach, damit wir anfangen können, bitte. Je schneller wir anfangen, umso schneller sind wir wieder fertig.«

Sie wollte nicht, und sie wusste, sie sollte es nicht tun, trotzdem stand sie widerwillig auf und ging auf den Mann und die Käfigtür zu. Den Blick hielt sie über seine Schulter hinweg auf die Treppe in seinem Rücken gerichtet, auf das Licht, das nach oben hin heller wurde.

»Es haben schon andere versucht, zur Treppe zu kommen. Keiner hat's je geschafft. Versuch's, wenn du willst, nur muss ich dann den Schocker einsetzen, und alles verzögert sich. Wir müssten wieder neu anfangen – aber wir *würden* neu anfangen. Am besten, du tust, was ich sage«, erklärte er ihr mit ruhiger Stimme. Dann spürte sie durch die Decke hindurch seine Hand im Nacken, die sie vorwärts manövrierte, auf eine große Eistruhe zu, die an der Wand neben dem Treppenaufgang stand.

Er zog den Deckel auf.

Lili rechnete damit, dass ihr Kälte entgegenschlug – einen ganz ähnlichen Gefrierschrank hatten sie zu Hause auch. Doch stattdessen stieg daraus eine warme, feuchte Wolke empor. Die Gefriertruhe war mit Wasser gefüllt. Sie wich einen Schritt zurück, versuchte, von ihm wegzukommen, bis sie die Elektroden im Rücken spürte und stillhielt.

»Das Wasser ist angenehm warm. Los, fühl mal.«

Wie ferngesteuert wanderte ihre Hand in Richtung des Wassers. Dann tauchte sie die Finger ein. Es war wirklich warm, deutlich wärmer als die Luft.

»Vielleicht ziehst du dich aus, das wäre besser.«

Er sagte es so nebenbei, so nonchalant, als wären sie alte Freunde.

»Ich zieh mich nicht …« Es war ihr herausgerutscht, noch ehe Lili überhaupt begriffen hatte, dass sie ihm antwortete. Sie verstummte und schüttelte den Kopf, während sie gleichzeitig die Decke fester packte und enger um ihren Körper zog. Am liebsten wäre sie von der Gefriertruhe zurückgewichen, doch er stand direkt hinter ihr, und sie spürte seinen warmen Atem im Nacken.

Dann legte er ihr die linke Hand auf die Schulter und zog an der Decke.

Sie schrie auf. Sie schrie, so laut sie konnte und so vehement, dass es sich anfühlte, als würde ihr Rachen mit einem Messer bearbeitet. Ihr Schrei hallte von den Kellerwänden wider, und das Echo klang fremd – wie die Stimme eines verängstigten kleinen Mädchens, wie die eines Menschen, dem alle Kontrolle entglitten war, der aufgegeben hatte, den sie nicht kennen wollte.

Die Elektroden des Elektroschockers bissen sie in den Nacken – zwei Metallzähne, die so unerträglich wehtaten, dass es ihr schier durch jede Faser schnitt, als glitte eine Klinge von ihren Zehen bis in die Fingerspitzen. Sie verdrehte die Augen, und die Beine gaben unter ihr nach. Binnen eines Wimpernschlags war ihr Schrei verstummt, und um sie herum wurde es still.

Als sie wieder zu sich kam, lag sie am Boden auf der Decke. Der Mann zerrte ihren Slip nach unten. Die anderen Kleidungsstücke hatte er ihr bereits ausgezogen. Lili versuchte, den Saum der Decke zu ertasten, um sich zuzudecken, aber ihr Arm bewegte sich nicht. Sie starrte auf ihre Finger hinab, die immer noch zuckten.

»Ich wollte den Schocker nicht einsetzen. Ich wollte dir auch nicht wehtun. Bitte, ich will das nicht noch mal tun müssen«, sagte er. »Du kriegst deine Sachen wieder, sobald wir fertig sind. Du wirst sehen, so ist es besser.«

Lili ahnte, was als Nächstes kommen würde, und versuchte, sich dagegen zu wappnen.

Der Mann schob ihr einen Arm unter die Schultern und den anderen unter die Knie und hob sie hoch. Auch wenn er krank aussah, war er erstaunlich kräftig. Er hob sie über die wassergefüllte Eistruhe und ließ sie dann vorsichtig hineinsinken. Lili war knapp eins sechzig groß. Als sie die Beine im Wasser treiben ließ und ausstreckte, berührte sie mit den Zehen das andere Ende. Er hielt sie an den Schultern hoch, sodass ihr Gesicht über Wasser blieb.

»Warm genug, oder? Schön.«

Das warme Wasser wirkte seltsam beruhigend; es fühlte sich an, als glitte sie in einem Schwimmbad ins Wasser und triebe an der Oberfläche. Allmählich kehrte auch das Gefühl in Arme und Finger zurück, als massierte die Wärme ihre Glieder zurück ins Leben.

»Mach die Augen zu und entspann dich«, sagte er mit ruhiger Stimme, sodass sein Lispeln kaum mehr zu hören war. »Atme tief ein, hol schön tief Luft.«

Lili tat wie geheißen, nicht weil er es ihr befohlen hätte, sondern weil sie es wollte. Sie öffnete die Lippen und atmete die Kellerluft ein, ließ zu, dass sie in ihre Lunge strömte, genau wie sie es beim Yoga gelernt hatte, ein reinigender Atemzug bis tief in den Bauch.

»Und jetzt langsam wieder ausatmen, spüre, wie die Luft deinen Körper verlässt«, flüsterte er. »Spüre jeden Hauch.«

Lili ließ die ...

Im selben Moment packte der Mann ihre Schultern und drückte sie mit solcher Kraft unter Wasser, dass ihr Kopf am Boden der Truhe aufschlug. Sie trat um sich und fuchtelte wild mit den Armen, erwischte für einen winzigen Augenblick mit den Fingerspitzen die Kante der Truhe, ehe das glatte Plastik ihr wieder entglitt.

Lili konnte die Luft ziemlich lange anhalten, fast zwei Minuten waren es gewesen, als zuletzt jemand die Zeit gestoppt hatte. Allerdings funktionierte das nur, sofern sie zuvor tief eingeatmet hatte, sofern sie vorbereitet war. Diesmal hatte sie nicht eingeatmet, sie hatte ausgeatmet, genau wie der Mann es ihr aufgetragen hatte, und während er sie unter Wasser drückte, versuchte ihr Körper instinktiv, Luft zu holen, zu inhalieren, und statt Luft atmete sie Wasser ein, fing sofort an zu husten, spie alles wieder aus, spie Wasser aus, nur um im nächsten Moment umso mehr davon einzuatmen. Sie hatte Wasser in der Kehle, Wasser in der Lunge, und es tat so grässlich weh, dass Lili schon glaubte, es würde sie zerreißen. Als sie aufhörte, um sich zu treten, als sie aufhörte, um sich zu schlagen, ging der Schmerz wieder weg, und für einen winzigen Augenblick glaubte sie, es würde alles gut, ihr Körper würde schon einen Weg finden, um unter Wasser zu überleben. Sie wurde ganz ruhig. Sie sah, wie der Mann aus diesen grauen, blutunterlaufenen Augen und mit weit offenem Mund von oben auf sie herabblickte, durchs Wasser leicht verzerrt, aber sie konnte ihn sehen. Dann wurde ihr schwarz vor Augen, und sie sah gar nichts mehr.

12
Clair

Clair stellte ihren grünen Honda Civic vor Lili Davies' Haus am South King Drive gleich hinter zwei Übertragungswagen ab. Beide hatten die Satellitenschüsseln auf dem Dach ausgerichtet, allerdings war von Reportern oder Kameraleuten nirgends eine Spur.

Es schneite leicht, und der Himmel war neblig weiß.

»Da draußen ist es arschkalt«, brummte Clair und rieb die Hände aneinander.

»Den Ausdruck hab ich nie verstanden«, erwiderte Sophie und musterte die Ü-Wagen.

»Da kriegt der Arsch nicht genug Liebe.«

»Oh, das Gefühl kenn ich.«

Clair sah sie von der Seite an. »Was ist denn aus diesem Typen geworden, mit dem du zusammen warst? James? John? Joe?«

»Jessie. Jessie Greifer.«

Clair kicherte in sich hinein. »Echt, so hieß der? Greifer?«

Sophie verdrehte die Augen.

»Tut mir leid, ist echt Kindergarten, sich über einen Namen lustig zu machen, aber mal ehrlich – Greifer? Kann mir gar nicht vorstellen, dass der es extralangsam angehen lässt.«

»Oh, hast du eine Ahnung. Und genau das war wohl Teil des Problems. Von mir aus hätte es durchaus zur Sache gehen dürfen, aber er war ganz Gentleman. Date Nummer vier, und das höchste der Gefühle war ein Küsschen auf die Wange. Eine Frau hat Bedürfnisse …«

»Und ihr Arsch auch.«

Sophie nickte. »Und ihr Arsch auch.«

»Sogar hier drin ist es kalt.«

»Stimmt.«

»Und zwar knackig kalt.«

»Knackarschkalt.«

Clair drehte sich auf dem Sitz herum und sah die Straße entlang. Dann zeigte sie auf das Haus, vor dem sie geparkt hatten. »Da wohnt Lili Davies, ja?«

»Ja, Nummer 748.«

»Und wo liegt die Schule?«

Sophie zeigte aus dem Fenster. »Vier Blocks in östlicher Richtung, man kann sie von hier aus fast sehen.«

Die zierlichen Schneeflöckchen waren größeren gewichen, die Clair an ihre Lieblingsfrühstücksflocken erinnerten, und unwillkürlich rieselte ihr ein Schauder über den Rücken. Sie zog die Jacke bis oben hin zu, wickelte sich den grob gestrickten lila Schal um den Hals und setzte sich ihre kuschlige rosa Mütze auf. Als sie sich zu Sophie umdrehte, hatte die es ihr gleichgetan.

»Du siehst aus wie der Marshmallow-Mann aus *Ghostbusters*.«

Sophie verzog das Gesicht. »Und du wie Willi Wonkas verschollene Schwester.«

»Perfekt. Dann mal los.« Clair schob die Fahrertür auf und trat auf den Gehweg. Es lagen gut fünf Zentimeter Schnee, und es schneite immer weiter, jetzt sogar von der Seite. Sie trat kurz auf der Stelle, während Sophie das Auto umrundete. Ihr Atem bildete weiße Wölkchen. Dann stemmten sie sich in den Wind und machten sich auf den Weg über die 69th Street in Richtung Osten.

Als sie die Vernon Avenue überquert hatten, blieb Clair stehen und starrte geradeaus. »Wenn ich ein Mädchen entführen wollte, wäre das hier eine gute Stelle.«

Vor ihnen führte die 69th Street durch einen dunklen Tunnel. Darüber verlief der Skyway dreispurig in beide Richtungen, jede Spur knapp fünf Meter breit, sprich in Gänze dreißig Meter plus eine Lücke entlang des Mittelstreifens. Je drei Lampen brannten unter den beiden Abschnitten, richteten gegen die Dunkelheit aber nur wenig aus.

Clair sah zum Himmel und suchte nach der Sonne. »Wann genau ist Sonnenaufgang?«

Sophie neigte den Kopf, und zwischen ihren Brauen bildete sich eine Falte. »Gegen sieben.«

»Unser Mädchen läuft zwei Stunden vor uns los. Da ist die Sonne also gerade aufgegangen. Hier ist im Moment nicht viel los, das mag kurz vor Schulbeginn anders sein – trotzdem könnte hier jederzeit jemand sein Auto abstellen oder vielleicht vortäuschen, liegen geblieben zu sein, und sie sich schnappen, als sie vorbeiläuft. Also, ich setze auf den Tunnel. Überall sonst wird man zu gut gesehen.«

Mittlerweile hatten sie die Unterführung erreicht. Sophie legte die Hand flach auf den Beton. »An sich ist das eine gute Gegend. Keine Graffitis an den Wänden, nirgends Hinweise auf Obdachlose. Ich kann mir nicht vorstellen, dass hier jemand lange stehen bleibt, ohne aufzufallen.«

Sie liefen den Gehweg in der Skyway-Unterführung entlang, und ihre Schritte hallten von den Pfeilern wider. Als sie am anderen Ende herauskamen, zeigte Sophie die Straße entlang. »Da ist die Schule.«

Die Wilcox war allem Anschein nach ein umfunktioniertes altes Fabrikgebäude oder Lager. Die rote Ziegelfassade der Privatschule sah makellos aus und hätte aus dem vergangenen Jahr stammen können. Der angrenzende Parkplatz war »NUR FÜR PERSONAL« und voll bis auf den letzten Platz. Auf der anderen Straßenseite gab es ein paar öffentliche Parkplätze, die höchstwahrscheinlich von Schülern benutzt wurden.

Am Eingang zog Clair die große Glastür auf, warme Luft schlug ihnen entgegen, und sie traten ein. »Da will man doch am liebsten wieder ins Auto steigen und auf direktem Weg nach Florida fahren.«

»Kann ich Ihnen helfen?«

Clairs Blick fiel auf einen älteren Wachmann, der zu ihrer Linken an einem Tischchen saß. Sie machte einen Schritt auf ihn zu, und ein Alarm schrillte los.

Er zeigte auf die Eingangstür. »Metalldetektoren im Türrahmen.«

Clair hielt ihm die Dienstmarke hin. »Ich bin Detective Norton von der Chicago Metro, und das hier ist Sophie Rodriguez von Missing Children. Wir kommen wegen einer verschwundenen Schülerin, Lili Davies.«

Das Lächeln des Wachmanns war augenblicklich verblasst. »Hab auf dem Weg hierher davon gehört. Tut mir wahnsinnig leid für die Familie. Sie ist ein gutes Mädchen.«

Sophie sah ihn von der Seite an. »Sie kennen sie?«

Er nickte. »Die Schule ist ja nicht groß, alles in allem zweihundert Schüler. Ich sehe sie hier jeden Tag, da fällt es schwer, sie nicht zu kennen. Ich hab im Police Department in Pittsburgh gearbeitet und bin vor sechs Jahren in Rente gegangen. Wenn ich irgendwie behilflich sein kann, stehe ich Gewehr bei Fuß.«

»Was können Sie uns über sie erzählen?«, fragte Clair.

»Wie gesagt, hat nie Ärger gemacht. Kommt normalerweise gegen halb acht hier an. Viele Schüler lungern dann noch auf der anderen Straßenseite bei den Parkplätzen herum – sie nicht. Sie versucht, vor allen anderen da zu sein und schon mal hoch ins Klassenzimmer zu gehen. Hat nicht allzu viele Freunde.« Er winkte sofort ab. »Verstehen Sie mich nicht falsch – sie ist nicht unbeliebt. Einfach nur ein bisschen introvertiert. Man konnte ihr ansehen, dass sie in ihrem Köpfchen große Pläne geschmiedet hat. Immer in Gedanken, die Kleine.«

Sophie sah aus dem Fenster zu den Autos auf der anderen Straßenseite. »Ist sie je mit jemandem mitgefahren?«

Er schüttelte den Kopf. »Wenn, dann wäre es mir entgangen. Wenn ich sie draußen gesehen habe, dann kam sie in aller Regel denselben Weg, den Sie gerade gekommen sind.«

Clair zog die Mütze vom Kopf und den Schal vom Hals. »Und was ist mit Gabrielle Deegan? Kennen Sie die auch?«

Sein Mundwinkel wanderte wieder nach oben, und er rieb sich das Kinn. »Gabby gibt sich manchmal tough, aber auch sie ist ein gutes Mädchen. Die zwei stecken oft zusammen, so nach dem Gegensätze-ziehen-sich-an-Prinzip.«

»Wie meinen Sie das?«

Er ließ den Blick durch den Eingangsbereich schweifen und senkte die Stimme. »Bei ihr muss ich öfter mal durchgreifen, wenn Sie verstehen. Als Vertreter des Gesetzes. Dabei weiß ich genau, was sie ist: bloß ein kleines Mädchen, das sich nach Aufmerksamkeit sehnt. Mir kann sie nichts vormachen. Sie würde es niemals zugeben – ich würde sogar darauf wetten, dass sie es weit von sich weisen würde –, aber wenn Sie mich fragen, ist sie eine der Klügsten, die wir derzeit haben. Ich glaube, dass sie sich so aufführt, weil sie hier unterfordert ist, nicht weil sie eine Querulantin wäre. Irgendwann findet sie schon ihren Weg. Bis dahin sorge ich dafür, dass sie sich von größeren Scherereien fernhält und mit ein paar kleineren davonkommt, damit es ausgewogen bleibt. Von der Sorte gibt es in jeder Klasse mindestens einen.«

»Wissen Sie, wo wir sie finden können?«

»Ich ruf oben an, vielleicht kann jemand sie runterbrin-gen«, antwortete er und griff nach dem Telefon auf seinem Tischchen. »Passen Sie bloß auf Ihre Portemonnaies und Preziosen auf.« Er zwinkerte ihnen zu.

13

Porter

Von der Hintertür zum Garten der Reynolds' starrten Porter und Nash den Schneemann an, der vielleicht fünfzehn Meter weiter zu ihrer Linken unter einer großen Birke stand. Der Schneemann starrte zu ihnen zurück.

Unter der Zylinderkrempe glitzerten schwarze Augen. Er war riesig, fast zwei Meter hoch, wenn nicht höher, dick und ausladend, an der Oberfläche vereist und trug eine rote Rose am Revers.

Die Arme bestanden aus Ästen mit schwarzen Handschuhen am Ende. In der Rechten hielt er einen Besenstiel. Aus seinem Mundwinkel hing eine Maiskolbenpfeife, und aus dem vereisten Hals sickerte seitlich dunkles Blut.

Es schneite immer noch, und in der Luft hing ein weißer Schleier. Der Anblick war merkwürdig und pittoresk zugleich. Porter hatte das Gefühl, ein Bild aus einem Märchenbuch vor sich zu sehen, keinen echten Garten. Ein Stück weiter stand eine Kinderschaukel. An der Grundstücksgrenze begann der Wald.

»Und den hat niemand aus der Familie gebaut?«, fragte Nash.

Mrs. Reynolds hielt ihren Sohn fest umklammert. »Nein.«

Sie sagte nur dieses eine Wort, hielt den Blick weiter auf dieses Ding gerichtet – diesen Fremdling in ihrem Garten.

Porter zog den Reißverschluss seiner Jacke auf und griff nach seiner Glock.

Brady machte große Augen. »Whoa, bringt der jetzt den Schneemann um, Mama?«

»Ich tu ihm nichts. Ich bin nur ein bisschen besorgt, dass er mir etwas tun könnte«, erwiderte Porter leise. »Hast du hier draußen jemanden gesehen? Irgendwen?«

»Nein, Sir.«

»Wie wär's, wenn du und deine Mutter für ein paar Minuten zurück ins Wohnzimmer geht? Meinst du, du könntest kurz auf deine Mutter aufpassen, während mein Partner und ich uns das da näher ansehen?«

Brady nickte.

Porter sah von dem Jungen zu seiner Mutter. »Gehen Sie nach drinnen.«

Als die beiden verschwunden waren, wandte er sich an Nash. »Bleib du hier und behalt die Bäume dort hinten im Auge.«

Nash zog seine Waffe und suchte den Waldrand mit dem Blick ab, während Porter über die Schwelle in den frischen Schnee trat. In seinem Hinterkopf regte sich die Erinnerung an ein uraltes Kinderlied.

Kleine Fußstapfen verliefen vor der Tür erst kreuz und quer durch den frisch zugeschneiten Garten und dann schnurgerade auf den Schneemann zu. So gut er konnte, trat Porter in die Fußstapfen des Jungen und machte winzige Schritte, um nicht zusätzlich eigene Spuren zu hinterlassen. Es hatte fast die ganze Nacht lang geschneit, der Neuschnee lag mehrere Zentimeter hoch, trotzdem wollte es ihm nicht einleuchten, wie jemand ein solches Ding hatte bauen können, ohne irgendwelche Spuren zu hinterlassen. Sein Blick wanderte zu dem Besen, den der Schneemann in der Hand hielt. Natürlich hätte jemand den Besen verwenden können, um seine Spuren im Schnee zu verwischen ...

Aber wie war der Besen dann in die Hand des Schneemanns gekommen, ohne dass Fußstapfen von ihm wegführten? Außerdem war der Garten eingezäunt. Maschendraht, etwa hüfthoch. Das Törchen zum Garten stand offen.

Und von dort verlief eine kaum sichtbare Spur zum Schneemann. Keine Fußabdrücke, eher eine leichte Vertiefung, als wäre etwas Schweres von der Straße hierher in den Garten geschleppt worden.

Jetzt stand er dem Schneemann genau gegenüber.

Das Ding war anderthalb Köpfe größer als er. Aus Porters Blickwinkel sah der Mund aus abgebrochenen Zweigen aus wie zu einem hämischen Grinsen verzogen.

Als Kind hatte Porter Hunderte Schneemänner gebaut, einen Schneeball vor sich hergeschoben, bis daraus eine mächtige Kugel geworden war, die zu schwer gewesen wäre, um sie noch weiterzuschieben. Normalerweise bestand ein Schneemann aus einer großen Kugel zuunterst, einer kleineren – dem Torso – darüber und einer dritten für den Kopf.

Dieser Schneemann hier war anders gebaut worden.

Der Schnee war Handvoll um Handvoll an ihn drangeklatscht und festgeklopft worden. Irgendwer hatte sich Zeit genommen und den Schnee wie ein Bildhauer in Form gebracht, statt sich für die klassische, deutlich schnellere Vorgehensweise zu entscheiden.

All dies schoss ihm binnen eines Moments durch den Kopf, während er gleichzeitig den Schneemann von oben bis unten musterte und sich am Ende dem dunklen Rot an dessen Hals zuwandte, das aussah wie eingefärbtes, zerstoßenes Wassereis.

Porter brach einen Zweig vom nächstbesten Baum ab und machte sich vorsichtig daran, mit dem zersplitterten Ende unter dem dunkelsten Fleck zu stochern, der auf den Schneemannschultern gefroren war. Wer immer den Schneemann gebaut hatte, hatte ihn zwischendurch immer wieder mit Wasser übergossen, sodass die äußere Schicht zu Eis ausgehärtet war – noch ein Trick, den Porter als Kind gelernt hatte. Wenn man es ordentlich machte, wurde der Schneemann hart wie eine Marmorstatue und überdauerte den ganzen Winter. Wenn man den Schnee nicht richtig aushärtete, brachen mit der Morgensonne nach und nach Stücke heraus, und bis zum Nachmittag war alles halb in sich zusammengesackt.

Porter stocherte weiter, um das Eis zu durchstoßen und dann den festgeklopften Schnee abzukratzen. Irgendwann hatte er hinreichend tief gebohrt, um den aufgeschlitzten Hals des Mannes unter der Schneeschicht freizulegen.

14

Lili

Es tat weh.

Es tat so wahnsinnig weh.

Lilis Körper war von einem gigantischen Krampf geschüttelt worden, als ihre Lunge versucht hatte, das Wasser auszuspeien, es auszuhusten. Sie atmete flach ein, auch wenn sie gar nicht wollte – sie wollte nicht noch mehr Wasser einatmen, sie wollte nicht sterben. Trotzdem atmete sie, so unwillkürlich wie man sah oder hörte. Und diesmal füllte sich die Lunge mit Luft. Wieder hustete sie, befreite die Lunge und ihre Kehle von Wasser. Und atmete wieder hektisch ein.

Ihr war kalt.

Unfassbar kalt.

Sie lag nicht mehr im Wasser, sondern auf dem Betonboden.

Sie riss die Augen auf.

Der Mann kauerte über ihr und stemmte sich mit beiden Händen auf ihren Brustkorb.

Als ihre Blicke sich trafen, hörte er sofort auf. Dann riss auch er die Augen auf, ging auf die Knie, und sein verbrauchter Atem wehte ihr übers Gesicht.

»Was hast du gesehen?«

Lili holte erneut Luft, schluckte, holte wieder Luft.

»Langsam, sonst hyperventilierst du.« Er griff nach ihrer rechten Hand und legte den Daumen auf ihr Handgelenk. »Dein Puls ist immer noch ein bisschen unregelmäßig, aber das gibt sich wieder. Bleib ruhig liegen, atme durch die Nase ein und durch den Mund aus. Langsame Atemzüge.«

Lili zwang sich dazu, langsamer zu atmen, genau wie er gesagt hatte. Allmählich konnte sie ihre Fingerspitzen wieder fühlen, dann die Zehen. Ihr war unfassbar kalt. Sie fing an, unkontrolliert zu zittern.

Der Mann griff nach der Decke und warf den säuerlich riechenden Stoff über sie.

»Deine Körpertemperatur ist im selben Moment gesunken, als du gestorben bist. Gleich ist sie wieder normal. Was hast du gesehen?«

Sie versuchte, den Schleier vor ihren Augen wegzublinzeln, aber es tat einfach nur weh, die Augen offen zu halten. Das bisschen Licht wirkte gleißend hell, heiß, lodernd. Als sie die Augen zusammenkniff, bekam sie einen leichten Klaps auf die Wange.

Gestorben?

»Was hast du gesehen?«, fragte er erneut und rieb ihre Arme durch die Decke. Langsam wärmte die Reibung sie ein wenig auf.

»Ich ... bin ... gestorben?«

Wieder musste sie husten. Die Worte und der letzte Rest Wasser in ihrem Hals taten höllisch weh.

»Du bist ertrunken. Dein Herz hat für volle zwei Minuten ausgesetzt, bevor ich dich wieder zurückgeholt habe. Was hast du gesehen?«

Lili hörte genau, was er sagte, aber es dauerte einen Moment, bis sie es wirklich verstand. Sie konnte noch immer nicht wieder klar denken, die Gedanken kamen schleppend langsam.

Ihr brannte die Brust. Die Rippen taten unendlich weh.

Dann dämmerte ihr, dass er wahrscheinlich eine Herzdruckmassage vorgenommen hatte, um das Wasser aus ihr herauszupumpen und ihr Herz wieder in Gang zu setzen. »Ich glaub, du hast mir die Rippen gebrochen.«

Er packte sie bei den Schultern und schüttelte ihren schlaffen Körper. »Sag mir endlich, was du gesehen hast! Du musst es mir sagen, bevor du es wieder vergisst. Bevor es weg ist!«

Die Schmerzen fühlten sich an, als wütete ein Messer in ihrem Leib, und sie winselte.

Der Mann ließ von ihr ab, wich leicht zurück. »Tut mir leid, tut mir wahnsinnig leid ... Aber du musst es mir sagen. Dann ist es vorbei. Sag es einfach!«

Lili dachte an den Moment zurück, als sie unter Wasser geraten war, an den Moment, als sie ... War sie wirklich ertrunken? Sie erinnerte sich noch daran, dass sie Wasser geschluckt hatte, dann, dass sie das Bewusstsein verloren hatte. Dass alles schwarz geworden war.

Sie erinnerte sich an nichts.

»Ich hab nichts gesehen. Ich glaub, ich bin ohnmächtig geworden ...«

»Du bist gestorben.«

»Ich ...« Sie wusste nicht, was sie noch sagen sollte. Sie erinnerte sich an rein gar nichts mehr.

Mit einem wilden Blick aus blutunterlaufenen, weit aufgerissenen Augen starrte er sie an. Von seinem Mundwinkel triefte Speichel.

»Ich weiß noch, dass ich ohnmächtig wurde. Dann hast du mich wieder aufgeweckt. Sonst nichts.«

»Du musst dich doch an irgendetwas erinnern!«

Lili schüttelte den Kopf. »Nein, da ist nichts.«

Er ließ ihre Schultern los, setzte sich zurück und lehnte sich gegen die Gefriertruhe. Dann zog er die Mütze ab und kratzte sich frustriert am Kopf.

Lili keuchte auf.

Rund um seinen kahlen Schädel verlief eine gewaltige frische OP-Naht. Sie setzte über dem linken Ohr an und zog sich rund um den Hinterkopf. Sie war mit einem schwarzen Faden genäht worden, der Wundrand war aufgewölbt und dunkel.

Er setzte die Mütze wieder auf, schob sie zurecht, stand auf – und zwar über das rechte Bein. Dann beugte er sich vor und half Lili auf die Füße. Ihr rauschte das Blut aus dem Kopf, ihr wurde schwindlig, kurz sah sie nur mehr gleißendes Weiß. Er hielt sie fest, bis sie wieder allein stehen konnte, und führte sie zurück in den Käfig. Er warf ihr die Kleidungsstücke hinterher, schlug die Tür zu und ließ beide Schlösser zuschnappen.

»Du kannst dich wieder anziehen. In ein paar Stunden probieren wir es noch einmal. Und beim nächsten Mal erinnerst du dich«, sagte er. Dann lief er die Treppe hoch, zog sein rechtes Bein leicht nach. »Und trink die Milch. Du musst bei Kräften bleiben.«

Lili warf einen Blick auf das Glas. Eine Fliege war darin gelandet und ertrunken.

15

Clair

Der Wachmann hatte sogleich nach dem Telefon gegriffen und Clair und Sophie in die hintere Ecke des Eingangsbereichs geschickt, einen kleinen Wartebereich mit einer Ledercouch, zwei dazu passenden Stühlen und einem Schildchen, auf dem stand: »Gratis Wilcox-WLAN – Passwort beim Sicherheitsdienst«.

Clair nahm das Blatt einer großen Zimmerpflanze in Augenschein. »Wie kann die hier überleben? Hier ist es doch stockfinster.«

Sophie sah zu ihr hinüber. »Der Ficus? Der ist so was wie das Unkraut unter den Bäumen. Der lebt vom kleinsten bisschen Licht. Der hier schluckt wahrscheinlich das Neonlicht von oben oder was immer er durch die Scheiben am Eingang auffangen kann.«

»Ein Frankensteinbaum. Dafür, dass er sich von künstlichem Müll ernährt, sieht er eigentlich ganz gesund aus. Ich wünschte, das könnte ich von mir auch behaupten.«

»Das daneben ist ein Philodendron. Die sind auch pflegeleicht. Einfach gießen, sobald sich die Erde trocken anfühlt. Davon hab ich ein paar zu Hause. Die sind fast nicht totzukriegen.«

Clair sah sie von der Seite an. »Ich würde die totkriegen, garantiert. Mein grüner Daumen produziert bloß kahle Stängel und verschrumpelte Blüten. Ich bin einfach nicht zum Pflanzenbesitzer gemacht.«

Von oben waren Schritte zu hören. Als sie zur Treppe sahen, kam dort ein Mädchen im Teenageralter mit einem lila Rucksack über der Schulter auf sie zu. Nicht wahnsinnig groß, etwas über eins fünfzig, schulterlanges braunes Haar mit pinkfarbenen Strähnen. Als sie die Frauen entdeckte, wurde sie langsamer und sah sie misstrauisch an.

»Gabrielle Deegan?«, fragte Clair.

Das Mädchen nickte, lief die letzten Stufen hinunter und auf die Sitzecke zu. »Sie suchen Lili?«

»Genau«, sagte Sophie und zeigte auf einen freien Stuhl. Das Mädchen warf dem Sicherheitsmann einen flüchtigen Blick zu, der lächelte ihr aufmunternd zu, woraufhin sie sich auf den Stuhl fallen ließ. Sophie und Clair blieben ihr gegenüber auf der Couch sitzen. »Ich bin Sophie Rodriguez von Missing Children, und das ist Detective Clair Norton von der Chicago Metro.«

Die *Mordkommission* hat sie wohlweislich verschwiegen, schoss es Clair durch den Kopf.

»Gabby, sagen Sie Gabby zu mir, hier nennt mich niemand Gabrielle – mal abgesehen von dem Typen da drüben.« Sie nickte in die Richtung des Wachmanns. »Captain Law and Order. Ich sollte eigentlich draußen sein und Lili suchen, aber der sperrt hier die Türen schneller hinter uns zu als den Keuschheitsgürtel seiner Tochter.«

Clair musste sich ein Grinsen verkneifen. Sie und Sophie wechselten einen Blick.

»Haben Sie schon eine Spur?«

Gabby trug Schuluniform, hatte aber die weiße Bluse nicht in den Bund geschoben, wie Clair bemerkte, und der Rock sah aus, als hätte sie ihn um drei, vier Zentimeter gekürzt. In ihren Ohren, Augenbrauen und in der Lippe steckten Piercings, während von den Ohrläppchen lediglich ein Paar kleine Silberringe baumelten. Zweifelsohne war anderer Ohrschmuck verboten – und jeder, der in einem Meer aus Gleichförmigkeit seine Individualität herauskehren wollte, würde dies kaum innerhalb dieser Mauern tun. Wann immer Clair in der Vergangenheit eine Privatschule betreten hatte, hatte sie sich an die Szene aus *The Wall* erinnert gefühlt, in der massenhaft Schüler, die alle identisch aussahen, auf einen gigantischen Fleischwolf zumarschierten.

»Sie ist jetzt schon einen ganzen Tag verschwunden«, sagte Gabby. »Sie könnte irgendwo in einem Graben liegen oder an ein Bett gefesselt sein, und irgendein kranker Psycho will, dass sie ihn Daddy nennt, und wichst ihr über die Brust. Und wenn dieser 4MK-Typ sie sich geschnappt hat – wer weiß, was der dann mit ihr macht. Sie müssen sie finden.«

»Wann hast du denn zuletzt mit ihr gesprochen?«, fragte Clair.

»Am Mittwochabend. Da war sie bei der Arbeit. Sie hat mir aus der Galerie eine SMS geschrieben.«

»Und *was* hat sie geschrieben?«

»Genau genommen hat sie gar nichts geschrieben, sondern mir bloß ein Bild eines nagelneuen Mustang geschickt. Kirschrot – der Hammer! Ihr Dad hat ihr ein Auto versprochen, wenn sie nächstes Jahr mit der Schule fertig wird, und seither machen wir das – dass wir uns gegenseitig Bilder von coolen Autos schicken, wenn wir eins sehen. Sie weiß noch nicht genau, was für eins sie haben will, aber ihr Dad meint, wenn sie nur Einser nach Hause bringt, dann darf sie sich eins wünschen. Er ist Arzt, insofern glaub ich sogar, dass er's ernst meint. Ich hab ihr gesagt, sie soll sich einen Maserati wünschen, aber sie will ihn ja nicht ausnutzen. Sie will was Cooles, das aber trotzdem bezahlbar ist. Ich sag ja immer, sie soll den Jackpot nehmen, wenn er's doch anbietet, und deshalb hat sie mir auch dieses Mustang-Bild geschickt. Und ich hab ihr das hier geschickt.«

Sie hielt ihr Handy hoch. Clair lehnte sich vor.

»Was ist das?«

»Ein Tesla Roadster. Die werden so nicht mehr produziert, aber das ist vielleicht mal ein cooles Auto! Elektroantrieb, von null auf hundert in drei Komma sieben Sekunden. Eine Reichweite von mehreren Hundert Meilen. 2012 haben sie die Reihe eingestellt, aber die Spezifikationen sind bis heute tausendmal besser als alles, was an Elektroautos neu auf den Markt kommt. Man kriegt sie inzwischen für siebzigtausend, dabei haben die mal mehr als hundert gekostet, als sie ganz neu waren.«

Clair musste an ihren sieben Jahre alten Civic denken, der ein paar Straßen weiter parkte, und nahm sich fest vor, ihren Vater anzurufen und ihn um ein neues Auto anzubetteln. So schien es wesentlich leichter zu gehen, als jeden einzelnen Cent zu sparen und damit dann einen halbseidenen Autohändler aufzusuchen. »Darf ich mal sehen?«

Gabby hielt ihr das Handy hin.

Clair scrollte rückwärts durch die Nachrichten. Tatsächlich hatte sie in den vergangenen Wochen nie auch nur ein Wort mit Lili gewechselt, sondern immer nur Fotos von Autos geschickt.

»Sie will demnächst ihren Führerschein machen und dann ihren Dad bearbeiten, damit er ihr das Auto schon früher kauft. Sie hatte Einserzeugnisse, seit wir in der Grundschule mit Fingerfarben gemalt haben. Das ändert sich doch jetzt nicht mehr. Wär cool, jetzt schon zur Schule zu fahren, auch wenn es nur ein paar Blocks sind.«

Clair gab ihr das Handy zurück. »Hast du denn einen Führerschein?«

Gabby schüttelte den Kopf. »Brauch ihn nicht wirklich, zumindest noch nicht. Ich komm mit Bus und Bahn ganz gut zurecht. In der Stadt einen Parkplatz zu finden kann echt ätzend sein, insofern hab ich beschlossen, dass ich lieber bei anderen mitfahre.« Sie grinste schief. »Vor allem in einem Tesla Roadster.«

»Hast du das schon mal gemacht?«, hakte Sophie nach. »Bist du schon mal bei anderen mitgefahren?«

Gabby rutschte auf ihrem Stuhl hin und her. »Manchmal, bei Mistwetter. An der Neunundsechzigsten trifft man immer jemanden, den man kennt. Wenn es dann regnet oder schneit, werden wir manchmal mitgenommen.«

»Gestern Morgen auch? Glaubst du, Lili könnte mit jemandem mitgefahren sein?«, wollte Clair wissen.

Gabby dachte kurz darüber nach. »Es hat ordentlich geschneit, insofern könnte das schon sein.«

»Wir brauchen eine Liste mit allen, die sie mitgenommen haben könnten. Kannst du uns die zusammenstellen?«, fragte Sophie.

Gabby kicherte in sich hinein. »Sie glauben, einer der Jungs hätte sie sich geschnappt? Im Leben nicht. Dem hätte sie in den Arsch getreten, noch bevor er seinen Schniedel aus der Hose geholt hätte.«

Sophie neigte den Kopf zur Seite. »Würde sie bei einem Fremden ins Auto steigen?«

»Nein.«

»Dann …« Sophie sprach nicht weiter.

Gabby lehnte sich nach vorn und verschränkte die Finger. »Vor der ersten Stunde ist die Neunundsechzigste voller Schüler – sowohl Fußgänger als auch Fahrer. Wenn ein Fremder sie in sein Auto gezerrt hätte, wäre das jemandem aufgefallen.«

»Was, wenn sie bei einem Bekannten eingestiegen wäre?«, hakte Clair nach. »Wäre das auch jemandem aufgefallen?«

Gabby seufzte. »Weiß nicht. Vielleicht.«

»Was meinst du – könntest du uns diese Liste zusammen-

stellen? Sämtliche Namen, von denen du glaubst, dass sie
sie mitgenommen haben könnten?«

Gabby nickte und zog einen Collegeblock aus dem Rucksack.

16
Porter

Der Mann, der in dem Schneemann steckte, war Floyd Reynolds, dem jemand die Kehle aufgeschlitzt hatte. Dann war er an den Metallständer eines großen Vogelhäuschens geschnürt und der Schneemann anschließend um ihn herumgebaut worden, indem irgendwer Eis und Schnee an der Leiche festgeklopft hatte.

Porter und Nash sahen ehrfürchtig zu, wie die CSI-Kollegen Stück für Stück den Schnee abtrugen, eintüteten und für die Laboranalyse katalogisierten. Langsam kam der Mann darunter zum Vorschein.

»Das hat gedauert, und zwar eine ganze Weile«, raunte Nash Porter zu.

»Mindestens ein paar Stunden«, pflichtete der ihm bei.

»Wie kriegt man so was hin, ohne erwischt zu werden?«

Porter machte eine vage Geste. »Dahinten sind nur Bäume, rechts die Hecke, damit kein Nachbar hier reingucken kann, links ein Bretterzaun. Um wirklich mitzukriegen, was hier vor sich geht, hätte man schon durchs Gartentor kommen müssen. Das hier ist von der Straße aus nicht einsehbar.«

»Mrs. Reynolds hatte den Kopf woanders, und der Junge war wahrscheinlich schon im Bett, als der Täter losgelegt hat«, überlegte Nash laut.

Kurz musterte Porter den Boden vor sich. Dann marschierte er hinüber in den Vorgarten.

Eher aus Gewohnheit denn aus Notwendigkeit blieb Nash ein paar Schritte hinter ihm und versuchte, in Porters Fußstapfen zu treten, um keine zweite Spur zu hinterlassen; hier hatten die Techniker den Schnee bereits durchsucht und nichts von Belang gefunden.

Porter hielt am Gartentor inne, dann ging er auf den silberfarbenen Lexus LS in der Auffahrt zu. Der Wagen parkte gleich neben dem Haus, war von der Eingangstür aus also nicht zu sehen. Mrs. Reynolds hatte geglaubt, ihr Mann wäre noch einmal losgefahren, doch allem Anschein nach hatte er nicht mal mehr den Gang eingelegt.

Der unbekannte Täter hatte die hintere Tür aufgemacht und war hinter den Fahrersitz gerutscht. »Er hat sich dahinter versteckt, als Reynolds rausgekommen ist, hat sich wahrscheinlich hinten zusammengekauert. Da oben hängt ein Bewegungsmelder. Mrs. Reynolds hat erwähnt, ihr Mann hätte noch zu Abend gegessen, insofern dürfte es draußen schon dunkel gewesen sein. Bestimmt ist der Scheinwerfer angesprungen – also kann er sich nur auf dem Rücksitz versteckt haben. Er wartet, bis Reynolds einsteigt, sich vielleicht sogar anschnallt und die Tür zuzieht. Dann kommt er hoch und legt ihm etwas um den Hals, nach der Wunde in Reynolds' Hals zu urteilen so was wie einen Draht.«

Porter war in den Wagen gestiegen und stellte seine Ausführungen in Zeitlupe nach.

Dann sah er sich die Rückseite des Fahrersitzes genauer an. »Hier auf dem Leder hat jemand einen Fußabdruck hinterlassen. Sieht ganz danach aus, als hätte er versucht, ihn wegzuwischen, aber einen Teil übersehen. Er muss sich gegen den Fahrersitz gestemmt haben, um mehr Kraft zu entwickeln.«

»Die Techniker sagen, das waren Arbeitsschuhe Größe vierundvierzig. Zur Marke können sie noch nichts sagen.«

»Um einen Mann auf diese Weise umzubringen, braucht man Kraft. Er wird sich gewunden und gewehrt und versucht haben, die Finger unter den Draht zu schieben. Allerdings hatte er nicht viel Bewegungsspielraum – immerhin war er hinterm Steuer eingeklemmt. Vielleicht hat er noch versucht, die Tür aufzustoßen, aber wahrscheinlicher wäre, dass er mit beiden Händen nach dem Draht gegriffen hat. Der Mann auf dem Rücksitz war in der deutlich besseren Position. Reynolds hätte sich gar nicht befreien können, selbst wenn er der Stärkere von beiden gewesen wäre. Hebel, Winkel – er war in jeder Hinsicht unterlegen.«

Er stieg wieder aus und zog die Fahrertür auf.

»Die Blutspritzer auf der Windschutzscheibe und auf dem Armaturenbrett passen auch.« Lenkrad und Tür waren mit schwarzem Fingerabdruckpulver bedeckt. »Unser Täter bringt ihn um, steigt aus, beugt sich über ihn, packt ihn bei den Schultern, zerrt ihn heraus und schleppt ihn nach hinten.«

Erneut stellte Porter die Szene nach, machte einen Buckel und schleppte eine unsichtbare Leiche durch den Schnee in den Garten und bis zu den Überresten des Schneemanns. Inzwischen war Reynolds komplett freigelegt worden, Schnee und Eis waren entfernt. Porter ließ den Blick über die Requisiten am Boden schweifen – den Zylinder, die schwarzen Handschuhe, den Besen.

»Er hat den Besen benutzt, um seine Spuren zu verwischen, so gut es ging. Der Schnee letzte Nacht hat alles Übrige erledigt.«

»Wir glauben, er ist durch den Wald verschwunden«, rief eine CSI-Kollegin zu ihnen herüber – dieselbe Frau, die Porter und Nash auch schon am Haff im Jackson Park getroffen hatten.

Porter nickte ihr zu. »So wäre ich auch verschwunden. Lindsy, richtig?«

»Ja, Sir«, antwortete sie. Dann zeigte sie hinüber zu dem Areal, das unmittelbar an den Waldrand grenzte. »Dort unter den Bäumen liegt nicht annähernd so viel Schnee, trotzdem hat er dort hinter sich hergewischt. Sieht so aus, als hätte er einen Ast oder so benutzt, auf jeden Fall etwas, das nicht ganz so effektiv wie der Besen war. Wir haben eine vage Spur, die einen Block weiter an der Hyicen Street wieder rauskommt. Wahrscheinlich hatte er dort seinen Wagen geparkt.«

»Reifenspuren?«

Rolfes schüttelte den Kopf. »Nichts, womit wir sein Fahrzeug identifizieren könnten. Zwei Streifenkollegen gehen gerade von Tür zu Tür und befragen die Nachbarn. Vielleicht hat ja jemand in der Nacht einen fremden Wagen dort stehen gesehen.«

Im nächsten Moment fing Porters Handy an zu klingeln. Er warf einen Blick auf das Display. »Der Captain …«

»Gehst du ran?«

»Nein.«

Nash runzelte die Stirn. »Verdammt, du weißt, was das heißt.«

Porters Handy verstummte. Einen Moment später klingelte es bei Nash.

»Verdammt hoch zwei.«

»Sag ihm, wir sind noch am Tatort. Wir kommen, sobald wir hier fertig sind.«

Nash seufzte und nahm den Anruf entgegen.

Vollkommen unvermittelt kreischte hinter ihm eine Frau los.

Als Porter sich umdrehte, stand Mrs. Reynolds an der Tür zum Garten.

»Himmel, hab ich nicht gesagt, sie sollen die Frau und

den Jungen im Wohnzimmer festhalten? Das hätte sie nicht sehen dürfen!«

Nash zuckte mit den Schultern und machte mit dem Handy am Ohr ein paar Schritte vom Haus weg.

17

Clair

Clair lehnte sich schwer in den Schreibtischstuhl mit den quietschenden Rollen und zupfte geistesabwesend am rissigen grünen Leder über der Armlehne. Mit der anderen Hand griff sie nach ihrem Kaffeebecher und hob ...

Leer.

Verdammt.

»Brauchst du noch einen?«, fragte Sophie.

Clair sah von ihren Blättern auf. »Nein, schon gut. Zwei fehlen noch. Los, die bringen wir hinter uns, dann sind wir hier weg.«

Nachdem sie sich mit Gabby Deegan unterhalten hatten, hatte der Wachmann sie ins Sekretariat im ersten Stock gebracht, zu Noreen Outen, die ihre Besucherinnen mit einem gezwungenen Lächeln begrüßt hatte. Ihre Brillengläser waren so massiv, dass ihr Nasenrücken von der Last gerötet war. Allein beim Anblick ihrer Augen, die nur langsam fokussierten, bekam Clair Kopfschmerzen.

Sie wiesen sich aus und baten sie um zwei Dinge: sämtliche Schüler herzuzitieren, die Gabby auf ihrer Liste vermerkt hatte (sechzehn an der Zahl), und Abwesenheiten am Zwölften zu überprüfen – sie suchten nach irgendjemandem, der an jenem Tag nicht in der Schule aufgetaucht war, ganz gleich zu welcher Stunde. Vielleicht hatte tatsächlich ein Mitschüler Lili spontan aufgelesen und dann verschleppt.

Die Frau hatte sich der zweiten Aufgabe gewidmet, während Clair und Sophie angefangen hatten, die Schüler zu befragen, die sich vor der Tür aufgestellt hatten. Vierzehn hatten sie bereits geschafft, zwei waren noch übrig. Bislang hatte keiner sich daran erinnern können, Lili am Vortag gesehen zu haben – weder auf dem Schulweg noch im Schulgebäude.

»Wer ist als Nächster dran?«

Sophie spähte auf Gabbys Liste. »Malcolm Leffingwell und Leo Gunia. Such dir einen aus.«

Clair warf den Kopf in den Nacken. »Leo!«

Sophie kicherte in sich hinein. »Himmel, Clair, musst du wirklich jeden Namen so rausschreien?«

»Ich liebe es, wie die Kids zusammenzucken, wenn ihr Name aus dem Sekretariat gebrüllt wird. Da erinnern sie sich an jede einzelne Untat, die sie begangen haben, seit sie das erste Mal in die Windel gepinkelt haben. Siehst du? Mann, ist der weiß im Gesicht!«

Sophie spähte zu dem Jungen hinüber, der gerade hereinkam. »Frau, du bist eine waschechte Sadistin.«

Leo Gunia trug das gleiche weiße Hemd, die gleiche blaue Hose und die gleiche blau gestreifte Krawatte wie alle anderen, mit denen sie bislang gesprochen hatten. Sein schwarzes Haar war akkurat gestutzt. Um das Kinn sprossen erste Bartstoppeln.

Clair musste sich ein Grinsen verkneifen. Warum in aller Welt bildeten Jungs in dem Alter sich ein, sie könnten sich eine Gesichtsbehaarung heranzüchten? Sie hatte noch keinen getroffen, der es wirklich geschafft hätte. Stattdessen trugen sie diese zusammengestoppelten Schatten oder flaumige Flecken zur Schau. Sie war jedes Mal versucht, ihnen ein Rasiermesser und eine Flasche Testosteron in die Hand zu drücken. »Setz dich, Leo.«

Sophie erklärte ihm, wer sie waren und was sie von ihm wollten.

Leo begegnete ihrem Blick und nickte dann. »Die ganze Schule redet über nichts anderes.«

»Wirklich? Und was wird geredet?«, hakte Sophie nach.

Der Junge zuckte mit den Schultern. »Nur dass sie gestern auf dem Schulweg entführt worden sein könnte. Von diesem 4MK-Typen.«

»Der war es nicht«, entgegnete Clair.

Wieder zuckte er bloß mit den Schultern. »Dann halt irgendwer anders.«

»Hast du sie gestern Morgen gesehen?«

Der Junge antwortete nicht. Er hielt den Blick zu Boden gerichtet und scharrte mit den Füßen.

»Leo?«

»Ich hätte anhalten sollen. Es war lausig kalt, sie hat bestimmt gefroren, aber ich war in Eile, weil ich mich noch auf eine Klausur vorbereiten musste. Am Vorabend hab ich arbeiten müssen und hatte keine Zeit zum Lernen«, antwortete er leise.

Clair lehnte sich auf ihrem Stuhl vor. »Dann hast du sie gesehen? Wo?«

»An der Neunundsechzigsten, kurz vor der Unterführung.« Mit wässrigen Augen blickte er zu ihr auf. »Sie hat sich leicht vorgebeugt und sich gegen die Kälte gestemmt. Es hat ziemlich heftig geschneit, und ich hab sie auch erst im allerletzten Moment gesehen. Ich weiß selbst nicht, was mit mir los war. Ich hab noch gedacht, ich sollte anhalten, ich glaub, ich hatte sogar schon den Fuß auf der Bremse, aber dann ist mir diese Klausur wieder eingefallen, ich hab auf die Uhr geguckt und war sowieso schon fünf Minuten zu spät, sprich, ich hatte nur noch zwanzig Minuten, um mir die Aufgaben noch mal anzusehen – mit Parken und Hochlaufen womöglich noch weniger. Und wie gesagt, ich hab sie auch erst im letzten Moment gesehen. Ich hätte gar nicht mehr anhalten können, selbst wenn ich gewollt hätte, und zum Umkehren hatte ich keine Zeit. Außerdem bin ich davon ausgegangen, dass sie noch eine Mitfahrgelegenheit finden würde.«

Clairs Blick huschte zu Sophie, dann zurück zu Leo. »Hast du gesehen, wie jemand anderes angehalten hat?«

Leo schlug den Blick nieder. »Nein. Ich bin mir aber auch nicht sicher, ob ich das mitbekommen hätte, selbst wenn es der Wagen direkt hinter mir gewesen wäre. Ich war mit den Gedanken woanders, und bei dem Wetter … Wenn ich sie mitgenommen hätte, wäre jetzt alles in Ordnung. Das Ganze ist meine Schuld.«

»Wann genau hast du sie gesehen?«, hakte Sophie nach.

Leo seufzte. »Halb acht.«

»Sicher?«

Er nickte. »Ich musste eine Eins schreiben, okay? Ich stand echt unter Strom.«

»Und was hast du geschrieben?«

Wieder ein Seufzer. »Eine Zwei minus.«

Clair schrieb sich Leos Kontaktdaten auf und gab ihm ihre Visitenkarte. Dann schickten sie ihn wieder zurück in den Unterricht.

Malcolm Leffingwell hatte Lili die ganze Woche nicht gesehen.

Noreen Outen steckte den Kopf durch die Tür. »War das der Letzte?«

Clair stand auf und drückte den Rücken durch. »Ja, Ma'am. Hatten Sie Glück mit den Anwesenheitslisten?«

Noreen schob sich die dicke Brille den Nasenrücken hinauf und warf einen Blick in ihr kleines Notizbuch. »Zwei Schülerinnen haben sich gestern krankgemeldet – oder vielmehr haben die Mütter sie krankgemeldet: Robyn Staats und Rosalee Newhouse. Niemand war zu spät zur ersten

Stunde, niemand hat unentschuldigt gefehlt. Das sind hier alles gute Schüler, die würden sich nie in Schwierigkeiten bringen.«

Sophie nickte in Richtung des Notizbüchleins. »Ist eins der Mädchen mit Lili befreundet?«

»Da muss ich kurz nachdenken ... Robyn ist bloß ein Jahr jünger, Rosalee ein Jahr älter, insofern könnte es schon sein, aber ich weiß es nicht.«

»Wir müssten uns bitte mit beiden unterhalten«, sagte Sophie, und Noreen nickte.

Clair ließ sich wieder in ihren Stuhl zurückfallen. Das alles fühlte sich komplett sinnlos an.

18

Porter

»Warum in aller Welt will der Captain uns bei mir zu Hause treffen?«, fragte Porter.

Mit beiden Händen umklammerte er das Lenkrad.

Im Augenwinkel konnte er das rot-blaue Licht der Magnetleuchte auf dem Wagendach aufblitzen sehen, und die Sirene vermischte sich mit dem kehligen Grollen des Motors. Er war mit hundertdreißig Sachen auf der I-94 unterwegs.

Neben ihm hielt Nash sich am Ach-du-Scheiße-Haltegriff über der Beifahrertür fest und krallte sich mit links in den Sitz. »Wollte er nicht sagen. Ich hab wirklich versucht, es aus ihm rauszukriegen, aber er meinte nur – und zwar wörtlich: ›Schaffen Sie Porter sofort zurück zu seiner Wohnung.‹«

Porter riss das Lenkrad nach links und überholte einen Tanklaster. »Und hat er wütend geklungen? Beunruhigt? Besorgt?«

Nash zuckte mit den Schultern. »Er hat wie immer geklungen. Ich kann den nicht gut einschätzen.«

»Fuck!« Porter donnerte die Faust auf die Hupe und hielt sie gedrückt, als ein blauer Prius vor ihm einfädelte. »Verdammter Körnerfresser!«

»Gibt's irgendwas, was ich über deine Wohnung wissen sollte? Einen Grund, warum er uns dort treffen will?«

Der Prius blinkte und zog gemächlich wieder nach rechts. Sowie er nur halbwegs die Spur verlassen hatte, schaltete Porter hoch und schoss nur Zentimeter an dessen Außenspiegel vorbei.

»Sam?«

»Keine Ahnung.«

Nash stöhnte. »Du hast keine Ahnung, ob in deiner Wohnung irgendwas rumliegt, worüber ich Bescheid wissen müsste? Komm schon, Sam. Wir sind hier nicht im Kindergarten. Ich bin dein Partner, mir kannst du es sagen. Hat es irgendwas mit Heathers Tod zu tun?«

Porter antwortete nicht.

Er nahm die Ausfahrt in Richtung Lake Shore Drive.

Neben dem weißen Crown Vic des Captains standen drei weitere Fahrzeuge vor seinem Haus, die Porter nicht kannte: zwei schwarze Limousinen und ein Van. Alle mit Behördenkennzeichen. Er parkte in der zweiten Reihe, sodass der Van nicht mehr wegfahren konnte, stellte die Sirene ab, ließ das Blaulicht aber an, sprang aus dem Wagen und rannte mit Nash auf den Fersen die Treppe hoch.

Sie warteten bereits im Treppenhaus vor seiner Wohnungstür: Captain Dalton, Special Agent Diener, Agent Poole und Special Agent in Charge Hurless, der die FBI-Taskforce zu 4MK leitete, außerdem zwei FBI-Techniker, die Porter noch nie gesehen hatte.

Dalton eilte ihnen entgegen, sobald er sie die Treppe heraufkommen sah. »Was zum Teufel haben Sie sich dabei gedacht, Sam?«

»Wovon reden Sie?«

»Das wissen Sie ganz genau.«

Nash blieb neben Porter stehen, sagte aber nichts.

Dalton klickte durch ein paar Fotos auf seinem Handy und hielt Porter dann das kleine Display vors Gesicht.

»Haben Sie das Material deswegen mitgehen lassen? Versuchen Sie, sie zu finden?«

Porter starrte das Display an. Es war die Nachricht, die Bishop ihm in seiner Wohnung auf dem Bett hinterlassen hatte – mitsamt dem Ohr des Mannes, der Heather erschossen hatte.

Sam,
hier ist ein kleines Geschenk für Sie …
Tut mir leid, dass Sie ihn nicht schreien hören konnten.
Wie wär's: Revanchieren Sie sich bei mir dafür?
Nur ein kleines Tauschgeschäft unter Freunden.
Helfen Sie mir, meine Mutter zu finden.
Ich bin der Meinung, es ist an der Zeit, dass sie und ich uns unterhalten.
B.

»Versuchen Sie, sie zu finden?«, wiederholte Dalton.

Porter atmete tief durch. »Ich versuche, *ihn* zu finden.«

»Das ist nicht Ihre Aufgabe.« Dalton schäumte regelrecht. »Stehen Sie mit ihm in Kontakt? Ist er wieder auf Sie zugekommen?«

»Nein.«

»Aber wenn doch, würden Sie es mir sagen?«

»Natürlich würde ich es sagen.«

Dalton ließ sein Handy zurück in die Tasche seines gefütterten braunen Mantels gleiten. »Ich würde Ihnen wirklich gern glauben, aber ich weiß nicht, ob ich das noch kann.«

Stirnrunzelnd wandte Nash sich an Poole. »Was haben Sie hier zu suchen?«

Poole hob entschuldigend die Hände, sagte aber nichts.

Dalton hatte die Stirn in tiefe Falten gelegt. »Die Security hat Ihren Kumpel hier auf Video aufgezeichnet, als er heute früh ins FBI-Büro neben Ihrem Einsatzraum geschlichen ist.«

»Da hat er sicher nur die Heizung für Sie aufgedreht. Ist doch schön, wenn man an einem Tag wie heute in ein kuschliges Büro kommt«, erwiderte Nash und zeigte mit dem Daumen auf Diener. »Dieser Schweinepriester hat heute Morgen in unserem Raum an meinem Schreibtisch gesessen. Wir sind dort unten eine große, glückliche Familie und teilen alles miteinander.«

SAIC Hurless machte einen Schritt auf ihn zu. »Unser Einsatzraum gilt als FBI-Hoheitsgebiet, bis wir hier wieder weg sind. Hausfriedensbruch ist eine strafbare Handlung. Das gilt auch für örtliche Polizeikräfte.«

»Ich habe mir die Akte von Barbara McInley geholt«, sagte Porter, und Dalton verdrehte die Augen.

Hurless trat näher an ihn heran. »Der Diebstahl von Bundeseigentum wäre eine weitere strafbare Handlung.«

»Ich lege sie zurück, sobald ich damit durch bin.«

»Sie geben sie augenblicklich zurück«, entgegnete Hurless. »Und dann entscheiden wir, ob Sie Ihre Dienstmarke behalten dürfen.«

Jetzt lief Dalton dunkelrot an. »Die einzige Person«, wandte er sich an Hurless, »die hier entscheidet, ob Detective Porter im Dienst bleibt oder nicht, bin ich. Sie sind Gäste in meinem Haus. Ein Anruf, und Sie und Ihr Team sitzen auf der Straße.«

Hurless machte einen Schritt auf ihn zu. »Nur um das klarzustellen, Captain: Wir sind nur deshalb hier, weil Ihr Star-Detective einen Serientäter hat laufen lassen. Dieser Fehler wird Menschenleben kosten. Nicht ganz unwahrscheinlich, dass es bereits wieder so weit ist. Sie haben ein Mädchen tot aufgefunden, ein anderes wird vermisst – zwei Verbrechen, die aller Wahrscheinlichkeit nach unserem Täter zuzuschreiben sind. Und wieder lassen Sie denselben

Pfuscher ermitteln – der jetzt auch noch Akten klaut! Wie viel Blut soll noch an Ihren Händen kleben, bis Sie kapieren, dass Sie gegensteuern müssen?«

»4MK ist für diese Mädchen nicht verantwortlich«, sagte Porter leise.

»Es reicht.« Dalton schnaubte.

»Ich will wissen, was dieser Mann noch vor uns geheim hält«, sagte Hurless. »Schließen Sie auf.«

»Nie im Leben!«, platzte es aus Nash heraus. »Ohne Durchsuchungsbeschluss haben Sie hier nichts verloren.«

»Hausfriedensbruch, Diebstahl von Bundeseigentum«, zählte Hurless an den Fingern auf, »Behinderung einer Bundesermittlung, Beihilfe zu weiteren Verbrechen vonseiten eines *bundesbehördlich* gesuchten Straftäters – Sie haben das Schlüsselwort verstanden? Dass Ihr Kumpel seine Dienstmarke abgeben muss, dürfte derzeit seine geringste Sorge sein.«

Dalton legte Porter die Hand auf die Schulter und schob ihn in Richtung Flur. »Sie müssen die Tür aufmachen.«

»Warum?«

»Lassen Sie sie rein, lassen Sie sie kurz rumschnüffeln, und die Vorwürfe sind aus der Welt. Lassen Sie sie an allem teilhaben, was Sie dort drin am Köcheln haben, und wir können einen Schlussstrich ziehen«, sagte er. »Wenn Sie das nicht tun, kann ich mich nicht länger vor Sie stellen.«

»Scheiß auf die, Sam«, knurrte Nash.

Porter warf einen Blick zurück zu den Männern, die vor seiner Wohnungstür standen. Poole sah ihm direkt ins Gesicht.

»Meinetwegen.«

»Sam!«

Porter grinste seinem Partner schief zu. »Ist schon okay. Ist im Grunde sowieso egal. Vielleicht hilft es denen ja, ihn zu fassen.« Er zog seinen Schlüsselbund aus der Tasche, schloss auf und stieß die Tür auf.

Hurless und Diener schoben sich an ihm vorbei in die Wohnung. Die beiden Techniker waren die Nächsten, dann erst folgte Poole. Er hielt den Blick gesenkt, als er an Porter und dessen Kollegen vorbeiging.

Mit Dalton und Nash auf den Fersen trat jetzt auch Porter ein.

Im Schlafzimmer pfiff jemand durch die Zähne, und dann war Hurless zu hören. »Heilige Scheiße!«

»Du liebe Güte«, sagte Dalton und hielt den Atem an, als er ihnen ins Schlafzimmer folgte.

Nash machte keinen Mucks, sondern schlurfte nur hinter den anderen her.

»Was soll das hier sein?«, fragte Hurless.

»Das sind sämtliche Meldungen aus den vergangenen vier Monaten, die weltweit zu Bishop veröffentlicht wurden«, erklärte Porter. Er trat an den Stadtplan, suchte die gelbe Reißzwecke, mit der er das Haff im Jackson Park markiert hatte, zog sie heraus und ließ sie auf seinen Nachttisch fallen.

Diener hatte ihn nicht aus den Augen gelassen. »Was war das für eine Markierung?«

»Jackson Park. Wie schon gesagt, er hat mit den Mädchen rein gar nichts zu tun. Das war was anderes … jemand anderes.«

Poole durchquerte das Zimmer, ging vor Porters Laptop in die Hocke und überflog den Text auf dem Bildschirm. »Google Alerts?«

»Wo immer Bishop oder 4MK online erwähnt wird«, führte Porter aus.

Poole schob den Bildschirm zurecht, um besser sehen zu können, und hatte die Finger schon auf den Tasten, als er sich noch mal zu Porter umdrehte. »Darf ich?«

»Natürlich.«

Porter sah zu, wie der Mann durch die Meldungen scrollte, die Inhalte kurz überflog, dann die nächsten fünfzig Meldungen aufrief und wieder scrollte. Als er am Ende angelangt war, sah er hoch zu den Landkarten. »Was glauben Sie – wo befindet er sich?«

»Ich habe keinen Schimmer.«

Hurless hatte unterdessen angefangen, Schubladen aufzuziehen, und durchwühlte Porters Sachen.

Nash marschierte quer durchs Zimmer und quetschte sich zwischen ihn und Porters Kommode. »Sie filzen jetzt nicht allen Ernstes seine Unterhosenschublade?«

»Zur Seite, Officer!«

»Schon gut, Nash. Lass ihn nur gucken, ich hab nichts zu verbergen«, sagte Porter.

Hurless drehte sich zu ihm um. »Wo ist die McInley-Akte?«

»In meinem Wagen, unter dem Fahrersitz.« Porter warf ihm die Schlüssel zu, und Hurless drückte sie einem der Techniker in die Hand, der sich sofort auf den Weg zur Wohnungstür und in Richtung Aufzug machte.

»Welche Akten finden wir dort noch?«, wollte Hurless wissen.

Porter durchquerte das Zimmer und setzte sich auf die Bettkante. »Nur die eine.«

»Weil Sie die anderen schon wieder zurückgelegt haben?«

»Weil ich mir nur die eine genommen habe.«

Poole wandte sich von Porters Laptop ab und drehte sich zu ihm um. »Warum Barbara McInley?«

Porter musste kurz nachdenken. Er war sich nicht sicher, ob er überhaupt etwas sagen wollte. »Einfach nur ein Bauchgefühl«, sagte er dann. »Das ist alles. Irgendetwas an ihrem Fall war anders …«

»Anders inwiefern?«, hakte Poole nach.

Agent Diener gluckste in sich hinein. »Ist doch egal. Er ist nicht Philip Marlowe. Bauchgefühl statt Beweise – das funktioniert nur in alten Schwarz-Weiß-Filmen und Heftchenromanen.«

»Anders inwiefern?«, wiederholte Poole.

Porter fuhr sich mit der Hand durchs Haar. »Sie war die einzige Blondine. Von acht entführten Frauen war sie die einzige, die blond war.«

»Sie machen Witze«, fauchte SAIC Hurless.

Poole trat näher an ihn heran. »Er hat die Angehörigen von Leuten entführt, die er für Schwerstkriminelle hielt. Die McInleys hatten bloß blonde Kinder – da hatte er keine Wahl.«

Porter zuckte mit den Schultern. »Schon möglich. Aber auch das Verbrechen an sich passt nicht. Barbara McInleys Schwester hatte einen Fußgänger überfahren. Es war ein Unfall. Die anderen Verbrechen … Die anderen Täter, die er bestrafen wollte, hatten ihre Taten vorsätzlich geplant.«

Poole dachte kurz darüber nach. »Immer noch verdammt wacklig.«

»Ich hab nie behauptet, dass ich etwas Handfestes hätte – es ist einfach nur ein Gefühl, eine Ahnung. Genau wie Ihr Kumpel gesagt hat: mein ureigener Philip-Marlowe-Moment, nichts weiter. Wenn mehr dahintergesteckt hätte, hätte ich es Ihnen gesagt.«

Der Techniker kam mit der McInley-Akte zurück und überreichte sie SAIC Hurless, der damit in Porters Richtung wedelte. »Was haben Sie hier drin entdeckt? Irgendwas, das Ihr Bauchgefühl untermauert?«

»Ich hab noch nicht reingeguckt«, sagte Porter. »Wir hatten heute früh ein bisschen was um die Ohren.«

SAIC Hurless starrte ihn eine halbe Ewigkeit an. Keiner von ihnen sagte etwas. Dann drehte er sich zu den Technikern und den FBI-Ermittlern um und fuchtelte in Richtung Wand. »Alles fotografieren, dann runternehmen und eintüten. Das kommt alles mit. Hier wird alles auf links gedreht. Sobald irgendwas auftaucht, was für uns von Belang sein könnte, will ich informiert werden.« Dann drehte er sich wieder zu Porter um und blieb nur Zentimeter vor ihm stehen. »Wenn ich herausfinde, dass Sie mit diesem Typen in Kontakt stehen oder er mit Ihnen und Sie das vor mir geheim halten – wenn Sie irgendwas wissen, was Sie mir nicht erzählen –, dann zögere ich keine Sekunde, und Sie landen im Knast. Ihre Verdienste und Ihre Erfolge in der Vergangenheit sind mir scheißegal. Für mich sind Sie ein verdammter Dieb, ein Dieb und ein Loser, der eine Bundesermittlung behindert. Sie haben jetzt die Gelegenheit, die Hosen runterzulassen, wenn es noch irgendwas geben sollte, was Sie nicht erzählt haben. Jetzt oder nie. Wenn Sie sich in einer Stunde melden, ist das zu spät, und Sie sind dran. Haben Sie mich verstanden?«

»Ich halte nichts geheim.«

Der Mann atmete schwer aus.

Porter sah ihn unverwandt an.

Als SAIC Hurless sich schließlich wegdrehte und auf den Kleiderschrank zumarschierte, um ihn zu durchwühlen, fiel Porters Blick auf Heathers Foto auf dem Nachttisch, auf ihr offenes, strahlendes Lächeln.

Er hatte sich noch nie so einsam gefühlt.

Eine Stunde und vier Umzugskartons später waren sie fertig.

Porters Schlafzimmerwand war wieder komplett blank – mal abgesehen von den Löchern, die seine Reißzwecken und der nachlässig abgerissene Tesafilm in der Wandfarbe hinterlassen hatten. Agent Diener drehte mit Porters Laptop unter dem Arm noch eine Runde, um sicherzustellen, dass sie auch garantiert nichts übersehen hatten. Aus dem Flur hörte Porter SAIC Hurless Dalton etwas zumurmeln; was genau, konnte er nicht verstehen.

Poole schien etwas zu ihm sagen zu wollen, überlegte es sich dann aber anders. Porter sah zu, wie er in Richtung Aufzug verschwand. Dann kamen die Techniker, die den letzten Karton hinter sich herschleiften.

»Diener!«, brüllte Hurless von draußen. »Abmarsch!«

Agent Diener drückte sich an Porter vorbei und hinterließ auf dem Weg zum Aufzug den Duft eines Aftershaves, das seit 1992 aus der Mode war.

Die Türen glitten auf, Hurless sagte noch etwas zu Dalton und stieg ein. Dann starrte er Porter an, bis die Türen sich schlossen.

Dalton kehrte mit Nash in die Wohnung zurück. »Ich weiß wirklich nicht, was Sie sich dabei gedacht haben, Sam, verdammt. Was für ein Riesenhaufen Scheiße!«

»Es ist ja nun nicht so, als hätte er irgendwelche Beweise hier versteckt«, wandte Nash ein.

Dalton lief erneut rot an. »Sie halten jetzt mal den Mund. Ich habe meine ernsthaften Zweifel, dass all das hier direkt vor Ihrer Nase passiert ist, ohne dass Sie irgendetwas mitbekommen hätten.«

»Er hatte keine Ahnung«, warf Porter ein. »Das war einzig und allein meine Sache.«

Dalton wirbelte zu ihm herum. »Sie haben nicht nur die 4MK-Ermittlung gefährdet, Sie gefährden auch unsere Suche nach dem Psycho, der diese Mädchen entführt. Sie aus der Schusslinie zu nehmen kann ich mir im Moment wirklich nicht leisten.«

»Dann tun Sie's nicht.«

»Hurless hat seinen Abteilungsleiter informiert, und der hat mit unserem Chef Kontakt aufgenommen. Das hier liegt nicht mehr in meiner Hand.« Er sah zu Boden. »Sie bleiben zu Hause, für eine Woche. Sie müssen mit diesem Mist endlich abschließen. Wenn Sie das hier nicht bleiben lassen, finde ich es heraus, und dann ziehe ich andere Saiten auf. Die lassen Sie noch mal davonkommen. Aber die Woche Suspendierung ist nicht verhandelbar.«

»Geht es echt nur noch darum, wer weiter pissen kann? Sie können sich doch nicht von der Politik diktieren lassen, was Sie zu tun haben? Diesen Typen zu schnappen ist jetzt oberste Priorität, und wer sollte darüber mehr ...«

»Waffe und Marke.« Dalton streckte die Hand aus.

Porter wusste genau, wann er besser den Mund halten sollte. Er drückte Dalton die Glock und seinen Dienstausweis in die Hand. Dalton schob beides in seine Jackentasche, drehte sich um und ging.

Als er den Aufzugknopf drückte, rief Porter ihm nach: »Dieser neue Typ ist gefährlich, Captain. Der lässt nichts anbrennen, ganz im Gegenteil.«

Ohne sich umzudrehen, antwortete Dalton: »Nash und Clair übernehmen. Ich will in den nächsten sieben Tagen von Ihnen keinen Mucks hören, sonst gibt's weitere sieben Tage obendrauf. Haben wir uns verstanden?«

Porter enthielt sich einer Antwort.

»Haben wir uns verstanden?«, wiederholte der Captain.

»Ja«, sagte Porter.

Der Aufzug kam, Dalton stieg ein und hielt die Tür mit der Hand auf. »Nash, Sie kommen mit.«

Wortlos sah Nash zu Porter, der ihm kaum merklich zunickte. Dann betrat auch Nash die Aufzugkabine, die Türen gingen zu, und Porter blieb im Flur zurück. Sein Herz raste. Die Stille um ihn herum war ohrenbetäubend.

19

Lili

Lili hatte sich in die Ecke ihres Käfigs gekauert und die dicke Decke eng um sich geschlungen. Sie hatte sich zwar angezogen, doch ihr wurde einfach nicht wärmer. Sie konnte nicht aufhören zu zittern, nicht einmal wenn sie sich direkt neben den Lüfter stellte, aus dem warme Luft blies. Ebenso wenig konnte sie den Blick von dem dunklen Treppenaufgang am anderen Ende des Kellerraums abwenden oder über das Knarren der Bodendielen hinweghören, wenn der Mann im Erdgeschoss auf und ab lief.

Ein paar Zentimeter von ihrem Fuß entfernt kroch eine Spinne am Käfigdraht entlang, und sie wich zurück, drückte sich noch tiefer in ihre Ecke.

Mit jedem Schritt von oben rieselte Staub von den Sparren und bildete im Zwielicht einen feinen Nebel. Lili versuchte, sich einzureden, sie stünde am Fenster und blickte hinaus in den Schnee. Sie versuchte, sich einzureden, sie wäre wieder daheim, in ihrem Zimmer und in Sicherheit, aber die Vorstellung war dahin, als der Mann laut aufschrie.

Er schrie ziemlich viel.

Einzelne Worte waren nicht zu verstehen, nur dumpfes Gejaule ohne Inhalt, mal folgte darauf ein Heulen, mal ein

130

qualvolles Wimmern. Aber es unterbrach die Stille im Haus und hing dann noch eine Weile in der Luft.

Keinem der Schreie ging je etwas voraus.

Lilis Vater hatte sich einmal mit dem Hammer auf den Zeigefinger geschlagen, als er ihr hatte helfen wollen, ein Vogelhaus für die Schule zu basteln. Sein Schrei hatte ganz ähnlich geklungen – nur hatte er nicht angedauert: Als hätte er sich selbst beim Schreien ertappt und festgestellt, dass seine Tochter ihn anstarrte, hatte er die Zähne zusammengebissen, war abrupt verstummt, hatte den Schrei tief in seiner Kehle erstickt, war allerdings knallrot im Gesicht geworden.

Die Schreie des Mannes im Erdgeschoss hörten nicht abrupt auf. Mitunter war er eine Weile still, dann war von oben kein Mucks zu hören, doch mit einem Mal gellte scharf wie eine Klinge seine Stimme durchs Haus und ging nach einer Weile in Schluchzen über.

Lili hatte keinen Schimmer, was seine Schreie auslöste, wollte es aber auch gar nicht wissen. Was immer es war – besser, er blieb ihr damit vom Leib.

In der vergangenen Stunde war er nur ein Mal zurückgekommen. Er hatte den Eimer geleert, den er ihr für ihre Notdurft hingestellt hatte, ihn in einem Bottich ausgespült und wieder in den Käfig zurückgestellt. Dann hatte er das volle Milchglas mit der Fliege angestarrt, hochgenommen und die Treppe hinaufgetragen, ohne ein Wort zu sagen. Er hatte krankhaft bleich ausgesehen. Als Lili seinen Blick aufgefangen hatte, hatte sie nicht anders gekonnt, als sich abzuwenden, sie hatte ihn einfach nicht ansehen können – und irgendwie hatte genau das ihn kurz zurückgehalten. Wann immer sie wegsah, schien es ihm leichterzufallen, sie anzusehen … oder vielmehr anzuglotzen. Was immer ihm dabei durch den Kopf ging.

Wenn er wiederkäme, würde Lili nicht wegsehen, sie würde sich nicht abwenden, sie würde ihn vielleicht sogar auf die Narbe ansprechen. Vielleicht würde ihn das ja umso schneller vertreiben.

Lili kannte eine Menge Jungs, die so tickten.

Die Selbstbewussten hatten kein Problem damit, sie anzustarren. Einige legten es sogar darauf an, dass sie es mitbekam. Aber die Schüchternen – die sahen sie gerade so lange an, bis sie es bemerkte, und sobald Lili den Blick erwiderte, drehten sie sich weg, taten beschäftigt und so, als wäre sie gar nicht da. Ihre Freundin Gabby machte sich einen Spaß daraus, die Schüchternen regelrecht herauszufordern und dann zu sehen, wie sie peinlich berührt waren.

Einer der Schüchternsten ging in ihre Klasse. Zackary Mayville. In der vergangenen Woche war Gabby im Chemieunterricht mit ihm in eine Arbeitsgruppe gesteckt worden, und einfach um ihn durcheinanderzubringen, hatte sie ihre zwei obersten Blusenknöpfe aufgemacht – gerade genug, dass ihr BH zu sehen war, wenn sie sich über den Labortisch beugte. Er war jedes Mal puterrot geworden. Klar hatte er versucht hinzusehen und nicht erwischt zu werden, und Gabby hatte das allen Ernstes die ganze Stunde durchgezogen, ohne auch nur ein Mal mit der Wimper zu zucken. Lili war weniger beherrscht gewesen. Sie hatte gar nicht mehr aufhören können zu lachen und hätte fast ihre Aufgabe nicht fertig gekriegt. Sie hatte ...

Schritte auf der Treppe. Er kam zurück.

Er hatte sich umgezogen, trug jetzt eine schwarze Jeans, einen dunkelroten Pullover, aber dieselbe schwarze Mütze wie schon zuvor. Auf der untersten Stufe setzte er sich, und diesmal starrte er sie an.

Gerade erst wenige Minuten zuvor hatte Lili sich vorgenommen zurückzustarren – einfach nur unverwandt, unnachgiebig, nervig zurückzustarren. Das hätte ihn aus dem Konzept bringen sollen. Aber sie schaffte es nicht. Stattdessen sah sie wieder weg. Sie konzentrierte sich auf den

Betonboden und spähte lediglich aus dem Augenwinkel zu ihm hinüber.

Er blieb eine Weile so sitzen, sicher zwanzig Minuten, und atmete pfeifend und flach. Als er endlich das Wort ergriff, sagte er leise: »Entschuldigung, wenn ich dir Angst eingejagt habe. Hin und wieder tut es weh.«

Lili hätte ihn gern gefragt, was er damit meinte, ließ es aber bleiben und schwieg.

»Manchmal«, fuhr er fort, »hab ich das Gefühl, als presste mir jemand die Augäpfel zusammen, als würde mit aller Kraft zugedrückt, gerade so, dass sie nicht aus den Höhlen platzen, aber beinahe. Ich nehm Medikamente, und da kann ich kaum denken, kann mich nicht konzentrieren, dabei muss ich das jetzt. Ich muss jetzt voll konzentriert sein.«

Am liebsten hätte Lili nachgefragt, sie hätte gern gewusst, was mit ihm los war.

Aber sie würde nicht mit ihm sprechen.

Er kratzte sich an der Mütze und stand auf. »Es wird Zeit für den nächsten Versuch.«

20

Clair

Kloz stieß sich mit dem rechten Fuß ab, sodass sich sein Schreibtischstuhl drehte. »Echt jetzt? Sam konnte das Ermitteln nicht bleiben lassen? Ist ja wirklich die Nachricht des Tages.«

Nash hockte auf der Kante des Besprechungstischs, Sophie und Clair saßen ihm gegenüber. »Er hätte es uns sagen müssen.«

»Wir hätten ihn ohnehin nicht mehr raushauen können«, erwiderte Clair. »Klingt allerdings auch, als hätte der Captain euch gar keine Chance gegeben.«

Nash zeigte in Richtung Flur. »Das waren diese Armleuchter aus dem Büro dort drüben.«

»Da steht ja wohl groß und breit ›Verschwörung‹ drüber«, murmelte Kloz und machte noch eine Drehung auf seinem Stuhl.

»Was meinst du denn damit?«, wollte Nash wissen.

»Irgendjemand ein Stück höher in der Hierarchie will da ja wohl seinen Arsch retten. Sollten wir nicht mit dem FBI zusammenarbeiten? Nein, stattdessen reißen sie sich den Fall unter den Nagel, und wir sind raus. In welcher Welt ergibt das einen Sinn? Ich sag's euch: in einer Welt, in der irgendwer weiter oben diese Abteilung unbedingt aus dem Fall raushalten will.«

»Und wer sollte das sein? Dalton?«

»Womöglich noch weiter oben. Der Bürgermeister war mit Talbot befreundet. Er hat ordentlich einstecken müssen, als alles zusammengekracht ist. Und dann auch noch die Presse, die behauptet, Sam hätte Bishop entkommen lassen ...«

Clair warf ihren Kugelschreiber nach ihm. »Sam hat niemanden entkommen lassen. Er hat das Mädchen gerettet.«

Kloz fing den Kuli auf und steckte ihn ein. »Wissen wir. Aber die Geschichte hat deutlich mehr Pfeffer, wenn er ihn entkommen lässt ... Der beste Kumpel des Bürgermeisters ein Schwerverbrecher, der leitende Ermittler lässt einen Serienkiller entkommen ... Für die FBI-Leute der perfekte Anlass, hier reinzumarschieren.«

Clair drehte sich zu Nash um. »Glaubst du, er hat Kontakt zu Bishop?«

»Sam?«

»Ja.«

Nash zuckte mit den Schultern. »Weiß nicht.«

»Würde er so etwas tun?«, hakte Clair nach. »Im Alleingang mit dem Mann Kontakt halten?«

Wieder zuckte Nash mit den Schultern. »Seit Heathers Tod hat er sich ziemlich bedeckt gehalten ...«

»Wer ist Heather?«, fragte Sophie.

Überrascht neigte Clair den Kopf. »Du hast das nicht mitbekommen?«

Sophie schüttelte den Kopf.

»Sams Ehefrau wurde bei einem Überfall auf einen Supermarkt erschossen – ein paar Wochen bevor diese Sache mit Bishop passiert ist«, erklärte Clair. »Wahrscheinlich hätte er noch gar nicht wieder im Dienst sein dürfen, aber er war an 4MK von Anfang an dran, und als wir glaubten, 4MK wäre gestorben, haben wir Porter einfach dazuholen müssen. Es war immer sein Fall gewesen. Sie haben den

Typen gefasst, der Porters Frau umgebracht hat, aber dann konnte der aus dem Polizeigewahrsam fliehen. Bishop hat diesen Talbot schließlich umgebracht, Porter hat Emory gerettet und anschließend eine Weile im Krankenhaus gelegen, um sich zu erholen. Als er wieder nach Hause kam, lag dort eine Schachtel auf seinem Bett – und in der Schachtel lag ein Brief von Bishop und das Ohr des Mörders von Porters Frau. Bishop hatte ihn sich geschnappt.«

»Und was stand in dem Brief?«

»Bishop hat Sam gebeten, ihm bei der Suche nach seiner Mutter behilflich zu sein«, antwortete Nash.

»Nach seiner *Mutter*? Was hat die denn mit all dem zu tun?«

Clair verdrehte die Augen. »Dafür haben wir jetzt keine Zeit. Ich erzähl dir den Rest der Geschichte, wenn wir wieder im Auto sitzen. Wir müssen weitermachen und uns überlegen, wie wir ohne Sam klarkommen.« Dann fragte sie, an Nash gewandt: »Was ist bei den Reynolds' passiert?«

Nash rief ein paar Fotos auf seinem Handy auf und schob es quer über den Tisch auf Clair und Sophie zu. Kloz sah ihnen über die Schulter.

»Hat das derselbe Typ gemacht, der auch Ella umgebracht hat?«

»Ich glaube nicht an Zufälle«, erwiderte Nash.

»Aber … warum?«

»Das wäre die Millionenfrage.«

Sophie scrollte rückwärts durch die Aufnahmen. »Das ist doch irgendwie widersinnig. Wenn unser unbekannter Täter es auf die Familie Reynolds abgesehen hätte, warum hat er dann Lili Davies entführt? Die beiden kannten sich nicht. Da gibt es keine Verbindung.«

»Es muss eine Verbindung geben, nur haben wir sie noch nicht gefunden«, entgegnete Clair. »Was wissen wir über den Vater?«

Nash stand auf und trat an das Whiteboard. Er schrieb »Floyd Reynolds« auf, unterstrich den Namen und notierte darunter: »Ehefrau: Leeann Reynolds«.

»Der Mann hat in den letzten zwölf Jahren für UniMed America Healthcare gearbeitet. Hat Dachpolicen und Krankenversicherungen verkauft. Die Frau sagt, er habe rund zweihunderttausend pro Jahr heimgebracht – plus Boni. Keinerlei Schulden – außer der American-Express-Rechnung, die sie monatlich begleichen.«

Klozowski pfiff durch die Zähne. »Hübsches Sümmchen. Ich hab definitiv den falschen Beruf.«

»Wir sind auch bei UniMed versichert«, warf Sophie ein.

»Der drittgrößte Versicherer im Bundesstaat«, erklärte Nash, ehe er auf dem Whiteboard unter »Unbekannter Täter« ergänzte: »Abdruck Arbeitsschuh Gr. 44«.

»Wo haben Sie den denn gefunden?«, wollte Sophie wissen.

»Auf der Rückseite des Fahrersitzes von Reynolds' Auto. Ein Lexus LS. Sieht ganz so aus, als hätte der Täter versucht, ihn wegzuwischen, aber er war wohl in Eile. Sam glaubt, er hat den Fuß gegen den Vordersitz gestemmt, um mehr Hebel zu entwickeln, als er Vater Reynolds erdrosselt hat.«

Kloz' Blick wanderte in Richtung Zimmerdecke. »Mit vierundvierziger Schuhen dürfte er gut eins achtzig groß sein.«

»Wie kommen Sie darauf?«, fragte Sophie.

»Man rechnet die Schuhgröße in Fußlänge um. Die Fußlänge korreliert mit der Körpergröße. Sind die Füße deutlich kleiner oder größer, stimmt etwas nicht mit den Proportionen, sprich: Man kriegt Probleme beim Gehen, Stehen, Balancieren ...«

»Ach was.«

»Halten Sie sich nur weiter an mich, ich bringe Ihnen allen möglichen Quatsch bei.«

»Nett gemeint, aber danke«, erwiderte Sophie.

»In Sachen Schulden wäre ich nicht so voreilig«, warf Clair ein. »Womöglich sind sie nicht klassisch verschuldet, aber was ist mit Sachen wie Glücksspiel? Irgendwas, wovon seine Frau keine Ahnung hatte? Wenn man der falschen Person nur genug Geld schuldet, könnte ich mir vorstellen, dass da jemand an der Tochter ein Exempel statuiert.«

»Aber dann würde man *ihn* nicht aus dem Spiel nehmen«, wandte Kloz ein. »Wenn man das macht, ist doch keiner mehr da, der zahlt.«

»Und was ist mit der Frau?«, ging Sophie dazwischen. »Vielleicht hat sie ja irgendwo Schulden, und jemand hat sowohl an der Tochter als auch an dem Mann ein Exempel statuiert. Auch Frauen wetten auf Pferde.«

»Haben die dafür echt Zeit zwischen Kochen und Putzen und Kinderkriegen?«, fragte Kloz und hob vorsorglich sein MacBook hoch, um gegen weitere Kugelschreibergeschosse gewappnet zu sein.

Als er das Gerät einen Moment später wieder herunternahm, starrte Clair ihn bloß an. »Du bist echt so ein Pfosten.«

Sophie schüttelte den Kopf. »Sie sind mir nicht sehr sympathisch.«

»Trotzdem – guter Gedanke ...«, kam es von Nash, der die Tafel musterte.

»Danke.« Kloz grinste siegesgewiss.

»Ich meinte nicht dich, Blödmann, sondern Sophie«, entgegnete Nash. »Clair, frag Hosman, ob er sich in Sachen Finanzen schlaumachen kann. Vielleicht ist da ja irgendwas faul in Suburbia.«

»Wird gemacht.«

»Hat jemand die Mutter im Blick?«, fragte Klozowski, und Nash nickte.

»Zwei Streifenbeamte passen auf sie und den kleinen

Jungen auf. Als ich dort losgefahren bin, standen außerdem drei Übertragungswagen direkt vor der Tür. Ich glaube kaum, dass sie in nächster Zeit viel allein sein werden – und wahrscheinlich ist das ganz gut so.«

Clair klickte erneut durch die Reynolds-Aufnahmen auf Nashs Handy. »Das alles sieht mir nicht nach Inkasso aus … Solche Jungs gehen effizient vor. Zwei Schläge über den Schädel, alles so unmissverständlich wie nur möglich. Die bauen doch keine Schneemänner oder verbringen Stunden damit, eine Leiche unter dem Eis des Haffs zu drapieren. Wer immer das gemacht hat, will uns irgendwas damit sagen.«

»Und verschwendet keinen Gedanken daran, erwischt zu werden«, ergänzte Sophie. »Immerhin hält er sich ziemlich viel an öffentlichen Orten auf.«

Clair nickte. »Jemand, der nichts zu verlieren hat, hat keine Angst, kein schlechtes Gewissen, sondern schreitet einfach zur Tat. Das macht unseren Täter verdammt gefährlich.«

Nash zog auf dem Whiteboard eine Linie zwischen Ella Reynolds und Lili Davies. »Zwischen den beiden muss es irgendeine Verbindung geben.«

Klozowskis Handy vibrierte, und er sah aufs Display. »Wir haben Marke und Modell des Pick-ups von den Park-Aufnahmen. Es ist ein 2011er Toyota Tundra.«

»Versuch, sämtliche Fahrzeughalter aus einem Umkreis von hundert Meilen rund um die Stadt zusammenzustellen.«

Klozowski tippte bereits auf sein Handy ein. »Jupp.«

»Konntest du das Bild des Fahrers schon vergrößern?«

»Nein«, antwortete Klozowski. »Ich hab's vor der Sitzung noch versucht, aber die Kamera ist ziemlich alt und die Auflösung nicht gut genug.«

Nash trat wieder an das Whiteboard und strich die Punkte

durch, die erledigt waren. Blieb immer noch eine lange Liste von Aufgaben. »Die wird immer länger ... und wir sind einer weniger.«

Kloz legte sein Handy hin und hob die Hand.

»Ja? Kloz?«, sagte Nash.

Klozowski grinste. »Habt ihr gemerkt, was ich gerade gemacht hab? Wisst ihr noch, wie Bishop sich auch so gemeldet hat? Nur eine kleine Erinnerung.«

»Hast du noch was Sinnvolles beizutragen?«

Kloz nickte. »Ja, Sir. Setz mich draußen ein, ich muss ohnehin zu Starbucks und deren Videoaufzeichnungen checken.«

Nash warf einen Blick zurück zur Tafel. »Was ist mit deinen anderen Aufgaben?«

»Ich bin oben nicht allein, ich hab ein paar Leute«, sagte Kloz. »Und ich hab mein MacBook dabei. So können sie mich auf dem Laufenden halten.«

Nash nickte. »Gut. Meine Damen – *divide et impera*. Ihr übernehmt die Kunstgalerie. Die sollte inzwischen geöffnet haben. Kloz und ich fahren zu Starbucks und nehmen uns noch ein paar andere Punkte von der Liste vor. Fürs Erste gehen wir davon aus, dass Lili noch lebt. Wir brauchen die Atempause.«

Clair stand von ihrem Stuhl auf und dehnte den Rücken. »Sollte sich zwischendurch jemand bei Sam melden?«

»Nein«, antwortete Nash.

Stand der Ermittlung

Ella Reynolds (15)
vermisst gemeldet 22. 1.
aufgefunden 12. 2. im Haff/Jackson Park
Haff seit 2. 1. überfroren (20 Tage vor Verschwinden)

zuletzt gesehen Bushaltestelle am Logan Square (2 Blocks von zu
   Hause, 15 Meilen bis Jackson Park)
zuletzt gesehen in schwarzem Mantel
ertrunken in Salzwasser (gefunden in Süßwasser)
in Lili Davies' Kleidung aufgefunden
4 Min zu Fuß von Bushaltestelle nach Hause
öfter im Starbucks an der Kedzie, von dort 7 Min nach Hause

Lili Davies (17)
Eltern = Dr. Randal Davies und Grace Davies
beste Freundin = Gabrielle Deegan
geht auf die Wilcox Academy (Privatschule), am 12. 2. nicht zum
   Unterricht erschienen
zuletzt gesehen auf dem Weg zur Schule (zu Fuß) am 12. 2., 7.15
in rotem Perro-Nylonparka (Diamantstepp, Kapuze), weiße Mütze
   und Handschuhe, dunkle Jeans, pinkfarbene Sneakers (alles bei
   Ella gefunden)
vermutlich am Morgen des 12. 2. entführt (auf dem Schulweg)
schmales Zeitfenster = 35 Min (7.15 aus dem Haus, Unterricht
   beginnt um 7.50)
Schule nur 4 Blocks von zu Hause entfernt
erst nach Mitternacht (Morgen des 13. 2.) als vermisst gemeldet
Eltern dachten, sie wäre direkt nach der Schule zur Arbeit (Galerie)
   gegangen

FLOYD REYNOLDS
Ehefrau: Leeann Reynolds
verkauft Versicherungen/UniMed America Healthcare
keine Schulden lt. Ehefrau. Hosman checkt das

UNBEKANNTER TÄTER
fährt evtl. grauen Pick-up mit Wassertank-Anhänger/2011er Toyota
   Tundra
arbeitet evtl. mit Pools (Reinigung, Instandhaltung)

Abdruck Arbeitsschuh Gr. 44/Rückseite Fahrersitz Reynolds' Auto
(Lexus LS)/bessere Hebelkraft?

Aufgaben
- Starbucks-Aufnahmen (1 Tag Speicherung) - Kloz
- Ellas Laptop, Handy, E-Mail - Kloz
- Lilis Social Media, Handyverbindungen, E-Mail (Handy und Laptop verschwunden) - Kloz
- ~~Bild des potenziellen unbek. Täters auf dem Weg in den Park vergrößern - Kloz~~
- Überwachungskamera im Park manipuliert? Alte Aufnahmen - Kloz
- ~~Marke und Modell des Pick-ups - Kloz~~
- ~~Clair und Sophie checken Lilis Schulweg/sprechen mit Gabrielle Deegan~~
- Clair und Sophie: Kunstgalerie (Chefin = Ms. Edwins)
- Liste der Salzwasserpools in und um Chicago ggf. durch Baugenehmigungen - Kloz
- Aquarien und Aquaristikgeschäfte
- Hosman: Schulden der Reynolds'

21

Porter

Er brauchte jetzt einen Big Mac.

Und nicht nur einen Big Mac: außerdem eine große Portion Pommes, einen Schokoshake und eine Apfeltasche als Nachtisch.

Er brauchte das alles so dringend, dass seine Gier ihn zielsicher aus seiner Wohnung drei Blocks die Wabash hinunter und direkt zum nächsten McDonald's führte, in dem um die Mittagszeit die Hölle los war. Er gab seine Bestellung auf, nahm sein Essen entgegen, trug es an einen Tisch im hinteren Bereich und schlang es bis auf den letzten Krümel hinunter. Sieben Minuten später ertappte er sich dabei, wie er auf das leere Tablett starrte und sein Magen immer noch knurrte.

Er hatte das verzweifelte Bedürfnis, mit Heather zu sprechen. Das gewaltige Loch in seinem Herzen, in dem einst die Stimme seiner Frau widergeklungen hatte, brannte wie Feuer.

Heather war jetzt seit sechs Monaten tot, und es fühlte sich wie viertausend Leben an. Er hatte immer wieder gehört, dass es mit der Zeit leichter wurde, dass das Loch kleiner wurde, dass es eines fernen Tages mit einer neuen Liebe ausgefüllt würde, mit neuem Leben – aber nichts davon war passiert. Stattdessen schien die Leere in ihm anzuwachsen, und er vermisste Heather mit jedem Tag mehr.

Heather verstand ihn. Heather hörte ihm zu.

Porter wollte nichts lieber, als ihr von seinen vergangenen sechs Monaten erzählen. Er brauchte ihren Rat. Er brauchte den Klang ihrer Stimme.

»Du hast verhindert, dass ich mich ins Kaninchenloch hinuntergewagt habe, Button«, sagte er leise. »Und jetzt stehe ich bis zu den Knien drin und rutsche tiefer und tiefer hinein.«

Im Januar hatte er ihren Handyvertrag aufgelöst. Bis dahin hatte er sie regelmäßig angerufen, manchmal drei-, viermal am Tag, einfach um ihre Stimme auf Band zu hören. Ihm war natürlich klar gewesen, dass das albern war, aber mehr hatte er nun mal nicht gehabt. Ihr Körper mochte binnen Sekunden gestorben sein, aber ihr Geist war geblieben. Er hatte die Hand dieses Geistes um nichts in der Welt loslassen wollen, hatte sich mit aller Gewalt daran geklammert – bis ihm irgendwann klar geworden war, dass er gar keine Wahl hatte. In jener Nacht ließ er ihr Handy abschalten, und als er tags darauf ihre Nummer wählte, antwortete nicht ihre Stimme, sondern eine Maschine, die ihm sagte, dass die Nummer nicht vergeben sei. Im selben Moment glitt ihre Hand aus seiner, und sie war weg.

Er würde alles tun, um sie zurückzubekommen. Und sei es nur für fünf Minuten, um sie zu umarmen und zu fragen, was er jetzt tun sollte.

»Ich liebe dich, Button«, flüsterte er.

Dann stand er mit einem tiefen Seufzer auf, nahm sein Tablett und entsorgte den Abfall in der überquellenden Tonne am Eingang. Als er hinaus in den eiskalten Tag trat, war ihm die Taubheit, die Trübheit nur recht.

Dann ging er los.

Zwanzig Minuten später stand er in der Eingangshalle des Flair Tower an der West Erie, und um seine Füße bildete sich eine kleine Pfütze. Er hatte gar nicht vorgehabt hierherzukommen, und noch an der Tür hatte er kurz überlegt, wieder umzukehren. Stattdessen stand er einfach nur da und ließ den Blick durch den Eingangsbereich schweifen, auch wenn er in seiner Benommenheit nicht wirklich etwas wahrnahm.

»Detective?«

Porter hatte sie gar nicht kommen hören. Er hatte nicht erwartet, dass sie hier auf ihn zukommen würde – in diesem riesigen Gebäudekomplex. Und doch stand sie direkt vor ihm.

»Hallo, Emory.«

Als er und Emory sich zuletzt gesehen hatten, hatte sie noch im Krankenhaus gelegen, nachdem sie kurz zuvor aus den Fängen von 4MK befreit worden war. Bishop hatte sie in einem leeren Aufzugschacht in einem Gebäude an der Belmont gefangen gehalten und als Köder benutzt, um Porter dort hinzulocken. Sie hatte Mangelerscheinungen gehabt, war ausgemergelt gewesen und kreidebleich. Die Handschellen, mit denen er sie fixiert hatte, hatten an ihrem rechten Handgelenk tiefe Wunden gerissen, und Bishop hatte ihr das linke Ohr abgeschnitten. Trotzdem hatte sie an jenem Tag ein Lächeln im Gesicht gehabt. Sie trug ihr Haar jetzt länger, ihre Wangen waren runder, und sie hatte einen gesunden Teint.

»Detective … Ist alles in Ordnung?«

»Ich … Es tut mir leid. Ich weiß gar nicht wirklich, was ich hier mache. Ich hab mir immer wieder vorgenommen, dich zu besuchen, du weißt schon, nach allem … Aber es war so viel zu tun, irgendwie ist mir die Zeit davongelaufen.«

»Wollen wir uns nicht kurz hinsetzen?« Sie nahm ihn bei der Hand und zog ihn zu ein paar Sofas, die an der rückwärtigen Wand der Eingangshalle vor einem Kamin gruppiert waren. Darin knisterte ein Feuer, Flammen loderten und heizten die Lobby auf.

Porter streifte die Handschuhe ab, und seine Finger krampften sich vor Nervosität zusammen. »Ich sollte wahrscheinlich gar nicht hier sein.«

Emory lächelte ihn an. »Das ist doch albern. Gut, Sie wiederzusehen. Ich hab auch ein Dutzend Mal bei Ihnen im Revier vorbeikommen wollen, hab mich dann aber doch nicht überwinden können. Ich glaube, es ist einfach schwer, nach so einer Sache die richtigen Worte zu finden. Das alles fühlt sich immer noch an wie ein schlimmer Albtraum, der jemand anderem passiert ist ... wie dieser Film, den ich vor Monaten gesehen hab, bei dem ich aus dem Kino gehen musste ... Mit meinen Freunden kann ich nicht reden, die verstehen das nicht. Ms. Burrow auch nicht. Sie hat mehrmals versucht, mich zum Reden zu bringen, aber ich konnte nicht ... Sie drängt mich um meinetwillen, dass ich rede; nicht weil sie Einzelheiten hören will – aber ich wüsste auch nicht, warum ich sie mit Einzelheiten belasten sollte. Das Ganze war mein Albtraum. Es gibt keinen Grund, warum sie mitleiden und sich mit denselben Gedanken beschäftigen sollte.«

»Warst du beim Psychologen?«

Emory lachte und schüttelte den Kopf. »Allerdings hätte es da durchaus einige gegeben, die mich unbedingt gewollt hätten. Keine Ahnung, wie viele Dutzend von denen mich kontaktiert haben. Bei einer hatte ich einen Termin, aber da hab ich die ganze Zeit nur daran denken können, dass sie über meine Geschichte wahrscheinlich ein Buch schreiben will, und die Vorstellung, es eines Tages im Buchladen zu sehen und zu wissen, dass damit die ganze Tortur in Stein gemeißelt ist und andere es nachlesen können ... Bei der Vorstellung brachte ich kein Wort mehr raus. Ich konnte ihr nichts erzählen.«

»Ich glaub ja nicht, dass die das dürfen – sie hätte ihre Zulassung verloren.«

»Wahrscheinlich.«

Emory hatte die Hände in den Schoß gelegt. Porter konnte an ihrem rechten Handgelenk eine helle Narbe erkennen, doch alles in allem hatten die Chirurgen einen fantastischen Job gemacht. Auf ihrem linken Handgelenk saß eine kleine tätowierte Acht. Auch die hatte sie von Bishop.

Sie hob die rechte Hand und schob den Ärmel hoch. »Das haben die gut hingekriegt, oder?«

»Wenn ich nicht wüsste, was passiert ist, könnte ich nichts erkennen. Da ist fast gar nichts mehr zu sehen.«

»Ich muss im Mai noch mal hin. Der Arzt hat gesagt, er kriegt die Narbe komplett weg, nur musste es erst vollständig ausheilen.« Sie drehte das Handgelenk hin und her. »Die Hand ist immer noch nicht wieder voll beweglich, aber es sieht ganz danach aus, als würde das klappen.«

Unwillkürlich wanderte Porters Blick zu ihrem linken Ohr, das unter ihrem langen braunen Haar verborgen war. Er riss sich zusammen, sah wieder weg, aber wem wollte er hier eigentlich etwas vormachen? »Wie geht's dem Ohr?«

Sie grinste breit. »Wollen Sie's sehen?«

Porter konnte gar nicht anders, als zurückzugrinsen, und nickte. »Oder ist es eklig?«

»Sagen Sie es mir.« Sie strich das Haar nach hinten und präsentierte ihm ein perfektes, völlig natürlich aussehendes Ohr. »Ziemlich cool, was?«

Porter lehnte sich vor. Abgesehen von einer hauchfeinen Narbe, wo die Ärzte es angenäht hatten, hätte er niemals gesehen, dass es nicht ihr ursprüngliches Ohr war. »Das ist der Hammer.«

Emory rollte den rechten Ärmel hoch und zeigte auf eine kleine Narbe unter dem Ellbogen. »Genau hier haben sie es gezüchtet, und zwar aus Knorpelgewebe aus meinen Rippen. Der Arzt meinte, dass Bishop meins mit fast schon chirurgischer Präzision abgenommen hat. Deshalb hatten sie keine Probleme, das neue zu transplantieren. Sonst haben sie es bei irgendwelchen Unfällen gern mal mit abgerissenen Ohren zu tun und müssen den ganzen Schlamassel erst wieder zusammenflicken. Da hatte ich wohl Glück.«

»Du bist eine starke junge Frau, finde ich.«

»Und wollen Sie das Allerbeste hören?«

»Schieß los.«

Sie drehte den Kopf und hielt ihm ihr anderes Ohr hin. »Sehen Sie einen Unterschied?«

Porter brauchte fast eine Minute, bis er draufkam. »Rechts steckt ein Ohrring, links nicht.«

»Jupp.« Sie strahlte ihn an. »Ursprünglich hatte ich auch links ein Ohrloch, jetzt nicht mehr. Und ich glaube, ich lasse es so.« Sie hielt ihre linke Hand hoch und drehte das Tattoo in seine Richtung. »Bei dem hier bin ich mir nicht ganz sicher. Ich glaube ja, dass so eine kleine Erinnerung nicht notwendigerweise etwas Schlechtes ist. Manchmal ist es gut, an das Furchtbare erinnert zu werden. So sieht vieles andere gleich nicht mehr ganz so schlimm aus.«

»Du bist wirklich eine bemerkenswerte junge Frau mit fabelhaften Ideen.«

Ihr Haar fiel wieder nach vorn. »Vielen, vielen Dank, Detective.«

Sie schwiegen für einen Moment. Die Stille war keineswegs unangenehm, eher tröstlich. Porter ertappte sich dabei, wie er in die Flammen starrte, die sich um die Holzscheite im Kamin schlängelten und das Holz rot und weiß färbten. Ihr Knistern klang beruhigend, entspannend. Das Mädchen hatte als kleines Kind die Mutter verloren, kürzlich den Vater, und trotzdem hatte es ein Lächeln im Gesicht. Porter hätte auch gern gelächelt. Er wollte lächeln und es ehrlich meinen.

Als hätte sie seine Gedanken gelesen, lehnte sie sich vor. »Er war nicht wirklich mein Vater. Ich hab ihn kaum gekannt. Und wäre das Geld nicht gewesen und diese Klauseln im Testament meiner Mutter, hätte er sich wahrscheinlich kein bisschen für mich interessiert.«

»Aber er war dein Vater. Ich bin mir sicher, dass du ihm wichtig warst. Er hatte einfach nur Schwierigkeiten, es offen zu zeigen.«

»Er war ein schrecklicher Mensch«, entgegnete sie leise. »Nicht mir gegenüber, aber gegenüber vielen anderen.«

Porter dachte kurz darüber nach, ob er etwas erwidern und den Mann in ein besseres Licht rücken sollte, rief sich dann aber zur Räson. Sie war ein großes Mädchen, und sie verdiente die Wahrheit. »Es ist bloß wichtig, dass du dir klarmachst, dass du nicht er bist. Und es nie warst.«

Sie kämpfte gegen die Tränen. »In den Zeitungen steht aber was anderes. Da steht, es ist jetzt schlimmer denn je. Sein kompletter Besitz in den Händen eines Teenagers – und niemand, der die Geschäfte führt. Die Baubehörde hat gerade erst letzten Monat einen neuen Baustopp für einen Wolkenkratzer verhängt, und die Presse behauptet, das ist meine Schuld. Fast viertausend Menschen, die ihren Job verloren haben.«

Porter wusste, von welchem Gebäude sie sprach. Talbot hatte dort minderwertigen Beton eingesetzt. Als der Pfusch aufgeflogen war, hatte er noch versucht nachzurüsten (und womöglich die Bausachverständigen zu schmieren), trotzdem war das Projekt gestoppt worden. Der Büroturm hatte mehr als 700 Millionen Dollar gekostet und war mehr oder weniger abrissgefährdet. Besser, jetzt einen Riegel vorzuschieben, dachte Porter, als fertig zu bauen und zu riskieren, dass das Ding eines Tages zusammenkrachte. »Die versuchen nur, Auflage zu machen. Wie könnte das deine Schuld sein?«

»Bei Talbot Enterprises geht es ziemlich hoch her«, erklärte sie. »Drei Topmanager meines Vaters versuchen, das

Testament anzufechten. Sie behaupten, er hat unter Druck gestanden, meine Mutter hat ihn dazu gezwungen, alles mir zu hinterlassen. Aber noch während sie sich nach dem Geld ausstrecken, werden wichtige Entscheidungen aufgeschoben, und alles geht drunter und drüber. Ich bin noch nicht alt genug, um die Geschäfte zu führen. Patricia Talbot ist als Interims-Geschäftsführerin eingesprungen, bis jemand in Vollzeit übernehmen kann.« Ein tiefer Seufzer. »Und sie zieht gegen mich vor Gericht. Sie behauptet, er hat gar nicht das Recht dazu gehabt, mir das ganze Vermögen zu vererben, dass rechtmäßig alles ihr gehört, und dann ist da ja auch noch Carnegie …«

Über Carnegie wusste Porter Bescheid. Sie war Talbots zweite Tochter und vor seinem Tod mit schöner Regelmäßigkeit in den Klatschblättern aufgetaucht. Ein Partygirl, immer mal wieder Polizeiarrest – sie war fester Bestandteil des Chicagoer Jetset, allerdings auf keine gute Weise.

»Sie hetzt gegen mich in den sozialen Medien und in jedem Interview, das sie gibt«, fuhr Emory fort. »Sie nennt mich das Bastardluder. Wir haben uns nie persönlich kennengelernt, aber sie führt sich auf, als würde sie mir, sobald wir uns zufällig über den Weg laufen, in aller Öffentlichkeit mit einem Kugelschreiber die Augen ausstechen.«

Jetzt flossen die Tränen doch, und spontan nahm Porter sie in den Arm.

Nach einer Weile wischte sie sich über die Wangen. »Ich bin aber auch eine egoistische Ziege – erzähle die ganze Zeit nur von mir. Was ist denn mit Ihnen? Wie geht's Ihnen?«, fragte sie. »Ich hab von diesen zwei Mädchen gehört. In der Zeitung steht, dass es 4MK war. Dass sie nicht entführt worden wären, wenn Sie Ihren Job gemacht hätten. Die *Tribune* behauptet sogar, Sie hätten ihn laufen lassen, was absurd ist! Ich muss es schließlich wissen.«

»Das war nicht 4MK.«

»Nicht?«

»Nein«, erwiderte Porter.

Emory zwang sich zu einem Lächeln. »Sie werden sie finden. Mich haben Sie auch gefunden.«

Porter wünschte sich nichts sehnlicher, als dass sie recht hätte.

Er war schon fast eine Stunde hier. Er musste weiter.

Emory spürte es. Sie stand auf, und als er sich ebenfalls hochstemmte, schlang sie die Arme um ihn und hielt ihn kurz fest. »Mit einem Psychologen geht das nicht... aber vielleicht könnten wir uns ja hin und wieder unterhalten? Falls Sie mir zuhören wollen?«

»Fänd ich gut.«

»Ja, ich auch.«

Als Porter den Flair Tower hinter sich ließ, fühlte sich das Loch in seinem Herzen ein winziges bisschen kleiner an.

22
Lili

»Nicht!«, schrie Lili. »Nicht noch mal!«

Trotzdem packte der Mann sie, und seine Pranken zerrten an der Decke, die sie eng um sich geschlungen hatte. »Wir *müssen* weitermachen.«

Lili robbte über den nassen Boden, rutschte weg, ihre Füße fanden keinen Halt, und sie versuchte, sich irgendwo auf dem Beton festzukrallen. Sie befand sich bereits in der hintersten Ecke ihres Käfigs, weiter zurückweichen konnte sie nicht. »Bitte, hör auf!« Sie konnte nirgends mehr hin.

Der Mann nahm den Elektroschocker hoch und hielt ihn auf sie gerichtet. Dann drückte er auf den Auslöser, Lili sah, wie sich zwischen den zwei Metallelektroden ein Blitz bildete, und roch das Ozon in der Luft.

»Noch eine Stunde, dann können wir es noch mal machen, versprochen. Ich schwöre es.« Zumindest versuchte sie, das zu sagen. Sie zitterte so heftig, dass in Wirklichkeit nur ein paar Silben, nur Wortfragmente herauskamen.

Es wäre das vierte – nein, das fünfte Mal. Oder das dritte? Sie war sich nicht sicher. Was sie dachte, war nicht mehr stimmig, ihr Bewusstseinsstrom war blockiert, und irgendetwas verhinderte, dass ihr Gehirn ordentlich arbeitete. Weiße Pünktchen wanderten durch ihr Gesichtsfeld, sodass sie kaum mehr erkennen konnte, was um sie herum vor sich ging – ein Schneesturm im Keller, genau so sah es aus, ein Whiteout aus Dunst und Grauschleier.

Durch den Schnee streckte er sich nach ihr aus, spreizte die Finger der linken Hand. »Jetzt, solange wir so nah dran sind.«

Mit der anderen Hand hielt er den Elektroschocker nur Zentimeter von ihr weg, sodass er fast ihren Hals berührte. Noch einmal würde Lili den Schmerz nicht ertragen. Es hatte sich jedes Mal angefühlt, als mahlte etwas an ihren Knochen, als fräße irgendetwas sie von innen auf. Dieser Schmerz war schlimmer als der Tod.

Inzwischen wusste sie nämlich auch, wie der sich anfühlte.

Er hielt ihr den Schocker vors Gesicht und drückte direkt vor ihren Augen den Auslöser.

»Okay!«, schrie sie. Zumindest versuchte sie zu schreien. Der einzige Laut, der aus ihrer Kehle und durch die klappernden Zähne drang, war das K.

Der Mann wich zurück, wenn auch nur ein winziges Stück, und kratzte sich durch die Mütze an der eitrigen Narbe an seinem Schädel.

Lili versuchte aufzustehen, doch ihre Beine gaben unter ihr nach, die Knie knickten einfach ein.

Er reichte ihr die Hand. Seine Nagelhaut war bis aufs Fleisch abgekaut, die Fingerkuppen rot und geschwollen.

Lili klammerte sich an ihm fest. Seine Handfläche fühlte sich kühl an, feucht. Sie wollte ihn nicht anfassen, aber ihr war klar, dass sie allein nicht mehr würde aufstehen können – nicht in ihrem Zustand. Und sie musste aufstehen. Sie musste mitmachen, sonst würde es nur umso mehr wehtun. *Er* würde ihr nur umso mehr wehtun.

Er führte sie aus dem Käfig, und Lili musste sich bei ihm abstützen, um überhaupt aufrecht zu bleiben.

Als sie den Tank erreichten, blickte sie zu ihm hoch, sah ihm tief in die verschleierten, leblosen Augen. »Nur eine halbe Stunde, bitte. Lass mich nur noch ein bisschen ausruhen.«

»Wir sind ganz nah dran.«

Lili starrte ihn unverwandt an. Nach endlosen Sekunden, die sich wie Stunden anfühlten, nickte sie schließlich. Sie ließ die Decke los, die sie am Hals festgehalten hatte, und der verschlissene Stoff fiel zu Boden, breitete sich zu ihren Füßen aus. Nach dem letzten Mal hatte sie sich nicht mal mehr angezogen. Nicht nachdem er verkündet hatte, sie würden es ein paar Minuten später erneut versuchen. Stattdessen hatte sie einfach nur die Decke um sich gewickelt, die grüne Decke, *ihre* Decke. Sie hatte sich in der Decke am Käfigboden zusammengerollt und gewartet. Sie hatte die Kleidungsstücke vor Augen gehabt – die Sachen seiner Tochter, wie er behauptete. Sie hatten ordentlich zusammengelegt in ihrem Käfig gelegen, gleich an der Tür. Nachdem sie die Sachen neben dem Tank auf den Boden hatte fallen lassen, hatte er sie beiseitegeräumt.

Lili hatte angenommen, dass sie allein im Haus wären. Beim letzten Mal – vor einer Stunde oder so – hatte sie nach seiner Tochter geschrien, aber keine Antwort erhalten. Sie hatte sich ausgemalt, wie ein Mädchen etwa in ihrem Alter allein oben in seinem kleinen Zimmer saß, sich die Ohren zuhielt und nicht wahrhaben wollte, was der Vater dort unten machte. Aber wie sollte das gehen? Wie konnte irgendein Mensch ... Erst hatte Lili nicht glauben wollen, dass das Mädchen wusste, was hier unten geschah, doch mit der Zeit war ihr klar geworden, dass sie es wissen musste. So groß war dieses Haus nicht, Lilis Elternhaus war viel, viel größer, und selbst dort könnte sie in ihrem Zimmer Schreie aus dem Keller hören, da war sie sich sicher. Dieses Mädchen, die Tochter dieses Mannes – sie wusste genau, was hier vor sich ging, und unternahm nichts dagegen.

»Steig rein«, sagte er.

Lili blickte auf das Wasser hinab. Sie wusste, dass es warm sein würde, wärmer als die Kellerluft, beruhigend warm, tröstlich. Trotzdem fürchtete sie es mehr als alles andere in der Welt – mehr als den Zorn ihrer Eltern, mehr als einen schrecklichen Unfall, mehr als den Mann, der jetzt neben ihr stand.

Es war der Tod.

»Steig jetzt rein«, sagte er.

Lili holte tief Luft. Gegen das grässliche Zittern, das ihren ganzen Körper erfasste, und die abgrundtiefe Schwäche, die sich in ihr ausbreitete und sie zu überwältigen drohte, konnte sie trotzdem nichts ausrichten. Sie holte noch mal tief Luft, legte eine Hand auf die obere Kante der großen Gefriertruhe und kletterte über den Rand. Dann ließ sie sich ins Wasser sinken und lehnte sich zurück, und wieder schob der Mann seinen Arm unter ihre Schultern, sodass ihr Kopf nicht unter Wasser tauchte. Sobald ihre Ohren unter die Wasseroberfläche gerieten, verstummten sämtliche Geräusche aus dem Keller, und sie hörte nur mehr ihre Atemzüge, das Echo ihres klopfenden Herzens und selbst das Blinzeln ihrer Lider.

Der Mann richtete sie wieder ein Stück auf, gerade so weit, dass die Ohren über Wasser waren. »Merk es dir diesmal«, trug er ihr auf. »Merk dir alles.«

»Mach ich«, erwiderte Lili.

Dann drückte der Mann sie unter Wasser, presste ihren geschwächten Körper bis ganz unten auf den Boden der Truhe. Diesmal kämpfte Lili gar nicht erst dagegen an, sie holte vor dem Untertauchen nicht einmal mehr Luft. Stattdessen inhalierte sie das Wasser. Sie schluckte den Schmerz hinunter, als sich die Lunge mit Wasser füllte, sie kämpfte gegen den Hustenreflex an, atmete noch mehr Wasser ein. Sie atmete und atmete, bis das gewellte Bild des Mannes über ihr verblasste und alles schwarz wurde, bis es nicht mehr wehtat, und nahm sich noch vor, sich diesmal zu merken, dass sie sich alles merken sollte ...

Diesmal würde Lili nicht mehr aufwachen.

23

Nash

»Du kannst doch nicht von mir erwarten, dass ich den Geruch von frisch gemahlenem Kaffee in der Nase habe und dann ohne einen Venti Caramel Macchiato in der Hand loszaubere«, sagte Kloz und setzte sich im Büro des Filialleiters von Starbucks an der Kedzie an dessen Schreibtisch.

In dem Zimmer herrschte ein riesiges Durcheinander. Keine zehn Quadratmeter groß, der Schreibtisch frontal zur Rückwand, unzählige Kisten auf jedem freien Fleckchen auf dem Boden. Nachdem Kloz am Schreibtisch Platz genommen hatte und Nash rechts neben ihm stand, hatte der Filialleiter selbst an der Tür stehen bleiben müssen.

»Was ist mit Ihnen? Möchten Sie auch etwas?«, fragte er Nash. Er hatte dünnes braunes Haar, eine Brille und fünfzehn Kilo zu viel auf den Rippen. Er trat von einem Fuß auf den anderen, und seine Hände waren ständig in Bewegung, sodass Nash sich schon fragte, was täglich zehnstündiges Einatmen von Kaffeedämpfen mit einem Menschen machte.

»Könnte ich einen ganz normalen großen Kaffee haben bitte? Schwarz.«

»Was denn für einen? Wir haben Blonde- und Dark-Roasts, koffeinfreien Pike Place, Caffè Misto, Clover …«

»Einen stinknormalen großen schwarzen Kaffee«, wiederholte Nash.

Die Schultern des Mannes sackten nach unten. »Ich schau mal, was ich da tun kann.«

Nash sah noch, wie er den Flur entlang in Richtung des Ladengeschäfts verschwand, und drehte sich wieder zu Kloz um. »Also?«

Kloz hatte drei Fenster auf den Bildschirm geholt und studierte mit zusammengekniffenen Augen den Text im dritten. »Das Ding ist uralt, Minimum fünf Jahre. Ein halbes Gigabyte Kapazität für eine 1080-Pixel-HD-Kamera.«

»Das Ganze bitte noch mal für Normalsterbliche, sonst muss ich dir leider Schmerzen zufügen.«

Kloz verdrehte die Augen. »Diese Kamera zeichnet hoch aufgelöste, riesige Bilder auf und braucht entsprechend eine Menge Speicherplatz. Nur hat dieser Computer hier keinen Speicherplatz. Sobald der Speicher voll ist, fängt das Programm automatisch an zu überschreiben.«

»Und wie weit zurück kommst du?«

Kloz vergrößerte eins der Fenster auf dem Bildschirm und überflog den Text. »So schlimm, wie Sophie meinte, ist es nicht. Da sind noch zweieinhalb Tage alte Aufnahmen vorhanden, und zwar komplett. Wenn Computer ältere Daten überschreiben, dann tun sie das auch nicht auf lineare, datumsbasierte Weise, wie wir das tun würden. Computer speichern Bytes, und das heißt: Wenn ältere Aufnahmen überschrieben werden, bleiben Fragmente davon auf der Festplatte zurück.«

Nash beugte sich vor. »Sprich, du findest Einzelbilder, die älter als zweieinhalb Tage sind, aber nicht das ganze, durchlaufende Video?«

Auf Kloz' Gesicht machte sich ein zufriedenes Grinsen breit. »Jetzt ist der Groschen gefallen.«

»Und ist da jetzt irgendwas zu unserem Mädchen drauf?«

»Dafür sind wir wohl wirklich zu spät dran. Ich lasse gerade ein Programm laufen, das die Fragmente wieder zusammensetzt, aber bislang ist das älteste Bild, das wir haben, keine zwei Wochen alt.«

»Und sie ist vor drei Wochen verschwunden.«

»Jupp.«

Der Filialleiter kam mit zwei großen Bechern zurück und drückte sie den Detectives in die Hand. Nash schnupperte erst und nippte daran. »Ist das Kaffee?«

»Das wollten Sie doch, oder nicht?«, gab der Filialleiter zurück.

Nash nickte. »Klar. Ich hatte bloß erwartet, dass Sie mit irgendwas Schnörkeligem zurückkommen.«

Kloz schlürfte an seinem Becher. Als er ihn wieder absetzte, war seine Oberlippe mit weißem Schaum bedeckt. »Ich mag Schnörkel. Das hier sind dreihundert köstliche Kalorien.«

»Im Ernst?« Nash runzelte die Stirn. »Dreihundert?«

Der Filialleiter zuckte mit den Schultern. »Das ist ein Venti, knapp sechshundert Milliliter, fünfzig Kalorien auf hundert, also ja, macht dreihundert Kalorien.«

Nash starrte auf seinen Becher. »Und wie viele hat meiner?«

»Null. Es sei denn, Sie nehmen Zucker. Das ist ja bloß schwarzer Kaffee.«

Kloz nahm noch einen Schluck. »Dreh mir da keinen Strick draus.«

Der Filialleiter spähte auf den Computerbildschirm. »Irgendwas gefunden?«

»Das Ding ist der totale Schrott.«

Er nickte. »Das hab ich auch schon zu den Detectives gesagt, die beim letzten Mal hier waren. Aber was nicht komplett den Geist aufgibt, wird von der Firma höchstens mal upgegradet. Und glauben Sie mir, ich hab versucht, den da kaputtzukriegen. Aber der läuft und läuft. An einer langfristigen Speicherung ist kein Mensch interessiert. Wenn wir überfallen werden, will die Firma die entsprechenden Aufnahmen, aber es gibt nicht wirklich einen Grund, warum wir mehr als ein, zwei Tage aufzeichnen sollten.«

Sein Handy piepste, er zog es aus der Hosentasche, betrachtete das Display und packte das überdimensionierte Samsung wieder weg.

Kloz wandte sich zu ihm um. »Sie haben hier WLAN, oder?«

»Klar.«

»Welchen Standard?«

»A, b, g, n und ac auf 2,4 und 5 Gigahertz.«

»Das Beste vom Besten, was? Aber das wollen wahrscheinlich die Kunden.«

Er nickte. »*Darum* kümmert sich die Firma natürlich. Unsere besten Kunden sitzen hier stundenlang.«

»Worauf willst du hinaus?«, erkundigte sich Nash.

Kloz stand auf und fing an, dem Verlauf der Kabel zu folgen, insbesondere dem eines dicken blauen Kabels, das hinter drei Kisten mit Kaffeebechern verschwand. Dahinter standen Regale. Er schob die Kisten beiseite, und drei Kästchen mit blinkenden Lichtern kamen zum Vorschein – nichts, was Nash hätte identifizieren können. Doch Kloz hielt bei einem Gerät inne: bei einem kleinen schwarzen Kasten, aus dem zwei Antennen ragten. Er drehte ihn um.

»Das hier ist ihr WLAN-Router und der WAP, ein Ruckus Zone-Flex, neuestes Modell. Kannst du dich noch an diese ganzen Leute draußen erinnern, die in ihre Laptops und Smartphones gestarrt haben? Die wählen sich hierüber ins Internet ein«, erklärte Kloz. Dann klappte er den Deckel seines MacBooks auf. »Siehst du? Ich hab mich schon mal ins Starbucks-WLAN eingewählt, und jetzt macht mein Rechner das ganz automatisch. Ich bin im selben Netz unterwegs wie diese anderen Leute hier.« Er zeigte auf ein Icon in der Ecke gleich neben der Uhrzeit.

»Und was nützt uns das?«, wollte Nash wissen.

Kloz tippte etwas in die Tastatur. Ein neues Fenster ging auf, und dann ratterten rasend schnell irgendwelche Daten durchs Bild.

»Das hier ist der Traffic des Routers in Echtzeit.« Kloz drehte sich zum Filialleiter um. »Ziehen Sie diesen Aufkleber mit Ihrem Benutzernamen und dem Passwort vom Router ab. Dort sieht ein potenzieller Hacker zuerst nach, wenn er die Möglichkeit hat.«

Der Mann hob beide Hände. »Das ist Firmensache. Ich rühr das Ding nicht an.«

Kloz wandte sich wieder seinem MacBook zu. »Ich kann hier jede E-Mail, jede Webseite, jedes Bild und jeden Song sehen, den die Leute da draußen aufgerufen haben. Alles live und in Farbe – ich muss mir nur dieses Logfile hier angucken.«

»Ich hab immer noch keinen blassen Schimmer, inwiefern uns das nützt«, sagte Nash.

Kloz grinste. »Wenn ich die sexy Hauptdarstellerin wäre und du Tom Cruise, wäre das jetzt die Szene, in der du versuchen würdest, mich abzuknutschen.«

»Ich werde nicht mit dir knutschen, Kloz.«

»Ich würde dich auch nicht lassen.«

»Also, was heißt das alles jetzt?«

Kloz hielt kurz den Zeigefinger in die Luft und tippte dann erneut etwas ein. Nash sah zu, wie er Daten aus einer E-Mail in sein Programm kopierte. Dann klatschte er in die Hände und grinste. »Wir können Ella Reynolds zwar nicht mehr auf Video sehen, weil die Aufnahmen futsch sind, aber wir können alles einsehen, was sie hier ein gutes Jahr lang bis zum einundzwanzigsten Januar getrieben hat. Sowohl auf dem Handy als auch auf dem Computer.«

Nash überlegte kurz. »Bis zum einundzwanzigsten? Einen Tag später wurde sie als vermisst gemeldet. Das heißt, sie ist hier am Tag ihres Verschwindens gar nicht mehr aufgetaucht. Das grenzt den Zeitraum für uns ein bisschen ein. Was hast du sonst noch gefunden?«

Kloz hörte nicht mal mehr zu. Er hatte sich schon wieder auf seine Tastatur konzentriert. Er schwieg für knappe drei Minuten, dann: »Diese Kids werden ihren Eltern immer einen Schritt voraus sein.«

»Was meinst du damit?«

Kloz hatte zwei Fenster auf seinem Bildschirm geöffnet und klickte das linke an. »Das hier sind die Daten, die wir aus Ellas Computer und ihren Internet-Accounts gezogen haben. Ihr Handy ist mit ihr verschwunden, aber den Laptop haben wir. Einen Browser-Verlauf gab es quasi nicht, sprich: Sie hat entweder einen sicheren Browser verwendet oder ihren Datenverkehr verschlüsselt. Die meisten Kids heutzutage wissen, wie das geht – sie wollen nicht, dass ihre Eltern da drin rumschnüffeln. Also hab ich mir ihre MAC-Adresse genommen – das ist quasi die Identifikationsnummer ihres Computers – und sie durch den Starbucks-Router gejagt. Das ist dieses Fenster hier.« Er klickte das rechte Fenster an. »Der Router zeichnet sämtliche Aktivitäten auf, egal ob verschlüsselt oder nicht. Wenn ich jetzt diese Fenster vergleiche, kann ich genau sehen, was sie sich angeguckt hat, während die Verschlüsselung aktiv war – im Grunde alles, was sie vor ihren Eltern geheim halten wollte.«

»Sind es Pornos?«, fragte der Filialleiter, dessen Anwesenheit Nash schon gar nicht mehr auf dem Schirm gehabt hatte.

»Leider nein«, antwortete Kloz. Dann klickte er ein weiteres Fenster an und drehte das MacBook herum, sodass Nash auch etwas sehen konnte.

Der schnalzte mit der Zunge. »Huch? Damit hätte ich nicht gerechnet.«

24

Clair

»3306. Da ist es.« Sophie zeigte nach rechts, auf die blau-weiße Markise über dem riesigen Schaufenster, auf der in riesigen Lettern »THE LEIGH GALLERY« stand.

Clair manövrierte ihren Honda in eine Parklücke direkt gegenüber, und die zwei Frauen gingen vorsichtig, um auf der vereisten Fahrbahn nicht auszurutschen, hinüber auf die andere Straßenseite.

Ein Glöckchen klingelte, als sie die Eingangstür aufschoben, und eine Frau mit schulterlangem blonden Haar und Brille sah von einem Schreibtisch am rückwärtigen Ende des Verkaufsraums auf. »Guten Tag, die Damen.« Sie lächelte. »Wenn Sie irgendwelche Fragen haben oder ich behilflich sein kann, sagen Sie Bescheid.«

Clair sah sich aufmerksam um. Sie hatte noch nie so viel Farbe an einem Ort gesehen. Die Wände waren von oben bis unten zugehängt mit Gemälden, jeder Quadratzentimeter war von Leinwänden in sämtlichen Größen bedeckt – von einigen Zentimetern bis anderthalb Metern Kantenlänge –, und die Bandbreite der Werke, die von clever ausgerichteten Deckengleitern ausgeleuchtet wurden, reichte von abstrakter Kunst bis Landschaftsmalerei. Zu beiden Seiten standen Tische mit Statuetten, Vasen und Figürchen im offenen Raum. Ein Ordnungssystem konnte Clair nicht erkennen. Für sie sah es nach totalem Chaos aus – trotzdem war es herrlich. Wenn sie nicht hätte arbeiten müssen, hätte sie hier glatt Stunden verbracht.

Sophie hatte von einem Tisch zur Rechten eine kleine Figur in die Hand genommen. »Ich liebe Pinguine, die sind echt zu niedlich!«

Die Frau stand vom Schreibtisch auf, schob sich die Brille ins Haar und kam auf sie zu. »Eine hiesige Künstlerin namens Tess Marchum stellt die her – jeden einzeln per Hand. Ich mag die Art, wie sie hier auf dem Tisch Wache stehen und die anderen Kunstwerke im Blick haben. Sie hat auch schon Giraffen und Zebras gemacht – ein echtes Talent.«

Clair nahm sich fest vor wiederzukommen, wenn sie mal Zeit hätte, um sich in Ruhe umzusehen. »Sind Sie Ms. Edwins?«

»Ja, aber bitte, nennen Sie mich Collette.«

Sophie stellte den Pinguin wieder auf das Tischchen und tätschelte ihm den Kopf. »Ich bin Sophie Rodriguez und arbeite bei Missing Children, und das ist Detective Clair Norton von der Chicago Metro. Wir würden Ihnen gern ein paar Fragen zu Lili Davies stellen.«

Das Lächeln der Frau war schlagartig wie weggefegt. »Haben Sie sie gefunden? Geht es ihr gut?«

»Noch nicht, aber eine Menge Leute sind auf der Suche nach ihr«, erwiderte Clair. »Wann haben Sie sie zuletzt gesehen?«

»Vorgestern Abend. Sie hat für mich abgesperrt. Gestern hätte sie eigentlich auch arbeiten sollen, aber da ist sie einfach nicht aufgetaucht. Gegen fünf hab ich angefangen, mir Sorgen zu machen. Das sah ihr nicht ähnlich – ich kann mich nicht erinnern, dass sie mal ihre Schicht verpasst hätte. Und wann immer sie ein bisschen spät dran war – und wenn es nur Minütchen waren –, hat sie angerufen oder mir eine Nachricht geschickt.«

»Wann hätte sie denn auftauchen sollen?«

»Normalerweise kommt sie um vier, bleibt bis Ladenschluss und schließt vorne ab«, erklärte Collette.

»Und als sie vorgestern Abend hier war, war da irgendetwas ungewöhnlich?«, hakte Clair nach.

Die Frau schüttelte den Kopf. »Absolut nicht. Sie war ein paar Minuten zu früh und genauso übersprudelnd, wie ich sie kenne. Sie hat wirklich immer ein Lächeln im Gesicht. Die Kunden lieben sie.« Sie hielt kurz inne und sprach dann leiser weiter: »Ich habe heute Morgen die Zeitung gelesen ... Glauben Sie, der Monkey Killer hat sie entführt?«

Clair schüttelte den Kopf. »Das war nicht der Monkey Killer.« Auch wenn sie es laut aussprach, war sie sich insgeheim nicht so sicher. Nach den Turbulenzen von vor einigen Monaten hatte es sich angefühlt, als hätte Bishop sein Ziel erreicht. Immerhin hatte er es auf Arthur Talbot abgesehen gehabt, und den hatte er sich letztlich geschnappt. Er hatte keinen Grund mehr gehabt weiterzumachen.

Andererseits hörten Serienmörder nur höchst selten aus eigenem Antrieb auf. Sofern Bishop einfach nur eine Atempause eingelegt hätte, würde es ihn inzwischen in den Fingern jucken, und auch wenn diese jüngsten Verbrechen so gar nicht seinem damaligen Modus Operandi entsprachen, stanken sie nach ihm ... Clair konnte Bishops grinsendes Gesicht regelrecht vor sich sehen und musste den Kopf schütteln, um das Bild zu vertreiben.

»Aber jemand hat sie entführt?«, fragte Collette.

»Davon gehen wir aus, ja«, antwortete Clair.

»Hat sich in den vergangenen Wochen irgendwer hier in der Galerie merkwürdig verhalten?«, fragte Sophie. »Jemand, den Sie nicht kannten oder der sich statt für die Kunstwerke ein bisschen zu auffällig für Lili interessiert hätte?«

Die Frau kaute kurz auf der Innenseite ihrer Wange. »Wir

haben überwiegend Stammkunden. Bei den Events kommen ein paarmal im Monat auch neue Gesichter, und an einem ganz normalen Tag wie heute kommt natürlich auch ein bisschen Laufkundschaft – Leute, die ich nicht kenne. Trotzdem wüsste ich nicht, dass da in letzter Zeit jemand aufgefallen wäre … Aber Lili kommt normalerweise um vier, und ich gehe gegen fünf. Insofern überschneiden sich unsere Arbeitszeiten nicht allzu sehr. Lili ist ein bildhübsches Ding, ich bin mir sicher, dass sie eine ganze Reihe von Bewunderern hat, die hier vorbeischauen, sobald ich gegangen bin. Ich hab immer mal wieder Freunde von ihr hier warten sehen, aber die haben nie Scherereien gemacht. Mir macht das nichts aus, solange sie nicht stören. Wenn gar niemand da ist, kann es hier manchmal sehr still werden.«

Clair sah zur Decke. »Haben Sie Überwachungskameras?«

Collette schüttelte den Kopf. »Ich fürchte, nein. Das hier ist eine gute Gegend, Bargeld nehmen wir keins, insofern hab ich nie das Gefühl gehabt, ich müsste Sicherheitsmaßnahmen ergreifen.«

»Sie haben Events erwähnt«, hakte Clair nach. »Kommen da viele Besucher?«

»Oh ja, bei solchen Gelegenheiten, wenn wir einen hiesigen Künstler ausstellen, gehen hier mehrere Hundert Leute ein und aus. Die Stammkundschaft natürlich, aber die bringt dann noch Freunde und Interessierte mit. Da gibt's dann auch etwas zu essen und zu trinken. Wir versuchen, das so oft wie möglich zu machen.«

Clair drehte sich zu Sophie um. »Wenn ich ein Mädchen stalken und ihr näherkommen wollte, wäre das doch die beste Gelegenheit, oder nicht? Jede Menge Leute, lauter fremde Gesichter. Viel unwahrscheinlicher, da aufzufallen, als wenn man hier allein reinspaziert käme.« Sie wandte sich wieder zu Ms. Edwins um. »Sie führen bei solchen Events nicht zufällig Namenslisten?«

Collette nickte. »Doch. Wir lassen uns Namen, Adresse und E-Mail geben, damit wir die Besucher auf unsere Mailingliste setzen können. Der ausgestellte Künstler kriegt auch eine Kopie.«

»Könnten wir diese Listen bekommen?«, fragte Clair.

Collette zögerte, dann nickte sie widerwillig. »Wenn das Lili hilft, meinetwegen. Einen kleinen Moment bitte.«

Clair sah zu, wie die Frau zum rückwärtigen Ende des Ausstellungsraums ging und am Schreibtisch vorbei auf einen Flur verschwand. Dann drehte sie sich zu Sophie um. »Wenn unser Täter hier war, wird er kaum seinen richtigen Namen oder seine Kontaktinfos hinterlassen haben.«

»Was nützen uns dann die Listen?«

»Wir gehen die Namen durch und identifizieren die Fakes – Namen, die nicht mit der angegebenen Adresse übereinstimmen, falsche E-Mail-Adressen … Bleiben hoffentlich nur noch eine Handvoll Einträge. Und wenn wir die haben, könnten wir …«

Aus dem hinteren Teil der Galerie gellte ein Schrei.

Clair zog ihre Glock aus dem Schulterholster und rannte – Sophie dicht hinter ihr – am Schreibtisch vorbei in den schmalen Flur. Erst kam die Toilette, dann ein kleiner Lagerraum. Collette Edwins stand auf der Schwelle, hatte eine Hand immer noch am Lichtschalter und die andere vors Gesicht geschlagen. Sie starrte zur Mitte des Lagers.

Clair folgte ihrem Blick und verstärkte den Griff um die Waffe.

Lili Davies' lebloser Körper hing dort an einem Metallregal – die Augen glänzend, leer, der Mund halb geöffnet. Um ihren Hals lag ein schwarzes Kabel, die Haut drum herum war dunkelviolett verfärbt. Sie sah entsetzlich bleich aus.

Clair sicherte den Raum, schob die Glock zurück ins Holster, eilte auf das Mädchen zu und tastete am Hals nach einem Puls. Nichts. Die Haut war kalt. Das Kabel, das sie in der Senkrechten hielt, führte zu den Winkelträgern, die das Metallregal sicherten.

»Hat sie sich erhängt?«, presste Collette hervor.

»Nein«, antwortete Clair sofort. »Sie war schon tot, bevor sie hierhergebracht wurde.«

»Wer sonst hat Zugang zu diesem Raum?«, fragte Sophie.

Collette zitterte inzwischen am ganzen Leib. »Ich ... Ich war doch vor nicht mal zwei Stunden hier. Ich musste ein paar neue Figuren für vorne holen ... Da war sie noch nicht hier ... Da war niemand hier! Ich bin den ganzen Vormittag allein gewesen.«

»Was ist mit der Tür da?«, hakte Clair nach. Am hinteren Ende des Lagers befand sich eine Stahltür.

»Die ist immer verschlossen. Die wird nur aufgemacht, wenn eine Lieferung kommt.«

Clair griff in ihre Tasche und zog einen Latexhandschuh heraus, streifte ihn über und versuchte, den Türknauf herumzudrehen. Abgeschlossen – genau wie der Riegel direkt darüber.

»Alle raus«, murmelte sie.

25

Poole

Special Agent Frank Poole setzte sich an den zerschramm-
ten Metalltisch, der ihm in ihrem Arbeitszimmer im Untergeschoss der Chicago Metro zugewiesen worden war. Die
Kisten voller Material, die sie aus Detective Porters Wohnung geschleppt hatten, standen neben ihm auf dem Tisch.
SAIC Hurless und SA Diener waren nach einem hektischen
Mittagessen in einem kleinen Diner an der Wabash ins FBI-
Gebäude an der Roosevelt zurückgekehrt, wo sie sich um
ihre anderen Fälle kümmern wollten. Poole hatte beschlossen, sich hierhin zurückzuziehen. Eigentlich hatte er damit
gerechnet, dass Hurless Widerspruch einlegen würde. Stattdessen hatte sein Vorgesetzter ihm geholfen, die Kisten ins
Auto zu verladen, und dann Poole und den Technikern aufgetragen, ohne Umwege alles hierherzubringen.

Poole schob die Tür zu und schaltete die Neonröhren
aus, sodass nur noch eine kleine Schreibtischlampe Licht
im Raum verbreitete.

Er nahm sich Barbara McInleys Akte vor und blätterte sie
durch. So arbeitete er am liebsten: im Dunkeln, keinerlei
Ablenkung; kein Lärm, kein hektisches Treiben um ihn herum, keine Stimmen – außer die des Beweismaterials.

Barbara McInley. Siebzehn Jahre alt, fünftes Opfer des
Monkey Killers. Bishop hatte sie sich geschnappt, weil ihre

Schwester, Libby McInley, am 14. März 2007 einen Fußgänger überfahren hatte. Er blätterte zurück zur Innenseite des Aktendeckels, auf der Barbara McInleys Foto festgetackert worden war. Hübsches Mädchen. Blond.

Er blickte zum Whiteboard in der Zimmerecke und kniff die Augen zusammen, um die Fotos von Bishops Opfern zu betrachten. Alles Brünette – bis auf Barbara. Mit dem Blick auf die Fotos gerichtet hing er für einen Moment seinen Gedanken nach. Als er wieder auf die Uhr sah, waren zu seiner Überraschung fast zehn Minuten vergangen. Er griff nach seinem Handy und rief eine Nummer auf, die er direkt zu Beginn der Ermittlung abgespeichert, aber bislang nie benutzt hatte.

Es klingelte dreimal, bis eine mürrische Stimme sich meldete: »Hallo?«

Poole räusperte sich. »Detective Porter?«

»Ja?«

»Hier ist Special Agent Frank Poole.«

Stille. Dann: »Okay …«

»Wir sind nur hier … Wir ermitteln hier nur«, erklärte Poole, »weil wir die entsprechende Order erhalten haben. Das verstehen Sie doch, oder? Wir hätten den Fall nicht übernommen, wenn wir nicht offiziell hinzugezogen worden wären.«

»Wer genau hat Sie denn hinzugezogen?«

Poole fuhr sich durchs Haar. »Wenn Sie das wissen dürften, hätten die es Ihnen gesagt. Ich fürchte, ich bin nicht befugt, dazu was zu sagen.«

»Sie haben mich angerufen«, unterbrach Porter ihn. »Was wollen Sie mir denn sagen?«

»Wenn ich die Wahl hätte, würde ich mich nicht auf diese Weise einmischen. Ich selbst würde auch nicht wollen, dass irgendjemand in eine meiner Ermittlungen platzt. Ich bin wirklich nicht gern Teil einer solchen Aktion.«

»Trotzdem sind Sie hier.«

»Trotzdem bin ich hier«, pflichtete Poole ihm bei.

»Irgendwer glaubt, dass ich es vergeigt habe, und man hat Sie herbestellt, damit keiner das Gesicht verliert. Nicht Ihre Schuld, dass Sie hier sind. Sie machen nur Ihren Job. Ist es das?«

»Es geht das Gerücht, Sie hätten ihn laufen lassen. Sie wären zu dicht an ihm dran.«

»Glauben Sie doch, was Sie wollen. Es ist jetzt Ihr Fall«, entgegnete Porter.

Der Stuhl quietschte empört, als Poole aufstand und ein paar Schritte auf das Whiteboard und die Fotos der Mädchen zumachte. »In Wahrheit ist mir dieser politische Mist ziemlich egal. Und ich habe das Gefühl, Ihnen geht es nicht anders. Sie und ich – wir sind beide auf dasselbe aus: Wir wollen einfach nur diese Bestie stoppen.«

Porter sagte nichts.

»Mein Boss und Diener hoffen, sich mit diesem Fall einen Namen machen zu können«, fuhr Poole fort. »Wenn Sie mich fragen, geht es den beiden nur darum.«

»Und Ihnen nicht?«

»Ich will einfach nur, dass dieser Kerl nicht noch mehr Leuten Leid zufügt«, erwiderte Poole.

Beide blieben eine Weile stumm. Schließlich ergriff Porter wieder das Wort. »Warum haben Sie mich angerufen, Poole?«

»Frank, sagen Sie Frank.«

»Warum haben Sie mich angerufen, Frank?«

Poole kehrte an seinen Schreibtisch und zu der Akte zurück. »Barbara McInley. Ich habe den Eindruck, Sie haben vorhin nicht alles erzählt.«

»Ich habe Ihnen und Ihrem Vorgesetzten doch gesagt, dass ich gar keine Zeit hatte, die Akte noch mal einzusehen.«

»Aber Ihr Bauchgefühl sagt Ihnen, dass da irgendwas ist?«

Wieder blieb Porter stumm.

»Mein Bauchgefühl sagt mir, ich sollte Ihrem Bauchgefühl trauen«, fuhr Poole fort.

Am anderen Ende der Leitung herrschte weiter Stille. Auch Poole selbst sagte nichts mehr. Er wartete darauf, dass Porter reagierte.

Am Ende kam ein Seufzer. »Bis ich zu dem Fall hinzugerufen wurde, war ich einige Wochen beurlaubt gewesen, weil meine Frau erschossen worden war. Nash war am Unfallort bei der Leiche, von der wir dachten, es wäre der Monkey Killer. Dann ging alles ziemlich schnell. Wir haben uns Bishop von der CSI ausgeliehen, weil er ein helles Köpfchen zu sein schien. Nach dem Mörder suchten wir da gar nicht mehr, wir dachten ja, er wäre gestorben. Unser Fokus lag einzig und allein darauf, Emory zu finden. Sämtliche Schlüsselfiguren der 4MK-Taskforce kamen in unserer Einsatzzentrale zusammen, plus Bishop als Neuzugang, und gemeinsam sind wir noch einmal sämtliche Indizien durchgegangen – für Bishop, aber auch für uns andere, als eine Art Auffrischung.«

Poole nickte. »Sie haben die Infos aus einem neuen Blickwinkel betrachtet, weil Sie ja nicht mehr nach dem Mann hinter den Taten gesucht haben, sondern herausfinden wollten, wohin er Emory gebracht haben könnte.«

»Ganz genau. Wenn man eine andere Perspektive einnimmt, kommt man manchmal aus heiterem Himmel auf Dinge, die man zuvor nicht wahrgenommen hat«, sagte Porter. »Noch während wir alles erneut durchleuchteten, schaltete Bishop sich ein, und ich schwöre, sogar jetzt in der Rückschau, dass dieses kleine Aas bei uns den Eindruck erweckt hat, es wäre alles neu für ihn. Er hat nicht nur mit großen Augen die Tafeln angestarrt. Man hat förmlich sehen können, wie die Rädchen in seinem Kopf ratterten. Ich konnte sehen, wie er die Indizien überdachte, Punkte miteinander verband, Dinge zusammenfügte und Hypothesen entwickelte. Ich habe es immer wieder im Kopf ablaufen lassen, aber er hat nicht ein einziges Signal ausgesendet, das uns auf die Idee hätte bringen können, dass er in Wahrheit unser Täter war. Er hat die Rolle des Paul Watson von der CSI so gut gespielt, dass ich fast glaube, er hatte selbst vergessen, wer er wirklich war – er machte den Eindruck, als wollte er 4MK genauso sehr dingfest machen wie wir anderen auch. Ich weiß, Sie denken jetzt wahrscheinlich, dass ich mich rechtfertigen will. Aber er spielte die Rolle perfekt. Er trug nicht nur eine Maske, er *war* die Maske.«

»Ein Soziopath«, mutmaßte Poole. »In diesem Moment mag er wirklich Paul Watson gewesen sein. Solche Leute sind wie eine leere Leinwand, wie ein leeres Gefäß. Und an diese Leerstelle setzen sie jedwede Persönlichkeit, die dann übernimmt und die Leere füllt. Das habe ich auch schon bei anderen erlebt. Bei manchen ist diese Persönlichkeit dann absolut übermächtig. Bei anderen vermischt sich das, und die einzelnen Facetten sind sich des Ganzen irgendwie bewusst.«

»Na ja, wie schon gesagt, in dem Moment war er Paul Watson. Und Paul Watson sah aus, als wollte er 4MK das Handwerk legen. Als wir das Beweismaterial noch einmal durchgegangen sind, als wir den Background jedes einzelnen Opfers noch mal durchleuchtet haben, hat er bei McInley innegehalten. Er hat großen Wert darauf gelegt zu erwähnen, dass sie die einzige Blondine war. Damals klang das in unseren Ohren wie der Kommentar eines Frischlings. Ich meine – klar wussten wir alle, dass sie die Einzige war. Wir hatten immerhin fünf Jahre lang auf diese Fotos gestarrt. Aber er biss sich daran fest, und wenn es nur für ein, zwei Sekunden war. Ich hab's als den Zwischenruf des Frischlings abgetan, aber inzwischen …«

»Inzwischen spielen Sie die Szene immer wieder durch,

Sie wissen, dass Sie mit 4MK im selben Raum gestanden haben, und 4MK hat bei Barbara McInley aufgemerkt«, resümierte Poole.

»Genau.«

»Das ist nicht allzu viel.«

»Hab ich ja jetzt auch schon ein paarmal gesagt. Ich hab nichts Handfestes, nur meinen Bauch«, sagte Porter. »Aber dann ist da auch noch das Verbrechen an sich: McInleys Schwester hat einen Fußgänger überfahren und Fahrerflucht begangen – das war ein Unfall. In den anderen Fällen hat Bishop jeweils darauf abgezielt, dass ein Verwandter vorsätzlich ein Verbrechen begangen hat – irgendwas Wohldurchdachtes, Ausgeklügeltes, sorgfältig Eingefädeltes. Ein Unfall mit Fahrerflucht passt da doch nicht.«

Poole warf erneut einen Blick in die Akte. »Dem Haftbericht zufolge hat sie einen Fußgänger überfahren, der bei Rot über eine Ampel gelaufen war. Er ist ihr bei voller Fahrt vor den Kühler gerannt.«

»Wenn sie keine Fahrerflucht begangen hätte, wäre sie nicht mal strafrechtlich verfolgt worden«, warf Porter ein. »Aber dann ist da noch die Ähnlichkeit zu der Art und Weise, wie Jacob Kittner ums Leben gekommen ist. Wir dürfen auch nicht vergessen, dass Bishop den Typen damals dafür bezahlt hat, dass er auf die Straße springt. Und ich glaube nicht an Zufälle.«

»Ich ebenso wenig«, erwiderte Poole. »Bleiben Sie eine Sekunde dran ...« Auf seinem Laptop rief er Libby McInleys Strafbefehl auf und überflog den Eintrag. »Laut Datenbank wurde im März 2007 Anklage gegen sie erhoben, und im Juli 2007 wurde sie wegen fahrlässiger Tötung eines gewissen Franklin Kirby zu zehn Jahren verurteilt, wovon sie sieben und ein paar Monate abgesessen hat. Vor sechs Wochen ist sie auf Bewährung freigekommen.

»Wie hieß das Opfer gleich wieder?«

»Franklin Kirby. Warum? Kannten Sie ihn?«

Wieder blieb Porter stumm.

»Porter, wenn der Name Ihnen irgendetwas sagt, dann müssen Sie mir das sagen.«

»Sie sollten mal nach ihr sehen. Sagen Sie Bescheid, was Sie gefunden haben.«

»Warum?«, fragte Poole, doch da hatte Porter schon aufgelegt.

26

Porter

Am anderen Ende der Stadt stand Porter mit seinem Handy in der einen und einer Fernsehzeitschrift in der anderen Hand vor seinem Briefkasten am Hauseingang. Er starrte auf das Foto hinab, das zwischen den Seiten der Zeitschrift herausgerutscht war, als er sie aus seinem vollgestopften Briefkasten befreit hatte.

Porter ging in die Hocke und beugte sich darüber.

Das matte Schwarz-Weiß-Foto war knapp 13 mal 18 Zentimeter groß. Das Bild einer Frau in Gefängniskluft, die unter freiem Himmel durch einen vergitterten Gang geführt wurde – ein Wachmann vor ihr, ein weiterer direkt hinter ihr. Ihre Hände waren auf dem Rücken gefesselt, und sie ließ den Kopf hängen, sodass ihr Gesicht im Schatten kaum erkennbar war. Es sah aus wie eine Teleaufnahme, war körnig, als wäre der Bildausschnitt am Computer über die Leistungsfähigkeit der Linse hinaus vergrößert worden. An der Wand in ihrem Rücken konnte Porter die Aufschrift »ORLEANS PARISH PRISON« in Großbuchstaben entziffern.

Porter ließ die Zeitschrift daneben zu Boden fallen, nahm das Foto in die behandschuhte Hand und drehte es um. Auf der Rückseite stand mit schwarzer Tinte ein schlichter Satz geschrieben.

Ich glaube, ich habe sie gefunden.
B.

27

Der Mann mit der schwarzen Strickmütze

»Hat sie was gesehen?«

Der Mann mit der schwarzen Strickmütze hielt den Hörer ans Ohr. »Nein, hat sie nicht.«

Er saß an einem kleinen schwarzen Plastik-Pressspantisch, der mit Papier, bunten Filzstiften und Zeichnungen übersät war. Mit unzähligen Zeichnungen. Vom Tisch aus konnte man durchs Fenster die Straße überblicken. Draußen ging der Nachbar gerade Gassi mit seinem Hund, einem kleinen weißen Terrier in einem rot-grünen Jäckchen. Der Hund hob das Bein und pinkelte in den Schnee. Der Mann mit der schwarzen Strickmütze sah zu, wie der gelbe Fleck im Schnee größer wurde und seinen Vorgarten besudelte. Der Nachbar wohnte gerade einmal drei Meter weiter, trotzdem brachte er tagaus, tagein seinen Hund zum Pinkeln hierher. Als der Hund fertig war, kratzte er mit seinen kurzen Hinterbeinen ein paarmal über den Bordsteinrand, dann zerrte er an der Leine, wollte zurück ins Warme.

Die Wunde über dem Ohr juckte, und er kratzte sich, die Strickmütze verrutschte unter seinen Fingern und saß schief auf seinem kahlen Schädel.

»Die Nächste sieht was«, sagte die Stimme durchs Telefon. »Die wird es sein.«

»Hoffentlich.«

»Hast du sie da hingebracht, wo ich sie haben wollte?«

»Ja.«

»Hat dich jemand gesehen?«

»Heutzutage sieht mich niemand mehr.«

»Hat dich jemand *gesehen*?«

»Nein.«

»Gut.«

»Ja.«

Der Mann griff zu einem grünen Filzstift und fing an, eine der Skizzen auf dem Tisch auszumalen. Seine Hand begann zu zittern, rutschte über die vorgezeichnete Kontur, und er schleuderte den Filzstift quer durch den Raum.

Er hörte den Seufzer durchs Telefon. Der Mann hinter der Stimme konnte ihn irgendwie sehen – er konnte ihn immer sehen.

»Früher oder später sehen sie was. Es ist nur eine Frage der Zeit.« Er sprach wieder von den Mädchen.

Der Mann mit der schwarzen Strickmütze vermisste die Mädchen. Ohne sie wirkte das Haus so leer. Er nahm sich einen roten Filzstift, hielt ihn über das Blatt Papier und sah zu, wie seine Hand erneut anfing zu zittern. Er legte den Stift beiseite, und das Zittern hörte auf. Er spreizte die Finger, ballte sie zur Faust, spreizte sie wieder. Die Bewegung fühlte sich gut an. Normal. Er hörte damit auf. Die Hand zitterte nicht. Er nahm sich den Stift. Die Hand zitterte nicht. Er setzte den Stift aufs Papier. Die Hand zitterte nicht. Er fing mit dem Ausmalen an. Aus kurzen Strichen wurden längere, schwungvollere, der Stift verselbstständigte sich, krakelte, die Hand zitterte. Er drückte ihn fester auf, aber es wurde nicht besser. Wieder war über die Linien gemalt. Das Rot vermischte sich mit dem Grün, mit dem er es Sekunden zuvor versucht hatte. Das Ergebnis war ein schmutziges Braun. Die vorgezeichneten Umrisse verschwanden unter dem unkontrollierten Geschmiere, das Bild war im Eimer.

Er ließ den Stift fallen und drehte den Stuhl um, sodass er in den Raum blickte.

Der rote Pulli seiner Tochter lag hinter ihm auf dem Boden, die Schühchen neben dem Bett.

»Ich will die Nächste holen, bevor es dunkel wird«, sagte er.

»Du musst Geduld haben.«

Er wusste, dass die Stimme recht hatte. Die Stimme hatte immer recht.

Wieder kratzte er sich am Kopf, seine Fingernägel gruben sich in das wunde Fleisch. Als er die Finger herunternahm, waren sie blutig. »Aber du sagst mir, wann?«

»Natürlich.«

»Ich bin bereit.«

»Ich weiß.«

Dann war die Leitung tot.

Der Mann mit der schwarzen Strickmütze drehte sich mit dem Stuhl wieder zum Tisch um und legte das Handy beiseite. Er sah aus dem Fenster. Der Hund war verschwunden, der Nachbar war verschwunden, nur der Fleck im blütenweißen Schnee war noch da.

Er nahm sich einen gelben Stift und machte mit dem Ausmalen weiter.

28

Porter

Die vergangene Stunde hatte Porter mit dem Foto vor sich auf dem Couchtisch auf seinem Sofa zugebracht. Er hatte die Leselampe vom Nachttisch geholt, den Lampenschirm abgenommen und die Glühbirne durch eine Hundert-Watt-Birne ersetzt. Das Licht war gleißend hell und unerbittlich. Er beugte sich über das Bild und studierte jeden Millimeter, jedes Pixel.

Ihm schwirrte der Kopf.

Libby McInley hatte Franklin Kirby getötet, und dafür hatte Barbara McInley sterben müssen.

Natürlich war ihm der Name sofort bekannt vorgekommen.

Bishop hatte ihn erwähnt, kurz bevor er Arthur Talbot in den Aufzugschacht gestoßen hatte. Der Name Franklin Kirby war mitsamt all den anderen losen Fäden rund um 4MK tief in Porters Hirn geätzt. Franklin Kirby war der echte Name des Mannes gewesen, der mit Bishops Mutter und der Nachbarin durchgebrannt war – der Liebhaber einer der beiden, womöglich sogar beider Frauen. Er hatte seinen Partner erschossen – den Mann, den Bishop in seinem Tagebuch immer nur Mr. Namenlos genannt hatte. Den Mann, von dem Bishop später erzählt hatte, er habe Felton Briggs geheißen. Briggs hatte als eine Art Sicherheitsexperte oder Privatdetektiv für Talbot gearbeitet. Keiner der beiden Namen war in den diversen Datenbanken aufgetaucht, die Porter durchsucht hatte.

Phantome, genau wie Bishop.

Bis heute.

Er sah wieder auf das Foto hinab und hielt den Blick auf die Frau gerichtet. Eine ganze Zeit lang blieb er einfach so sitzen und rührte sich nicht.

Als er wieder aufsah, ließ er den Blick durch die Wohnung schweifen. Die FBI-Leute hatten das reinste Chaos hinterlassen, Bücher aus dem Regal gezogen, Schränke ausgeräumt, Schubladen am Boden liegen lassen. Das Bild von Heather hatten sie bei ihrer Suche umgestoßen, jetzt starrte es zur Decke empor.

Er wollte nicht hier sein.

Er konnte nicht hierbleiben.

Nicht jetzt.

Er betrachtete wieder das Foto auf dem Couchtisch.

Zehn Minuten.

Zwanzig Minuten.

»Scheiß drauf.«

Er stand auf, lief ins Schlafzimmer, trat an seinen Kleiderschrank und zog einen Koffer heraus. Fünf Minuten später hatte er seine Sachen gepackt und sie an der Wohnungstür bereitgestellt.

Dann nahm er ein in Folie gewickeltes Päckchen mit der Aufschrift »Rinderhack« aus dem Tiefkühlfach, riss die Folie ab und fischte den Inhalt heraus – fast dreitausend Dollar in bar, als er das letzte Mal nachgezählt hatte. Er faltete die Scheine zusammen, schob sie sich in die Tasche und lief zurück ins Wohnzimmer.

Dort ließ er noch einmal den Blick schweifen. Dann trat er zu seinem Lieblingsplatz, dem La-Z-Boy-Sessel, packte ihn an der Unterkante und drehte ihn auf die Seite. Als der

Sessel aufs Parkett aufschlug, hallte es laut in der ansonsten mucksmäuschenstillen Wohnung wider.

Porter schob die Finger unter die Verkleidung auf der Unterseite, die per Klettverschluss dort befestigt war, und riss sie los. Darunter hatte er Bishops Tagebuch mit Gaffertape an den Holzrahmen geklebt. In die Beweismittelliste hatte er es nie eingetragen. Er zog das Büchlein heraus, zupfte Tape-Reste ab und schob das schwarz-weiße Notizbuch zu seinem Geld in die Tasche. Dann nahm er – inzwischen ohne Handschuhe – Bishops Foto vom Couchtisch und steckte es ebenfalls ein.

Zu guter Letzt griff er zu seinem Handy, schaltete es aus und legte es auf den Couchtisch.

Auf dem Weg zur Wohnungstür drehte er sich ein letztes Mal um, sah zu Heathers Bild, nahm dann seinen Koffer und schloss die Tür hinter sich ab.

29

Clair

Clair drückte Nash einen Becher Kaffee in die Hand und ließ sich auf den Stuhl neben ihm fallen. »Dieser Typ ist ein Phantom. In dieser Galerie hättest du eine Nadel fallen hören können. Trotzdem hat er es irgendwie geschafft, die Schlösser in der Hintertür zu knacken – gleich zwei, wohlgemerkt! –, ins Lager einzudringen und Lilis Leiche dort hinzuhängen, ohne auch nur das geringste Geräusch zu machen – dabei saß die Galeristin die ganze Zeit maximal fünf Meter entfernt am anderen Ende des Flurs.«

Nash nahm einen Schluck Kaffee und rümpfte die Nase. »Der ist ekelhaft.«

»Kann sein, dass der schon eine Weile in der Kanne stand ... sah am Rand ein bisschen eingetrocknet aus.«

Er starrte auf den Becher hinab, zuckte mit den Schultern und nahm noch einen Schluck.

Eisley hatte sich bereit erklärt, an Lili Davies' Leichnam eine Notsektion vorzunehmen, und sie hatten eine gute Stunde in seinem Büro im Rechtsmedizinischen Institut gewartet. Mal abgesehen von Lilis Leiche war in der Galerie nicht die geringste Spur gefunden worden, kein einziger Finger- oder Fußabdruck. Nur das Mädchen war ihnen geblieben.

Eisley hatte angeordnet, dass sie sofort zu ihm gebracht würde, damit er gleich mit der Arbeit beginnen konnte.

Clair und Nash hatten auf die Ergebnisse warten wollen, während Klozowski zurück zu seinen IT-Leuten gefahren war. Sophie Rodriguez wiederum war auf direktem Weg zu den Davies gefahren. Sie waren sich einig gewesen, dass die Eltern nicht aus den Nachrichten davon erfahren sollten, so wie es bei den Reynolds passiert war.

»Dann hat Ella Reynolds sich also nach Autos umge-guckt?«, fragte Clair.

Nash hatte berichtet, was sie in ihrem Browser-Verlauf bei Starbucks gefunden hatten.

Er nahm noch einen Schluck Kaffee und verzog das Gesicht. »Bei Cars R Us an der Pulaski Road. Da hatte sie zwei Wochen lang beinahe täglich das Angebot durchforstet. Dann hat sie anscheinend was gefunden, was ihr gefallen hat – einen 2012er Mazda2 Sport für 7495 Dollar, quietsch-grün, Stoffsitze, 1,5-Liter-Motor, Automatikgetriebe und fünfundsiebzigtausend Meilen auf der Uhr.«

»Das ist viel.«

»Stimmt.« Nash grinste. »War auch mein erster Gedanke.«

»Hast du nicht gesagt, die Suche wäre verschlüsselt gewesen? Warum sollte sie so etwas vor ihren Eltern geheim halten?«

Nash zuckte mit den Schultern. »Vielleicht wollten sie nicht, dass sie sich jetzt schon ein Auto kauft? Sie war erst fünfzehn. Vielleicht dachten sie, sie wäre noch zu jung.«

»Ist ja auch komisch, nach Autos zu gucken, wenn man noch nicht mal alt genug ist für den Führerschein.«

»Aber hallo! Ich war für mein erstes Auto bereit, da war ich gerade mal acht«, erwiderte Nash.

»Mit vierzehn sind Mädchen doch sonst an Jungs mit Auto interessiert und nicht daran, sich ein eigenes zu kaufen.«

»Nicht alle Mädchen.«

»Tja, wohl nicht.«

»Kloz und ich wollten eigentlich direkt dort vorbeifahren, aber dann hast du wegen Lili angerufen«, erzählte er. »Wir fahren los, sobald wir hier fertig sind.«

Im selben Moment fiel Clair wieder ein, was Gabrielle Deegan erwähnt hatte. »Übrigens hat Gabby, Lili Davies' beste Freundin, uns erzählt, dass Lili sich ebenfalls für Autos interessiert hat. In den letzten Wochen bestand jede einzelne Nachricht, die sie verschickt hat, aus einem Autobild. Sie war sich nicht sicher, was für eins sie haben wollte. Ihr Vater hatte ihr wohl versprochen, ihr zum Schulabschluss eins zu kaufen.«

Clair konnte Nash regelrecht ansehen, wie er darüber nachdachte, während er noch einen Schluck Kaffee nahm.

»Könnte es sein, dass sie auch bei diesem Autohändler aufgekreuzt ist? Vielleicht ist das ja unsere Verbindung.«

»Und unser Täter ist der Gebrauchtwagenhändler?«

Nash stand auf und tigerte im Büro auf und ab. »Er hätte leicht Zugang gehabt. Denk mal darüber nach, wie das läuft: Ella oder Lili findet ihr Traumauto, will es sich vor Ort ansehen und wird dort von unserem Täter mit offenen Armen empfangen. Das wäre komplett unverdächtig. Sie geht zu ihm statt umgekehrt. Er zeigt ihr das Auto, dessentwegen sie da ist. Vielleicht noch ein paar andere auf dem Platz. Sie verbringen einige Zeit miteinander. Wann bist du zuletzt unter einer Stunde bei einem Autohändler wieder rausmarschiert? Die wickeln einen doch ein. Sie und der Verkäufer quatschen ein bisschen, sie lernen sich kennen, machen vielleicht die eine oder andere Probefahrt zusammen. Dabei lässt du die Deckung runter. Mädchen wie Lili und Ella sind vielleicht auf der Hut, wenn ein Typ sie auf der Straße anspricht, aber so? Hey, die würden doch noch versuchen, den Täter auf ihre Seite zu ziehen, damit er ein gutes Wort für sie beim Finanzierer einlegt!«

Clair machte große Augen. »Und wenn du eine Probefahrt

machst, ziehen sie eine Kopie deines Führerscheins und schreiben sich deinen Namen auf. Als sie wieder rausspaziert sind, hatte er sämtliche persönlichen Daten.«

Nash schüttelte den Kopf. »Moment. Keine der beiden hatte einen Führerschein.«

»Vielleicht mussten sie trotzdem irgendein Formular ausfüllen oder so.«

»Vielleicht.«

»Einen Versuch ist es allemal wert.«

»Jupp.«

Eisley kam durch die Schwingtür und trocknete sich die Hände an einem Papierhandtuch ab. Dann nickte er über die Schulter in Richtung Sektionssaal. »Kommen Sie mit.«

Clair stand auf und folgte ihm, und Nash lief ihr nach. Sie steckte sich einen Kaugummi in den Mund und bot auch ihm einen an, doch er schüttelte den Kopf.

»So langsam gewöhne ich mich an den Geruch.«

»In diesem Haus ist der Tag, an dem man sich an den Geruch gewöhnt, der Tag vor Renteneintritt«, brummelte Eisley.

Lili Davies' nackte Leiche lag auf dem Sektionstisch. Der Brustkorb war per Y-Schnitt geöffnet worden und klaffte von den Schlüsselbeinen bis zum Schambein immer noch auf. Nash wurde blass und streckte die Hand in Clairs Richtung aus. »Ich würde jetzt doch einen Kaugummi nehmen.«

Kichernd drückte Clair ihm einen in die Hand. Dann beugte sie sich über die Leiche. Lili sah vollkommen friedlich aus.

Eisley stellte das große Licht über dem Tisch so ein, dass der Lichtkegel auf den geöffneten Brustkorb gerichtet war. »Normalerweise hätte ich sie wieder zugemacht, aber ich wollte, dass Sie das sehen.« Er griff in den Schnitt und tippte auf einen Punkt unterhalb der Rippen. »Sehen Sie diese Flecken auf beiden Lungenflügeln?«

Clair folgte seinem Fingerzeig und betrachtete die dunklen Schlieren auf der rosafarbenen Oberfläche – Dutzende auf beiden Lungenflügeln. »Was ist das?«

»Wenn Flüssigkeit in die Lunge eindringt und das Organ sich gegen den Druck zusammenkrampft, kann es zu Hämatomen kommen«, erklärte Eisley.

»Dann ist sie ebenfalls ertrunken? Wie Ella?«, hakte Nash nach.

Eisley nickte. »In Salzwasser, genau wie Ella.«

Clair beugte sich ein Stück näher heran. »Ich dachte, blaue Flecken entstehen nicht mehr, wenn das Herz erst aufgehört hat zu schlagen. Wenn sie ertrunken ist, wie kann es da noch zu blauen Flecken kommen?«

»Beim Tod durch Ertrinken passiert so was sowohl ante als auch post mortem«, erklärte Eisley.

»Und warum zeigen Sie es uns dann?«

Eisley trat wieder einen Schritt näher und fuhr mit der Fingerkuppe über die Lunge des Mädchens. »Sehen Sie, dass ein paar dieser Flecken dunkler sind als andere? Die hier zum Beispiel?«

Clair nickte.

»Das deutet auf multiple Traumata hin. Einige sind älter als andere.«

»Wollen Sie damit sagen, sie ist mehrmals ertrunken?«, kam es von Nash.

»Nach allem, was ich hier sehen kann, binnen vierundzwanzig Stunden sechs, wenn nicht sieben Mal.«

Clair runzelte die Stirn. »Wie kann das sein?«

»Ich glaube, dass Ihr Täter sie ertränkt und dann wiederbelebt hat«, mutmaßte er. »Wenn Sie sich die Rippen näher ansehen, können Sie Mikrofrakturen erkennen. Ich nehme an, dass er sie per Herzdruckmassage wieder ins Leben zurückgeholt hat. Außerdem habe ich mehrere Verbrennungsmale eines Elektroschockers gefunden. Den dürfte er entweder eingesetzt haben, um sie außer Gefecht zu setzen, oder aber, um sie wiederzubeleben.«

»Würde das denn funktionieren?«

Eisley schüttelte den Kopf. »Nein. Der Strom würde durch die Haut abgeleitet, dabei müsste er zum Herzen geleitet werden. Es hätte vielleicht funktioniert, wenn er sie auf eine Metallplatte gelegt hätte, aber auch das bezweifle ich. Ich tippe auf Herzdruckmassage – so dürfte er sie wiederbelebt haben.«

»Und zwar mehrfach«, murmelte Clair.

»Mindestens sechs, sieben Mal.«

»Mein Gott ...«

Nash neigte den Kopf und kratzte sich an der Augenbraue. »Dann hat er sie also mehrmals ertränkt, bis er sie irgendwann nicht mehr hat zurückholen können?«

»Genau das wäre auch meine Schlussfolgerung«, sagte Eisley.

Clair wich ein Stück vom Sektionstisch zurück. »Aber warum ... Warum würde ...«, flüsterte sie.

Eisley legte die Stirn in Falten. »Ich fürchte, da ist noch mehr.«

Clair sah ihm nach, wie er den Raum durchquerte und das Tuch über einer Leiche zurückschlug, die an der Wand lagerte.

Ella Reynolds.

»Ich habe 14982F erneut untersucht und die gleichen Flecken gefunden. Die Temperatur rund um den Gefrierpunkt und das Auftauen der Leiche haben die Zellen beschädigt, sodass die Flecken weniger deutlich waren, trotzdem hätte ich es bemerken müssen. Dafür gibt es keine Entschuldigung – es ist mir schlichtweg entgangen. Ich hatte mich hauptsächlich auf das Ertrinken an sich fokussiert ... und auf den Versuch, den Schaden zu minimieren, den die Umstände des Leichenfunds angerichtet hatten.«

»Ella«, sagte Nash leise. »Ihr Name ist Ella.«

Eisley hob die linke Hand. »Ja, sicher. Ella. Natürlich.«

»Er hat auch sie mehrmals ertränkt und wiederbelebt?«, hakte Nash nach.

Eisley nickte verbissen. »In ihrem Fall hat es allerdings den Anschein, dass es deutlich länger so ging. Manchmal liegen mehrere Tage zwischen den Traumata, während bei 149 ... während bei Lili dazwischen maximal eine Stunde vergangen sein kann. Im Verhalten Ihres Täters ist ganz klar eine Eskalation feststellbar. Hätte Lili mehr Zeit gehabt, sich zu erholen, hätte sie vielleicht überlebt. Leider ist der menschliche Körper nur begrenzt leidensfähig. Sie hatte keine Chance.«

»Was ist mit Ellas Vater?«, wollte Clair wissen. »Was haben Sie bei ihm gefunden?«

Behutsam zog Eisley das weiße Tuch wieder über Ellas Leiche, dann durchquerte er erneut den Saal und steuerte auf die stählernen Leichenspeicher an der Wand zu. Er zog einen auf und winkte sie näher. »Ich habe versucht, Porter zu erreichen, aber da geht nur die Mailbox dran.«

»Sam muss für eine Weile kürzertreten«, erwiderte Nash.

»Alles in Ordnung?«

»Was Privates.«

Eisley sah aus, als wollte er nachhaken, ließ es dann aber bleiben.

Floyd Reynolds' Leiche steckte in einem dicken schwarzen Leichensack. Eisley zog den Reißverschluss vom Kopf bis auf Hüfthöhe auf und schlug die Seiten um. Der Mann war kreideweiß – bis auf den breiten schwarzvioletten Schnitt im Hals. In der Mitte über dem Adamsapfel sah er am schlimmsten aus, wurde zum Nacken hin dünner und weniger tief, bis er unter den Ohren auslief.

Mit dem Finger einen guten Zentimeter über dem Schnitt zeichnete Eisley ihn nach. »Das muss ein sehr dünner Draht gewesen sein, höchstwahrscheinlich eine Klavier- oder E-Gitarren-Saite. Draht verkaufen sie in jedem Baumarkt, aber der hier scheint mir dünner zu sein als alles, was man dort finden würde. Wie gesagt, es sieht mir eher nach der Saite eines Musikinstruments aus. Porter meinte, dass er auf der Rückseite des Fahrersitzes einen Fußabdruck gefunden hat – und das passt zu dem, was ich hier sehen kann. Der Täter hat unserem Mann hier die Saite um den Hals gelegt und dann mit enormer Kraft angezogen. Weil der Hinterkopf des Opfers auf der Kopfstütze auflag, konnte der Täter gewaltige Hebelkräfte entwickeln. Wenn man sich die Mitte hier genauer ansieht, können Sie erkennen, dass der Schnitt fast bis zur Luftröhre geht. Das Trauma nimmt zur Seite hin ab, was mit einer Strangulation von hinten konsistent wäre.«

»Dann ist das definitiv die Todesursache?«, fragte Nash, und Eisley nickte.

»Da bin ich mir sicher. Ich habe nichts weiter gefunden.«

Clairs Handy meldete sich. Sie nahm es vom Gürtel und rief die Nachricht auf. »Randal Davies hatte gerade einen schweren Schlaganfall.«

30

Clair

Nachdem sich Clair und Nash durch die Ausläufer des Feierabendverkehrs gekämpft hatten, bogen sie etwa dreißig Minuten später in die Auffahrt zur Notaufnahme des John H. Stroger Jr. Hospital ab. Sophie Rodriguez saß mit Grace Davies, Lilis Mutter, in einer Ecke im Wartezimmer.

Sophie entdeckte sie, sowie sie durch die Schiebeglastüren traten, und eilte auf sie zu. »Wir waren in der Küche. Ich hatte ihnen gerade die Nachricht von Lilis Tod überbracht, und sie hatten es halbwegs gefasst aufgenommen. Er hat seine Frau in den Arm genommen, als er urplötzlich einfach in sich zusammengesackt ist ... Sie hat noch versucht, ihn aufzufangen, aber er ist ein großer Mann. Er ging der Länge nach zu Boden und fing an zu krampfen. Ich hab sofort den Notruf gewählt, und der Notarzt war vier Minuten später da. Die Krämpfe hatten da schon wieder aufgehört, aber er hatte Schwierigkeiten zu atmen und einen niedrigen Puls. Konnte ihn anfangs kaum finden, aber als ich es dann geschafft hatte, lag er bei etwa vierzig Schlägen in der Minute.«

»Hatte er früher schon Herzprobleme?«, wollte Clair wissen.

Sophie schüttelte den Kopf. »Nichts dergleichen, sagt seine Frau. Er macht täglich Sport. Trotz allem, was gerade passiert, hatte er gerade wieder für einen Lauf trainiert, als ich dort ankam. Er meinte, das hat ihm geholfen, bei Verstand zu bleiben.«

»Seine Tochter ist verschwunden, und er geht joggen?«, fragte Nash.

»Die Leute verarbeiten Dinge eben sehr unterschiedlich.« Sophie spähte zurück zu Grace Davies. »Sie hat ihre Tochter verloren, und jetzt liegt ihr Mann hier drin. Ich will mir gar nicht vorstellen, was sie gerade durchmacht.«

Ein Arzt kam durch die Schwingtür zu den OP-Sälen, ließ den Blick über die Besucher schweifen und ging dann auf Grace Davies zu. Clair, Nash und Sophie eilten sofort zu ihr zurück.

»Es tut mir so leid, Grace«, sagte der Arzt. »Das war das Letzte im Leben, was du gerade brauchst.«

»Sie kennen sich?«, fragte Clair.

Der Arzt kniff die Augen zusammen. »Und Sie sind ...?«

»Ich bin Detective Clair Norton, das ist Detective Nash – und Sophie Rodriguez von Missing Children.«

Seine Gesichtszüge entspannten sich. »Sie helfen bei der Suche nach Lili.« Er nickte kurz. »Sie ist so ein nettes Mädchen. Ich kenne sie schon ihr Leben lang. Wer macht so etwas?«

Grace wurde kreideweiß, und in ihre geröteten, verquollenen Augen traten Tränen. Sophie legte ihr den Arm um die Schultern.

Clair setzte den Arzt über Lili ins Bild. Er ließ Grace Davies dabei nicht aus den Augen. »Das ist entsetzlich«, sagte er schließlich und holte tief Luft. Dann trat er auf Grace zu, nahm sie in die Arme und flüsterte ihr etwas ins Ohr.

»Woher kennen Sie die Familie Davies?«, wollte Clair wissen.

»Randal arbeitet hier auf der Onkologie. Ich selbst bin

seit fast sechs Jahren Chefarzt der Notaufnahme. Hier im Krankenhaus sind wir ein eingeschworenes Team«, erklärte er. »Randal und ich haben außerdem beide unseren Facharzt am McGaw gemacht.«

Nash kam einen Schritt näher. »Wie geht es Dr. Davies jetzt? Kommt er durch?«

»Er ist für den Moment stabil, aber es könnte sein, dass er bleibende Schäden davonträgt. Ich warte noch auf die Bilder vom CT.« Er ließ Mrs. Davies los und trat einen Schritt zurück. »Grace, wie lange nimmt Randal schon Lisinopril?«

Sie schaute erstaunt zu ihm auf. »Was soll das sein?«

»Ein Mittel gegen Bluthochdruck.«

»Randal hat keinen Bluthochdruck.«

Der Arzt legte ihr die Hand auf die Schulter. »Könnte es sein, dass er einen erhöhten Blutdruck hatte und dir einfach nur nichts davon erzählen wollte? Vielleicht hat er nicht gewollt, dass du dir Sorgen machst.«

Mrs. Davies schüttelte den Kopf. Dann angelte sie ihr Handy aus der Handtasche und tippte ein paarmal auf das Display. »Er hat keinen Bluthochdruck. Wir testen uns beide mehrmals die Woche mit diesem Bluetooth-Messgerät, das er letztes Jahr von irgend so einer Konferenz mitgebracht hat.« Sie hielt ihm das Handy hin. »Hier, das sind unsere Werte.«

Der Arzt scrollte die Aufzeichnungen durch. »Die sind alle normal ...«

»Außerdem macht Randal täglich Sport«, fuhr sie fort. »Bei seinem letzten Routine-Check hat der Arzt ihm gesagt, dass er fit ist wie ein Fünfunddreißigjähriger.«

»Wenn das wirklich so ist, dann haben wir ein ernstes Problem«, sagte der Arzt und rieb sich das Kinn.

Clair hatte bislang nichts dazu gesagt, aber irgendetwas war da doch faul. »Was ist hier los?«

Erst sagte der Arzt nichts und dachte kurz nach – dann:

»Wir haben in seinem Blut eine absurd hohe Konzentration Lisinopril nachgewiesen. Wenn ich jetzt raten müsste, würde ich sagen, dass er sich ziemlich in der Dosierung verschätzt hat – das waren sicher drei-, wenn nicht vierhundert Milligramm.«

»Und was wäre normal?«, hakte Nash nach.

»Alles zwischen zwei Komma fünf und vierzig. Keinesfalls mehr.«

Clair drehte sich zu Sophie um, und Sophie nickte. »Ich überlege schon, ich überlege schon... Wir waren in der Küche. Ich habe ein Glas Wasser getrunken, Mrs. Davies...«

»Ich hatte Orangensaft«, ergänzte sie. »Und Randal hat sich einen Kaffee gemacht. Kaffee trinke ich nicht, sonst kann ich nachts nicht schlafen.«

»Du glaubst, jemand hat den Kaffee präpariert?«, wandte Nash sich an Clair.

Clair wollte schon antworten, dann zog sie ihn kurzerhand ein Stück zur Seite, sodass sie außer Hörweite waren. »Unser Täter hat Ella Reynolds' Vater umgebracht«, sagte sie leise.

»Er hat ihn erdrosselt und ihm mit Klavierdraht fast den Kopf abgeschnitten«, wandte Nash ein. »Das hier ist eine Medikamentenüberdosis und damit wohl kaum die gleiche Vorgehensweise. Vielleicht hatte Dr. Davies ja doch einen hohen Blutdruck und hat sich selbst medikamentiert, und zwar aus irgendeinem Grund so, dass es seine Frau nicht mitbekommen hat. Wer sonst würde zu Hause den eigenen Blutdruck messen?«

Clair hob die Hand, damit er ihre Apple Watch sehen konnte. »Die hier zeichnet jeden Schritt auf, den ich am Tag mache, misst meinen Puls, sie sagt mir sogar, wann ich mir schon zu lang meinen Hintern breit sitze. Heutzutage misst jeder seine Gesundheitsdaten.« Sie tippte ihm auf die Wampe. »Zumindest sollte es jeder tun.«

»Ich bin gern rundlich, Clair-Bär. Ich brauche kein Gerät am Handgelenk, um mich viermal am Tag daran zu erinnern.«

»Wenn eine normale Dosis zwei Komma fünf bis vierzig Milligramm beträgt und er zehnmal so viel intus hatte, dann war das kein Unfall«, stellte Clair fest. »Dann hat jemand versucht, ihn umzubringen.«

»Es könnte auch ein Selbstmordversuch gewesen sein«, wandte Nash ein.

»Es gibt nur einen Weg, um das herauszufinden«, sagte Clair. Sie zückte ihr Handy und rief die Nummer der Metro auf. »Ich schicke die Spurensicherung.«

Nash nickte widerwillig. »Und ich frage Mrs. Davies, wo sie den Ersatzschlüssel versteckt hat.«

31

Poole

Special Agent Frank Poole stellte seinen roten Jeep Cherokee an der Mckeen Road in Downers Grove mehrere Häuser von Nummer 317 entfernt am rechten Straßenrand ab. Barbara McInleys Akte lag aufgeschlagen auf dem Beifahrersitz.

Dies war Libby McInleys einzige bekannte Adresse gewesen. Der Bewährungshelfer hatte sie sechs Wochen zuvor in der Datenbank vermerkt, als Libby wieder auf freien Fuß gekommen war.

Er sollte nicht hier sein.

Er wusste es eigentlich besser.

Ein Ford Taurus aus den späten Achtzigern stand in der Auffahrt. Wie es aussah, war er schon eine ganze Weile nicht mehr bewegt worden. Die Farbe schien entweder ein ausgebleichtes Burgunderrot oder Braun zu sein – im letzten Dämmerlicht schwer zu sagen. Auf der Auffahrt waren keinerlei Reifenspuren zu sehen, und auf dem Dach türmte sich der Schnee. Beträchtliche Rostflecken, niedriger Reifendruck, verlassen, vergessen. Lange verdorrte Grashalme und Unkraut ragten aus dem frisch gefallenen Schnee; hier versuchte der Winter – und scheiterte kläglich –, einen ungepflegten Rasen zu überdecken. Das Haus war einstöckig, eine Art Kasten ohne jeden erkennbaren Stil. Vier Wände, ein Dach und eine angebaute Einzelgarage. Wo die weiße Wandfarbe abgeblättert war, kam dunkles Holz zum Vorschein. Das Dach hätte dringend ersetzt werden müssen. An der Stelle, wo sich wahrscheinlich das kleine Wohnzimmer befand, hing es sichtlich durch.

In den Nachbarhäusern gingen langsam die Lichter an, nur in Nummer 317 blieb es dunkel und leblos.

Du willst dich bloß umsehen, flüsterte eine Stimme in seinem Kopf, *nur mal ganz kurz, dann kannst du wieder gehen. Das tut niemandem weh, das schadet keinem, und keiner kriegt es mit.*

Poole *wollte* sich umsehen. Er wollte mit ihr sprechen. Denn Porter hatte recht – am Tod ihrer Schwester war etwas faul. Das nagte an ihm, und Poole wusste genau: Wenn er dem jetzt nicht nachginge, würde er die nächsten zwei Wochen darauf herumbrüten. Er würde es erst aus dem Kopf kriegen, wenn er da drüben geklingelt und ein paar Worte mit Ms. McInley gewechselt hätte.

Nach dem Telefonat mit Porter hatte Poole sich über Franklin Kirby schlaumachen wollen, den McInley totgefahren und am Unfallort liegen gelassen hatte. Die Suche hatte rein gar nichts ergeben. Der Mann war lediglich anhand eines Führerscheins identifiziert worden, der in seinem Portemonnaie gesteckt hatte. Ein Foto davon hatte bei den McInley-Unterlagen gelegen; in der Führerscheindatenbank war er indes nirgends aufzufinden. Stattdessen war die Nummer auf dem Führerschein einer Frau namens Lesley Carmichael, sechsundvierzig, aus Woodlawn zugeordnet – *keinem* Franklin Kirby. Libby McInley hatte also einen Mann totgefahren, der ein falsches Ausweisdokument dabeigehabt hatte – den Namen jedoch schien Porter sofort wiedererkannt zu haben.

Poole stieg aus seinem Cherokee und trat hinaus in den eisigen Abendwind. Weder das Stück Bürgersteig vor dem

Haus Nummer 317 noch der Weg, der auf die Haustür zuführte, war freigeschaufelt worden, und selbst auf der vorderen Veranda lagen mindestens zehn Zentimeter Schnee. Ohne den Handschuh abzustreifen, drückte er auf die Klingel, hörte einen Doppelton von drinnen und wartete.

Nichts.

Er klingelte erneut und warf einen Blick zurück zur Auffahrt.

Drehte sich wieder zur Tür um.

Von drinnen kein Mucks.

Kein Licht.

Vielleicht hatte Libby McInley ihn ja kommen sehen und das Licht ausgemacht. Sie wäre nicht die Erste, die auf Bewährung draußen war und sich vor einem Cop auf der Türschwelle wegduckte. In ihrer Akte war kein aktueller Job verzeichnet, insofern hatte sie wahrscheinlich wenig Grund, das Haus zu verlassen. Verdammt, er selbst wäre ja wohl auch nicht bei dem Wetter draußen, wenn er nicht müsste.

Er klopfte dreimal hart gegen die Tür. »Ms. McInley? Hier ist Special Agent Frank Poole. Ich weiß, dass Sie da drin sind. Machen Sie auf.«

Er hatte nicht den blassesten Schimmer, ob sie wirklich drinnen war, aber die Finte funktionierte normalerweise.

Obwohl er Handschuhe trug, blies er sich über die Hände. Es fühlte sich an, als stünde er in einem Bottich mit Eiswasser.

Er verließ die Veranda, stieg über eine niedrige Hecke und presste die Nase gegen das große vordere Fenster. Die Scheibe war kalt und vereist, sodass er drinnen nichts sehen konnte.

Wenn die Heizung an wäre, würde man das an der Scheibe doch spüren? Wer bitte lässt denn bei diesem Wetter die Heizung aus?

Er stieg zurück über die Hecke, machte sich daran, das Haus zu umrunden, und spähte durch ein Fenster nach dem anderen. Wenn einer der Nachbarn ihn jetzt sähe, würde er wahrscheinlich die Polizei alarmieren. Auf dem Weg zur Rückseite stolperte er fast über ein rostiges Fahrrad, ein altes rotes Schwinn, das unter einer mächtigen Schneewehe lag. Außerdem stieß er auf die Überreste einiger Topfpflanzen, die wohl schon länger tot waren, und immer wieder leuchtete aus dem Schnee ein Gartenschlauch, der abgewickelt und dann vor Wintereinbruch vergessen worden war.

Auf der Rückseite befand sich eine Art Holzdeck. Ein schwarzer Webergrill lag im Winterschlaf daneben. Drum herum ein paar Sonnenstühle. Als er das Deck betrat, knarzten die Planken unter seinem Gewicht und gaben merkwürdige Geräusche von sich.

Womöglich vergammelt – könnte durchbrechen…

Vorsichtig näherte er sich der Hintertür.

Das Fliegengitter war aufgeschlitzt worden.

Ein gerader Schnitt, gut zehn Zentimeter lang – ausreichend, sodass ein Mann die Faust hindurchschieben konnte.

Ausreichend, um das Gitter zu öffnen und sich mittels Picking-Werkzeug am Schloss zu schaffen zu machen.

Poole legte die Hand an den Türknauf. Es war offen.

Er griff unter den Mantel nach seiner Glock 22, hielt sie auf Hüfthöhe und richtete den Lauf zu Boden. Am Zylinder befand sich ein kleines LED-Licht, das er mit dem Zeigefinger anknipste.

Dann gab er der Tür einen leichten Schubs. Sie protestierte, war im Rahmen festgefroren. Noch einmal – diesmal mit mehr Kraft. Als die Tür schließlich aufschwang, gab es einen lauten Schlag.

Als Erstes schlug ihm der Geruch entgegen, der süßliche,

eklige Gestank von etwas Verrottetem, etwas Verdorbenem. Er war wie eine Warnung, eine Aufforderung an Poole, zu seinem Auto zu laufen und das Weite zu suchen.

»Ms. McInley? Hier ist Special Agent Frank Poole. Ich komme jetzt rein.«

Gleich hinter der Tür lag die Küche. Poole kickte die Tür ganz auf, während er gleichzeitig den Lauf seiner Waffe durch den Raum schweifen ließ. Im Lichtschein der LED-Lampe sah er, dass sich im Spülbecken Geschirr stapelte, und auch auf der Arbeitsfläche stand überall Geschirr herum – außerdem Pizzakartons, Take-away-Schachteln vom Chinesen, leere Limodosen und Wasserflaschen.

Die Heizung war abgestellt.

Als er auf das Spülbecken zutrat, sah er, dass das Geschirr darin in einem Eisblock festgefroren war. Auf allem lag eine dünne Frostschicht.

Trotzdem, dieser Gestank…

Poole lief an der Anrichte vorbei zum angrenzenden kleinen Esszimmer. Auf dem Tisch lagen kreuz und quer Schachteln und Papier – Bewerbungsschreiben, Kopien eines Lebenslaufs, über allem »Elizabeth McInley« in fetter Schrift. Zeitungen, ungeöffnete Rechnungen, Kleidung – eine Damenbluse, ein BH, alles nachlässig beiseitegeworfen.

»Ms. McInley? Sind Sie zu Hause?«

Pooles Atem driftete durch die eisige Luft. Sein Blick fiel auf den Thermostat an der Wand, und er starrte ihn an. Die Heizung war definitiv abgestellt, der Regler stand auf null.

Zu seiner Linken führte eine offene Tür zu einem kleineren Wohnzimmer. Er folgte dem Lauf der Pistole und dem Lichtkegel. Rechter Hand befanden sich die Haustür und das große Panoramafenster, durch das er zuvor hatte hereinsehen wollen – es war von innen genauso undurchsichtig wie von draußen. Links an der Wand war ein Sofa auf einen kleinen Fernseher ausgerichtet, der auf ein paar Plastikkörben stand. Direkt davor stand ein billiger Pressspan-Couch-tisch. Irgendwer hatte alles, was darauf gelegen hatte – Zeit-schriften, eine Fernbedienung, ein paar Rechnungen vom Stromanbieter, Werbewurfsendungen –, zu Boden gewischt.

Stattdessen lagen darauf in exakt gleichen Abständen und mittig drei kleine weiße Schachteln, die mit schwarzer Paketkordel verschnürt waren. Die Oberflächen waren mit kleinen braunen und roten Spritzern übersät – was immer das war.

Direkt gegenüber der Stelle, wo er jetzt stand, lag ein klei-nes Bad, und links neben dem Fernseher führte eine Tür höchstwahrscheinlich ins Schlafzimmer.

Poole machte einen Schritt nach vorn und nahm das Bad in Augenschein. Die weiße Wanne hatte einen braunen Schmutzrand, und das Waschbecken war voller getrockne-ter Zahnpastaspritzer. Ein Handtuch lag auf dem Boden, war nass neben der Toilette zusammengeschoben worden. Anscheinend hatte irgendwer damit einen Fleck in der Mit-te des Spiegels freigewischt. Daraus starrte ihm jetzt sein eigenes schemenhaftes Spiegelbild entgegen.

Er trat aus dem Bad zurück ins Wohnzimmer und hielt jetzt die Waffe auf die Schlafzimmertür gerichtet. Aus dem Augenwinkel konnte er die Schachteln auf dem Couchtisch sehen. Er versuchte, nicht hinzustarren und stattdessen in einem Bogen auf die Schlafzimmertür zuzugehen – lieber wäre er geradewegs hineinmarschiert, statt sich an der Wand entlangzudrücken und sich von der Seite zu nähern. Der Lichtkegel des LED-Lämpchens tanzte über die Wände, über eine klapprige Kommode, das Bett.

Die Gliedmaßen einer Frau waren an die vier Bettpfosten gefesselt worden. Die Kleidung war ihr vom Leib geschnit-ten worden, die Fetzen lagen überall am Boden verstreut. Ihr Körper war mit kleinen roten Schnitten übersät – Tau-sende davon, in jedem Quadratzentimeter nackter Haut. Die

Augäpfel fehlten. Zwei schwarze Höhlen. Ihr Mund war mit getrocknetem, verkrustetem Blut gefüllt. Poole wusste bereits jetzt, dass unter dem verfilzten Haar ein Ohr fehlte. Dies alles würde er in den Schachteln wiederfinden.

Er nahm die Lampe von der Waffe und schob letztere ins Holster zurück.

Dann starrte er Libby McInleys Leiche an.

32

Poole

Poole stand ganz still da.

Das Zimmer fühlte sich komplett leblos an.

Wenn man einen Raum betritt, in dem mindestens eine weitere Person anwesend ist, weiß man sofort, dass die Person da ist. Der menschliche Körper spürt sie instinktiv. Der Sinn für Gefahr, der für Selbsterhaltung – sie schlagen sofort an. Adrenalin jagt durch den Körper, sobald man die Person sieht oder hört, ihre Körpersprache und ihre Körperhaltung wahrnimmt. Und fast augenblicklich zieht das Gehirn Schlussfolgerungen – bin ich dieser Person zugeneigt? Bin ich abgeneigt? Ist sie so, wie ich sie mir vorgestellt habe, oder hält sie eine Überraschung bereit? Binnen eines Wimpernschlags hat unser Körper, unser Gehirn seine Entscheidung gefällt.

Sofern die Person im Raum am Leben ist.

Wenn man einen Raum betritt, in dem sich nur Tote befinden, findet all das nicht statt. Ohne die Seele ist der Körper nur mehr eine Hülle, eine Schale, und irgendwie begreift das Gehirn dies sofort. Da werden andere Signale ausgesandt: Wie ist die Person gestorben? Wann ist sie gestorben? Ist derjenige oder dasjenige (was immer sie umgebracht hat) noch hier? Könnte es mich ebenfalls angreifen?

Poole starrte auf Libby McInleys Leiche hinab und empfand nichts als ein tief reichendes Gefühl von Verlust, das ihm das Herz zusammenkrampfte.

Er trat näher an das Bett heran und ließ den Lichtkegel über ihren Leichnam wandern.

Ihre Finger und Zehen waren abgetrennt worden. Er fand sie säuberlich aufgereiht auf dem Nachttisch – mit einer fleckigen Hummerschere daneben.

Das hatte Bishop noch nie gemacht. Er hatte die Schraube weitergedreht.

Poole untersuchte eine der Nachttischlampen. Die Glühbirne fehlte.

Bei 4MKs früheren Opfern hatten sie nie herausgefunden, wo er sie umgebracht hatte. Er hatte die Leichen immer andernorts abgelegt und die Fundstelle für sie inszeniert. Nicht ein einziges Mal waren sie auf den Tatort gestoßen. SAIC Hurless mutmaßte, dass er sie in den Tunneln unter der Stadt umgebracht hatte, aber Pooles Gefühl war immer schon ein anderes gewesen. Er war überzeugt davon, dass Bishop einen eigenen Ort für seine Morde hatte – irgendwas Abgeschiedenes, was für ihn eine Bedeutung hatte, wo er ohne jede Störung arbeiten konnte.

Libby McInley hatte unvorstellbare Schmerzen erlitten. Sie war langsam gestorben. Und sie war hier gestorben – allein.

Überall war Blut. Der Lichtkegel von Pooles Taschenlampe folgte den Spritzern über dem Bett die Wände hinauf, über die Bettwäsche und über den grünen Flauschteppich unter seinen Füßen. Er hätte nicht drauftreten dürfen, nicht einfach so, höchstwahrscheinlich verunreinigte er soeben potenzielle Beweismittel – dann wieder sagte ihm irgendwas, dass sie hier nichts finden würden, zumindest nichts, was ihnen weiterhelfen würde. Sie würden lediglich finden, was Bishop eigens für sie hinterlassen hatte.

Poole beugte sich näher über die Leiche und ließ das Licht der Taschenlampe über den versehrten Leib, über die winzigen Schnitte wandern.

Eine Rasierklinge.

Keiner der Schnitte wesentlich länger als einen Zentimeter. Unzählige davon. Überall auf ihrer Haut klebte getrocknetes Blut.

Sie war kalt, aber nicht durchgefroren. Die Heizung musste schon deutlich vor ihrem Tod abgedreht worden sein – Tage, vielleicht eine Woche zuvor. Sie war noch nicht lange tot, einen Tag, vielleicht zwei.

Im nächsten Moment schien er in den Schnitten etwas zu erkennen. Anfangs hatte er es gar nicht wahrgenommen, weil er aus der falschen Perspektive hingesehen hatte. Erst jetzt, da er vom Kopfende des Betts auf ihren Arm hinabschaute, konnte er sie entziffern …

Worte.

Er hatte sie nicht nur mit einem Rasiermesser malträtiert. Er hatte sie beschrieben, hatte ihre Haut zur Leinwand gemacht. Winzige Worte, unter all dem Blut kaum zu erkennen. Die Arme, die an die oberen Bettpfosten gefesselt worden waren, hatten nicht ganz so stark geblutet, wahrscheinlich weil sie oberhalb des Herzens lagen.

Du bist böse – Du bist böse – DU bist böse – du

Derselbe Satz immer und immer wieder, auf jedem Zentimeter nackter Haut.

Sie war noch am Leben gewesen, als er das getan hatte. Die kleinen Rinnsale aus Blut unter jedem Schnitt sagten alles. Er hatte bei ihren Füßen angefangen und sich dann Schnitt für Schnitt hinaufgearbeitet. Auch das konnte Poole an der Blutmenge rund um jede Wunde erkennen. Irgendwann auf Höhe der Rippen war sie gestorben. Er hatte trotzdem weitergemacht, auch wenn die Schnitte danach flüchtiger gesetzt worden waren.

Er hatte es nicht mehr genossen, nachdem sie gestorben war. Trotz allem hatte er sein Werk vollenden müssen.

Das hier kam einer Gewaltorgie gleich, einem Akt der Rache.

»Was für eine Bedeutung hatte Franklin Kirby für euch?«, fragte Poole laut – sowohl Libby McInley als auch Anson Bishop. Keiner von ihnen antwortete.

Zehn Minuten später verließ er das Haus und lief zurück zu seinem Jeep Cherokee. Er stieg ein, ließ den Motor an und wählte die Nummer von SAIC Hurless. Er dachte kurz darüber nach, auch Detective Porter anzurufen, ließ es dann aber bleiben. Er wollte ihm ins Gesicht sehen, wenn er ihm das hier erzählte. Er musste in Erfahrung bringen, was genau Porter wusste.

33

Porter

Detective Sam Porter landete um kurz nach zehn in New Orleans, nachdem er in Dallas zwei Stunden auf seinen Anschluss hatte warten müssen, aber das war die einzige Flugverbindung gewesen, die für denselben Tag verfügbar gewesen war. In Dallas hatte er versucht, bei McDonald's im Terminal etwas zu essen, aber sein Magen hatte rebelliert, und so hatte er es gelassen.

Vom Flughafen New Orleans nahm er ein Taxi und ließ sich direkt zum Orleans Parish Prison an der Gravier Street bringen. Er bat den Fahrer, einmal um das Gefängnis herumzufahren, bis er den vergitterten Durchgang und den Schriftzug vom Foto wiedererkannte. Dort bat er den Fahrer zu halten und auf ihn zu warten.

Er stieg aus und überquerte die Straße. Unter der schweren Winterjacke lief ihm trotz der späten Stunde der Schweiß in Strömen den Rücken hinab. Er war im Winter noch nie außerhalb von Chicago gewesen, und so tief im Süden war die Temperatur viel höher. Hier war die Luft feucht, fast zäh, und roch ganz entfernt nach einer Stadt, die sich abgenutzt und missbraucht anfühlte und Nacht für Nacht mit dem Wasserschlauch abgespritzt werden musste.

Er lief auf das Wachhäuschen am Tor zu. Der Wachmann wies ihn darauf hin, dass Besuchszeit von neun bis sechs sei und es auch keine Ausnahme gebe. Der Gefängnisdirektor werde tags darauf um sieben wieder da sein, und Porter möge sein Anliegen doch direkt mit ihm besprechen.

Die Frau auf dem Foto kannte der Wachmann nicht, im Gegensatz zu dem Strafvollzugsbeamten, der vor ihr herlief. »Das ist Vince Weidner. Der hat die Tagschicht, kommt um acht.«

Porter bedankte sich und kehrte zu seinem Taxi zurück.

»Jemand von Ihnen da drin?«, fragte der Fahrer, als Porter die Tür hinter sich zuzog.

»Ja.«

»Hab da auch meine Zeit abgesessen, wahrscheinlich wär ich schon wieder drin, wenn mein Cousin mir nicht diesen Job hier verschafft hätte. Nicht ganz leicht, hier in der Gegend Geld zu verdienen. Man kommt gerade so über die Runden, und dann jagen die Touris die Mieten in die Höhe. Der kleine Mann kann sich in der Stadt doch schon gar nichts mehr leisten. Muss raus hinter die Stadtgrenze ziehen und reinpendeln. Oder irgendwas finden, wie er sein Einkommen anderweitig aufpolieren kann.«

»Sind Sie deshalb dort drin gelandet? Aufpoliertes Einkommen?«

Der Fahrer kicherte in sich hinein. »Ein anderer Cousin von mir hat mir die hohe Kunst des Taschendiebstahls beigebracht. Der kann jeden um seine Geldbörse bringen.«

»Wenn er so gut ist, warum sind Sie dann erwischt worden?«

»Hab nicht behauptet, *ich* wär gut gewesen. Ich glaub ja, dass Cousin Mic im Unterricht ein, zwei Lektionen ausgelassen hat. Mich haben sie gleich beim ersten Versuch drangekriegt. Hatte die Finger schon in der Tasche dieses Kerls, der packt mich am Handgelenk und bricht es mir. Ich hab so laut gebrüllt, dass gleich drei Cops kamen, um zu sehen, was der Krawall sollte. Ich hätte mir für den ersten Versuch aber auch nicht so einen Mordstypen aussuchen sollen – ich hatte mir eingebildet, mit dem ganzen Speck drum herum würd er bestimmt nicht viel spüren. Hab mich ziemlich getäuscht.«

»Wie viel haben Sie denn gekriegt?«

Der Fahrer seufzte. »Drei lange Wochen und einen Tag. War abgesessen, bis ich vor Gericht dran war. Hat mir trotzdem gereicht. Ich hab keine Lust, diesen Ort noch mal von innen zu sehen, *no Sir*. Da sitzt mein Arsch doch lieber hier auf dem Fahrersitz. Apropos – wo soll's denn als Nächstes hingehen?«

Porter starrte immer noch das Gefängnisgebäude an. Beigefarbener Sandstein, schmale Fenster. Sie war irgendwo dort drinnen. »Was können Sie mir über den Direktor erzählen?«

»Gar nichts. Ich bin da rein und hab den Kopf eingezogen, hab mit kaum jemandem geredet. Hab mich die paar Wochen abseits gehalten und den Gestank abgewaschen, sobald ich wieder draußen war. Hab den Direktor für vielleicht zwei Minuten gesehen, als ich frisch aus dem Bus gestiegen war, er hat kein Wort gesagt, sondern nur den Wachleuten zugeguckt, wie sie das frische Vieh in die Ställe getrieben haben«, erzählte der Fahrer. »Sieht nach einem harten Knochen aus. Aber das kommt wohl mit dem Job.« Er sah Porter im Rückspiegel an. »Geht mich wahrscheinlich nichts an, aber wofür sitzt Ihr Freund?«

»Keine Ahnung.«

»Ich frag nur, weil die kleinen Fische im anderen Teil sitzen, im Ostflügel. In Orleans gibt's 'ne Menge Suff und Liederlichkeit – bei den meisten Fahrten hier raus hol ich wen ab, der am Vorabend im Quarter einen oder zehn Drinks zu viel hatte und für eine Nacht zum Ausnüchtern ins Kittchen geschleift wurde. Der Ostflügel liegt genau auf der anderen Seite. Diese Seite hier ist für Schwerverbrecher.

Diejenigen, die ein bisschen mehr brauchen als nur einen kleinen Schrecken für eine Nacht, um auf den rechten Weg zurückzufinden. Sie müssen schon ins richtige Gebäude marschieren, wenn Sie nicht eine Stunde lang Schlange stehen und dann hören wollen, dass Sie da falsch sind.«

»Sie sitzt hier in diesem Teil.«

»Oh, tja, das ist schlecht.«

»Gibt's hier ein Hotel in der Nähe?«, wollte Porter wissen.

»Scheiße, keins, in dem Sie bleiben wollen. Warum fahren wir nicht zurück ins Zentrum, und ich find Ihnen was Schönes an der Bourbon?«

»Ich muss hier in der Nähe bleiben.«

Der Mann holte tief Luft. »Na ja, einen Block von hier liegt das Traveler's Best, aber da hab ich nicht mal meinen Cousin übernachten lassen, und das, obwohl der mich drangehängt hat.«

»Das nehm ich«, sagte Porter.

Der Fahrer verdrehte die Augen und legte den Gang ein. »Ist Ihr Urlaub, verbringen Sie ihn, wie Sie wollen. Hab Sie aber gewarnt – wenn Sie hier in der Gegend auch nur mit einem Mardi-Gras-Kettchen wedeln, kriegen Sie wahrscheinlich ein komplettes Magazin Kaliber .22 ab.«

Das Hotel lag tatsächlich nicht in der besten Gegend. Bloß ein paar Querstraßen vom Gefängnis entfernt kauerte es zwei Stockwerke hoch, pink und gedrungen über einer Tiefgarage. Riesige Neonlettern auf dem Dach vermeldeten: TRAVELER'S BEST VALUE INN HOTEL – FREIE ZIMMER. Allerdings funktionierte nur die Hälfte der Buchstaben, und ein paar Röhren flackerten hinter schmutzig weißem Plastik.

Der Fahrer hielt neben dem Gebäude an. »Sind Sie sich sicher?«

Doch Porter war schon halb ausgestiegen. »Die nehmen hier Bares, oder nicht?«

»Wahrscheinlich nehmen die sogar eine Schachtel Luckys und eine Flasche billigen Fusel. Aber klar nehmen die lieber Bargeld.«

Die Summe auf dem Taxameter betrug 51,23 Dollar. Porter angelte drei Zwanziger aus seinem Portemonnaie und drückte sie dem Fahrer in die Hand. »Stimmt so.« Sie waren im Nu in der Brusttasche des Manns verschwunden.

»Ich bin übrigens Hershel Chrisman. Wenn Sie noch mal irgendwo hinmüssen, rufen Sie mich an, und ich bin sofort zur Stelle – sogar hier.« Er nickte in Richtung des Hotels und überreichte Porter eine Visitenkarte mit seiner Telefonnummer in großen Ziffern. »Gehen Sie dort an der Betonwand entlang über die Parkplätze, der Empfang liegt hinter den Aufzügen im rückwärtigen Gebäudeteil. Wenn Sie es sich anders überlegen und doch lieber ein Zimmer im Hilton an der Bourbon wollen, rufen Sie mich an. Wenn Sie ein bisschen Sightseeing machen wollen, rufen Sie mich auch an.« Er senkte die Stimme. »Und wenn Sie Ihre Lady nicht rauskriegen, kenn ich ein paar Stellen, wo Sie eine neue Lady finden dürften. Rufen Sie mich einfach an.«

Porter nickte und schob die Visitenkarte in die Hosentasche. »Danke fürs Fahren, Hershel. Passen Sie gut auf sich auf.«

Das Taxi fuhr weiter, und Porter blieb allein zurück – zu entferntem Sirenengeheul und lauten Stimmen, die aus der Dunkelheit zu ihm herüberwehten.

Er lief an der Betonziegelwand entlang quer übers Parkdeck, auf dem es nach verrottetem Abfall stank, und fand schließlich jenseits der Aufzüge eine Art Hotelempfang – allerdings ohne Tür oder Lobbybereich, bloß dickes, fleckiges, mit weiß Gott was beschmiertes Sicherheitsglas. Dahinter blickte ein untersetzter Mann Ende fünfzig mit schütterem grauen Haar und einem schwarzen Brillengestell Porter bereits entgegen – erst über einen kleinen Computerbildschirm, dann durch das Fenster.

Porter stellte sich direkt davor. »Ein Zimmer, bitte.«

Der Mann leckte sich die spröden Lippen. Irgendetwas klebte in seinem Mundwinkel. Es sah aus wie ein Dorito-Brösel – orange und feucht. »Ich brauche zwei verschiedene Ausweispapiere und eine Kreditkarte.«

Porter zückte sein Portemonnaie. »Hab keinen Ausweis. Und ich zahle bar.«

Der Mann zuckte mit den Schultern. »Neunundzwanzig fünfundneunzig pro Nacht, plus hundert Dollar Kaution. Müssen unsere Habseligkeiten schließlich absichern.«

Porter fischte zwei Fünfziger heraus und schob sie durch den schmalen Schlitz unter der Scheibe. »Hier sind hundert. Wenn ich länger als drei Nächte bleiben will, komm ich wieder.«

Der Hotelier griff sich die Scheine, schlug mit der Faust seitlich gegen eine altmodische Kasse, sodass das Geldfach aufsprang, und legte das Geld hinein. »Und was ist mit der Kaution? Will nicht riskieren, dass Sie hier mit unserer Bettwäsche und den Handtüchern rausspazieren.«

»Hab daheim gerade erst umdekoriert, insofern alles bestens. Machen Sie sich keine Sorgen. Ich rühr nicht mal die Minibar an.«

Der Mann kniff die Augen zusammen, sah Porter streng an und entschied dann wohl, dass es keinen Sinn hatte, mit ihm zu streiten. Er schob ein Klemmbrett durch den Schlitz unterm Fenster. »Hier bitte eintragen.«

Porter schrieb »Bob Seger« auf die oberste freie Zeile und schob das Klemmbrett zurück.

Der Mann warf einen Blick auf den Namen, dann pflückte er einen Schlüssel von einem Schlüsselbrett an der Seite und ließ ihn in ein Metallfach unter dem Schlitz fallen.

»Ich geb Ihnen die Penthouse-Suite. Die geht nach Osten raus und hat einen schönen Blick auf die City. Unser reichhaltiges Frühstück finden Sie in den Automaten am Ende jedes Flurs. Einen schönen Aufenthalt.«

Porter griff nach dem Schlüssel. Es war keine Schlüsselkarte, sondern ein echter Schlüssel an einem Plastikring, auf dem in ausgeblichenen schwarzen Ziffern »203« stand. Er schob ihn in die Tasche und nahm seinen Koffer. »Danke.«

Der Hoteltyp hatte sich schon wieder dem Überwachungsbildschirm zugewandt. Er winkte vage ab. Seine Fingerspitzen waren Chipskrümel-orange.

Porter ging an den Aufzügen vorbei zum Treppenhaus, ein Stockwerk höher fand er Zimmer 203. Er hätte nicht sagen können, ob die Nachbarzimmer belegt waren. Kein Laut war zu hören.

Er fummelte am Schloss herum, bis der Schlüssel sich drehen ließ. Als es endlich funktionierte, stieß er die Tür auf, trat ein und schaltete das Licht an.

Mitten im Zimmer stand ein Queensize-Bett, direkt gegenüber an der Wand eine helle Eichenholzkommode. Neben der Fernbedienung lag ein Schildchen mit der Aufschrift »Gratis HBO!«, allerdings fehlte der Fernseher – da war lediglich eine verwaiste Stelle, wo er wohl mal gestanden und Schrammen im Holz hinterlassen hatte. Auf dem Boden ein riesiger, ausgebleichter brauner Fleck ohne erkennbare Struktur; irgendwer hatte versucht, den grünen Teppich mit Reinigungsschaum sauber zu schrubben, was es aber nur noch schlimmer gemacht hatte. Ein verkratzter Schreibtisch und ein Stuhl standen in der hinteren Ecke.

Vom Schlafzimmer ging ein Bad ab, doch Porter konnte sich nicht überwinden, einen Blick hineinzuwerfen. Das würde er später in Angriff nehmen. Stattdessen warf er seinen Koffer aufs Bett, trat ans Fenster und zog den schweren

Vorhang zur Seite. In der Ferne konnte er Licht im Gefängnis sehen – schmale Fenster wie Schießscharten, die zu dieser späten Stunde nur mehr hier und da erleuchtet waren.

34

Clair

Das Telefon klingelte.

Clair riss die Augen auf. Der Raum war um neunzig Grad gedreht. Ihr Kopf lag in einer Speichelpfütze auf der kalten Oberfläche ihres Schreibtischs.

»Scheiße …«, murmelte sie und spähte zur Wanduhr. Draußen würde schon bald die Sonne aufgehen. Vom Krankenhaus war Nash direkt zu den Davies gefahren, um dort alles zu koordinieren, während sie selbst in die Einsatzzentrale zurückgekehrt war, um ihr Whiteboard auf den jüngsten Stand zu bringen.

Sie griff zu ihrem Handy und nahm den Anruf entgegen. »Ja?«

»Detective Norton?«

»Am Apparat.«

»Hier ist Lindsy Rolfes aus dem kriminaltechnischen Labor. Ich hab schon mal versucht, Sie zu erreichen, aber da ging bloß Ihre Mailbox dran.«

»Macht sie immer, wenn ich bei der Arbeit schlafe«, erwiderte Clair. »Was gibt's?«

»Ich hab Ihnen und Detective Porter vor zwanzig Minuten die vorläufigen Ergebnisse aus dem Haus der Davies geschickt. Wir haben im restlichen Kaffee eine ziemlich hohe Konzentration Lisinopril gefunden, außerdem Kratzer am

216

Knauf der Hintertür, die nicht aussehen wie übliche Gebrauchsspuren.«

»Dann ist jemand eingebrochen?«

»Wir gehen davon aus. Die haben das Schloss geknackt, sind durch die Hintertür eingedrungen und haben dann aller Wahrscheinlichkeit nach das Medikament in den Wassertank der Kaffeemaschine gefüllt. Selbst wenn Davies ihn bis zum Anschlag gefüllt hätte, war die Dosis so hoch, dass sie gefährlich gewesen wäre.« Sie hielt kurz inne, und ihre Stimme schwankte leicht. »Ich hab im Krankenhaus angerufen, um die Laborwerte von Randal Davies' Tox-Screen mit dem behandelnden Arzt durchzugehen, und hab erfahren, dass Randal Davies um zweiundzwanzig Uhr vierunddreißig verstorben ist. Er hatte einen weiteren Schlaganfall erlitten, und diesmal konnten sie ihn nicht mehr retten.«

Clair holte tief Luft. Erst die zwei Mädchen, jetzt ihre Väter.

»Und da ist noch etwas«, fuhr Rolfes am anderen Ende der Leitung fort. »Wir haben die Kleidungsstücke, die Lili Davies getragen hat, als sie gefunden wurde, eindeutig Ella Reynolds zuordnen können. Wir haben auf dem Textil Spuren von Hautpartikeln und Haare beider Mädchen gefunden. Außerdem klebten am Ärmel Spuren von Erbrochenem, das von Lili Davies stammt. Steht alles auch in der E-Mail, die ich Ihnen geschickt habe.«

»Irgendwas, das darauf hindeutet, wann der Täter im Haus gewesen sein könnte?«

»Nichts. Und es weist auch nichts darauf hin, dass der Täter irgendwo anders als bloß in der Küche gewesen wäre. Ich hab fast den Eindruck, er hatte sich ganz genau überlegt, was er tun würde, noch bevor er dort eingedrungen ist, war ruck, zuck drinnen und wieder draußen.«

»Danke, dass Sie mich angerufen haben. Geben Sie Laut, wenn Sie noch etwas finden«, sagte Clair.

»Ruhen Sie sich ein bisschen aus, Detective.«

Sie verabschiedeten sich voneinander, und Clair legte das Handy auf den Tisch.

Sie durfte sich nicht ausruhen, nicht jetzt.

Sie stand auf, streckte sich und trat ans Whiteboard. Unter »Lili Davies« schrieb sie:

in Ella Reynolds' Kleidung aufgefunden
mehrfach ertränkt und wiederbelebt (Salzwasser)

Dann fügte sie eine Spalte für Randal Davies hinzu, und darunter:

Arzt am John H. Stroger Jr. Hospital
Lili Davies' Vater
Ehefrau = Grace Davies
Lisinopril-Überdosis (Blutdruckmedikament)

Sie überflog die To-do-Liste und strich die Punkte durch, die sie erledigt hatten. Viel war nicht mehr übrig. Sie brauchten eine neue Spur.

Vier Tote.

Ob Kloz wohl mit der Liste der Salzwasserpools, den örtlichen Ausrüstern oder den Aquarien weitergekommen war?

Sie ertappte sich dabei, wie sie zur Kaffeemaschine in der Ecke des Zimmers hinüberschaute und es sich dann anders überlegte. Stattdessen würde sie sich etwas aus dem Automaten ziehen; irgendwas in einem versiegelten, Lisinopril-sicheren Päckchen wäre jetzt genau das Richtige.

35
Nash

»Die Heizung in diesem Schrotthaufen ist echt für'n Arsch«, sagte Klozowski und rieb sich im Luftstrom aus dem Lüftungsschlitz die Hände.

Sie hatten gegenüber von Cars R Us an der Pulaski geparkt. Dem Schild zufolge würde der Gebrauchtwagenhändler erst in einer Stunde öffnen – immerhin zwei Stunden früher als sonst, weil eine Art Valentinstags-Sonderverkauf anstand. Auf dem Hof hingen überall rote Wimpel.

Nachdem sie die Nacht weitestgehend im Haus der Davies verbracht und der CSI über die Schulter geschaut hatten, war Nash gerade noch genug Zeit geblieben, um nach Hause zu fahren, zu duschen und sich umzuziehen, bevor er Kloz downtown vor dessen Wohnung abgeholt hatte. Kloz hatte auf der Vordertreppe gesessen und eine Dose Red Bull in sich hineingekippt.

Nash tätschelte das Armaturenbrett. »Connie hat schon bessere Tage gesehen, aber ich bring sie zurück auf Prom-Queen-Niveau. Ich muss nur ein bisschen Arbeit reinstecken.«

Kloz' Hände hielten abrupt inne, und er starrte Nash an. »Du machst mir gerade wirklich Angst. Ich mein's ernst. Hab gerade so ein *Christine*-Gefühl – da kam keiner lebend raus, nicht mal das Auto. Warum tauschst du diesen

Schrotthaufen nicht gegen einen netten Toyota oder Honda ein? Irgendwas mit Airbags und einem CD-Player. Das da ist ein 8-Spur-Abspielgerät, Nash – wo in aller Welt willst du dafür noch Kassetten finden?«

»Du Ungläubiger«, sagte Nash, beugte sich zu ihm rüber und schlug mit der Faust aufs Handschuhfach. Die Klappe sprang auf, knallte gegen Kloz' Knie, und diverse Kassetten regneten in den Fußraum. »Schieb mal eins dieser Schätzchen rein.«

Kloz starrte auf den Haufen zu seinen Füßen. »Dieses Auto ist mit sofortiger Wirkung auf Legendenstatus upgegradet.« Er griff nach unten und nahm eine Kassette in die Hand. »Verdammte Hacke.« Dann schob er sie ins Abspielgerät, das mit einem befriedigenden Klicken zuschnappte. Einen Augenblick später knisterte und wimmerte das Intro zu Neil Diamonds *Sweet Caroline* durch die alten Lautsprecher.

Nash klopfte mit den Fingern aufs Lenkrad, während Kloz im Takt des Songs den Kopf hin- und herwiegte. »Der Typ stand John Lennon echt in nichts nach. Ein wahres Genie.« Dann fing er an zu summen.

Nash griff nach vorn und nahm die Kassette heraus.

»Was ist los?« Klozowski runzelte die Stirn.

»Wenn ich das jetzt weiterlaufen lasse, fängst du an zu singen, dann fang ich auch an zu singen, und dann haben wir so eine Art Moment zusammen – und wenn's vorbei ist, wird's zwischen uns unangenehm. Ich bin nicht bereit, mit dir Neil Diamond zu singen. Das ist ein riesiger Schritt. Du bist noch nicht lang genug mit dabei.«

»Ach, aber mit Clair oder Porter würdest du singen, ja?«

»Das ist was ganz anderes.«

»Wieso das denn?«

»Es ist einfach anders.«

»Ich glaube, ich hab Kollegenneid. In der IT singen wir nicht.«

Nash sah zur anderen Straßenseite. »Da tut sich was.«

Ein Mann in einem dicken blauen Wintermantel stieg aus einem roten SUV und marschierte durch den Schnee auf das gedrungene graue Gebäude in der Mitte des Autohofs zu. Er brauchte eine Weile, um mit Handschuhen aufzuschließen, bekam die Tür schließlich auf und schlüpfte hinein.

»Muss der Geschäftsführer oder Besitzer sein«, stellte Kloz fest. »Du hattest recht. Er ist früher dran, um diesen Sonderverkauf vorzubereiten.«

»Dann mal los«, sagte Nash, schnallte sich ab und stieß die Fahrertür auf. Der eisige Wind fegte ihn beinahe von den Füßen, und er suchte verzweifelt Halt auf dem vereisten Boden. Als er sicher stand, griff er nach seinem Kragen und zog ihn eng um den Hals. Er wünschte sich, er hätte eine Mütze dabei.

Sobald sich eine Lücke im Verkehr auftat, überquerte er die Straße so schnell wie möglich, ohne auszurutschen. Klozowski lief hinter ihm her.

Cars R Us war ein kleinerer Autohof, maximal zweitausend Quadratmeter. Er war von einem hohen schwarzen Zaun umgeben, und gelbe Scheinwerfer setzten von hoch oben die Auswahl der jüngeren Gebrauchtwagen bestmöglich in Szene. Jedes Fahrzeug wurde von ein paar Schlagwörtern unter dem überhöhten Preis beworben: Wenige Kilometer! Kein Rost! Top Preis-Leistungs-Verhältnis! Gereinigt!

Nash ging an den Wagen vorbei und blieb vor der Bürotür stehen, während Kloz auf dem vereisten Bürgersteig beinahe das Gleichgewicht verlor. Er sah sich verstohlen um, ob jemand sein ungeschicktes Manöver gesehen hatte. Nash starrte ihn an.

»Wenn das hier vorbei ist, ziehe ich nach Florida oder L. A. Für ITler gibt's auch in wärmeren Gefilden immer was

221

zu tun«, murrte Kloz, als er endlich ebenfalls das Gebäude erreicht hatte.

»Wenn du das machst, redet kein Cubs-Fan je wieder mit dir. Die Teams aus wärmeren Gegenden sind die schlimmsten – da ist nichts mit Fan-Base. Da sind die Leute viel zu beschäftigt, den ganzen Tag am Strand auf und ab zufahren und sich einen Parkplatz zu suchen oder Golf zu spielen. Die haben keine Zeit für echten Sport.«

Kloz tätschelte sich die Brust. »Ich bin ITler. Glaubst du ernsthaft, ich hätte mit Sport was am Hut?«

Nash schüttelte den Kopf. »Mit dir singe ich im Leben nicht.«

»Mir doch egal.«

Die Tür zu dem kleinen Bürogebäude war verschlossen, doch Nash konnte den Mann drinnen herumwerkeln sehen. Er klopfte gegen die Scheibe und hielt seine Dienstmarke mitsamt Ausweis hoch. Vor einem Aktenschrank in der hinteren Ecke drehte sich der Mann mit einen Kaffeemesslöffel in der Hand zu ihnen um. Sein Gesichtsausdruck sprach Bände: Genervt von der Unterbrechung ließ er den Messlöffel zurück in die Riesendose Kaffeepulver fallen und schlurfte zur Tür. Er hatte immer noch den blauen Mantel an, allerdings war der Reißverschluss mittlerweile bis über den prallen Bauch aufgezogen. Darunter trug er einen grünen Pullover.

Durch die schmutzige Glastür musterte der Mann Nashs Dienstmarke. »Was wollen Sie?«

»So heißt man doch keine Staatsdiener willkommen«, sagte Kloz.

»Wir sind von der Metro PD und müssten uns mit Ihnen unterhalten«, rief Nash durch den heulenden Wind zurück.

Der Mann sah sehnsüchtig zurück zur Kaffeemaschine, drehte dann aber den Schlüssel herum, drückte die Tür auf und winkte sie rein. »Beeilen Sie sich, nicht dass die ganze Wärme rauszieht.«

Nash und Kloz schlüpften hinein, und er schloss hinter ihnen wieder ab. Dann warf er erneut einen Blick auf die Kaffeemaschine.

»Scheint ja wichtig zu sein, dass Sie dieses Ding anwerfen«, stellte Nash fest.

Der Mann seufzte. »Tut mir leid. Ich habe letztes Jahr mit dem Rauchen aufgehört und das Jahr davor mit dem Trinken. Als letzte schlechte Angewohnheit ist mir das Koffein geblieben.«

»Nur zu«, sagte Nash.

Sie sahen zu, wie der Mann zurück zum Aktenschrank eilte, konzentriert zehn Löffel Kaffeepulver in den Filter gab und dann an einem kleinen Handwaschbecken in der hintersten Ecke des Raums Wasser auffüllte. Dann drückte er auf einen Knopf, die Maschine erwachte zum Leben und zischte und blubberte, als das Wasser sich aufheizte. Sichtlich entspannter drehte er sich wieder zu seinen Besuchern um. »Ich heiße Mel Cumberland. Was kann ich für die werten Gesetzeshüter tun?«

»Detective Nash – und das hier ist Edwin Klozowski.« Nash zog sein Handy aus der Tasche, tippte ein paarmal auf das Display und hielt es dem Mann schließlich hin. »Kennen Sie dieses Mädchen?«

Cumberland griff hinter sich zu seinem Schreibtisch, und Nash hätte fast schon die Waffe gezückt, als ihm dämmerte, dass der Mann bloß seine Brille brauchte. In seinem Rücken hörte er Kloz kichern.

Cumberland setzte die Brille auf und kam einen Schritt näher. »Darf ich?«

Nash reichte ihm das Handy.

Er hielt es sich wenige Zentimeter vors Gesicht und neigte leicht den Kopf. »Sollte ich sie kennen?«

»Da steht der Wagen«, stellte Kloz hinter ihm fest. Als Nash sich zu ihm umdrehte, zeigte er auf einen grellgrünen Mazda2, der auf einem Stellplatz am Rand parkte.

»Ach, die«, sagte Cumberland und gab Nash das Handy zurück. »Hören Sie, ich diskutiere mit den Eltern ständig darüber. Es gibt kein Gesetz, das es Kindern verbietet, ein Auto zu kaufen. Sie dürfen es nur nicht fahren, solange sie keinen Führerschein haben. Sie hatte keine Kreditkarte, also hab ich ihr gesagt, dass sie es erst mitnehmen darf, wenn sie mindestens zehn Raten angezahlt hat. Bis dahin ist sie sechzehn, insofern alles im grünen Bereich. Wenn ihre Eltern mir jetzt die Cops an den Hals hetzen, schlage ich vor, dass sie sich zuallererst mit den Gesetzen und Verordnungen beschäftigen, bevor sie anfangen, Steuergelder zu verschleudern. Ich bin mir sicher, Sie haben Wichtigeres zu tun. Ich jedenfalls garantiert.«

Hinter Cumberland gab die Kaffeemaschine ein Gurgeln von sich. Mit routinierter Hand tauschte er die Kanne gegen einen fleckigen Becher aus, hielt ihn unter den Strahl und stellte die Kanne wieder darunter, sobald der Becher voll war. Darauf stand in schwarzen Buchstaben geschrieben: »Kein dummer Spruch, bloß mein Koffeinbehältnis (manchmal auch Whiskey).«

»Ich hätte auch nichts gegen einen Kaffee einzuwenden«, sagte Klozowski. »Vielleicht aber lieber in einem von denen.« Er nickte in Richtung einiger ineinandergestapelter Styroporbecher, die am Rand des Aktenschranks lagen.

Cumberland goss zwei Becher ein und drückte sie Kloz und Nash in die Hand. »Die ersten zwei Raten hat sie pünktlich bezahlt, aber mit der dritten ist sie spät dran, jetzt fast zwei Wochen über der Zeit. Die Kids heutzutage haben echt kein Verantwortungsgefühl mehr. Hat das Geld wahrscheinlich für ein Prom-Kleid oder irgend so einen Mist ausgegeben und vergessen vorbeizukommen und mir Bescheid zu sagen, dass sie nicht pünktlich bezahlen kann. Normalerweise dürfen die Kids bei mir auch mal aussetzen, und ich berechne ihnen beim ersten Mal auch keine Verspätungsgebühr, erkläre ihnen aber, wie wichtig pünktliche Ratenzahlungen sind. Trotzdem ducken sie sich lieber weg, als dass sie beichten kommen. Wenn sie das aber zum zweiten Mal machen, dann haben wir ein Problem.«

»Sie ist tot«, sagte Nash und ließ den Mann nicht aus den Augen.

Er zuckte nicht mit der Wimper, sondern sagte nur: »Tja, also, ich war's nicht.«

»Nein?«

Cumberland stellte seinen Becher auf dem Aktenschrank ab und hob beide Hände. »Ich bin mir nicht ganz sicher, was Sie sich vorstellen, aber ich hab ihr einfach nur ein Auto verkauft. Ich hab sie vielleicht vier, allerhöchstens fünf Mal gesehen. Sie ist hier vorbeigekommen, hat sich ein paarmal umgesehen, sich für den Mazda entschieden und für unsere Inhouse-Finanzierung, aber das war auch schon alles. Wie gesagt, sie ist mit der letzten Zahlung zwei Wochen im Rückstand. Zuletzt gesehen hab ich sie Anfang des Jahres. Genau genommen hat sie das Auto noch nicht mal gekauft, sie hätte erst zehn Prozent Anzahlung leisten müssen, damit es offiziell gewesen wäre.«

»Dann haben Sie sie seit Januar nicht mehr gesehen?«, hakte Nash nach.

Cumberland umrundete seinen Schreibtisch und drückte ein paar Tasten auf seiner Computertastatur. »Ella Reynolds, richtig? Sie war zuletzt am dritten Januar hier und hat dreihundertundzwölf Dollar bezahlt. Ich habe ihr noch gesagt, zweihundert würden reichen, aber sie wollte verhindern, dass jemand ihr den Wagen vor der Nase wegschnappt, und hat deshalb mehr hinterlegt, um die Anzahlung schneller zusammenzukriegen. Im Monat davor hatte sie zweihundertdreiundsiebzig bezahlt. Das war am zweiten Dezember.«

»Frag mich, wo sie das Geld herhatte«, murmelte Kloz.

»Gejobbt hat sie jedenfalls nicht, soweit wir wissen.«

Cumberland scrollte durch seinen Datensatz. »Laut Anmeldung hat sie Nachhilfe gegeben. Zumindest hat sie das unter ›Beruf‹ eingetragen.«

»Vielleicht hat sie ihren Eltern nichts davon erzählt«, mutmaßte Klozowski. »Ich hab auch mal Nachhilfe gegeben und meinem Pops nie was gesagt, sonst hätte er mir das Taschengeld gekürzt. Also hab ich den Mund gehalten und beides kassiert.«

»Ich bin mir sicher, du warst ein Vorzeigekind«, erwiderte Nash. »Aber die Nachhilfe würde die ganzen Starbucks-Besuche erklären. Vielleicht hat sie dort ja nicht nur nach Autos gesucht, sondern auch Schüler getroffen.«

»Starbucks und die Bibliothek, genau. Da hab ich auch immer Nachhilfe gegeben«, pflichtete Kloz ihm bei.

Nash scrollte auf seinem Handy zu Lili Davies' Bild und hielt es Cumberland hin. »Was ist mit ihr? Haben Sie die hier auch schon mal gesehen?«

Er starrte auf das kleine Display und kniff hinter den Brillengläsern die Augen zusammen. »Nope. Kommt mir nicht bekannt vor.«

»Könnte sie hier gewesen sein und sich mit einem anderen Verkäufer unterhalten haben?«

Cumberland schüttelte den Kopf. »Selbst wenn – ich bin immer hier. Mein Erfolgsrezept besteht darin, dass ich jedes Gesicht wiedererkenne, das hier durchs Tor kommt. Ein paar dieser jüngeren Verkäufer sind wirklich gut, aber ich bin immer noch besser. Bei den anderen geht der eine oder andere wieder, ohne ein Auto gekauft zu haben – so was passiert bei mir nicht. Ich schließe immer einen Deal ab.«

»Wir bräuchten bitte eine Liste Ihrer Angestellten«, sagte Nash.

»Das ist leicht. Das sind meine Wenigkeit, Brandon Stringer und Doug Fredenburg. Doug ist mein Schrauber. Er liegt seit zwei Tagen mit Grippe zu Hause im Bett. Brandon kommt um acht.«

»Hat einer der beiden Kontakt mit dem Reynolds-Mädchen gehabt?«

»Nicht dass ich wüsste«, antwortete Cumberland. »Das erste Mal, als sie hier war, hatte Brandon gerade einen anderen Kunden. Die Kleine hatte sich im Grunde bereits entschieden, ist einmal um den Mazda herumgegangen, kam dann direkt hier ins Büro und teilte mir mit, den würde sie haben wollen. Keine Probefahrt, nichts. Nicht, dass ich sie ohne Führerschein hätte fahren lassen. Aber ich hätte sie ja auf eine Spritztour mitnehmen können.«

»Und wo war der andere zu dem Zeitpunkt? Fredenburg?«

Erneut gab Cumberland etwas in den Computer ein. »Sieht ganz danach aus, als wäre er in der Werkstatt mit einem Pontiac zugange gewesen. Hat den Hauptbremszylinder ausgetauscht. Er kommt mit Kunden kaum in Kontakt. Sie können gern auf Brandon warten – vielleicht wollen Sie sich ja auch mal umsehen?« Er nickte in Richtung von Nashs Chevy Nova auf der anderen Straßenseite. »Ihr Wagen hat eine Menge Potenzial, aber haben Sie wirklich die Zeit und das Geld, um ihn wieder auf Vordermann zu bringen? Warum geben Sie ihn nicht für was Nettes in Zahlung, was Schlüsselfertiges?«

»Irgendwas mit intakter Heizung und vielleicht einer Anlage, die man nicht erst ankurbeln muss«, sagte Kloz. »Die Karre ist so alt, dass du die Pferde unter der Kühlerhaube füttern musst.«

Die beiden anderen starrten ihn an.

»Was denn, war doch lustig.«

»Nein, Junge, war es nicht«, sagte Cumberland.

Nash und Kloz stiegen wieder in den Chevy ein. Schnee wirbelte über die Windschutzscheibe.

Nash ließ den Wagen an und starrte zurück zur anderen Straßenseite. »Ich glaube nicht, dass der Kaffeekönig unser Mann ist.«

»Ich würde ja sagen, das Ermitteln überlasse ich doch eher den Ermittlern, aber in diesem Fall stimme ich dir zu. Der passt einfach nicht. Sich hier vom eigenen Hof ein Mädchen zu schnappen wäre bescheuert, und um ehrlich zu sein, macht er nicht den Eindruck, als könnte er sich dazu aufraffen, so etwas durchzuziehen.«

»Außerdem ist er zu alt«, warf Nash ein. »Bei solchen Verbrechen schwingt immer was Sexuelles mit, statistisch sind das eher Männer unter fünfunddreißig. Selbst wenn es nicht zum Geschlechtsverkehr kommt, ist Sex trotzdem der Motor. Cumberland ist locker in den Fünfzigern. Außerdem übergewichtig. Ein Mädchen im Teenageralter würde doch jeden windelweich prügeln, der mit Süßigkeiten und Blumen ankäme. Der ist nicht in der Lage, jemanden auf offener Straße zu kidnappen. Wir suchen nach einem Jüngeren, Stärkeren, nach jemandem mit Elan.«

»Es könnte immer noch einer der Angestellten sein«, gab Kloz zu bedenken. »Nur weil er behauptet hat, dass Lili Davies nicht hier war, heißt das noch lange nicht, dass das auch stimmt.«

»Beide Mädchen waren auf der Suche nach einem Auto. Das ist so ungefähr das Einzige, was auch nur annähernd einer Spur gleichkommt. Wir warten hier, bis die beiden Angestellten eintrudeln.«

Kloz wollte schon nach dem Anschaltknopf für den Kassettenspieler greifen.

»Tu's nicht!«

36

Poole

Sie waren die ganze Nacht hier gewesen.

Alles in allem ein gutes Dutzend Techniker waren in Libby McInleys heruntergekommenem Haus ein und aus gegangen. Poole sah ihnen vom Fahrersitz seines Cherokee aus zu. So umsichtig sie auch sein mochten, wollte er sich lieber gar nicht vorstellen, was dieses ganze Treiben für seinen Tatort bedeutete.

SAIC Hurless stand mit dem Handy am Ohr auf der Vordertreppe. Special Agent Diener war irgendwo drinnen.

Dann sah Poole, wie Hurless auflegte und quer über die Straße auf ihn zumarschierte. Er ließ das Fenster runter.

»Dem Rechtsmediziner zufolge ist sie schon ein paar Tage tot. Er dürfte sie am Mittwoch ungefähr um diese Uhrzeit an ihr Bett gefesselt haben und hat sich dann offenbar Zeit gelassen – zehn bis zwölf Stunden vom ersten Schnitt bis zum letzten. Er hat mit den Zehen angefangen und bei den Fingern aufgehört. Die Augen, das Ohr und die Zunge waren irgendwann dazwischen dran.«

»Was ist mit diesen Schnitten?«

»Der Rechtsmediziner meint, die sind nach und nach entstanden. Wahrscheinlich hat er zwischen den Schnitten und den Gliedmaßen abgewechselt«, erklärte Hurless. »Er hat sie nicht vom Bett gelassen. Sie hat ins Bett urinieren und koten müssen. Die Fessel an ihrem rechten Fußgelenk hat sich bis zum Muskel eingeschnitten.«

Poole weigerte sich, die Augen zu schließen. Sobald er es täte, würde er wieder alles vor sich sehen: Er würde Bishop sehen, wie er die Frau ans Bett fesselte, über einen halben Tag lang folterte und ihre Schreie unbeantwortet blieben. »Das sieht so ... *nachlässig* aus ... für seine Verhältnisse. Für Bishop.«

»Er ist einen Schritt weiter gegangen. Wir wissen jetzt, wer er ist, er muss also nicht mehr so vorsichtig sein wie früher«, erklärte Hurless.

»Möglich.«

»Sie glauben, es ist etwas anderes?«

»Etwas ... ja.«

»Sie haben sich schon mal klarer ausgedrückt.«

»Er hat kein Opfer je zerschlitzt ... und dann die Zehen und Finger ... Das alles ist neu.«

»Wie schon gesagt, er ist einen Schritt weiter gegangen.«

»Mag sein.«

Hurless trat von einem Fuß auf den anderen. Sein Atem hing wie Zigarettenrauch vor ihm in der eisigen Luft. Es hatte erneut angefangen zu schneien – dicke, schwere Flocken. »Sie haben Porters Brotkrumen bis hierher verfolgt, nicht wahr?«

Es klang eher wie eine Feststellung denn wie eine Frage.

Poole nickte. »Sein Instinkt ist gut.«

»Gut? Er hat fast eine Woche lang eng mit diesem Typen zusammengearbeitet. Und als wir die Chance gehabt hätten, ihn festzusetzen, hat er ihn laufen lassen. Hat ihn vor den Augen der halben Chicago Metro einfach abhauen lassen. Er hätte Bishop schon vor fünf Jahren erwischen müssen. Dann stünden wir jetzt nicht hier, und diese Frau« – er nickte zurück zum Haus – »wäre noch am Leben. Behalten Sie das im Hinterkopf.«

Poole sagte nichts dazu, sondern hielt bloß den Blick auf das Haus gerichtet. Das Schrottauto in der Auffahrt, das Fahrrad seitlich daneben. »Sie hat sich hierher zurückgezogen und verbarrikadiert. Wenn wir uns mit ihrem Bewährungshelfer unterhalten, werden wir höchstwahrscheinlich erfahren, dass er sie kaum aus dem Haus locken konnte. Er muss sich hier mit ihr getroffen haben.«

Jetzt war Hurless an der Reihe zu schweigen. Noch vor einem Jahr hätte er sich über Poole und derlei Mutmaßungen lustig gemacht, aber Poole hatte in der Vergangenheit ein ums andere Mal richtiggelegen. Genau deswegen hatte er ihn auch in sein Team berufen.

Special Agent Diener kam vor die Tür, entdeckte die beiden und winkte in ihre Richtung. »Da ist etwas, das Sie sich ansehen sollten.«

Poole stieg aus dem Jeep und überquerte hinter Hurless die Straße. Er hatte den Kopf geneigt, um sein Gesicht vor den Schneeflocken zu schützen, die sich inzwischen nach Eis und Graupel anfühlten.

Drinnen hatten sie immer noch keinen Strom. Die Techniker hatten einen Generator im Hinterhof aufgestellt, und orangefarbene Verlängerungskabel schlängelten sich durch die Flure und Zimmer. Doppel-Halogenstrahler auf gelben Stativen waren strategisch in der Wohnung verteilt worden und tauchten alles in grelles Licht und harte Schatten. Hurless und Poole liefen hinter Diener her bis ins Schlafzimmer, wo Libby McInley immer noch auf der Matratze lag. Ein Fotograf arbeitete sich langsam vor bis zum Bett und dokumentierte jeden Zentimeter dieses Schreckensbilds. Poole konnte die Schreie aus dem mit Blut vollgelaufenen, zu Eis erstarrten Mund regelrecht hören.

Ein weiterer Techniker montierte in der Mitte des Zimmers gerade eine 3-D-Kamera auf ein Stativ. Sobald er fertig wäre, würde die Kamera sich einmal um die eigene Achse drehen und das Zimmer komplett rundherum in Einzelbildern sowie auf Video aufzeichnen. So würde das ganze Haus abfotografiert, später womöglich auch noch die Außenwände. Ein Computer würde anschließend die Bilder zusammenfügen, sodass Ermittler jederzeit virtuell durch den Tatort spazieren könnten, so wie er jetzt aussah.

Poole konnte auf derlei technischen Schnickschnack verzichten. Im Guten wie im Schlechten verfügte er über ein annähernd perfektes Erinnerungsvermögen, über ein fast schon fotografisches Gedächtnis. Nur würde er diese Bilder nicht einmal dann aus seinem Gedächtnis streichen können, wenn sein Leben davon abhinge. Derlei Anblicke, die Gerüche und Geräusche eines Tatorts brannten sich unwiderruflich in sein Gehirn.

Vier Halogenstrahler waren auf das Bett gerichtet. Sie waren gleißend hell, trotzdem blendete der Kamerablitz. Poole musste sich abwenden.

Diener stand jetzt neben der Kommode vor einer offenen Schublade, in die er den Lichtkegel einer kleinen Maglite richtete.

Poole spähte über den Rand in die Schublade.

»Jedes Einzelne davon hätte sie zurück in den Knast gebracht«, stellte Diener fest. »Warum das Risiko eingehen?«

Poole zog ein Paar lilafarbener Latexhandschuhe aus der Tasche, streifte sie über und griff in die Schublade. Er holte einen Führerschein und einen Pass heraus, die beide Libby McInleys Foto trugen, aber auf den Namen Kalyn Selke ausgestellt waren. Er legte die gefälschten Ausweispapiere auf die Kommode, griff erneut hinein und nahm eine Schusswaffe heraus, eine mattschwarze .45er. »Die ist geladen.«

»Sieht allerdings nicht danach aus, als hätte sie auch nur versucht, noch an sie heranzukommen«, stellte Hurless fest.

»Sie hatte keine Chance mehr«, argwöhnte Poole. »Bishop dürfte sie überrumpelt und augenblicklich überwältigt haben. Der Rechtsmediziner wird beim Tox-Screen garantiert etwas finden – irgendein Beruhigungsmittel, Propofol oder Nubain. Beides hat Bishop auch schon in der Vergangenheit benutzt.«

Hurless drehte sich zu Poole um. »Sie meinten eben, dass sie sich verbarrikadiert haben könnte. Das hier sieht eher so aus, als hätte sie vorgehabt abzuhauen.«

»Man muss nur den Dämonen einen Schritt voraus bleiben. Ein Zentimeter außer Reichweite reicht da schon«, flüsterte Poole.

»Was zur Hölle soll das denn heißen?«, blaffte Diener.

»Hab ich mal in einem Roman von Thad McAlister gelesen«, antwortete Poole. »Ich glaube nicht, dass sie agoraphobisch veranlagt war. Sie hat sich vor jemandem versteckt. Sie hatte Angst.«

»Vor Bishop?«

»Immerhin hat der ihre Schwester umgebracht. Und vielleicht hat er ihr ja schon im Gefängnis eine Botschaft zukommen lassen und sie bedroht. Ich glaube, dass ihm dieser Franklin Kirby, den sie überfahren hat, irgendwie wichtig war. Deshalb ist diese Tat auch so anders. Libby McInley hat er nicht wegen Talbot umgebracht oder wegen der Verbrechen, in die Talbot verwickelt war. Ich glaube, das hier war eine Art Racheakt. Er wollte, dass sie leidet, dass sie Schmerzen hat«, führte Poole aus.

Dann entdeckte er etwas, das unter einem zusammengelegten braunen Pullover steckte, griff erneut in die Schublade und nahm es heraus. Es war das Polaroid zweier Frauen, die nackt miteinander im Bett lagen. Die Kanten waren ausgefranst, die Farben ausgeblichen.

»So langsam mag ich die Frau«, murmelte Diener.

»Das ist alt. Fünfzehn, zwanzig Jahre, würde ich sagen. Heutzutage macht doch kein Mensch mehr Polaroids.«

»Da ist noch etwas.« Hurless zeigte erneut auf den Pulli.

Jetzt hatte auch Poole es gesehen. Eine blonde Haarlocke, vielleicht fünfzehn Zentimeter lang, die von zwei schwarzen Haargummis an den Enden zusammengehalten wurde.

37

Larissa

Larissa Biel stand an der Kreuzung West Chicago Avenue und North Damen. Jedes Mal, wenn hinter ihr die Tür zu Pierre's Bakery aufging, musste sie dem Drang widerstehen, dort reinzurennen und sich einmal quer durch Cookies, Kuchen und all die anderen Leckereien zu futtern. War das überhaupt legal – diesen Geruch hier raus auf die Straße zu lassen? Am Abend war an ihrer Schule der Valentinsball, und sie musste in ihr Kleid passen. Es war auch so schon hauteng; ein, zwei Donuts, und es würde über dem Bauch spannen. Kevin Dew würde ebenfalls da sein, und sie wusste genau, dass er sich Kiesha Gerow sofort aus dem Kopf schlagen und stattdessen sie um ein Date bitten würde, sobald er sie in ihrem trägerlosen schwarzen Kleid sähe.

Die Tür zur Bäckerei ging wieder auf, und ein älterer Herr in einem gefütterten blauen Mantel und einem grünen Schal mit kleinen Wichteln, die an einem Weihnachtsbaum emporkletterten, kam mit seinem Frühstück in der Hand heraus. Der dicke Bagel mit Ei und Speck dampfte sogar noch, und ihr lief das Wasser im Mund zusammen.

Nein.

Nicht schon wieder.

Sie ging ein paar Schritte die Straße entlang auf die Kreuzung zu. Ein eisiger Wind fegte um die Straßenecke, und sie zitterte am ganzen Leib.

Wo blieb der Kerl?

Sie blieb stehen und trat von einem Bein aufs andere. Noch vor zehn Minuten hätte sie sich Gedanken darüber gemacht, was die anderen Passanten wohl dachten – inzwischen nicht mehr. Inzwischen fror sie sich hier den Arsch ab, und wenn sie sich jetzt nicht bewegte, würde sie zu einem menschlichen Eis am Stiel mutieren.

Im nächsten Moment entdeckte sie ihn.

Er fuhr direkt vor ihr zwischen einem FedEx-Lieferwagen und einem verbeulten SUV an den Straßenrand und schaltete die Warnblinkanlage an.

Sobald er stand, legte Larissa die Hand an den Türgriff und zog die Tür auf. Dann ließ sie sich auf den Sitz plumpsen, zog die Tür hinter sich zu und hielt die Hände in die Heizungsluft. »Sie sind zwanzig Minuten zu spät. Fast wäre ich wieder gegangen.«

Er kratzte sich am Rand seiner schwarzen Strickmütze. Sie vermutete, dass er darunter kahl war, aber mit der Mütze war das schwer zu sagen. »Hast du die Unterlagen dabei?«

Larissa nickte und angelte die Ausdrucke aus ihrer Tasche. »Also, wie funktioniert das hier?«

Er lächelte sie flüchtig an, während er die Papiere auf einem Klemmbrett befestigte und es dann nach hinten auf die Rückbank warf. »Du hast eine gratis Fahrstunde gewonnen. Wenn du hinterher weitermachen willst, kostet das vierhundert Dollar. Das sind dann dreißig Theorie- und acht Fahrstunden – das wäre das Minimum, das der Staat Illinois vorschreibt, um den Führerschein zu machen. Wir haben auch noch andere Kurspakete, die bis zu siebenhundert Dollar kosten, wenn du Schwierigkeiten mit etwas Bestimmtem hast – rückwärts einparken oder Theorie.«

»Und Sie holen mich immer hier ab?«

Er nickte. »Wir holen Fahrschüler in der ganzen Stadt ab. Wir können dich anschließend auch überall absetzen. Letztlich bist du ja diejenige, die fährt.«

Larissa lächelte höflich. Der Fahrlehrer hatte Probleme mit dem s in *absetzen*. Sie fand das ganz niedlich, es erinnerte sie an Kevin.

»Sollen wir mit der Gratisstunde loslegen?«

Larissa zog den Sicherheitsgurt über die Schulter und schnallte sich an. »Ich bin so weit.«

Sie sah zu, wie der Mann ein Fahrschulschild unter die Windschutzscheibe schob, ehe er wieder in den laufenden Verkehr einfädelte. Das kam ihr ein bisschen albern vor, immerhin stand es sowieso überall draußen auf der Karosserie.

38

Porter

Porter saß in den Tiefen der Betoneingeweide des Orleans Parish Prison vor dem Büro des Gefängnisleiters auf einer Holzbank. Er war vom Hotel aus zu Fuß gegangen und hatte schnell festgestellt, dass die Gegend bei Nacht doch um einiges besser aussah.

Außerdem hatte New Orleans einen merkwürdigen Geruch. Selbst in den besseren Vierteln waberte er ein paar Zentimeter über dem Boden und wehte einem gerade vage genug in die Nase, um einen daran zu erinnern, wo man sich befand. In der Nähe des Gefängnisses war der Geruch allerdings alles andere als vage. Man konnte ihn regelrecht vor sich sehen – als ölige Schlieren auf sämtlichen Oberflächen, als Tropfen, die von den Straßenlaternen fielen. In jeder Gasse, auf jedem freien Meter waren Leute unterwegs, nicht nur Einheimische, auch Touristen, die sich satt getrunken hatten und von den Lichtern, der Musik und dem Trubel der Innenstadtmeile hierher gewandert und hinter den Vorhang von Oz geschlüpft waren.

Als er am Haupteingang angekommen war, hatte der Wachmann ihn mit müder Gleichgültigkeit begrüßt. Noch ehe Porter etwas sagen konnte, hatte der Mann zu einer vorgefertigten Schimpftirade über Besuchszeiten und die Lage der Besuchereingänge angehoben. Porter schob ihm eine seiner Chicago-Metro-Visitenkarten hin und erklärte ihm, warum er da war. Der Wachmann fragte nicht nach einem Dienstausweis, und an der Sicherheitsschleuse erzählte Porter, er habe seine Waffe im Hotelsafe gelassen. Natürlich ging er damit das Risiko ein, dass sich irgendjemand bei der Chicago Metro erkundigen würde, ob seine Geschichte stimmte, aber er hatte kaum eine Wahl. Als Zivilist würden sie ihn nicht vorlassen.

Die Flure im Orleans Parish Prison bestanden aus Betonziegeln und waren mattweiß getüncht. Er war mehrere Gänge entlanggeführt worden, bis er keine Ahnung mehr hatte, wo er sich befand. Die Luft roch muffig, und das Echo ihrer Schritte hörte sich an, als befänden sie sich tief unter der Erde. Der Wachmann, der ihn begleitete, hatte erwähnt, dass dieser Weg durch den Bauch des Ungeheuers eine Abkürzung zum Büro des Gefängnisleiters sei. Porter hatte nie Platzangst gehabt, doch wenn er hier noch viel mehr Zeit verbringen würde, wäre er nicht mehr allzu weit davon entfernt. Er konnte sich beim besten Willen nicht vorstellen, hier zu arbeiten. Vor jeder Stahltür mussten sie anhalten und warten, bis jemand sie per Knopfdruck durchließ, und er konnte die Blicke der Überwachungskameras spüren, die alle sechs, sieben Schritte an den Wänden montiert waren.

Am Ende des Flurs waren sie durch eine Reihe Türen getreten, die gerade mal drei Meter voneinander entfernt waren, und unwillkürlich hatte Porter an Luftschleusen oder Dekontaminationskammern in alten Sci-Fi-Filmen denken müssen. Dahinter lagen die Arbeitszimmer der Gefängnisverwaltung. Obwohl auch hier Betonziegel und Stahl vorherrschten, war mittels eines abgetretenen Teppichs und eines Plastikfarns notdürftig dekoriert worden – eine kleine Oase der Zivilisation hinter Gittern.

Der Wachmann zeigte auf die Bank. »Der Chef ist da, aber

noch beschäftigt. Sollte gleich zurück sein. Setzen Sie sich doch so lange dorthin.«

Das war jetzt fast dreißig Minuten her.

Nicht weniger als sechs Kameras überwachten die Bürotür aus unterschiedlichen Blickwinkeln, einige davon beweglich, andere starr, aber alle aktiv.

»Detective Porter?«

Sam hatte niemanden kommen hören, trotzdem stand der Mann gerade einmal einen Meter vor ihm. »Ja.«

»Direktor Vina. Was führt Sie zu uns in dieses kleine Paradies?«

»Ich muss mit einer Ihrer Insassinnen sprechen.«

»Ich arbeite seit Jahren nicht mehr in der Besuchsabteilung, aber als ich mich zuletzt schlaugemacht habe, hat die Besuchszeit um neun angefangen, und es ist nicht mal schwer, den Schildern draußen zur Schlange zu folgen. Da muss ich kaum mitmischen, und das finde ich auch gar nicht übel.«

Der Gefängnisdirektor war ein gutes Stück kleiner als Porter, vielleicht eins sechsundsiebzig, und sah aus, als wäre er schon seit Längerem ergraut. Er hatte sein Haar kurz geschoren. Die kleinen Augen saßen nah beieinander über einer Nase, die allem Anschein nach mehrmals gebrochen und wieder begradigt worden war. Er war leicht untersetzt, selbstsicher, hatte einen festen Blick. Wie ein Gefangener starrte er Porter unverwandt an.

»Wir haben Grund zu der Annahme, dass diese spezielle Insassin mit 4MK in Verbindung steht.«

»Oh, Sie sind *der* Detective Porter!«

»Jupp, ich bin *der* Detective Porter.«

»Ich hab den Fall im Fernsehen verfolgt. Verrückt. Inwieweit *in Verbindung*?«

»Das darf ich leider nicht sagen.«

»Tja, und ich darf Ihnen leider nicht einfach so einen Passierschein ausstellen.«

»Ich kann auch mit einem richterlichen Beschluss wiederkommen«, entgegnete Porter.

Der Direktor zuckte mit den Schultern. »Bitte. Und wenn Sie mit diesem Beschluss wiederkommen, zeigen Sie ihn gleich am Empfang des Besuchereingangs vor.« Er wandte sich zu seiner Bürotür um. »Viel Spaß in New Orleans, Detective.«

»Sie ist möglicherweise die Mutter«, sagte Porter. »Und dieser Besuch muss unter dem Radar bleiben. Wenn die Presse Wind davon bekommt, war's das womöglich mit unserer letzten Spur. Ich brauche Ihre Hilfe, Direktor.«

Der Mann blieb vor seiner Bürotür stehen und schüttelte leicht den Kopf. »Ich hatte wirklich auf ein schönes, ruhiges Wochenende gehofft. Ihnen zu helfen klingt weder schön noch ruhig.«

»Sie könnten Menschenleben retten, Direktor. Ich muss mich auch wirklich nur mit ihr unterhalten.«

Der Direktor drehte sich wieder zu ihm um. »Wie heißt sie?«

Porter verstummte. Er hatte den Typen am Haken, jetzt durfte er ihn nicht mehr ziehen lassen. »Ich bin mir nicht sicher ... und ich weiß auch nicht, weswegen sie einsitzt.«

Der Direktor verzog das Gesicht. »Detective, wir haben derzeit rund zweitausend Insassen. Kurz vor Katrina waren es sogar sechseinhalbtausend. Einige warten hier auf ihren Prozess wegen Kapitalverbrechen, andere sitzen weniger dramatische Sachen ab wie Straßenverkehrsvergehen, Trunkenheit, Ruhestörung oder Ordnungswidrigkeiten. Der Rest sitzt hier, weil die Strafvollzugsbehörde Louisiana oder die US-Behörden für sie einen Langzeitaufenthalt vorgesehen haben. Wie stellen Sie sich bitte vor, dass wir sie finden sollen, wenn Sie nicht mal einen Namen haben?«

Porter zog das Foto aus der Tasche und drückte es ihm in die Hand. »Das hier ist alles, was ich habe.«

Der Gefängnisdirektor zog seine Brille aus der Tasche. Dann drehte er das Foto um, las das Sätzchen auf der Rückseite und betrachtete wieder das körnige Bild auf der Vorderseite.

»Das ist am Westeingang«, sagte er mit Blick auf das Bild.

Porter tippte auf den Wachmann, der vor Bishops Mutter herging. »Und das ist ...«

»Vincent Weidner«, fiel der Direktor ihm ins Wort. »Den erkenne ich wieder.«

»Vielleicht kann er sich an sie erinnern?«

Der Direktor seufzte tief.

»Kommen Sie«, sagte er dann und nickte zu seiner Bürotür. »Schauen wir doch mal, was ich tun kann.«

39

Clair

Clairs Handy am Rand ihres Schreibtischs in der Einsatzzentrale fing an zu klingeln. Sie schnappte es sich und drückte auf Annehmen. »Detective Norton?«

»Detective? Hier ist Sergeant Dawn Spiegel, ich leite die Notrufzentrale.«

»Was kann ich für Sie tun, Sergeant?«

»Eine meiner Mitarbeiterinnen hat gerade einen merkwürdigen Anruf entgegengenommen. Ich glaube, es könnte mit Ihrem Fall zu tun haben. Darf ich Ihnen den Anruf kurz vorspielen?«

Bitte nicht noch ein verschwundenes Mädchen. »Klar, legen Sie los.«

»Bleiben Sie eine Sekunde dran, ich stelle auf Lautsprecher.«

Clair hörte ein leises Knacken, als die Frau am anderen Ende den Hörer beiseitelegte.

»Hier kommt er.«

Dann hörte Clair die Stimme der Telefonistin. »911, Sie möchten einen Notruf melden?«

Ein kurzes Zögern, dann die schleppende, knirschende Stimme einer älteren Frau: »Er ist zwei Mal gestorben.«

»Tut mir leid, Ma'am, ich kann Sie nicht richtig verstehen ...«

»Er ist zwei Mal gestorben«, sagte die ältere Stimme jetzt lauter und nachdrücklicher.

Die Telefonistin seufzte vernehmlich. »Wer, Ma'am? Wer ist zwei Mal gestorben?«

»Floyd Reynolds.«

Clair stand auf und trat ans Whiteboard.

FLOYD REYNOLDS
Ehefrau: Leeann Reynolds
verkauft Versicherungen/UniMed America Healthcare
keine Schulden lt. Ehefrau. Hosman checkt das

Darunter schrieb sie:

vor seinem Haus (im Auto) mit dünnem Draht (Klaviersaite?) erdrosselt
Leiche im Schneemann
Ella Reynolds' Vater

»Wer, Ma'am?«, fragte die Frau aus der Notrufzentrale.

Diesmal seufzte die alte Frau. »Floyd Reynolds. Er ist letzte Woche gestorben und dann gestern schon wieder. Steht heute bei den Todesanzeigen.«

»Ma'am, Sie verstehen schon, dass der Missbrauch des Notrufs strafbar ist?«

»Niemand stirbt zwei Mal.«

»Der Missbrauch des Notrufs wird mit einem bis drei Jahren Freiheitsstrafe und einer Geldstrafe von bis zu fünfundzwanzigtausend Dollar geahndet. So ein falscher Notruf setzt unsere Ordnungs- und Rettungskräfte ernsten Risiken aus und verschwendet öffentliche Ressourcen«, dozierte die Telefonistin.

»Wenn Sie nicht die Richtige sind, die man in so einem Fall benachrichtigen sollte, dann stellen Sie mich doch bitte durch in die richtige Abteilung.«

Dann war ein Klicken zu hören, und erst dachte Clair, die Telefonistin hätte aufgelegt, aber dann war sie einige Sekunden später wieder in der Leitung. Sie musste den Lautsprecher stumm geschaltet haben.

»Der Name Floyd Reynolds ist nicht wahnsinnig selten, Ma'am. Ich bin mir sicher, das ist bloß ein Zufall. Ich will wirklich nicht, dass Sie Schwierigkeiten bekommen, also werde ich jetzt auflegen. Ich rate Ihnen, in dieser Sache nicht noch einmal anzurufen. Wenn Sie das tun sollten, werden Sie höchstwahrscheinlich dafür belangt.«

»Der Name ist identisch. Das Geburtsdatum ist identisch. Die Adresse ist identisch. Es ist ein und derselbe Mann. Er ist zwei Mal gestorben«, wiederholte die Frau. »Werfen Sie mal einen Blick in den *Chicago Examiner* von heute.«

Hier brach der Anruf ab.

Clair hörte, wie Sergeant Spiegel den Hörer wieder aufnahm und den Lautsprecher abstellte. »Nachdem die Kollegin den Anruf beendet hatte, hat sie das Team von dieser vermeintlichen Spinnerin in Kenntnis gesetzt. Unser übliches Prozedere ist dann, den Anruf zu dokumentieren und ihn an die Metro zu übergeben, wenn sich die Sache wiederholen sollte. Allerdings kam mir der Name bekannt vor, also hab ich die Zeitung online aufgerufen. Floyd Reynolds scheint tatsächlich zwei Mal unter den Todesanzeigen aufzutauchen – mit einem Eintrag heute und einem vom vergangenen Mittwoch. Die Daten stimmen eins zu eins überein. Es ist derselbe Mann.«

Clair runzelte die Stirn. »Wie kann das sein? Er ist gestern gestorben.«

»Geben Sie mir Ihre E-Mail-Adresse, dann schicke ich Ihnen die Links.«

40

Porter

»Ist das ...«

»Nicolas Cage, ja«, sagte der Gefängnisdirektor und winkte Porter in sein vollgestopftes Büro. Das gerahmte Foto vom Erkennungsdienst hing neben dem Schreibtisch an der Wand. »Er war im April 2011 hier zu Gast, nachdem er in einem hiesigen Bistro in eine Schlägerei geraten war. Hat sogar das Fenster eingeschlagen. Diese Hollywood-Größen vergessen manchmal, dass die Scheinwerfer irgendwann aus sind. Er hat seinen Aufenthalt hier so sehr genossen, dass er nur einen Monat später nach ein paar Drinks zu viel direkt wiedergekommen ist. Da war er mitten im French Quarter mit seiner Frau in einen lautstarken Streit geraten. Wir hätten ihn ja durchgewinkt, aber dann hat er angefangen, die Kollegen anzupöbeln. Da hatten sie keine Wahl mehr, als ihn festzunehmen. Toller Schauspieler. In *Con Air* war er ganz großartig.«

»War das der mit Sean Connery?«

Der Direktor hielt den Zeigefinger in die Luft und griff zum Telefonhörer. »CO Weidner ins Büro des Direktors, CO Weidner ins Büro des Direktors«, sagte er in die Sprechmuschel. Einen Moment später hörte Porter das Echo über das Gefängnis-Lautsprechersystem.

»Der Film mit Sean Connery war *The Rock*«, korrigierte

ihn der Direktor und legte auf. Dann bot er Porter einen der Stühle vor seinem Schreibtisch an. »Wir haben immer mal wieder Promis zu Gast, nachdem das hier so was wie eine Partystadt ist. Die dürfen sich ausschlafen, genau wie die College-Kids, die manchmal ein bisschen ungehobelt sein können, und am nächsten Morgen setzen wir sie wieder vor die Tür. Es sei denn, sie haben ernst zu nehmenden Schaden angerichtet, oder jemand hat sich verletzt. Jedes Mal Anzeige zu erstatten hat wenig Sinn. Wenn wir jeden Betrunkenen kassieren würden, der durchs Quarter torkelt, wäre dieses Gefängnis binnen weniger als einer Woche voll bis oben hin, und es gäbe niemanden mehr, dem die Mädels ihre Titten zeigen könnten.«

Es klopfte an der Tür.

Porter sah auf und erkannte Vincent Weidner auf den ersten Blick von dem Foto wieder. Sein dunkles Haar war ein Stückchen länger als bei Wachleuten üblich und lag auf dem Kragen auf. Außerdem hatte er ein gestutztes Ziegenbärtchen. An seinem Hals verlief kurz unter dem Kinn eine vielleicht fünf Zentimeter lange Narbe, die Porter schon ein paar Jährchen alt einschätzte. Sie war ausgefranst, also keine OP-Narbe, eher der verheilte Schnitt einer Klinge oder Scherbe. Porter musste an die Narbe an seinem Oberschenkel denken, wo Bishop ihm das Messer hineingerammt hatte. Sofort fing sie an zu jucken, und er musste sich zusammenreißen, um nicht zu kratzen.

Weidners Blick streifte Porter, dann sah er zurück zum Direktor. »Morgen, Sir. Was kann ich für Sie tun?«

Der Gefängnisdirektor zeigte auf den zweiten leeren Stuhl, und der Wachmann setzte sich bedächtig. Gefängnisaufseher schienen sich jederzeit vorsichtig zu bewegen und sämtliche potenziellen Szenarien im Kopf durchzugehen, ehe sie handelten – oder zumindest die Guten taten das. Der Rest neigte dazu, verletzt zu werden. In Anbetracht der

Narbe war Porter sich nicht ganz sicher, zu welcher Sorte Weidner gehörte.

»Das hier ist Detective Sam Porter von der Chicago Metro. Er geht einer Spur nach und hat uns um Hilfe gebeten«, erklärte der Direktor. Dann nickte er Porter zu. »Das Foto?«

Porter zog es aus der Jackentasche und hielt es dem Wachmann hin. Dann tippte er auf die Frau, die zwischen den beiden Wächtern herlief. »Erkennen Sie die wieder?«

Weidner neigte den Kopf leicht nach rechts. »Die ist 'ne Jane.«

»Eine was?«

»Eine Jane Doe. Anonyme Insassin Nummer 2138, glaub ich«, sagte Weidner und reichte ihm das Foto zurück. »Worum geht es hier überhaupt?«

Der Gefängnisdirektor zog die Computertastatur näher zu sich heran und tippte mit zwei Fingern etwas ein. »Anonyme Insassin Nummer 2138 ... Ist am achtzehnten Januar hier eingezogen, also vor gut drei Wochen. Sie wurde angeklagt, schuldig gesprochen und wartet jetzt auf ihr Urteil. Hat an der Bourbon ein paar Taschen geleert.«

»Ihre Einsacken-und-wieder-freilassen-Politik gilt also nicht für Bagatelldiebstahl, nehme ich an?«, warf Porter ein.

Der Direktor scrollte weiter. »Sie hat einem Mann aus Jersey das Portemonnaie geklaut, inklusive ... Oh. Das ist hart.«

»Was?«

»In dem Portemonnaie steckten fünfhundertzwölf Dollar«, erklärte der Direktor. »Alles über fünfhundert wird bei uns als Verbrechen geahndet. Wenn der Mann sich erst noch einen weiteren Hurricane bestellt hätte, wäre sie mit einer Ordnungswidrigkeit davongekommen und demnächst wieder auf dem Heimweg. Aber so wie es aussieht, wartet auf sie ein Aufenthalt von Minimum zwei Jahren, vielleicht sogar länger, wenn es nicht ihre erste Straftat war.«

»Autsch.«

»Ja. Tja, aber wer spielen will, sollte bereit sein, seinen Einsatz zu zahlen«, sagte Direktor Vina. »Anscheinend hatte sie drei weitere Geldbörsen in der Tasche. Keins der Ausweispapiere passte auf ihre Person, und sie hat ihren Namen nie genannt.«

»Und Fingerabdrücke?«

Vina schüttelte den Kopf. »Nicht im System, weder in unserem noch national. Allerdings ein unverkennbares Kennzeichen: ein kleines Tattoo am Handgelenk.« Er drehte den Bildschirm so, dass Porter ihn sehen konnte.

Der riss die Augen auf und beugte sich vor. Es war eine kleine Acht, genau wie diejenige, die sie auf dem Handgelenk von Jacob Kittner gefunden hatten – dem Mann, der in Chicago unter einen Stadtbus geraten war und den sie anfangs für 4MK gehalten hatten. Und auch Emory Connors war mit einem identischen Tattoo gebrandmarkt worden. »Ich muss mit ihr sprechen.«

Der Direktor drehte den Bildschirm wieder zurück. »Da brauchen wir eine Genehmigung. Sie hat einen Anwalt.«

Porter runzelte die Stirn. »Wie ist sie denn an einen Anwalt gekommen, wenn sie nicht mal ihren Namen genannt hat?«

Weidner räusperte sich. »Da war ich dabei, dazu ist es direkt nach der ersten Vernehmung gekommen. Sie hatte kein Wort gesagt, seit wir sie aus dem Bus geholt hatten, saß schon eine Stunde im Vernehmungsraum und starrte den Kollegen, der sie vernehmen sollte, Detective Dunleavy, einfach nur an. Die ganze Zeit hatte sie dieses Grinsen im Gesicht. Dann nach einer Stunde oder so hat sie sich über den Tisch gebeugt und drei Wörter gesagt: ›Anwältin Sarah Werner.‹ Dann hat sie sich wieder auf ihrem Stuhl zurückgelehnt, die Arme verschränkt und weitergegrinst. Ich hab keine Ahnung, wie Dunleavy so ruhig bleiben konnte. Ich hätte das, Scheiße noch mal, nicht geschafft.« Im selben Moment wurde er sich seiner Ausdrucksweise bewusst und spähte zum Direktor hinüber, der bloß abwinkte.

»Wer ist Sarah Werner? Eine von hier?«, wollte Porter wissen.

»Da müssen Sie Dunleavy fragen«, antwortete Weidner.

Der Direktor stellte sein Telefon auf Lautsprecher und wählte eine Nummer.

Eine knorrige Stimme ging ran. »Ja?«

»Dunleavy? Hier ist OPP-Direktor Vina. Ich sitze hier gerade mit einem Detective aus Chicago und einem unserer Wachleute. Was können Sie mir zu der Jane Doe von vor ein paar Wochen sagen? Die von Sarah Werner vertreten wird?«

»Schon wieder dieser Mist?« Dunleavy seufzte. »Zur Straftat selbst gibt es nicht viel zu sagen. Sie ist mit den Fingern in der falschen Tasche erwischt worden. Der Typ war wohl in der Vergangenheit schon mal beklaut worden und hatte sich angewöhnt, öfter mal nach seinem Portemonnaie zu tasten. Sie hatte ihn leicht gestreift, als sie an ihm vorbeigegangen war, seine Hand ging zur Hosentasche, in der das Portemonnaie fehlte, und er hat sofort nach ihrem Arm gegriffen. Sie hat sich mit einem fiesen Kratzer quer über sein Gesicht bedankt und ihn angeschrien, Sachen wie: ›Ich komm nicht zurück, lass mich endlich gehen! Du tust mir nicht mehr weh, ich hab jetzt genug.‹ Das hat ein paar hiesige Jungs auf den Plan gerufen, die im Crooked Broom zur Happy Hour waren. Sie sind rausgestürmt, haben die zwei getrennt und den Typen nach allen Regeln der Kunst verprügelt.«

»Dreck«, brummte der Direktor.

»Zwei gebrochene Rippen, drei ausgeschlagene Zähne, beide Augen rabenschwarz. Hätte auch sehr viel schlimmer ausgehen können, allerdings kam im nächsten Moment die Frau des Mannes aus der Bar, entdeckte ihren Gatten am falschen Ende der Schlägerei und fing an zu kreischen.« Dunleavy atmete tief durch. »Der zweite Schrei reichte dann endlich, um die Jungs aus ihrem Höhlenmensch-Modus zu reißen. Einer von ihnen war sogar noch geistes-gegenwärtig genug, sich unsere kleine Taschendiebin zu schnappen, bevor sie in der Menge verschwinden konnte. Ein Tourist hatte gesehen, dass der Junge sie festhielt, glaub-te, er würde ihr wehtun wollen, und wäre fast ebenfalls in die Schlägerei verwickelt worden, als er sie von ihm weg-ziehen wollte. Zum Glück war bis dahin endlich das PD vor Ort, zog das Knäuel auseinander, verteilte großzügig Hand-fesseln und stellte die Leute in getrennte Ecken, bis sie die Lage geklärt hatten.«

Dunleavy deckte den Hörer mit der Hand zu und brüllte jemandem etwas zu, was Porter nicht verstehen konnte. Dann war er wieder in der Leitung.

»Ich hatte erst das Vergnügen, unsere Ms. Doe zu treffen, als sie sie in die Zentrale geschleift und in einem unserer Vernehmungsräume geparkt hatten. Zu dem Zeitpunkt war die Kommunikation definitiv sehr einseitig. Ich hab sie mir kurz selbst vorgenommen, bin aber auch nicht weiterge-kommen, und dann hat sie auch schon die Anwaltskarte ausgespielt.«

»Sarah Werner.«

»Ja, Sarah Werner.« Der Mann verstummte.

Der Direktor sah Porter an, der ihm zunickte, dann wand-te er sich wieder dem Telefon zu. »Danke, Rick. Wenn wir noch etwas brauchen, melden wir uns.«

»Wunderbar, machen Sie das.«

Direktor Vina legte auf und lehnte sich auf seinem Stuhl zurück. »Sie mit ihr zusammenzubringen wird schwierig werden. Sie müsste sich bereit erklären, sich mit Ihnen als Zivilisten zu unterhalten, und müsste Sie auf die Besucher-liste setzen. Als Detective werden Sie sie nicht treffen, ehe die Anwältin ihr Okay gibt. Da werden Sie in nächster Zukunft noch die eine oder andere Hürde nehmen müssen.«

»Wo finde ich Sarah Werner?«, entgegnete Porter.

41

Larissa

Schwarzer Nebel, winzige Farbpünktchen und Staub in der Luft. Larissa Biel rollte sich zur Seite und zerrte an ihrer Decke, um sie sich über den Kopf zu ziehen.

Samstag.

Keine Schule heute.

Keine Schule hieß, dass sie ausschlafen konnte. Keine Schule hieß, dass sie sich in ihre Decke kuscheln und bis in den Vormittag liegen bleiben konnte, vielleicht sogar noch länger, wenn sie wollte. Ihre Mutter war bei der Arbeit. Das Haus war still und leer. Dann fiel ihr wieder ein, dass sie einen Termin mit der Fahrschule hatte. Sie hatte sich extra den Wecker gestellt. Der würde in nächster Zeit klingeln. Aber bis dahin würde sie schlafen können. Sie streckte sich nach ihrer Decke – und griff ins Leere.

Ihr Zimmer hatte einen merkwürdigen Klang. Da war ein fremdes elektrisches Sirren, da liefen Geräte.

Larissa war längst aufgestanden.

Sie hatte das Haus verlassen.

Sie wusste noch, wie sie durch die Kälte zu der Straßenecke gelaufen war, wo sie sich mit dem Fahrlehrer verabredet hatte und bei ihm eingestiegen war.

Ihre Matratze fühlte sich kalt und hart an. Die Bettwäsche stank erbärmlich.

»Willst du Milch? Ich hab dir Milch gebracht.«

Die Stimme klang sanft, zögerlich. Ein Fremder. Larissa kämpfte gegen den Schlaf und zwang die Augen auf. Ihre Lider fühlten sich schwer und müde an und schmerzten, als hätte jemand in ihrem Kopf mit einem Golfschläger drauflosgedroschen.

»Kann sein, dass sie warm geworden ist, aber warm ist gut. Ich mag warme Milch.«

Er hatte ihr irgendetwas in den Schenkel gerammt, dieser Fahrlehrer. Gleich nachdem sie sich angeschnallt hatte, hatte sie einen Stich im Oberschenkel gespürt, einen stechenden Schmerz. Sie wusste noch, wie sie nach unten geblickt und die Nadel gesehen hatte, wie er den Kolben der Spritze nach unten gedrückt hatte.

Dann nichts mehr.

Allmählich konnte sie das dämmrige Kellerzimmer erkennen, den Schatten auf der Treppe auf der anderen Seite, den Maschendraht zwischen ihnen beiden.

Larissa stemmte sich hoch und wäre fast hintübergekippt, ihr Blickfeld wurde kurz grellweiß, ehe sie wieder sehen konnte. Der Raum war dunkel. Das einzige Licht kam von irgendwo am oberen Ende der Treppe.

»Die Milch spült das Medikament aus deinem System. Tut mir leid, dass ich das machen musste, aber du wärst sonst nicht mitgekommen.«

Der Mann mit der schwarzen Strickmütze, der Fahrlehrer.

Sie saß in einem Käfig, in einem Maschendrahtkäfig, auf Betonboden und war in eine schmutzige grüne Decke gewickelt. Hektisch sah sie sich um. Ein Wassertank, ein Heizlüfter, eine Werkbank. An der Wand mit der Treppe stand eine alte weiße Kühltruhe, aber die musste defekt sein – sie gab keinen Laut von sich, und der Deckel stand offen, war gegen die Wand gelehnt.

Vor der Kühltruhe am Boden lag irgendetwas unter einer ausgebreiteten Abdeckplane. Sie sah sich selbst unter der Plane liegen. Wie sie unter dieser Abdeckplane tot aufgefunden würde.

»Was ist das?«, fragte sie, und ihre Stimme klang rau.

Er sprang zornig von seiner Treppenstufe auf. »Egal. Das kann dir egal sein.«

Sie hörte, wie er näher schlurfte, wie er ein Bein leicht nachzog. Keinen Meter von ihr entfernt blieb er stehen und kratzte sich an der Mütze. Inzwischen konnte Larissa seine Augen sehen, die von dunklen Schatten umgeben waren und tief in den Höhlen lagen. Sie sahen grau aus, apathisch, wie Augen eines wesentlich älteren Mannes. Sie waren blutunterlaufen, und die Augenwinkel waren verkrustet.

»Guck mich nicht an, guck mich nicht so an!« Er machte einen Schritt zurück, sodass er jetzt das Licht aus dem oberen Stockwerk im Rücken hatte und sie ihn nicht mehr genau sehen konnte.

Larissa zwang sich aufzustehen. Jeder Muskel in ihrem Leib protestierte, fühlte sich schwach, verkrampft an. Die schmutzige grüne Decke fiel zu Boden. Ihre Jacke war verschwunden. Sie verschränkte die Arme vor der Brust, zog die Pulloverärmel über die Hände, ballte darunter die Fäuste. »Wenn Sie mich gehen lassen, erzähl ich es niemandem. Das bleibt unser kleines Geheimnis.«

Ihre Gedanken wanderten zu dem Ball am Abend, zu Kevin Dew. Sie durfte jetzt doch nicht hier sein, das war nicht real.

»Meine Eltern wissen, wo ich bin. Sie wissen, dass ich zu unserer Fahrstunde unterwegs war. Wenn ich zu lang wegbleibe, melden sie mich als vermisst. Sie rufen die Polizei. Wollen Sie das? Wenn Sie mich laufen lassen, kommt es nicht dazu. Dann vergess ich das hier.«

Das war gelogen. Ihr Vater war früh am Morgen zu seiner

Baustelle aufgebrochen, und ihre Mutter hatte ins Büro fahren wollen. Sie ging gern samstags arbeiten, weil dann sonst niemand da war. Für den Abend hatten ihre Eltern geplant, essen zu gehen, weil sie wussten, dass Larissa beim Valentinsball sein würde. Wenn sie nach Hause kämen, würden sie annehmen, dass sie sich bei einer Freundin für den Ball fertig machte – sie würden sie nicht vor Mitternacht zurückerwarten, wenn nicht sogar noch später. Es würde niemand nach ihr suchen. Niemand würde sie vermissen.

»Bist du klar in Geist und Seele?«

Er schien Probleme mit dem Wort *Seele* zu haben und grunzte danach ganz komisch, als ärgerte er sich über sich selbst.

»Was soll das heißen?«

»Um sehen zu können, musst du rein sein. Und um rein zu sein, musst du in Geist und Seele klar sein.« Dann fing er an, Daumen und Zeigefinger kreisförmig übereinanderzureiben, eine Art nervöser Tic. »Die Letzte war in Geist und Seele nicht klar, wahrscheinlich hat sie deshalb auch nichts gesehen. Bei dir ist das anders, da bin ich mir sicher.«

Larissas Blick huschte wieder zu der Abdeckplane am Boden.

»Je schneller wir anfangen, umso schneller bist du frei. Du willst doch frei sein?«

»Ich will, dass Sie mich gehen lassen.«

»Ich kann dich frei machen, aber gehen lassen kann ich dich leider nicht.«

Sie durchquerte den kleinen Käfig und trat an die Tür, die mit zwei Vorhängeschlössern oben und unten gesichert war. Mit beiden Händen griff sie in den Maschendraht. »Lass mich gehen, du verdammter Irrer! Lass mich hier raus!«

Von den zwei reibenden Fingern abgesehen bewegte sich der Fahrlehrer nicht, war bloß ein Schatten vor dem von oben hereinfallenden Licht. Er leckte sich über die trockenen, rissigen Lippen.

Larissa schrie.

Sie schrie, so laut sie nur konnte, so laut, dass ihre Kehle brannte. Sie starrte ihm direkt in die Augen und schrie, bis auch der letzte Hauch Atemluft draußen war, dann atmete sie kurz ein und schrie erneut. Als sie endlich aufhörte, senkte sich tiefe Stille über den Raum. Nur das Brummen der Elektrogeräte und ein leises Ticken vom Boiler waren zu hören.

»Ich schreie auch manchmal. Dann fühle ich mich besser«, sagte er. »Hier hört mich niemand, und dich kann auch niemand hören.« Er wandte sich zur Treppe um, blieb dann aber direkt davor stehen. »Trink deine Milch. Du wirst die Energie brauchen. Ich komme gleich wieder, dann fangen wir an.«

Sie sah zu, wie er die Treppe hochlief und das rechte Bein dabei weniger belastete. Oben angekommen schloss er eine Tür hinter sich. Er hatte das Treppenlicht angelassen.

Das Glas mit der Milch stand in der Ecke des Käfigs, direkt neben der Tür. Larissa nahm es in die Hand, kippte die Milch über dem Beton aus und wickelte das Glas in die grüne Decke, bevor sie es auf den Boden fallen ließ und dann drauftrat. Dann wickelte sie die Decke wieder auf und suchte sich die schärfste Scherbe aus, ein sieben, acht Zentimeter langes Stück, und nahm sie in die zitternde Hand. »Dann fangen wir doch mal an, du Wichser.«

42

Clair

Schon Sekunden bevor sie da waren, konnte Clair Nash und Klozowski auf dem Flur hören. Sie stritten sich – irgendwas mit Neil Diamond.

Clair schüttelte den Kopf.

Als Nash den Raum betrat, bewarf sie ihn mit einem Stift. Er fing ihn aus der Luft.

»Was soll der Scheiß, Clair-Bär?«

Kloz quetschte sich hinter ihm vorbei und schlurfte an seinen Schreibtisch. »Hat Porter nicht eine ›Wir werfen keine Gegenstände nach anderen Detectives‹-Regel verhängt?«

»Porter ist beurlaubt, also ist diese Regel null und nichtig«, erwiderte sie. »Ich hab was gefunden. Könnte wichtig sein.«

Nash setzte sich auf die Kante des Besprechungstischs. »Gut, weil wir den Autohändler nämlich abgehakt haben. Wie sich herausgestellt hat, wollte Ella Reynolds hinter dem Rücken ihrer Eltern einen Mazda abbezahlen. Wir haben mit allen drei Angestellten gesprochen. Brandon Stringer, einer der Verkäufer, hat Ella auf dem Foto wiedererkannt, aber das war auch schon alles. Als sie dort aufgekreuzt ist, hatte er einen anderen Kunden. Cumberland, der Besitzer, hat sie in Empfang genommen. Keiner von ihnen hatte von

Lili Davies gehört, bis sie in den Nachrichten war. Auf dem Gelände arbeitet auch noch ein Mechaniker, Douglas Fredenburg, aber auch den können wir vergessen. Der hat 'ne Frau und fünf Kinder daheim. Der hätte nicht mal die Zeit, eine Pokerrunde zu organisieren, geschweige denn mehrere Kidnappings und Morde. Außerdem gibt Cumberland ihm ein umfassendes Alibi. Keiner von denen passt. Alles bloß weitere Sackgassen.«

Clair hatte mehrere Ausdrucke auf ihrem Schreibtisch bereitgelegt. Einen davon drückte sie Nash in die Hand.

»Was ist das?«

»Lies.«

Nash hielt sich das Blatt vor die Nase und las laut vor: »In liebendem Gedenken an Floyd Bernard Reynolds, geboren am 11. Mai 1962, gestorben am 13. Februar 2015. Die Trauerfeier für unseren lieben Ehemann und Vater findet am Montag, den 16. Februar 2015, um 17.00 Uhr in der Saint Gabriel of the Sorrowful Virgin Catholic Church statt. Anschließendes Beisammensein im Gemeindesaal.« Nash ließ das Blatt Papier sinken. »Das ist die Todesanzeige für Reynolds. Und?«

Clair hielt Klozowski einen zweiten Ausdruck hin.

Er sah sie skeptisch an, dann räusperte er sich. »In liebendem Gedenken an Floyd Bernard Reynolds, geboren am 11. Mai 1962, gestorben am 13. Februar 2015, Vater aller Lügen, Ehemann des Todes, hat unter den Rosen endlich seinen Frieden gefunden. Keine Blumen mehr, bitte nur noch Segenssprüche.«

»Das klingt aber düster«, kommentierte Nash.

»Klingt Exfreundin-düster«, pflichtete Kloz ihm bei und gab Clair den Ausdruck zurück.

»Was du gerade vorgelesen hast«, sagte Clair zu Nash, »war heute Morgen im *Chicago Examiner* abgedruckt. Das hier« – sie wedelte mit dem zweiten Blatt – »war letzten

Mittwoch drin, also noch bevor Reynolds gestorben ist. Ebenfalls im *Examiner*.«

Nash streckte sich danach aus. »Lass noch mal sehen …«

Clair ignorierte ihn und trat ans Whiteboard. Dort befestigte sie beide Ausdrucke unter den Notizen zu Floyd Reynolds.

»Dann eben nicht«, murmelte Nash.

Clair wandte sich wieder zu ihrem Schreibtisch um. »Und da ist noch mehr.«

Sie schnappte sich ein weiteres Blatt und las vor: »Dr. Randal Frederick Davies, Ehemann von Grace Ann Davies und Vater von Lili Grace Davies, hat uns zu Beginn und zum Ende seiner verschwendeten Reise nach Lavendel und Katzendorn riechend mit angehaltenem Atem verlassen und geht jetzt ins Licht.«

»Klingt auch nicht gerade nach Friede, Freude, Eierkuchen«, kommentierte Kloz.

»Davies ist gestorben?«

Clair nickte. »Gestern am späten Abend. Schwerer Schlaganfall.«

»Und so schnell gehen sie mit der Todesanzeige raus?«

Clair lief zurück zum Whiteboard und befestigte die Seite unter Randal Davies' Namen. »Wer immer die Anzeige aufgegeben hat, hat gar nicht erst auf Davies' Tod gewartet. Die Anzeige ist vor vier Tagen erschienen, ebenfalls im *Examiner*.«

»Dann schaltet der Typ im Vorhinein Todesanzeigen für die Leute, die er umbringen will?«

»Jupp.«

»Was ist mit den Mädchen?«, wollte Kloz wissen und zog sein MacBook aus der Tasche.

»Ich hab nachgeguckt, aber für die habe ich nirgends etwas finden können. Nur für die Väter.«

Nash schlenderte auf das Whiteboard zu und sah sich die

Ausdrucke genauer an. »Wissen wir, wer die aufgegeben hat?«

»Das ist das Komische.«

»*Das* ist das Komische?«

»Ich habe gerade eben mit der Frau telefoniert, die beim *Chicago Examiner* für die Todesanzeigen zuständig ist. Sie arbeitet dort seit dreiundvierzig Jahren und behauptet, dass sie jede einzelne Anzeige gegenliest, bevor sie gedruckt wird, weil – Zitat – ›normale Leute keinen Sinn für Grammatik haben‹. Sie schwört Stein und Bein, dass sie die zwei Anzeigen aus der vergangenen Woche nie zu Gesicht bekommen hat. An die von heute kann sie sich erinnern – sie wusste sogar noch, wo sie Korrekturen vorgenommen hat, bevor die Zeitung in Druck ging. Als ich ihr die anderen Anzeigen vorgelesen habe, hat sie bloß geschnaubt. Die wären ihr sofort aufgefallen. Anscheinend werden Anzeigen über die *Examiner*-Webseite aufgegeben, aber da sind immer mal wieder Falschmeldungen dabei, normalerweise Teenies, die jemandem einen Streich spielen wollen. Deswegen geht keine davon je raus, ohne erst verifiziert worden zu sein. Üblicherweise kriegt sie eine Kopie der Sterbeurkunde oder rückversichert sich beim Bestattungsinstitut. Außerdem kostet eine Anzeige Geld.« Sie durchquerte den Raum und setzte sich wieder an ihren Schreibtisch. »Mit Todesanzeigen verdient eine Zeitung ordentlich Schotter. In allen drei Fällen sind Kreditkartendaten übermittelt worden. Die Karte, die bei den zwei Reynolds-Anzeigen benutzt wurde – beide Male ein und dieselbe –, gehört seiner Frau. Im Fall der Anzeige für Randal Davies ist es die American Express von Grace Davies. Bei den Fake-Todesanzeigen wurden die Daten online übermittelt, und anschließend hat sich jemand ins System der Zeitung gehackt und die Anzeigen als ›freigegeben‹ markiert, sie sind also an sämtlichen Sicherheitsmaßnahmen der Redaktion vorbeigeschleust worden.«

»Ich guck mir gerade den Code des *Examiner*-Kontaktformulars an. Das System speichert Daten, die der Benutzer nicht sehen kann. Betriebssystem, IP-Adresse ... und ein paar andere«, erklärte Kloz, während er die Zeilen überflog, die über seinen Bildschirm liefen.

»Die Frau vom *Examiner*, mit der ich gesprochen habe, hat mir eine Datei mit sämtlichen Einsendungen aus den vergangenen dreißig Tagen geschickt. Dürfte inzwischen in deiner Inbox liegen«, sagte Clair.

»Hab sie. Ich seh mir die Posten gerade an.«

Nash starrte immer noch die Fake-Todesanzeige für Randal Davies an. »Wenn die hier vor vier Tagen erschienen ist, dann war das noch vor Lili Davies' Entführung.«

Clair nickte.

»Auf welches Opfer zielt er dann eigentlich ab? Auf den Vater oder auf die Tochter?«

Die gleiche Frage hatte Clair sich in den vergangenen zwei Stunden ebenfalls gestellt, war aber zu keinem Ergebnis gekommen. »Ich glaube, dass er hinter beiden her ist, allerdings aus unterschiedlichen Gründen. Er ertränkt die Töchter, und zwar gleich mehrmals. Das war in beiden Fällen identisch. Er nimmt sich Zeit, reanimiert sie und wiederholt das Ganze, bis ihre Körper nicht mehr mitmachen – im Fall von Ella Reynolds über Wochen, in Lili Davies' Fall waren es bloß ein, zwei Tage. Bei den Vätern geht er unterschiedlich vor – und schnell, als wäre ihm der Einfall nachträglich gekommen.«

»Das kann ihm nicht nachträglich eingefallen sein, nicht wenn er die Todesanzeigen vorab aufgegeben hat«, warf Nash ein.

»Okay, nicht nachträglich. Eher als eine Art Statement«, sagte Clair. »Was er den Mädchen antut – das Ertränken –, hat für ihn trotzdem noch einen anderen Zweck.«

»Er tastet sich langsam an etwas heran.«

»Er versucht, etwas zu lernen«, pflichtete Clair ihm bei.

»Dann liegt sein Fokus auf den Mädchen, und die Väter sind eine Art Ablenkungsmanöver?«

Clair presste sich die Fingerspitzen auf die Schläfen. »Nein, sie sind mehr als das – ich weiß nur noch nicht, was.«

»Väter, Töchter ... Irgendwie riecht das allmählich doch nach 4MK«, gab Nash zu bedenken.

»Das Ertränken passt nicht, und Bishop hat in der Vergangenheit ausgerechnet die Eltern nie angerührt. Er war der Ansicht, sie würden mehr leiden, wenn sie nach dem Tod ihres Kindes weiterleben müssten.«

»Vielleicht hat er sich weiterentwickelt. Oder zurückentwickelt.«

»Warum sollte 4MK seine Vorgehensweise verändern?«

»Ich hab die Datensätze gefunden«, meldete sich Kloz zu Wort. »In allen drei Fällen liegt die IP-Adresse zu Hause bei den Opfern. Sprich: Die Anzeigen wurden entweder im jeweiligen Haus aufgegeben, oder aber es soll danach aussehen.«

»Kann man so etwas faken?«

Nachdenklich tippte Kloz auf den oberen Rand seines MacBooks. »Schwierig. Die IP, die über das Formular übermittelt wird, kann man nicht wirklich fälschen. Der Code wird erfasst, sobald die Daten vonseiten des Hosts versandt werden.«

Clair warf einen Stift nach ihm. Kloz hatte nicht mal mitbekommen, dass sie einen zur Hand genommen hatte. Der Stift prallte von seiner Schulter ab und fiel neben seinem Schreibtisch zu Boden.

»Hey! Mir doch egal, ob du Nash mit Sachen bewirfst, aber wenn du mich jetzt auch ins Visier nimmst, dann muss ich hier eine Grenze ziehen.«

»Erklär's für Normalsterbliche, dann gehst du kein Risiko ein.«

Kloz ging hinter seinem MacBook in Deckung. »Um eine Nachricht von einer bestimmten IP-Adresse aus zu verschicken, muss sie vom entsprechenden Anschluss und vom entsprechenden Router stammen. Das geht auf unterschiedliche Weise.« Er zählte es an den Fingern ab. »Erstens: Man hackt den Computer von einem anderen Ort aus. So was ist ziemlich kompliziert. Der Täter müsste sich Zugang verschaffen, indem er Schadsoftware einschleust, die dann ein Hintertürchen oder eine Sicherheitslücke im Betriebssystem auftut. Wenn sie ihr Betriebssystem nicht regelmäßig updaten, wird es einfacher, aber es ist immer noch ein Schuss ins Blaue, weil du nie genau weißt, ob und wann du versuchen kannst, ins System vorzudringen, und es schlicht ausprobieren musst – das ist riskant. Zweitens: Man hackt das WLAN der Familie. Das ist ein bisschen leichter. Das könnte man auf der Straße vor ihrem Haus machen, und dafür sind nur ein paar Hilfsmittel nötig, die man sich aus dem Internet downloaden kann.«

»Klingt gefährlich, so nah ranzugehen«, warf Nash ein.

»Er verschickt die Anzeigen, bevor er sich an jemandem vergreift. Da hält noch niemand nach ihm Ausschau. Er kann wenige Minuten dort sein und wieder verschwinden, erst recht wenn die Familie die Router-Firmware nicht updatet.«

»Kein Mensch updatet seine Firmware. Das haben wir doch schon bei Starbucks gelernt.«

»Ganz genau.« Kloz nickte. »Und dann wäre da noch die Zeitung selbst. Das wäre Option Nummer drei. Der Täter übermittelt die Anzeigen über das Webformular und hackt dann die Daten, die auf dem Server der Zeitung liegen. Sobald er drin ist, schreibt er die IP-Adresse um. Das wäre das Schwierigste an der Sache. Wenn ich er wäre, würde ich es mit dem WLAN probieren.«

»Würde das Spuren hinterlassen?«, wollte Nash wissen. »Wie diejenigen, die du bei Starbucks gefunden hast?«

Kloz nickte erneut. »Die Zeitung erfasst zwar allem Anschein nach nicht die jeweilige MAC-Adresse – aber der Router tut es. Und zu dem bräuchte ich Zugang.«

»Müsstest du dafür bei ihnen zu Hause sein?«, fragte Clair. »Nach allem, was sie gerade durchmachen ...«

»Ich könnte es von draußen versuchen, genau wie der Täter. Die Familien muss ich dafür nicht stören.«

»Was ist mit der Liste, die uns die Zeitung geschickt hat – die gesammelten Todesanzeigen«, warf Nash ein, »können wir die Namen auch durchgehen? Und nach Anzeigen suchen, für die keine Sterbeurkunde vorliegt? Vielleicht haben wir Glück und stoßen auf sein nächstes Opfer, bevor er zuschlägt.«

»Ohne die Sozialversicherungsnummer oder irgendwas anderes Konkretes zum Abgleich dürfte das schwierig werden«, antwortete Kloz, »aber ich kann es ja mal versuchen.«

Clair überflog die Aufgaben, die sie auf dem Whiteboard notiert hatten. »Schon mit der Liste der Salzwasserpools aus der Gegend weitergekommen?«

»Wenn ich jetzt Ja sage, versprichst du mir dann, nie wieder Dinge nach mir zu werfen?«

»Nein.«

»Du bist eine böse Frau«, sagte Kloz. »Die Datei hab ich dir schon geschickt, dürfte in deiner Inbox liegen. Salzwasserpools können wir ausschließen. Das Wasser, das Eisley in den Lungen der Mädchen gefunden hat, weist eine zu hohe Salzkonzentration auf. Der Salzgehalt in einem Swimmingpool liegt bei null Komma drei Prozent, während unser Wasser eher drei Komma fünf Prozent aufweist, das ist in etwa der Salzgehalt von Meerwasser. Was das angeht, habe ich achtzehn Aquaristikläden gefunden, die Salzwasserfische und das entsprechende Zubehör verkaufen. Diese Liste hab ich dir auch geschickt.«

Clair stand vom Schreibtisch auf und ergänzte die Einträge

auf der Tafel. »Okay, darum kümmere ich mich als Erstes. Ihr zwei fahrt bei den Opfern vorbei und versucht, von außen an die Routerdaten zu kommen, die ihr braucht. Dann kommen wir hier wieder zusammen.«

»Sam hätte mich für die Routerdaten erst einen Antrag stellen lassen«, gab Kloz zu bedenken.

Clair zielte mit dem nächsten Stift auf ihn. »Ich werde jetzt einfach so tun, als hättest du das nicht gesagt.«

Stand der Ermittlung

ELLA REYNOLDS (15)
vermisst gemeldet 22. 1.
aufgefunden 12. 2. im Haff/Jackson Park
Haff seit 2. 1. überfroren (20 Tage vor Verschwinden)
zuletzt gesehen Bushaltestelle am Logan Square (2 Blocks von zu
    Hause, 15 Meilen bis Jackson Park)
zuletzt gesehen in schwarzem Mantel
ertrunken in Salzwasser (gefunden in Süßwasser)
in Lili Davies' Kleidung aufgefunden
4 Min zu Fuß von Bushaltestelle nach Hause
öfter im Starbucks an der Kedzie, von dort 7 Min nach Hause

LILI DAVIES (17)
Eltern = Dr. Randal Davies und Grace Davies
beste Freundin = Gabrielle Deegan
geht auf die Wilcox Academy (Privatschule), am 12. 2. nicht zum
    Unterricht erschienen
zuletzt gesehen auf dem Weg zur Schule (zu Fuß) am 12. 2., 7.15
in rotem Perro-Nylonparka (Diamantstepp, Kapuze), weiße Mütze
    und Handschuhe, dunkle Jeans, pinkfarbene Sneakers (alles bei
    Ella gefunden)
vermutlich am Morgen des 12. 2. entführt (auf dem Schulweg)

schmales Zeitfenster = 35 Min (7.15 aus dem Haus, Unterricht
 beginnt um 7.50)
Schule nur 4 Blocks von zu Hause entfernt
erst nach Mitternacht (Morgen des 13. 2.) als vermisst gemeldet
Eltern dachten, sie wäre direkt nach der Schule zur Arbeit (Galerie)
 gegangen
in Ella Reynolds' Kleidung aufgefunden
mehrfach ertränkt und wiederbelebt (Salzwasser)

FLOYD REYNOLDS
Ehefrau: Leeann Reynolds
verkauft Versicherungen/UniMed America Healthcare
keine Schulden lt. Ehefrau. Hosman checkt das
vor seinem Haus (im Auto) mit dünnem Draht (Klaviersaite?) erdrosselt
Leiche im Schneemann
Ella Reynolds' Vater

RANDAL DAVIES
Arzt am John H. Stroger Jr. Hospital
Lili Davies' Vater
Ehefrau = Grace Davies
Lisinopril-Überdosis (Blutdruckmedikament)

UNBEKANNTER TÄTER
fährt evtl. grauen Pick-up mit Wassertank-Anhänger/2011er Toyota
 Tundra
arbeitet evtl. mit Pools (Reinigung, Instandhaltung)
Abdruck Arbeitsschuh Gr. 44/Rückseite Fahrersitz Reynolds' Auto
 (Lexus LS)/bessere Hebelkraft?

Aufgaben
- Starbucks-Aufnahmen (1 Tag Speicherung) - Kloz
- Ellas Laptop, Handy, E-Mail - Kloz

- ~~Lilis Social Media, Handyverbindungen, E-Mail (Handy und Laptop verschwunden) - Kloz~~
- ~~Bild des potenziellen unbek. Täters auf dem Weg in den Park vergrößern - Kloz~~
- Überwachungskamera im Park manipuliert? Alte Aufnahmen - Kloz
- ~~Marke und Modell des Pick-ups - Kloz~~
- ~~Clair und Sophie checken Lilis Schulweg/sprechen mit Gabrielle Deegan~~
- ~~Clair und Sophie: Kunstgalerie (Chefin = Ms. Edwins)~~
- ~~Liste der Salzwasserpools in und um Chicago ggf. durch Baugenehmigungen - Kloz~~
- Aquarien und Aquaristikgeschäfte - Clair
- Hosman: Schulden der Reynolds'

43

Poole

Poole stand in der Mitte des Zimmers, das ihnen die Chicago Metro zur Verfügung gestellt hatte, und starrte die Wand an.

Die Kollegen vom FBI Chicago hatten die vergangene Nacht damit zugebracht, die Daten-Wand aus Porters Wohnung eins zu eins nachzubilden.

Detective Porter war überaus gründlich gewesen. Poole hatte nicht lange gebraucht, um herauszufinden, was die Farben der Reißzwecken zu bedeuten hatten. Rot stand für eine angebliche Sichtung von Bishop, Blau für den Standort der Redaktion oder des Reporters, der die Geschichte gebracht hatte, und Gelb für die Wohnsitze derjenigen, die verschwunden oder auf eine Art umgebracht worden waren, die 4MKs Vorgehensweise ähnelte.

Im Jackson Park, wo Ella Reynolds tot aufgefunden worden war, hatte eine gelbe Reißzwecke gesteckt. Porter hatte betont, dass ihr Verschwinden oder vielmehr ihr Tod nichts mit Bishop zu tun habe, trotzdem hatte er den Leichenfundort erst auf der Karte markiert, die Reißzwecke dann aber entfernen wollen. Das hatte Pooles Interesse geweckt. Mindestens drei weitere Morde in den letzten zwei Monaten im Großraum Chicago waren auf Porters Karte nicht markiert. Warum also Ella Reynolds?

Für Lili Davies hatte er keine Markierung gesetzt. Womöglich hatte Porter es vorgehabt, war dann aber nicht mehr dazu gekommen. Vielleicht war der Detective zwischen dem Zeitpunkt von Lilis Verschwinden und dem Besuch des FBI nicht zu Hause gewesen?

Trotzdem.

Er trat an das neue Whiteboard, das ihnen von irgendwo aus dem Gebäude zur Verfügung gestellt worden war. Er wollte lieber gar nicht wissen, woher. In die obere linke Ecke schrieb er den Namen »Libby McInley«, befestigte darunter ihr Fahndungsfoto und diverse Bilder des Tatorts bei ihr zu Hause und ergänzte seine Aufzeichnungen:

ans Bett gefesselt
Zehen und Finger amputiert
Ohr, Augen und Zunge entfernt
unzählige Schnitte - Folter
Rache
gefälschte Papiere (Führerschein/Pass auf den Namen Kalyn Selke)
.45er

Sie hatten Kalyn Selke durch die Datenbanken gejagt und festgestellt, dass es sich um den Namen einer Siebenjährigen handelte, die vor vierundzwanzig Jahren in Woodstock, Illinois, ums Leben gekommen war. Wenn sie noch gelebt hätte, wäre sie nur einen Monat jünger gewesen als Libby McInley. Die Ausweispapiere, die sie gefunden hatten, waren trotzdem keine Fälschungen, sie waren offiziell ausgefertigte Dokumente gewesen. McInley musste irgendwie an Selkes Geburtsurkunde und Sozialversicherungsausweis gekommen sein und beides dann eingesetzt haben, um einen Pass zu beantragen, den sie wiederum vorgelegt hatte, um sich unter falschem Namen einen Führerschein ausstellen zu lassen. Dies alles musste sie einige Zeit gekostet haben, aber wie so was ging, konnte sie gut und gern im

Gefängnis gelernt haben. Womöglich hatte sie die ersten Schritte sogar hinter Gittern eingeleitet, doch sie hätte definitiv Hilfe von außen gebraucht. Sie hatte dort Zugang zu einem Computer und zum Internet gehabt, insofern wäre die Recherche ein Leichtes gewesen, aber irgendjemand in der Außenwelt hätte die Anträge schreiben und für sie verschicken müssen.

Und neben den Infos über Libby McInley war da auch noch ihr letztes Fundstück, die blonde Haarlocke. Er zog einen Pfeil von seinen Notizen zu dem Foto der Locke, das er über die nächste Spalte auf dem Board geklebt hatte. Insgeheim hatte er gehofft, dass die Techniker wenigstens die DNA eines der Haare würden analysieren können, doch das war leider nicht der Fall gewesen. Die Strähne war jemandem ordentlich abgeschnitten, nicht ausgerissen worden. Keine Chance mehr auf identifizierbares Material. Die Laboranalyse hatte allerdings ergeben, dass die Person, um deren Haar es sich handelte, regelmäßig sowohl Zigaretten als auch Hasch geraucht hatte – und zumindest zum für den Haarwuchs entscheidenden Zeitpunkt Xanax eingenommen hatte, ein weitverbreitetes Medikament zur Behandlung von Angststörungen. Aber sie hatten nicht einmal sagen können, ob das Haar von einem Mann oder von einer Frau stammte. Allerdings schätzte das Labor das Alter der Haare auf knapp zwanzig Jahre. Sie hatten sofort klargestellt, dass die Haarprobe an sich zwanzig Jahre alt sei; auf die Person, um deren Haar es sich handele, könne man keine Rückschlüsse ziehen. Bei den zwei schwarzen Haargummis, die sie zusammenhielten, handelte es sich um das Massenprodukt einer Firma namens Goody, das man in nahezu jedem Drogerie- und Supermarkt kaufen konnte.

»Wo soll das hin?«

Als Poole sich umdrehte, stand Diener mit einem großen weißen Aktenkarton in der Tür – die Kiste mit Unterlagen, die Bishop für sie in einer Wohnung an der LaSalle hinterlassen und die Detective Nash und Detective Norton dort vorgefunden hatten. »Stellen Sie sie einfach dort auf den Tisch.«

Diener ließ die Kiste schwer auf die Tischplatte fallen. »Da drin ist alles durchnummeriert und gescannt. Können Sie auch auf Ihrem Tablet einsehen. Wozu brauchen Sie die Originale?«

»Bilder durchzuklicken hilft mir nicht. Ich brauche etwas in der Hand.«

»Okay, na ja, dann beeilen Sie sich lieber. Hurless meint, Sie vergeuden Ihre Zeit, wenn Sie das hier noch mal durchsehen. Er will, dass wir mit McInleys Nachbarn und mit ihrem Bewährungshelfer sprechen.«

»Dann übernehmen Sie das doch.«

»Ach?«

Poole nickte. »Sprechen Sie zuerst mit den Streifenkollegen. Die haben die meisten Nachbarn schon befragt. Und gehen Sie noch mal selbst bei den direkten Nachbarn vorbei. Den Bewährungshelfer hab ich schon angerufen. Sobald wir einen Termin finden, rufe ich Sie dazu, und wir treffen uns dort.«

Diener fand nichts schlimmer, als im Büro festzusitzen, und Poole ahnte bereits, dass er die Gelegenheit beim Schopf ergreifen und selbst bei diesem Wetter lieber raus auf die Straße gehen würde. Ihm sollte es recht sein. Er wollte einfach nur, dass Diener ihn in Frieden ließ.

Diener marschierte schnurstracks zur Tür zurück und griff sich im Vorbeigehen den Mantel von einem der Stühle. »Hurless ist schätzungsweise in einer Stunde aus dem FBI-Büro zurück. Bis dahin sollten Sie weg sein.«

Poole bedachte ihn mit einem flüchtigen Nicken und wandte sich der Kiste zu. Wegen Hurless machte er sich keine Gedanken.

Er holte einen zusammengehefteten Stapel nach dem anderen heraus und legte alles ordentlich aufgereiht auf seinen Schreibtisch.

44

Porter

»Ich muss wirklich sagen: Für jemanden, der Urlaub macht, gehen Sie das alles total falsch an«, brummte Hershel Chrisman auf dem Fahrersitz seines Taxis. »Die meisten Touris setzen nicht mal einen Fuß hier in die Gegend, und wenn doch, ergreifen sie sofort die Flucht. Besser, sich in der Innenstadt mit irgendwelchen Juju-Prinzessinnen und Hökerinnen anzulegen als mit den Gangmitgliedern hier draußen. Hier sind die Leute so arm, dass sie ihr Müsli mit der Gabel essen, um Milch zu sparen. Und für eine Schießerei im Vorbeifahren nehmen sie den Bus.«

Zum ersten Mal seit Tagen musste Porter schmunzeln. Auf den ersten Blick sah die Gegend nicht einmal schlecht aus. Sie parkten an der South Broad Avenue vor einer Reihe Shotgun-Häuser, die samt und sonders in Büros umgewandelt worden waren. In der Nähe des Cook County Prison an der California Avenue daheim in Chicago sah es ganz ähnlich aus – Kautionsagenten, Rechtsanwälte, Scheck-Wechselstuben –, nur dass diese Etablissements in Chicago obendrein mit Graffitis verschmiert waren und Gitter vor den Fenstern hatten. Hier verschleierten sie die Hässlichkeit mit einem Hauch New-Orleans-Charme – mittels grellbunter Farben und verschnörkelter architektonischer Details. Bei dem Kautionsagenten eine Tür weiter standen auf der

Veranda sogar zwei Rohrsessel um ein kniehohes Tischchen, an dem man seine Limo hätte trinken können. Sie hatten vor dem umgebauten weiß-grünen Shotgun-Haus gehalten, auf dessen Tür eine kleine Plakette mit der Aufschrift »Sarah Werner, Rechtsanwältin« hing.

»Könnte noch dauern«, stellte Hershel fest.

»Warten macht mir nichts aus.«

Er zuckte mit den Schultern. »Ist Ihr Geld. Was halten Sie übrigens vom Traveler's Best?«

In der vergangenen Nacht hatte Porter sich nicht entscheiden können, was schlimmer sein würde – unter oder auf der Bettdecke zu schlafen. Das Zimmer hatte wahrscheinlich letztmals einen Putztrupp gesehen, als Reagan noch Präsident gewesen war. Er hatte die Nacht schließlich auf einem Holzstuhl zugebracht und die Füße auf den Schreibtisch gelegt – besser, er berührte so wenig wie möglich den Boden. »War ganz wunderbar, wirklich, ein Stück Zuhause.«

Hershel kicherte in sich hinein. »Hab doch gesagt, dass es ein Drecksloch ist.«

Auf der anderen Straßenseite kam ein Mann aus einer Gasse geschlendert, blieb auf dem Bürgersteig stehen und ließ die Hose runter. Porter blieb gar nichts anderes übrig, als mitzubekommen, wie der Mann beim Pinkeln ein Liedchen pfiff, dann den Reißverschluss hochzog und gähnend mit der Hand vor dem Mund wieder in der Gasse verschwand. In der dunklen Gasse konnte Porter mindestens drei weitere Leute sehen, die dort auf und ab liefen, und eine Person, die auf einem zerknautschten Schlafsack lag und schlief. Eine riesige Pappkiste lehnte an einem Müllcontainer, und einer der Schatten schlüpfte soeben dahinter.

»Der ist nicht von hier«, mutmaßte Hershel.

»Nicht?«

»Die Leute von hier sind vielleicht nicht reich, aber wir respektieren unsere Stadt, sogar die Schmuddelecken. Das hier ist ein magischer Ort.« Er nickte in Richtung der Gasse. »Solche Leute stammen nicht aus Louisiana. Wahrscheinlich ist das bloß ein Tourist auf der Durchreise, der irgendwie hängen geblieben ist. Die Stadt verscheucht die wieder, jagt sie vom Platz. Für solches Pack haben wir hier keine Verwendung.«

»Sie haben mir erzählt, dass das eine schlechte Gegend ist und ich mich hier besser nicht aufhalten soll.«

Hershel winkte ab. »Ist nicht die Gegend, die schlecht ist. Würden Sie Ihren Hund erschießen, nur weil er ein paar Flöhe hat? In diesem Viertel hat der Hund zufällig ein paar mehr Flöhe, das ist alles.«

Ein schwarzer BMW mit getönten Scheiben fuhr an ihnen vorbei und hielt am Straßenrand.

»Das ist eine Anwaltskarre, das seh ich genau«, sagte Hershel.

Porter sah, wie die Fahrertür aufging. Eine Frau mit schulterlangem braunen Haar und einer viel zu großen Sonnenbrille stieg aus, sah sich um, warf die Tür zu und marschierte auf das Bürohaus zu.

Porter lehnte sich zwischen den Sitzen nach vorn. »Was bin ich Ihnen schuldig?«

Hershel warf einen Blick in den Rückspiegel. »16,75 Dollar.«

Er reichte einen Zwanziger nach vorn und winkte beim Wechselgeld ab.

»Soll ich hier warten?«

Porter beobachtete, wie die Frau die Tür zum Anwaltsbüro aufschloss, eintrat und hinter sich zumachte. Er drückte dem Fahrer noch einen Zehner in die Hand. »Warten Sie fünf Minuten. Wenn ich bis dahin nicht raus bin, fahren Sie einfach weiter. Dann ruf ich Sie an, wenn ich Sie wieder brauche.«

Hershel nahm den Schein entgegen und schob ihn sich in

die Brusttasche. »Diese Freundin von Ihnen muss echt was Besonderes sein, wenn Sie so viel Ärger auf sich nehmen. Die meisten Männer wären längst weitergezogen. Ich hoffe, sie weiß, was sie an Ihnen hat, und erinnert sich noch daran, wenn sie wieder rauskommt.«

Porter stieg aus dem Taxi und klopfte zum Abschied aufs Wagendach, überquerte die Straße und stieg die Treppen zur Haustür hoch.

Ein Glöckchen bimmelte, als er die Tür aufschob und eintrat. Klimaanlagenluft schlug ihm entgegen. Ihm war nicht bewusst gewesen, wie warm und schwül es draußen sogar zu dieser frühen Stunde war.

»Nehmen Sie schon mal Platz, machen Sie es sich bequem. Ich bin gleich für Sie da«, rief eine Frauenstimme aus dem hinteren Teil des Hauses. »Ich bin gerade erst angekommen und wollte noch schnell Teewasser aufsetzen. Ohne meinen Tee bin ich nicht zu gebrauchen.«

Das Büro sah nicht groß aus, maximal drei auf vier Meter. Auch wenn irgendjemand versucht hatte, hier umzudekorieren, hatte Porter den Eindruck, eher im Wohnzimmer eines älteren Hauses denn in einer Anwaltskanzlei zu stehen. Die Decke war verhältnismäßig hoch und mit Zierleisten versehen, in der Mitte war sogar noch ein Muster aus Zinneinlagen zu erkennen. Die Wände waren vertäfelt. Zu seiner Rechten befand sich neben dem großen Bleiglasfenster ein offener Kamin, und davor standen ein kleines Sofa und zwei Stühle. An der Wand zur Linken waren Regale eingepasst worden. Die Bücher darin sahen aus, als wären sie genauso alt wie das Haus. Vor der rückwärtigen Wand standen ein schnörkeliger Holzschreibtisch und zwei weitere Stühle – allesamt mit Büchern und Unterlagen überhäuft. Dahinter führte ein Durchgang in einen lichtdurchfluteten Flur. Er sah das Haus regelrecht vor sich, wie es früher einmal gewesen sein musste: eine Art Salon hier vorn, die Küche und eine gemütliche Stube für die Familie hinten. Er konnte förmlich die Kinder hören, die vom anderen Ende des Hauses herüberschrien, Geisterstimmen, die lange verhallt waren.

»Räumen Sie einfach einen der Stühle am Schreibtisch frei. Das Zeug können Sie auf den Boden legen«, rief die Frau von hinten. »Tut mir leid, ich habe heute keinen Besuch erwartet.«

Es gab auch noch ein Obergeschoss, das hatte er schon von draußen sehen können. Er fragte sich, ob das obere Stockwerk in eine Wohnung umgebaut worden war und ob Sarah Werner dort lebte. Genau wie die Fassade dieses einstigen Wohn- und jetzt Bürohauses erweckte auch das Innere nicht den Eindruck, mit den Herumtreibern draußen irgendetwas gemein zu haben – dies hier war eine Zuflucht vor der dunklen Wolke, die über dem Stadtteil hing, ein Fluchtpunkt, an dem die Zeit stehen geblieben war und der mit den Vorkommnissen jenseits der massiven Tür und der verputzten Wände nichts zu tun hatte.

Porter lief auf den Schreibtisch zu, hob den Papierstapel vom vorderen Stuhl, packte ihn auf den hinteren und setzte sich hin.

An der Wand neben dem Schreibtisch hingen mehrere gerahmte Zeugnisse. Ms. Werner hatte zunächst an der Penn State studiert und 1998 ihr Juraexamen an der University of Pennsylvania Law School in Philadelphia abgelegt. Porter selbst war nie aufs College gegangen. Er war fast unmittelbar nach der Highschool in den Polizeidienst eingetreten. Kurz hatte er über ein Studium der Kriminalistik nachgedacht, aber nachdem er sich mit diversen Polizisten unterhalten hatte, war schnell klar gewesen, dass ihm so ein Studium außer Schulden nichts bringen würde. Sollte er je höher hinauf streben als zum Rang eines Detective, würde er später immer noch ein paar Collegekurse belegen können, hatte er sich gedacht, allerdings hatte ihm danach nie der Sinn gestanden. Es war ihm nie wichtig erschienen. Die Leute über ihm in der Hierarchie waren ja doch ständig im Stress und verbrachten den Arbeitstag mit schwierigen Etat- und Personalplanungen am Schreibtisch. Er selbst ging seiner Arbeit viel lieber draußen auf der Straße nach.

»Tut mir leid, dass ich Sie so lang habe warten lassen.«

Als Porter sich umdrehte, stand die Frau mit zwei dampfenden Bechern im Durchgang neben dem Schreibtisch.

»Ich habe Ihnen auch einen mitgebracht«, sagte sie. »Alles andere wäre unhöflich gewesen, und ich habe beim Tee gern Gesellschaft.« Ihre braunen Augen blitzten schelmisch, während sie das sagte. »Oh, jetzt habe ich ganz vergessen zu fragen, ob Sie Milch oder Zucker möchten.«

Porter nahm seinen Becher entgegen. »Nein danke, so ist es wunderbar.«

Sie hatte den Hauch eines Akzents, als hätte sie ihn sich bis auf einen kaum merklichen Rest sorgfältig abtrainiert. Sie klang nicht, als wäre sie von hier. Sie war keine Cajun.

Anmutig und mit einem Lächeln im Gesicht ließ Sarah Werner sich auf ihrem Schreibtischstuhl nieder und hob mit beiden Händen den Becher an die Lippen. Sie trug einen dunkelgrauen Rock, und ihre muskulösen Beine steckten in schwarzen Strumpfhosen, wie Porter schuldbewusst zur Kenntnis genommen hatte, ehe sie hinter dem Schreibtisch verschwunden waren. Er spähte wieder hinüber zu den Zeugnissen an der Wand und rechnete im Kopf schnell nach. Wenn sie direkt von der Schule aufs College gegangen wäre, wäre sie jetzt etwa fünfundvierzig, knapp zehn Jahre jünger als er selbst. Das hätte er nicht vermutet. Wenn er ihr auf der Straße begegnet wäre, hätte er sie allerhöchstens auf Mitte dreißig geschätzt. Abgesehen von den winzigen Fältchen rund um die Augenwinkel sah ihre Haut makellos aus. Das braune Haar fiel ihr in weichen Wellen bis auf die Schultern. Er konnte einen zarten Fliederduft erahnen.

»Ich nehme an, ich sollte jetzt fragen, mit wem ich das Vergnügen habe«, sagte sie immer noch lächelnd.

Porter riss sich am Riemen. »Entschuldigung. Ich hab ein paar verrückte Tage hinter mir.« Er reichte ihr seine Visitenkarte. »Detective Sam Porter von der Chicago Metro.«

Sie blickte kurz auf die Karte und schob sie dann an die Schreibtischkante. »Der Four Monkey Killer?«

»Sie haben von ihm gehört?«

Sie nahm die Karte wieder hoch und legte sie auf einen Stapel neben dem Telefon. »Ich bin Strafverteidigerin, Detective. Ich habe kein Problem damit zuzugeben, dass mein Interesse an kriminellen Köpfen an Obsession grenzt. Derart prominente Fälle verfolge ich, so gut ich kann. Wie kann ich helfen? Glauben Sie, dass er sich bis nach New Orleans durchgeschlagen hat?«

Porter nahm einen Schluck, dann setzte er seinen Becher wieder ab. »Was ich Ihnen gleich zeige, muss unter uns bleiben. Sie dürfen das mit niemandem besprechen, verstehen Sie? Wir sind damit noch nicht an die Öffentlichkeit gegangen, und ich darf nicht riskieren, dass das jetzt durchsickert.«

»Natürlich.«

Porter griff in die Innentasche seiner Jacke und nahm das Foto heraus, legte es auf den Schreibtisch und drehte es so herum, dass sie es sehen konnte.

Sarah Werners Blick verharrte für einen Moment reglos darauf, dann beugte sie sich darüber. »Ist das ...?«

»Ihre Mandantin. Ich glaube, ja.«

»Was hat sie denn mit dem Four Monkey Killer zu tun?«

Porter drehte das Foto um und zeigte ihr die Aufschrift auf der Rückseite.

»Ich glaube, ich habe sie gefunden. B.«, las sie laut vor. Stirnrunzelnd sah sie zu ihm auf. »Ich kann nicht ganz folgen. Wen gefunden?«

»Das ist Anson Bishops Handschrift. Und er glaubt, Ihre Mandantin ist seine Mutter.«

»Und was glauben Sie?«, fragte sie mit neutralem Gesichtsausdruck.

Porter zuckte mit den Schultern. »Ich weiß nicht, was ich glauben soll. Derzeit folge ich nur einer Spur. Was können Sie mir über sie erzählen?«

Sarah Werner schob das Foto zu ihm zurück und zog einen Aktendeckel aus dem Papierstapel zu ihrer Rechten. In der Innenseite war ein Fahndungsfoto befestigt, rechts klemmten mehrere Dokumente.

»Anonyme Insassin Nummer 2138. Außer dieser Bezeichnung und der Liste ihrer Vergehen weiß ich über sie rein gar nichts. Ich habe sie zwei Mal getroffen, und beide Male hat sie keinen Ton gesagt.«

»Nicht mal zu Ihnen?«

»Nicht mal zu mir.«

»Im Gefängnis haben sie mir erzählt, dass sie explizit nach Ihnen gefragt hat. Ihr Name war das Einzige, was sie je gesagt hat.«

Jetzt war es an Sarah Werner, mit den Schultern zu zucken. »Und ich habe keinen blassen Schimmer, warum. Ich weiß nicht, woher sie meinen Namen kennt. Hier in der Gegend mache ich ein bisschen Werbung, insofern hat sie wahrscheinlich irgendwann mal eine meiner Karten oder einen Flyer gesehen, oder vielleicht hat sie irgendwo aufgeschnappt, dass ich auch pro bono arbeite. Vielleicht hat sie mich einfach willkürlich aus dem Branchenbuch rausgesucht, wer weiß. Als ich sie das erste Mal getroffen habe, hab ich ihr erklärt, dass sie mit mir offen reden kann, dass nichts von dem, was zwischen uns besprochen wird, weitergetragen oder mit Dritten geteilt wird. Ich habe ihr den kompletten Verteidiger-Mandanten-Vortrag gehalten. Dann haben wir eine halbe Stunde lang dagesessen, und sie hat mich bloß angestarrt.« Sie nahm noch einen Schluck Tee. »Bei meinem zweiten Besuch bin ich die Anschuldigungen gegen sie durchgegangen und hab ihr erklärt, dass es für sie ernst werden könnte. Sie hat immer noch nichts gesagt. Immerhin hat sie das Mandat abgezeichnet, insofern nehme ich an, dass sie verstanden hat, worum es ging. Ich weiß, dass sie lesen kann, sie weigert sich bloß zu sprechen.«

»War sie schon bei Gericht?«

Sarah Werner verdrehte die Augen. »Das war vielleicht eine Farce! Richter Kobrick hat in dieser Stadt schon so gut wie alles gesehen, und er ist niemand, der sich auf Spielchen einlässt. Er hat ihr gedroht, auf schuldig zu gehen, wenn sie sich während der Anklageerhebung nicht äußert. Ich habe ihm zwei Extrawochen aus den Rippen geleiert. Wir müssen am Neunzehnten wieder hin, sprich: Ich habe nicht mal mehr eine Woche, um das hier zu bereinigen. Ich fahre nachher hin, und wenn sie immer noch nicht mit mir reden will, muss ich womöglich einen Psychologen hinzuziehen.«

»Ich könnte sie zum Reden bringen.«

Sarah Werner trank ihren Tee aus und drehte den Becher zwischen den manikürten Fingern hin und her. »Und dann? Würde ihr in Chicago irgendwas zur Last gelegt werden? Ich bin mir nicht sicher, ob das im Interesse meiner Mandantin wäre.«

»Ich bin nicht hinter ihr her, sondern hinter ihrem Sohn.«

»Wie kommen Sie darauf, dass sie wissen könnte, wo er steckt? Ich kenne nur einen Instinkt, der noch stärker ist als der Selbsterhaltungstrieb«, sagte sie. »Den Trieb einer Mutter, die ihr Kind beschützt.«

»Ich kann sie zum Reden bringen. Ich kann Ihnen helfen.« Porter lehnte sich über den Tisch. »Bitte, ich muss mit ihr sprechen.«

Sie lächelte, schlug die Mappe zu und nickte. »Meinetwegen.«

45

Larissa

Larissa ertappte sich dabei, wie sie wieder zu der Abdeck-plane vor der Gefriertruhe starrte, auf das, was darunter lag. Er, dieser Fahrlehrer, hatte von »der Letzten« gesprochen, und Larissa wusste genau, dass er damit ein anderes Mäd-chen gemeint hatte. Er hatte das hier schon einmal gemacht. Er war zu gut vorbereitet, ging zu systematisch vor, als dass dies hier das erste Mal hätte sein können.

Sie hatte die Scherbe ein wenig zu fest in der Hand gehal-ten und sich jetzt schon zwei Mal daran geschnitten. Nichts Ernstes, aber es hatte ein bisschen geblutet. Sie hatte die Handfläche an ihrer Jeans abgewischt und dann fest drauf-gedrückt, bis der Druck die Wunde geschlossen und es auf-gehört hatte zu bluten. Anschließend hatte sie die Scherbe erneut in die Hand genommen und sich vorgenommen, diesmal die Faust nicht ganz so fest zu ballen. Trotzdem war mit jeder Sekunde, die verstrichen war, ihr Griff energi-scher geworden, die Finger hatten sich fester darum gelegt und auf die scharfe Bruchkante gedrückt, bis sie wieder die Wärme des Blutes gefühlt hatte. Diesmal versuchte sie gar nicht erst, die Blutung zu stoppen. Stattdessen fokussierte sie sich auf den Schmerz. Der Schmerz weckte all ihre Sin-ne, versetzte sie in Alarmbereitschaft, half ihr, sich auf ihre Umgebung zu konzentrieren.

Sie hatte inzwischen jeden Zentimeter des Käfigs abgesucht.

Der Metallrahmen war am Betonboden verschraubt worden. Oben waren es gerade mal fünf Zentimeter – nicht annähernd genug, um sich drüberzuquetschen. Die Schlösser an der Tür waren beide massiv; auf der Vorderseite prangte eine »Master«-Gravur. Sie waren abgerundet, sodass kein Bolzenschneider dort würde ansetzen können – nicht, dass sie einen gehabt hätte. Wenn sie eine Haarnadel oder eine Büroklammer gehabt hätte, hätte sie versuchen können, die Schlösser zu knacken, aber nichts davon war der Fall.

Außerdem war ihr Handy verschwunden. Unter Garantie hatte er sich das iPhone genommen und es zertrümmert. Sogar sie wusste, dass die Polizei sonst das Signal hätte orten können.

Von oben hörte sie einen lauten Schrei.

Eine Männerstimme.

Um ein Haar hätte Larissa die Scherbe fallen lassen, die inzwischen schweißfeucht in ihrer Faust lag.

Es klang, als hätte der Fahrlehrer entsetzliche Schmerzen.

Der Schrei hielt vielleicht eine Minute lang an und erstarb, ging erst in ein Winseln, danach in gedämpfte Schluchzer über, dann war nichts mehr zu hören.

War ihr jemand zu Hilfe gekommen?

Hatte irgendwer ihn verletzt?

Larissa schloss die Augen und versuchte, sich auf jedes noch so leise Geräusch zu konzentrieren, um herauszuhören, was dort oben vor sich ging.

Doch im Haus war es wieder vollkommen still geworden. Nur der Boiler tickte, und hin und wieder knackte es in den Balken.

»Hilfe! Ich bin hier unten!«

Gegen diese neue Wand aus Stille klang ihre Stimme dünn und kläglich.

Dann hörte sie, wie die Klinke zur Kellertür nach unten gedrückt wurde. Erst knarzte es nur, dann ging die Tür auf und quietschte, als jemand sie weit aufzog.

Von oben fiel erneut Licht über die Treppe, gleißende Finger, die sich nach dem unteren Absatz ausstreckten, ehe die Schatten im Keller sie zurückdrängten.

Larissa verstärkte den Griff um die Scherbe, Blut lief ihr über die Handkante und tropfte zu Boden.

Schritte auf der Treppe.

Sie spannte den ganzen Körper an.

Als ihr Blick auf den Fahrlehrer fiel – als er um die Ecke bog und seine grauen Augen auf sie richtete –, weigerte sie sich wegzusehen. Sie biss die Zähne zusammen und starrte ihn an. Mit den Fingerspitzen schob sie die Scherbe ein Stück an ihrer Handfläche hoch, damit sie auch garantiert nicht zu sehen war. Sie presste die Faust auf ihre Jeans, damit er das Blut nicht sah. Gleich würde sie sich auf ihn stürzen und ihm die Glasscherbe tief in den Hals rammen und dann zur Sicherheit auch noch herumdrehen.

Er hielt etwas in der Hand. Als er näher kam, stellte sie fest, dass es ordentlich zusammengelegte Kleidungsstücke waren. Er legte sie neben der Tür ab.

»Ich hab eine Tochter in deinem Alter. Das sind ihre Sachen.«

Larissa starrte auf den Kleiderstapel hinab. Schwarze Leggings, Strümpfe, Unterwäsche und ein roter Pullover. Der Pullover sah alt und abgetragen aus, die Farbe ausgewaschen.

»Magst du die Sachen?«

Sie antwortete nicht.

»Die ziehst du an, wenn wir fertig sind.«

»Du hast eine Tochter?«

Das Gesicht des Fahrlehrers sah leer aus. »Ich erzähl ihr, dass du die Sachen mochtest. Da freut sie sich.«

»Wo ist sie? Weiß sie, dass ich hier bin?« Larissa wich einen Schritt zurück. »*Hilfe! Dein Vater dreht komplett durch! Hilf mir!*«

Er suchte mit dem Blick die Stelle ab, wo das Milchglas gestanden hatte. »Sie kommt hier nicht runter. Sie mag den Keller nicht.«

Aus dem Augenwinkel konnte Larissa die Abdeckplane sehen. Sie wandte sich ab. Sie durfte nicht hinsehen. Sie musste jetzt stark bleiben.

Er starrte immer noch die Stelle an, wo die Milch gestanden hatte. Dann entdeckte er die Pfütze am hinteren Ende des Käfigs, die nur teilweise mit der Decke aufgewischt worden war. »Die Hälfte der Mädchen zerbricht das Glas und versucht, mich zu verletzen. Die andere Hälfte lässt es bleiben. Er hat mir gesagt, dass du eine Kämpferin bist, und eine Kämpferin ist gut. Diese Stärke ist gut.«

Der Fahrlehrer berührte den Kleiderstapel mit der Fußspitze. »Die ziehst du an, wenn wir fertig sind. Dann siehst du hübsch aus. Dann fühlst du dich hübsch. Das ist ihr Lieblingspullover. Da ist ein Pony vorne drauf, siehst du?« Er schüttelte den Pulli auf und hielt ihn hoch.

»Wenn wir womit fertig sind?« Die Frage war aus ihr herausgeplatzt, noch ehe Larissa klar war, dass sie gesprochen hatte, und sie wünschte sich, sie hätte sie zurücknehmen können. Sie wollte die Antwort gar nicht hören.

Der Fahrlehrer hielt immer noch den Pulli hoch und ging mit keiner Silbe auf ihre Frage ein. Er betrachtete das Pony auf der Vorderseite, lächelte, legte das Kleidungsstück wieder zusammen und packte es auf den Stapel. »Zieh deine Sachen aus.«

Langsam schüttelte Larissa den Kopf. Der Griff um die Scherbe verstärkte sich. Sie wich noch ein Stück tiefer in den Käfig zurück. »Nein. Nie im Leben.«

Der Mann hatte die Lippen leicht geöffnet, als würde er

durch den Mund statt durch die Nase atmen. Seine Zunge schoss heraus, leckte über die rissigen Lippen und verschwand wieder in der Mundhöhle. Aus der Gesäßtasche zog er einen Elektroschocker, hielt das Gerät in die Höhe und drückte auf den Auslöser. Ein Blitz schoss zwischen den beiden Elektroden hin und her. »Leg jetzt das Stück Glas in deiner Hand auf den Boden, leg es auf den Beton, und dann zieh dich aus, damit wir anfangen können. Dann siehst du es. Sobald du es gesehen hast, ist alles bestens.«

Larissa wäre fast in der Milchpfütze ausgerutscht. Der Schnitt in ihrer Handfläche wurde tiefer, je fester sie die Faust ballte. Blut troff auf den Boden.

Der Fahrlehrer riss die Augen auf. »Verletz dich nicht! Lass das Glas fallen!« Er zog einen Schlüsselbund aus der Tasche und fummelte an den Schlössern herum.

Larissa hielt sich die Scherbe an den eigenen Hals und presste sie sich ins Fleisch. »Stopp, oder ich schlitz mir den Hals auf. Ich schneide mir die Kehle auf. Ich mach das – ich mache das wirklich!«

Sie versuchte, ruhig und gefasst zu klingen, sie versuchte zu klingen, als hätte sie alles unter Kontrolle, doch stattdessen kam nur ein Quietschen aus ihrer Kehle, und das auch noch tränenerstickt.

Sie wich noch ein Stück weiter zurück, rutschte auf der Decke aus und krachte rücklings gegen die Wand. Mit der freien Hand versuchte sie noch, sich abzufedern, griff in die übrigen Scherben, und ein Dutzend winzige Glassplitter bohrten sich ihr in die Handfläche.

Der Fahrlehrer hatte das erste Schloss geschafft und nestelte jetzt am zweiten.

Ihr Hals schnürte sich zusammen. Sie bekam kaum noch Luft. Sie hielt den Blick auf diesen Mann gerichtet, auf dieses Monster, das soeben das zweite Schloss geöffnet hatte. Er nestelte es aus dem Maschendraht, warf es beiseite, betrat den Käfig und kam auf sie zu. Er stellte sich auf ihren Arm – den mit der Scherbe in der Faust – und fixierte sie so am Boden, während er gleichzeitig den Elektroschocker nach ihr ausstreckte.

Larissas Finger klaubten eine Handvoll Scherben vom Boden, kleine Glasdiamanten, und ohne darüber nachzudenken, stopfte sie sich alles in den Mund und schluckte. Fünf, zehn, zwanzig – sie hatte keine Ahnung, wie viele Stücke es waren. Sie rechnete damit, dass es wehtäte, sobald sie schluckte, aber es tat nicht weh, es fühlte sich an, als hätte sie eine Tablette oder einen Eiswürfelsplitter geschluckt.

Unterdessen wand ihr der Fahrlehrer die große Scherbe aus der Hand. Er warf ihre improvisierte Waffe durch die Käfigtür nach draußen, wo sie auf dem Beton in mehrere kleinere Stücke zerschellte. Doch bis er ihr die andere Hand aus dem Gesicht gezerrt hatte, war es bereits zu spät. Sie hatte geschluckt. Er schleuderte sie rückwärts zu Boden, warf sie wie eine Lumpenpuppe von sich, und ein Schrei brach aus seiner Kehle, so laut, wie sie selbst nie hätte schreien können. Er schrie fast eine Minute lang, bevor er schließlich rückwärts aus dem Käfig schlich und die Schlösser zuschnappen ließ.

»Was hast du getan?«, winselte er.

Larissa spürte, wie ihr Magen kurz ganz leicht wehtat – kaum stärker als beim Stich einer Nadel.

46

Nash

»Warum sind die immer noch hier, verdammt?«

Nash bremste auf Schritttempo runter und parkte seinen Chevy fast zwei Blocks entfernt vom Haus der Davies. Deren Eingangstür war gerade noch zu sehen. Zwei Ü-Wagen standen direkt vor deren Haus. Einer hatte die gewaltige Antenne gen Himmel ausgerichtet, allerdings waren nirgends Reporter oder Kameraleute zu sehen. Wahrscheinlich saßen sie in ihren Fahrzeugen, wo sie vor der Kälte geschützt waren.

»Wir müssen näher ran«, sagte Kloz neben ihm und beugte sich über sein MacBook. »Bis hierher reicht ihr WLAN nicht.«

Nash war sich nicht sicher, ob das Sinn hatte. Als Klozowski sich ins WLAN der Reynolds gehackt hatte, mussten sie feststellen, dass die gespeicherten Daten im Router gelöscht worden waren. Nachdem er die Todesanzeigen aufgegeben hatte, hatte der Täter seine Spuren beseitigt.

»Scheiß drauf.« Nash fuhr wieder an, rollte an den Ü-Wagen vorbei und stellte sich direkt vor den vorderen.

Kloz kicherte.

»Was gibt's da zu lachen?«

»Die haben ihr WLAN-Netz in ›FBI-Observation‹ umbenannt. Wer immer hier nach einem Netz sucht, denkt jetzt, dass das FBI irgendwo in der Nähe hockt.«

»Scheint die Presse nicht zu beeindrucken.«

»Die meisten nehmen einfach ihren Namen oder die Adresse, was ein bisschen albern ist. Da kann man genauso gut auch gleich die Adresse auf seinen Hausschlüssel schreiben.«

Nash spähte zu dem Ü-Wagen hinter ihnen. Die hintere Tür war in der Sekunde aufgegangen, als sie eingeparkt hatten. »Dreißig Sekunden, bis die Haie über uns herfallen.«

»Das wird schwierig.«

»Warum?«

»Ich hab Marke und Modell des Routers, aber es sieht ganz danach aus, als hätten sie auch das Werkskennwort geändert, als sie das Netzwerk umbenannt haben. Ich starte hier gerade eine Attacke auf das Passwort.«

»Wie lang brauchst du?«

»Ein, zwei Minuten.«

Ein Kameramann war aus dem Wagen gestiegen und zog sich die Kapuze über den Kopf, um sich vor dem Schnee zu schützen. Dann griff er nach seiner Kamera und setzte sie sich auf die Schulter.

Nash spähte zum Haus.

Die Vorhänge waren überall zugezogen. Wenn jemand drinnen war, dann konnte er sie nicht sehen. Eine Frau in einem dünnen Trenchcoat, der ihre Figur umspielte, sie aber ganz sicher nicht vor der Kälte schützte, kletterte aus dem Wagen.

Lizeth Loudon von Channel 7.

Sie sagte etwas zu dem Kameramann und sah dann hinüber zu Nashs Wagen, in einer Hand ein Mikrofon, mit der anderen zupfte sie sich die Frisur zurecht.

Irgendwer kletterte aus dem zweiten Wagen, ein Mann in einem Anzug. Nash hatte ihn noch nie gesehen. Auch er marschierte jetzt auf den Chevy zu. Ein Kameramann sprang hinter ihm heraus und lief hinterher.

»Scheiße.«

Kloz hielt den Blick starr auf den Bildschirm gerichtet.

Ein Klopfen gegen das Fenster.

Lizeth Loudon.

Sie bedeutete Nash mit einer Geste, das Fenster runterzukurbeln. Nash winkte ihr bloß knapp zu. »Jetzt wäre ein guter Moment, um fertig zu werden ...«

»Bin fast so weit.«

Der zweite Reporter lief um Loudon herum, bellte seinem Kameramann irgendwas zu und zeigte auf eine Stelle direkt vor Nashs Wagen. Noch während der Kameramann auf die Stelle zulief, klappte er sein Stativ auseinander.

»Oh, nicht, verdammt«, murmelte Nash. Er legte den Gang ein, ließ den Chevy nach vorn rucken und rammte beinahe das Stativ. Der Kameramann sprang zurück.

»Ich bin drin«, sagte Kloz. »Achtung, jetzt nicht außer Reichweite fahren.«

Nash legte den Rückwärtsgang ein und hielt erst wieder knapp zwei Zentimeter vom vorderen Ü-Wagen entfernt an. Als der Kameramann erneut auf den Chevy zulief, schaltete er zurück, fuhr wieder an, und diesmal erwischte er das Stativ, der Kameramann rutschte auf dem Eis aus und fiel mitsamt der Kamera in den Schnee.

Wieder klopfte es an die Scheibe.

Loudon schrie sie inzwischen an.

Nash lächelte und winkte zurück. Hinter ihr an der Kamera ging das rote Lämpchen an.

»Also, jetzt wäre wirklich ein *fantastischer* Moment, um fertig zu werden«, sagte Nash durch die zusammengebissenen Zähne und grinste schief.

»Hab's«, sagte Kloz. »Fahr los!«

Nash drückte das Gaspedal durch. Der Chevy schlitterte

und schleuderte herum, als die hinteren Räder durchdreh-
ten. Schnee wirbelte in alle Richtungen und regnete auf
die Reporter und ihr Equipment nieder. Dann schoss der
Wagen vorwärts und zog eine Wolke weißer Abgase hinter
sich her.

47

Porter

Sarah Werner stellte ihren BMW auf dem Parkplatz neben dem Gefängnis ab, und Porter folgte ihr zu einem kleinen Seiteneingang, der vielleicht sechzig Meter vom Besuchereingang entfernt lag. Dort hatte sich bereits eine Schlange gebildet.

Zwei Wachleute durchsuchten ihre dünne Ledertasche und tasteten sie beide ab, nachdem sie zuvor mit Metalldetektoren abgesucht worden waren. Porter wurde nach seinem Führerschein gefragt und dann gebeten, Gürtel und Schnürsenkel abzulegen. Er erhielt seinen Führerschein zurück, die anderen Sachen landeten in einem Spind hinter den Wachleuten. Anschließend bekam er einen Schlüssel mit einem nummerierten Anhänger in die Hand gedrückt. Werner hatte gar nicht erst einen Gürtel getragen, und sie hatte ihre High Heels gegen flache Pumps ausgetauscht, ehe sie ihr Büro verlassen hatten. Sie wurden fotografiert, und die Bilder wurden auf rote Schildchen gedruckt, auf denen zuoberst »Besucher« stand.

Eine Beamtin wartete bereits jenseits der Sicherheitsschleuse. Sie war gerufen worden, sobald Werner angegeben hatte, dass sie hier waren, um Insassin 2138 zu treffen. Sie nickte ihnen beiden zu. »Hier entlang, bitte.«

Ein Summer erklang von der schweren Stahltür, und ihnen

schlug die gleiche abgestandene Luft entgegen, an die Porter sich noch von seinem letzten Besuch erinnerte.

Die Wände in diesem Teil des Gefängnisses sahen regelrecht fröhlich aus im Vergleich zu den Büros der Gefängnisleitung – ein mattes Wasserblau mit beigefarbenen Bordüren unter einer weißen Decke. Aus sämtlichen Richtungen behielten Kameras sie im Blick – blanke, alles erfassende Augen, die langsam an ihren Halterungen kreisten. Die Beamtin führte sie durch drei weitere Türen, ehe sie einen großen Raum voller Tische betraten. Die meisten waren mit Insassen auf der einen und den jeweiligen Besuchern auf der gegenüberliegenden Seite besetzt. Der Lärm war ohrenbetäubend und hallte von den Betonziegelwänden wider. Entlang der westlichen Wand befanden sich ein paar separate Gesprächs- und Vernehmungsräume. Die Beamtin überreichte Werner einen Umschlag, öffnete die zweite Tür und winkte sie hinein. Sobald sie drinnen waren, fiel die Tür mit einem lauten Klicken zu.

Werner ließ ihre Tasche auf den Alutisch fallen und setzte sich auf einen der vier am Boden verschraubten Stühle. Dann riss sie den Umschlag auf und überflog das darin enthaltene Schreiben. »Heilige Scheiße ...«

»Was?«

»Ms. Doe hat sich gestern Abend ein kleines Handgemenge geliefert. Eine der anderen Insassinnen hat versucht, sie mit dem angespitzten Ende einer Zahnbürste zu erstechen. Bevor die Wachen die beiden Frauen trennen konnten, hat Jane Doe ihrer Gegnerin die Zahnbürste aus der Hand winden und drei Mal auf sie einstechen können – erst in den Hals, dann in den Oberschenkel. Anschließend hat sie die Zahnbürste fallen gelassen und ist mit erhobenen Händen zurückgewichen. Die Schlagader hat sie zwar nicht erwischt, trotzdem liegt die andere jetzt im Gefängniskrankenhaus. Sie behauptet, unsere Ms. Doe habe die Rauferei provoziert, allerdings geben zwei weitere Insassinnen an, dass die andere zuerst angegriffen und Jane sich nur verteidigt habe. Je nachdem, wie diese Untersuchung ausgeht, könnte eine zusätzliche Anklage gegen sie erhoben werden.« Sie legte das Schreiben auf ihre Tasche und fluchte. »Es geht doch nichts über einen versuchten Mord gleich am frühen Morgen.«

»Gehe ich recht in der Annahme, dass sie immer noch nicht redet?«

Werner nickte in Richtung der Tür. »Das werden wir in einer Sekunde sehen.«

Ein lautes Summen, und die Tür schwang auf. Ein Wachmann vor ihr, einer hinter ihr, und Insassin 2138 schlurfte herein.

Sie trug Hand- und Fußfesseln, die mittels einer Kette miteinander verbunden waren. Um überhaupt laufen zu können, musste sie einen leichten Buckel machen. Das lange braune Haar fiel ihr ins Gesicht und über die rote Gefängniskluft. Die Wächter führten sie zu einem der freien Stühle und befestigten ihre Fesseln an einer Öse am Tisch. Als sie beide Hände hob, um sich das Haar aus den Augen zu schieben, fiel Porters Blick auf die tätowierte Acht an der Handgelenkinnenseite, ehe diese wieder im Ärmel verschwand.

»Hallo, Jane«, sagte Werner. »Ich habe heute einen Freund mitgebracht. Das hier ist Detective Sam Porter von der Chicago Metro.«

Porter sah, wie die Frau den Blick hob und zu ihm herüberspähte. Er hielt dem Blick stand. Sie neigte den Kopf leicht zur Seite, lehnte sich auf ihrem Stuhl zurück und verschränkte die Hände. Kein Lächeln, kein Stirnrunzeln, nichts außer diesem düsteren, durchdringenden Blick. Porter ließ sich auf dem Stuhl neben Werner und genau gegenüber der Insassin nieder, griff in seine Tasche, zog das Foto heraus und legte es auf den Tisch.

Ihr Blick huschte zu dem Bild, dann wieder zu ihm.

Porter drehte das Foto um. »Ihr Sohn lässt schön grüßen.«

Sofern sie noch einmal hinsah, bekam Porter es nicht mit. Ihr Blick klebte an ihm. Sie legte beide Zeigefinger an die vollen Lippen, und ihr Ärmel verrutschte erneut.

Porter zeigte auf die Tätowierung. »Warum erzählen Sie mir nicht von Franklin Kirby? Hatte er auch so ein Tattoo?«

Sowie er Kirby erwähnte, zuckte ihr Mundwinkel ein Stück nach oben, doch sie unterdrückte das Lächeln und neigte den Kopf wieder zur Seite.

Werner seufzte frustriert. »Möchten Sie mir erzählen, was gestern Abend passiert ist? Sie haben null Chance, hier bald wieder rauszukommen, wenn Sie auf andere Insassen losgehen. Eine ungünstige Zeugenaussage, und Sie haben auch noch einen versuchten Mord auf der Liste. Taschendiebstahl ist eine Sache; aber Leichen zu produzieren würde Sie unter Garantie für eine ganze Weile festsetzen.«

Jane Doe hielt den Blick auf Porter gerichtet.

»Hören Sie … Sie können Ihr Schweigegelübde so lange aufrechterhalten, wie Sie wollen«, fuhr Werner fort. »Mir ist es egal, ob Sie mit mir reden oder nicht. Aber behalten Sie im Hinterkopf, dass Sie sich damit nicht helfen. Wir haben nicht mal mehr eine Woche, um uns irgendeine Verteidigung zurechtzulegen oder zumindest ein paar Löcher in den jüngsten Geschehnissen aufzutun, um Ihr Strafmaß zu drücken – und nichts davon kriege ich ohne Ihre Hilfe hin.«

Obwohl sie kein Wort von sich gab, konnte Porter sehen, wie sich hinter ihrer Stirn die Rädchen drehten und in ihren Augen etwas aufblitzte. Sie atmete langsam und ruhig. Ohne jeden Zweifel war ihr Puls komplett normal. Keine Spur von Angst oder Sorge – die würde sie niemals zulassen. Die Fesseln, die Schlösser an den Türen, dieser Ort –

all das kam für sie einer Illusion gleich, war bedeutungslos, schlechtestenfalls eine Hürde, die sie nehmen musste.

Porter dachte an Emory Connors und an die anderen, die durch Bishops Hand hatten sterben müssen. Er dachte an den kleinen Jungen, den diese Frau großgezogen hatte, den kleinen Jungen, den sie geprägt hatte.

In ihm brandete Wut auf. Er beugte sich vor. »Calli Tremell, zwanzig Jahre alt. Elle Borton, dreiundzwanzig. Missy Lumax, achtzehn. Susan Devoro, sechsundzwanzig.« Er zählte sie langsam und nachdrücklich an seinen Fingern ab. »Allison Crammer, neunzehn Jahre alt. Jodi Blumington, zweiundzwanzig. Gunther Herbert, Arthur Talbot, Harnell Campbell. Alle tot. Dann der versuchte Mord an Emory Connors. Das geht alles auf das Konto Ihres Sohnes, Ihres Kindes. Wen gab es noch? Wie viele waren es noch?«

Porter hatte bewusst Barbara McInley ausgelassen und Jane Does Gesichtsausdruck studiert, als er den Namen übersprungen hatte. Doch sie hatte nichts preisgegeben. Er hätte genauso gut eine Einkaufsliste vortragen können.

Jane Doe, anonyme Insassin Nummer 2138, Bishops Mutter, diese bösartige Person, lehnte sich einfach nur auf ihrem Stuhl zurück, kreiste kurz mit den Fingerspitzen über die Tischplatte und verschränkte wieder die Hände.

Porter wäre ihr am liebsten an die Kehle gegangen.

Er stand auf, zückte Bishops Tagebuch und ließ das Büchlein direkt vor ihr auf den Tisch fallen.

»Ich weiß genau, wer Sie sind«, sagte er. »Ich weiß genau, *was* Sie sind.«

Dann durchquerte er den Vernehmungsraum und hämmerte zweimal gegen die Tür. Ihr Blick brannte sich ihm in den Rücken.

48

Nash

Nash drückte auf Auflegen und ließ sein Handy zurück in die Tasche gleiten. »Bei Sam geht nur die Mailbox dran. Es klingelt überhaupt nicht mehr.«

Klozowski sah nicht einmal auf. Sein Blick haftete auf dem mittleren Bildschirm, einem 27-Zoll-Monitor, der von vier 22-Zollern umgeben war.

Nash hatte den leisen Verdacht, dass er sich glatt einen Sonnenbrand einhandeln könnte, nur indem er vor diesen Geräten stand. Auch wenn Kloz im Auto sein MacBook dabeigehabt hatte, war er der festen Überzeugung, dass er die Daten hier an seinem Schreibtisch bei der Metro schneller analysieren konnte.

»Du hast doch gesagt, wir sollen ihn nicht anrufen«, murmelte Kloz wie aus weiter Ferne, während er durch die Bildschirmanzeige scrollte. »Wie man sich bettet und so.«

Nash zog sein Handy erneut aus der Tasche und versuchte es mit Porters Festnetznummer. »Es sieht ihm nicht ähnlich, dass er komplett abtaucht.« Es klingelte vier Mal, dann sprang der Anrufbeantworter an. Nash legte auf. »Vielleicht sollten wir mal bei ihm vorbeifahren.«

»Ich glaub, ich hab was.« Kloz starrte auf seinen Bildschirm.

Nash beugte sich vor und versuchte, keinen der Batman-

Fanartikel umzustoßen und nicht die Schokoriegelverpackungen zu berühren, die kreuz und quer verstreut auf Klozowskis Schreibtisch lagen. Der Bildschirm war übersät mit Ziffernfolgen und Buchstabenkombinationen, zwischen denen Doppelpunkte saßen. »Und was soll das sein?«

»Siehst du das hier?« Kloz zeigte auf eine Reihe von Daten. »Was mit ›9. Februar‹ anfängt?«

»Ja.«

»Also, eigentlich müssten die Daten viel weiter zurückreichen. Monate, wenn nicht Jahre. Die Daten werden in dieser Datei gespeichert, bis kein Platz mehr ist und dann ältere Daten zugunsten von neuen gelöscht werden – nur dass der Speicher normalerweise immer ausreicht.«

»Wenn das hier also am 9. Februar anfängt, heißt das, unser Täter hat die Datei plattgemacht, oder? Genau wie bei den Reynolds? Dann haben wir nichts in der Hand?«

Kloz tippte mit einem Kugelschreiber auf den Bildschirm. »Wir haben etwas. Siehst du das Allererste hier?«

Er zeigte auf die Zeile:

02-09-2015 21:18:24 a8:66:7f:04:0c:63

»Der erste Teil ist das Datum, der zweite Teil die Uhrzeit, und diese letzte Folge ist die MAC-Adresse. Ich hab die komplette Datei danach durchsucht, und diese spezielle Geräteadresse kommt nur ein einziges Mal vor – genau hier, als allererster Eintrag«, erklärte Kloz.

»Und was heißt das?«

»Ich glaube, dass unser Täter die Routerdaten gelöscht und sich dann ausgeloggt hat, allerdings erst nachdem das neue Log noch ein Sekündchen lang seine Anwesenheit gespeichert hatte. Ich habe sämtliche anderen MAC-Adressen in den darauffolgenden achtundvierzig Stunden überprüft. Die gehören alle zu Geräten im Haus. Nur diese eine nicht.«

»Und kannst du sie zurückverfolgen?«

Kloz schüttelte den Kopf. »Nur bedingt. Diese Adresse ist eindeutig seinem Gerät zugeordnet. MAC-Adressen liegen in der jeweiligen Hardware, sprich: Sie sind nicht veränderlich, die Zeichenfolge ist nicht manipulierbar, allerdings kann man sie nicht durch mehrere Netzwerke hindurch aufspüren und den derzeitigen Standort identifizieren … also zumindest nicht wie bei einer IP-Adresse.«

Nash seufzte. »Und inwieweit hilft uns das dann?«

»Es ist immer noch eine Art Fingerabdruck«, sagte Kloz. »Ich hab diese spezielle MAC-Adresse mit den Daten abgeglichen, die wir bei Starbucks gefunden haben, und einen Treffer in deren Log gelandet. Der Täter war dort mit demselben Rechner mit ihrem Netzwerk verbunden, und zwar für dreiunddreißig Minuten.« Kloz lehnte sich auf seinem Stuhl zurück. »Chicago ist mit öffentlichen WLAN-Netzen relativ großzügig. Wir haben Standorte in den Parks, in Büchereien, in Zügen … also quasi überall. Am 12. Februar hat sich diese MAC-Adresse morgens über fast anderthalb Stunden ins öffentliche Netz im Jackson Park eingewählt.«

»Als er Ella Reynolds im Wasser ablegte.«

Klozowski nickte. »Allerdings war er nicht dauerhaft aktiv. Er hat sich in regelmäßigen Intervallen eingewählt. Das lässt darauf schließen, dass er seinen Laptop in diesem Transporter dabeihatte, den wir auf dem Video gesehen haben. Allerdings hat er ihn dort nicht benutzt. Der Datenaustausch, den ich gefunden habe, beschränkt sich hauptsächlich auf automatisierte Aufgaben wie den E-Mail-Empfang – da hat sein Computer selbstständig im Hintergrund gearbeitet. Jede Minute ein Signal. Wenn er im Internet gesurft hätte, wären da unregelmäßigere Treffer.«

»Aber warum verbindet er sich erst mit dem WLAN und benutzt es dann nicht?«

»Ich denke mal, er hat sich diesmal nicht gezielt eingewählt«, sagte Kloz. »Wahrscheinlich hatte er irgendwann früher schon mal das öffentliche Netzwerk benutzt und anschließend die Zugangsdaten nicht gelöscht. Indem er den Eintrag in seinem System belassen hat, verbindet sich sein Computer jetzt jedes Mal automatisch mit dem Netz – genau wie mein Rechner sich direkt bei Starbucks eingewählt hat. So was spart Zeit – in seinem Fall jedes Mal, sobald er in Reichweite des städtischen Netzwerks kommt.«

»Aber noch mal zurück zu meiner ursprünglichen Frage: Kannst du ihn ausfindig machen?«

»Wie schon gesagt: Die IP-Adresse ist so etwas wie der Festnetzanschluss daheim. Die Nummer ist immer dieselbe und immer aktiv und kann deshalb an einen bestimmten Ort zurückverfolgt werden. Die MAC-Adresse wiederum ist gerätespezifisch, in seinem Fall gehört sie zu einem Laptop. Dieser Laptop kann ein- und ausgeschaltet werden und sich in eine Million verschiedener Netze einwählen. Er kann von einem Netz zum anderen springen oder für unbestimmte Zeit offline gehen. Das heißt im Klartext: Wir können ihn nicht zurückverfolgen. Aber wir können Ausschau nach ihm halten.«

»Und wie?«

»Als die Stadt diese öffentlichen Netze installiert hat, haben die Verantwortlichen für die Strafverfolgungsbehörden ein kleines Hintertürchen offen gelassen. Ich schreibe uns einfach einen Bot dafür. Sobald sich der Laptop unseres Täters wieder ins öffentliche Netz einwählt, werden wir benachrichtigt, und in diesem Moment können wir zumindest den Hub eingrenzen, mit dem er sich verbunden hat. Der Radius ist dann allerdings deutlich größer, als er bei der IP gewesen wäre; diese Sender haben eine Reichweite von ein paar Hundert Metern.«

»Ein paar Hundert Meter Wohngebiet sind so gut wie ein anderes Land«, kommentierte Nash.

»Na ja, wir wüssten dann zumindest grob, wo in der Stadt er sich aufhält. Ist doch ein Anfang. Vielleicht haben wir Glück, und es kommt noch ein anderer Hinweis dazu.«

49

Porter

Sarah Werner lief hinter Porter her auf den Flur hinaus. Der Wachmann schloss die Tür hinter ihnen, sodass Jane Doe im Vernehmungsraum eingesperrt war.

Werner sah Porter von der Seite an. »Was haben Sie ihr gegeben?«

»Das Tagebuch, das Bishop uns vor ein paar Monaten hinterlassen hat. Darin beschreibt er Ereignisse aus seiner Kindheit. Wenn sie es wirklich ist, wird sie die wiedererkennen.«

Sarah runzelte die Stirn. »Sie sagen *wiedererkennen* und *Ereignisse* – und ich höre nur *anklagen* und *Verbrechen*. Sie haben mir versichert, wenn ich Sie mit zu ihr nähme, würden Sie nichts tun, was zusätzliche Vorwürfe nach sich ziehen könnte.«

»Die Einzelheiten in dem Buch sind bestenfalls Indizien.«

»Wie haben Sie es überhaupt an der Security vorbeigeschleust?«

»In meiner Unterhose.«

Werner kniff die Augen zusammen. »Nur damit eins klar ist: Als ihre Anwältin hätte ich ihr das ganz offiziell mitbringen können. Das hier reinzuschmuggeln wäre nicht nötig gewesen ...«

»Gut zu wissen. Nicht dass ich mich noch mal wund reibe.«

»… und als ihre Anwältin wäre ich gern vorgewarnt worden, bevor Sie ihr so etwas hinwerfen.«

»Verstanden. Wie lange lassen die sie denn jetzt dort drin sitzen?«

»Bis ich was anderes sage«, antwortete Werner. »Warum?«

»Können wir sie irgendwie beobachten?«

Die Anwältin sah ihm direkt in die Augen. Porter ahnte, dass sie sauer war, und dazu hatte sie jedes Recht. Aber er glaubte nicht, dass sie *so* sauer war – hier ging es gerade eher darum, die Hackordnung festzulegen und ihn in die Schranken zu verweisen.

Porter setzte sein bestes Pokerface auf.

Sie schnalzte mit der Zunge, während sie kurz darüber nachdachte. Dann schüttelte sie den Kopf und drehte sich zu der Tür zur Linken um. »Kommen Sie.«

Der kleine Überwachungsraum war kaum mehr als ein schmaler Gang. Nach den Türen zu urteilen, befanden sich neben jedem einzelnen Vernehmungszimmer derlei Überwachungsräume. In der Wand links von ihnen war ein großer Spionspiegel eingelassen, durch den man den Vernehmungsraum überblicken konnte. Außerdem stand hier ein Tisch mitsamt Monitor, davor ein Stuhl. Auf dem Monitor konnten sie aus dem Blickwinkel der Kamera in der Ecke Jane Doe in Nahaufnahme sehen.

Porter bedeutete Werner, sich zu setzen, doch sie lehnte ab.

Jane Doe hatte sich keinen Millimeter bewegt. Sie saß mit dem Gesicht zu ihnen da, das Buch vor sich auf dem Tisch, und trommelte mit den Fingern auf den Einband. Den Blick hielt sie auf den Spiegel gerichtet; für Porter fühlte es sich an, als könnte sie ihn sehen.

Fünf Minuten verstrichen. Dann zehn. Porter war drauf und dran, wieder hineinzumarschieren, als sie mit einem Mal seufzte, den Einband mit einem Finger aufschnipste und anfing zu lesen. Er entspannte sich und lehnte sich gegen den Tisch. Werner stand neben ihm und klopfte sich mit dem Umschlag rhythmisch gegen den Oberschenkel.

»War sie auch schon in andere Auseinandersetzungen verwickelt?«

Sie stellte das Geklopfe ein, machte ein paar Schritte auf den Tisch zu und setzte sich auf die Kante. »Dieses Gefängnis ist entsetzlich, eins der schlimmsten, die ich je gesehen habe. Die Personalfluktuation ist so gewaltig – mehr als fünfzig Prozent allein im letzten Jahr –, dass ich ein und denselben Wachmann nie zwei Mal gesehen habe. Das hier ist eine einzige Drehtür. Die meisten Insassen kennen sich besser aus als die Wachleute. Viele der Insassen sind Lebenslängliche, die nichts mehr zu verlieren haben und ihr Messer an jeder Oberfläche wetzen, die sich ihnen bietet.«

»Wie an einer Neuen, die sich nicht unterhalten will?«

»Wie an einer Neuen, die sich nicht an die Regeln halten will. Sie bleibt im Hof für sich allein. Wenn jemand sie anspricht, dreht sie sich weg. Wenn man so etwas an einem Ort tut, an dem es gewisse Hierarchien gibt, stößt man früher oder später unweigerlich jemanden vor den Kopf.« Sie hielt den Umschlag hoch. »Und damit ist jetzt endgültig die Jagdsaison eröffnet. Ich habe das ungute Gefühl, dass ein paar andere Blut geleckt haben und sich gegen sie zusammenrotten könnten. Die nutzen hier jede Gelegenheit für ein bisschen Abwechslung.«

»Könnten Sie sie in die Einzelhaft überführen lassen?«

Sie schnaubte. »Klar, wenn Platz wäre. Die Gewalt ist derzeit auf einem Rekordhoch, und für die Gefangenen ist Isolation die einzige Atempause, die sie überhaupt kriegen können. Es ist inzwischen so schlimm, dass die Bundesbehörden überlegen, der Stadt New Orleans und dem Sheriff's Department die Gefängnisleitung aus der Hand zu nehmen. Aber wer weiß, ob das helfen würde. Im letzten

Monat haben sie einen Bericht veröffentlicht, laut dem es im vergangenen Kalenderjahr hier zu mehr als zweihundert Zusammenstößen unter Insassen gekommen ist, und vierundvierzig Mal hat das Personal Gewalt ausgeübt. Es gab drei gemeldete sexuelle Übergriffe, aber wer weiß schon, wie viele gar nicht erst gemeldet worden sind. Sechzehn Selbstmordversuche. Neunundzwanzig Insassen, die ins Krankenhaus gebracht werden mussten, weil ihre Verletzungen zu ernst waren, als dass sie hier in der Krankenstation hätten versorgt werden können. Und jetzt kommt das Beste: Als der Bericht rausging, haben die Bundesbehörden selbst darauf hingewiesen, dass diese Zahlen bei Weitem nicht der Realität entsprechen.«

»Wie das?«

»In der Krankenstation führen sie eigene Akten – eigene *handgeschriebene* Akten. Darauf hat nur der Gefängnisdirektor Zugriff. Und darin sind allein seit letztem Januar einhundertfünfzig Körperverletzungen verzeichnet. Hundertneunzehn davon wurden dem Sheriff's Office der Gemeinde Orleans nicht mal gemeldet: Knochenbrüche, Schnittwunden … ernsthafte Verletzungen, die samt und sonders unter den Teppich gekehrt worden sind. Die Gefangenen hier sollten eigentlich nach einem Klassifizierungssystem untergebracht werden – nach Risikofaktoren wie der psychischen Stabilität, der Gewalthistorie sowohl intern als auch extern … Aber die Wachen scheinen auf so etwas keinen Wert zu legen. Ich würde mich nicht wundern, wenn einige von ihnen die Ausschreitungen selbst provozierten. Ich habe munkeln hören, dass in den Hinterzimmern Wetten abgeschlossen und ganz gezielt Problemfälle zusammengesteckt werden, damit es kracht. Die interne Aufsicht ist der reinste Witz, da gehen bloß Memos zwischen Personal und Leitung und Direktion hin und her, aber in den Akten landet nie etwas Konkretes.«

Sie musste bemerkt haben, wie er sie angestarrt hatte, und schlug den Blick nieder.

»Entschuldigung, aber das bringt mich echt auf die Palme. Mit den Jahren habe ich verhältnismäßig anständige Leute hier reinwandern sehen, die nicht mehr ganz so anständig waren, als sie entlassen wurden.«

Porter lächelte sie an. »Schön zu hören, dass jemand Leidenschaft für etwas aufbringt. Allerdings ist das kein vereinzeltes Problem. In Chicago haben wir mit genau den gleichen Dingen zu kämpfen. Manchmal ist der einzige klare Unterschied zwischen Insassen und Aufsehern, auf welcher Seite des Gitters sie am jeweiligen Tag zufällig stehen.«

Werner stand auf und drehte sich zum Spionspiegel um. »Ich weiß immer noch nicht, was ich von ihr halten soll.«

Jane Doe blätterte um, und im Überwachungsraum war über Lautsprecher das leise Rasseln ihrer Fesseln zu hören.

»Bitten Sie den Wachmann, ihr die Fesseln abzunehmen«, sagte Porter. »Sie soll es gemütlich haben.«

50

Poole

»Ach du Scheiße, dafür krieg ich einen Einlauf verpasst.«
Vernon Bedard ließ sich schwer auf den Holzstuhl hinter
seinem Schreibtisch fallen und atmete langsam aus. »Ich
hätte am Mittwoch bei ihr vorbeifahren sollen – ›Über-
raschungsbesuch‹ –, bin aber nicht mehr dazu gekommen.
Ich hab einfach zu viele Klienten, verdammt.«

Libby McInleys Bewährungshelfer hatte Poole eine Stunde zuvor endlich zurückgerufen und ihn und Agent Diener
nicht weit vom Sitz der Chicago Metro im Eingangsbereich
des Cook County Adult Probation Department willkommen
geheißen.

Als Bedard aus dem Aufzug gestiegen war, war er sofort
zielsicher auf sie zugelaufen. Er war untersetzt, hatte dicke
Pranken und noch dickere Brillengläser, trug ein gelbes
Hemd und eine braune Hose, die bestimmt zwei Nummern
zu klein war. Er führte sie in sein Arbeitszimmer im zweiten Stock – ein Schuhkarton mit einem Fenster zum Parkplatz hinaus. Auf seinem Schreibtisch und auf sämtlichen
Schränken entlang der Rückwand stapelten sich Akten.

Pooles Blick wurde wiederholt von den drei Tackern auf
dem Schreibtisch angezogen, während der Mann immer
weiter schwadronierte: »Bei der hatte ich gleich ein ungutes
Gefühl.«

»Wann haben Sie sie denn zuletzt gesehen?«, erkundigte sich Diener.

Bedard drehte sich auf seinem Stuhl um und durchwühlte einen Aktenstapel auf dem Sideboard hinter ihm. »Da haben wir's doch schon.« Er drehte sich zurück und schlug die McInley-Akte auf. Mit dem Daumen fuhr er über die Terminliste, die auf der Innenseite des Aktendeckels befestigt war. »Am 9. Januar. ›Machte seit ihrer Haftentlassung einen ruhigen Eindruck, hatte sich gut an die neue Situation angepasst‹«, las er vor, schien dann aber innezuhalten.

»Sie hören sich zögerlich an. Ist diese Einschätzung wirklich korrekt?«, wollte Poole wissen.

Mit der Akte in beiden Händen lehnte Bedard sich zurück. Sein Zeigefinger spielte kurz mit dem gelben Haftzettel in der Ecke. »Es ist folgendermaßen … Eine ganze Reihe von Häftlingen kommt in der ersten Zeit auf freiem Fuß nicht ganz reibungslos zurecht. Wenn Sie mich fragen, kommt der Wendepunkt nach rund fünf Jahren – wenn sie länger gesessen haben, fühlt sich das Leben im Gefängnis natürlicher für sie an als das Leben in Freiheit. Ich glaube, es liegt an den festen Strukturen – Mahlzeiten immer zur selben Zeit, Hofgang immer zur selben Zeit, Einschluss, Aufschluss … Mit jedem Tag, den sie drinnen verbringen und an dem jemand anders das Steuer hält, werden sie von diesen festen Strukturen abhängiger, und ihr freier Wille verkümmert. Das ist völlig okay, solange sie im Gefängnis sitzen. So werden sie mit der Zeit einfacher zu kontrollieren. Wenn sie dann wieder draußen sind, kommen einige mit all den Entscheidungen und Wahlmöglichkeiten einfach nicht mehr klar. Ganz kleine Dinge, die unsereins für selbstverständlich hält – wo und wann und was wir zu Mittag essen –, werden zu einem gewaltigen Problem.«

Poole lehnte sich vor, um einen Blick in die Terminliste in Libby McInleys Akte zu werfen. »Dann war sie nach der

Haftentlassung also nicht ruhig und angepasst?«, hakte er nach.

Bedard sah kurz von einem zum anderen. »Weder noch. Sie war das reinste Elend.«

»Und warum steht das dann da?«

»Ich bin hier, um diesen Leuten zu helfen, damit sie in Freiheit ein normales Leben führen können. Ich nehme sie bei der Hand, bringe ihnen bei, wie sie sich wieder um sich selbst kümmern und sämtlichen Versuchungen und Problemen aus dem Weg gehen, die sie überhaupt erst ins Gefängnis gebracht haben. Das ist nicht ganz leicht, weder für mich noch für sie.« Er legte die Hand flach auf die Akte. »Diese Daten hier drin kann annähernd jeder ohne allzu große Schwierigkeiten einsehen – also nicht nur meine Vorgesetzten. Gewisse Arbeitgeber – beispielsweise im öffentlichen Sektor –, Ausbilder für Leute in der Bewährungsphase, Vermieter ... und die Strafverfolgungsbehörden.« Er sah sie nacheinander an. »Wenn ich irgendwas Falsches in diese Akte schreibe und der Person damit Steine in den Weg lege, bleibt das noch lange an ihr kleben. Ich schreib beispielsweise: Libby McInley hat Probleme, sich in ihrem Leben in Freiheit zurechtzufinden. Im Handumdrehen werden ihr gewisse Fortbildungen verweigert, weil jemand anders dem Anschein nach besser geeignet ist. Der Ausbilder überspringt sie möglicherweise, und ehe man sichs versieht, kriegt sie draußen gar kein Bein mehr auf die Erde.«

»Und dafür steht der gelbe Zettel?«, hakte Poole nach. »Ist das eine Art interner Hinweis, damit Sie wissen, was in Wahrheit vor sich geht, ganz egal was in der Akte steht?«

Bedard nickte. »Grün heißt: alles bestens. Rot steht für Schwierigkeiten. Blau heißt: findet sich zurecht, wenn auch langsam.«

»Ihr Zettel ist gelb.«

»Gelb bedeutet, sie wollte zurück. Ich habe schon Leute

auf Bewährung erlebt, die eine x-beliebige Straftat begehen und dann bei der nächstbesten Dienststelle vorstellig werden, nur um wieder einfahren zu dürfen.« Bedard warf einen Blick auf Libby McInleys Foto in der Akte. »Ich hatte gehofft, sie in einer betreuten Wohnung unterzubringen. Sie stand bereits auf der Liste. Wenn das nicht funktioniert hätte, hätte ich auf sie eingewirkt, dass sie vielleicht ein oder zwei Mitbewohner bei sich aufnimmt. Manchmal hilft es, einfach nur mehr Kontakt zu anderen Leuten zu haben.«

Poole ertappte sich erneut dabei, wie er die drei Tacker anstarrte. Er zwang sich, den Bewährungshelfer anzusehen. »Mr. Bedard, ich stelle Ihnen jetzt eine Frage, und ich muss Sie bitten, darüber genau nachzudenken, bevor Sie antworten.« Er lehnte sich vor und stützte den Ellbogen auf dem Schreibtisch auf. »Wollte Libby McInley Ihrer Meinung nach zurück ins Gefängnis, weil sie draußen nicht zurechtkam und sich nicht organisieren konnte? Oder weil ihr irgendetwas draußen Angst machte und sie sich im Gefängnis sicherer gefühlt hätte?«

Bedard runzelte die Stirn. »Sie meinen, ob sie in Gefahr war? Ob ihr irgendjemand aufgelauert haben könnte?«

»Ja.«

Er holte tief Luft und atmete langsam wieder aus. »Schwer zu sagen. Erzählt hat sie mir jedenfalls nichts. Als ich sie zuletzt gesehen habe, sah sie fix und fertig aus. Sie hat mir ein Glas Leitungswasser angeboten, und ich habe gesehen, wie ihre Hände gezittert haben. Vom Schlafmangel hatte sie ganz dunkle, verquollene Augen, und sie kam mir sehr dünn vor, sie hatte abgenommen, hat wahrscheinlich nicht normal gegessen. Aber es hat nichts darauf hingedeutet, dass sie in Gefahr geschwebt hätte ... Ich glaube, das hätte ich bemerkt. Gangmitgliedern sehe ich das immer an.«

»Durchsuchen Sie je die Wohnung eines auf Bewährung Entlassenen?«, hakte Agent Diener nach.

»Klar, wenn ein Verdacht vorliegt.«

»Haben Sie Libby McInleys Haus je durchsucht?«

Der Bewährungshelfer schüttelte den Kopf. »Sie hatte jemanden totgefahren und Unfallflucht begangen. Sie hatte nichts mit Drogen oder Waffen zu tun. Sogar im Gefängnis hat sie sich davon ferngehalten. Auf Bewährung sind Drogentests vorgeschrieben, und sie war immer clean. Ich hatte also gar keinen Grund, ihr Haus zu durchsuchen. Worauf wollen Sie eigentlich hinaus? War sie in irgendetwas verwickelt?« Er rutschte nervös auf seinem Stuhl herum.

Poole wusste, was der Mann in Wahrheit wissen wollte. *War sie in irgendetwas verwickelt, das ich hätte bemerken müssen? Wie viel Ärger hab ich mir hier eingehandelt?*

»Sagt Ihnen der Name Kalyn Selke etwas?«

»Nein.«

Diener lehnte sich leicht vor. »Sind Sie sich da sicher?«

Bedard drehte sich nach links, zog seine Tastatur unter diversen Unterlagen hervor und tippte den Namen ein. »Den Namen kenne ich nicht. Gehört weder zu den Entlassenen, die ich betreue, noch kann ich sie hier in unserem System finden.«

»Wir haben einen Führerschein und einen Pass in Libbys Haus gefunden«, erklärte Poole. »Beides ausgestellt auf Kalyn Selke, allerdings mit Libby McInleys Foto.«

»Echt oder Fake?«

»Echt.«

»An so was ranzukommen ist nicht ganz leicht.«

»Die echte Kalyn Selke ist mit sieben gestorben«, fuhr Poole fort. »Sie war mit dem Fahrrad unterwegs und ist überfahren worden. Das ist jetzt vierundzwanzig Jahre her.«

»Ist wahrscheinlich irgendwie an die Geburtsurkunde gekommen, hat damit den Pass beantragt und dann mit beiden den Führerschein«, überlegte Bedard laut. »Wenn sie das noch aus dem Gefängnis heraus gemacht haben soll, muss sie definitiv Hilfe gehabt haben. Und wenn sie es erst später gemacht hat, hatte sie trotzdem Hilfe.«

»Wie kommen Sie darauf?«

Bedard zuckte mit den Schultern. »So etwas passiert häufiger, als Sie denken. Wie ich eben schon erwähnt habe, haben diese Leute gar nicht selten Startschwierigkeiten. Einige haben ganz sicher das Gefühl, dass sie mit einer neuen Identität besser dran wären. Vor vielleicht zehn Jahren ist mal ein Lebenslänglicher erwischt worden, der eine Art Ausweis-Service betrieben hat. Er ist an Insassen herangetreten, die kurz vor der Entlassung standen, hat ihnen erzählt, was für Vorteile ein kompletter Neubeginn hätte, und dann hat er ihnen quasi den kompletten Paketdeal schmackhaft gemacht. Der Cousin dieses Häftlings hat draußen alle Papiere besorgt, sodass sie am Tag der Haftentlassung fertig waren. So etwas kann man aus dem Gefängnis heraus nicht leisten, dazu muss man zu viele Telefonate führen und Anträge schreiben. Man braucht eine Postadresse. Die Dokumente werden nicht mal eben an ein Gefängnis zu Händen der Gefangenennummer verschickt.«

»Wahrscheinlich nicht.«

Bedard kratzte sich am Hals und starrte dann auf seinen Finger hinab. »Dieser Dealer ... Angeblich soll der fast zweihundert Riesen im Jahr damit gemacht haben. Würd mich kein bisschen wundern, wenn oben im Stateville Correctional, wo sie eingesessen hat, jemand das Gleiche machen würde. Da gibt's sicher in jedem Gefängnis einen, vielleicht sogar mehrere. Je weiter die Technik voranschreitet, umso spezialisierter wird das Geschäft – und umso profitabler.«

»In derselben Schublade haben wir eine .45er gefunden«, warf Diener ein.

Bedard seufzte. »Könnte vom selben Typen stammen. Die verkaufen à la carte – Ausweise, Waffen, Reisepläne. Mit dem richtigen Sümmchen kann man sich kaufen, was das Herz begehrt.«

»Hatte sie denn Geld?«, hakte Poole nach.

Bedard blätterte erneut durch die Akte. »Die Eltern sind beide tot. Eine Schwester, um die 4MK sich gekümmert hat. Ich kann hier während des letzten Jahres nicht einen einzigen Besucher feststellen. Da müssten Sie schon im Gefängnis nachfragen, wenn Sie weiter zurückgehen wollen. Keine Telefonate. Wenn ich es richtig sehe, hat sie die Zeit komplett allein abgesessen und sich aus Scherereien herausgehalten. Was hatte sie denn, bevor sie eingefahren ist?«

Diener warf einen Blick auf sein Handydisplay. »Fürs Auto waren noch zwölftausend offen, aus dem Studienkredit achtundvierzigtausend, und auf dem Konto lagen zweiunddreißig Dollar. Die sind über die Jahre für Bankgebühren draufgegangen, bis das Konto irgendwann geschlossen wurde.«

Der Bewährungshelfer hielt beide Hände in die Höhe. »Sehen Sie? Nichts da. Im Gefängnis gibt es genau zwei Währungen: Cash – und Gefälligkeiten. Wenn sie kein Geld hatte, um dafür zu bezahlen, dann würde ich mir an Ihrer Stelle die zweite Möglichkeit ansehen. Bestimmt hat sie versprochen, jemandem einen Gefallen zu tun, sobald sie draußen wäre – quasi als Gegenleistung für den Pass. Vielleicht einen Auftragsmord? Das würde die Waffe erklären.«

»Sie hatten Kontakt mit ihr. Hat sie den Eindruck erweckt, zu so etwas imstande zu sein?«, fragte Poole.

»Nach ein paar Jahren im Gefängnis wäre wohl jeder dazu imstande, sogar ein unschuldiges Mädchen aus der Vorstadt.«

Zehn Minuten später standen sie draußen neben Pooles Jeep. Der Schnee hatte nachgelassen, inzwischen fielen nur noch leichte Flocken, und alles war weiß. Mit dem Ärmel wischte Poole die Windschutzscheibe frei. »Gute Nachrichten von den Nachbarn?«

Diener schüttelte den Kopf. »Die Streifenkollegen hatten schon eine ganze Menge Gerede gehört. Ich habe die je vier Nachbarn zu beiden Seiten noch mal befragt – nicht gerade die angenehmste Gesellschaft. Die Einzige, die sich überhaupt noch an sie erinnern konnte, war die Alte aus dem Haus gegenüber. Die verbringt ihre Zeit damit, sich die Nase am Fenster platt zu drücken und in fremder Leute Angelegenheiten herumzuschnüffeln.« Er warf einen Blick auf sein Telefon. »Heißt Roxy Hackler. Meint, sie hätte Libby ganze drei Mal gesehen: Als sie eingezogen ist, kam sie in einem Taxi mit einer einzigen Reisetasche an. Tags darauf hat Roxy beobachtet, wie Libby einkaufen gegangen und mit den Armen voller Tüten zurückgekommen ist. Und schließlich letzte Woche, da sagt sie, Libby sei mit dem Handy am Ohr den Bürgersteig auf und ab getigert. Das fand sie angesichts des Wetters merkwürdig. Wer geht denn da bitte nach draußen, um zu telefonieren?«

»Irgendeine Ahnung, mit wem sie gesprochen hat?«

»Auf ihren Namen ist kein Telefon registriert. Im Haus haben wir auch keins gefunden.«

»Könnte das Haus verwanzt sein?«

Diener trat in einen kleinen grauen Schneehaufen im Rinnstein. Mit angewidertem Blick klopfte er seine Stiefel ab. »Bezweifle ich. Die Techniker haben rein gar nichts gefunden, und die haben inzwischen alles mehrmals auf links gedreht. Was natürlich nicht heißt, dass sie nicht geglaubt haben könnte, dass das Haus verwanzt war. Wäre nicht die Erste, die aus dem Gefängnis kommt und glaubt, irgendwer würde ihr auflauern oder sie abhören.«

»In diesem Fall könnte es aber gestimmt haben.«

Diener seufzte, und weiße Atemwölkchen schwebten vor seinem Gesicht. »Bishop ist nie zurückgekehrt, um sich ein zweites Familienmitglied zu holen. Da war sie die Erste. Sie wusste, dass er kommen würde, und hat wohl versucht, ihm zu entwischen. Allerdings war er schneller.«

Poole nickte. »So seh ich's auch. Wenn wir herausfinden, warum, kommen wir Bishop ein Stück näher.«

»Also dann. Was machen wir als Nächstes? Ich frier mir hier nicht länger die Eier ab.«

»Ich fahre zurück zur Metro, muss diese Kiste durchsehen, die Bishop stehen gelassen hat. Warum nehmen Sie sich nicht die Ausweispapiere vor? Versuchen Sie herauszufinden, wo Libby die herhatte. Wir müssen in Erfahrung bringen, wer ihr geholfen hat.«

»Sollten wir vielleicht die Familien der anderen Opfer observieren?«

Darauf hatte Poole keine Antwort.

51

Larissa

Larissa Biel wälzte sich auf dem kalten Beton und zog die Knie an die Brust. Aus dem Augenwinkel konnte sie rot gesprenkeltes Erbrochenes neben sich sehen. Sie hätte nicht mehr sagen können, wie oft sie sich in den letzten Stunden übergeben hatte. Ihr Hals tat entsetzlich weh. Sie konnte nicht schlucken, sie konnte nicht sprechen.

Ein paar Glassplitter hatte sie heraufgewürgt. Auch die konnte sie sehen – sie glitzerten zwischen den roten und gelblichen Brocken. Trotzdem hatte sie derartige Bauchschmerzen, dass ihr klar war: Das war noch nicht alles.

Nachdem sie das Glas geschluckt hatte, hatte der Fahrlehrer sie an den Haaren hinüber zur Kühltruhe geschleift und ihren Kopf nach unten gedrückt. Sie hatte nicht damit gerechnet, dass die Truhe mit Wasser gefüllt war – und es war ihr in Nase und Rachen gelaufen. Als sie hatte husten müssen, hatte sie umso mehr Wasser geschluckt.

»Trink!«, hatte er geschrien.

Sie hatte keine Luft mehr gekriegt.

Er hatte sie nicht einmal Luft holen lassen.

Das Wasser brannte in den Augen, schmeckte nach Meer. Sie versuchte, das Salzwasser auszuspucken, doch er presste ihre Kiefer zusammen und kniff ihr die Nase zu, bis sie schluckte. Das wiederholte er drei Mal, bis sie anfing, sich zu übergeben. Erst da stieß er sie zurück auf den Käfigboden und verschloss die Tür.

Larissa hatte das Glas nicht gespürt, als sie es hinuntergeschluckt hatte, aber sowie sie die Scherben wieder heraufwürgte, fühlten sie sich wie Rasierklingen an. Sobald sie schrie, wurde es nur noch schlimmer.

Der Fahrlehrer starrte sie immer noch an.

Er saß ein paar Meter entfernt außerhalb des Käfigs auf dem Betonboden und nahm sie mit seinen dunklen Augen ins Visier. Sie konnte ihn atmen hören – tiefe, rasselnde Atemzüge. Er hielt die rechte mit der linken Hand fest; seine Finger zuckten.

Sie stöhnte und wälzte sich wieder zurück. Den Anblick dieser Augen ertrug sie einfach nicht.

»Fürchtet euch nicht vor denen, die den Leib töten, die Seele aber nicht töten können, sondern fürchtet euch eher vor dem, der Seele und Leib in der Hölle verderben kann«, wisperte der Fahrlehrer in ihrem Rücken so leise, dass sie sich zuerst gar nicht sicher war, ob sie ihn gehört hatte. Nach einigen Sekunden des Schweigens wiederholte er es. Er zögerte das S hinaus, sodass es wie das Zischen einer Giftschlange klang.

Ihr Magen krampfte sich zusammen, und sie hätte am liebsten laut schreien wollen, doch der Schmerz im Hals erstickte jedes Geräusch, noch ehe es aus ihr herausbrach, und verwandelte es in gedämpftes Winseln.

Larissa versuchte, sich auf das Glas zu konzentrieren.

Sie wollte es nicht heraufwürgen. Sie wollte, dass es ihr einfach durch die Magenwand und in die anderen Organe schnitt. Sie wollte, dass das Glas allem ein Ende setzte. Sie hätte noch mehr geschluckt, wenn sie gekonnt hätte.

Die Schmerzen bedeuteten, dass sie noch am Leben war. Wenn der Schmerz aufhörte, würde sie endlich Frieden finden. Doch der Schmerz hörte nicht auf. Sie spürte ein Brennen im Magen, als steckte eine glühende Klinge in ihrem Innern. Sie umklammerte ihre Knie und stieß einen stummen Schrei aus.

Hinter ihr klingelte ein Handy.

Eine entfernte Stimme vom anderen Ende – zwar nicht auf Lautsprecher, aber doch laut genug, dass sie sie hören konnte: »Glas zu schlucken muss nicht tödlich enden. Womöglich kann sie immer noch sehen.«

Der Fahrlehrer gurgelte einen Seufzer hervor. »Sie ist beschädigt, sie ist defekt, sie kann nicht mehr sehen. Sie kann nie wieder sehen.«

»Du musst es zumindest versuchen.«

»Ich brauche eine andere.«

Als der Anruf beendet war, wurde es im Keller erneut still. Der Fahrlehrer knurrte wütend.

Stille.

Nichts.

Dunkelheit.

»Und wie es dem Menschen bestimmt ist, ein einziges Mal zu sterben, worauf dann das Gericht folgt«, sagte der Fahrlehrer nur Zentimeter von ihrem Ohr entfernt.

Larissa zuckte heftig zusammen. In ihrem Bauch loderte der Schmerz.

Er war direkt hinter ihr. Sie hatte ihn nicht mal in den Käfig kommen gehört.

War sie ohnmächtig geworden?

Für wie lange?

Sie konnte seinen heißen Atem auf ihrem Nacken spüren. Nahm seinen Mundgeruch wahr.

Sie musste sich vor Schmerzen erneut übergeben haben, auch wenn sie sich nicht mehr daran erinnerte. Ihr Haar war klebrig.

Sie drehte sich zu ihm um. Die Schmerzen waren nicht auszuhalten.

Der Käfig war leer. Der ganze Keller war leer.

Allein.

Die grüne Decke unter ihrem Kopf war zusammengelegt worden.

Um sie herum knacksten die Balken. Ansonsten war alles so still wie in einem Grab.

52

Clair

Als Clair bei Tanks A Lot Aquarium and Fish Supplies durch die Eingangstür marschierte, schlug ihr heiße, feuchte Luft entgegen. Sie stampfte den Schnee von ihren Stiefeln und machte den Reißverschluss ihrer Jacke auf.

Entlang der Wände des schmalen Ladengeschäfts standen blaue Wassertanks, und in der Mitte verliefen drei Regaldurchgänge mit den unterschiedlichsten Waren.

Ein Mann mit langen grauen Haaren sah vom Kassentresen auf. Er hielt den neuesten *Jack-Reacher*-Roman in der Hand. »Kann ich helfen?«

Clair hatte an diesem Morgen schon drei solcher Läden besucht. Alle drei waren Nieten gewesen. Sie trat an den Tresen und hielt dem Mann ihren Dienstausweis hin.

Er legte sein Buch beiseite und runzelte die Stirn. »Haben Sie ihn gefunden?«

»Wen gefunden?«

»Sie haben ihn nicht gefunden.«

Clair kniff die Augen zusammen. »Ich bin mir nicht sicher, was…«

»Wenn Sie ihn nicht gefunden haben, was machen Sie dann hier? Sie sollten draußen danach suchen. Sie verschwenden Ihre Zeit.« Er schnaubte frustriert. »Mein Selbstbehalt beläuft sich auf fünftausend Dollar. Er war einen

Bruchteil davon wert, im Grunde lohnt es nicht, den Diebstahl zu melden. Aber ich kann mir keinen neuen leisten.
Ich will, dass Sie das Arschloch finden, das ihn hier raus-
geschleppt hat, und ihn mir wiederbringen.«

Clair hob beide Hände. »Ich glaube, wir sollten noch mal
ganz von vorn anfangen. Ich bin Mordermittlerin bei der
Chicago Metro, und…«

»Mord? Warum sucht eine Mordermittlerin nach meinem
gestohlenen Wassertank?«

»Jemand hat Ihnen einen Wassertank gestohlen?«

»Sind Sie gar nicht deswegen hier?«

Clair zog ihr Handy aus der Tasche und rief das Standbild
auf, das Kloz dem Überwachungsvideo aus dem Park entnommen hatte. »Ist es der hier?«

Der Mann nahm ihr das Handy aus der Hand, musterte
das Foto und zog es ein Stück größer. »Schwer zu sagen, das
Bild ist scheiße. Könnte sein. Ich nehm's fast an. Wo haben
Sie ihn gefunden?«

»Erkennen Sie den Wagen wieder?«

»Nope.«

Clair nahm ihm das Handy aus der Hand und ließ es in
ihre Tasche gleiten. »Wann ist der Tank gestohlen worden?«

»Na, als ich ihn gestohlen gemeldet hab. Sollten Sie so
was nicht wissen?«

»Tun wir mal so, als wüsste ich es nicht.«

»Sie wissen es eindeutig nicht.«

Clair hatte noch nie einen älteren Menschen geschlagen,
aber die Vorstellung war zusehends verlockend. »Wann ist
Ihr Wassertank gestohlen worden?«

Er trommelte mit seinen langen Fingern auf den Tresen.
»Die Woche nach Weihnachten. Ist hinten ins Lager eingebrochen und hat ihn mitgenommen.«

»Ist noch etwas anderes gestohlen worden?«

»Zwanzig Säcke Salz.«

»Darf ich das Lager mal sehen?«

Er knickte die Seite seines Buchs um und winkte Clair hinter sich her. Die Fische glotzten ihnen nach, und Clair gab sich alle Mühe, darüber hinwegzusehen. Fische hatte sie immer schon gruselig gefunden. Einige davon waren obendrein riesig. Sie stellte sich vor, wie in ihren Mäulern winzige Zähnchen saßen. Sie hatte nie verstehen können, wie Leute in offenen Gewässern schwimmen konnten.

Eine Tür im rückwärtigen Teil des Ladens führte in einen vollgestopften Lagerraum. Überall an den Wänden standen Metallregale. In der Ecke zur Linken stapelten sich ausgemusterte Aquarien wie zu einer gefährlichen, gläsernen Partie Jenga. Drei Metallfässer quollen von Plastikrohren und -schläuchen in verschiedensten Längen und Durchmessern regelrecht über.

Das Rütteln einer großen Maschine klang ähnlich wie das einer kaputten Waschmaschine. Das Gerät ragte gut drei Meter in den Raum, und daraus führten Rohre durch einen Zylinder in einen Wassertank. Schmalere Rohre verschwanden dahinter in der Wand und führten ohne Zweifel zurück in den vorderen Teil des Ladens.

»Das ist mein Filtriersystem. Sämtliche Aquarien draußen sind Salzwasser, die sind heikler als Süßwasser. Eine winzige Abweichung im pH-Wert, zu viel Salz, nicht genügend Salz – das komplette Ökosystem kippt, und sie krepieren alle. Dauert auch gar nicht lange, maximal ein paar Stunden.« Er trat darauf zu und warf einen Blick auf ein Messgerät. »Vor ein paar Jahren hatte ich hier mal einen großen Kugelfisch – das Vieh war fast dreißig Zentimeter lang. Irgendwas hat ihn erschreckt, der Junge bläht sich auf die Größe eines Basketballs auf, stößt sein Gift aus und killt meinen halben Bestand. Danach hab ich die alten Filter gegen eine Umkehrosmoseanlage ausgetauscht. Seither habe ich keine Probleme mehr. Muss trotzdem die Konzentration im Blick behalten.«

Clair scherte sich kein bisschen um das Leben und Sterben von Kugelfischen. »Haben Sie eine Ahnung, wie er hier reingekommen ist?«

Der Ladenbesitzer wies zur Rückwand des Lagers. »Ich würde ja darauf tippen.«

Ihr Blick fiel auf ein großes Schwingtor und eine schmalere Stahltür direkt links daneben. Die Tür war mit zwei Bolzenschlössern und einem Riegel gesichert. Das Schwingtor war elektrisch betrieben. »Welche der beiden?«

»Keine Ahnung.«

»Gab es keine Einbruchsspuren?«

Er machte ein verkniffenes Gesicht und wurde rot. »Wie ich dem ersten Officer schon gesagt habe, ist diese Tür immer verschlossen. Und auch das Tor ist immer zu. Ich überprüfe das, gleich nachdem ich morgens hier ankomme und bevor ich wieder nach Hause fahre. Aber sie müssen hier durchgekommen sein. Wenn die Cops nicht clever genug sind, um herauszufinden, wie sie es gemacht haben, dann ist das ihre Schuld, nicht meine.«

Clair trat auf die schmalere Tür zu, schob die zwei Bolzenschlösser auf und den Riegel zurück und machte die Tür auf. Kalte Luft strömte ihr entgegen. Mit der freien Hand hielt sie sich die Jacke zu, während sie die Kante der Stahltür untersuchte. Nirgends Kratzer oder Dellen. Die Tür war nicht aufgestemmt worden. Beide Schlösser waren massive Medecos, die zwar nicht unmöglich, aber doch schwer zu knacken waren. »Sicher, dass dieser Riegel hier vorgeschoben war?«

»Der wird, wenn überhaupt, einmal im Schaltjahr bewegt. Ich benutze bloß das Tor, und das geht mithilfe der Fernbedienung in meinem Transporter auf oder mit diesem Schalter da.« Er zeigte auf einen Leuchtschalter an der

Wand. Dann schlenderte er mit ausgestreckten Armen zurück zur Mitte des Lagers. »Der Tank stand genau hier. Ich
hatte ihn am Vorabend abgeladen und dann mit dem
Schlauch aus dem Filtriersystem für den nächsten Tag auf-
gefüllt.«

»Was war denn am nächsten Tag?«

»Ich versorge sechzehn große Aquarien in der ganzen
Stadt, das macht fast zwanzig Prozent meines Umsatzes
aus. Glauben Sie, das ginge, wenn ich da nicht Wasser nach-
liefern würde? Wasser verdunstet, wird schmutzig, muss
ausgetauscht werden. Ich habe bei meinen Runden immer
den Tank dabei, damit ich überall, wo es nötig ist, das Wasser austauschen oder auffüllen kann.«

Clair musterte den Garagenschalter, laut einem großen
Aufkleber auf der Seite des Antriebs ein Craftsman 54985.
Daneben lehnte eine Leiter an der Wand. »Darf ich?«

Er trug die Leiter für sie herüber und stellte sie unter den
Sensor. Clair angelte ihren Autoschlüssel aus der Tasche,
stieg die Leiter hinauf und untersuchte die Rückseite der
Vorrichtung. Sie fand einen gelben Knopf, drückte darauf
und dann auf den Funkschlüssel zu ihrer eigenen Tiefgarage.
Ein Lämpchen in der Vorrichtung blinkte auf, als der Sender das neue Signal speicherte.

Als sie erneut auf den Funkschlüssel drückte, sprang der
Motor an, und das Tor setzte sich in Bewegung. Sie drückte
wieder darauf, und das Tor glitt zu.

»Hol mich der Teufel.«

Clair kletterte von der Leiter. »Wer hat noch Zutritt zu
diesem Raum?«

»Nur ich.«

»Keine Lieferanten? Angestellten? Kein Verpächter?«

»Vor ein paar Wochen hatte ich mal eine Aushilfe vorn
im Laden, aber die war bloß einen Tag da. Verschrecktes
Ding. Ich glaube, die mochte lieber nicht mit Leuten zu tun

haben.« Er senkte die Stimme. »Die hatte wegen Totschlags oder so im Stateville Correctional eingesessen und war gerade erst entlassen worden. Sie hat mir erzählt, was passiert war, und für mich klang es nach einem Unfall. Schien Probleme zu haben, einen Job zu finden, also dachte ich mir, ich gebe ihr eine Chance. Bei uns wird nicht oft bar bezahlt, und mit einer Handvoll Fische wäre sie wohl kaum abgehauen. Ich hab eine ganz gute Menschenkenntnis, und als sie sich vorgestellt hat, haben bei mir keinerlei Alarmglocken geschrillt. Also warum nicht, oder? Ich hatte sowieso schon darüber nachgedacht, eine Anzeige zu schalten, damit mir hier jemand Teilzeit zur Hand geht.«

Clair zog die Augenbrauen in die Höhe. »Sie hat sich für einen Job beworben, den Sie noch gar nicht inseriert hatten? Nicht mal per Zettel im Fenster?«

Er schob die Hände in die Hosentaschen. »Sie war an einem Tag da, als einiges los war, hat gesehen, dass ich Hilfe brauchte, und hat mich angesprochen. Wie gesagt, ich hatte sowieso schon darüber nachgedacht.«

»Wie hieß die Frau?«

»Libby. Libby McInley.«

Clair zückte ihr Handy und drückte eine Kurzwahltaste.

Die Mailbox sprang an. »Detective Sam Porter von der Chicago Metro, ich bin …«

Sie legte auf.

Verdammt, sie hatte Nash anrufen wollen.

53
Poole

Hallo, meine Freunde!

Gut zu wissen, dass Sie endlich hergefunden haben! Ich hatte eigentlich gehofft, diesen Augenblick mit Ihnen gemeinsam zu erleben, aber es hat leider nicht sein sollen. Also tröste ich mich mit der Tatsache, dass dieses Material den Weg in Ihre kompetenten Hände gefunden hat, weil ich mir sicher bin, dass Sie es Ihren Compadres aus der Abteilung für Wirtschaftskriminalität vorlegen werden, die es dann dem Berg an Beweisen gegen Mr. Talbot und sein Unternehmen hinzufügen können. Obwohl ich glaube, dass diese Kiste mehr als genug Informationen enthält, um ihm eine saftige Haftstrafe aufzubrummen, konnte ich leider nicht bis zur Gerichtsverhandlung warten und habe daher schon mal eine andere Strafe verhängt, die ich für die vorliegenden Vergehen mehr als passend finde. Genau wie sein langjähriger Geschäftspartner Gunther Herbert wird auch Mr. Talbot heute sein gerechtes Urteil hören und der umgehenden Vollstreckung entgegenblicken. Vielleicht erlaube ich ihm noch, seiner Tochter einen Abschiedskuss zu geben. Vielleicht aber auch nicht. Vielleicht ist es doch besser, wenn die zwei einander einfach bluten sehen.

Beste Grüße
Anson Bishop

Poole strich die Kanten des Briefbogens glatt und musterte die Handschrift – ordentlich, leserlich und trotzdem seltsam verstörend.

Der Brief hatte in der Kiste gelegen, die die Detectives Clair Norton und Brian Nash ein paar Tage nach Emory Connors' Entführung und nur wenige Stunden nach der Entführung ihres leiblichen Vaters, Arthur Talbot, in einer leeren Wohnung gefunden hatten. Die Adresse zu der Wohnung hatte Bishop auf seinen Anstellungsunterlagen hinterlegt, die ihm unter dem Namen Paul Watson Zugang zum kriminaltechnischen Labor und der Chicago Metro gewährt hatten. Bishop hatte gewollt, dass diese Informationen gefunden würden, und einen Plan (einen von vielen) entworfen, um sicherzustellen, dass dies auch garantiert nicht zu früh oder zu spät geschah. Er wusste, dass sie seine Anschrift überprüfen würden, sobald seine Tarnung aufgeflogen wäre – aber eben auch keinen Tag früher.

Poole hatte den Inhalt der Kiste in ordentlichen Reihen auf einem Klapptisch ausgebreitet, ehe er zu Libby McInleys Bewährungshelfer gefahren war.

Papierstapel, zwölf an der Zahl.

Die ersten sieben enthielten Informationen rund um Arthur Talbot, hauptsächlich zu seinen Immobiliengeschäften und Finanzholdings. Die Abteilungen für Wirtschaftskriminalität sowohl bei der Chicago Metro als auch beim FBI wühlten sich immer noch durch die Details, aber allein bis heute hatten sie Aktiva im Wert von über fünfzig Millionen Dollar aufgespürt, die allem Anschein nach aus kriminellen Machenschaften stammten. In Anbetracht der Größe von Talbot Enterprises waren die meisten Vermögenswerte eingefroren worden, allerdings hatten diverse Gerichte verfügt, dass sich diese Maßnahme nicht auf die Geschäftskonten des Unternehmens erstrecken dürfte; letztlich sollte damit verhindert werden, dass Tausende Jobs, die mit Talbots

Geschäften einhergingen, durch die Untersuchung gefährdet würden. Und auch Emory Connors' Treuhandkonto war nicht angerührt worden, weil es anscheinend ganz bewusst mit keinem von Talbots Geschäften in Verbindung stand.

Poole räumte die Stapel beiseite.

Die nächsten vier hatten ebenfalls mit Talbot zu tun – sie enthielten unter anderem die Verbindungen zu dreiundzwanzig Einzelakteuren sowie zu zwei mafiösen Clans, die in und um Chicago tätig waren. Die Bandbreite ihrer Verbrechen reichte von illegalem Glücksspiel und Geldwäsche bis hin zu Drogenhandel und Prostitution. Die Unterlagen hatten bis dato zu sechs Festnahmen geführt; mit zahlreichen weiteren war zu rechnen.

Auch diese Stapel räumte Poole zur Seite. Es war der letzte Stapel, der ihn interessierte.

Der letzte Stapel enthielt etwa dreihundert Bogen Papier, und auf dem obersten, grün-weiß linierten stand in der ersten Zeile mit winziger, akkurater Schrift geschrieben:

163. WF14 2.5K. JM.

In dem Stapel steckte außerdem eine Versandtasche mit sechsundzwanzig Polaroidfotos von sowohl männlichen als auch weiblichen Teenagern in den unterschiedlichsten Stadien der Entkleidung. Die Polaroids waren nummeriert; die Handschrift war allerdings nicht die von Bishop. Laut Detective Nashs Bericht, den Poole aufgerufen hatte, hatte der Umschlag ursprünglich nicht in dem Stapel, sondern auf dem Boden der Kiste gelegen. Obwohl beides aller Wahrscheinlichkeit nach miteinander in Zusammenhang stand, wollte Poole es lieber so vor sich sehen, wie es aufgefunden worden war. Aufgrund von irgendwelchen Annahmen alles irgendwie zusammenzupacken konnte sich als voreilig erweisen und zu falschen Schlussfolgerungen führen.

Er fuhr mit dem Finger über die erste Zeile:

163. WF14 2.5K. JM.

Nummer 163 war ihren vorläufigen Ermittlungsergebnissen zufolge ein ganz bestimmtes Kind – eine weiße Vierzehnjährige – *white female, 14 –*, die entweder für zwei Komma fünf Riesen verkauft oder käuflich erworben worden war – höchstwahrscheinlich Dollar, aber es konnte genauso gut eine andere Währung sein. Die derzeit gängigste Währung unter Schleppern waren Bitcoins.

Mit Bitcoins kannte Poole sich aus. Die Währung war den Strafverfolgungsbehörden schon seit 2008 ein Dorn im Auge – seit Kriminelle damit wie mittels Bargeld Online-Geschäfte abwickeln konnten, ohne auch nur die geringste Spur zu den Handelspartnern oder zur gehandelten Ware zu hinterlassen.

Wenn es sich tatsächlich um 2500 Bitcoins handelte, betrüge der aktuelle Gegenwert in US-Dollar umgerechnet 2,6 Millionen – was höchst unwahrscheinlich war. Eine weiße Vierzehnjährige bei guter Gesundheit wurde in den USA für unter 25 000 Dollar gehandelt. Allerdings wurden Bitcoins durchaus mit *K* abgekürzt. Wenn dies auch hier der Fall wäre, würden 2,5 *K* in etwa 2600 US-Dollar entsprechen, was wesentlich realistischer klang.

Die Vorstellung, mit einem Menschenleben zu handeln, ganz gleich für welches Geld, widerte Poole an, und er verscheuchte den Gedanken. Er musste sich auf die Fakten konzentrieren.

163. WF14 2.5K. JM.

Kind Nummer 163, weiß, weiblich, vierzehn Jahre alt, zum Verkauf angeboten oder verkauft für 2600 Dollar. Die Initialen JM mochten zu dem Kind oder aber zum jeweiligen Käufer oder Verkäufer gehören.

Poole sah die Polaroids durch. Keines davon war mit 163 nummeriert.

Allerdings hatte jemand andere Zeilen zu einzelnen Fotos zugeordnet; neben dem jeweiligen Eintrag klebten gelbe Haftzettel. Alles in allem neunzehn Mädchen und sieben Jungen.

Poole zählte die Zeilen auf dem obersten Blatt durch – sechsundzwanzig. Bei annähernd dreihundert Seiten hieß das, dass hier insgesamt an die achttausend Kinder aufgelistet worden waren. Oder besser: an die achttausend *Menschen*. Wenn die Zahl, die auf ethnische Zugehörigkeit und Geschlecht folgte, tatsächlich für das Alter stand, waren viele von ihnen älter, wobei sich der höchste Eintrag, den er hatte finden können, auf dreiundzwanzig belief.

Auf dem Gebiet der Schlepperkriminalität rangierte Chicago landesweit auf Platz drei. Jüngere Studien gingen davon aus, dass sich im Einzugsgebiet der Stadt mindestens 25 000 Opfer von Menschenhandel aufhielten. Wenn man diese Liste entsprechend interpretierte, wäre darauf fast ein Drittel davon verzeichnet. Und Poole sah keine Veranlassung, an der Gründlichkeit von Bishops Arbeit zu zweifeln. Sämtliche anderen Informationen hatten sich schließlich ebenfalls als wahr erwiesen.

Sowohl die Cook County Human Trafficking Task Force, die Chicago Regional Human Trafficking Task Force (CTTF) als auch die Illinois Task Force on Human Trafficking hatten Kopien der Unterlagen erhalten, doch keine der Stellen hatte hinsichtlich der genauen Bedeutung der Angaben Fortschritte erzielen können. Aber sobald es so weit wäre, würde dies zum Durchbruch im umfassendsten Schlepperfall der US-Geschichte führen.

Poole stand auf und vertrat sich ein wenig die Beine.

Dann nahm er sich eins der Polaroids, lief hinüber zum Whiteboard und hielt das Bild neben dasjenige, das sie in Libby McInleys Haus gefunden hatten. Er hatte insgeheim darauf gehofft, dass es aus derselben Kamera stammte. Nicht, dass irgendetwas darauf hingewiesen hätte – aber er brauchte einfach eine Gemeinsamkeit, irgendwas, was diese Puzzlestücke miteinander verband.

Doch die Bilder stammten nicht aus derselben Kamera.

Die Analyse hatte ergeben, dass die Fotos der Kinder von einem 780-Turbo-Sofortbildfilm stammten, während das Foto aus McInleys Haus ein PX 680 Color Shade FF war. Außerdem hatte er erfahren, dass Polaroidkameras fast schon dem Lauf einer Schusswaffe glichen: Denn jede Kamera hinterließ eine unverkennbare Spur auf dem ausgeworfenen Foto – eine Reihe feinster Kerben, die für das menschliche Auge nicht erkennbar waren, aber ausreichten, um die Kamera zu identifizieren. Die Fotos aus Bishops Kiste waren alle mit derselben Kamera aufgenommen worden. Die Filme wiederum waren mit Seriennummern versehen, mittels derer man die Produktionsdaten ermitteln konnte – und die besagten, dass sämtliche Bilder über einen Zeitraum von zwei Jahren, etwa Mitte der Neunziger, entstanden waren.

Pooles Handy klingelte, und er ging zurück an den Tisch. Diener. Er drückte auf Annehmen.

»Frank? Ich hab hier was. Sie hatten recht.«

»In Sachen Papiere?«

»Ja. Beim Standesamt Illinois ist über das Online-Portal vor knapp einem Jahr, am 10. April 2014, die Kopie einer Geburtsurkunde beantragt worden.«

»Während McInley noch im Gefängnis saß.«

»Genau. Der Antrag stammte von einer gewissen Kalyn Selke – oder, na ja, von jemandem, der sich als Kalyn Selke ausgegeben hat. Die Person hat jedenfalls sämtliche relevanten Daten übermittelt: Name des Krankenhauses, in dem sie geboren wurde, Gemeinde und Bundesstaat, Mädchenname der Mutter, Name des Vaters. Der Grund für die Zweitschrift sei ein Feuer, bei dem das Original verbrannt sein soll. Sie hat sogar ein Dokument mit Libby McInleys Foto übermittelt. Natürlich ein Fake, aber niemand hat es für nötig gehalten, das zu überprüfen. Die Zweitschrift ist am 2. Mai 2014 verschickt worden. Etwa eine Woche später, am 8. Mai 2014, ging dann der Antrag für den Pass ein, für den die Geburtsurkunde sowie drei Versorgungsrechnungen – Strom, Telefon und Kabelfernsehen – auf dieselbe Adresse vorgelegt wurden. Und an diese Adresse sollte der Pass dann auch geschickt werden – eine Wohnanlage in Brighton Park. Da fahre ich jetzt hin.«

Pooles Brust krampfte sich zusammen. »Schicken Sie mir die Adresse. Wir treffen uns dort.«

54
Clair

»Wie lang dauert das denn noch?«

Klozowski fuchtelte in ihre Richtung, hielt aber den Blick auf den Bildschirm gerichtet. »Ich versuche nur, eine bessere Einstellung zu finden. Sag Bescheid, wenn du irgendwas siehst, was…«

»Das da!«, schrie Clair.

»Himmel, Clair-Bär, wie wär's mit Zimmerlautstärke?«, sagte Nash, der ihr über die Schulter geblickt hatte.

Clair beugte sich vor und tippte auf den Monitor. »Das ist die Hintertür dieses Fischeladens. Welche Straße ist das?«

Kloz klickte auf das Infofeld neben der Anzeige der CCTV-Aufnahme. »Ecke Sechzehnte und Mortimer.«

»Kommst du noch näher ran?«

»Ich hab schon voll reingezoomt. Welchen Tag brauchen wir?«

»Er meinte, der Tank ist in der Woche nach Weihnachten gestohlen worden. Vielleicht fangen wir mit dem siebenundzwanzigsten Dezember an, um sicherzugehen?«

Kloz seufzte. »Das ist ein ziemlich großes Zeitfenster.«

»Wir werfen das Netz eben weitflächig aus.«

Nash trat an Kloz' freie Seite. »Ich dachte, mit diesen Dingern könnte man nach Marke und Modell suchen?«

Kloz lehnte sich in seinem Stuhl zurück. »Wie wär's mit ein bisschen mehr Abstand? Außerdem riechst du nach Rettich.«

»Ich hatte Salat zum Mittagessen«, murmelte Nash und trat einen Schritt zurück. »Ich versuche gerade ganz bewusst, ein bisschen gesünder zu essen.«

»Du hattest zum Mittagessen einen McDonald's-Salat, der in Ranch-Dressing geschwommen hat. Das ist so ungefähr das Fetthaltigste, was man bei McDonald's bestellen kann.«

»Blödsinn.«

»Kein Witz.«

»Konzentration, die Herren!«, mahnte Clair. »Können wir nach einem bestimmten Fahrzeugtyp suchen?«

Kloz schüttelte den Kopf. »Nicht so richtig.«

»Das ist *nicht so richtig* die klarste Antwort.«

»Die Kamera kann Marke und Modell des Fahrzeugs nicht identifizieren, aber sie erfasst und speichert das Kennzeichen. Diese Info kann ich dann mit der Fahrzeughalterdatei abgleichen und ...«

»Du könntest die Kennzeichen abfragen und sämtliche 2011er Toyota Tundras aussortieren, die zu einer bestimmten Zeit oder in einer bestimmten Zeitspanne an dieser Kreuzung vorbeigekommen sind«, ergänzte Clair. »Blöd wäre bloß, wenn unser Täter die Nummernschilder ausgetauscht hätte. Dann mal los.«

Kloz fing an zu tippen. »Mit Kaffee arbeite ich schneller.«

»Wenn du irgendwas findest, geht ein Monat Starbucks auf mich.«

»Das ist wirklich sehr großzügig von dir, aber das löst nicht mein aktuelles Problem.«

An Nash gewandt verdrehte Clair die Augen. »Geh und hol ihm welchen.«

Nash hatte schon den Mund aufgemacht und wollte etwas

erwidern, überlegte es sich dann aber anders und lief zur kleinen Kaffeeküche im hinteren Eck der IT-Abteilung.

Clair beugte sich zu Kloz runter. »Hast du mit Sam gesprochen?«, fragte sie leise.

Klozowski starrte weiter auf den Bildschirm. »Wir sollen ihn nicht kontaktieren. Mir würde im Traum nicht einfallen, einer klaren Anordnung zuwiderzuhandeln.«

»Ich hab's drei Mal bei ihm versucht. Immer lande ich auf der Mailbox.«

»Nash hat's auch probiert, da war es das Gleiche«, erwiderte Kloz leise.

Vor ihm auf dem Bildschirm tauchte eine Liste auf. Er wählte mehrere Posten aus und drückte auf Enter. »Hör zu, dass ich jetzt wie der einzige Erwachsene in diesem Büro klinge, ist wirklich das Letzte, was ich will. Porter ist auch mein Freund, aber er hat uns hintergangen. Das FBI spaziert hier rein und übernimmt den 4MK-Fall, und das soll mir nur recht sein. So läuft es eben in der echten Welt. Ich hab das abgeschüttelt und mach einfach weiter. Du hast das so gemacht. Nash hat das so gemacht. Porter hätte es auch so machen sollen.« Er nahm die Hände von der Tastatur und ließ die Schultern nach unten sacken. »Du hast das doch so gemacht, oder nicht? Du unterhältst nicht irgendwo noch ein geheimes Kriminallabor?« Er fing wieder an zu tippen und fuhr fort: »Ich mag meinen Job. Und ich will in meinem Job gern vorankommen. Also tue ich, was man mir sagt. Vielleicht kommt das ein bisschen komisch rüber, aber zumindest kann ich nachts schlafen und wälze nicht ständig Probleme. Du liebe Güte!«

»Was?«

»Der Toyota Tundra ist echt beliebt.«

»Wie viele hast du denn?«

»Sechshundertundzwölf allein zwischen dem dreiundzwanzigsten und dem achtundzwanzigsten Dezember.«

Im nächsten Moment balancierte Nash drei Styroporbecher an den Tisch. Einen setzte er neben Kloz ab, den zweiten drückte er Clair in die Hand.

Sie starrte auf den Bildschirm. »Kannst du die Liste nach Häufigkeit sortieren? Also wie oft sie dort vorbeigefahren sind? Dass Libby McInley genau einen Tag lang in diesem Fischeladen gearbeitet hat, ist doch kein Zufall. Wenn sie irgendwie mit unserem Täter zusammengearbeitet und den Laden ausspioniert hat, heißt das doch, dass der Täter das nicht selbst machen musste. Insofern dürfte er nicht allzu oft dort vorbeigefahren sein. Je mehr Treffer, umso eher spricht das für regelmäßige Fahrwege – Pendler, die tagtäglich da entlang zur Arbeit und wieder zurück fahren.«

Kloz stellte am oberen Rand des Bildschirms ein paar Parameter ein und drückte erneut auf Enter. »Okay. Für denjenigen, der am häufigsten vorbeikommt, hab ich hier vierzehn Treffer. Einhundertundsechs Einzeltreffer. Dreiundneunzig, die zwei Mal vorbeikommen … Ich sortier das mal aufsteigend und lasse Standbilder raus.«

Clair sah zu, wie die Liste verschwand und von einem Dutzend Bilder von Pick-up-Trucks aus dem immer gleichen Blickwinkel ersetzt wurden. »Wir suchen nach einem, der einen Wassertank transportiert.«

Alle drei überflogen die Bilder. Nach ein paar Sekunden klickte Kloz ganz unten am Bildschirm auf Weiter, und das nächste Dutzend Bilder tauchte vor ihnen auf. Sie betrachteten die Fotos, Kloz klickte weiter. Und weiter. Das Ganze wiederholte sich elf Mal, bis sie ihn entdeckten.

»Da bist du ja«, murmelte Kloz.

»Definitiv derselbe Pick-up, den auch die Kamera im Jackson Park erfasst hat«, stellte Nash fest.

»Wir müssen das Kennzeichen checken und Namen und Adresse des Halters abfragen«, sagte Clair. »Kannst du den Fahrer heranzoomen?«

»Jupp.« Kloz drehte ein Rädchen an seiner Mouse, und das Bild erstreckte sich über den gesamten Bildschirm. Dann klickte er auf die Windschutzscheibe, bis das Gesicht des Fahrers angezeigt wurde.

»Oh Scheiße«, murmelte Nash.

»Ist das …« Mit offenem Mund ließ Kloz sich in seinen Stuhl zurückfallen. Dann rieb er sich über den Nacken.

»Das ist Bishop«, sagte Clair leise.

55

Porter

»Mein Chiropraktiker wird nicht sehr zufrieden mit mir sein«, ächzte Sarah Werner. Sie lag auf dem Tisch im Überwachungsraum. Computerbildschirm und Tastatur hatte sie zur Seite geschoben.

Die Wachen hatten alle dreißig Minuten nach ihnen gesehen, und Werner hatte sie immer wieder weggeschickt.

Porter schob sich auf dem Stuhl nach oben. Auch ihm tat alles weh.

Ein Blick auf die Wanduhr in der Ecke. »Es sind jetzt schon drei Stunden. Was macht die da drin?«

Sarah drehte sich in Richtung des Spionspiegels. »Liest immer noch. Wir hätten uns was zu essen holen sollen.«

Porters Magen knurrte zur Bestätigung. »Ich will hier sein, wenn sie fertig ist. Am besten geben wir ihr gar nicht erst Zeit, das alles zu verdauen.«

»Bitte keine Anspielungen auf Essen.«

»Tut mir leid.«

Porter hob die Arme über den Kopf, streckte sich und unterdrückte ein Gähnen. »Sie müssen hier nicht mit mir warten, wenn Sie noch was anderes zu tun haben. Ich will Sie wirklich nicht aufhalten.«

Sarah unterdrückte ihr Gähnen nicht, hielt sich aber die Hand vor den Mund. »Ich habe heute nichts weiter vor.«

»Wartet zu Hause niemand auf Sie?«

Sarah lachte. »Ich bin Strafverteidigerin in einer der kriminellsten Städte des Landes. Ich habe den Fehler begangen, mir ein Büro mitsamt Wohnung darüber auszusuchen, sprich: Die Arbeit folgt mir buchstäblich bis in die eigenen vier Wände. Es sind ja doch bloß ein paar Schritte. Nicht, dass mein Wohnort wesentlich wäre, weil ich sowieso achtzig Stunden pro Woche die Nase in meine Akten stecke. Wenn ich nicht am Schreibtisch klebe, bin ich hier oder bei Gericht, manchmal auch bei der Polizei. Mit jeder einzelnen Entscheidung, die ich treffe, sabotiere ich meine Chancen auf ein Privatleben.« Sie kreiste den Kopf über den Nacken und lächelte ihn an. »Das hier kommt seit vier Monaten einem Date am nächsten.«

Porter spürte, wie er rot wurde. »Wirklich? Und wie mache ich mich so?«

Sarah sah wieder nach oben und studierte ihre Fingernägel – die nicht allzu lang waren, wie er feststellte. Wenn sie Nagellack trug, dann einen farblosen. »Sie kriegen auf jeden Fall einen Bonus für Originalität, das ist mal sicher. Die Location war noch nicht optimal, aber das kenne ich auch wesentlich schlimmer.«

»Vielleicht sollte ich Sie zum Abendessen einladen? Als eine Art Wiedergutmachung?« Es war ihm herausgerutscht, ehe er darüber nachgedacht hatte, und er wünschte sich sofort, er könnte es zurücknehmen.

Diesmal war Sarah an der Reihe zu erröten. Sie nickte in Richtung seiner Hand. »Vielleicht sollten Sie das erst zu Hause besprechen, Romeo. So nötig hab ich's nun auch wieder nicht. Ich hab bisher noch nicht mal über eine Katze nachgedacht.«

Porter rieb mit dem Daumen über die Kante seines Eherings und starrte darauf hinab. »Meine Frau ist letztes Jahr gestorben. Ich sollte ihn womöglich gar nicht mehr tragen, aber mein Finger fühlt sich komisch an, wenn ich ihn ablege.«

Sarah sah wieder zur Decke. »Unser Date nimmt wohl gerade eine ungute Wendung. Tut mir sehr leid.«

»Ich bin einfach nicht mehr in Übung. In der Highschool konnte ich bei einem Date in weniger als vier Minuten von null auf hundert gehen.«

»Oh, der King auf dem Campus, was? Ich kann mir Sie an der Highschool nicht mal ansatzweise vorstellen.«

Darüber musste Porter nachdenken; irgendeine vage Erinnerung hatte sich ganz kurz geregt, war aber durch den endlosen Tunnel kaum wahrnehmbar. »Manchmal fühlt sich das alles an, als wäre es eine Ewigkeit her – und an anderen Tagen, als wäre es gerade erst gestern gewesen.«

»Die Art der Erinnerung bestimmt den gefühlten zeitlichen Abstand.«

»Was soll das denn heißen?«

Sarahs Seufzer kam fast schon gehaucht. »Ach, bloß irgendwas, das ich mal im Grundstudium in Psychologie aufgeschnappt hab. Wenn man sich schöne Erinnerungen ins Gedächtnis ruft, nimmt das Gehirn sie als jünger wahr. Schlechte Erinnerungen hingegen werden ganz weit nach hinten geschoben, manchmal sogar komplett vergessen oder verdrängt. Irgendein Abwehrmechanismus, nehme ich an. Man umgibt sich lieber mit den schönen Dingen und legt zwischen sich und die schlechten Dinge möglichst viel Distanz, so in der Art.«

»Vielleicht sollte ich derjenige sein, der sich dort hinlegt, Doktor.«

»Wollen Sie tauschen?«

»Der edle Ritter in mir würde einer Lady niemals diesen Stuhl zumuten. Dieses verdammte Ding grenzt nämlich an Folter.« Porter verlagerte sein Gewicht. »Wenn dieser Stuhl dort im Vernehmungsraum stünde, würde ich es ja noch verstehen – ein Verdächtiger darf es sich bloß nicht gemütlich machen. Aber hier? Irgendein armer Wachmann verbringt doch wahrscheinlich einen Gutteil seines Lebens auf diesem Ding!«

»Der Tisch hat auch keine Schaumpolsterauflage. *No bueno.*« Sie drehte sich wieder zu ihm um und stützte den Kopf auf die Hand. »Woran erinnern Sie sich denn?«

»Aus der Highschool?«

Sie nickte. »Sind Sie oft in den Spind gesperrt worden? Oder waren Sie derjenige, der andere eingesperrt hat?«

Porter kicherte in sich hinein. »Ich bin mir ziemlich sicher, ich wäre eingesperrt worden, wenn ich denn reingepasst hätte. Ich war ein bisschen untersetzt ...«

»Sie?«

»Oh ja. Als Freshman fast siebzig Kilo auf knapp eins sechzig.«

»Das geht doch noch. Und wie es aussieht, hat sich das verwachsen.«

»Ich war Zielscheibe Nummer eins beim Völkerball. Dann im Junior Year bin ich fast dreißig Zentimeter in die Höhe geschossen. Sah aus, als hätte jemand meinen Kopf gepackt und mich in die Länge gezogen. Fühlte sich auch so an. Ich weiß noch genau, dass es verdammt wehgetan hat, und für eine gewisse Zeit hatte ich null Körperkontrolle mehr. Meine Arme und Beine waren irgendwie viel zu lang. Auf dem Flur bin ich ständig über meine eigenen Füße gestolpert. Ich war komplett durch den Wind.«

»Trotzdem wird sich niemand mit Ihnen angelegt haben. Für die Highschool waren Sie da schon zu groß.«

Porter zuckte mit den Schultern. »Es hatte sich auch vorher nie wirklich jemand mit mir angelegt. Ich war so was wie der Klassenclown. Wenn irgendwer mich provozieren wollte, hab ich einen Witz gerissen, und alles war gut.«

»Schade, dass Sie Ihren Humor nicht ins Erwachsenenalter gerettet haben.« Sarah grinste ihn an, und ihre Augen funkelten im Dämmerlicht.

»Schönen Dank auch.«

Sie schwang die Beine über die Tischkante, setzte sich auf und strich ihren Rock glatt. »Was ist Ihre schönste Erinnerung an die Highschool?«

Porter dachte kurz darüber nach – vergebens – und streckte auf seinem Stuhl den Rücken durch. »Oh nein, ich hab schon was erzählt, jetzt sind Sie dran. Sie sind doch ein hübsches Mädchen, ich wette, die Schule war für Sie ein Spaziergang.«

»Huch? Ich weiß gar nicht, wo ich mehr hineinlesen soll – in das *hübsch* oder das *Mädchen*.«

»Himmel, Sie haben keine einzige Psychologievorlesung verpasst, was?«

»Keine einzige.«

»Ich sehe ja, dass aus uns allen irgendwann Männer und Frauen geworden sind, aber ich weiß wirklich nicht, wann so etwas genau passiert. Ich fühle mich immer noch wie ein Kind und bezeichne mich auch als Jungen.«

»Ich glaube, das passiert so etwa in der Zeit, in der wir den ersten Kredit aufnehmen und den ersten richtigen Job antreten. Sobald wir aufhören, für andere eine Verantwortung darzustellen, und selbst Verantwortung übernehmen.«

»Wenn wir sichtbar werden«, sagte Porter leise.

»Bitte?«

»Ach, bloß ein Zitat aus Bishops Tagebuch. Er hat beschrieben, wie man als kleines Kind für den Rest der Welt unsichtbar ist und dann erst mit der Zeit Gestalt annimmt. Als Erwachsene sind wir voll sichtbar«, erklärte Porter. »Wenn wir älter werden, verblassen wir wieder, bis die Gesellschaft uns nicht mehr zur Kenntnis nimmt.«

»Huch. Das geht tief. Ich glaube, das merke ich mir«, sagte Sarah.

»Ich beziehe meine psychologischen und spirituellen Inspirationen ja lieber nicht von Psychopathen.«

»Trotzdem haben Sie den Wortlaut immer noch parat.«

Als etwas gegen die Scheibe krachte, sprang Werner mit einem kleinen Schreckensschrei vom Tisch.

Porter richtete sich auf und starrte in den Spionspiegel.

Jane Doe stand nur wenige Zentimeter davor. Mit der gespreizten Hand drückte sie das Tagebuch gegen die Scheibe.

56

Poole

Die Special Agents Frank Poole und Stewart Diener saßen etwa einen halben Block von 519 Fourty-First Place entfernt an der ruhigen Wohnstraße in Pooles Jeep.

Poole musterte das Anwesen durch ein Zeiss 526000 – ein schweres, aber leistungsstarkes Fernglas.

Das Haus war klein, höchstens drei Zimmer, ein Bad. Einstöckig. Die hellgrüne Fassadenfarbe war ausgeblichen und rissig. Ein Maschendrahtzaun umfriedete das Grundstück. Neben dem Törchen baumelte bloß mit schwarzem Kabelbinder befestigt ein Schild mit der Aufschrift »Zu vermieten«. Der Bürgersteig davor sowie Garten und Auffahrt lagen unter einer dicken Schneedecke. Hier hatte schon länger niemand mehr Schnee geschaufelt. Es stand auch kein Auto in der Auffahrt. Schwere Vorhänge verhinderten, dass man durch die Fenster ins Haus hineinsehen konnte.

»Sowohl die Geburtsurkunde als auch der Pass sind hierher geschickt worden. Die Überwachungskamera in der Zulassungsbehörde hat Libby eingefangen, wie sie den Führerschein – und zwar mit gefälschten Papieren – drei Tage nach ihrer Entlassung aus dem Stateville Correctional persönlich dort abgeholt hat«, berichtete Diener.

»Sieht verlassen aus. Keine Fußabdrücke im Schnee, die zur Haustür führen. Kann allerdings nicht reinsehen, die

Vorhänge sind zugezogen.« Poole ließ das Fernglas sinken. »Wird wohl als Umschlagplatz benutzt. Wer immer ihr mit den Papieren geholfen hat, hat einfach nur die Adresse benutzt, nichts weiter.« Poole machte den Reißverschluss seiner Jacke zu und wickelte sich den Schal um den Hals. »Ich seh mich mal um.«

Diener spähte hinaus ins Schneetreiben. »Wann hört der Mist eigentlich endlich auf?«

Poole machte der Schnee nichts aus. Manchmal verschwand alles Hässliche in der Welt besser unter einer weißen Decke.

Die Tür des Jeeps ächzte, als er sie aufstieß und dann mit Wucht hinter sich zuwarf. Bei Kälte schloss die Fahrertür nicht richtig. Er hörte, wie auch Diener ausstieg; seine Schuhe knirschten über den Schnee, als er den Wagen umrundete.

Sie liefen bis auf Höhe des Grundstücks und überquerten dann erst die Straße. Bislang war noch kein weiteres Fahrzeug vorbeigekommen, und Poole mutmaßte, dass hier nur Anwohner entlangfuhren – eine merkwürdige Wahl für einen Umschlagplatz. Normalerweise wurde da eher auf viel befahrene Gegenden zurückgegriffen; in ruhigeren Vierteln wurde ein Fremder doch viel eher von den Nachbarn bemerkt, und Leute, die einen Briefkasten für kriminelle Machenschaften unterhielten, zogen es vor, nicht allzu sehr aufzufallen.

Vor Pooles Augen zogen Bilder aus Libby McInleys Haus vorbei – insbesondere Bilder dessen, was er drinnen vorgefunden hatte. Er hatte einen säuerlichen Geschmack auf der Zunge und wünschte sich, er könnte derlei Erlebnisse einfach vergessen, aber sein Gedächtnis war diesbezüglich hartnäckig und hielt die Erinnerungen frisch.

An der Grundstücksgrenze zum Bürgersteig hingen gleich zwei Briefkästen. Der linke war für Zeitungen vorgesehen, hatte keinen Deckel und war leer. Poole klappte den Blech-kasten daneben auf und angelte zwei Postsendungen he-raus.

»Einmal Direktmarketing, adressiert an Libby McInley. Und ein Spendenaufruf der Veteranen, adressiert an den ›Anwohner‹. Beide in dieser Woche abgestempelt. Irgend-jemand leert den Briefkasten«, teilte Poole Diener mit, ehe er beides wieder hineinschob.

Diener blickte die Straße entlang. »Hier hat die Hälfte der Leute erst kürzlich die eigene Auffahrt freigeschaufelt. So-bald wir das Haus gecheckt haben, sollten wir mal mit den Nachbarn sprechen. An so ruhigen Straßen finden wir doch garantiert jemanden, der Augen und Ohren offen hält.«

Das Törchen im Zaun war zugefroren, und Poole musste mehrmals dagegenschlagen, ehe der Riegel aufsprang und sie es durch den Schnee aufschieben konnten. Dann liefen sie auf den Hauseingang zu.

»Frank …«, sagte Diener leise und zeigte mit der behand-schuhten Rechten zur Tür.

Das Bolzenschloss fehlte – wo es einmal gesessen hatte, klaffte ein Loch. Der Türknauf sah aus, als säße er locker, und die Oberseite war verkratzt und verbeult. Irgendjemand hatte daraufgeschlagen. Über den Türrahmen verliefen Schrammen.

Poole öffnete den Reißverschluss seiner Jacke, zog seine Waffe und trat an die Tür. Mit der freien Hand zeigte er erst auf Diener, dann zur Seite des Hauses, und auch Diener zückte seine Waffe und verschwand um die Ecke, um nach einer Hintertür zu suchen.

Poole legte die Hand auf den Knauf. Der ließ sich zwar drehen, doch die Schrauben, mit denen das Schloss befes-tigt gewesen war, waren entweder herausgezogen oder so stark gelockert worden, dass es sich anfühlte, als würde ihm der Zylinder gleich in Einzelteilen entgegenfallen. Mit einem Klicken schnappte der Riegel auf. Er schubste die Tür leicht an.

Dahinter befand sich ein kleines Wohnzimmer. Jemand hatte die alten Polster der braunen Ledercouch mit einem Messer bearbeitet. Wie weißer Steppenläufer wehte die Füllung durch den Raum. Die Heizung war abgestellt.

»Hier ist das FBI. Kommen Sie raus!« Seine Stimme verhallte, wie es nur in verwaisten, verlassenen Häusern der Fall war.

Er trat über die Schwelle.

Die Wände waren mit Graffiti beschmiert: Gang-Tags in unterschiedlichsten Farben, Namen, Schriftzüge – Dasha Loves You, Little Mix, X-Train Chirps. Poole hatte keine Ahnung, was das alles bedeuten sollte.

Von der Rückseite des Hauses hörte er, wie eine Tür mit lautem Splittern aufsprang. Mit der zur Decke gerichteten Waffe betrat Diener die Küche. Er nickte Poole zu und wandte sich in Richtung des Flurs zu seiner Rechten. Dann zog er eine Taschenlampe heraus, schaltete sie ein und legte sie an den Lauf seiner Waffe, um anschließend den Lichtkegel über den Flur zu schwenken.

Poole durchquerte das vordere Zimmer, um zu seinem Kollegen aufzuschließen. Die Trockenwände im Flur waren entweder eingetreten oder eingeschlagen worden – von der Decke bis zum Boden waren sie dutzendfach durchlöchert. Hier hatte jemand ein Versteck in der Wand gesucht, oder aber Jugendliche hatten hier gewütet. Schwer zu sagen. Der früher goldgelbe, inzwischen schmutzig braune Teppich stank nach Urin.

Im ersten Zimmer, das sie betraten, lag eine Matratze inmitten leerer Essens- und Getränkeverpackungen am Boden, in der Ecke eine nachlässig hingeworfene Bettdecke. Hinter den zugezogenen Gardinen hatte jemand die Fenster mit Zeitung verklebt. Im Bad war die Kloschüssel randvoll mit gefrorenen Widerwärtigkeiten, über die Poole lieber nicht nachdenken wollte. Bei der Wanne sah es nicht anders aus. Überall fehlten die Blenden, sodass ringsum gesplitterte Plastikrohre zu sehen waren.

Sie nahmen sich das zweite Zimmer vor.

Hier lag keine Matratze, nur ein verschlissener Schlafsack und ein verbeulter Campingkocher. Den hatte jemand benutzt, um sich entweder etwas zu kochen oder um sich warm zu halten – oder beides. Es roch nach dem abgestandenen Rauch eines Joints.

Sie kehrten ins Wohnzimmer zurück. Einen Keller gab es nicht. Hier war niemand mehr, ganz eindeutig.

»Ich nehme mal an, hier haben sich hin und wieder Obdachlose eingenistet – oder vielleicht ist das auch der Tummelplatz für ein paar Kids aus der Gegend. So lässt sich der Briefkasten schon wieder erklären.« Poole schob die Waffe zurück ins Holster. »Wie lange war hier schon keiner mehr?«

Diener war wieder in die Küche gelaufen und ging die Schubladen und Schränke durch. »Über ein Jahr?« Er starrte ins Spülbecken. »Irgendwer hat da Beton reingekippt.«

»So was machen diese Kids manchmal«, murmelte Poole und betrachtete die Graffitis an den Wohnzimmerwänden.

»Ich habe über das Haus nicht viel herausfinden können«, fuhr Diener fort. »Der ursprüngliche Besitzer ist gestorben, und geerbt haben es seine drei Kinder. Allerdings wohnt keines davon in Illinois. Das Haus stand zum Verkauf, und ich glaube, sie haben auch versucht, es zu vermieten, aber es gab keine Interessenten.« Er zog eine tote Maus am Schwanz aus dem Unterschrank unter der Spüle, hielt sie kurz hoch und warf sie zur Seite. »Keine Ahnung, warum. Ist doch kuschelig hier.«

Poole ignorierte die Maus, die dumpf neben ihm auf dem Boden landete. »Das hier könnte was sein ...« Er fuhr mit dem Lichtkegel seiner Taschenlampe über die Schmiereien.

Diener trat zu ihm, sodass er wieder im Licht stand. »Für mich sieht das eher aus wie Teeniekram, Vandalismus, Gangs, solche Sachen.«

Poole richtete die Taschenlampe auf einen Textblock in schwarzer Eddingschrift.

Der Tod, da ich nicht halten konnt,
hielt an, war gern bereit.
Im Fuhrwerk saß nun er und ich
und die Unsterblichkeit.

»Das ist kein Teeniekram, das ist ein Gedicht von Emily Dickinson. Und dann das da …« Er hatte ein weiteres Gedicht gefunden, wieder in derselben Schrift.

Willst du ein Sinnbild wissen für Leben und Tod
So nimm zum Beispiel Wasser und Eis
Wasser erstarrt und wird zu Eis
Eis schmilzt und wandelt sich zurück zu Wasser
Was einmal starb muß sicher wieder leben
Und was geboren ward das kehrt zurück zum Tod
Wasser und Eis die tuen sich nicht weh
Ins Leben wie zum Tod zu kehren ist beides gut!

»Das ist Han Shan, ein chinesischer Dichter aus der Tang-Dynastie«, erklärte Poole.

»Woher wissen Sie das?«

»Ich hatte am College eine Freundin, die sich mit Buddhismus beschäftigt hat. Die hat ständig aus diesem Gedichtband zitiert. Das da stand auch drin.«

»Schau an. Und was bedeuten die Unterstreichungen?«

Poole schüttelte den Kopf. »Keine Ahnung.«

Diener machte einen Schritt zur Seite. »Da ist noch eins, in derselben Handschrift.«

Lasst uns <u>heim</u>kehren, lasst uns zurückgehen,
Alles Suchen und Streben wird nutzlos sein,
Freude durchdringt das Hier und das Jetzt.
Aus dem blauen Ozean des Todes
Fließt das Leben wie Nektar.
Im Leben ist Tod; im Tod ist Leben.
Wo soll die Angst sein, wo ist <u>Angst</u>?
Die Vögel am Himmel singen: »Kein Tod, kein <u>Tod</u>!«
Tag und Nacht spült die Welle der Unsterblichkeit
auf diese Erde herab.

Poole runzelte die Stirn. »Ich glaube, das stammt aus Tibet, aber da könnte ich mich irren. Und auch hier hab ich keinen Schimmer, warum *heim*, *Angst* und *Tod* unterstrichen sind.«

Diener kratzte sich im Nacken. »Dann waren es eben belesene Teenies, aber immer noch Teenies. Ich glaube kaum, dass das mit Libby McInley zu tun hat.«

Poole zog sein Handy aus der Tasche und machte sich daran, Fotos von der Wand zu schießen. »Warum gehen Sie nicht schon mal vor und befragen die Nachbarn? Ich will das hier für alle Fälle schnell dokumentieren.«

Sein Kollege schnaubte. »Nix da. Ich hab die Nachbarn am McInley-Tatort befragt, während Sie bei der Metro schön im Warmen gesessen haben. Wenn jemand raus in die Kälte geht und die Nachbarschaft abklappert, dann Sie.«

Widerwillig warf Poole noch einen Blick auf die Wand.

»Keine Bange, ich erwische jeden Zentimeter«, versicherte ihm Diener.

Poole nickte knapp und trat durch die Eingangstür hinaus an die eisige Luft.

57

Der Mann mit der
schwarzen Strickmütze

Der Mann mit der schwarzen Strickmütze presste sich die Fingerspitzen an die Schläfen und drückte fest zu. In seinem Kopf hämmerten die Gedanken und versuchten, aus ihm hinauszuplatzen, und das tat weh. Es tat fürchterlich weh. Er hatte gar nicht mitbekommen, dass er wieder geschrien hatte, bis er irgendwann wieder verstummt und ihm die Spucke von den Lippen auf den Pullover getropft war. Er schlug die Augen auf, und vom Fenster strömte ihm Licht entgegen, schnitt ihm in die Pupillen, in die Netzhäute – neue Schmerzen, die zu den alten dazukamen.

Er nestelte am Deckel der Pillendose in seiner linken Hand, und der kindersichere Verschluss widersetzte sich seinen blutigen Fingern drei Mal, ehe er die Dose endlich aufbekam. Er nahm zwei Tabletten heraus, warf sie sich in den Mund und schluckte trocken, und die kalkigen Tabletten knirschten seinen Hals hinab.

Die Dose entglitt ihm, und die restlichen Pillen kullerten über die Bilder und über die Tischkante zu Boden. Es war ihm egal.

Er sah auf seine linke Hand hinab. Auf seine blutverschmierten Finger. Er hatte wieder an der Narbe gekratzt, bis sie angefangen hatte zu bluten, doch selbst das half nicht mehr. In den ein, zwei Sekunden, kurz nachdem er aufgehört hatte, hatte er Erleichterung verspürt. Dann hatte es wieder angefangen zu jucken. Es hatte über dem linken Ohr angefangen, war über den Hinterkopf weitergegangen, wie tausend Insekten unter der Kopfhaut, die sich bis tief in sein Hirn vorarbeiteten.

Die Insekten fraßen seine Gedanken. Das wusste er jetzt. Sie ernährten sich von seinem Gedächtnis. Nur deshalb hatte er solche Probleme, sich zu erinnern. Sie fraßen, vermehrten sich, und je zahlreicher sie wurden, umso mehr juckte es – erst waren es nur wenige gewesen, inzwischen waren es unzählige.

Er wollte das Handy in die Hand nehmen, griff erst daneben. Packte es, hämmerte auf die erste Kurzwahltaste, seine eigene Nummer. Die einzige Nummer. Es klingelte ein, zwei, drei Mal …

Die Mailbox für diesen Anschluss ist nicht aktiviert und kann derzeit keine Anrufe aufzeichnen. Bitte versuchen Sie es später noch einmal.

Er legte auf und drückte erneut die Kurzwahltaste. Es klingelte drei Mal …

Die Mailbox für diesen Anschluss ist nicht aktiviert …

Er legte auf. Am liebsten hätte er das Handy quer durchs Zimmer geschleudert. Am liebsten hätte er zugesehen, wie das billige Plastikteil an der Wand in eine Million Teile zersplitterte. Aber er tat es nicht. Er konnte nicht.

Er brauchte ein neues Mädchen.

Er brauchte den Mann, der ein neues Mädchen für ihn fand.

Eine würde sehen. Eine würde endlich sehen.

Als die Tabletten anfingen zu wirken, wurde sein Sichtfeld allmählich klarer, und er blickte auf die Bilder, die vor ihm auf dem Tisch verteilt lagen. Er konnte sich noch daran erinnern, eins davon gemalt zu haben – seine Tochter, die vor dem Haus mit dem Rad über den Gehweg fuhr. Es war noch gar nicht lange her, im letzten Herbst, ungefähr zu der Zeit, als die Blätter von den Bäumen gefallen waren. Aber das Bild war falsch. Das Rad hätte rot sein müssen. Seine rechte Hand krallte sich in den weichen Pullover seiner Tochter. Er konnte sich nicht daran erinnern, dass er ihn mit hochgenommen hatte, aber da war er, zerknautscht in seiner Hand, der Zeigefinger genau über dem engen Halsausschnitt.

Er hielt ihn sich vors Gesicht und roch daran.

Nichts.

Er war sich nicht mehr ganz sicher, wann ihm der Geruchssinn abhandengekommen war, aber er wusste, dass es erst kürzlich gewesen sein konnte, womöglich erst in den letzten paar Tagen.

Je weiter sich die Insekten voranfraßen, verschwand mit seinen Sinnen, mit seinen Gedanken und den Erinnerungen an sie zusehends auch sie selbst.

Er wühlte sich durch die Sachen, die auf dem Tisch lagen, fand den roten Stift und zog die Kappe ab. Vorsichtig näherte er sich dem Papier mit der Spitze, zielte auf den Rahmen des Fahrrads. Er wusste, gleich würde das Zittern anfangen, und rechnete jeden Moment damit, die Angst davor jagte ihm heißes Blut ins Gesicht. Die Spitze berührte das Papier, und während er den Stift behutsam hin- und herbewegte, blieb die Hand ruhig. Noch während er das Bild ausmalte, noch während er die Hand wie früher bewegen konnte, kontrolliert und sicher, kamen die Tränen. Ihm kamen die Tränen und tropften auf das Bild – die Tochter auf ihrem nagelneuen Fahrrad.

Aus dem Keller hörte er gedämpftes Heulen. Er ignorierte es.

Er hasste dieses Mädchen für das, was es getan hatte.

Versehrt.

Unfähig zu sehen.

Zwecklos.

Sie würde für ihre Sünden büßen. Sie würde brennen.

Als das Fahrrad fertig war, machte er mit dem Pullover weiter – er sollte dieselbe Farbe wie der Pullover haben, den er gerade in der Hand hielt. Der rote Pullover, immer der rote. Er malte ihn mit den gleichen sorgfältigen Strichen aus wie früher immer, wie damals, als noch alles in Ordnung gewesen war.

Sogar das Jucken hatte aufgehört. Nicht gänzlich, aber es war schwächer geworden, und er schwor sich, nicht mehr an der Narbe zu kratzen. Er wollte die Wunde nicht schon wieder aufreißen.

Wieder ein Stöhnen aus dem Keller, lauter als zuvor.

Die Narbe kitzelte kurz – nur für eine Sekunde. Nicht genug, als dass er hätte kratzen müssen. Er würde nicht mehr daran kratzen.

Er malte den Pulli fertig, griff zu einem blauen Stift, machte sich an den Himmel. Der Herbsthimmel in Chicago war eher grau, aber der Tag mit dem Fahrrad war glücklich gewesen, und glückliche Tage erforderten einen blauen Himmel.

Er war derart in seine Arbeit vertieft, dass er gar nicht mitbekam, wie jemand draußen vor seinem Fenster die Straße überquerte und sich der Haustür näherte. Er hatte gar nichts mitbekommen – bis es mit einem Mal im Erdgeschoss laut an die Tür klopfte.

Die Narbe fing an zu jucken, als die Insekten auf ihren winzigen Beinchen losflitzten, um Deckung zu suchen.

58

Porter

»Ich glaube, sie ist fertig«, sagte Sarah, immer noch mit der Hand vor dem Mund.

»Ach, wirklich?« Porter atmete tief aus.

Jane Doe stand stocksteif vor dem Spiegel und hielt das Tagebuch mit der flachen Hand gegen die Scheibe, während der laute Knall immer noch im Überwachungsraum nachzuhallen schien.

Sarah wandte sich zur Tür. »Kann ich für eine Sekunde mit ihr sprechen, bevor Sie wieder reingehen?«

Porter nickte, hielt aber den Blick weiter auf die Frau jenseits der Scheibe gerichtet.

Er wusste, dass sie ihn nicht sehen konnte, aber das änderte rein gar nichts an seinem Gefühl, dass sie ihn unverwandt anstarrte. In ihrem düsteren, getriebenen Blick loderte die blanke Wut. Trotzdem schien sie ganz ruhig zu atmen. Sie war wirklich schwer zu durchschauen. Ob ihr Herz in diesem Augenblick raste oder ganz ruhig und gleichmäßig schlug, hätte er schlichtweg nicht sagen können. Er vermutete Letzteres. Im Lauf seiner Karriere hatte er durchaus schon den einen oder anderen Menschen erlebt, der seinen Körper unter Kontrolle hatte – all diese physiologischen Reaktionen, zumindest bis zu einem gewissen Grad –, und der sich darauf trainiert hatte, selbst unter Druck komplett ruhig zu bleiben. Nur die Augen – für die gab es keinen solchen Filter.

Auf der anderen Seite des Spiegels tauchte Sarah auf, und erst schien Jane sie nicht mal zu bemerken. Sie stand immer noch stocksteif da. Erst als die Anwältin sich an den Tisch setzte, drehte Jane sich zu ihr um. Dann durchquerte sie den Raum, ließ sich neben Sarah nieder und legte das Buch auf den Tisch. Sie beugte sich zur Seite und flüsterte Sarah etwas ins Ohr.

Sarah blickte verblüfft auf. Womöglich hatte sie ihre Mandantin gerade zum ersten Mal sprechen gehört. Dann antwortete sie – zu leise, als dass Porter sie hätte verstehen können –, stand auf und ging auf die Kameraschalter in der anderen Ecke zu. Porter sah zu, wie sie beide Schalter umlegte. Der erste beendete die Videoaufzeichnung, der zweite schaltete den Ton ab, sodass es im Überwachungsraum totenstill wurde. Durch die Scheibe sah Sarah zu ihm. Ihr Blick ging ein Stück zu weit links an ihm vorbei. Dann kehrte sie auf ihren Platz neben Jane Doe zurück.

Im nächsten Moment lächelte Jane ihn an. Nur ganz leicht, aber es war unverkennbar ein Lächeln. Dann drehte sie sich zu ihrer Anwältin um.

Porter sah, wie sich erneut ihre Lippen bewegten. Es war, als liefe vor seinen Augen ein Stummfilm ab. Weder ihre Gesten noch die Körpersprache konnte er deuten. Jane schien über das Tagebuch zu sprechen, sie blätterte zu ausgewählten Seiten und fuhr mit dem Finger über den Text, während sie immer noch auf Sarah Werner einredete. Die Anwältin hörte die ganze Zeit zu. Sie nickte, schüttelte den Kopf, runzelte die Stirn. Dann überflog auch sie selbst Passagen aus dem Tagebuch, auf die Jane sie hinwies. Porter hätte am liebsten zum Stuhl gegriffen und die Scheibe zerschmettert, um zu ihnen in den Raum zu gelangen.

Fast dreißig Minuten später stand Sarah endlich auf und

verließ den Raum, und ihre Mandantin schlug beide Hände vors Gesicht.

Die Tür zum Überwachungsraum ging auf, und Sarah steckte den Kopf herein. »Kommen Sie, sie ist jetzt bereit, mit Ihnen zu sprechen.«

Erst in diesem Moment wurde Porter bewusst, dass seine Hände zitterten. Im Überwachungsraum waren es sicher nicht mehr als achtzehn Grad, trotzdem stand ihm der Schweiß auf der Stirn.

»Alles in Ordnung?«

Er nickte und marschierte zur Tür.

Sie führte ihn um die Ecke zurück in den Vernehmungsraum. Der Wachmann auf dem Flur war inzwischen ein anderer. Jünger. Latino. Er sah sie gleichgültig an, ehe er wieder einen überaus spannenden Punkt am Boden anstarrte.

Porter betrat den Vernehmungsraum und setzte sich Jane gegenüber. Sarah saß neben ihr. Der Wachmann schob die Tür hinter ihnen ins Schloss.

Jane schob das Tagebuch quer über den Tisch zu Porter zurück und ließ für einen Moment die Fingerspitzen darauf ruhen. »So ist es nicht passiert.«

Er war sich nicht sicher, wie er sich ihre Stimme vorgestellt hatte. Womöglich barsch, autoritär. Das Gegenteil war der Fall. Mit der Geschmeidigkeit eines Geigenbogens kamen ihr die Worte über die Lippen. Keine Spur des Zorns, mit dem er gerechnet hatte. Sie war ruhig und gefasst. Er glaubte, den Hauch eines Südstaatenakzents vernommen zu haben.

»Nein?«

Sie zog die Hand zurück. Dann verschränkte sie die Hände über der Tischkante. »Anson hatte immer schon eine blühende Fantasie und tendierte zu Maßlosigkeit.«

Sarah saß ihm schweigend gegenüber und sah erst das Tagebuch an, dann ihn.

Porter lehnte sich leicht vor. »Wissen Sie, wo ich ihn finden kann?«

Bishops Mutter neigte leicht den Kopf und tippte mit den Fingern auf die Tischplatte, sodass die Fingernägel auf dem Aluminium klackerten.

»Wissen Sie, wo er sich befindet?«

Da war das Lächeln wieder, auch wenn sie es unterdrücken wollte – ein vages Zucken der Mundwinkel. »Geben Sie mir einen Stift.«

»Ich hab keinen.«

Sie zog eine Grimasse. »Natürlich nicht. Jemand wie ich könnte Ihnen den Stift ja in den Hals rammen. Was sind diese Capos hier misstrauisch!« Sie baumelte unter dem Tisch mit den Beinen. »Und dann auch noch ich – komplett ohne Fußfesseln, jederzeit fluchtbereit.«

»Geben Sie ihr einen Stift«, bat Porter Sarah, hielt dabei aber den Blick auf ihre Mandantin gerichtet.

Sarah kniff die Augen zusammen. »Sam, ich glaube nicht ...«

»Bitte.«

Sie richtete sich gerade auf. Dann atmete sie tief durch und griff in ihre Tasche, zog einen blauen Kugelschreiber heraus und legte ihn vor Jane auf den Tisch.

Die Frau nahm ihn in die Hand und zog die Kappe ab. Sie streckte die freie Hand über den Tisch, und Porter sprang von seinem Stuhl auf und stolperte rückwärts. Kaum dass er die Balance wiedererlangt hatte, griff sie nach dem Tagebuch und zog es mit einem leisen Kichern zu sich heran. »Kein Grund, panisch zu werden, Sam. Ich beiße normalerweise nicht.«

Irgendetwas an der Art, wie sie seinen Namen aussprach, jagte ihm einen kalten Schauder über den Rücken.

Sie schlug das Tagebuch auf und schrieb etwas auf die erste Seite. Dann schob sie die Kappe wieder auf den Stift und gab ihn Sarah zurück, die ihn eilig in ihre Tasche fallen ließ.

Porter griff über den Tisch nach dem Tagebuch und schlug die erste Seite auf. »Was ist das?«

Mit einem Lächeln im Gesicht stand sie auf. »Ich würde jetzt gern in meine Zelle zurückgebracht werden.« Dann trat sie auf die Tür zu und klopfte zweimal gegen die Scheibe.

Das Gesicht des Wachmanns erschien in dem Glasfensterchen, dann ging eine Luke auf Hüfthöhe auf. Sie drehte sich zu Porter und Werner um und schob rückwärts die Hände durch die Luke. Der Wachmann legte ihr Handschellen an und schloss diese mit einem hörbaren Klicken. Sie machte einen Schritt nach vorn, die Tür ging auf, und der Wachmann legte ihr eine Hand auf die Schulter.

»Bis bald, Sam. Kann unser nächstes Treffen kaum erwarten.« Noch auf der Schwelle hielt sie erneut inne. »Suchen Sie dort, wo sich die Monster verstecken, Detective. Dort finden Sie sämtliche Antworten.«

Und mit diesen Worten wurde sie abgeführt. Das Echo ihrer Schritte hallte den Flur entlang.

Sarah drehte sich zu Sam um. »Was hat sie geschrieben?«

Er drehte das Tagebuch herum, sodass sie es lesen konnte.

12 Jenkins Crawl Road
Simpsonville, SC

59

Poole

Poole klopfte erneut an. Diesmal lauter.

Im eisigen Wind fühlten sich Wangen und Hals taub an, und er verfluchte sich dafür, dass er keinen Schal mitgenommen hatte.

Der Nachbar zur Linken des verwaisten Hauses hatte nicht aufgemacht. Poole hatte durchs Fenster gespäht, und es hatte nicht ausgesehen, als wäre jemand zu Hause gewesen. Unter einer Decke am Boden hatte zwar ein Hund aufgeblickt, sich dann aber wieder schlafen gelegt, ohne auch nur ein einziges Mal zu kläffen.

Die Nachbarin zur Rechten des verlassenen Hauses war zwar daheim, aber wenig hilfreich gewesen. Leicht verärgert war sie an die Tür gekommen und hatte den pinkfarbenen Morgenmantel über ihrem ausladenden Torso zusammengerafft. Aus einem Siebzig-Zoll-Fernseher hinter ihr war in unchristlicher Lautstärke der Kommentar zu einem Golfturnier bis an die Tür gedrungen. Der Fernseher wirkte viel zu groß für das kleine Wohnzimmer mit der altmodischen Einrichtung. Leere Amazon-Kartons stapelten sich hinter der Tür unter einer Garderobe, die mit mindestens einem Dutzend Jacken, Mützen und Schals förmlich überzuquellen schien. Zwei Schoßhündchen saßen auf der Couch und hatten im selben Moment angefangen zu kläffen, als er angeklopft hatte, und waren noch wilder geworden, als die Tür aufgegangen und er in ihr Sichtfeld getreten war. Das Haus roch nach Käse.

Die Frau sah ihn stirnrunzelnd an. Die Zähne hinter ihren rissigen Lippen waren gelb. »Was?«

Poole hielt seine Dienstmarke hoch. »Ich komme vom FBI. Ich müsste mich bei Ihnen über das Nachbarhaus erkundigen …«

Sie ignorierte die Marke und starrte stattdessen ihn an. »Ich weiß nichts von denen.« Dann drehte sie sich zu den Hunden um. »Schnauze jetzt! Alle beide!«

Sie hielten gerade so lang inne, um wieder zu Atem zu kommen, und setzten erneut an zu kläffen.

»Haben Sie in den letzten Wochen dort jemanden ein und aus gehen sehen?«

»Die Besitzer scheren sich einen Scheiß darum. Seit Hector gestorben ist, lassen die Kinder es verrotten, dieses undankbare Pack. Er hätte mir die Hütte vererben sollen. Ich war diejenige, die sich um ihn gekümmert hat, als der Krebs angefangen hat, ihn von innen aufzufressen, und er nicht mal mehr einkaufen gehen konnte. Ich war das.«

Poole hatte Schwierigkeiten, sich die Pflegetalente der Frau auszumalen. »Was war, nachdem Hector gestorben war? Wer hat seither dort gewohnt?«

Sie kratzte sich an der Wange und hinterließ pinkfarbene Striemen auf der trockenen Haut. »Gar niemand, außer vielleicht mal ein paar Kids. Besser, sie hängen dort rum als auf der Straße, drum beschwert sich auch keiner. Wenn Hectors Kinder die nicht dort haben wollen, müssen sie eben ein besseres Schloss anbringen. Das Haus auch mal streichen. Hector hätte es jedenfalls nicht so vor die Hunde gehen lassen.«

»Was ist mit der Post? Kümmert sich jemand im Auftrag von Hectors Kindern darum? Da liegen nirgends Stapel rum, irgendjemand muss die Post also holen.«

»Die holt der Typ von gegenüber. Netter Kerl.«

»Welches Haus?«

Die Frau zeigte zur anderen Straßenseite. »Das grüne.«

Sowie sie den Morgenmantel losließ, fielen die Frottee-schöße gerade so weit auseinander, dass Poole einen Blick auf das Darunter erhaschte und sich sofort wünschte, er hätte nichts gesehen.

Inzwischen stand er vor dem grünen Haus auf der anderen Straßenseite.

Und klopfte noch einmal.

60

Der Mann mit der schwarzen Strickmütze

Tag 3, 14.04 Uhr

Klopfen.

Unfassbar laut.

Die verdammte Narbe an seinem Schädel schmerzte bei dem Geräusch, und er hätte am liebsten geschrien, hätte sie am liebsten angeschrien, sie sollten aufhören, sie sollten es endlich bleiben lassen. Aber das Klopfen kam wieder und wieder und mit jedem Mal lauter als zuvor, bis er sich dabei ertappte, wie er am Tisch saß und sich die Ohren zuhielt und der Stift ihm aus den Fingern glitt und zu Boden fiel.

Dann stand er auf.

Er taumelte zur Tür des kleinen Zimmers, dann in Richtung Treppe und wäre fast über die Kleider seiner Tochter gestolpert, die überall auf dem Boden herumlagen.

Vorsichtig stieg er die Treppe hinunter und nahm die Hände gerade lange genug von den Ohren, um sich am Geländer festzuhalten.

Das Klopfen hallte in seinem Schädel wider.

Der Schmerz war schlimmer als eine Migräne. Schlimmer als ein Messer im Auge.

Er wollte, dass es aufhörte.

Es musste aufhören.

Vom unteren Treppenabsatz wankte er durch den Eingangsbereich zur Tür. Als er davorstand, als seine Finger schon über den Messingknauf strichen, atmete er noch einmal tief durch. Er presste Sauerstoff in seine Lunge, in seine Muskeln, in seinen Leib. Er zwang die Luft dazu, seinen Körper zu durchströmen, ihn zu beruhigen, die Schmerzen zu lindern. Seine Wangen hörten auf zu brennen. Die Schmerzen ließen nach. Seine Gedanken klarten auf.

Er setzte ein Lächeln auf und öffnete die Tür.

61

Poole

Als die Tür aufging, hatte Poole gerade auf den Dienstausweis in seiner Linken hinabgeblickt und die Rechte gehoben, um erneut anzuklopfen.

Als die Tür aufging, sah Poole nicht, dass ihm Anson Bishop gegenüberstand. Er sah dem Mann nicht mal ins Gesicht, ehe der nur einen Moment später Pooles Dienstausweis entdeckte.

Ihm blieb gerade noch Zeit, seinen Fehler zu erkennen, als Bishop sich auch schon in seinen Jackenkragen krallte und ihn mit der Kraft eines Mannes, der nur mehr auf Adrenalin lief, in das grüne Haus zerrte. Ihm blieb gerade noch Zeit, die fünf Worte zu hören, die Bishop über die Lippen kamen, ehe er Poole herumgeschleift und gegen das Tischchen im Flur geschleudert hatte, sodass er zu Boden krachte.

»Sie sind nicht Sam Porter.«

62
Der Mann mit der schwarzen Strickmütze

Er machte die Tür auf.

Da standen zwei Leute vor seiner Tür. Teenager, ein Junge und ein Mädchen. Beide vielleicht sechzehn Jahre alt.

Der Junge sagte zuerst etwas. Unter seinem schweren Wintermantel trug er ein weißes Hemd und eine schwarze Krawatte. »Guten Tag, Sir. Wir sind heute hier in Ihrer Straße unterwegs, um Gottes Wahrheit zu verbreiten. Darf ich fragen, welcher Konfession Sie angehören? Sind Sie Protestant? Katholik?«

Mit einem verunsicherten Lächeln im Gesicht starrte das Mädchen die Wunde an seinem Kopf an.

Er zog sich die schwarze Strickmütze über die Ohren und bedeckte die entzündete Naht, so gut es ging. Dann erwiderte er ihr Lächeln. »Ich ... Ich bin gerade erst operiert worden. Entschuldigung, normalerweise ist das zugedeckt ... Das kann manchmal ... eklig aussehen ...«

Der Junge warf seiner Begleiterin einen Seitenblick zu und drehte sich wieder zu ihm um. »Wenn Sie immer noch hier bei uns sind, bedeutet das, dass Gott der Herr Sie verschont hat. Wunden sind niemals eklig, sie sind ein Zeichen für Heilung, ein Glaubensbeweis, genau wie die Prüfungen, die überhaupt erst dazu geführt haben.«

Der Mann mit der schwarzen Strickmütze ertappte sich dabei, wie er nickte, auch wenn die Schmerzen und das Jucken immer noch da waren. »Wollt ihr reinkommen? Dann steht ihr nicht in der Kälte.«

Das Mädchen trat von einem Fuß auf den anderen. Dann schob sie ihre Hand in die des Jungen.

Der Junge lächelte. »Sehr gerne.«

63

Poole

Tag 3, 14.05 Uhr

Das Tischchen im Flur lag in Einzelteilen am Boden, und Pooles Schulter schmerzte – er war zu Boden gekracht, und um ihn herum hatte es Holzsplitter geregnet.

Bishop packte ihn mit einer Hand am Knie und mit der anderen unter der Schulter, riss ihn nach oben und schleuderte ihn mit einer halben Umdrehung gegen die andere Wand. Poole spürte, wie er ungebremst mit dem Kopf zuerst dagegenkrachte und dann schwer auf dem Dielenboden zu liegen kam. Kurz blitzte es weiß in seinem Gesichtsfeld, dann schoss ein so heftiger Schmerz durch ihn hindurch, dass er schon fürchtete, ohnmächtig zu werden. Der Schmerz ging von seiner Schulter aus, von direkt unterhalb des Halses, und strahlte aus bis in die Fingerspitzen.

Der Griff seiner Waffe bohrte sich ihm unangenehm in die Achsel.

Bishop trat ihm in die Rippen.

Neuerlicher Schmerz, noch heftiger als ohnehin schon.

Wie durch einen Nebel sah er, wie Bishop einen Schritt zurücktrat und eins der abgebrochenen Tischbeine in die Hand nahm. Dann ging er neben Poole in die Hocke. »Sie müssen entschuldigen, ich habe keinen Besuch erwartet. Hätte ich gewusst, dass Sie kommen, hätte ich uns etwas Leckeres von der Bäckerei unten an der Ecke geholt. Die machen fantastische Scones, nicht zu süß. Ich nehme fast an, dass die Bäckerin einen Schuss Honig in den Teig gibt, auch wenn sie sich ein bisschen ziert, es zuzugeben.«

Bishop riss das Tischbein in die Höhe und bretterte es gegen Pooles Nacken. Ihm wurde schwarz vor Augen.

64

Der Mann mit der schwarzen Strickmütze

Der Mann mit der schwarzen Strickmütze winkte die zwei Besucher nach drinnen und bot an, ihre Mäntel aufzuhängen. Der Junge streifte seinen ab und reichte ihn ihm, das Mädchen lehnte ab. Sie zog nicht einmal den Reißverschluss auf.

Er lächelte sie beide an. »Ich wollte gerade Kakao machen. Wollt ihr auch einen? Es geht doch nichts über eine Tasse warmen Kakao an so einem kalten Tag. Kommt, wir setzen uns in die Küche, dann könnt ihr mir erzählen, weshalb ihr da seid.«

Ohne auf eine Reaktion zu warten, kehrte er ihnen den Rücken zu und ging den kurzen Flur entlang in die Küche. Der Junge lief ihm nach, das Mädchen folgte. Er lauschte auf ihre Schritte, auf die leichte Verzögerung. Ihre Stiefelsohlen klangen hart.

In der Küche zog er zwei Stühle unter dem Tisch hervor. »Bitte, macht es euch bequem. Ich brauche nur eine Minute.«

»Sehr freundlich von Ihnen«, sagte der Junge.

Aus dem Augenwinkel konnte der Mann mit der Strickmütze sehen, wie der Junge den Stuhl für das Mädchen noch ein Stück weiter zurückzog. Sie sah ihn wortlos an und setzte sich. Wisperte ihm ein Danke zu.

»Dann erzählt doch mal, wie heißt ihr überhaupt?«

Er angelte einen tiefen Kupfertopf aus dem Oberschrank über dem Gasherd, goss Milch hinein und setzte sie auf. Die blaue Flamme leckte über den Topfboden.

»Mein Name ist Wesley Hartzler, und das hier ist meine Freundin Kati Quigley«, sagte der Junge, legte ein paar Broschüren vor sich auf den Tisch und verschränkte die Hände.

Der Wachtturm und *Erwachet!*

»Jehovas Zeugen?«

»Sie kennen uns?«, fragte das Mädchen. Sie hatte die Hände ebenfalls auf dem Tisch gefaltet, trug allerdings immer noch Handschuhe und bewegte nervös die Finger.

Ihre Stimme klang süß, hatte etwas von einem Glasglöckchen.

Er nahm einen großen Holzlöffel aus der Schublade zu seiner Linken und fing an, in der Milch zu rühren. »Ich bin mit dem Wort Gottes in vielerlei Variationen vertraut. Ich muss aber zugeben, wenn die Zeugen kommen, sind sie normalerweise doch sehr viel älter als ihr.«

»Wir sind sechzehn, Sir. Alt genug, um das Wort zu verbreiten«, erwiderte der Junge.

»Wesley, nicht wahr?«

»Ja, Sir.«

»Ich kann dir nur zustimmen. Von der heutigen Jugend kann man vieles lernen, und ihr werdet viel zu häufig überhört.«

Er griff nach drei Bechern, nahm eine Dose Godiva-Kakao aus dem Oberschrank und löffelte großzügig Kakaopulver hinein. Als die Milch anfing zu köcheln, verteilte er sie zu gleichen Teilen auf die Becher und fügte noch einen Tropfen Vanilleextrakt hinzu. »Meine Mutter hat den Kakao immer so gemacht – mit Vanille –, und nicht mal nach all diesen Jahren hab ich es mir abgewöhnt. Die Vanille gibt dem Ganzen einen Hauch Mystik – einfach das gewisse Etwas.«

Dann setzte er die Becher vor seinen Gästen ab und kehrte

mit dem dritten Becher in der Hand an den Tisch zurück, setzte sich und lächelte breit.

»Ich kann mir vorstellen, dass es in der heutigen Zeit nicht ganz leicht ist, das Wort zu verbreiten. So viele Leute sind dafür nicht mehr empfänglich ... Das muss frustrierend sein.«

»Welcher Religion gehören Sie denn an?«, fragte Kati. »Mr. ...« Sie streifte die Handschuhe ab und legte beide Hände um den Becher. Ihm entging nicht, dass sie keinen Schluck nahm.

»Nenn mich Paul.« Er lächelte sie an und nippte an seinem Kakao.

»Wie der Apostel«, stellte Wesley fest und nahm nun ebenfalls einen Schluck.

»Genau wie der Apostel.« Er wischte sich den Mund an seinem Sweatshirt-Ärmel ab. »Ich würde fast sagen, ich bin in Sachen Religion ein Suchender. Ich habe hier und dort reingelesen und hab festgestellt, dass die Suche genauso erhellend sein kann wie die Schrift an sich.«

»Unser Saal liegt keine Meile von hier entfernt, kommen Sie doch mal vorbei. Die öffentlichen Zusammenkünfte sind immer samstags um acht Uhr abends und dauern eine knappe Stunde. Ich könnte mir vorstellen, dass man dort gern Ihre Meinung hören würde.« Wesley nahm noch einen Schluck Kakao. Eine Spur Schokolade blieb in seinem Mundwinkel kleben. »Der ist sehr lecker!«

Neben ihm zuckte Kati zusammen und sah ihn mit zusammengekniffenen Augen an.

Hatte er sie unter dem Tisch getreten?

»Nach den Zusammenkünften«, fuhr Wesley fort, »gibt es normalerweise noch Kaffee und Kuchen. Vielleicht könnten Sie Ihr Kakaorezept mit uns teilen.«

»Klingt nach einer schönen Gelegenheit.«

Kati hob ihren Becher an die Lippen. Er sah zu, wie sie

daran schnupperte. Dann nahm sie einen winzigen, zögerlichen Schluck. »Mmh, der ist wirklich gut.« Sie setzte den Becher wieder ab und drehte ihn ein paarmal hin und her, ehe sie die Hände in den Schoß legte.

»Schön, dass er dir schmeckt.«

»Haben Sie Familie, Paul?«, wollte sie wissen.

»Ich hab eine Tochter in deinem Alter. Sie ist hin und wieder auch ziemlich schüchtern.«

»Oh, ich bin nicht schüchtern.«

»Nicht?«

Kati schüttelte den Kopf und nippte erneut an ihrem Kakao. Er hätte nicht sagen können, ob sie wirklich einen Schluck getrunken oder bloß den Becher an die Lippen gehoben hatte, damit es aussah, als würde sie trinken.

»Kati ist echt redselig, wenn sie jemanden besser kennt«, warf Wesley ein.

»Wo ist Ihre Tochter denn? Ist sie zu Hause?« Ihr Blick schweifte durch die kleine Küche.

»Sie ruht sich oben aus. Ihr geht es im Moment nicht so gut.«

»Gibt es auch eine Mrs. Paul?«

Der Mann mit der schwarzen Strickmütze schlug den Blick nieder. »Nicht mehr seit der Geburt meiner Tochter. Da gab es … Komplikationen.«

»Gottes Werk …«

Er winkte ab. »Ich bin mit den seltsamen Wegen durchaus vertraut.«

»Das sind Prüfungen. Er unterzieht Sie einer Prüfung. Er testet Ihren Glauben«, erklärte Wesley.

»Mag sein, aber deshalb tun derlei Dinge nicht weniger weh. Hat einer von euch schon mal einen lieben Menschen verloren? Jemanden, der euch alles bedeutet hat?«

Wesley und Kati wechselten einen Blick, dann schüttelten beide den Kopf.

»Ihr seid noch jung. Hoffen wir einfach, dass euch so etwas noch lange erspart bleibt. Hoffen wir, dass Gott keinen Grund hat, euch ins Visier zu nehmen. Und wenn doch, hoffen wir, dass es an einem seiner guten Tage passiert.«

»Jeder Tag ist ein guter Tag, wenn Gott darin zu spüren ist«, erwiderte Wesley.

»Ja ... wahrscheinlich.«

»Bringen Sie Ihre Tochter mit in den Königreichssaal?«, wollte Kati jetzt wissen, und er lächelte.

»Ich bin mir sicher, es gibt nichts, was sie lieber erleben würde.«

Wesley trank seinen Becher aus und stellte ihn demonstrativ auf dem Tisch ab. »Gut, Paul, dann wird es jetzt wohl Zeit, dass wir weiterziehen. Wir wollen heute mit noch mehr Leuten in Kontakt kommen.« Er schob eine seiner Broschüren über den Tisch. »Auf der Rückseite steht die Adresse des Saals. Wie schon gesagt, er ist gar nicht weit von hier entfernt. Wäre schön, Sie dort wiederzusehen. Sie und Ihre Tochter.«

Der Mann mit der schwarzen Strickmütze trank seinen Becher ebenfalls aus und kratzte sich über die Wunde. Dahinter fing es leicht zu pochen an. »Eins noch, Wesley. Was glauben Jehovas Zeugen eigentlich, was nach dem Tod mit der Seele passiert?«

Wesley war drauf und dran gewesen aufzustehen, warf Kati einen flüchtigen Blick zu und ließ sich wieder auf seinen Stuhl zurücksinken. »Na ja, wir glauben, dass die Seele mit dem Körper zusammen stirbt, zur Strafe für die Sünden, die Adam und Eva begangen haben.«

»Also kein Himmel? Keine Hölle?«

»Oh, einen Himmel gibt es sehr wohl, aber Gott erweckt nur einhundertvierundvierzigtausend zu himmlischem Leben, die unter Christus im Königreich regieren und helfen dürfen, den Himmel auf Erden zu errichten.«

»Und was passiert mit dem Rest von uns?«

Kati verschränkte die Arme. »Dem ersten Buch Mose zufolge befiehlt uns Gott, zum Erdboden zurückzukehren, ›denn von ihm bist du genommen, Staub bist du, und zum Staub kehrst du zurück‹.«

»Dann gibt es also keine Hoffnung.« Er gestikulierte vage durch die Küche. »All diese Errungenschaften – und trotzdem sind wir nichts weiter als Staub. All diejenigen, die wir lieben – nichts weiter als Futter für die Würmer und Baumwurzeln.« Er hörte selbst, dass seine Stimme zornig klang, und riss sich zusammen. »Ich nehme an, wir sollten entsprechend alles daransetzen, rechtschaffen zu bleiben, um hoffentlich einer dieser hundertvierundvierzigtausend zu werden.«

Wesley schob die Broschüre näher zu ihm hin. »Sich uns anzuschließen und das Wort zu verkünden trägt dazu schon viel bei. Es ist nie zu spät.«

Der Mann mit der Strickmütze legte die Finger um seinen leeren Becher. »Ach, ich weiß nicht. Für einige von uns könnte es bereits zu spät sein.«

Dann holte er weit aus und schmetterte den Becher gegen Wesleys Kopf. Das Porzellan zerschellte, und für eine Sekunde baumelte der Henkel noch an seinem Zeigefinger, ehe er auf den Tisch kullerte. Wesley kippte zur Seite und fiel mitsamt Stuhl ungebremst auf den Küchenboden.

Kati brauchte einen Moment, um zu begreifen, was gerade geschehen war. Sie hatte die Augen weit aufgerissen und starrte auf den Jungen neben ihr hinunter. Sie konnte sich nicht rühren, und ihr Hirn weigerte sich zu akzeptieren, was sie soeben gesehen hatte.

Der Mann mit der Strickmütze nutzte den Moment des Zögerns, sprang auf und griff nach ihrem Jackenkragen.

Kati versuchte, seinen Arm wegzuschlagen, riss sich los und schleuderte ihm den Rest ihres warmen Kakaos ins

Gesicht. Dann wirbelte sie herum und rannte durch den Flur zurück zur Eingangstür.

Der Kakao brannte in seinen Augen und auf der empfindlichen Haut darunter. Doch es war ihm egal. Er spürte es nicht einmal mehr. Stattdessen sprang er über den Stuhl und setzte ihr nach. »Kati! Süße? Hat dir keiner gesagt, dass es unhöflich ist, ohne Erlaubnis vom Tisch aufzustehen?«

Sie hatte die Tür schon erreicht, rüttelte am Türknauf.

Der Schlüssel steckte in seiner Hosentasche.

Sie hämmerte mit beiden Fäusten gegen die Tür. Sie kreischte. Er hörte es kaum. Ihre Schreie klangen gedämpft, wie unter Wasser. Sie drehte sich zu ihm um, stand jetzt mit dem Rücken zur Tür da. »Bitte ...«

Er berührte die Wunde. Als er die Hand wieder sinken ließ, waren seine Finger feucht von frischem Blut. Er stellte sich vor, wie das Blut auf irgendeinem gottverlassenen Friedhof durch frisch gelockerte Erde sickerte.

»Bitte nicht ...«

Ihr Kopf gab ein befriedigendes Krachen von sich, als er ihn gegen die Tür hämmerte und seine Fingerspitzen auf ihrer Stirn blutige Schlieren hinterließen.

65

Porter

»Was soll das heißen? Ist das ihre Adresse?«, wollte Sarah Werner wissen.

Sie standen bei den Spinden an und warteten darauf, das Gefängnis wieder verlassen zu können.

»Sie gehen dort nicht hin«, sagte Porter ungerührt.

Sarah sah ihn stirnrunzelnd an. »Ich hab gar nicht gesagt, dass ich hinwill. Wenn ich wollte, würde ich hinfahren.«

»Irgendwas brüten Sie doch gerade aus, und das gefällt mir nicht.«

»Sie ist meine Mandantin. Ich habe das gleiche Recht, dort hinzugehen, wie Sie. Was immer wir vorfinden, könnte uns einen Einblick in ihren Fall vermitteln – irgendetwas, das ich heranziehen könnte, um ihr zu helfen.«

»Was immer man dort vorfinden würde, wäre Teil der laufenden Ermittlung im Fall 4MK.«

»Ich will dieses Tagebuch lesen.«

»Das fällt unter Beweismittel.«

Sarah verzog das Gesicht. »Ein Beweismittel, das nicht erfasst wurde und das Sie ohne Handschuhe mit sich herumtragen.«

Endlich waren sie an der Reihe. Porter schob den Schlüssel ins Schloss seines Spinds, zog die schmale Tür auf und nahm alles heraus: seinen Gürtel. Die Schnürsenkel. Sein

Portemonnaie. Ein Prepaidhandy. Und ein Messer – ein Ranger Buck mit ausklappbarer Klinge.

Bishops Messer.

»Wie wär's mit einem späten Mittagessen?«, fragte Sarah.

Porter stopfte sich die Sachen in die Tasche und fädelte die Schnürsenkel ein. »Ich muss zum Flughafen.«

»Wir müssen uns unterhalten. Sie können vom Restaurant aus einen Flug buchen.« Sie strich sich das dunkle Haar aus dem Gesicht. »Sie können doch nicht einfach mit nüchternem Magen abhauen – und ich glaube auch nicht, dass die Security Sie durchlassen wird, wenn die erfahren, dass Sie Big Easy verlassen wollen, ohne ein echtes kreolisches Essen probiert zu haben.«

»Ihnen kann man aber auch nichts abschlagen«, sagte Porter, während er an seinem Bein das Gewicht des Messers spürte.

Dreißig Minuten später saßen sie an der Kreuzung Orleans Avenue und Miro Street an einem kleinen Tisch in der Ecke von Dooky Chase's. Vor Porter standen drei Teller – einer mit Shrimps und Limabohnen, einer mit überbackenen Kartoffeln und einer mit einem Sandwich.

Er hatte einen Direktflug von New Orleans nach Greenville, South Carolina, gefunden, der in weniger als zwei Stunden abheben würde. In Greenville würde er sich einen Wagen mieten und dann rund zwanzig Minuten bis nach Simpsonville fahren.

»Wann genau haben Sie eigentlich zuletzt gegessen?«, fragte Sarah mit Blick auf die Teller, die vor ihm standen. Sie hatte eine Schüssel Gumbo bestellt und nippte an einem großen Eistee.

Porter musste kurz darüber nachdenken. »Einen Schokoriegel gestern … glaube ich.« Er starrte auf die Teller hinab, und sein Blick huschte von einem zum anderen. »Poor Boy oder Shrimps, Poor Boy oder Shrimps, Poor Boy oder Shrimps ...«

»Es heißt Po'boy, nicht Poor Boy. Die setzen Sie hier noch vor die Tür, bevor Sie zum zweiten Mal zum Büfett gehen konnten!«

Porter machte sich über die Shrimps her und aß zwischendurch ein Stück Kartoffel. Seine Augen leuchteten. »Das schmeckt fantastisch!«

»Leah Chase kocht hier seit siebzig Jahren. Inzwischen ist sie über neunzig. Macht aber immer noch das beste Essen der Stadt«, erzählte sie ihm. »Ich hab hier schon Ray Charles sitzen sehen. Martin Luther King Jr. soll immer hergekommen sein, wenn er in der Stadt war. Sogar Barack Obama mag es hier. Probieren Sie mal den Gumbo!«

Sie hielt ihm ihren Löffel hin. Porter zögerte eine Sekunde – Heather war vor seinem inneren Auge aufgeblitzt, ihr Jahrestag vor zwei Jahren im Carl's Steakhouse.

»Sam?«

Porter zuckte zusammen, nahm ihr den Löffel ab und kostete. Wahnsinn.

»Alles in Ordnung? Sie waren für einen Moment komplett weggetreten.«

Die Sonne schien durchs Fenster und glitzerte in Sarahs Augen. Mit dem Daumen strich Porter über seinen Ehering. Dann spreizte er die Finger und legte die Hand in den Schoß.

»Im Gefängnis ist parallel was passiert«, sagte er und widmete sich den Kartoffeln. »Ich hab kurz überlegt, ob ich es Ihnen erzählen soll, aber ich glaube, Sie sollten es wissen.«

»Was?«

Er griff in die linke Tasche, holte das Handy heraus und legte es auf den Tisch. Dann griff er in die rechte Tasche nach dem Messer und legte es neben das Handy. »Ich hatte weder ein Messer noch ein Handy dabei. Irgendwer hat die in meinen Spind gelegt, während wir mit Ihrer Mandantin gesprochen haben.«

Sarah riss die Augen auf. »Wir müssen zurückfahren und das der Aufsicht melden.«

Porter schüttelte den Kopf. »Keine gute Idee. Die würden das Handy konfiszieren und der Sache nachgehen. Wer immer das getan hat, wird einkassiert, und das war's mit der Chance, Kontakt zu Bishop aufzunehmen.« Er ließ das Messer aufschnappen und drehte die Klinge hin und her. »Genau so ein Messer hat Bishop in seinem Tagebuch erwähnt. Das hier könnte es sein.«

»Sie glauben, Bishop hat Ihnen das zugespielt?«

»Nicht persönlich, aber jemand, der mit ihm zusammenarbeitet, ja.« Porter warf einen Blick auf das Handydisplay. Es war angeschaltet und aufgeladen.

»Darf ich mal sehen?«

Porter legte es ihr in die Hand.

Sarah klickte sich durch diverse Menüs. »Kein Smartphone, die Anrufliste ist leer, keine gespeicherten Kontakte, keine SMS. Wahrscheinlich komplett unbenutzt.« Sie gab es ihm zurück. »Und was jetzt? Warten wir, bis er anruft?«

Porter biss in sein Sandwich. »Sie fahren zurück in Ihr Büro, und ich fahre zum Flughafen.«

»Sie glauben allen Ernstes, ich lasse Sie das hier allein machen?«

»Ich kann mich nicht erinnern, dass ich die Essenseinladung ausgeweitet hätte.«

»Sie ist meine Mandantin. Ich muss wissen, wohin all das führt.«

»Ich rufe Sie an.«

»Von Ihrem Prepaidhandy?« Sie beugte sich über den Tisch. »Wie viele Cops gehen ohne Waffe und Handy auf Dienstreise? Wie wär's, wenn Sie mir jetzt mal Ihren Dienstausweis zeigten? Alles, was ich bisher gesehen habe, war eine Visitenkarte. Die könnten Sie genauso gut bei Quick-Copy gemacht haben.«

»Ein bisschen leiser ...«

Sie sprach leiser, was allerdings schmerzhafter für ihn war, als wenn sie weitergeschimpft hätte. »Wie soll ich denn wissen, dass Sie nicht irgendein Psycho sind, der nur so tut, als wäre er ein Cop?«

»Geben Sie mir Ihr Handy«, sagte Sam ruhig.

»Warum?«

»Sarah, bitte.«

Sie atmete tief durch, zog dann ihr iPhone aus der Handtasche und drückte es ihm in die Hand.

Porter rief den Browser auf und tippte seinen Namen ein. Dutzende Artikel und diverse Bilder wurden angezeigt – nicht nur von ihm selbst, auch von Anson Bishop und einigen 4MK-Opfern. Er gab ihr das iPhone zurück.

Sarah warf einen Blick aufs Display, überflog die Überschriften, dann schaltete sie das Gerät ab. »Wir müssen ganz offen miteinander sein, Sam. Sie können mir vertrauen. Ich will Ihnen helfen.«

Also tat er es.

Er erzählte ihr alles.

66
Poole

Pooles Lider flatterten. Er versuchte, sich hochzustemmen. Wieder wurde ihm schwarz vor Augen.

Er war sich nicht sicher, wie lange er beim ersten Mal bewusstlos gewesen oder wann er wieder zu sich gekommen war. Als er diesmal zu sich kam, blieb er lieber erst noch liegen. Den Flur sah er nur verschwommen. Er lauschte auf Geräusche aus dem Haus, aber das Rauschen des Blutes in seinen Ohren machte ihm einen Strich durch die Rechnung und übertönte alles andere.

Er lag minuten-, vielleicht auch nur sekundenlang da. Die Zeit und sein Bewusstsein strömten zwar nicht mehr durcheinander, fühlten sich aber an wie eine Strickleiter ohne Ende, weder in die eine noch in die andere Richtung. Ihm blieb nur, sich daran zu klammern.

Allmählich ließ das Rauschen in seinen Ohren nach und wich dem steten Ticken der Standuhr am Ende des Flurs. Er konnte die Seitenwand sehen, das Ziffernblatt wies in die andere Richtung. Die Zeiger zeigten auf etwas, das er nicht hätte benennen können.

Er befreite die rechte Hand und zog seine Glock aus dem Schulterholster.

Von Bishop keine Spur.

Behutsam setzte er sich auf, erst zusammengekauert, bis

der Schwindel nachließ, dann wanderte seine linke Hand an die empfindliche Stelle im Nacken, wo Bishop ihn niedergeschlagen hatte. Er ertastete eine Beule in der Größe seiner Faust. Zumindest blutete er nicht. Möglicherweise hatte er eine Gehirnerschütterung, war sich aber nicht sicher.

Er setzte die Füße auf und stemmte sich hoch. Kurz rauschte gleißendes Weiß durch sein Gesichtsfeld, und er musste sich an der Wand abstützen, um nicht erneut in Ohnmacht zu fallen.

Die Waffe fühlte sich schwer an, fiel ihm fast aus der Hand. Er verstärkte den Griff, presste den Finger hart auf die Griffsicherung, und der schneidende Schmerz half ihm, den Blick zu fokussieren.

Er wankte den Flur entlang, hielt die Arme ausgestreckt und den Lauf der Waffe vor sich zu Boden gerichtet.

Der Flur führte in ein spärlich möbliertes Wohn-Esszimmer mit einer Kochnische in der Ecke. Er sicherte den Raum in alle Richtungen und konzentrierte sich dann auf einen weiteren Flur, der von der linken Seite des Wohnzimmers zum rückwärtigen Teil des Hauses führte. Dieser hier war deutlich schmaler als der vordere Flur. Am Ende lagen auf einer Seite ein kleines Bad und direkt gegenüber ein Schlafzimmer. Die Laken über dem Doppelbett waren glatt gezogen. Bishop hatte sein Bett gemacht.

An der hinteren Wand stand eine Kommode. Drei Schubladen waren herausgezogen – alle leer. Zurück im Bad stellte er fest, dass das Waschbecken zwar feucht war, doch alle typischen Toilettenartikel fehlten.

Ihn beschlich das Gefühl, dass Bishop hier durchaus eine Weile gewohnt haben mochte, dass dies eine Art Zuflucht gewesen war. Nur hatte er nicht damit gerechnet, dass ein Bundesbeamter vor seiner Tür erscheinen würde. Der Schrecken war ihm in die Glieder gefahren, und er hatte in aller Eile die Flucht ergriffen.

Poole tastete nach seinem Telefon. Es war weg.

Er kehrte in den Flur zurück. Doch dort war es nicht.

Diener!

Poole ging zur Tür, drehte den Knauf.

Verschlossen.

Bishop hatte sich allen Ernstes die Zeit genommen, auf dem Weg nach draußen hinter sich abzuschließen.

Poole nestelte an der Innensperre. Seine Finger wollten ihm immer noch nicht gehorchen.

Dann schlug ihm der Winterwind entgegen.

Gegenüber auf der anderen Straßenseite stand die Tür zu dem verlassenen Haus offen, und Poole stürzte sofort darauf zu. Er hielt immer noch die Waffe in der Hand und bekam nur am Rande mit, dass im Haus der Nachbarin die Gardinen zurückfielen und nur mehr die Umrisse der Frau vor dem großen grünen Bildschirm erkennbar waren, auf dem das Golfturnier gerade für einen Auto-Werbespot unterbrochen wurde.

Er hatte nicht einmal realisiert, dass er Dieners Namen gerufen hatte, ehe das Echo seiner eigenen Stimme ihm in dem ansonsten stillen Haus entgegenhallte. Er sah auch nicht sofort die Leiche, die in der Ecke an der Wohnzimmerwand lehnte. Hals, Mantel und Hemd waren blutdurchtränkt.

67

Poole

Das Blut war noch warm.

Poole hielt den Zeigefinger an Dieners Hals, ahnte zwar schon, was er feststellen würde, musste es aber zumindest versuchen. Unter dem halb geschlossenen Lid blickte ihn eins von Dieners leblosen Augen an. Das linke Auge fehlte ganz, dort klaffte ein schwarzes Loch. Auch das linke Ohr und die Zunge fehlten.

Bishop hatte die Hinterunterkiefervene direkt unter dem Kinn erwischt und die Klinge nach unten gezogen, um die Vene komplett aufzuschlitzen. Dieners Arm und die Hand waren blutüberströmt. Anscheinend hatte er noch versucht, die Blutung zu stillen – vergebens. Er war höchstwahrscheinlich binnen nicht einmal einer Minute verblutet.

Poole konnte den Griff von Dieners Dienstwaffe im Schulterholster stecken sehen. Bishop hatte ihn eiskalt erwischt – Diener hatte nicht mal mehr die Zeit gehabt, die Waffe zu ziehen. Er hatte wahrscheinlich die Eingangstür schlagen hören und angenommen, es wäre Poole.

Am fehlenden Ohr und im Auge war wenig Blut geflossen, was darauf hindeutete, dass sie post mortem entfernt worden waren.

Es dauerte nicht lange, bis er sie gefunden hatte.

Teile des Graffitis fehlten – an vier Stellen. Bishop hatte

die Gedichte, die er mit Edding dort hingeschrieben hatte, aus dem Gipskarton geschnitten und Dieners Auge, Ohr und die Zunge in drei der vier Löcher gelegt.

Pooles Herz raste wie wild, und die Beule in seinem Nacken tat höllisch weh. Er beugte sich erneut nach vorn und suchte Dieners Leiche nach einem Handy ab.

Nichts.

Als er wieder aufstehen wollte, brachte ihn die jähe Bewegung aus dem Gleichgewicht. Er griff nach der Wand, und seine Finger streiften körnigen Schmutz.

Es sollte weitere zehn Minuten dauern, ehe er wieder die Kraft hätte, sich zum Nachbarhaus zu schleppen und Hilfe zu rufen.

68
Clair

»Warum sollte Bishop mit Libby McInley zusammenarbeiten?«, fragte Clair.

»Viel wichtiger ist doch: Warum sollte Libby McInley mit Bishop zusammenarbeiten?«, gab Nash zurück. »Er hat ihre Schwester umgebracht, verdammt.«

Sie waren wieder in der Einsatzzentrale.

Das Foto von Bishop in seinem Pick-up war vergrößert und ausgedruckt worden und hing jetzt an einem der Whiteboards im vorderen Teil des Raums.

»Wir müssen das alles dem FBI erzählen«, sagte Kloz am Besprechungstisch. »Die Fälle stehen mit 4MK in Verbindung. Die müssen Bescheid wissen.«

Clair und Nash starrten ihn an.

Er hielt beide Hände hoch. »Was? Das können wir doch nicht für uns behalten.«

»Wo steckt Libby McInley jetzt?«, fragte Clair. »Sie wurde aus dem Gefängnis entlassen. Hat sie einen Bewährungshelfer oder jemanden, der sie im Blick behält?«

Klozowski zog sein MacBook zu sich heran. Nach ein paar Tastenbefehlen wurde er kreidebleich.

»Was?«

Mit weit aufgerissenen Augen überflog Kloz den Text. »Das ist nicht gut ...«

Clair schüttelte den Kopf, durchquerte den Raum und drehte das MacBook so herum, dass auch sie etwas lesen konnte.

»Mach du nur, ich war damit ja gerade nicht beschäftigt«, brummte Kloz.

Sie hob barsch die Hand, und Kloz drückte sich auf seinem Drehstuhl vom Tisch weg.

»Fuck, fuck, fuck«, brach es aus Clair heraus, und sie drehte den Bildschirm wieder zu ihm.

»Ganz genau«, murmelte Kloz.

»Was ist passiert?«, wollte Nash wissen und lief zu ihnen hinüber.

»Libby McInley ist gestern Abend von Poole und Konsorten tot aufgefunden worden. Augen, Ohr und Zunge fehlen. Und sie wurde gefoltert«, sagte Clair.

Nash runzelte die Stirn. »Wenn Libby und Bishop zusammengearbeitet haben, warum sollte er sie dann umbringen? Das ist doch sinnlos.«

»Hat je irgendwas im Zusammenhang mit Bishop Sinn ergeben?« Clair warf einen Blick zur Tür. »Warum haben die Jungs uns denn nichts erzählt?«

Kloz atmete laut aus. »Vor zwei Sekunden wolltest du noch vor ihnen geheim halten, was wir über Bishop in Erfahrung gebracht haben, und jetzt wunderst du dich, warum das FBI uns am ausgestreckten Arm verhungern lässt?« Er hob beide Hände. »Ihr Fall – unser Fall. Zwei unterschiedliche Fälle.«

»Jetzt nicht mehr«, warf Nash ein.

»Jetzt nicht mehr.«

Clair marschierte hinaus auf den Flur. »Ich hab diese Typen seit gestern nicht mehr gesehen … ihr? Die Tür ist verschlossen.«

»Hab sie in Porters Wohnung zuletzt gesehen«, antwortete Nash, und Clair drehte sich zu ihm um.

»Wir müssen Sam noch mal anrufen.«

Nash nahm sein Handy zur Hand und wählte die Nummer. Einen Augenblick später schüttelte er den Kopf. »Wieder nur die Mailbox. Er geht nicht ran.«

»Wir sollten bei ihm vorbeifahren«, sagte Kloz. »Da stimmt doch was nicht.«

»Ich dachte, du hättest Schiss, Ärger zu kriegen? Dachte, er bräuchte mal eine Lektion, damit er endlich Befehle befolgt«, ätzte Clair.

»Das war vor einer Stunde. Jetzt fühlt es sich an, als wäre da irgendwas faul.«

Nash starrte immer noch auf sein Handy hinab. »Der Junge hat recht, hier ist was faul. Sam taucht nicht einfach so ab. Bei einem von uns würde er rangehen.«

Clair atmete tief durch. »Gut. Wir beschließen jetzt, wie wir weiter vorgehen, und dann fahren wir bei ihm vorbei.«

Nash nickte. »So machen wir's.«

Clair ging zurück zu den Whiteboards. »Okay, Konzentration. Wir müssen diese Punkte hier miteinander verbinden. Wie passt Bishop in dieses Durcheinander?«

Es klopfte an der Tür. Als sich alle drei umdrehten, stand dort Sophie Rodriguez.

Clair spürte selbst, wie ihr die Gesichtszüge entglitten. »Oh nein!«

Sophie trat ein. Ihre Augen waren geschwollen, und sie ließ die Schultern hängen. »Ich habe vor zehn Minuten einen Anruf gekriegt. Larissa Biel, ungefähr im gleichen Alter wie die anderen. Sollte heute Abend auf einen Schulball gehen, und die Mutter wollte sie vorher mit einem Wellness-Tag überraschen. Sie ist für ein paar Stunden ins Büro gefahren, und als sie heimkam, war Larissa verschwunden. Sie haben die Freundinnen schon abtelefoniert, aber auch von denen hat niemand sie gesehen. Wegen der Mädchen in den Nachrichten ist die Mutter in Panik geraten und hat Missing Children alarmiert.« Sophie hielt inne. »Ich weiß ja nicht, es könnte voreilig sein, aber irgendwas fühlt sich da falsch an.«

»Wann ist sie zuletzt gesehen worden?«, fragte Clair.

»Die Mutter sagt, als sie heute Morgen zur Arbeit gefahren ist, lag Larissa noch im Bett. Das war um halb sieben. Ihr Vater sagt, es gibt keinerlei Anzeichen für einen Einbruch, und ihr Zimmer sieht – Zitat – ›normal‹ aus. Aber ihre Winterstiefel, der Mantel und das Handy sind weg.«

Nash griff nach seiner Jacke. »Wir müssen die Eltern in Sicherheit bringen. Wenn das Bishop war, könnten sie in Gefahr sein.«

Sophie runzelte die Stirn. »Wie kommen Sie darauf, dass es Bishop gewesen sein könnte?«

»Erzählen wir Ihnen unterwegs.« Er wandte sich an Klozowski. »Kloz …«

Der hatte sich bereits wieder dem Rechner zugewandt. »Bin schon dabei. Ich checke die Todesanzeigen aus den letzten zwei Wochen für Biel. Wie heißen die Eltern mit Vornamen?«

»Darlene und Larry«, antwortete Sophie.

Auf Klozowskis Handy ging eine Nachricht ein.

»Ich habe Ihnen gerade die Angaben geschickt«, sagte sie, »inklusive der Adresse.«

»Schick eine Streife hin und sag ihnen, dass wir unterwegs sind«, rief Clair noch über die Schulter. Dann waren sie, Sophie und Nash auch schon über den Flur verschwunden.

69

Poole

Poole stand im grünen Haus – inmitten von Bishops Haus – und presste sich einen Eisbeutel in den Nacken. Die Kollegen hatten das gesamte Grundstück abgesperrt und das verlassene Haus gegenüber gleich auch und beides in Beschlag genommen. Vor rund einer Stunde hatte er zugesehen, wie Dieners lebloser Körper auf einer Trage hinausgebracht worden war, nachdem der Tatort erst gründlich dokumentiert und sämtliche Spuren gesichert worden waren.

Die Frau im pinkfarbenen Morgenmantel hatte einen Stuhl ans Fenster gerückt und verfolgte das Treiben mit einem Kaffeebecher in der Hand. Von Golf war jetzt keine Rede mehr. Diverse Agents hatten sie bei ihrer Ankunft erneut befragt, aber nichts erfahren, was sie nicht zuvor schon Poole erzählt hätte.

Special Agent in Charge Foster Hurless stand neben ihm und blickte wie immer finster drein. »Erzählen Sie mir noch einmal, was passiert ist.«

»In der Auffahrt stand kein Auto. Er muss zu Fuß geflüchtet sein. Er könnte sich also immer noch hier in der Nähe aufhalten. Solang ich hier rumstehe, bin ich zu nichts nütze«, regte Poole sich auf.

»Erst muss sich der Arzt um Sie kümmern. Außerdem haben wir einen toten Kollegen. Ich hab die anderen losgeschickt, um die Nachbarn zu befragen. Die einzigen Fußabdrücke draußen im Schnee führen über den Gehweg und die Auffahrt. Eine Garage gibt es nicht«, erklärte Hurless. »Abgesehen davon ist das Haus winzig.«

»Ich hätte mich an einen Wagen erinnert.«

»Er kann genauso gut an der Straße geparkt haben. Da stehen überall Autos.«

Poole antwortete nicht.

»Erzählen Sie alles noch mal von vorn.«

»Da gibt es nicht viel zu erzählen. Wir hatten die gefälschten Papiere bis zu dieser Postadresse verfolgt – also, zu dem leer stehenden Haus auf der anderen Straßenseite. Wir hatten das Haus schon gesichert. Dann hab ich den Kürzeren gezogen, Diener durfte drüben Fotos machen, insbesondere von der Zimmerwand mit den Graffitis, und ich sollte raus und die Nachbarn befragen. Die Frau gegenüber hat erwähnt, dass der Mann, der hier wohnt, sich um die Post drüben kümmert. Also bin ich zuerst hierher. Ich hab nicht damit gerechnet, dass Bishop die Tür aufmacht. Er hat mich eiskalt erwischt. Wir haben ein bisschen gerangelt, und dann hat er sich das Tischbein gegriffen und mich niedergeschlagen. Als ich wieder zu mir gekommen bin, hab ich hier alles gesichert und bin dann zur anderen Straßenseite gelaufen, wo ich Agent Diener gefunden habe.«

»Dann wussten Sie also, dass jemand das Haus gegenüber als Umschlagplatz benutzt hat? Sie wussten, dass der hier wohnende Nachbar dort drüben nach dem Rechten gesehen hat? Und Sie haben trotzdem einfach geklopft, ohne erst Verstärkung anzufordern?«

Poole spürte, wie er rot wurde. »Es gab keinen Grund anzunehmen, dass Gefahr im Verzug sein könnte. Und ausgerechnet mit Bishop war ganz sicher nicht zu rechnen.«

»Aber er hat mit Sam Porter gerechnet? Mit dem Detective der Metro?«

»Er hat wörtlich gesagt: ›Sie sind nicht Sam Porter‹ – was immer er damit gemeint hat.«

»Damit meinte er, dass es ihn nicht gewundert hätte, wenn Porter vor seiner Tür aufgetaucht wäre.«

Poole schüttelte den Kopf. »Ich weiß, was Sie denken, aber Porter ist ein klasse Cop. Er hat ein paar Fehler gemacht, aber er hat mit der Sache rein gar nichts zu tun. Nicht so, wie Sie denken. Er will diesen Typen dingfest machen, das ist alles.«

Hurless rieb sich übers Kinn. »Vielleicht, vielleicht aber auch nicht. Ich habe gerade erfahren, dass bei der Leiche, die vor ein paar Monaten alles ins Rollen gebracht hat, ein Tagebuch gefunden wurde – bei dem Typen, der vor den Bus gesprungen ist und von dem erst alle dachten, es wäre 4MK. Anscheinend war das Bishops Tagebuch. Porter hat es nie in die Beweismittelliste eingetragen. Es wird im Bericht erwähnt, aber unter den Asservaten der Metro taucht es nicht auf – und da war es wohl auch nie.«

»Warum sollte er bitte Beweismittel unterschlagen?«, fragte Poole.

»Warum sollte Bishop ihn bei sich zu Hause erwarten?«

Poole verzog das Gesicht und presste sich den Eisbeutel fester in den Nacken. »Warum sollte er das Tagebuch in seinem Bericht erwähnen, wenn er vorgehabt hätte, es zu verheimlichen?«

»Das Tagebuch wird in Detective Nashs Bericht erwähnt, nicht bei Porter. Porter erwähnt es auf dreiundvierzig Druckseiten mit keiner Silbe.«

Eine Spurentechnikerin kam auf sie zu, wartete aber neben SAIC Hurless, bis sich eine Gesprächspause ergab. Sie wandten sich beide zu ihr herum, und sie ergriff das Wort: »Sir, wir sind mit der Voruntersuchung jetzt fertig. Nirgends Fingerabdrücke. Allerdings haben wir Latexrückstände auf diversen Oberflächen gefunden. Höchstwahrscheinlich hat er Handschuhe getragen, wenn er hier war. Wieder andere Oberflächen sind sauber gewischt worden.«

»Was ist mit dem Tischbein, mit dem er mich niedergeschlagen hat?«

»Abgewischt«, sagte sie.

Poole nickte in Richtung Bad und bereute die Bewegung im selben Moment. »Und die Badewanne? Oder die Dusche? Vielleicht hat er ein Bad genommen?«

»Die Wanne war trocken und mit Bleicheflecken übersät. Wir nehmen an, dass er sie nach jedem Mal sauber gemacht hat – das Gleiche gilt im Übrigen für die Waschbecken sowohl im Bad als auch in der Küche. Wir haben die Siphons abgeschraubt und nehmen alles mit ins Labor für den Fall, dass dort etwas hängen geblieben ist. Außerdem saugen wir sämtliche Oberflächen ab. Irgendwas werden wir finden«, versicherte sie ihnen. »Nirgends eine Spur zu hinterlassen, das schafft kein Mensch.«

»Können wir in etwa sagen, wie lange er hier war?«, hakte Poole nach.

Sie schüttelte den Kopf. »Er scheint jederzeit für den sofortigen Abflug bereit gewesen zu sein. Ist wahrscheinlich in nicht mal zehn Minuten weg gewesen. Ob er nur für ein paar Tage oder Monate hier war, lässt sich nicht sagen.«

»Die Nachbarin gegenüber sagt, sie hat ihn schon vor sechs Monaten hier gesehen«, warf Hurless ein.

»Dann hat Bishop das hier schon als Unterschlupf benutzt, noch bevor seine Tarnung im 4MK-Fall aufgeflogen ist.«

»Sieht ganz danach aus. Dem Grundbuch zufolge gehört das Haus einer Tochterfirma von Talbot Enterprises. Die haben hier in der Gegend in den letzten zwei Jahren mehrere Häuser aufgekauft und Mietobjekte daraus gemacht. Die halten selbst bei Leerstand die Logistik am Laufen, damit die Rohre nicht einfrieren. Das Viertel hier ist eine Art Hotspot für Obdachlose und Hausbesetzer. Nachdem er das Schloss erst mal ausgehebelt hatte, konnte er hier nach Belieben ein und aus gehen. Und bei diesem Wetter ist es auch nicht schwer, sich zu tarnen. Da hat jeder mehrere Schichten übereinander an. So ist er garantiert nicht aufgefallen.«

»Wenn er sich diesen Unterschlupf im Vorhinein gesucht hat, wird er noch andere haben.«

»Schätze ich auch.«

Poole drehte sich zu der Technikerin um. »Was ist mit den Handys? Bishop hat sowohl mir als auch Agent Diener das Handy abgenommen.«

»Beide sind um genau vierundzwanzig nach zwei abgeschaltet worden«, antwortete sie.

Poole ließ den Eisbeutel sinken und drehte sich wieder zu SAIC Hurless um. »Können wir noch mal rübergehen? Ich will mir die Wand noch mal ganz genau ansehen.«

Dieners Leiche war abtransportiert worden, aber der dunkle Fleck war immer noch da. Poole hatte nach wie vor dessen ruppige Stimme und den charakteristischen Gang im Ohr. Er rechnete fast schon damit, dass der Kollege jeden Moment mit einem der übrig gebliebenen Techniker aus einem der hinteren Räume käme.

SAIC Hurless gestikulierte in Richtung der Graffiti-Wand. »Was können Sie mir über diese Löcher sagen?«

Dieners Auge lag immer noch gefährlich nah an der Kante im ausgeschnittenen Gipskarton. Daneben stand ein Schildchen mit der Nummer 37.

Poole fuhr mit dem Finger über die Schnittkante. »Hier stand ein Gedicht, von Dickinson. Mit einem schwarzen Filzstift oder Edding geschrieben.« Er zitierte es.

>*Der Tod, da ich nicht halten konnt,*
hielt an, war gern bereit.

Im Fuhrwerk saß nun er und ich
und die Unsterblichkeit.«

Er lief weiter zum zweiten Loch in der Wand, in dem Dieners Ohr und ein Schildchen mit der Nummer 38 lagen. »Und hier stand eins von Han Shan.« Auch dieses Gedicht gab er aus dem Gedächtnis wieder.

»Willst du ein Sinnbild wissen für Leben und Tod
So nimm zum Beispiel Wasser und Eis
Wasser erstarrt und wird zu Eis
Eis schmilzt und wandelt sich zurück zu Wasser
Was einmal starb muß sicher wieder leben
Und was geboren ward das kehrt zurück zum Tod
<u>Wasser</u> und <u>Eis</u> die tuen sich nicht weh
Ins <u>Leben</u> wie zum <u>Tod</u> zu kehren ist beides gut!«

Im dritten Loch in der Wand lag neben der Nummer 39 Dieners Zunge wie zur stummen Antwort auf die Worte, die zuvor dort gestanden hatten.

»Lasst uns <u>heim</u>kehren, lasst uns zurückgehen,
Alles Suchen und Streben wird nutzlos sein,
Freude durchdringt das Hier und das Jetzt.
Aus dem blauen Ozean des Todes
Fließt das Leben wie Nektar.
Im Leben ist Tod; im Tod ist Leben.
Wo soll die Angst sein, wo ist <u>Angst</u>?
Die Vögel am Himmel singen: ›Kein Tod, kein <u>Tod</u>!‹
Tag und Nacht spült die Welle der Unsterblichkeit
auf diese Erde herab.«

Er zeigte auf das Loch. »*Heim, Angst* und *Tod* waren unterstrichen. Ist ein tibetischer Text. Ziemlich alt.«

Das vierte Loch interessierte ihn am allermeisten. Es klaffte weit oben auf der rechten Seite in der Graffiti-Wand. Dort hatte Bishop nichts abgelegt, es war bloß eine Leerstelle in der Trockenwand, allerdings mit derselben Sorgfalt herausgeschnitten – ein fast perfektes Quadrat.

Diese Stelle hatte sich Poole nicht annähernd so aufmerksam angesehen wie die drei anderen, wo er die Worte abgelesen, die akkurate Handschrift in Augenschein genommen hatte und wo er die einzelnen Buchstaben immer noch glasklar vor sich sehen konnte. Mit dem vierten Loch war das anders. Dort hinauf hatte er bestenfalls einen flüchtigen Blick geworfen.

»Was ist damit?«, fragte Hurless. »Was stand da?«

Poole hob die Hand, dann schloss er die Augen, konzentrierte sich, rief sich ins Gedächtnis, was er dort gesehen hatte, gleich nachdem er das verlassene Haus erstmals betreten hatte. Er hatte die Wand angesehen, aber er hatte sie nicht *gesehen*. Er hatte nicht bewusst wahrgenommen, was dort gestanden hatte. Die willkürlichen Schmierereien und Schriftzüge waren in seiner Erinnerung zu einem einzigen fleckigen Bild verschwommen, zu einem unscharfen Pollock-Gemälde.

Versuchst du, mir etwas zu sagen, Bishop? Oder willst du eher irgendetwas geheim halten?

Er rief sich die Wand in Erinnerung, jeden Zentimeter, und tat im Kopf so, als würde er wieder daran entlangschlendern, als würde er mit dem Blick jeden Farbklecks streifen und dann zu dieser Stelle hinaufsehen, zu der fehlenden Stelle ...

Dieselbe Handschrift. Schwarze, klobige Buchstaben. Er konnte sie vor sich sehen, aber nur unscharf, wie den Hintergrund eines Fotos, auf dem der Fokus zentral im Vordergrund lag und alles drum herum verschwamm. Er konzentrierte sich auf die schwarzen Worte, auf die Unschärfe, gar nicht so sehr auf die Wortbedeutung, nur auf ihren Anblick. Er konzentrierte sich, bis sie endlich aufklarten, Buchstabe für Buchstabe, und erst da konnte er ablesen, was dort geschrieben stand: »Man kann nicht Gott spielen, ohne mit dem Teufel zu paktieren.«

70
Kati

Kati Quigley schreckte mit einem Ruck auf. Er hatte ein bisschen gedauert, der Aufstieg aus dem Schlaf, aber dieser letzte Moment, nachdem ihr Bewusstsein aus dem tiefen Brunnen geklettert und schließlich oben ins Freie gelangt war, hatte sie regelrecht hochfahren lassen.

Ihre Hände waren hinter ihrem Rücken gefesselt. Die Füße waren ebenfalls zusammengeschnürt. Die Augen waren mit einer Art Augenbinde bedeckt. Der Boden fühlte sich klamm an. Und es stank – nach Kot, Urin und noch nach etwas anderem.

»Hallo?«

Ihre Stimme klang dünn, gar nicht wie ihre eigene. Die Schläfe tat weh, und für einen kurzen Augenblick konnte sie sich das nicht erklären. Dann strömten die Erinnerungen an all das, was passiert war, wieder auf sie ein, eine grässliche Flut aus Bildern, und am Ende stand dieser Mann mit der ekligen Wunde am Kopf, der sie durch den Flur verfolgt und gegen die Tür geschleudert hatte.

Oh Gott ...

»Wesley?«

Ganz in der Nähe rührte sich etwas.

Ein klein bisschen Licht drang durch das Tuch vor ihren Augen, allerdings nicht genug, als dass sie etwas hätte erkennen können – lediglich unscharfe Konturen und Schatten, eigenartige Ungetüme, die sich in der Ferne bewegten.

»Wesley? Bist du das? Geht's dir gut?«

Ihr war wieder eingefallen, wie der hässliche Mann fast schon über den Tisch gehechtet war und seinen Kakaobecher gegen Wesleys Kopf geschmettert hatte – dann dieses grässliche Knacken, und wie Wesley zu Boden gegangen war ... Da war sie losgerannt. Sie hätte versuchen müssen, ihm zu helfen, stattdessen war sie einfach losgerannt und hatte nur noch an sich selbst gedacht, und dann war dieser hässliche Kerl auch schon hinter ihr her gewesen.

»Es tut mir leid, Wesley«, sagte sie leise. Fast wären ihre Worte in den Schluchzern untergegangen.

Ein Stöhnen, nur ein kleines Stück von ihr entfernt – aber das war nicht Wesley. Das war eine Frauenstimme gewesen. Sie hatte es deutlich gehört, obwohl sie gedämpft und schwach geklungen hatte.

»Wer ist da? Wer bist du?« Kati zog die Beine an und versuchte, sich mit dem Knie die Augenbinde vom Kopf zu schieben. Es funktionierte nicht. Der Stoff saß zu straff.

Sie zwang sich, auf die Stimme zuzukriechen wie eine Raupe, indem sie sich mithilfe der gefesselten Füße vorwärtsschob. Die Kopfschmerzen bei jeder Bewegung waren schier unerträglich, und Schwindel rollte über sie hinweg. Trotzdem blieb sie nicht sitzen. Sie zwang sich, zu der Stimme vorzudringen, bis ihr Arm etwas Weiches, Warmes streifte.

Die andere zuckte zurück, als Kati ihre Haut berührte, und zog eine Decke oder ein Laken hoch.

»Wer bist du?«, fragte Kati erneut und spürte, wie die andere sich krümmte.

»Sie war nicht rein, sie hätte niemals gesehen – und stattdessen stürzt sie sich auch noch ins offene Messer und ersäuft in ihrem Blut.«

Als sie die Stimme hörte – seine Stimme –, zuckte Kati heftig zusammen, und ein Schauder lief ihr über den Rücken.

Der Mann mit der Wunde. Er hatte Probleme, das S auszusprechen. Er hatte aus nächster Nähe – aus der Richtung, aus der sie gekommen war –, ganz leise zu ihr gesprochen.

Kati robbte näher an den warmen Leib neben ihr heran. Sie spürte, wie die andere unter dem Laken zitterte. »Wo sind wir hier? Wo ist Wesley?«

Der Mann hustete, schnappte nach Luft, röchelte. »Dein Freund Wesley ist auch hier. Aber es geht ihm nicht gut.«

Kati musste an den Gestank denken – Kot, Urin und noch etwas anderes. Sie wollte gar nicht über das andere nachdenken. »Die Leute aus dem Königreichssaal – die wissen, wo wir sind. Die wissen, in welcher Straße wir unterwegs waren und wo wir klingeln wollten. Wenn Sie mich gehen lassen, sage ich, dass es ein Unfall war. Ich erzähl allen, dass Wesley gestürzt ist und Sie versucht haben, ihm zu helfen.«

»Mir egal, ob sie dich suchen kommen. Mir egal, ob sie mich suchen kommen. Bis dahin sind wir längst fertig.«

Die Stimme war näher gekommen. Kati konnte hören, wie er seine Füße auf dem Boden aufsetzte und ein Bein leicht nachzog. Sie konnte es hören: Irgendetwas stimmte nicht mit seinem Gang.

Ein Klappern, Metall auf Metall. Eine Tür ging auf.

»Siehst du für mich?«

Jetzt war er neben ihr. Sie konnte seinen heißen Atem im Nacken spüren.

»Erzählst du mir, was du siehst?«

Kati schrie los, doch im selben Moment, da ihr der Schrei über die Lippen kam, stopfte er ihr etwas in den Mund, einen Lappen oder ein Tuch. Es schmeckte säuerlich und nach Dreck. Dann schlang er seine Arme um ihren Leib. Er hob sie vom Boden hoch und wollte sie wegtragen.

Unter dem Laken am Boden schoss eine Hand hervor und packte sie am Arm, ließ aber sofort wieder los.

»Du bist eine Gläubige, eine Jüngerin, du wirst sehen …«

Dann ließ er sie fallen.

Er ließ sie fallen oder sinken, genau hätte sie es nicht sagen können. Erst spürte sie das Wasser, dann zog er seine Arme weg, und sie sank noch ein Stück tiefer – wohinein auch immer. Sie sank weiter, bis sie fast vollständig unter Wasser war – außer ihr Gesicht, ihr verbundenes Gesicht, das sich in die Höhe streckte, dorthin wo sie noch Luft bekam. Ihre gefesselten Hände und Füße berührten den Boden, aber wenn sie den Kopf in den Nacken legte, blieb sie mit Mund und Nase über Wasser.

Das Wasser war warm, fast zu warm.

Hätte sie sehen können, hätte sie mitbekommen, wie der Mann mit der schwarzen Strickmütze die Abdeckplane von einem Stapel Autobatterien zog, die hintereinandergeschaltet neben der mit Wasser gefüllten Gefriertruhe standen. Sie hätte sehen können, wie er nach den Enden eines Starterkabels griff, das mit der obersten Batterie verbunden war. Sie hätte gesehen, wie er beide Enden ins Wasser fallen ließ.

Nichts dergleichen sah sie.

Sie sah rein gar nichts, als der Strom mit solcher Gewalt durch sie hindurchzuckte, dass ihr Körper sich aufbäumte und sie sogar die Kabelbinder um Hände und Füße zerriss.

Sie sah nichts außer einem gleißend weißen Licht.

71

Clair

»Ich bleib doch jetzt nicht eingesperrt wie irgendein Verbrecher hier sitzen, während ein Verrückter meine Tochter in seiner Gewalt hat«, fauchte Larry Biel und lief weiter in dem kleinen Hotelzimmer auf und ab. Sie waren inzwischen seit knapp zwei Stunden hier, und er hatte nicht einen Moment Ruhe gegeben.

»Larry, das hilft uns doch auch nicht weiter. Komm, bitte, setz dich zu mir«, sagte Darlene Biel, die auf der Bettkante saß.

Clair saß an einem Tischchen neben der Zimmertür und blickte von einem zum anderen.

Die Kollegen von der Streife waren innerhalb von vier Minuten nach Clairs Anruf bei den Biels daheim gewesen. Sie hatten sich beide in ihrem dreistöckigen Haus an der West Superior Street aufgehalten und waren wohlauf gewesen. Darlene Biel hatte gerade zum fünften Mal die Freundinnen ihrer Tochter abtelefoniert, während ihr Ehemann an Larissas Rechner saß und sich durch die Dateien klickte. Er kannte sich mit Computern aus und hatte zwei Jahre zuvor auf dem Rechner eine Kontroll-App für Eltern namens KidBSafe installiert. Nur widerwillig hatte er Clair den Laptop überlassen, die ihn zur Metro und zu Klozowskis Team hatte bringen lassen.

Dann hatte sie den beiden erklärt, zwar bestehe derzeit kein Grund zu der Annahme, dass ihr aktueller Täter auch ihre Tochter entführt habe, sie würden aber trotzdem fürs Erste an einen sicheren Ort gebracht. Es dauerte zwanzig Minuten, ehe sie die Biels überzeugt hatte. Darlene hatte Gas gegeben. Sie arbeitete als Pharmavertreterin, war viel auf Dienstreisen und hatte jederzeit eine gepackte Tasche griffbereit. In nicht einmal fünf Minuten hatte sie gestiefelt und gespornt an der Eingangstür gestanden. Larry war deutlich langsamer gewesen. Er hatte erst jedes einzelne Zimmer kontrolliert, als würde seine Tochter dort unverhofft aus einer dunklen Ecke treten wie nach einem ausgedehnten Versteckspiel, bis Darlene schließlich auch eine Tasche für ihn gepackt und ihn raus zu der wartenden Streife begleitet hatte.

Obwohl die Chicago Metro drei sichere Wohnungen unterhielt, hatte Clair beschlossen, sie in ein Hotel downtown zu bringen, das sie vollkommen willkürlich ausgewählt und bar bezahlt hatte. Wenn Bishop tatsächlich seine Finger im Spiel hätte, wollte sie für ihn keine unnötige Datenspur legen. Nur Nash wusste, wo sie jetzt waren. Er und Sophie Rodriguez waren im Haus der Biels bei den Kollegen der Spurensicherung geblieben. Zivilfahrzeuge der Polizei parkten in beiden Richtungen entlang der Straße und waren jederzeit einsatzbereit, sollte der Täter sich zeigen.

»Larry, du machst mich nervös, setz dich jetzt bitte hin«, sagte Darlene erneut.

Larry Biel lief ein letztes Mal quer durchs Zimmer, ließ sich dann neben seiner Frau auf die Bettkante fallen und drehte sich mit erhitzten Wangen zu Clair herum. »Wie viele Mädchen, sagen Sie, hat der Kerl sich schon geschnappt?«

»Wir wissen von zweien, aber ich sage es noch einmal: Wir haben keinen Grund zu der Annahme, dass diese Person auch Ihre Tochter entführt hat. Sie haben doch selbst gesagt, dass sie genauso gut bei einer Freundin sein könnte. Wir möchten einfach nur auf Nummer sicher gehen.«

»Sie ist nicht bei einer Freundin«, entgegnete Darlene Biel. »Sie hatte vor, später zu Carrie Ann zu fahren, um sich für den Ball fertig zu machen, aber Carrie Ann hat den ganzen Tag nichts von ihr gehört. Niemand hat von ihr gehört. Sie verschwindet nicht einfach so, niemals. Sie sagt immer Bescheid, wo sie hingeht. Wir haben keine Geheimnisse voreinander.«

»Und dieser Typ bringt auch die Eltern der Mädchen um?«, hakte Larry Biel nach, der gar nicht erst auf das einging, was seine Ehefrau gesagt hatte. »Dieser Mann, der in seinem Hinterhof in einen Schneemann verpackt gefunden wurde – ist er so umgebracht worden? Ist es das, wovon wir hier gerade reden?«

»Ich darf über laufende Ermittlungen leider nichts sagen.«

»Dieser Reporter meinte, dass ihm der Hals so tief aufgeschlitzt wurde, dass der Kopf kaum mehr dranhing.«

»Sie sind hier in Sicherheit. Wir lassen nicht zu, dass Ihnen etwas passiert.«

Larry fuhr mit der Hand über den Pressspan-Nachttisch und trommelte dann nervös mit den Fingern darauf herum. Fast wünschte sich Clair, er würde wieder auf und ab laufen.

Als es an der Tür klopfte, sprang Larry auf, und Clair hob beschwichtigend die Hand. »Ich geh schon. Bleiben Sie bitte sitzen.«

Mit einer Hand an der Waffe spähte sie durch den Türspion, entspannte sich und zog die Tür auf. Sie hatte einen der Kollegen von der Streife gebeten, ihnen Pizza zu holen. Er überreichte ihr die Schachteln und streckte die Hand aus, als wollte er jetzt sein Trinkgeld kassieren. Clair machte ihm die Tür vor der Nase zu, schloss wieder ab und schob den Sicherheitsriegel vor. Dann legte sie die Schachteln auf den Tisch. »Einmal nur Käse, einmal mit Salami.«

»Ich krieg nichts runter«, murmelte Larry.

»Bestimmt ist das hier ganz bald vorbei. Trotzdem ist es immer gut, bei Kräften zu bleiben«, entgegnete Clair.

Darlene nahm sich ein Stück Käse-Pizza und setzte sich zurück auf die Ecke des Betts. Auch wenn sie ruhig wirkte, zitterte ihre Hand. Ein bisschen Käse rutschte von ihrem Pizzastück und landete auf dem Teppich. »Tut mir leid, ich bin gerade echt durch den Wind.«

Larry stand auf und fing erneut an auf und ab zu tigern. Bei seiner dritten Runde nahm er sich ein Stück Salami-Pizza. »Wir müssten Suchplakate aufhängen, wir müssten doch mit der Presse reden … Ich könnte ein paar Jungs von der Baustelle bitten, mit uns die Gegend abzusuchen. Ich kann hier doch nicht einfach nur rumsitzen. Ich kann doch nicht untätig bleiben, während mein Baby in der Hand eines Psychos ist! Dieser Typ wird mir nichts tun, den reiß ich in Stücke, wenn er sich mit mir anlegen will. Ich bring ihn um, wenn er meinem Baby was antut!«

Larry war von kräftiger Statur. Durch seinen Job war er durchtrainiert. Allerdings war Randal Davies über eins achtzig groß gewesen und hatte regelmäßig Sport getrieben, Floyd Reynolds ebenfalls, und beide waren jetzt tot.

Clairs Handy klingelte.

»Hey, Kloz, hast du was gefunden?«

Darlene stand vom Bett auf und hob die Hände. »Ich gehe mich mal waschen.«

Clair nickte und sah zu, wie sie im Badezimmer verschwand. Larry lief unterdessen wieder auf und ab.

»Ich habe die Todesanzeige gefunden. Stand vor zwei Tagen im *Sun Herald*«, erzählte Kloz am anderen Ende der Leitung.

»Nicht im *Chicago Examiner*?«

»Entweder stellt sich unser Mann jetzt breiter auf, oder aber er hat die Anzeigen auf mehrere Zeitungen verteilt, und das mit dem *Examiner* war reine Glückssache.«

»Was steht drin?«

»Ich hab's dir gerade geschickt. Hast du's schon vor dir?«

Clairs Handy gab einen Signalton von sich. »Jetzt. Sekunde mal.« Sie starrte aufs Display.

DROGENDEALERIN
MUTTER UND EHEFRAU
DARLENE BIEL HAT DURCH DIE KLINGE DES TODES
ENDLICH IHREN FRIEDEN GEMACHT.

Aus dem Bad war ein lautes Krachen zu hören, als wäre dort jemand gestürzt.

72

Clair

Larry war zuerst an der Badezimmertür. Er drückte die Klinke nach unten – abgeschlossen. »Darlene?«

»Zurück!«, schrie Clair und verpasste ihn nur um Zentimeter mit dem Fuß, als sie direkt unter das Schloss trat. Der Türrahmen ächzte, gab aber nicht nach.

Mit aller Kraft warf sich Larry mit der Schulter dagegen, und Clair hörte, wie Holz splitterte, als der Rahmen nachgab.

Darlene lag auf dem Badezimmerboden und hatte Krämpfe, weißer Schleim triefte aus ihrem Mund über Wangen und Kinn. Sie hatte die Augen weit aufgerissen, aber man konnte nur das Weiße sehen.

Larry ging neben ihr in die Knie und schob die Hand unter ihren Kopf. Als er sie leicht wieder wegzog, war sie blutig, genau wie die Fliesen unter Darlenes Kopf. Sie zitterte am ganzen Leib. Zwischen den krampfenden Fingern zerbrach ihre Zahnbürste in zwei Teile.

»Drehen Sie sie auf die Seite! Sie muss die Zunge rausstrecken, sonst erstickt sie!«, schrie Clair und sah sich hektisch im Bad um.

Die zerbrochene Zahnbürste.

Die offene Zahnpastatube auf dem Waschbeckenrand.

Mundwasser.

Der weiße Schleim aus Darlenes Mund bildete eine Pfütze am Boden, als Larry sie auf die Seite wuchtete.

Clair griff nach dem Seifenspender und riss ihn aus der Plastikhalterung an der Wand, dann ging sie neben Darlene in die Hocke. »Sie muss das schlucken!«

Larry riss die Augen auf und schob sie ein Stück weg. »Verdammt, nein – das bringt sie noch um!«

Clair stieß ihn beiseite und drehte Darlenes Kopf in ihre Richtung. »Sie ist vergiftet worden – mit irgendwas, das schnell wirkt. So was wie Zyanid. Die meisten Gifte sind sauer, und Seife ist eine Lauge. Die neutralisiert das Gift, sie wird es rauskotzen.«

Noch ehe Larry widersprechen konnte, hatte Clair den Verschluss der Seife abgerissen und kippte die zähe rosa Flüssigkeit in Darlenes Rachen. Dann hielt sie ihr Mund und Nase zu, damit sie schluckte.

Darlenes Körper krampfte derart heftig, dass Clair sie loslassen musste. Der Kopf schlug hin und her, und sie schlug und trat um sich.

»Sie machen es nur noch schlimmer!«, schrie Larry.

Clair flößte ihr noch mehr Seife ein und zwang Darlene erneut zu schlucken. Im nächsten Moment kam ihnen die Seife mit einem gurgelnden Husten entgegen und ergoss sich über die gefliese Wand. Clair flößte ihr wieder etwas ein, und Darlene spie es ein zweites Mal aus, dann ein drittes Mal. Doch langsam schienen die Krämpfe aufzuhören, und Clair tastete nach dem Puls.

Neben ihr sah Larry kreidebleich und entsetzt aus. »Sie haben sie umgebracht! Oh mein Gott, Sie haben sie umgebracht!«

Clair versuchte zu atmen, war aber selbst zu verkrampft. »Notruf, sofort.«

73

Porter

Porter und Sarah Werner waren um 19.25 Uhr in Greenville, South Carolina, gelandet. Die Sonne war bereits nach der Hälfte des Flugs hinter dem Horizont verschwunden, und Sarah hatte das Plastikrollo nach unten geschoben. Porter hatte nicht mal bemerkt, dass sie überhaupt zum Fenster geschaut hatte. Ihr Blick schien an Bishops Tagebuch geklebt zu haben, und er hatte sehen können, wie sie mit dem Finger über die Seiten gefahren war, während sie las und jedes einzelne Wort in sich aufgesaugt hatte.

Am Flughafen hatte sie beide Tickets bezahlt. Inzwischen wusste sie, warum Porter versuchte, unter dem Radar zu bleiben, und je weniger er seine Kreditkarte einsetzte, umso besser. Er hatte ihr Bargeld in die Hand drücken wollen, doch sie hatte abgelehnt. Sie werde den Flug als Dienstreise deklarieren. Sie hatte offenbar keine Probleme damit, die Reise mit Geldern von Uncle Sam zu finanzieren.

Kurz vor der Landung war sie mit der Lektüre fertig gewesen.

Der Mietwagen, ein bestens ausgestatteter roter Hyundai Sonata, den sie in Greenville entgegennahmen, lief ebenfalls auf ihren Namen.

Sarah tippte die Adresse aus Bishops Tagebuch in die Navi-App ihres Handys ein und fuhr los. Weder sie selbst noch Porter auf dem Sitz neben ihr war zum Reden aufgelegt. Erst als sie das Flughafengelände verlassen und auf den Highway aufgefahren waren, ergriff Sarah das Wort: »Vielleicht sollten wir uns ein Hotel suchen und erst am Morgen hinfahren, wenn es wieder hell wird. Im Dunkeln bringt das doch nichts.«

Und es war stockdunkel.

In einer Stadt war immer irgendwo Licht: Straßenlaternen, Ampeln, Bürogebäude und Schaufenster – irgendwas war immer erleuchtet. Doch um sie herum war buchstäblich nichts – der Himmel rabenschwarz, nur ganz in der Ferne funkelten ein paar Sterne. Entlang des Highways konnte Porter vielleicht noch zehn Meter weit sehen, dahinter verschluckte die Nacht das Scheinwerferlicht. Binnen weniger Minuten, nachdem sie den Flughafen verlassen hatten, schienen sie außerhalb der Zivilisation gelandet zu sein, um sie herum nur noch Felder und Nichts.

Porter warf einen Blick auf das Navi. »Laut dieses Apparatchens sind wir in dreizehn Minuten da. Ich würde mich lieber heute schon umgucken und sehen, was immer wir nachts eben sehen, und dann vielleicht morgen wieder hinfahren.«

»Schlafen Sie eigentlich nie?«

»In der Polizeischule hab ich geschlafen.«

»Schwer zu glauben. Wo hätten Sie denn sonst so ein tolles Wort wie Apparatchen her?«

Von Heather.

Er hatte es bei Heather aufgeschnappt. Es war eins ihrer Lieblingswörter gewesen.

Unwillkürlich wanderte sein Daumen über den Ehering.

Sarah sah, wie er darauf hinabstarrte. »Erzählen Sie mir von ihr.«

Porter spürte, wie er errötete. »Sie wollen jetzt doch wohl nichts über meine Frau hören.«

»Doch«, entgegnete sie. »Ich würde gern etwas über sie hören.«

Er hatte seit ihrem Tod nicht allzu häufig über sie gesprochen. Er hatte es versucht, mit Nash und Clair, als die beiden ihn mal hatten abfüllen wollen, kurz nachdem Emory gefunden worden und er wieder in den Dienst zurückgekehrt war. Obwohl sie Freunde waren, war er genau genommen ihr Vorgesetzter, außerdem war es ihm immer schon schwergefallen, Gefühle zu zeigen. Dabei hatte er jede Menge davon. Seit Heathers Tod ertappte er sich immer noch mehrmals am Tag dabei, wie er mit ihr sprach. Immer wenn er sich morgens anzog, stand er ein bisschen zu lang vor dem Kleiderschrank und fuhr mit der Hand über ihre Sachen. Ihr Tod hatte in ihm ein Vakuum hinterlassen, eine gigantische Leerstelle. Sie fehlte ihm fürchterlich, in jeder Sekunde eines jeden Tages.

»Sie hieß Heather. Sie wurde vor sechs Monaten bei einem missglückten Raubüberfall auf einen Supermarkt bei uns um die Ecke erschossen. Sie haben den Kerl erwischt ... Harnell Campbell.« Er verstummte und sah aus dem Fenster. »Dann hat er irgendwie türmen können. Wäre besser im Gefängnis geblieben ... Denn dann hat ihn Anson Bishop aufgespürt. Wir nehmen an, dass er ihn umgebracht hat. Die Leiche wurde nie gefunden. Allerdings hat Bishop mir als eine Art Geschenk das Ohr des Jungen aufs Bett gelegt. Ich nehme an, er meinte es tatsächlich als Geschenk. Denn klar hätte ich den Jungen am liebsten umgebracht. Die Vorstellung, dass er ein paar Jährchen im Knast gesessen hätte und dann wieder freigekommen wäre, während meine Heather tot war, hat mich schier wahnsinnig gemacht. Eines Tages kam ich nach Hause, und da lag es: das Ohr ihres Mörders in einer kleinen, feinen Schachtel, mitsamt Brief.«

»Was stand in dem Brief?«

»Sam,

hier ist ein kleines Geschenk für Sie …

Tut mir leid, dass Sie ihn nicht schreien hören konnten.

Wie wär's: Revanchieren Sie sich bei mir dafür?

Nur ein kleines Tauschgeschäft unter Freunden.

Helfen Sie mir, meine Mutter zu finden.

Ich bin der Meinung, es ist an der Zeit, dass sie und ich uns unterhalten.

B.«

»Wow.«

»Ja.«

»Deshalb sind Sie jetzt hier? Deshalb sind Sie nach New Orleans geflogen? Um ihm zu helfen, seine Mutter zu finden?«

Porter schüttelte den Kopf. »Ich bin hier, um ihn zu finden, Punkt, aus. Die Mutter ist bloß eine Spur, mehr nicht. Dass er Campbell umgebracht hat, war ein einseitiger Deal. Von mir hat er nichts zu erwarten als eine schön bequeme Zelle.«

»Aber er könnte doch auch in New Orleans sein? Er könnte Sie die ganze Zeit beobachtet haben«, mutmaßte Sarah. »Er kann das Gefängnis zwar nicht betreten, ohne selbst festgenommen zu werden, aber womöglich hat er jeden Ihrer Schritte verfolgt.«

»Möglich.«

»Er könnte auch hier sein und uns verfolgen.«

Darauf hatte Porter keinen Gedanken verschwendet. Er hatte angenommen, dass Bishop ihn in New Orleans nicht aus den Augen gelassen hatte – aber hier? »Ach, ich weiß nicht … Er kann doch gar nicht wissen, was zwischen uns und seiner Mutter vorgefallen ist. Niemand hat gesehen, was sie in das Tagebuch geschrieben hat – diese Adresse. Das wissen nur wir.«

»Da hingen Kameras im Vernehmungsraum. Vielleicht hing eine davon ja in einem günstigen Winkel. Irgendjemand hat Ihnen doch auch das Handy und das Messer zugespielt. Er könnte uns bis zum Flughafen gefolgt sein. Scheiße, er könnte sogar mit uns im Flieger gesessen haben. Jemand, hinter dem so viele her sind und der sich trotzdem schon dermaßen lange versteckt hält, der ist gut darin, nicht weiter aufzufallen. Seit Sie ihn damals enttarnt haben, habe ich sein Gesicht bald täglich in den Nachrichten gesehen. Da nicht erwischt zu werden, bei all dem Getöse ...« Statt weiterzusprechen, wischte sie sich eine verirrte Haarsträhne aus dem Gesicht und warf einen Blick in den Rückspiegel. »Aber er ist nicht hier draußen. Ich habe schon ewig kein anderes Auto mehr gesehen. Wobei – er könnte natürlich die Scheinwerfer ausschalten. Das würde ich jedenfalls tun.«

»Ich glaube nicht, dass er uns verfolgen würde. Ich glaube, Sie haben recht, er ist einfach verdammt gut darin, sich zu verstecken. Außerdem ist er klug genug, in seinem Versteck zu bleiben. Wenn ich wetten müsste, würde ich darauf setzen, dass er sich irgendwo verbarrikadiert hat und wartet, bis ein bisschen Gras über die Sache gewachsen ist. Die Aufmerksamkeit der Leute lässt rasend schnell nach. Es wundert mich ehrlich gesagt, dass die Presse überhaupt schon so lange bei der Stange geblieben ist. Aber sobald die nächste große Geschichte kommt, wird er aufs Abstellgleis geschoben. Wenn er wirklich vorhaben sollte, wieder zuzuschlagen, wird er es dann erst tun.«

»Ich habe Sie durchschaut«, sagte Sarah.

»Bitte?«

»Sie haben komplett das Thema gewechselt. Ich hatte Sie nach Ihrer Frau gefragt, und irgendwie sind Sie auf Bishop zu sprechen gekommen. Das lasse ich Ihnen nicht durchgehen. Ich brauche ein paar Antworten. Außerdem will ich eine romantische Liebesgeschichte hören. Erzählen Sie mir, wie Sie und Heather sich kennengelernt haben. Und wenn Sie sich wieder rauswinden wollen und auf Bishop ausweichen, fahre ich rechts ran und brate Ihnen mit dem Wagenheber eins über. Ich sehe hier eine Menge Gegend, wo man wunderbar eine Leiche deponieren könnte.«

»Sie sind echt gruselig, Mädel.«

»Frau. Gruselfrau und stolz darauf. Und jetzt erzählen Sie mir von Heather.«

Porter seufzte. »Wir haben uns ausgerechnet in einem Krankenhaus kennengelernt.«

»Im Krankenhaus? Was ist denn da passiert?«

»Ich war neu im Job, tatsächlich gar nicht weit von hier entfernt, in der Nähe von Charleston. Hab eine Kugel in den Kopf gekriegt. Sie war eine der Intensivschwestern, die das Glück hatten, gerade Dienst zu schieben, als ich eingeliefert wurde.«

Sarah sah ihn mit großen Augen an. »Sie hatten eine Kugel im Kopf?«

Porter fuhr sich über den Hinterkopf und ertastete die Narbe, eine leichte Erhöhung auf der linken Seite. »War bloß ein Puseröhrchen, eine .22er. Mein Partner und ich hatten versucht, einen Kleindealer festzusetzen – hauptsächlich gestrecktes Heroin und ein bisschen Crack. Auf der Straße hieß er bloß Wiesel. Wir haben ihm in einer Gasse aufgelauert, ich hab mich ihm von hinten genähert, und mein Partner ist um den Block gelaufen, sodass er von vorn kommen konnte. Der Typ hat meinen Partner zuerst entdeckt, hat auf dem Absatz kehrtgemacht und Panik gekriegt, als er fast in mich reingerannt wäre. Der hatte irgendwas eingeworfen und stand hochgradig unter Strom. Hatte die Knarre in der Hand und hat wohl versehentlich den Abzug durchgedrückt. Er wollte nicht auf mich schießen, die Waffe war nicht mal auf mich gerichtet, das Ganze war eher ein Reflex als alles andere. Die Kugel hat einen Container gestreift und ist von dort abgeprallt, und ich hab sie mit dem Hinterkopf abgefangen.«

»Heilige Scheiße. Und wie kommt's, dass Sie noch am Leben sind?«

Porter zuckte mit den Schultern. »Mein Dickschädel, nehm ich an. Die Kugel ist stecken geblieben – im Schädelknochen. Es war knapp, aber sie ist nicht bis ins Gehirn vorgedrungen.«

»Schwein gehabt.«

»Ja, wahrscheinlich. Ich nehme an, der Abpraller hat mich gerettet. Wenn er mich direkt erwischt hätte, wär's das gewesen. Schaden hat er trotzdem angerichtet. Der Hirndruck ist sofort angestiegen.« Er legte eine kurze Pause ein. »Schon komisch, aber ich kann mich daran noch erinnern. Es fühlte sich an, als hätte ich einen ordentlichen Schlag auf den Hinterkopf abgekriegt. Ich bin nicht mal umgefallen, das war wie im Film, ich hab einfach nur dagestanden wie der letzte Idiot. Dachte, ich würde ins Auto einsteigen und besser mal kurz ins Krankenhaus fahren. Ich hab die Wunde mit den Fingern berührt, das Blut gesehen, bin noch zwei Schritte gegangen und umgekippt. Und dann fast eine Woche lang nicht mehr aufgewacht.«

Sarah ging vom Gas, als ein kleines Tier vor ihnen über den Highway huschte und am Straßenrand im Gebüsch verschwand. »Und haben sie die Kugel rausoperiert, oder sitzt die immer noch in Ihrem Schädel?«

»Nein, nein, die ist raus. Dann haben sie mich ins Koma versetzt, bis der Hirndruck wieder nachgelassen hat.« Er fuhr sich erneut über die kleine Narbe. »Die Kugel hat mich wohl in einem komischen Winkel erwischt, von links unten. Deshalb saß der größte Druck auf dem Hippocampus.«

Sarah hob die Hand. »Halt, ich weiß, was das ist. Das ist die Hirnregion, die für Gefühle und das Erinnerungsvermögen zuständig ist.«

»Das Mädel hat einen Fleißpunkt verdient.« Porter grinste. »Außerdem wird von dort unser vegetatives Nervensystem beeinflusst – und die räumliche Orientierung. Dass das Nervensystem intakt war, wussten sie, noch während ich im Koma lag, aber bis ich wieder zu mir kam, hätten sie nicht sagen können, ob sonst noch etwas betroffen war. Als ich die Augen aufschlug, stand Heather neben mir, mit diesem wunderschönen Lächeln, und ich wusste auf der Stelle, dass ich mich unsterblich verliebt hatte.«

74

Clair

Clair stand mit geballten Fäusten vor Zimmer 316 im Piedmont Hotel. Die Spurentechniker waren zehn Minuten zuvor gekommen und hatten das Zimmer versiegelt.

»Clair-Bär?«

Als sie sich umdrehte, kam Nash gerade vom Aufzug und zog seine Winterjacke auf. »Was ist da verdammt noch mal passiert?«

Clair schüttelte den Kopf. Sie versuchte noch immer, die Puzzleteile zusammenzufügen. »Er hat sie vergiftet. Zumindest glaube ich, dass er sie vergiftet hat. Ich habe sie dazu gebracht, dass sie kotzt, und ihr Zustand war halbwegs stabil, als die Notärzte sie abtransportiert haben. Trotzdem war sie bewusstlos.«

»Aber sie lebt?«

»Ja. Sie lebt.« Sie machte ein paar Schritte von ihm weg und blieb mit dem Rücken zu ihm stehen. »Wie kann das möglich sein? Wie kann dieser Bastard uns immer einen Schritt voraus sein?«

»Wir kriegen ihn.«

Als sie sich wieder umdrehte, hatte sie Tränen in den Augen. »Ich hätte sie beschützen sollen, und er ist einfach an mir vorbei ... hat einfach versucht, sie direkt vor meiner Nase umzubringen.«

Nash nahm sie fest in die Arme. »Das war *nicht* deine Schuld, Clair-Bär. Du hättest dich überhaupt nicht anders verhalten können.«

»Ich hätte es voraussehen müssen. Bei Randal Davies hatte er sich ins Haus eingeschlichen und den Kaffee mit Lisinopril präpariert. Er wusste genau, dass Randal Davies Kaffee trinken würde, und ist gezielt auf ihn losgegangen. Irgendwie hat er das Gift in Darlene Biels Mundwasser oder Zahnpasta geschmuggelt ... Sie geht öfter auf Dienstreise, und er hat sich die Reisetasche genommen und darin irgendwas vergiftet. Nach Randal Davies hätte ich es kommen sehen müssen, ich hätte ...« Sie sprach den Satz nicht zu Ende und presste den Kopf an seine Schulter.

»Detectives?«

Clair machte einen Schritt zurück und wischte sich verschämt über die Augen. »Ja?«

CSI Lindsy Rolfes war in der Tür zum Hotelzimmer aufgetaucht. Sie hielt den Blick nach unten gerichtet, während Nash die Arme von Clairs Schultern nahm. »Sie hatten recht, der Schnelltest war positiv auf Zyanid.«

»Zahnpasta oder Mundwasser?«, fragte Clair.

»Zahnpasta. Wir haben ein winziges Loch in der Tube gefunden. Sieht so aus, als hätte er das Zyanid mit einer Spritze etwa zwei Zentimeter unter der Kappe injiziert. Bei der Konsistenz der Zahnpasta könnte sie die also schon seit Tagen benutzt haben, ohne dass sie das Gift rausgedrückt hat. Ganz ehrlich – Zahnpasta ist das perfekte Trägermedium. Fast wie ein primitiver Zeitzünder. Hätte er das Gift weiter unten in die Tube injiziert, hätte es womöglich Wochen gedauert statt nur ein paar Tage, bis sie es rausgedrückt hätte. Das würde ich mal im Hinterkopf behalten – er hat höchstwahrscheinlich rund um diese Zeit zuschlagen wollen.«

Clair holte tief Luft und ließ sie dann langsam entweichen.

Sie würde nicht zulassen, dass dieser Typ die Oberhand gewann, niemals. »Noch etwas?«

Rolfes schob mit der behandschuhten Hand die Brille auf der Nase hoch. »Bislang war das alles. Wir testen ihre anderen Sachen auch, das Ergebnis kommt dann aus dem Labor.«

»Und bei ihrem Mann haben Sie nichts gefunden?«, hakte Nash nach.

»Nein, nichts. Ich rufe Sie an, wenn irgendwas auftauchen sollte.« Dann drehte sie sich um und verschwand wieder in dem Hotelzimmer.

Clair rieb sich das Kinn und drehte ein paar kleine Runden auf dem Flur. »In der Todesanzeige stand Darlene Biel. Er hatte es ganz gezielt auf sie abgesehen. Sprich: Der Typ ist nicht hinter den Vätern her, sondern gezielt hinter einem bestimmten Elternteil. Da muss es irgendeine Verbindung geben – zwischen den Mädchen und den Elternteilen. Und diese Verbindung müssen wir finden.«

»Du musst dich zuallererst mal ausruhen«, sagte Nash. »Du kriechst auf dem Zahnfleisch. So kannst du doch nicht klar denken. Ich im Übrigen auch nicht.« Er senkte die Stimme. »Als ich hier angekommen bin, hab ich versucht auszusteigen, aber ich hatte vergessen, mich abzuschnallen. Ich hab ernsthaft ein, zwei Sekunden dagesessen und kam nicht darauf, wieso ich nicht aussteigen konnte. Mein Gehirn ist am Ende. Wir müssen uns alle ein bisschen ausruhen und dann wieder zusammenkommen.«

Clair schüttelte den Kopf. »Ich fahre zurück zur Metro. Ich muss den Stand der Ermittlung überarbeiten und noch mal sämtliche Daten checken. Irgendetwas schlummert da, das weiß ich genau. Die Tochter ist immer noch irgendwo dort draußen, und sie könnte noch am Leben sein. Sie ist heute erst verschwunden.«

»Die halbe Mannschaft sucht nach ihr.«

»Ich fahre trotzdem zurück«, sagte sie trotzig.

Nash musste geahnt haben, dass er sie nicht davon würde abbringen können. »Okay, unter zwei Bedingungen. Erstens: Du legst dich in der Einsatzzentrale aufs Sofa und versuchst, ein bisschen zu schlafen. Zweitens: Ich fahre. Du bist vom Adrenalin immer noch zittrig, und wenn du jetzt einen Unfall baust, dann wird das eine hässliche Sache.«

»Ich soll mein Leben einem Typen anvertrauen, der nicht mit dem Sicherheitsgurt umgehen kann?«

»Es gibt sonst niemanden.«

»Gott steh uns bei!«

Clairs Telefon piepte. Sie zog es aus der Tasche und überflog die Nachricht. Ihre Schultern sackten nach unten. »Sie haben den Pick-up und den gestohlenen Wassertank gefunden. Und eine Leiche.«

75

Porter

Das Navi wies sie an, rechts abzubiegen. Sarah ging vom Gas und folgte dem Schild in Richtung Simpsonville.

Porter sah wieder aus dem Fenster. »Nachdem ich erst Heather dort an meinem Bett entdeckt hatte, fiel mein Blick auf meinen Partner. Er stand in der Zimmerecke von seinem Stuhl auf. Vielleicht eine Stunde später kam dann auch mein Vorgesetzter zu Besuch. Anfangs war es wirklich komisch. Ich wusste noch genau, dass ich den Dealer verfolgt hatte, ich konnte mich noch an den Schuss erinnern – das alles fühlte sich vollkommen frisch an. Heather fragte mich nach meinem Namen, und ich sagte ihr stattdessen ins Gesicht, dass ich die Liebe ihres Lebens sei. Sie fragte mich, wer gerade Präsident sei, und ich antwortete. Dann fragte sie mich nach dem Namen des vorigen Präsidenten, und ich war komplett ahnungslos. Es war, als hätte jemand einen Radiergummi genommen und den Namen ausradiert, anders kann ich es gar nicht beschreiben. Ich konnte den Typen vor mir sehen, aber sein Name war weg. Danach haben sie mit den Tests angefangen, mit jeder Menge Tests.«

»Also eine Art Gedächtnisverlust?«

»Retrograde Amnesie, so heißt es im Fachjargon. Meine Mobilität war zum Glück nicht beeinträchtigt, und die meisten Erinnerungen waren noch da – an meine Kindheit,

Teenagerzeit, sogar jüngere Ereignisse, das alles war nach wie vor abrufbar. Aber dazwischen waren immer wieder riesige weiße Flecken – ganze Monate und Jahre fehlten.« Er hielt kurz inne und tippte mit dem Finger an die Autoscheibe. »Heather hat im Anschluss mit mir diese Übungen gemacht, bei denen ich mein Leben in chronologischer Abfolge in Stichworten aufschreiben sollte, so gut ich konnte. Das haben wir jeden Tag aufs Neue gemacht, es hat immer angefangen mit einem weißen Blatt Papier, und dann hab ich alles aufgeschrieben, woran ich mich noch erinnern konnte. In der ersten Zeit wurde die Liste tagtäglich länger, da habe ich Fortschritte gemacht, allerdings nur für eine Woche oder so. Dann hörte es auf. Ich habe danach nichts mehr vergessen, aber die Leerstellen blieben. Die Ärzte haben mir versichert, dass die Erinnerung zurückkommen würde. Ein paar Details sind wirklich wiedergekommen, würde ich sagen, aber bis zum heutigen Tag fehlen mir gewisse Zeitspannen.«

»Und in der schwierigen Zeit hat Heather Ihnen zur Seite gestanden?«

Porter nickte. »Ein Date hat sie mir verweigert. Ich sollte erst aus dem Krankenhaus entlassen werden und dann mindestens einen Monat lang wieder mein normales Leben führen. Es hatte uns beide erwischt, wir wussten, dass die Chemie stimmte, aber anscheinend ist es gar nicht selten, dass Patienten sich während längerer Krankenhausaufenthalte in denjenigen verlieben, der sich dort um sie kümmert, und sie hatte Bedenken, dass es vielleicht nicht mehr als das sein könnte. Ich wusste, dass es mehr als das war, aber in dieser Hinsicht hat sie nicht viel auf mein Wort gegeben. Wir haben uns weiter täglich getroffen, um meine Listen zu schreiben – so hat sie es genannt: ›Listen schreiben‹ –, aber ein Date hat sie rundheraus verweigert. Erst als ich wieder im Dienst war – etwa drei Monate, nachdem ich eingeliefert worden war –, ist sie mit mir ausgegangen. Abendessen und Kino. Wir haben uns *Die Braut des Prinzen* angeguckt. Vier Monate später haben wir geheiratet.«

»Macht Ihnen das was aus – also, diese fehlenden Zeitspannen?«

Porter zuckte mit den Schultern. »Meine besten Erinnerungen sind die mit Heather. Aus unserer gemeinsamen Zeit kann ich mich an alles erinnern. Ich brauche sonst nichts.«

»Und was ist mit der Arbeit? War es schwer, wieder in den aktiven Dienst zurückzukehren?«

»Ja, das war holprig. Hätte ich nie gedacht. Mal abgesehen von den Erinnerungslücken ging es mir gut. Körperlich hatte ich keinerlei Einschränkungen – ein paar Tests und Untersuchungen, dann ein ausführliches Gespräch, und ich war wieder auf der Straße unterwegs. Allerdings mit einem neuen Partner. Der letzte war Vollzeit ins Drogendezernat versetzt worden. In gewisser Weise hat dieser Schuss mir aber etwas anderes genommen: Charleston war danach für mich gestorben. Die Stadt fühlte sich irgendwie düsterer, dreckiger an. Ich habe mich unwohl gefühlt, wann immer ich in die Nähe der Gasse kam, wo es passiert war. Und irgendwann beschlich mich der Verdacht, dass mich dieses mulmige Gefühl eines Tages in Gefahr bringen könnte, dass es mich im falschen Moment ablenken würde. Heather und ich haben lange darüber geredet und am Ende beschlossen, nach Chicago zu ziehen und in einer neuen Stadt neu anzufangen. Ich habe mich zur Streife der Chicago Metro versetzen lassen, und als dort eine Stelle in der Mordkommission ausgeschrieben war, habe ich mich beworben. Verdammt, ist das lange her! Da war ich echt noch ein Frischling.«

»Und Sie haben keine Kinder?«

»Wir haben über Kinder gesprochen, und zwar öfter, als ich zählen kann, aber irgendwie war nie der richtige Zeitpunkt. Heather hat im Chicago General so was wie Karriere gemacht, und ich bin bei der Metro auch ganz gut klargekommen. Man sagt sich immer: Nächstes Jahr passt es garantiert besser. Bis dahin ist Ruhe eingekehrt. Bis dahin hat man seine Finanzen besser im Griff. Man schiebt es auf und schiebt es noch weiter auf – und ehe man sichs versieht, ist es zu spät. Aber dass wir keine bekommen haben, bereue ich nicht. Ich glaube, es gibt keinen einzigen Moment in meinem Leben, den ich würde ändern wollen.«

»Nicht mal in den Kopf geschossen zu werden?«

»Nicht mal in den Kopf geschossen zu werden. Hey, fahren Sie mal da raus.« Porter zeigte auf eine kleine Tankstelle rechts vor ihnen.

»Weshalb denn? Der Tank ist voll.«

»Ausrüstung.«

Sarah ging auf die Bremse, fuhr von dem schmalen Highway ab und auf einen geschotterten Halteplatz. Ein verbeulter Ford-Pick-up parkte vor der Ladentür. Ansonsten war die Tankstelle leer. Sie hielt neben dem Pick-up an und stellte den Hebel auf Parken. Dann hielt sie das Tagebuch hoch. »Ich bleibe hier. Da gibt's ein paar Stellen, die ich mir noch einmal ansehen will.«

»Bin gleich wieder da.« Er schnallte sich ab und stieg aus.

Ein elektronisches Glöckchen schlug an, als Porter durch die Ladentür trat. Der Typ hinterm Tresen blickte für eine Sekunde auf und wandte sich dann wieder seiner Autozeitschrift zu.

Im Laden standen gerade mal fünf Regalreihen. Porter ging sie nacheinander ab. Er nahm sich zwei Taschenlampen, die passenden Batterien, eine Schachtel mit Ziplock-Beuteln, eine mit Latexhandschuhen, eine billige Digitalkamera und eine große Tüte Cheetos, trug alles vor zur Kasse und ließ es auf den Tresen fallen.

Der Kassierer war sicher nicht älter als sechzehn oder siebzehn. Auf seinem rosigen Kinn blühte ein riesiger Pickel, und die Nase war viel zu groß für sein schmales Gesicht. Er legte die Zeitschrift beiseite, nickte Porter zu und fing an, dessen Einkäufe einzuscannen. Die Schachtel mit den Handschuhen musste er vier Mal über den Scanner ziehen, ehe es funktionierte. Porter fragte sich, ob der Junge überhaupt imstande wäre, irgendetwas per Hand auszuführen.

»Dreiundzwanzig achtundvierzig.« Der Junge ließ den Blick über die Einkäufe schweifen. »Eröffnen Sie 'ne Proktologenpraxis?«

»Das mit der Hirnchirurgie hat nicht funktioniert, also dachte ich mir, ich versuche mal was Neues.«

Porter hielt ihm einen Zwanziger und einen Fünfer hin und packte seine Einkäufe ein, während der Kassierer das Wechselgeld abzählte.

»Dann noch einen schönen Abend, Herr Doktor.«

»Jupp.«

Zurück im Mietwagen angelte er die Cheetos aus der Tüte und ließ den Rest in den Fußraum fallen. Sarah drückte das Tagebuch aufs Lenkrad, während sie zurück auf die Straße fuhr, und hielt den Zeigefinger an die Stelle, wo sie aufgehört hatte zu lesen.

»Sie haben das ganze Buch gelesen, ohne auch nur ein Wort zu sagen. Was halten Sie davon?«

Sie atmete hörbar aus. »Keine Ahnung, was ich davon halten soll. Ein Teil von mir hat Mitleid mit diesem Jungen. Dann wieder muss ich an all die Leute denken, denen er wehgetan hat, all diese Menschenleben, die er zerstört hat, und ich erinnere mich wieder daran, dass er eine Bestie ist. Und dann ist da auch noch die Mutter. ›So ist es nicht passiert‹, hat sie gesagt. Aber was meint sie damit? Ist nichts davon passiert? Ein Teil davon? Wir sind gerade sechshundert Meilen geflogen, nur weil ein Häftling eine Adresse in dieses Buch gekritzelt hat.«

Porter schwieg.

Sie warf ihm das Tagebuch in den Schoß. »Kann ich ein paar Cheetos haben?«

Er riss die Tüte auf und hielt sie ihr hin.

Sarah angelte einen Cheeto heraus und schob ihn sich in den Mund. »Wenn meine Mandantin auch nur die Hälfte dessen getan hat, was in diesem Buch steht…« Sie schüttelte den Kopf und leckte sich die Finger ab. »So jemanden kann ich nicht verteidigen. Nie im Leben.«

Das Navi wies sie an, in dreihundert Metern links auf die Jenkins Bridge Road abzubiegen. Sarah setzte den Blinker.

Schon als sie die Stadt verlassen hatten, war es Porter dunkel vorgekommen – doch hier draußen war es noch viel schlimmer. Nicht ein einziges Haus, nicht ein einziges anderes Fahrzeug weit und breit, nichts als die Straße und Äcker.

Sarah bog ab, und auch wenn die Jenkins Bridge Road eine befestigte Straße war, war der Zustand katastrophal. Sie riss das Steuer nach links, um einem riesigen Schlagloch mitten auf der Fahrspur auszuweichen, und gleich wieder nach rechts, weil das nächste drohte. Vom Straßenrand her eroberte die Natur bereits Territorium zurück. Unkraut und Zweige wucherten über den Asphalt und hatten das Bankett bereits aufgebrochen und zerstört.

»Adewe«, brummte sie und bremste.

»Was?«

»Jottwede.«

»Ich bin mir nicht ganz sicher, was Sie meinen…«

»Ich meine, wir sind am Arsch der Welt, ganz weit draußen, jenseits der Zivilisation, mitten im Nirgendwo – und ich bin kurz davor, wieder umzudrehen.«

Laut Navi mussten sie gleich links abbiegen. Sarah schaltete das Fernlicht an. »Sehen Sie da eine Straße? Weil ich nämlich keine sehe. Ich seh überhaupt nichts mehr.«

Porter lehnte sich nach vorn. »Da ist sie, gleich hinter dem großen Felsbrocken.«

Sarah bog links ab, und die Straße verwandelte sich in eine grasbewachsene Schotterpiste. »Wenn Sie mich jetzt hier draußen umbringen und meine Leiche verscharren, könnten Sie zumindest dafür sorgen, dass mein Fisch ein schönes neues Zuhause bekommt?«

»Sie haben Fische?«

»Ich habe *einen* Fisch. Er heißt Monroe. Ist ein fantastischer Zuhörer, wenn auch ein ganz kleines bisschen voreingenommen.«

Die Äcker entlang der Straße waren einem Wäldchen gewichen – Hartriegelbäume, Eichen, Nadelhölzer, die sich über den Wagen beugten und die Äste über dem schmalen Weg ausstreckten, sodass es aussah, als verschränkten sich knochige Finger hoch über ihren Köpfen.

»In dreißig Metern haben Sie Ihr Ziel erreicht«, verkündete das Navi. »Ihr Ziel befindet sich auf der rechten Seite.«

Sarah runzelte die Stirn. »Ich kann da nichts sehen. Sie etwa? Hat sie uns angelogen?«

»Ich habe keine Ahnung.«

Ein kurzer Jingle vom Navi, dann: »Sie haben Ihr Ziel erreicht.«

Sarah stieg auf die Bremse. »Da ist nichts. Sie hat uns verarscht.«

Porter starrte durch die Windschutzscheibe. Vor ihnen war der Weg zu Ende, da standen nur mehr wild wuchernde Büsche und Bäume. Um sie herum nichts als dichter Wald.

Er schnallte sich ab, schob die Beifahrertür auf und trat hinaus in die kühle Nacht.

Sarah stellte den Motor ab und stieg ebenfalls aus.

Porters Schritte knirschten über den Schotter, als er ein

Stück am Wegrand entlangging. Alle Energie schien aus ihm hinauszusickern, und seine Schultern sackten nach unten. »Ich bin ein Trottel«, sagte er. »Ich hätte es ahnen müssen.«

Sarah lief um den Wagen herum, blieb neben ihm stehen und legte ihm die Hand auf die Schulter. »Sie sind ein hervorragender Cop – Sie sind bloß einer Spur nachgegangen. Manchmal führen Spuren eben ins Nirgendwo.«

Ein Stück weiter links huschte etwas durchs Gebüsch. Als Porter sich umdrehte, leuchteten ihm starre Augen entgegen. Für eine Sekunde bewegten sie sich nicht, dann verschwanden sie im Dickicht. »Was ist das?«

»War bestimmt nur ein Waschbär.«

Porter machte ein paar Schritte darauf zu. »Nicht das Tier ...«

Er streckte die Hand aus und griff nach einer dichten Ranke, die über einem ...

»Ist das ein Briefkasten?«

Er riss das Laub und Unkraut weg und legte einen schiefen Pfosten frei, an dem ein rissiger weißer Briefkasten befestigt war.

Sein Blick blieb an den verwaschenen schwarzen Buchstaben hängen, die seitlich angebracht worden waren und die er im spärlichen Licht kaum entziffern konnte.

Bishop.

76

Poole

Frank Poole betrat das Arbeitszimmer im Untergeschoss der Metro und schaltete das Deckenlicht an. Die Neonröhren flackerten und tauchten die Einrichtung in gelbliches Licht. Als ihm im nächsten Moment dieser eigenartige Geruch aus der hinteren Ecke entgegenschlug, rümpfte er die Nase. Sie hatten immer noch nicht herausgefunden, was genau es war, aber es stammte eindeutig von einem ovalen Fleck im Teppichboden unter einem alten Schreibtisch.

Poole streifte seinen Mantel ab und warf ihn mitsamt Schal und Mütze auf den Tisch neben der Tür. Dann durchquerte er den Raum, hockte sich auf die Schreibtischkante und nahm die Whiteboards an der Stirnseite des Raums in Augenschein.

Er sollte nach Hause fahren.

Er sollte ausschlafen.

Aber er konnte nicht.

Ihm war klar, dass Libby McInley auf ihn wartete, sobald er die Augen zumachte, und sie würde verzweifelt versuchen, ihm zu erzählen, was passiert war, nur würde sie es nicht schaffen. Sie würde nicht mehr zu ihm sprechen können.

Diener hatte seinen Schal am Boden neben der Tür liegen lassen.

Stewart. Er hatte mit Vornamen Stewart geheißen.

Poole hatte ihn nicht gut gekannt. Er war ihm ein paarmal im FBI-Büro Chicago auf den Fluren begegnet, aber dies hier war ihr erster gemeinsamer Einsatz gewesen. Er war nicht verheiratet gewesen, hatte keine Freundin gehabt, zumindest hatte er nie eine erwähnt. Von seinem Privatleben hatte Poole nicht die geringste Ahnung. Er wusste nicht, wo der Mann aufgewachsen war, wo er zur Schule gegangen war, ob er Geschwister gehabt hatte. SAIC Hurless hatte ihm versichert, dass er sich persönlich darum kümmern werde, Dieners Familie zu informieren, doch wer diese Familie war, hatte er nicht gesagt.

Poole war klar, dass er als letzte Person, die Stewart Diener lebend gesehen hatte, früher oder später ebenfalls mit jemandem sprechen müsste – oder mit mehreren Leuten, die für Diener wichtig gewesen waren. Er wünschte sich, er hätte sich die Zeit genommen, seinen Kollegen kennenzulernen.

»Verdammt, Diener«, murmelte er und schüttelte den Kopf.

Dann trat er ans Whiteboard, wischte eine Stelle am rechten Rand frei und schrieb:

grünes Haus - 518 41st Place

Bishop - Unterschlupf seit?

keine Spuren - alles sauber gewischt - auf sofortige Flucht vorbereitet

»Umschlagplatz« - 519 41st Place

Versandadresse für Libby McInleys falsche Papiere - hat Bishop organisiert?

Warum sollte Bishop Libby McInley helfen? Warum sollte Libby ihm helfen? Mörder ihrer Schwester/Barbara McInley?

Grund für den Mord an Libby McInley?

Poole hielt inne. Das ergab keinen Sinn. Warum hätte Bishop Libby McInley ermorden sollen, wenn er ihr doch geholfen hatte? Vielleicht hatten sie sich irgendwie überworfen? Das hieße aber doch, dass sie zuvor irgendeine Art von Beziehung gehabt hatten. Doch welche Art von Beziehung sollte das gewesen sein? Er hatte ihre Schwester umgebracht. Er hatte ihre Schwester *gefoltert* und umgebracht. Hatten sie einander irgendwoher gekannt? Und wenn ja, hatten sie einander bereits gekannt, bevor Barbara umgebracht worden war, oder hatten sie erst zueinander Kontakt gehabt, nachdem sie im Gefängnis gelandet war? Diese Kontakte wären dokumentiert: Jeder Brief, jeder Anruf, jeder Besuch im Gefängnis wurde vermerkt.

Er schrieb »Stateville Correctional« auf das Whiteboard.

Er würde Einblick in die Gefängnisunterlagen beantragen. Irgendwie hatte Bishop mit ihr korrespondieren können. Diese Korrespondenz war der Schlüssel.

Das *Wie.*

Poole wischte eine weitere Stelle auf dem Whiteboard frei und schrieb dort die drei Gedichte und das Sätzchen hin, die Bishop am Tatort aus der Wand geschnitten hatte.

Hatte Bishop ihre Handys mitgenommen, weil sie die Wand fotografiert und somit seine Aufzeichnungen dokumentiert hatten? Ursprünglich hatte Poole angenommen, dass er ihnen die Handys abgenommen hatte, um sie auszubremsen, um sich einen Vorsprung zu verschaffen. Inzwischen war er sich da nicht mehr sicher.

Bishop hatte Detective Sam Porter in dem Haus erwartet, keine FBI-Agenten. Das bedeutete doch, er hatte gewollt, dass Porter die Texte entdeckte. Er hatte sich ausgemalt, wie Porter versuchen würde, der Bedeutung auf den Grund zu gehen. Er und Diener waren ihm in die Quere gekommen, waren dort aufgetaucht und hatten damit Bishops Timing durcheinandergebracht.

Poole hatte sein Handy gezückt, um die Wand zu fotografieren, doch dann war Diener dazwischengegangen, noch bevor er ein einziges Bild hatte schießen können.

Hatte er Diener umgebracht, weil er die Wand gesehen und fotografiert hatte? Auf Pooles Handy hatte Bishop keine Fotos gefunden – womöglich hatte er ihn nur deshalb leben lassen? Weil er geglaubt hatte, dass Poole die Zeilen nicht gesehen hatte?

Möglich.

Doch Poole hatte die Zeilen gesehen. Er erinnerte sich an jedes einzelne Wort.

Er starrte die Gedichte an, vor allem die unterstrichenen Wörter.

Wasser

Eis

Leben

Tod

heim

Angst

Tod

»Man kann nicht Gott spielen«, murmelte Poole, »ohne mit dem Teufel zu paktieren.«

Tod war das einzige Wort, das zweimal vorkam. Er umkreiste beide und schrieb dann »2x Tod« darunter.

Sein Hinterkopf tat höllisch weh. Der Notarzt vor Ort hatte gemutmaßt, es könne womöglich eine leichte Gehirnerschütterung sein. Poole brauchte Schlaf, aber er konnte sich jetzt nicht hinlegen, er wollte dieses Rätsel lösen.

Wenn er jetzt schliefe, wäre alles ausgelöscht.

Er ging zurück zu seinem Schreibtisch und durchwühlte seine Tasche, ertastete die Kopfschmerztabletten und schluckte drei auf einmal.

Der Inhalt der Kiste, die er zuvor durchgesehen hatte, lag immer noch ausgebreitet auf dem Tisch. Die Polaroids und Listen lagen auf dem Nachbartisch.

Er sah zurück zum Whiteboard.

Poole hatte noch nie an Zufälle geglaubt.

Das hier hing miteinander zusammen.

77

Porter

Porter starrte den Briefkasten an.

Der Anblick kam ihm vage bekannt vor – der Name Bishop, der in Kinderschrift an die Seite gepinselt war, der Briefkasten selbst, dieser Ort ... Er konnte sich an keine spezielle Erwähnung im Tagebuch erinnern, trotzdem kam es ihm beinahe vor wie ein Déjà-vu.

»Sam? Alles in Ordnung?«

Porter hatte die Augen geschlossen. Er konnte sich nicht einmal mehr daran erinnern, dass er die Augen zugemacht hatte. Als er sie wieder aufschlug, sah Sarah, die im blassen Mondlicht neben ihm stand, ihn besorgt an.

Sie legte ihm erneut die Hand auf die Schulter. »Sie waren irgendwie weggetreten – genau wie heute Vormittag im Gefängnis. Ich glaube, wir sollten uns jetzt wirklich ein Hotel suchen und morgen bei Tageslicht wiederkommen. Wir brauchen beide Schlaf, außerdem können wir hier draußen im Augenblick sowieso nichts sehen.«

Porters Herz hämmerte wie wild. Er konnte jetzt nicht schlafen. »Alles in Ordnung ... Ich ... Ich hab Taschenlampen gekauft.«

Er drehte sich zum Auto um und wäre auf dem Schotterweg fast der Länge nach hingefallen. Er stützte sich an der Kühlerhaube ab.

Sarah hatte sofort zu ihm aufgeschlossen. »Es geht Ihnen nicht gut, Sam. Sie sehen aus, als würden Sie jeden Moment ohnmächtig werden. Setzen Sie sich für ein paar Minuten ins Auto und atmen Sie ganz ruhig durch. Sie sind kreideweiß im Gesicht.«

Sam rieb sich über den Hinterkopf, über die Narbe, während er sich mit der anderen Hand immer noch am Auto abstützte. »Es geht mir gut.«

Er hatte barscher geklungen, als er es beabsichtigt hatte. Sarah wich zurück.

Er holte tief Luft. »Entschuldigung, ich wollte nicht klingen wie…«

»…ein Arschloch?«

»Ich hab einfach nicht damit gerechnet, dass das da echt sein könnte.« Er nickte zu dem Tagebuch hinüber, das immer noch auf dem Vordersitz lag. »Ich hab nicht damit gerechnet, dass *das hier* echt sein könnte… Ich… Ich kann jetzt nicht wegfahren. Ich muss mir das angucken. Ich muss sehen, was das hier ist. Ich habe Angst, wenn ich jetzt wegfahre, gibt's das hier morgen nicht mehr. Ich weiß, das klingt albern, und wahrscheinlich ist es das auch, aber ich muss jetzt hierbleiben. Sie müssen nicht, wenn Sie nicht wollen, aber ich muss. Ich habe keine andere Wahl, glaube ich.«

Sie legte ihm beide Hände an die Wangen.

Er war dankbar für die Berührung. Er *brauchte* diese Berührung.

»Ich lass dich nicht allein hier im Dunkeln herumstolpern. Was immer hier ist – wir ziehen das jetzt gemeinsam durch. Aber eins will ich klarstellen. Wenn wir wieder zurück in der Zivilisation sind, schuldest du einer Lady ein verdammtes Dinner.«

»Abgemacht.« Er grinste sie schief an. »Ich glaube, auf dem Rücksitz lag noch ein Gutschein für einen Hamburger-Laden.«

Sie warteten fast zehn Minuten, bis Porter wieder halbwegs zu Kräften gekommen war und einen klaren Gedanken fassen konnte. Irgendwann hatte Sarah ihre Hand in seine geschoben. Er konnte sich an den genauen Moment nicht erinnern, wünschte sich aber, er könnte es – genau solche Momente waren es wert, sich zu erinnern. Im Gegensatz zu anderen Gedanken, die in seinem Kopf herumgeisterten.

Er drückte ihre Hand. »Ich glaube, es geht wieder. Das hier hat mich einfach nur ein bisschen überrollt.«

Porter ließ ihre Hand los und griff in den Fußraum des Wagens nach der Tankstellentüte. Er setzte sie auf dem Wagendach ab, befreite die Taschenlampen aus ihrer Verpackung und bestückte sie mit Batterien. Dann drückte er Sarah eine davon in die Hand. Das Tagebuch schob er in seine Hosentasche.

Sarah schaltete ihre Lampe an und ließ den Lichtkegel über den verwaisten Weg wandern, während Porter sich die Bedienungsanleitung der Kamera ansah.

»Da ist eine Schotterauffahrt oder vielleicht ein älterer Weg. Keine Ahnung, jedenfalls ist da alles voller Gestrüpp.« Sie stand anderthalb Meter neben ihm auf Höhe des Briefkastens. »Und da ist noch was – sieht aus, als wäre da mal ein zweiter Briefkasten gewesen. Der Pfosten steht noch, ist aber einen guten halben Meter über dem Boden abgeknickt.«

»Da hätte ›Carter‹ drangestanden. Sie haben neben den Carters gewohnt.«

»Richtig, die aus dem Tagebuch.«

Als er endlich das Gefühl hatte, die Kamera verstanden zu haben, schob Porter sie zurück zu den Handschuhen und den Ziplock-Beuteln in die Tüte und schloss zu Sarah auf. Sie hatte die Taschenlampe noch immer auf den Briefkastenpfosten gerichtet. Als er bei ihr angekommen war, leuchtete sie über den Schotterweg, den sie entdeckt hatte. »Das da meinte ich. Hier war unter Garantie seit Jahren niemand mehr.«

Porter folgte dem Lichtstrahl mit dem Blick über groben Schotter, Dreck und Gestrüpp. Dann über Bäume, die leicht im Mondlicht schwankten. Er sah, wie das Taschenlampenlicht irgendwann nicht mehr weiter reichte und von der Dunkelheit geschluckt wurde. Dann nahm er Sarahs freie Hand, und wortlos marschierten sie los.

78

Clair

Sie fuhren die Ashland Avenue entlang, als Clair das Blaulicht entdeckte. Sie zeigte nach vorn. »Da ist es.«

»Hab's gesehen«, erwiderte Nash und bog auf den Walmart-Parkplatz ein.

Sie folgten der Beschilderung für Lieferanten um das längliche Gebäude herum bis zu einer Reihe von Laderampen auf der Rückseite. Sobald sie um die Ecke gebogen waren, standen dort zwei Streifenwagen und dazwischen eine Absperrung. Der Beamte aus dem linken Wagen wuchtete das Absperrgitter zur Seite, winkte sie durch und stellte das Gitter wieder auf die Fahrbahn. Nash parkte zwischen einem Transporter der Spurentechniker und einem Rettungswagen. Die beiden Rettungssanitäter standen am Heck ihres Wagens und rauchten. Derzeit konnten sie nichts weiter tun, als zu warten.

»Riechst du auch Benzin?«, fragte Clair.

»Das ist bloß Connie«, erklärte Nash. »Sobald sie steht, kommt vom Unterboden dieser Geruch, das muss ich mal überprüfen lassen.«

»Diese Karre ist eine Todesfalle, das ist dir hoffentlich klar?«

»Tritt du jetzt nicht auch noch nach, während mein Baby am Boden liegt. Das wird schon wieder. Stimmt's nicht,

440

Connie, Süße?« Er strich übers Armaturenbrett und warf ihm ein Küsschen zu.

»Bishop ist geradezu normal im Vergleich zu dir. Du bist echt total durchgeknallt.« Clair stieg aus dem Wagen, schmetterte die Tür hinter sich zu und schob beide Hände tief in die Taschen. Als Nash ebenfalls ausstieg, wäre er auf dem vereisten Boden fast ausgerutscht.

Auf der Laderampe stand ein grauer Toyota Tundra Pick-up mit einem Wassertank auf dem Anhänger. Die Techniker hatten rundherum bereits starke Halogenscheinwerfer postiert. Die unmittelbare Umgebung war mit gelbem Absperrband gesichert, und ein halbes Dutzend Streifenbeamte, wenn nicht mehr, standen drum herum, um die herbeiströmenden Gaffer zurückzuhalten – überwiegend Walmart-Angestellte. Der Laden hatte rund um die Uhr geöffnet. Allerdings mussten diese Leute auch gleich ihren Freundeskreis alarmiert haben, denn nicht alle hatten Walmart-Kluft an. Clair war klar, dass es nicht mehr lange dauern würde, und es wären zwei-, dreimal so viele, sobald das hier die Runde machte. Und noch schlimmer würde es, sobald die Presse anrückte.

Clair zählte drei Spurentechniker, die innerhalb der Absperrung auf die nächsten Befehle warteten.

Lieutenant Belkin, der bei den Gaffern gestanden hatte, kam auf sie zu. Er trug einen dunkelblauen, gesteppten Mantel mit dem Schriftzug »Chicago Metro« in weißen Blockbuchstaben auf dem Rücken und hatte sich die Dienstmarke ans Revers geklemmt. »Wir haben hier in derselben Sekunde abgesperrt, als wir angekommen sind.« Er zeigte in Richtung eines Lkws, der mehrere Meter weiter im Leerlauf stand. »Der ist hier um kurz vor acht vorgefahren und hat drinnen Bescheid gegeben, weil der Pick-up da schon auf der Rampe stand und ihm den Weg versperrt hat. Der Lagerleiter kam raus und ist rübergelaufen, um den Pick-up wegzuschicken. Dann hat er gesehen ... Na ja, Sie sehen's gleich selbst. Er hat den Notruf gewählt. Wir haben seine Fingerabdrücke genommen, weil er die Tür angefasst hat, und einen Schuhabdruck ebenfalls, damit wir seine Spuren rund um den Pick-up aussortieren können. Da drüben im Schnee verläuft noch eine Spur, die vom Wetter allerdings schon ziemlich verwaschen ist. Die Techniker haben die Abdrücke genommen – das war wahrscheinlich der Täter. Sie untersuchen jetzt in mehreren Runden die unmittelbare Umgebung des Wagens. Vielleicht finden sie ja was. Der Lagermensch heißt Willis Cortese, den haben wir wieder reingeschickt. Mit dem können Sie reden, aber dass der Ihnen etwas erzählen kann, glaube ich nicht.«

Nash zeigte zu einer Überwachungskamera über der Rampe. »Gibt's davon Bilder?«

Belkin schüttelte den Kopf. »Hier hinten gibt es insgesamt drei Kameras. Irgendwer hat die am vergangenen Dienstag allesamt kaputtgeworfen. Die Hausmeister haben sie noch nicht wieder reparieren können.«

»Wie, kaputtgeworfen? Die hängen doch ziemlich hoch.«

»Videokabel durchtrennt, Kameras mit irgendetwas schön Schwerem abgeschossen. Sie wissen nicht genau, wie das passieren konnte, aber die Kameras sind allesamt Schrott. Wer immer das gemacht hat, wusste genau, wie die Dinger funktionieren, und hat sich im toten Winkel bewegt. Den Sicherheitsleuten zufolge läuft die Aufnahme völlig normal durch, und von jetzt auf gleich wird alles schwarz, kein einziges Bild des Täters oder der Täter. Ich habe einen meiner Leute drangesetzt, die Hardware und Aufnahmen zu überprüfen. Vielleicht hat die Security ja etwas übersehen.«

Nash warf Clair einen Seitenblick zu. Sie hatten beide den gleichen Gedanken – Bishop.

Belkin zeigte mit dem Daumen über die Schulter auf den

Pick-up. »Das da ist echt verdammt heftig. So was habe ich noch nicht gesehen.«

»Dann zeigen Sie doch mal«, sagte Clair.

Belkin nickte und wandte sich in Richtung des Pick-ups. Er duckte sich unter dem Absperrband hindurch und hielt es für Clair und Nash in die Höhe. Dann lief er auf die Fahrertür zu. Das Fenster war heruntergekurbelt. »Im Moment können wir höchstens vermuten, dass der Täter den Schlauch aus dem Wassertank genommen und den Inhalt hier in die Fahrerkabine geleitet hat – und zwar fast zweitausend Liter. Das wird einige Zeit gedauert haben. Zwanzig, dreißig Minuten, wenn nicht noch länger. Als ich hier ankam, waren es minus dreizehn Grad plus Windchill-Effekt. Die Techniker sind noch nicht ganz so weit, aber sie vermuten, dass der Täter ein paar Minuten lang Wasser eingelassen, dann eine Pause eingelegt hat – fünf, zehn Minuten vielleicht –, und das Ganze dann wiederholt hat. Sie meinen, es sind einzelne Schichten. Selbst bei den derzeitigen Temperaturen können die nur Stück für Stück entstanden sein. Wenn er den Tank in einem Rutsch geleert hätte, würde es so nicht aussehen. Das hier hat mächtig Geduld erfordert und verdammt harte Eier – gerade bei den derzeitigen Außentemperaturen.«

Clair hatte Mühe, Lieutenant Belkin zu folgen, während er ihnen erklärte, was sie dort vor sich sahen. Er schwadronierte weiter in Sachen Dicke des Eises und Konsistenz, sie hörte, wie Nash fragte, ob es Salzwasser sei, und wie Belkin erwiderte: Nein, Salzwasser wäre bei diesen Temperaturen noch nicht gefroren. Sie hörte all das, während ihr Gehirn versuchte zu begreifen, was sie dort vor sich sah.

In der Fahrerkabine saß eine Person. Die Person war angeschnallt und hatte beide Hände am Steuer. Der Blick war starr nach vorn gerichtet.

Die Person steckte in dickem, grobem, krustigem Eis –

eine dünnere Schicht rund um Gesicht und Kopf, massiv rund um Sitz und Fußraum.

Das Gesicht starrte mit einem eingefrorenen, toten Blick geradeaus.

Es war ein Junge. Ein Teenager.

79

Porter

Ihr Blick fiel zuerst auf das Haus.

Auf das, was von dem Haus noch übrig war.

Auf der Auffahrt blieben Porter und Sarah stehen und leuchteten mit ihren Taschenlampen über die Kletterpflanzen und das Gestrüpp über den Balken.

Kein Zweifel, hier hatte es mal gebrannt. Das Dach fehlte, und was von den Wänden noch stand, war verrußt und kohlrabenschwarz. Der Großteil war eingestürzt, entweder während des Brands oder irgendwann danach.

Porter zückte die Kamera und drückte sie Sarah in die Hand. »Du machst Fotos.«

»Von irgendwas Speziellem?«

»Das Ding speichert tausend Fotos, insofern halt dich nicht zurück. Ich will alles dokumentieren. Wir wissen nicht, was später wichtig sein könnte.«

Sarah hielt sich die Kamera vors Gesicht und betrachtete die Ruine durch den Sucher.

Das Haus war nicht groß gewesen, schloss Porter aus dem Fundament. Achtzig, allerhöchstens fünfundachtzig Quadratmeter. Genau wie im Tagebuch gestanden hatte, gab es eine Veranda, allerdings hatte Porter sich die ganz anders vorgestellt. Als er das Tagebuch gelesen hatte, hatte er eine Art umlaufende Empore vor Augen gehabt, die sich über die gesamte Breite eines einigermaßen großen Einfamilienhauses erstreckte. In jedem einzelnen Punkt hatte er sich getäuscht. Die Veranda war maximal zwei Meter breit und vielleicht eins zwanzig tief und balancierte windschief auf brüchigen Betonziegeln. Zwei Holzstufen führten nach oben, aber so morsch, wie sie waren, hatte er so seine Zweifel, dass sie sein Gewicht tragen würden.

»Ich hab mir das Haus größer vorgestellt«, sagte Sarah neben ihm. »Nach seinen Beschreibungen im Tagebuch.«

Wann immer sie ein Foto machte, klickte die Kamera leise. Schon komisch, wie man sich mitunter an Vergangenes klammerte, dachte Porter. Eine Digitalkamera musste keinerlei Geräusch von sich geben, und doch hatte irgendwer sich die Mühe gemacht, ein Klicken einzubauen.

»Der Blickwinkel eines Kindes, nehm ich an. Durch die Augen eines Kindes sieht alles größer aus.«

»Wahrscheinlich.«

Vorsichtig setzte Porter einen Fuß auf die Veranda und machte einen großen Schritt über ein paar kaputte Planken. Der Lichtkegel seiner Taschenlampe wanderte zu der Stelle, wo die Eingangstür gesessen hatte, jetzt aber nur noch ein Loch klaffte.

»Du gehst da jetzt aber nicht rein, oder?«, fragte Sarah.

»Ich muss mir den Keller ansehen.«

Sarahs Taschenlampenlicht wanderte über die Überreste der Außenwände nach oben, wo das Dach hätte sein müssen, und dann zurück auf die Reste des Bodens. »Da rüberzulaufen kann doch nicht sicher sein.«

Porter machte einen weiteren Schritt vorwärts. Die Bodendielen protestierten unter seinem Gewicht, ächzten und bogen sich.

»Wenn du da durchfällst, könntest du dich ernsthaft verletzen. Und wir sind mitten im Nirgendwo.«

Porter beleuchtete mit der Taschenlampe die Überreste

eines alten Kühlschranks und eines Herds, der gut dreieinhalb Meter von ihm entfernt inmitten von Unrat stand. Die Kühlschranktür war mit einem rostigen Vorhängeschloss gesichert.

Um Punkt neun Uhr schob sie die Kühlschranktür zu und legte ein schimmerndes, brandneues Stanley-Vorhängeschloss vor, das dort bis zum Mittagessen hängen blieb. Das Gleiche wiederholte sich dann bis zum Abendessen. Auch wenn ich bestens dazu imstande gewesen wäre, bis Mittag zu fasten, ahnte ich, dass eine Kleinigkeit im Magen helfen würde, die anhaltenden Nachwehen meines Alkoholkonsums vom Vorabend zu lindern und mich für den Rest des Tages wieder auf Spur zu bringen.

Bruchstücke des Holzständerwerks ragten scheinbar willkürlich wie riesige, rußgeschwärzte Zahnstocher aus dem Boden. Ein Stück tiefer in den Raum hinein lag eine alte Badewanne unter Schutt vergraben.

Porter machte noch einen langen Schritt und ging vor einem großen Loch im Boden in die Hocke. Früher musste hier das Wohnzimmer gewesen sein. Das Licht seiner Taschenlampe huschte über den Schutt, der vor Urzeiten im Kellergeschoss gelandet war. Er konnte dort unmöglich etwas erkennen. Für den Bruchteil einer Sekunde meinte er, das Abflussrohr entdeckt zu haben, an das die Carters mit Handschellen gefesselt gewesen waren. Dann erkannte er, dass es sich um einen Baum handelte, der seine Wurzeln irgendwie durch den rissigen Betonboden gebohrt hatte und fast schon groß genug war, um sich hinaus ins Licht zu strecken.

»Siehst du etwas?«, wollte Sarah wissen.

»Wir müssten das alles hier komplett freilegen. Das Haus fällt seit Jahren zusehends in sich zusammen.«

»Aber keine Leichen, oder?«

»Die wären schon vor einer Ewigkeit hier rausgeschleift worden«, redete Porter sich ein, auch wenn er keinerlei Schwierigkeiten hatte, sie vor sich zu sehen – Dutzende von ihnen, die verkohlt und schwarz irgendwo zwischen all dem Schutt lagen. Dieses Haus stank nach Tod.

»He, kann ich mal die Kamera haben? Komm aber nicht zu nah – ich will nicht, dass du hier drüberläufst.«

Sarah zögerte kurz, holte dann aber gekonnt aus und warf ihm die Kamera zu.

Er erwischte sie gerade noch mit den Fingerspitzen. »Danke.«

Vorsichtig, damit sie ihm nicht aus der Hand glitt, hielt er sie – den Finger am Auslöser – hinunter in das Loch. Er schoss ein Dutzend Bilder in sämtliche Richtungen. Der Blitz reichte bis in die hinterste Ecke.

»Ich hab ein Auto gefunden!«, rief Sarah irgendwo hinter ihm.

Porter warf noch einen letzten Blick in den verwüsteten Keller, dann wich er vorsichtig von dem Loch zurück, bis er wieder auf sicherem Boden stand. Sarah stand ein paar Meter vom Haus entfernt und hatte die Taschenlampe auf ein wildes Durcheinander aus Gestrüpp gerichtet.

Erst konnte er das Auto nicht einmal sehen – erst als er fast drangestoßen wäre. Sarah trampelte unterdessen das hohe Gras davor platt. »Ein Volkswagen, glaub ich … schwer zu sagen.«

»Ein Volkswagen? Das stimmt doch nicht …« Sein Blick wanderte über den rostigen Schrotthaufen mit den zerbrochenen Fenstern. Im Inneren hatte sich irgendein Wildtier niedergelassen. Die Sitze waren von getrockneten Grashalmen übersät. Er lief einmal um den Wagen herum und inspizierte die Karosserie. Als der Lichtkegel über die hintere Stoßstange wanderte, blieb er abrupt stehen und beugte sich vor. »Heilige Scheiße …«

»Was?«

Noch während Sarah neben ihm in die Hocke ging, zeigte er auf den Aufkleber, der ausgeblichen und kaum mehr lesbar auf der Stoßstange klebte. »›Der Porsche des kleinen Mannes‹«, las sie laut vor.

Vater fuhr einen 1969er Porsche – eine fantastische Maschine. Ein Kunstwerk mit kehligem Knurren, das aufgrollte, sobald der Zündschlüssel herumgedreht wurde, und umso lauter wurde, wenn es auf die Straße glitt und sich dann mit gierigem Entzücken über die vor ihm liegenden Meilen hermachte. Wie sehr Vater diesen Wagen liebte!

»Das ist ein VW Käfer. Ich nehme mal an, dass das hier das Auto von Bishops Vater war.« Porter stand auf und fuhr mit dem Lichtkegel über die sichtbaren Teile der Karosserie. »Siehst du das? Sowohl Motorhaube als auch Kofferraum stehen offen. Die eingeschlagenen Fenster und Lichter? Das stimmt alles mit den Schilderungen aus dem Tagebuch überein – nur dass es eben kein Porsche ist.«

»Immerhin der Porsche des kleinen Mannes.«

»Stimmt.«

Porter lief wieder zurück zur Stoßstange und fotografierte das schmutzige Nummernschild. Es hätte im Oktober 1995 erneuert werden müssen.

Sarah stand auf und zeigte nach rechts. »Da steht noch ein Haus.«

Porter folgte ihrem Fingerzeig und machte ein paar Schritte vorwärts. »Das ist kein Haus … sondern ein Trailer.«

Er gab ihr die Kamera zurück.

»Der politisch korrekte Terminus dürfte ›Mobilheim‹ sein«, entgegnete sie.

Er stapfte durchs hohe Gras und überquerte das, was früher wohl der Vorgarten der Bishops gewesen war. Sarah blieb hinter ihm.

Als er den Trailer erreicht hatte, drehte er sich langsam um die eigene Achse und suchte die unmittelbare Umgebung ab. Mit dem Gesicht zu der kleinen Behausung blieb er stehen und dachte angestrengt nach. »Hier müssen die Carters gewohnt haben. Sonst ist hier ja nichts.«

Die Fliegentür auf der Rückseite des Carter-Hauses stand offen. Der Wind spielte damit und schlug sie immer wieder gegen den weiß lackierten, abblätternden Rahmen. Ich griff nach der Klinke und hielt die Tür für Mrs. Carter auf. Sie trat an mir vorbei in die dunkle Küche. Auf dem gesamten Weg hatte sie nicht ein einziges Wort gesagt. Keiner von uns. Wenn ihr Schniefen nicht gewesen wäre, hätte ich nicht mal bemerkt, dass sie hinter mir hergelaufen war.

Sarah stieg die Betontreppe hoch und rüttelte an der Tür. Eins der Scharniere quietschte und löste sich vom Türrahmen. »Es ist offen.«

Die Fenster – zumindest die zwei, die nach vorn hinausgingen – fehlten. Verschlissene Vorhänge wehten ins dunkle Innere.

»Lass mich vorgehen«, sagte Porter und machte einen Schritt an ihr vorbei. »Bleib dicht hinter mir.«

Durch die Tür gelangte man in eine kleine Küche – ein winziger Resopaltisch und eine eingebaute Eckbank auf der einen Seite, gegenüber ein paar verrostete Küchengeräte. Der Boden war matschig, war von den Elementen erobert worden. Die Kühlschranktür stand offen, die Fächer waren leer. Vor den meisten Schränken fehlten die Blenden. Sämtliche Fenster waren entweder zerbrochen oder standen offen, und der Wind pfiff herein. Die Küche ging über in einen kleinen Wohnbereich mit einem Sofa. Der Bezug war so ausgeblichen und löchrig, dass man nicht hätte sagen können, wie er mal ausgesehen hatte. Sämtliche Oberflächen waren mit Graffitis beschmiert – grellbunte Bilder und Konturen, die sich mit Schriftzügen, Namen und Tags abwechselten.

»Kannst du das alles fotografieren? Dann sehen wir es uns später an.«

»Muss eine Art Rückzugsraum für die örtlichen Kids sein«, mutmaßte Sarah und hob die Kamera ans Gesicht. »Teenager brauchen einen Schutzraum, um sich ungestört volllaufen und flachlegen zu lassen.«

Porter verließ das winzige Wohn-Esszimmer und lief an einem kleinen Bad mit einer dreckstrotzenden Toilette und einer Wanne vorbei, in der ein zusammengeknautschter Duschvorhang lag. Als er die Taschenlampe auf einen angeschlagenen Spiegel richtete, starrte ihm sein eigenes Gesicht entgegen. In Gedanken war er wieder beim Tagebuch und bei dem kleinen Jungen, der genau diesen engen Flur entlanggegangen war.

Mit der Hand, die das Messer hielt, vor der Brust und mit nach vorne gerichteter Klinge huschte ich den Flur entlang. Diesen Griff hatte mir Vater beigebracht. Wenn nötig, würde ich so mit aller Kraft, die in meinen Armmuskeln steckte, und mit der Präzision einer geladenen Pistole das Messer nach vorn schnellen lassen. Anders als bei einer Überkopfattacke war eine kurze Gerade nur schwer zu parieren. Außerdem konnte ich aus dieser Haltung direkt auf das Herz oder den Bauch zielen, je nachdem, ob ich leicht nach oben oder nach unten zustieß. Hätte ich das Messer über Kopf gehalten, wäre mir nur die Abwärtsbewegung geblieben – und dabei rutschte man womöglich eher an seinem Opfer ab, als nachhaltigen Schaden zu verursachen.

Diesbezüglich war Vater sehr bewandert.

Er konnte Bishop regelrecht hinter sich sehen, dessen Blick im Nacken spüren. Wann war er zuletzt hier gewesen? Als Kind? Vor all diesen Jahren? Oder war er später noch einmal zurückgekehrt? War er wiedergekommen und denselben Flur noch einmal entlanggegangen?

»Da sind zwei Türen. Bestimmt die Schlafzimmer«, sagte Sarah in seinem Rücken.

Beide Türen waren verschlossen.

Vater hat mir erklärt, dass man beim Anpirschen eine gute Sekunde oder mehr hat, bis das Opfer reagieren kann. Das menschliche Gehirn verarbeitet Bewegung nur sehr langsam. Dein Opfer bleibt für einen Moment wie versteinert stehen, während es versucht zu begreifen, dass du vor ihm stehst, ganz besonders in einer Umgebung, in der es nicht mit einem Angreifer rechnet. Vater meinte damals, manche würden sogar darüber hinaus wie angewurzelt stehen bleiben und einen anstarren wie das Fernsehprogramm. Sie stehen da und warten ab, was als Nächstes passiert. Dabei ist es mitunter besser, man weiß gar nicht erst, was als Nächstes passiert.

Porter wünschte sich, er wäre bewaffnet. Warum hatte er sich nicht irgendwo eine Flinte gekauft? Für die galt nicht mal eine Wartezeit.

Er schob die Hand in die Hosentasche und legte sie um den Griff von Bishops Messer.

Dann streckte er sich nach dem Türknauf zur Linken.

Hinter ihm schrie Sarah los.

80
Kati

»Wach auf!«

»Wach auf!«

»Wach auf!«

Gedämpft.

Wie durch ein nasses Handtuch.

Eine Mädchenstimme.

»Bitte, wach auf!«

Direkt an ihrem Ohr. Warmer Atem. Angestrengtes Flüstern.

Als Kati die Augen aufschlug, fühlten sich ihre Lider von der Anstrengung so schwer an, dass sie fast von allein wieder zugefallen wären. Allmählich kam sie zu sich. Doch damit kam auch der Schmerz wieder, der über sie hinwegrollte wie eine heiße Welle tief aus ihrem Innern und ihre Muskeln und Knochen verbrannte.

Die Augenbinde war weg.

Ihre Hände und Füße waren nicht mehr gefesselt.

Ein Mädchen etwa in ihrem eigenen Alter beugte sich so dicht über sie, dass sich ihre Gesichter beinahe berührten. Kati lag mit dem Kopf auf deren Schoß.

Sobald ihr Blick ein bisschen klarer wurde und sie das andere Mädchen sehen konnte, hob es den Finger an die Lippen.

»Er darf uns nicht hören«, wisperte sie. »Wir dürfen nicht so laut sein, dass er uns hören kann. Ich will nicht, dass er wieder hier runterkommt.«

Irgendwas war mit ihrer Stimme. Sie klang wie jemand, der eine schlimme Erkältung hinter sich hatte. Es tat weh, wenn sie sprach, das konnte Kati ihr ansehen. Auf ihren Lippen klebte getrocknetes Blut.

Kati versuchte, sich aufzusetzen, schaffte es nicht, fiel zurück auf den Schoß der anderen.

Die strich ihr übers Haar. »Ich hab dich umgezogen. Ich, nicht er. Er hat Sachen für dich dagelassen. Deine waren triefnass. Du hättest dich erkältet, so konnte ich dich nicht liegen lassen. Du darfst nicht krank werden. Du brauchst alle Kraft. Wir müssen hier raus. Schaff ich nicht ohne Hilfe. Müssen zusammenarbeiten.«

Das Mädchen sprach abgehackt und keuchend, als käme jedes Wort einem Kampf gleich.

Kati hatte eine vage Erinnerung an einen Wassertank und dass sie darin eingetaucht war.

Dann nichts mehr.

»Er hat versucht, dich mit einem Stromschlag zu töten. Er hat dich mit Strom getötet, ich hab gesehen, wie er es gemacht hat. Er hat dich in den Tank da drüben reingelegt und dann das Starterkabel ins Wasser geworfen. Da war ein lauter Knall, und dann roch ... roch es ... verbrannt. Wahrscheinlich deine Haare. Kann es nicht sagen. Die sind immer noch nass. Er hat dich aus dem Wasser geholt und dich wiederbelebt. Das hat ewig gedauert, aber dann hast du gehustet, allerdings warst du da immer noch weggetreten. Er hat dich eine Weile angestarrt und dann hier reingetragen. Hat dich hier neben mir abgelegt und ist nach oben gegangen. War seither nicht mehr da. Noch nicht. Wir müssen leise sein, damit er nicht zurückkommt. Wenn er merkt, dass du wach bist, kommt er wieder, das weiß ich genau.«

Das Mädchen musste husten.

Verzog vor Schmerz das Gesicht.

Als sie die Hand wieder vom Mund nahm, war ihre Handfläche rot gesprenkelt. »Ich ... hab Glas geschluckt, damit er von mir wegbleibt. Es hat funktioniert, er hat mich nicht angerührt.« Sie lächelte schief. »Dem hab ich's gezeigt, hm?« Sie wischte sich die Hand an der grünen Decke sauber, in die sie sich eingewickelt hatte. »Ich bin übrigens Larissa.«

»Ich bin Kati«, stieß sie hervor. Ihre Kehle fühlte sich an wie ausgedörrt, sie brauchte dringend Wasser. »Wo ... Wo ist Wesley?«

»Wer?«

»Ich ... Ich bin mit Wesley Hartzler hergekommen. Wir waren zu zweit.«

»Ich hab hier sonst niemanden gesehen, nur dich. Er hat nur dich runtergebracht.«

»Wir sind zu zweit hergekommen«, wiederholte Kati.

Im nächsten Moment leuchteten Larissas Augen auf. »Hat er vielleicht fliehen können? Vielleicht holt er Hilfe?«

Kati sah wieder vor sich, wie der merkwürdige Mann über den Tisch geschnellt war, wie er seinen Kakaobecher gegen Wesleys Kopf geschmettert hatte. Wie Wesley zu Boden gekracht war. »Weiß nicht ... Ich glaub, er hat ihn verletzt ... Ich glaub, er hat ihn schlimm verletzt.«

»Vielleicht war es gar nicht so schlimm. Vielleicht konnte er fliehen. Sonst wäre er doch hier unten bei uns, sonst hätte er ihn doch auch eingesperrt.«

Kati sah zu dem Mädchen hoch, das sie festhielt und dessen Blick verzweifelt hin und her huschte, ehe es zur Kellerdecke emporblickte.

»Wie lange bist du schon hier?«

Das Mädchen sah wieder zu ihr herab, ängstlich, wie ein gehetztes Tier. »Ich ... Ich weiß nicht ... Vielleicht seit gestern? Ich bin ohnmächtig geworden, nachdem ich das Glas geschluckt hatte. Schwer, da die Zeit einzuschätzen. Was ist heute für ein Tag?«

»Samstag«, antwortete Kati und richtete sich ein wenig auf. Ihr war schwindlig. Sie fasste sich an die Stirn und wimmerte.

Larissa sah fassungslos auf sie hinab. »Er hat mich heute Morgen entführt. Es ist noch nicht mal ein Tag. Gott, es fühlt sich an, als wäre ich seit einer Woche hier.« Sie musste wieder husten, spuckte mehr Blut.

Kati versuchte aufzustehen und sackte sofort wieder zusammen. Larissa half ihr, das Gleichgewicht zu halten. »Vorsicht, du bist bestimmt noch schwach.«

Kati nickte, holte tief Luft, versuchte wieder, sich hinzustellen, zog sich diesmal am Maschendraht hoch. Als sie endlich stand, fing sie an, am Käfig entlangzugehen, jede Befestigung, jede Lücke zu untersuchen.

»Hab ich schon zigmal gemacht. Er hat die Eckteile zusammengeschweißt und den Rahmen im Beton verschraubt. Oben ist nicht genug Platz, um rauszukommen, und an der Tür hängen zwei Vorhängeschlösser. Du kommst hier nicht raus.«

Kati hatte die letzte Ecke untersucht und die Tür erreicht. Sie musterte beide Schlösser. »Wo hat er die Schlüssel?«

»An einer Kette um den Hals. Weißt du, wo wir sind? Wo dieses Haus ist, meine ich?«

»Du weißt nicht, wo wir sind?«

Larissa schüttelte den Kopf.

»Wir sind an der Lowell. Drum herum überall Wohnhäuser. Wesley und ich waren hier, um für Jehovas Zeugen zu werben.«

»Weiß irgendwer, wo ihr wart?«

Kati runzelte die Stirn und nahm die Hand vom Vorhängeschloss. Es klapperte gegen den Metallrahmen. »Nein. Wir waren vielleicht zwei Dutzend, die sich im Saal getroffen haben, aber dann haben wir uns gleich früh am Morgen aufgeteilt, damit wir so viele Häuser wie möglich erreichen. Wir waren schon Stunden unterwegs, bevor wir hier angeklopft haben. Die anderen waren woanders. Wir gehen immer in kleinen Grüppchen, wegen der Sicherheit. Ich bin mit Wesley gegangen, weil er meinte, er kennt die Gegend.«

Sie ging neben Larissa in die Hocke. »Du hast gesagt, er hat dich nicht angerührt und mich auch nicht. Hat er uns deshalb eingesperrt? Um mit uns Sex zu haben?«

In Larissas Auge bildete sich eine Träne, und sie wischte sie mit der schmutzigen Hand weg. »Erst hab ich das geglaubt, aber bei dir ... Bevor er dich ins Wasser gelegt hat, bevor er den Strom angestellt hat, hat er dich gefragt, ob du für ihn siehst, ob du ihm erzählst, was du gesehen hast ... und als er versucht hat, dich wiederzubeleben, hat er immer wieder gesagt, du sollst aus dem Licht zurückkommen, du sollst zu ihm zurückkommen. Der war wie besessen. Er wollte nicht, dass du stirbst, trotzdem hat er versucht, dich zu töten. Ich hab keine ...«

Die Tür am oberen Ende der Treppe ging auf.

Schwere Schritte.

Panisch legte Larissa sich wieder hin und zog die Decke über ihren Körper.

»Tu so, als würdest du schlafen! Dann lässt er dich in Ruhe«, flüsterte sie und kniff die Augen zu.

Doch Kati tat nichts dergleichen. Sie blieb stehen – stand direkt an der Käfigtür, als der Mann mit der schwarzen Strickmütze die letzten Stufen zum Keller herunterkam und dabei den rechten Fuß ganz leicht nachzog.

»Du bist wach.« Er trat an den Käfig. »Die Sachen meiner Tochter passen dir, das ist gut. Ich will ja nicht, dass du dich erkältest. Ich hätte dich erst ausziehen sollen, bevor ich dich in den Tank gelegt habe. So wäre es besser gewesen, da hab ich nicht nachgedacht.« Er legte die Finger um den Maschendraht, hielt sich an dem Metall fest. »Und jetzt musst du mir sagen, was du gesehen hast.«

Kati starrte seine Hände an. Seine Fingernägel waren schmutzig, und die Haut war übersät mit winzigen Farbtupfern, Schmierern von Textmarkern oder Filzstiften. Unter dem Rand seiner Mütze war seitlich an seinem Kopf ein Stück der langen OP-Naht zu sehen. Die Wunde hob sich rot und entzündet von seiner blassen Kopfhaut ab. Getrocknetes Blut klebte dort, wo er sie aufgekratzt hatte.

»Was hast du gesehen?«, fragte er erneut. Er zog das S leicht in die Länge und lispelte. Mit weit aufgerissenen Augen starrte er sie an.

Kati hob die Hand, strich ihm über die Finger und packte dann unversehens seine dreckige Hand im Maschendraht und hielt ihn fest. Sie lehnte sich zu ihm vor, sodass ihre Gesichter nur Zentimeter voneinander entfernt waren.

»Ich hab was Fantastisches gesehen«, sagte sie. »Ich hab das Gesicht Gottes gesehen.«

81

Porter

Der Waschbär kam aus dem Badezimmer geflitzt, rannte den Flur entlang und verschwand durch die schief in den Angeln hängende Vordertür.

Sarah hatte einen Satz zurück gemacht. Nun blickte sie peinlich berührt drein. »Jetzt komm schon, hast du dich etwa nicht erschreckt? Nicht mal ein bisschen?«

»Ich zittere eher innerlich«, sagte Porter und versuchte, nicht breit zu grinsen.

Er griff erneut zu dem Türknauf, drehte ihn herum und schob die Tür zur Linken des engen Flurs auf.

Ein kleines Schlafzimmer.

Leer, mit Ausnahme einiger zerschmetterter Bierflaschen in der Ecke. Das Fenster war mit Brettern vernagelt; genau wie schon die beiden Scheiben vorn war auch diese hier kaputt.

Porter drehte sich zu der gegenüberliegenden Tür um. »Wenn jetzt gleich noch ein Waschbär kommt, beschütze ich dich.«

»Mein Held.«

Er schob die Tür auf.

Wieder ein Schlafzimmer, diesmal möbliert.

Links an der Wand ein Doppelbett und zwei Nachttische, gegenüber ein Schrank, dessen Türen früher verspiegelt gewesen waren. Die Spiegel waren allem Anschein nach schon vor Langem kaputt geschlagen worden, und der dahinterliegende Pressspan war mit Graffitis übersät. Jemand hatte die Schubladen des einen Nachttischchens herausgezogen. Zwei fehlten, zwei lagen in der hinteren Ecke des Kleiderschranks. Die Matratze auf dem Bett war in unterschiedlichsten, unidentifizierbaren Schattierungen gefleckt, und das Zimmer roch nach Schimmel und Moder und abgestandener Luft.

»Hier war schon länger niemand mehr«, stellte Sarah fest. »Diese Matratze ist bestimmt sogar den Kids zu eklig.«

»Unterschätze nie die Macht der Teenager-Hormone. Wenn man sechzehn ist, kommt das hier einem Penthouse gleich.«

»Ich kann mir nicht vorstellen, wie man hier wohnen kann … dass hier wirklich mal Leute gewohnt haben.«

Porter streckte sich nach den zwei Schubladen im Kleiderschrank aus und hob sie an – beide leer. Die Kommode gleich neben der Tür war ebenfalls geplündert worden. Drei Schubladen fehlten. In Gedanken kehrte Porter wieder zu dem Tagebuch zurück, zu Bishops Mutter, die genau diese Schubladen herausgezogen und etwas darin gesucht hatte.

»Suchen Sie dort, wo sich die Monster verstecken, Detective«, murmelte er. »Dort finden Sie sämtliche Antworten.«

»Was?«

»Das hat sie zu mir gesagt, vorhin im Gefängnis.«

»Monster verstecken sich unter dem Bett«, sagte Sarah.

Porter hob die Matratze an, stemmte sie hoch und bugsierte sie mit einem Grunzen gegen die Wand. Der Bezug über den Federn war entweder verrottet oder von irgendeinem Vieh zum Nestbau benutzt worden. Nur ein paar zerfetzte Reste entlang des Rahmens waren noch übrig. »Monster hin oder her – als ich noch klein war, hab ich alles Mögliche unter der Matratze versteckt.«

Sarah suchte mit dem Lichtkegel ihrer Taschenlampe den Innenraum des Bettgestells ab. »Wenn du mit ›alles Mögliche‹ Staubmäuse und noch mehr Bierflaschen meinst, muss das hier der Hauptgewinn sein. Wonach genau suchen wir überhaupt?«

»Bin mir nicht sicher«, gab Porter zu. »Im Tagebuch war von einem großen, beigefarbenen Metallkoffer die Rede, der hier gelegen hat.«

»Tja, jetzt ist er weg.«

Porter stemmte auch das Bettgestell hoch und lehnte es gegen die Matratze an der Wand. Dann ging er in die Hocke und fuhr mit den Fingern im Lichtkegel seiner Lampe über die Bodendielen.

»Die sind aufgestemmt und wieder reingedrückt worden. Ganz krumm und bucklig.«

Sarah kniete sich neben ihn. »Diese bösen Jungs aus dem Tagebuch werden sich das doch wohl angesehen haben?«

»Vielleicht stammt das hier ja aus einer späteren Zeit. Ich brauche einen Schraubenzieher …«

»Wenn du jetzt glaubst, ich hätte einen Schraubenzieher eingepackt, bevor wir zu unserem kleinen Ausflug aufgebrochen sind, dann kennst du mich schlecht. Ich bin schon begeistert, wenn ich an mein iPhone-Kabel gedacht hab – wobei mir in diesem Moment einfällt: Das liegt daheim auf dem Schreibtisch.«

Porter tastete über die Bohlen, fand aber nirgends Halt. »Was ist mit dem Autoschlüssel?«

»Den hab ich.« Sie zog den Schlüssel aus der Tasche und hielt ihn ihm hin.

Er legte die Taschenlampe auf den Boden, und Sarah richtete ihre auf die Bretter aus, zwischen die er den Schlüssel schob. Zuerst gab keins davon nach, dann hörten sie ein Knacken, als sich das erste von insgesamt drei Dielenbrettern vom Untergrund löste. Er zog es hoch, warf es beiseite und zerrte am nächsten. Das zweite war einfacher zu lösen, genau wie das dritte. Alles in allem stemmte er fünf Bretter lose, sodass eine Öffnung von rund zwei mal einem halben Meter entstand.

Porter nahm die Taschenlampe wieder zur Hand und leuchtete nach unten.

»Was siehst du?«

Er griff in das Loch, zog einen Schlafsack heraus und reichte ihn an Sarah weiter. »Sieht aus wie Campingausrüstung ... Da sind noch ein Schlafsack und ein Rucksack.«

Er griff wieder hinein und zog auch diese zwei Sachen heraus, dann nahm er die Öffnung erneut in Augenschein, um sicherzugehen, dass ihm nichts entgangen war. »Das war's.«

Sarah zog den Reißverschluss des Rucksacks auf.

»Halt, nicht«, sagte Porter, zog ein Paar Latexhandschuhe aus der Tasche und hielt sie ihr hin. »Streif die erst über.«

Sie runzelte die Stirn. »Glaubst du ernsthaft, dass das hier Beweismittel sind? Das waren doch wahrscheinlich nur wieder die Kids. Einer der klügeren Jungs hat sein Bett hier versteckt, damit seine Prom-Prinzessin nicht auf dieser ekligen Matratze liegen muss.«

»Wir gehen lieber auf Nummer sicher, bis wir es hundertprozentig wissen.« Jetzt streifte auch Porter sich Handschuhe über.

Sarah wandte sich wieder dem Rucksack zu. »Der Reißverschluss ist verrostet, der will nicht aufgehen ...« Sie verzog das Gesicht, ruckelte erneut, und mit einem blechernen Ratschen gab der Reißverschluss nach.

Erst wehte muffige, abgestandene Luft aus dem Rucksack auf, dann etwas noch Schlimmeres.

»Das lass lieber mich machen«, sagte Porter und nahm ihn ihr ab. Er richtete seine Taschenlampe hinein und versuchte, dabei durch den Mund zu atmen. Nach und nach zog er Gegenstände aus dem mittleren Fach heraus und legte sie in einer Reihe auf den Fußboden. Als der Rucksack leer war, richtete er sich auf und musterte alles im Taschenlampenlicht.

»Warum stinkt das denn so?«

»Wahrscheinlich ist das hier vor nicht allzu langer Zeit feucht geworden. Das ist alles schimmlig und stockig – hat eine Weile im Nassen gelegen«, antwortete Porter.

Er zählte sechs T-Shirts, vier Jeans, Socken und Unterwäsche – sowohl Herren- als auch Damenwäsche. Die Sachen waren feucht, und der Stoff zerfiel regelrecht unter seiner Berührung. In einer Socke schien etwas zu stecken und sie auszubeulen.

Er sah kurz zu Sarah hoch, schob dann die Hand hinein und zog den Inhalt heraus.

Das Herz hämmerte in seiner Brust. »Mach ein Foto.«

Sarah nickte und hob die Kamera hoch.

Es war ein Medaillon – klein, vergoldet – an einer Kette, an der auch ein rostiger Schlüssel hing. Nachdem Sarah das Foto gemacht hatte, versuchte Porter, das Medaillon aufzuklappen. Es enthielt ein Foto, das allerdings vergilbt und ausgeblichen war. Und die Initialen L. M.

Auch davon machte Sarah ein Foto.

82

Clair

Sie hätten zur Metro zurückkehren und sich in der Einsatzzentrale auf der alten Couch ausruhen sollen, die wahrscheinlich noch aus der Zeit stammte, da Al Capone und Diamond Joe Esposito hinter dem Rücken ihrer Mütter beim Krämer Bonbons stibitzt hatten. Die alte Couch mit dem rissigen, brüchigen, ausgeblichenen braunen Lederbezug und den Polstern, die mit der Zeit steinhart geworden waren – Clair brauchte diese Couch jetzt.

Sie brauchte Schlaf.

»Ich weiß genau, dass ich ihn noch habe«, brummte Nash und ging Schlüssel für Schlüssel durch. »Es ist einer von denen hier.«

Er entschied sich für einen goldfarbenen und schob ihn in das Schloss zu Porters Wohnungstür. Der Schlüssel ließ sich nicht drehen.

Wieder falsch.

Nash zog ihn wieder heraus, und Metall schrammte über Metall.

»Warum hast du überhaupt so viele Schlüssel?«

Nash zuckte mit den Schultern. »Ich ziehe um, behalte den alten Schlüssel, kriege einen neuen ... Wenn man das oft genug macht, hat man am Ende eine ganze Sammlung.«

»Die meisten anderen Leute werfen ihre alten Schlüssel

weg oder geben sie zurück, sobald sie umziehen. Die kannst du doch nicht behalten!«

»Bist du jetzt nebenberuflich bei der Schlüsselkontrolle? Woher nimmst du die Zeit dafür, verdammt?«

Nash probierte einen anderen aus, diesmal einen silberfarbenen mit achteckigem Kopf. Auch der passte nicht.

»Ich sage doch nur, man sollte maximal drei Schlüssel besitzen: einen fürs Auto, einen für die Wohnung und dann den für unsere Einsatzzentrale im Hauptquartier. Das war's. Es gibt keinen Grund, mehr Schlüssel zu haben.«

Noch ein goldfarbener, mit rundem Kopf diesmal. Der glitt problemlos ins Schloss. Und er ließ sich herumdrehen.

Nash schob die Tür auf. »Wenn ich meine alten Schlüssel nicht behalten hätte, würde ich das hier niemals tun können.«

»Sam? Bist du zu Hause?« Clair war sich nicht sicher, warum sie so laut rief, trotzdem tat sie es. Sie hatten drei Mal geklopft, aber niemand hatte aufgemacht.

In der Wohnung brannte nirgends Licht.

Nash tastete an der Wand entlang und fand den Schalter fürs Wohnzimmer.

Sie sahen beide zuerst den umgekippten Sessel.

»Heilige Scheiße«, sagte Nash.

Clair zog ihre Waffe, arbeitete sich von Zimmer zu Zimmer vor und machte dabei überall Licht.

Nash blieb unterdessen im Wohnzimmer. Langsam und in einem weiten Bogen ging er auf den Sessel zu. »Clair, er ist weg. Und das hier war kein Einbruch.«

Als Clair aus dem Schlafzimmer kam, hatte sie das gleißende Badezimmerlicht im Rücken. Sie schob die Waffe zurück ins Schulterholster. Ihr Blick blieb an dem iPhone auf dem Couchtisch hängen. Sie nahm es in die Hand und drückte den Home-Button. Nichts passierte. »Das ist Sams Handy. Er hat es ausgeschaltet.«

Doch Nash hörte ihr gar nicht zu. Er kauerte neben dem La-Z-Boy-Sessel und fuhr mit dem Finger über den losen Stoff und die Klettverschlüsse auf der Unterseite.

»Was machst du da?« Clair ging neben ihm in die Hocke.

Nash setzte sich auf und lehnte sich gegen das Sofa. »Da gibt's etwas, was ich dir erzählen muss, und wahrscheinlich wirst du stinksauer sein...«

»Was?«

»Das Tagebuch.«

»Was ist mit dem Tagebuch?«

Nash holte tief Luft und atmete bedächtig aus. »Sam hat es nie abgegeben. Er hat es behalten.« Er hob die Hand, noch ehe sie etwas erwidern konnte. »Er wollte es einreichen, er hatte es fest vor. Nur eben nicht sofort. Er wollte warten, bis Bishop festgesetzt und hinter Gittern wäre. Er hatte das Gefühl, wenn er das Buch zu den Asservaten packte, würde es ruck, zuck der Presse zugespielt, die würde den Text ausschlachten, um Bishop künstlich zu Überlebensgröße aufzublasen. Er war überzeugt davon, dass Bishop das Buch überhaupt nur deshalb hinterlassen hatte. Und er glaubte, wenn er es nicht abgäbe, wenn er nichts über das Tagebuch öffentlich werden ließe, würde das Bishop einen Strich durch die Rechnung machen, sodass er sich vielleicht zu einem Fehler hinreißen ließe. Porter hält Bishop für einen Hitzkopf. Er dachte, wenn er ihn provozieren könnte, würde Bishop vielleicht einen Fehler machen – irgendwas, das uns auf seine Fährte führen könnte.«

»Und du hast das gewusst? Hast ihn gedeckt?«

Nash nickte langsam. »Ich hab ihm gesagt, er kriegt eine Woche. Aus der Woche ist dann ein Monat geworden... und letztendlich vier Monate. Das war so viel Zeit, dass es immer weniger wichtig zu sein schien.«

»Ich habe das Tagebuch in meinem Bericht erwähnt. Es ist also dokumentiert«, sagte Clair.

»Ich auch. Ich hab rein gar nichts verschwiegen, Sam wusste das. Aber er meinte, das sei egal. Wenn jemand fragen würde, könnte er immer noch sagen, er hätte das Tagebuch vor Urzeiten eingereicht, und es dann den Asservatenleuten oder der Datenbank anlasten. Immerhin verschwinden doch ständig Beweismittel. Du kennst Sam – er hätte sich spontan irgendwas ausgedacht.«

Clair nickte in Richtung des Sessels. »Und da hatte er es versteckt?«

»Ja.«

Clair griff in das Innenleben des Sessels und tastete kurz herum. »Gutes Versteck.« Sie zog die Hand zurück und lehnte sich mit einem resignierten Seufzer neben Nash an die Couch. »Und wo steckt er jetzt?«

Nashs Blick fiel auf Sams Handy, das Clair immer noch in der Hand hielt. »Wenn ich raten müsste? Er ist in dem Tagebuch über etwas gestolpert und geht der Spur gerade nach.«

»Aber warum lässt er sein Handy hier? Warum gibt er uns nicht Bescheid?«

»Sam will uns da nicht mit hineinziehen. Zur Sicherheit.«

»Er ist beurlaubt. Der Befehl lautet, er soll sich fernhalten. Selbst wenn er Bishop am Kragen zur Metro schleifen würde – sie haben ihm die Marke abgenommen. Er ist raus aus der Nummer.«

»Ich glaube, das ist ihm inzwischen egal. Und zwar seit Heather ... Ihr Tod hat ihn verändert. Und dann in diesem Hochhaus Bishop ziehen lassen zu müssen ... Das ist nicht spurlos an ihm vorübergegangen. Ich glaube wirklich, er wird alles tun, um ihn dingfest zu machen, und danach ist er ohnehin raus. Er hat das Gefühl, dass Bishop nur seinetwegen noch auf freiem Fuß ist – weil er einen Fehler gemacht hat –, und er will derjenige sein, der diesen Fehler wiedergutmacht, um all dem ein Ende zu setzen.«

»Das ist gefährlich.«

»Das ist ihm egal.«

»Er sollte das nicht allein machen.«

»Aber genau das will er«, entgegnete Nash.

Clair schlang die Arme um die Knie. »Dieser Junge im Pick-up, Nash ... Das war fürchterlich. Wenn das wirklich Bishop war, dann ist er noch schlimmer geworden.«

»Er hat uns immer schon irgendwas mitteilen wollen. Und nach diesem Etwas müssen wir suchen. Nach seiner Message. Die bringt uns zu Larissa und schließlich zu ihm selbst.« Er sprach jetzt leise, fast monoton. »Clair-Bär, wir müssen mit dem FBI reden – auch über das Tagebuch. Wir können es nicht mehr für uns behalten.«

»Ich weiß.« Sie musste gähnen, versuchte noch, es zu unterdrücken, und hielt sich die Hand vor den Mund. Stillzusitzen – das war jetzt tödlich. Wenn sie nicht bald wieder in die Gänge kämen, würde sie auf der Stelle einschlafen. »Sobald wir dort sind.«

Auch Nash neben ihr gähnte.

»Wir ruhen uns jetzt fünf Minuten aus, und dann fahren wir zurück zur Metro.«

Doch Nash war bereits eingeschlafen und schnarchte leise vor sich hin.

83

Porter

Porter spürte das Gewicht von Bishops Messer in seiner Tasche.

Das hier lief nicht sonderlich gut. Das hier lief alles andere als gut. Ich schob die Hand in die Hosentasche, um nach dem vertrauten Griff meines Messers zu tasten, aber es war nicht da. Wenn ich es gehabt hätte, hätte ich dem Mann die Kehle aufschlitzen können. Ich hätte ihm quer durch sein Mehrfachkinn schneiden können, sodass das Blut wie aus einem Wasserhahn gespritzt wäre. Ich war schnell. Ich wusste, dass ich schnell war. Aber war ich auch schnell genug? Ich würde diesen fetten Kerl doch töten können, noch bevor er überhaupt reagierte, oder nicht? Vater hätte gewollt, dass ich ihn umbrächte. Mutter ebenfalls. Alle beide. Ich wusste, dass sie es beide gewollt hätten.

Und wieder war ihm Bishops Erzählung aus dem Tagebuch in den Sinn gekommen.

Nachdem sie alles fotografiert hatten, standen sie vor dem Trailer der Carters und verpackten das Medaillon und den Schlüssel in einen Ziplock-Beutel. Die Kleidungsstücke waren wieder im Rucksack gelandet, den sie auf dem Boden im Schlafzimmer hatten liegen lassen – genau wie die gelockerten Bodendielen und die Matratze an der Wand.

Über ihnen kam der Mond heraus und schob seinen dunklen Vorhang beiseite, um einen Blick auf die Erde zu erhaschen. Die Luft war merklich abgekühlt, allerdings nicht annähernd wie in Chicago; trotzdem war da eine unangenehm feuchte Kälte, die Porter bis in die Knochen kroch.

Sarah wollte in die Stadt zurückfahren, sich ein Hotel nehmen und sich ausruhen. Sie musste es gar nicht erst wiederholen, er konnte es ihr am Gesicht ablesen. Sie war hundemüde. Sie hatte für diesen Tag definitiv genug erlebt.

Porter drehte sich von ihr weg und starrte zurück zum Waldrand hinter den beiden Häusern und zu einem schmalen Trampelpfad, der in den Wald hineinführte.

Er verspürte ein Flattern in der Magengrube, und seine Haut prickelte.

Sarahs Taschenlampenlicht wanderte vom Boden zu Porters Füßen über das Grundstück zu dem Pfad, auf den auch Porter seine Lampe gerichtet hatte. »Hier wohnt seit Jahren niemand mehr. Warum ist dieser Pfad noch da? Hätte der nicht auch längst überwuchert sein müssen?«

»Vielleicht Tiere ... oder die Kids, die hier im Trailer Partys feiern.«

Oder etwas anderes. Etwas Schlimmeres.

Das Messer fühlte sich warm an. Er hatte gar nicht bemerkt, dass er die Hand wieder in die Tasche geschoben hatte. Seine Finger strichen über den Griff.

»Du kannst hierbleiben«, bot er ihr an, doch Sarah schüttelte bereits den Kopf.

»Du gehst da nicht allein hin.«

Mit diesen Worten marschierten sie beide auf den Pfad zu, stiegen über einen umgekippten schmalen Baumstamm und folgten dem Trampelpfad. Das Licht ihrer Taschenlampen kämpfte gegen die Schwärze an.

84

Poole

»Ich habe diese Kiste bestimmt schon ein Dutzend Mal durchgesehen – diese Buchungsunterlagen der Geisteskranken und Perversen.«

Poole sah von den Tabellen auf. In der Tür stand eine Frau mit einer rosafarbenen Mütze und einem lila Schal über einer dicken Winterjacke. Den Reißverschluss hatte sie aufgezogen. Irgendwo hatte er sie schon einmal gesehen.

»Darf ich reinkommen?«, fragte sie.

Er lehnte sich auf seinem Stuhl zurück und nickte, dann rieb er sich über die Schläfen. Die Schmerzen, die von seinem Hinterkopf ausstrahlten, hatten sich bis in die Stirn ausgebreitet. »Wie kann ich Ihnen helfen?«

Sie trat auf ihn zu und streckte die Hand aus. »Wir sind uns nie offiziell vorgestellt worden. Detective Clair Norton. Ich war mit den Detectives Porter und Nash in der 4MK-Taskforce, bevor Sie und Ihr Team gekommen sind und uns den Fall weggenommen haben.«

Poole gab ihr die Hand. »Special Agent Frank Poole.«

»Ich weiß. Meine Berufsbezeichnung haben Sie wohl überhört.«

Auf so etwas konnte er gerade wirklich verzichten. »Was kann ich für Sie tun, Detective?«

»Ich bräuchte Sie mal bei uns drüben.«

»In Ihrer Einsatzzentrale? Porter hat ausdrücklich gesagt, dass ich dort nichts verloren hab. Er und dieser andere Typ haben das bei meinem letzten Besuch ziemlich deutlich gemacht.«

»Dank Ihnen und Ihrer Kumpels hat Sam eine kleine Auszeit bekommen. Während er weg ist, bin ich der Boss«, entgegnete sie.

»Und was hab ich dort zu erwarten?«

»Irgendwer will Ihr Ketchup zu unserer Mayo auf seinen Pommes.«

Poole folgte Detective Clair Norton über den Flur zu ihrer Einsatzzentrale. Als er eintrat, war die Anspannung im Raum förmlich zu greifen. Müde Augen starrten ihn an. Nash war der Einzige, den er wiedererkannte. Er nickte ihm zu und zog einen Stuhl unter dem Besprechungstisch hervor.

»Frank«, murmelte Nash und hob leicht die Hand zum Gruß.

Clair stellte ihm die anderen beiden am Tisch vor. »Das ist Sophie Rodriguez von Missing Children, und der Lumpensack dort in der Ecke ist Edwin Klozowski. Er leitet unsere IT.«

»Sie dürfen Kloz zu mir sagen.« Klozowski stand auf und beugte sich über den Tisch, um ihm die Hand zu geben.

»Hier wird sich nicht eingeschleimt«, fauchte Clair.

Klozowski zog die Hand zurück und setzte sich wieder. »Aha.«

»Was ist mit Ihrem Kopf passiert?«, fragte Nash. »Sie sind verletzt.«

Nach dem Vorgeplänkel setzte Poole sie über die zwei Häuser an der Einundvierzigsten, über Diener und Bishop ins Bild.

Nash und Clair wechselten einen Blick. Clair war die Erste, die wieder das Wort ergriff. »Mein Beileid.«

Poole nickte knapp.

»Und die lassen Sie an dem Fall weiterarbeiten?«, wollte Nash wissen.

Poole zuckte mit den Schultern. »Es hat mich niemand von dem Fall abgezogen. Zumindest noch nicht. Unser Büro in Chicago ist außerdem gnadenlos unterbesetzt, die meisten gehen derzeit einer Terrorwarnung nach, die wir reingekriegt haben. Womöglich kommt Verstärkung, aber fürs Erste bin ich wohl der Einzige, der zur Verfügung steht, zumal mit einem Background in Verhaltensanalyse. Niemand kennt diesen Fall besser als ich.« Er sah von einem zum anderen. »Abgesehen von Ihnen, nehme ich an.«

»Und Sam«, fügte Klozowski leise hinzu. »Er kennt den Fall besser als wir alle zusammen.«

»Ich habe mehrmals versucht, ihn zu erreichen«, sagte Poole. »Es geht immer nur die Mailbox dran.«

Wieder wechselten Nash und Clair einen Blick. »Nash und ich waren gerade in seiner Wohnung. Sein Handy lag auf dem Couchtisch im Wohnzimmer – ausgeschaltet –, und sein Lieblingssessel lag umgekippt daneben.«

»Sie glauben, Bishop hat ihn sich geholt?«

»Nein. Wir glauben, dass er aus freien Stücken verschwunden ist. Sein Koffer ist weg, und wir nehmen an, er ist irgendwo hingefahren«, erwiderte Clair.

»Und zwar irgendwohin, wo wir ihn nicht aufstöbern können«, ergänzte Nash.

»Wo sollte das sein?«

Darauf wusste keiner eine Antwort.

»Könnte er mit Bishop zusammenarbeiten? Ihm irgendwie helfen?«

»Niemals«, sagte Nash.

Clair verschränkte die Arme. »Im Leben nicht.«

Poole musterte ihre Gesichter. »Was wissen Sie über Bishops Tagebuch?«

Wieder wurde es still im Raum. Sie wechselten Blicke, sagten aber nichts.

Poole atmete hörbar aus, stand auf und wandte sich zur Tür. »Für so etwas habe ich keine Zeit.«

Nash legte beide Hände flach auf den Tisch und sah erst Clair, dann Poole an. »Warten Sie, Frank. Setzen Sie sich wieder, bitte.«

Poole ließ sich langsam auf seinen Stuhl zurücksinken. »Sie wissen, wo es ist, stimmt's?«

Clair starrte Nash an, der schließlich antwortete: »Sam hat es zurückgehalten ...«

»Vor wem? Vor den Kollegen im Asservatenraum?«

»Vor der Presse. Wenn er es abgegeben hätte, hätte er es genauso gut gleich an eine Zeitung schicken können. Es wäre geleakt. So was sickert immer durch.«

»Er hat Beweismittel unterschlagen? Und Sie haben ihm das durchgehen lassen?«

»Sam hat das Buch bei sich verwahrt. Ich wusste, dass er es hatte – nur Sam und ich wussten es, sonst niemand.« Nash starrte auf seine Handflächen hinab.

»Und wo ist das Tagebuch jetzt?«

»Sam hatte es unter dem La-Z-Boy in seinem Wohnzimmer versteckt – das ist der umgekippte Sessel, den wir bei ihm entdeckt haben.«

»Dann hat Sam es bei sich? Wo immer er steckt?«

»Ja.«

»Und niemand hat eine Kopie?«

»Wir wollten damals nicht, dass es kopiert wird.«

Poole brauchte einen Moment, um das zu verdauen, und wandte sich dann an Clair. »Haben Sie mich deshalb hier rüberzitiert? Um mir reinen Wein einzuschenken?«

Klozowski schnaubte leise in sich hinein. »Grundgütiger, fehlen nur noch die Blumen und Pralinen.«

»Was soll das denn heißen?«

»Da ist noch etwas«, sagte Clair. Sie zog ein fast DIN-A4-großes Foto aus einem Umschlag, der auf dem Tisch gelegen hatte, und schob es auf Poole zu.

Er nahm das Foto in die Hand. Ein Teenager, der in der Fahrerkabine eines Pick-ups unter mehreren Schichten Eis eingefroren war.

Clair stand auf, nahm ein weiteres Foto vom Whiteboard an der Stirnseite des Raums und legte auch dieses vor Poole auf den Tisch. Es war das vergrößerte Überwachungskamerabild einer Windschutzscheibe.

»Das ist Bishop«, stellte Poole tonlos fest.

»Und es ist ein und derselbe Pick-up«, erklärte Clair. »Er wurde vor drei Wochen überdies von einer Überwachungskamera im Jackson Park erfasst. Der Täter hat ihn benutzt, um einen Wassertank in den Park zu transportieren. Mithilfe des Wassers aus diesem Tank hat er Ella Reynolds' Leiche im überfrorenen Haff verschwinden lassen. Der Tank wurde aus einem Aquaristikladen namens Tanks A Lot in der Innenstadt gestohlen – und in diesem Laden hatte ausgerechnet Libby McInley, die Schwester von Bishops fünftem Opfer, sich für einen Aushilfsjob beworben. Sie hat dort für exakt einen Tag gearbeitet. Ich nehme an, sie musste gerade so lange bleiben, bis sie den Laden für Bishop ausgespäht hatte. Irgendwie arbeiten die beiden zusammen. Oder *haben* zusammengearbeitet.«

Poole starrte beide Fotos an. »Seit wann wissen Sie das?«

»Hat sich erst in den letzten paar Stunden ergeben«, antwortete Clair.

»Haben Sie den Jungen schon identifiziert?«

»Nein, noch nicht, aber die Leiche liegt im Institut. Dort arbeiten sie daran.«

»Sie wissen, was mit Libby McInley passiert ist? In welchem Zustand wir sie gefunden haben?«, hakte Poole nach.

»Wir haben den Bericht gesehen.«

»Sie haben den Bericht gesehen«, murmelte Poole. Er war immer noch nicht imstande, die Augen zu schließen, ohne sofort Libby McInley vor sich zu sehen. Und jetzt auch noch Agent Diener ... und Bishop, wie der ihm die Tür aufgemacht hatte.

Sie sind nicht Sam Porter.

Das Lächeln in seinem Gesicht.

Poole sah hinüber zu den Whiteboards an der Wand, zu den Fotos der Mädchen. Dann wandte er sich wieder den anderen am Besprechungstisch zu, die ihn erwartungsvoll ansahen. »Porter hat behauptet, diese Fälle hätten nichts mit Bishop zu tun.«

»Sam hat sich geirrt.«

»Beweismaterial zurückzuhalten ... Dieses Tagebuch zurückzuhalten – in einem Fall, der inzwischen bundesbehördlich bearbeitet wird –, könnte Sie alle nicht bloß Ihre Dienstmarke kosten. Der eine oder andere von Ihnen könnte dafür in den Knast wandern. Das Tagebuch könnte der Schlüssel sein, und es liegt uns nicht vor. Wir haben keine Ahnung, wo es sich befindet.«

»Die anderen hatten damit nichts zu tun, das waren bloß Sam und ich«, wiederholte Nash.

Wieder herrschte für einen Moment Stille, doch die nervöse Energie im Raum knisterte regelrecht.

Clairs und Nashs Blicke kreuzten sich, und unwillkürlich sahen beide weg. Sophie starrte das kleine Display ihres Handys an, um die anderen nicht ansehen zu müssen.

Nach einer endlosen Minute stand Poole auf. »Warten Sie hier.«

Er marschierte hinaus.

In seinem Rücken murmelte Klozowski: »Wir sind am Arsch.«

Einen Moment später war Poole wieder da. Er hatte eins der Whiteboards aus dem FBI-Zimmer über den Gang geschleppt. Er schob es an den anderen vorbei zur Stirnseite des Raums und verschwand erneut über den Flur.

»Sie schwärzen uns nicht bei der Internen an?«, rief Klozowski ihm nach.

»Im Moment bearbeiten wir diesen Fall.«

Clair ließ die Luft entweichen, die sie die ganze Zeit über angehalten hatte.

85
Kati

Der Mann mit der schwarzen Strickmütze saß ihr an dem kleinen Küchentisch gegenüber. Seine dunklen Augen waren blutunterlaufen und rot gerändert, das linke schlimmer als das rechte. Er schien mit dem linken besser zu sehen; immer wenn er sie ansah, drehte er leicht den Kopf, als wollte er sie mit links ins Visier nehmen, während das rechte Auge irgendwie in die Ferne gerichtet zu sein schien, auf irgendwas hinter ihr.

Katis Hände und Füße waren mit Kabelbindern an den Metallstuhl gefesselt.

Und zwar fest.

Viel zu fest.

Sie beugte und streckte die Finger, um die Blutzirkulation in Gang zu halten.

Sie versuchte, den Blick auf ihn gerichtet zu halten, wie man es bei einer zivilisierten Unterhaltung erwarten würde. Sie versuchte, nicht auf die Wunde an seinem Schädel zu starren, an der geronnenes Blut klebte. Sie versuchte, nicht auf die schwarze Strickmütze zu starren, die das widerlich rote Fleisch nicht ganz verdeckte. Sie versuchte auch, nicht auf die dunklen Kakaoflecken auf dem Tisch und am Boden hinabzublicken, die inzwischen eingetrocknet und verkrustet waren. Am allermeisten versuchte sie, über das Blut am

Boden hinwegzusehen, den riesigen Fleck, wo Wesley aufgeschlagen war, diese runde Pfütze, die erst in breiten Strömen, dann in verzweigten Rinnsalen über den Boden gelaufen und dann vor der Wand verebbt war.

Sie konnte sich das nicht ansehen.

Sie würde sich das nicht ansehen.

Der Mann hielt eine Pillendose in der rechten Hand und hatte die Finger so fest darumgelegt, dass seine Knöchel schon weiß waren.

Kati hätte gern einen Blick auf das Etikett erhascht, aber seine Hand verdeckte es größtenteils. Er zitterte leicht. Bevor er die Tablette geschluckt hatte, war das Zittern noch schlimmer gewesen.

»Erzähl es mir noch mal«, sagte er und beugte sich näher an sie heran, sodass sie seinen Atem riechen konnte. Sie wollte seinen Atem nicht riechen. Außerdem wusste sie, dass ihre einzige Chance auf ein Entkommen darin bestand, sein Vertrauen zu gewinnen. Sie musste ihm einen Grund liefern, warum er sie brauchte – irgendetwas, das ihm das Mädchen im Keller nicht hatte geben können oder wollen. Irgendetwas, das seine Opfer ihm bislang verweigert hatten.

»Könnten Sie bitte meine Hände und Füße losmachen? Ich schwöre, ich fliehe auch nicht. Es tut einfach weh. Ich kann mich nicht konzentrieren, und die Schmerzen machen es nicht gerade besser.« Sie rüttelte mit den Händen an der Stuhllehne, um ihm zu zeigen, was sie meinte, überlegte es sich dann aber anders. Sie durfte jetzt nicht Stärke zeigen oder Trotz, bloß Schwäche, bloß Unterwerfung.

»Schmerzen schärfen den Verstand. Wenn du den Schmerz richtig einsetzt, kann er dir helfen, dich zu konzentrieren, dann schränkt er dich nicht ein.«

Er redete deutlicher, seit er die Tablette genommen hatte. Sogar das Lispeln war fast verschwunden. Allerdings schwitzte er jetzt. Über seinen Brauen und im Nacken lag ein feuchter Film.

»Ich will, dass Wesley es auch sieht«, sagte Kati. »Können Sie es Wesley auch zeigen? Damit wir beide es Ihnen erzählen können? Ich glaube, es wäre hilfreich zu wissen, ob wir beide das Gleiche sehen, finden Sie nicht?«

Er sah für einen Moment weg, blickte zu Boden, starrte die Stelle an, die sie nicht sehen wollte, und dann mit zusammengepressten Lippen wieder zu ihr hoch. »Wir reden jetzt nicht über Wesley. Ich will nicht mehr über ihn reden. Ich will, dass du es mir noch einmal erzählst.«

Kati zerrte erneut an ihren Handfesseln, diesmal lautlos. Die linke saß einen Hauch lockerer als die rechte, allerdings nicht locker genug, als dass sie sich hätte herauswinden können – zumindest glaubte sie das. Sicher war sie sich nicht. »Ich weiß ehrlich nicht, ob ich es in Worte fassen kann. Ich hab etwas Wunderschönes, Magisches gesehen. Als würde ich inmitten von Musik stehen … oder die Gefühle eines Künstlers schmecken, während er das Wesen seines Sujets erfasst … Ich hab dafür keine Worte, das kann man nicht beschreiben.«

»Du hast gesagt, dass du das Gesicht Gottes gesehen hast.«

Da war das Lispeln wieder, ganz leicht, bei nahezu jedem einzelnen Wort.

»Ich … Ich glaube, dass es Gott war. Ich glaube, er hat mich komplett umhüllt. Irgendwas Großes hat mich umhüllt. Sind Sie schon mal eingenickt und hatten das Gefühl, erst für den Bruchteil einer Sekunde zu fallen und dann in eine fließende, perfekte Schwerelosigkeit hinüberzugleiten, ohne jeden Schmerz, ohne jeden Druck auf Ihrem Körper? Da war auch kein spezielles Geräusch, trotzdem hab ich etwas Wunderschönes, Beruhigendes hören können, so wie Nichts und Alles auf einmal, fast als wäre ich in ein und demselben Moment an zwei unterschiedlichen Orten.«

»Konntest du dich selbst sehen?«

Kati dachte kurz darüber nach und schüttelte dann den Kopf. Ein Finger der linken Hand war drauf und dran, aus dem Kabelbinder zu schlüpfen. »Nein, konnte ich nicht. Ich glaube, das ist nur im Film oder im Fernsehen so, aber ... Ich habe mich frei gefühlt, wie losgelöst von meinem Körper, losgelöst von allen körperlichen Beschränkungen.«

Ihr Finger war fast draußen, schnalzte dann aber zurück. Falls er das Geräusch des Plastiks auf der Stuhllehne gehört hatte, reagierte er nicht darauf. Stattdessen klopfte er mit dem Finger gegen die Pillendose.

Sein Vertrauen gewinnen, redete Kati sich ein. Ruhig bleiben. Wenn sie ruhig bliebe, würde auch er ruhig bleiben. Erzähl ihm, was er hören will.

Sie musste an das Mädchen im Keller denken, das Mädchen, das dort im Keller wahrscheinlich starb, nachdem es Glas geschluckt hatte, statt zuzulassen, dass dieses Ungeheuer es verletzte. Sie hatte lieber nach ihren Regeln sterben wollen, als zuzulassen, dass dieser Kerl sie anfasste. Kati bewunderte ihren Mut, doch sie selbst wollte nicht sterben. Sie wollte hier raus.

Über der Spüle befand sich ein Fenster. Dahinter war es dunkel geworden, trotzdem konnte sie nur ein paar Meter weiter den vagen Umriss des Nachbarhauses sehen. In einem der Fenster dort brannte Licht, und sie meinte, hinter weißen Vorhängen eine Bewegung wahrzunehmen.

Kati befeuchtete sich die trockenen, rissigen Lippen. »Kann ich ein Glas Wasser haben?«

Der Mann starrte sie unverwandt an, und erst war sie sich nicht sicher, ob er sie überhaupt gehört hatte. Sie wollte gerade erneut fragen, als er aufstand und an die Spüle trat, ein weißliches Glas vom Trockenständer auf der Anrichte nahm und es am Wasserhahn füllte. Als er an den Tisch zurückkehrte, schwammen Partikel im Wasser, irgendwelche Reste, die in dem schmutzigen, ungespülten Glas geklebt hatten.

Der Mann mit der schwarzen Strickmütze stellte sich neben sie und hielt ihr das Glas an die Lippen. Kati nahm einen Schluck. Sie trank, versuchte, nicht darüber nachzudenken, was sie in dem Glas gesehen hatte. Gefällig, bereitwillig, unbeschwert. Diese Worte schossen ihr durch den Kopf – genau so musste sie auf ihn wirken, wenn sie überleben wollte. Das Wasser schmeckte leicht säuerlich. Sie lächelte ihn an, als er es ihr wieder wegnahm. Sie würde ihm nicht zeigen, wie unwohl sie sich fühlte.

Seine Hand zitterte, als er das Glas auf dem Tisch abstellte und zu seinem Stuhl zurückkehrte. Sie war sich nicht sicher, ob es ein Nervenflattern war oder was genau mit ihm los war, sie wusste nur, dass er weder Angst hatte noch geschwächt wirkte. Sie würde nicht den Fehler begehen und ihn unterschätzen.

»Als Sie mich in den Tank gehoben haben«, fuhr sie fort, »waren meine Augen verbunden. Ich war im Dunkeln zu mir gekommen und wusste nicht, wo ich war. Dann lag ich auf einmal im Wasser, es war lauwarm ... und dann bin ich gefallen ... dann Stille – und dann ...« Statt den Satz zu Ende zu sprechen, sah sie ihm ins Gesicht. »Dann war alles nur noch perfekt, ich war perfekt, ich hatte keine Angst mehr, keine Wünsche, keine Bedürfnisse. Es war einfach nur friedlich. Ruhig. Perfekt.«

Der Mann hatte sie nicht aus den Augen gelassen. Seine Lippen waren leicht geöffnet – gerade so weit, dass sich im linken Mundwinkel ein Spucketropfen gebildet hatte. Er machte sich nicht die Mühe, ihn wegzuwischen. Der Zeigefinger, der über dem Pillendöschen lag, zuckte kurz und tippte auf das Plastik. Zeigefinger und Daumen der anderen Hand rieb der Mann kreisförmig übereinander. »Warum sollte ich dir das glauben?«, fragte er nach einer Weile.

»Weil ich keinen Grund habe, Sie anzulügen.«

»Nicht?«

»Ich war tot. Das Mädchen da unten hat mir erzählt, dass ich tot war. Sie haben mich wiederbelebt, Sie haben mich gerettet.«

»Dein Herz hatte aufgehört zu schlagen. Du warst gut drei Minuten lang tot. Ich habe dich zurückgeholt, aber vielleicht war es nicht lang genug. Vielleicht hast du gar nichts gesehen. Du erzählst mir nur, was du glaubst, was ich hören will.«

»Das würde ich nie tun.«

»Ich glaube, wir müssen es noch mal versuchen. Diesmal länger, fünf Minuten, sechs vielleicht. Das Gehirn stirbt nach fünf… besser, es dauert länger«, sagte er, das Zucken der Finger um die Pillendose wurde wieder schlimmer, und er redete jetzt deutlich schneller und dringlicher. »Weniger als fünf Minuten reichen womöglich nicht.«

Kati zerrte an den Fesseln, zog links mit aller Kraft den Arm nach hinten, kam aber trotzdem nicht frei. »Wer ist… Maybelle?«

Er schnappte regelrecht nach Luft und ließ sich gegen die Stuhllehne fallen.

»Maybelle Markel? Ja, Markel hieß das…«

»Woher kennst du den Namen?«

»Den hab ich irgendwie wahrgenommen, als ich dort war, an diesem Ort. Ich… hab ihn gehört. Als hätte ihn mir jemand zugeflüstert oder vielleicht aus der Ferne zugerufen, ich bin mir nicht mehr ganz sicher. Wer ist das?«

Er brauchte eine zweite Tablette. Kämpfte kurz mit dem Verschluss der Dose, bekam ihn auf, schluckte trocken.

»Sie haben erwähnt, dass Sie eine Tochter haben. Sie meinten, ich habe ihre Klamotten an. Heißt sie so? Heißt Ihre Tochter Maybelle Markel?«

»Das muss ich dir erzählt haben.«

»Haben Sie nicht.«

Er sah sie verwirrt an, während er in seinem Gedächtnis stöberte und versuchte, sich zu erinnern, ob er je ihren Namen erwähnt hatte. Mit der zweiten Tablette wurde sein Blick wieder klarer.

Kati zog erneut die linke Hand nach hinten, diesmal mit aller Kraft, kam auch fast frei, doch dann rutschte ihre Hand wieder ab. Womöglich hatte ihr diesmal der Kabelbinder die Haut aufgerissen. Nicht nur tat ihr das Handgelenk weh, sie spürte auch eine merkwürdige Wärme – und Nässe. Sie fragte sich kurz, ob sie mit dem Blut leichter aus der Fessel gleiten würde. »Ich glaube, Maybelle will, dass Sie wissen, dass es ihr gut geht. Dass sie ihren Frieden gefunden hat.«

»Hat sie das gesagt? Hat sie dir das wirklich gesagt?« Er klang fast verängstigt, ganz anders als zuvor. »Bist du dir sicher?«

Wieder das Lispeln bei *sicher.*

Kati nickte. »Ja, ich glaube schon.«

Er blinzelte heftig, sah sie erneut aus blutunterlaufenen Augen an, blickte in sie hinein, durch sie hindurch. Dann sprang er so jäh und abrupt auf, dass er gegen den Tisch stieß, ihn zur Seite riss, das Glas quer durch die Küche flog und zerschellte. Die Tischkante hatte Kati mit voller Wucht in die Rippen gerammt, und sie war mitsamt ihrem Stuhl nach hinten gekippt. Der Stuhl hatte noch für einen Moment an den Schränken in ihrem Rücken gelehnt und war dann zur Seite gekippt, sodass Kati ungebremst auf Schulter und Arm gekracht war.

»Du lügst!«, kreischte er rasend vor Zorn und Erregung.

Und auch Kati kreischte. Sie hatte bereits geschrien, als sie umgekippt war. Dann war sie wieder still, starrte die Stelle an, wo Wesley gelegen hatte – nur Zentimeter von ihrem Gesicht entfernt. Sie spürte das klebrige Blut in ihren

Haaren, und sie konnte den kleinen, helleren Fleck in der Mitte der Blutlache sehen, wo sein Kopf gelegen hatte.

Aus dem Augenwinkel – aus ihrer Lage heraus kaum zu sehen – konnte sie die Zeichnung ausmachen, die ihr schon aufgefallen war, als der Mann Wesley und sie in die Küche geführt hatte. Die Zeichnung hing unter einem Domino's-Pizza-Magneten am Kühlschrank – das Bild eines Hauses; ein Hund, ein Vater und eine Tochter, die vor der Haustür standen, kaum mehr als Strichmännchen, die einander bei den Händen hielten. In der unteren rechten Ecke stand in dicken, klobigen lila Buchstaben: *Maybelle Markel.*

Im nächsten Moment betrat jemand die Küche. Die Haustür war auf- und wieder zugegangen. Zielsichere Schritte entlang des Flurs. »Was hast du gemacht?«

»Sie hat gelogen. Sie hat nichts gesehen. Keine von ihnen. Nicht eine Einzige.«

»Bald werden sie alle sehen.«

86

Poole

Special Agent Frank Poole, die Detectives Clair Norton und Brian Nash, Sophie Rodriguez von Missing Children und Edwin Klozowski aus der IT saßen am Besprechungstisch in der Einsatzzentrale und starrten die Whiteboards an, die vor ihnen aufgereiht waren.

Hinter ihnen piepte die Kaffeemaschine. Niemand reagierte.

»Das ist einfach zu viel«, kam es von Klozowski – der Erste, der nach fast fünf Minuten etwas sagte.

Es *war* zu viel, dachte Poole. Sechzehn Jahre beim FBI, vier in der Verhaltensanalyse-Einheit im Ausbildungszentrum in Quantico, dann Chicago. In all diesen Jahren hatte er bei keiner einzigen Ermittlung, nicht bei einem der Fälle, die er bearbeitet hatte, auch nur annähernd etwas Ähnliches erlebt. Das hier hatte weder Hand noch Fuß, hier gab es nirgends ein Muster. Serientäter gingen immer nach einem Muster vor, nach ihrer ganz spezifischen Handschrift. Diese Handschrift mochte sich verändern, je länger der Täter sein Unwesen trieb, je wohler er sich in seiner Haut fühlte, aber willkürlich waren derlei Taten nie. Es lag immer ein Schlachtplan zugrunde.

Warum konnte er den hier nicht sehen?

»Zu viel Nebengeräusch«, murmelte er.

Stirnrunzelnd drehte sich Nash zu ihm um. »Was meinen Sie?«

»Wir müssen die Nebengeräusche ausblenden.«

Poole stand auf und marschierte mit starr auf die Whiteboards gerichtetem Blick nach vorn.

»Ich glaube, wir können nicht folgen«, sagte Klozowski.

Poole blieb einen Moment lang stehen, überflog jede Zeile, las jedes Wort, nahm jeden Buchstaben und jedes Zeichen zur Kenntnis, jeden Schmierer, den der Schwamm hinterlassen hatte, und prägte sich alles ein. Dann drehte er das erste Whiteboard in der Reihe um, sodass nur mehr die saubere weiße Rückseite zu sehen war. Dann drehte er auch das zweite um, das dritte, bis alle sechs Whiteboards mit den Notizen zur Wand dastanden und sie nichts mehr vor sich sahen.

Kloz kicherte in sich hinein und lehnte sich in seinem Stuhl zurück. »Jetzt bin ich mir ganz sicher, dass wir nicht mehr folgen können.«

Poole schlüpfte hinter die Whiteboards und nahm sämtliche Fotos herunter, griff sich einen schwarzen Stift aus einem der Ablagefächer und kam wieder nach vorn. »Wir haben in den letzten paar Tagen eine Menge Informationen gesammelt. *Zu viele* Informationen. Wir müssen das Hintergrundrauschen herausfiltern und uns auf das konzentrieren, was wirklich wesentlich ist. Wir müssen uns die relevanten Infos herauspicken und neu zusammensetzen.«

»Viel Spaß beim Puzzeln«, murmelte Kloz.

Nash und Clair warfen ihm beide einen finsteren Blick zu, doch er zuckte bloß mit den Schultern.

Poole nahm das Foto von Anson Bishop und befestigte es in der oberen Mitte. Dann blätterte er durch die übrigen Bilder und befestigte einige davon unter dem Porträt von Bishop:

Ella Reynolds
Lili Davies
Floyd Reynolds
Randal Davies
Libby McInley
Larissa Biel
Darlene Biel
Teenager/Pick-up

»Das hier sind die Leute, die unmittelbar von unserem Fall betroffen waren und sind«, stellte Poole fest. »Also die Opfer oder anvisierten Opfer.«

»Wer ist da noch übrig?«, hakte Clair nach.

Poole hatte die restlichen Bilder immer noch in der Hand. »Die drei Ehepartner – Leeann Reynolds, Grace Davies und Larry Biel – sowie die übrigen Kinder der jeweiligen Familien.« Er legte die Fotos umgedreht auf den Tisch.

Nash trommelte mit den Fingern auf der Tischplatte. »Wenn all das irgendwie Bishop sein soll und sofern er demselben Modus Operandi folgt wie bei seinen früheren Opfern, dann werden die Kinder umgebracht, weil sich die Eltern etwas haben zuschulden kommen lassen. Die Kinder selbst stehen für ihn nicht im Fokus.«

»Aber diesmal hat er doch auch die Eltern umgebracht«, warf Sophie ein.

»Und sehen wir uns doch mal an, was er den Kindern angetan hat«, sagte Clair. »Die Mädchen sind beide in Salzwasser ertrunken. Der Junge ist in einem Pick-up eingefroren worden. Das ist in allen drei Fällen Folter.«

»Und er hat ihnen nicht Augen, Ohr und Zunge rausgeschnitten, auch dahingehend weicht er deutlich ab«, fügte Nash hinzu. »Das alles unterscheidet sich komplett von seiner früheren Vorgehensweise.«

»Bei Libby McInley hat er es gemacht«, rief Poole ihnen

in Erinnerung. »Außerdem hat er ihr Zehen und Finger abgeschnitten. Das hat er zuvor auch nie gemacht.«

»Zusätzliche Schmerzen«, warf Nash ein. »Spricht womöglich für Eskalation.«

»Eine andere Art der Folter ... anders als alles, was er früher gemacht hat«, wiederholte Poole. Dann sammelte er die Kaffeebecher auf dem Tisch ein, trat zur Kaffeemaschine und füllte einen Becher nach dem anderen. »Üblicherweise werden Finger und Zehen abgeschnitten, um an Informationen zu kommen. Das ist eine eklatante Neuerung für ihn – bei allen anderen Opfern hat er Augen, Ohr und Zunge abgeschnitten, als Message für denjenigen, der die Leiche finden würde, um die Ermittlungsbehörden zu verhöhnen und um seine Tat gewissermaßen zu überhöhen. Seine früheren Opfer hat er sich ausgesucht anhand von Informationen, die er bereits hatte – auf der Basis all dessen, was er über Talbots Machenschaften herausgefunden hatte. Er musste die Infos nicht erst aus seinen Opfern herausfoltern. Er hatte sie längst.«

Poole kehrte an den Tisch zurück und verteilte den Kaffee.

Clair griff nach ihrem Becher und nahm einen Schluck. »Dann unterscheidet sich Libby McInley vom ganzen Rest – sie wusste etwas, das er in Erfahrung bringen wollte und wofür er bereit war, sie dieser Folter zu unterziehen.«

Poole trat wieder an das Whiteboard. »Er war bereit, Libby noch mehr anzutun als allen anderen, um an gewisse Informationen zu kommen.« Er nahm Libby McInleys Foto aus der Mitte weg und befestigte es zuoberst auf dem nächsten Whiteboard. »Ihr Tod unterscheidet sich von allen anderen. Nehmen wir sie also fürs Erste ebenfalls beiseite.«

»Was wissen wir über sie? Was macht sie zu so einem besonderen Ziel?«, fragte Nash.

Poole betete die Informationen aus ihrer Akte herunter:

»Im März 2007 wegen eines Unfalls mit Todesfolge verhaftet und im Juli 2007 wegen fahrlässiger Tötung von Franklin Kirby und anschließender Fahrerflucht zu zehn Jahren verurteilt, von denen sie sieben abgesessen hat, bevor sie vor sechs Wochen auf Bewährung rauskam.«

»Wie hieß das Opfer?«, hakte Nash sofort nach.

»Franklin Kirby.« Poole machte einen Schritt auf den Besprechungstisch zu. »Der Name hat Porter etwas gesagt, aber er hat mich nicht daran teilhaben lassen. Wer ist das?«

»Heilige Scheiße«, platzte es aus Kloz heraus, »wie konnte uns das entgehen?«

Clair schüttelte den Kopf. »Er wird in Bishops Tagebuch erwähnt. Kirby hat für Talbot gearbeitet. Dann hat er ihm eine Menge Geld gestohlen und ist am Ende mit Bishops Mutter durchgebrannt, als Bishop noch ein kleiner Junge war. Außerdem hat Kirby Bishops Vater erschossen.«

»Wieder dieses Tagebuch.« Poole runzelte die Stirn. »Ich muss es lesen.«

»Noch mal zum Mitschreiben«, sagte Nash, »wir haben es immerhin gelesen. Kirby erschießt Bishops Vater. Kirby brennt mit Bishops Mutter durch. Libby McInley überfährt ihn versehentlich, und Bishop bringt Barbara McInley um – die Schwester –, quasi als Rache dafür, dass sie Kirby auf dem Gewissen hat. Und später dann Libby selbst, auch wenn die zwei irgendwie zusammenarbeiten. Das ergibt doch überhaupt keinen Sinn? Bishop hätte ein Freudentänzchen aufführen müssen, als Kirby tot war.«

Kloz räusperte sich. »Was, wenn Bishop Libby gar nicht umgebracht hat? Vielleicht war das jemand anders, der es einfach nur so inszeniert hat, als wäre er es gewesen? Das würde auch erklären, warum ihr die Finger und Zehen abgeschnitten wurden. Nicht Bishop war der Täter, sondern ein anderer – der irgendwelche Informationen wollte.«

»Und wer sollte das gewesen sein?«

Klozowski rutschte auf seinem Stuhl herum. »Was, wenn Bishop auch nicht Barbara McInleys Mörder war?«

Clair kratzte sich am Hinterkopf. »Wir wissen, dass er es war.«

»Wirklich?«

Es wurde still.

Kloz legte beide Hände um seine Tasse und starrte auf den kreiselnden Kaffee hinab. »Bishops frühere Opfer sind gestorben, weil irgendein Familienmitglied in kriminelle Machenschaften verstrickt war. Jedes einzelne von ihnen – bis auf Barbara McInley, sein fünftes Opfer. Wir haben ihren Tod mit dem Unfall der Schwester in Verbindung gebracht. Einem *Unfall*.« Er wandte sich zu Nash um. »Wie du schon gesagt hast: Bishop hatte keinen Grund, sie umzubringen – und Kirby zu überfahren wäre für ihn erst recht kein Grund gewesen, das ist mal sicher.«

»Wer hätte denn einen Grund gehabt?«, fragte Poole, und Kloz antwortete leise: »Bishops Mutter?«

87

Poole

»Bishops Mutter?«, wiederholte Poole stirnrunzelnd.

Klozowski nickte. »Sie hatte eine Affäre mit Kirby. Sie ist nie gefasst worden. Wer weiß? Libbys Finger und Zehen – das könnte ihre Rache sein. Dann noch das Ohr, die Zunge, die Augen – all das in kleine weiße Schachteln verpackt … Bishops Handschrift zu imitieren ist wirklich nicht besonders schwer.«

»Die weißen Schachteln – waren das die gleichen, die Bishop auch verwendet hat?«, hakte Clair nach.

Poole nickte. »Ja, ein und dasselbe Fabrikat.«

»Wenn Bishops Mutter da draußen ihr Unwesen treibt, dann wissen wir nicht, wozu sie in der Lage ist. Wenn wir bedenken, wie viele Spuren Bishop ausgelegt hat, wird es für sie nicht allzu schwer gewesen sein, das mit den Schachteln zu kopieren«, mutmaßte Nash. »Außerdem kann sie auf Ressourcen zurückgreifen – all das Geld, das Mr. Carter Talbot gestohlen hat.«

Poole lief zwischen Whiteboard und Tisch auf und ab. »Als wir bei Porter zu Hause waren, hat er ausdrücklich erwähnt, dass der Mord an McInley anders war als die anderen. Er meinte, Bishop habe sich mit ihr besonders intensiv beschäftigt – weil sie die einzige Blondine unter den Opfern war.«

»Daran kann ich mich noch erinnern«, warf Clair ein. »Bishop hat einen Moment lang dagestanden und das Foto angestarrt. Eine *Ausnahme*, eine *Anomalie* hat er sie genannt.«

Bedächtig wandte Poole sich wieder dem Whiteboard zu, schrieb neben Libby McInleys Foto: »von Bishops Mutter ermordet?«, dann verschwand er wieder hinter den Whiteboards und kam mit dem alten Polaroid und der blonden Locke – beides in Asservatenbeuteln – zurück an den Besprechungstisch.

»Was können Sie mir hierüber erzählen?«

Clair nahm das Polaroid hoch. »Wo haben Sie das gefunden?« Dann zeigte sie es Nash und Klozowski.

»In einer Schublade bei Libby McInley, unter ihren Klamotten – genau wie die Haarsträhne.«

Clair legte das Foto zurück auf den Tisch. »Bishop hat in seinem Tagebuch Fotos erwähnt – das hier könnte eins davon sein. Wenn, dann ist die eine Frau Bishops Mutter und die andere Lisa Carter, ihre Nachbarin.«

»Wir haben beide durch unsere Gesichtserkennung gejagt – ohne Ergebnis. Weder der Winkel, aus dem das Foto geschossen wurde, noch das Alter waren da besonders hilfreich. Aber was ist mit der Strähne? Wird die auch im Tagebuch erwähnt?«

»Nein. Vielleicht gehörte die Libby?«, schlug Clair vor.

»Nein, weder ihr noch Barbara.«

»Was ist mit Kirby?«, fragte Kloz dazwischen. »Er hatte lange blonde Haare.«

Nash zog den Asservatenbeutel näher zu sich heran. »Warum sollte Libby eine Strähne von Kirbys Haar besitzen? Woher hätte sie die gehabt?«

Darauf wusste niemand eine Antwort.

Poole trat wieder an das Whiteboard und ergänzte seine Notizen um das Foto und die Locke. Dann schrieb er den

Namen »Kalyn Selke« daneben. »Damit Sie alle im Bilde sind: Bishop hat McInley geholfen, an falsche Papiere unter diesem Namen zu kommen. Sie müssen miteinander in Kontakt gestanden haben, während sie im Gefängnis saß.«

»Und wissen Sie auch schon, wie?«, fragte Clair.

Poole verneinte. »Ich bin noch nicht dazu gekommen, im Gefängnis nachzufragen. Nachdem wir mit ihrem Bewährungshelfer gesprochen hatten, wussten wir erst mal nur, dass sie Schwierigkeiten hatte, draußen wieder Fuß zu fassen. Er hatte den Verdacht, sie könnte möglicherweise zurück hinter Gitter wollen.«

»Wo hat sie überhaupt gesessen? Stateville?«

»Ja. Außerdem haben wir bei ihr daheim eine .45er gefunden, was gegen die Bewährungsauflagen verstößt«, fuhr Poole fort. »Sie wusste, dass jemand hinter ihr her war. Wenn es wahr ist, was Sie mir gerade über Kirby und die Mutter erzählt haben, würde das Sinn ergeben. Dann müssten wir nur noch herausfinden, weshalb Bishop sie unterstützt hat.« Er drehte sich wieder zum Whiteboard um. »Okay, das ist schon mal gut. Das ist richtig gut – zumindest in Sachen Libby McInley haben wir jetzt eine neue Sicht der Dinge, der wir nachgehen können. Sehen wir uns den Rest auch noch an.«

Er wandte sich wieder dem ersten Whiteboard mit der Überschrift »Anson Bishop« und den Fotos der sieben Vermissten und Toten zu.

Nash räusperte sich. »Noch mal zu dem, was ich vorhin gesagt habe: Wenn all das Bishop sein soll und er auch nur annähernd seinem alten MO folgt, sind diese Jugendlichen gestorben, weil die Eltern Schuld auf sich geladen haben. Auf die Kinder hat er es nicht primär abgesehen.«

»Nash hat recht«, sagte Clair. »Könnten Sie die Fotos mal umsortieren? Die Erwachsenen zuerst und dann erst die Kinder?«

Poole nickte und brachte die Bilder in eine neue Ordnung:

Floyd Reynolds
Ella Reynolds
Randal Davies
Lili Davies
Darlene Biel
Larissa Biel

Er hielt das Foto des eingefrorenen Teenagers aus dem Toyota Tundra hoch. »Bleibt noch der namenlose Junge.«

»Den müssen wir schleunigst identifizieren und uns dann auf die Eltern konzentrieren«, sagte Clair. »Die könnten als Nächstes auf seiner Liste stehen.«

»Was wissen wir über die anderen Eltern?«

Clair griff zu ihrem Handy und rief die Notizen auf. »Floyd Reynolds hat für UniMed America Healthcare gearbeitet. Hat Krankenversicherungen verkauft. Soweit wir wissen, hatte er weder Schulden noch sonst wie finanzielle Probleme. Kein Hinweis auf häusliche Gewalt. Die Frau hat ausgesagt, er habe das Haus verlassen, um nach seiner Tochter zu suchen. Der Täter hat ihn mit einer Klaviersaite in seinem eigenen Auto erdrosselt, und die Leiche wurde dann – in einem Schneemann versteckt – in ihrem Garten gefunden. Es gab einen Fußabdruck auf der Rückseite des Fahrersitzes. Wir nehmen an, dort hat der Täter sich mit dem Fuß dagegengestemmt, als er Reynolds stranguliert hat. Größe 44.«

»Welche Schuhgröße Bishop hat, wissen wir nicht, oder?«

»Nein.«

Poole ergänzte die Infos auf dem Whiteboard. Dann tippte er mit dem Stift auf Randal Davies. »Was ist mit Mr. Davies?«

»Er war Arzt, Onkologe am Stroger Hospital. Genau wie bei Reynolds: keine häuslichen oder finanziellen Probleme. Er wurde mit einer Überdosis Lisinopril umgebracht, ein Medikament, das gegen zu hohen Blutdruck eingesetzt wird, nur dass er es nie verschrieben bekommen hat. Wir gehen davon aus, dass der Täter sich durch die Gartentür Zutritt zum Haus der Davies verschafft hat. Wir haben das Lisinopril hoch konzentriert in der Kaffeemaschine gefunden. Er war der Einzige in der Familie, der Kaffee getrunken hat.«

Poole runzelte die Stirn. »Dann muss der Täter das entweder gewusst haben, oder es war ihm egal, wer draufgeht.«

»Die Küchenfenster sind riesig und nie zugehängt, von der Straße kann man dort wunderbar hineinsehen«, erklärte Nash. »Der Täter hätte nur ein bisschen auf der Lauer liegen müssen, um zu wissen, wer was getrunken hat.«

»Klingt plausibel. Ich glaube nicht, dass er sich die Erwachsenen willkürlich ausgesucht hat – nicht mal innerhalb ein und desselben Haushalts. Wenn das hier Bishop war, dann hatte er für jedes einzelne Opfer ein ganz spezifisches Tatmotiv«, sagte Poole. »Unter den Opfern ist auch eine Frau ...«

»Ja, Darlene Biel. Wir haben vor ihrem Krankenzimmer einen Officer postiert, der sie bewacht. Ihr Zustand ist stabil, aber sie liegt immer noch im künstlichen Koma. Der Täter hat Zyanid in ihre Zahnpasta gespritzt, sie hat das Gift beim Zähneputzen aufgenommen, und zwar während sie sich in einer gesicherten Unterkunft befand.« Clair atmete tief durch und schlug den Blick nieder. »Das geht auf meine Kappe. Sie war in meiner Obhut, ich hätte auf sie aufpassen müssen.«

Nash legte ihr die Hand auf die Schulter. »Du hast ihr das Leben gerettet. Wenn jemand anders dort gewesen wäre, wäre sie jetzt tot.«

Dann berichtete er kurz, wie Clair Darlene Biel die Flüssigseife eingeflößt hatte.

»Die alkalische Seife neutralisiert die sauren Eigenschaften des Zyanids? Ich bin beeindruckt. Wo haben Sie das denn gelernt?«

»In der Highschool«, antwortete Clair. »Unser Chemielehrer hatte sich da versehentlich selbst mit Zyanid vergiftet. Wir hatten kaum begriffen, was passiert war, als er auch schon losrannte und im Jungs-Klo die Seife schluckte. Er hat überlebt. Ich nehme an, das hat sich mir eingeprägt.«

»Seien Sie nicht zu hart mit sich selbst«, sagte Poole. »Zyanid ist ein verdammt schnell wirkendes Gift. Ein, zwei Minuten später, und sie wäre tot gewesen. Dass sie mit Ihnen in dieser sicheren Unterkunft war, hat ihr aller Wahrscheinlichkeit nach das Leben gerettet. Wenn das bei ihr zu Hause passiert wäre, hätte sie keine Chance gehabt.«

Clair ging nicht weiter darauf ein. An der Falte in ihrer Stirn konnte Poole ihr ansehen, dass sie längst weitergedacht hatte. Als sie schließlich das Wort ergriff, nahm sie die Frage vorweg, die er dem Team hätte stellen wollen: »Biel war – ich meine: ist – Pharmavertreterin. Sie ist viel auf Reisen und hatte ihre Tasche quasi im selben Moment griffbereit, als ich sie und ihren Mann gebeten habe, das Haus zu verlassen. Die vergiftete Zahnpasta war in dieser Tasche. Die Techniker haben die Zahnpasta untersucht, die sie gemeinsam zu Hause benutzen, und die war in Ordnung. Genau wie bei Randal Davies hat er ganz gezielt sie attackiert. Er kannte sie, wusste über die Tasche Bescheid und hat sie gezielt ins Visier genommen.«

»Noch jemand, der hier allmählich ein Muster erkennt?«

»Sie arbeiten alle im Gesundheitssektor«, stellte Nash fest. »Wir haben einen Arzt und zwei Verkäufer.«

»Was machen die Ehepartner beruflich?«

Clair warf einen Blick in ihre Notizen. »Grace Davies und

Leeann Reynolds sind Hausfrauen. Larry Biel arbeitet auf dem Bau.«

»Keiner im medizinischen Bereich.«

»Keiner im medizinischen Bereich«, pflichtete Clair ihm bei. »Das könnte tatsächlich der Hauch eines Musters sein.«

Poole nickte und betrachtete den Text auf dem Whiteboard. »Okay. Das ist gut, damit kann man arbeiten.« Er tippte auf Ella Reynolds' Namen. »Dann reden wir jetzt über die Kinder.«

Clair wandte sich der zweiten Frau am Tisch zu. »Sophie, willst du ...?«

Sophie nickte. »Ja, klar. Ella Reynolds, fünfzehn Jahre alt. Wurde am zwölften Februar unter dem Eis im Haff im Jackson Park tot aufgefunden, was wir uns zunächst nicht erklären konnten, weil das Haff seit Anfang Januar zugefroren war, also mindestens zwanzig Tage, bevor sie verschwunden ist. Dann kam heraus, dass Anson Bishop ein Loch ins Eis geschnitten hatte, ihre Leiche ins Wasser gelassen und dann Wasser aus einem gestohlenen Wassertank zugegeben hat, bis das neue Eis wieder auf gleicher Höhe wie das ursprüngliche war. Wir nehmen an, dass sie etwa sieben Minuten von ihrem Elternhaus entfernt am Logan Square entführt wurde. Außerdem wissen wir, dass sie sich kürzlich erst ein Auto gekauft hatte – bei Cars R Us, einem hiesigen Gebrauchtwagenhändler. Sie hat die Raten bar bezahlt, die Eltern hatten keine Ahnung. Sie hatte unmittelbar davor ihren Lerner's Permit bekommen.«

»Und als sie gefunden wurde, trug sie die Kleidung von Lili Davies, unserem zweiten Opfer«, ergänzte Clair. »Das sieht ganz nach etwas aus, was Bishop tun würde, um die Tat überzudramatisieren und Aufmerksamkeit auf sich zu ziehen.«

»Sehe ich genauso«, sagte Poole. »Das ist Teil der Nebengeräusche, auf die ich vorhin angespielt habe. Die lassen wir fürs Erste beiseite. Wir kommen darauf zurück, wenn es relevant werden sollte. Was wissen wir über Lili?«

»Siebzehn Jahre alt«, referierte Sophie. »Sie wurde zuletzt am zwölften Februar auf dem Weg zu ihrer Schule gesehen, der Wilcox Academy. Dort ist sie nie angekommen. Ihre Leiche wurde in der Leigh Gallery gefunden, wo sie gejobbt hatte. Sie wurde im rückwärtigen Lager regelrecht hingehängt, ganz eindeutig, damit man sie dort finden würde. Der Täter hat zwar ein schwarzes Kabel benutzt, um sie aufzuknüpfen, aber da war sie bereits tot. Genau wie das Reynolds-Mädchen ist sie durch mehrfaches Ertränken in Salzwasser gestorben. Und wie Clair schon angedeutet hat, trug sie wiederum Ella Reynolds' Kleidung. Der Täter hat sie also quasi umgezogen.«

Klozowski blickte von seinem MacBook auf. »Hatten Sie nicht erwähnt, dass auch sie versucht hatte, sich ein Auto zu kaufen?«

Clair nickte. »Sophie und ich haben mit ihrer besten Freundin gesprochen, mit Gabrielle Deegan. Sie hat erzählt, dass Lilis Vater der Tochter zum Schulabschluss ein Auto versprochen hat, sie aber nicht so lang warten wollte.«

»Irgendeine Verbindung zu dem Händler, bei dem das erste Mädchen ihr Auto gekauft hat?«, wollte Poole wissen.

»Man hat sie dort noch nie gesehen«, antwortete Nash. »Wir haben das komplette Personal befragt und keine Verbindung gefunden. Jeder Teenager wünscht sich ein eigenes Auto. Ich glaube, das ist reiner Zufall. Oder ein Nebengeräusch, wie Sie gesagt haben.«

Poole drehte sich wieder zum Whiteboard um. »Okay. Was ist mit Larissa Biel?«

»Larissas Fall liegt leicht anders«, sagte Sophie. »Sie ist erst heute früh verschwunden, und wir haben bislang keine Leiche. Die Chancen stehen gut, dass sie noch am Leben ist. Derzeit wissen wir leider nicht viel mehr, außer dass sie heute Abend einen Schulball besuchen wollte und noch zu Hause war, als beide Eltern am Morgen zur Arbeit gefahren sind. Ihre Mutter hatte vor, sie mit einem Wellness-Tag zu überraschen. Wenn das nicht der Fall gewesen wäre, wüssten wir bis jetzt wahrscheinlich gar nicht, dass sie verschwunden ist.«

»Nach allem, was wir bei Ella Reynolds und vor allem Lili Davies gesehen haben, hat sie nicht allzu viel Zeit. Davies ist einen Tag nach ihrem Verschwinden gestorben«, warf Clair ein und wandte sich dann an Kloz. »Irgendwas Neues von ihrem Laptop oder Handy?«

»Ihre Eltern hatten auf dem Laptop KidBSafe installiert. Allerdings kursiert unter Teenagern seit fast zwei Jahren ein Programm, mit dem man die Sicherung austricksen kann. Wir haben die Hacks auf dem Rechner gefunden. Larissa konnte die Kontroll-App mehr oder weniger an- und ausschalten, wann immer sie wollte, und gezielt steuern, was ihre Eltern mitbekamen.« Kloz verlagerte das Gewicht. »Außerdem läuft bei ihr PrivaShield im Hintergrund mit. PrivaShield löscht Cache-Dateien, sobald sie geschrieben werden, und zerstört damit sozusagen den digitalen Fingerabdruck. Das Mädchen ist clever. Sie hat ihren Eltern gerade genug Dateien überlassen, dass sie das Gefühl hatten, sie unter Kontrolle zu haben. Den Rest hat sie erfolgreich vertuscht. Wir sind noch nicht ganz damit fertig, aber der Laptop dürfte sich als Niete erweisen. Wir nehmen allerdings an, dass sie ihr Handy dabeihatte, als sie entführt wurde. Wir haben es bis an die Kreuzung West Chicago Avenue und North Damen nachverfolgen können, dann hört es mit einem Mal auf zu senden. Wahrscheinlich hat der Entführer den Akku entfernt oder das Handy zerstört. Wir haben einen Eilantrag in Sachen Handyverbindungen gestellt, aber der Telefonanbieter hat noch nichts geliefert. Ich sage Bescheid, sobald ich etwas weiß.«

Poole kehrte an den Tisch zurück, wo er das Foto des Jungen zur Hand nahm, der im Eis in der Fahrerkabine des Pick-ups gesteckt hatte, und drehte es in Richtung der anderen. »Bleibt uns noch einer.«

»Ich bin mir sicher, Eisley tut, was er kann, um ihn zu identifizieren, aber das Eis wird die Sache erschweren«, sagte Clair.

»Der Pick-up ist registriert auf Kalyn Selke«, warf Kloz ein.

»Libby McInleys Alias«, murmelte Nash. »Wieder eine Sackgasse.«

»Ja.«

Poole drehte sich zu den Whiteboards um. »Ist das alles?«

»Wir haben noch nicht über die Todesanzeigen gesprochen«, erwiderte Nash, und Poole wandte sich zu ihm um.

»Was für Todesanzeigen?«

Clair nickte. »Heute Morgen hat jemand den Notruf gewählt – eine ältere Dame, die behauptet hat, Floyd Reynolds sei zwei Mal gestorben. Sowohl heute früh als auch am vergangenen Mittwoch waren Todesanzeigen für ihn erschienen. Als wir uns das genauer angeguckt haben, haben wir noch mehr gefunden: Anscheinend hat unser Täter für seine Opfer Anzeigen in den Lokalzeitungen geschaltet, noch bevor er versucht hat, sie umzubringen.«

Doch Poole hörte bereits nicht mehr zu. »Zwei Mal gestorben«, sagte er langsam, ehe er sich erneut hochstemmte. Er drehte das Board mit den Gedichten um, damit alle sie lesen konnten. »Ich nehme an, Bishop hat Special Agent Diener ermordet, weil der diese Gedichte gesehen hatte. Sie standen an der Wand in dem leer stehenden Haus. Sehen Sie, dass da ausgewählte Worte unterstrichen sind? *Tod* ist das einzige Wort, das zwei Mal unterstrichen wurde.« Dann erzählte er ihnen, dass die Gedichte aus der Gipskartonwand herausgeschnitten und entfernt worden waren.

»Seht euch auch mal die anderen unterstrichenen Worte an«, warf Clair ein. »Das sind *Wasser, Eis, Angst ...* Das alles passt haargenau zu den Morden.«

»Haben wir den Notruf zurückverfolgen können?«

Alle drehten sich zu Klozowski um. Er hielt einen Finger in die Luft und runzelte dann die Stirn. »Dem Bericht zufolge kam der Anruf aus dem Lasting-Harmony-Seniorenheim unten am Loop. Das Personal hat angegeben, es sei eine gewisse dreiundneunzigjährige Bewohnerin namens Ingrid Desbit gewesen – die lese täglich die Todesanzeigen und sei völlig aufgebracht gewesen, als sie die Dublette für Floyd Reynolds gefunden hat. Sie hat auf den Notruf bestanden.«

»Sackgasse«, brummte Nash.

Clair starrte immer noch das Whiteboard an. »Wenn diese Gedichte irgendwas aussagen und er wollte, dass wir sie finden, warum hat er sie dann ausgeschnitten? Und warum Diener ermordet?«

Poole seufzte. »Ich glaube, er wollte, dass Porter sie findet, nicht ich. Womöglich auch nicht einer von Ihnen.«

Clair drehte sich zurück zu Kloz. »Du meintest doch, diese Fake-Todesanzeigen seien alle vom selben Computer aus aufgegeben worden. Ist dabei irgendwas rausgekommen?«

Klozowski antwortete nicht. Stattdessen starrte er reglos den Bildschirm an.

»Kloz?«

»Äh, nein ... Die IP konnte noch nicht identifiziert werden, aber wenn sich der Computer wieder irgendwo im öffentlichen Netz der Stadt einwählt, dann schlägt bei mir ein Alarm an. Ich glaube ...« Wieder verstummte er und beugte sich zu seinem Bildschirm vor.

»Was ist denn?«, fragte Clair.

»Ich hab da was ... Womöglich ist es nichts, wahrscheinlich will mein Gehirn nur irgendwas sehen, was gar nicht da ist«, murmelte er.

»Spuck's aus, Kloz.« Clair stand auf und marschierte zu ihm hinüber. »Bevor ich dich wieder schlagen muss.«

»Ich hatte bloß sämtliche Orte markiert, von denen die Mädchen verschwunden sind und wo die Leichen aufgefunden wurden. Wenn man die Markierungen miteinander verbindet, überkreuzen sich die Linien mehr oder weniger dort, wo das John H. Stroger Jr. Hospital liegt.«

Nash lehnte sich zu ihm rüber, um einen Blick auf den Stadtplan zu werfen. »Da hat Randal Davies gearbeitet.«

»Krankenversicherungen und Pharmaverkäufe – ich würde wetten, dass unsere anderen Opfer dort ebenfalls ein und aus gegangen sind«, argwöhnte Clair. »Und Darlene Biel liegt derzeit dort.«

Inzwischen stand auch Poole neben ihnen. »Wenn ich eine Liste der Angestellten besorgen würde, könnten Sie die mit den aufgegebenen Todesanzeigen abgleichen? Vielleicht haben wir Glück und finden sein nächstes Opfer, bevor noch etwas passiert.«

Kloz hatte bereits losgetippt. »Klar, das geht.«

Mittlerweile war Nash an die Whiteboards getreten. »Uns entgeht immer noch was.«

»Was?«, fragte Poole.

»Ich bin mir nicht sicher, ob Bishop all das allein gemacht hat. Selbst wenn er irgendwie von Libby McInley Hilfe hatte, ist das immer noch deutlich zu viel für eine Person. Dahinter steckt etwas viel Größeres.«

»Möglich.«

»›Man kann nicht Gott spielen, ohne mit dem Teufel zu paktieren‹«, las Nash laut vor. »Macht er das mit diesen Jugendlichen – sie umbringen und wiederbeleben? Spielt er Gott?«

»›… mit dem Teufel …‹«, flüsterte Clair.

»Sämtliche Gedichte handeln von Leben und Tod. Vielleicht ist es ja das, was er versucht, uns mitzuteilen.« Poole strich sich das Haar zurück. »Ich habe nicht genug geschlafen, ich habe allmählich Konzentrationsschwierigkeiten ...«

Im selben Moment fing sein Handy an zu klingeln.

Als er es aus der Tasche zog und einen Blick aufs Display warf, stand dort »Unbekannter Anrufer«.

Er nahm den Anruf entgegen.

Noch bevor er irgendwas sagen konnte, hörte er die Stimme.

»Frank, hier ist Sam.«

88

Poole

Pooles Puls schoss in die Höhe. Er legte das Handy auf den Besprechungstisch. »Sam, ich bin mit Ihrem Team in der Einsatzzentrale und habe Sie auf Lautsprecher gestellt.«

»Sie haben in der Einsatzzentrale nichts verloren!«

»Ich hab ihn hergebeten«, ging Clair dazwischen. »Unser Fall hat sich verkompliziert – und es gibt eine Verbindung zu Bishop. Nein, mehr als das – hier trägt alles Bishops Handschrift.«

Poole beugte sich über das Handy. »Wo sind Sie? Und wo ist das Tagebuch?«

Er hörte, wie Porter am anderen Ende schwer atmete, aber es kam keine Antwort.

Poole blickte in die Runde, dann wieder auf das Handy. »Libby McInley ist tot.«

Porter sagte immer noch nichts.

»Sie war an ihr Bett gefesselt, Ohr, Augen und Zunge steckten in den gleichen weißen Schachteln, wie Bishop sie zuvor schon bei seinen Opfern benutzt hat. Außerdem sind ihr die Finger und Zehen abgeschnitten worden. Sie wurde gefoltert, jeder Zentimeter Haut war aufgeschlitzt.«

Als Porter endlich das Wort ergriff, klang er ruhig und beherrscht. »Das war nicht Bishop. Bishop hätte Libby McInley nie umgebracht, genauso wenig wie ihre Schwester.«

Poole warf einen Blick auf Klozowski. »Ihr IT-Kollege glaubt, dass es Bishops Mutter gewesen sein könnte. Ich wüsste gern, was Sie denken.«

Wieder antwortete Porter nicht.

Gedämpft war zu hören, wie er mit jemandem redete; er hatte wohl die Hand auf das Mikrofon gelegt. Dann war er wieder da.

»Sam?«

»Ich schicke Ihnen eine Adresse. Wenn Sie dort ankommen, nehmen Sie den Trampelpfad hinter dem Haus. Er ist ein bisschen überwuchert, aber wenn Sie genau hinsehen, finden Sie ihn. Sieht aus wie ein Wildwechsel. Führt zu einem See. Sie werden ein Team dort brauchen, Sie müssen den See von Tauchern absuchen lassen«, erklärte ihm Porter.

»Wo stecken Sie, Sam?«

»Wenn Sie am See angekommen sind, suchen Sie nach der Katze.«

»Ich kann Ihnen nicht folgen, Sam, wenn Sie…«

Die Leitung war tot.

Poole fluchte in sich hinein.

Im nächsten Moment vibrierte das Handy, und auf dem Display erschien eine Adresse:

12 Jenkins Crawl Road
Simpsonville, SC

»Er hat es gefunden«, sagte Nash, der immer noch auf das Handy starrte.

»Er hat *was* gefunden?«

»Bishops Elternhaus.«

»Das gefällt mir nicht«, sagte Clair. »Was soll die Geheimniskrämerei? Das sieht ihm überhaupt nicht ähnlich. Und mit wem hat er da gesprochen?«

Klozowski hatte die Adresse bereits in seinen Browser eingegeben und drehte den Bildschirm jetzt so, dass die anderen ihn sehen konnten. »Das ist mitten im Nirgendwo.«

»Ich bin mir wirklich nicht sicher, ob ich ihm glauben sollte«, sagte Poole. »Er hat das Tagebuch unterschlagen. Er verheimlicht uns eindeutig etwas. Libbys Tod schien ihn nicht zu überraschen. Was weiß er noch?«

Nash lehnte sich in seinem Stuhl zurück. »Ich bin mir sicher, wenn er etwas wüsste, was für uns nützlich sein könnte, hätte er es uns erzählt. Er hat überhaupt keinen Grund, etwas vor uns geheim zu halten.«

»Trotzdem verschwindet er einfach mitsamt dem Tagebuch und lässt sein Handy hier, damit wir ihn nicht aufspüren können.«

»Sam geht dem Fall nach«, entgegnete Nash. »Sie können ihm vertrauen.«

Poole schnalzte mit der Zunge und nickte. »Ich rufe die Niederlassung in Charlotte an und schicke sie hin. Wir haben eine Maschine in O'Hare, ich könnte in ein paar Stunden dort sein.«

Clair stand auf und trat vor an die Whiteboards. »Wenn Sie uns die Liste der Stroger-Angestellten zukommen lassen, arbeiten wir in der Zwischenzeit in dieser Richtung weiter. Vielleicht können wir uns Bishop so von zwei Seiten nähern.«

Poole nickte und verschwand zur Tür hinaus. Nach ein paar Metern fiel er in den Laufschritt.

Stand der Ermittlung

ANSON BISHOP

Floyd Reynolds - UniMed America Healthcare/Verkauft Krankenversicherungen - erdrosselt, Leiche im Schneemann

Ella Reynolds - Haff im Jackson Park/kürzlich Autokauf - ertrunken, Salzwasser

Randal Davies - Onkologe am John H. Stroger Jr. Hospital - Überdosis Lisinopril

Lili Davies - im Lager der Leigh Gallery aufgehängt - ertrunken, Salzwasser

Darlene Biel - Pharmavertreterin - mit Zyanid vergiftet

Larissa Biel - verschwunden West Chicago Avenue, Ecke North Damen seit 14. 2. morgens

unbekannter Teenager

LIBBY McINLEY

ermordet von Bishops Mutter?

hatte Foto von Bishops Mutter und Nachbarin/Carter

blonde Haarsträhne - evtl. Kirby? Wie kam die in ihren Besitz?

Papiere auf den Namen Kalyn Selke/hatte dabei Hilfe von Bishop

muss aus dem Gefängnis mit Bishop Kontakt gehabt haben (wie?)

.45er

hat sich im Gefängnis sicher gefühlt, draußen nicht

GEDICHTE

Der Tod, da ich nicht halten konnt,
hielt an, war gern bereit.
Im Fuhrwerk saß nun er und ich
und die Unsterblichkeit.

Willst du ein Sinnbild wissen für Leben und Tod
So nimm zum Beispiel Wasser und Eis
Wasser erstarrt und wird zu Eis
Eis schmilzt und wandelt sich zurück zu Wasser
Was einmal starb muß sicher wieder leben
Und was geboren ward das kehrt zurück zum Tod
Wasser und Eis die tuen sich nicht weh
Ins Leben wie zum Tod zu kehren ist beides gut!

Lasst uns <u>heim</u>kehren, lasst uns zurückgehen,
Alles Suchen und Streben wird nutzlos sein,
Freude durchdringt das Hier und das Jetzt.
Aus dem blauen Ozean des Todes
Fließt das Leben wie Nektar.
Im Leben ist Tod; im Tod ist Leben.
Wo soll die Angst sein, wo ist <u>Angst</u>?
Die Vögel am Himmel singen: »Kein Tod, kein <u>Tod</u>!«
Tag und Nacht spült die Welle der Unsterblichkeit
auf diese Erde herab.

Man kann nicht Gott spielen, ohne mit dem Teufel zu paktieren.

UNTERSTRICHENE WÖRTER
Wasser
Eis
Leben
Tod
heim
Angst
Tod

89
Porter

Sam nahm den Akku aus dem Handy und warf beides in hohem Bogen in den See. Wo das Wasser es schluckte, bildeten sich kleine Kräuselwellen, die im Handumdrehen im Nichts verliefen – noch ein Geheimnis unter der schwarzen Oberfläche.

»Warum wirfst du denn das Handy weg?«, fragte Sarah neben ihm. »Du hast ihm doch gesagt, wo wir sind.«

Ein paar Schritte vom Ufersaum entfernt ging Porter in die Hocke. Seine Finger waren schwarz vor Dreck. Er hatte in der Erde gewühlt.

Der Pfad hatte sie etwa eine Viertelmeile durch den Wald zu einer kleinen Lichtung geführt – genau wie sie im Tagebuch beschrieben worden war: eine kleine Lichtung, von der aus man über den See blicken konnte.

Bishop hatte geschrieben, der See sei im Winter zugefroren.

Das war eine Lüge gewesen.

Natürlich konnte die Temperatur in South Carolina unter null Grad sinken, trotzdem war der Winter hier wesentlich milder als weiter nördlich – und nichts im Vergleich zu Chicago. Selbst wenn es unter null Grad zurückging, hielt die Kälte nie lange genug an, als dass der Boden gefrieren würde – und erst recht kein so großes Gewässer wie ein See.

Nicht, dass dieser See groß gewesen wäre, aber immer noch groß genug, um der schlimmsten Kälte zu widerstehen, da war Porter sich sicher. Bishop hatte das womöglich nur aufgeschrieben, um den genauen Standort zu verschleiern. Einen anderen Grund konnte sich Porter nicht vorstellen.

Er kniete immer noch im Dreck. Sarah hielt beide Taschenlampen. Die Lichtkegel waren auf das Wurzelwerk einer großen Eiche gerichtet, die über der Lichtung aufragte – eine Lorbeerblatteiche. Am Fuß des Baumstamms befand sich ein Loch, und Porter musste gar nicht tief graben. Ein Eckchen hatte bereits aus dem Dreck geragt. Er sah zu Sarah hoch.

Es war eine kleine, von Rost überzogene Lunchbox aus Blech.

Porter hatte nicht ernsthaft mit dem Skelett einer Katze gerechnet.

Aber damit hatte er ebenso wenig gerechnet.

Die Lunchbox stand inzwischen aufgeklappt vor ihm. Darin lagen ein Umschlag – von der Zeit vergilbt – und ein Notizbuch, und beides war mit schwarzer Kordel zusammengeschnürt. Auf dem Umschlag stand schlicht:

Mutter.

»Sam, warum hast du das Handy weggeworfen?«, fragte Sarah erneut.

Porter nahm das Bündel aus der Lunchbox und hielt es ihr hin. »Poole kann gern wissen, wo wir gewesen sind – ich mache mir eher Sorgen, dass er erfahren könnte, wo wir als Nächstes hinfahren«, antwortete er.

»Und was ist mit Bishop? Er hat uns das Handy doch aus einem ganz bestimmten Grund zugespielt.«

»Wir müssen ihn aufscheuchen und aus der Reserve locken. Wir sind nicht seine Marionetten. Wenn er uns über dieses Telefon nicht erreichen kann, muss er sich eben etwas anderes ausdenken. Vielleicht treibt ihn das ja aus der Deckung«, erklärte er.

Dann zog er Bishops Tagebuch aus der Tasche und legte es in die Lunchbox, klappte den Deckel zu und warf ein wenig Erde darüber, sodass der Hello-Kitty-Aufdruck auf dem rostigen Blech kaum mehr zu sehen war.

Bishops Katze…

»Komm«, sagte er. »Wir fahren.«

90
Poole

»Sir, ich muss der Sache nachgehen«, sagte Poole, riss das Lenkrad seines Jeep Cherokee nach links und raste an vier Autos vorbei, die auf der rechten Spur stehen geblieben waren.

Warum ist hier überhaupt noch was los? Es ist fast elf, verdammt.

Eine 727 donnerte über ihn hinweg, und er konnte den Bauch der Boeing sehen, die sich im Landeanflug auf den O'Hare-Flughafen befand.

»Sie sollten genau genommen beurlaubt sein – Sie haben heute Ihren Partner verloren. Jetzt draußen zu sein und zu ermitteln ist das Letzte, was Sie brauchen«, sagte SAIC Hurless über die Lautsprecher des Jeeps.

»Geben Sie die Maschine frei, Sir. Ich bin jetzt fast am Flughafen.«

»Sie drehen um, kommen zurück ins Büro und setzen mich ins Bild, damit wir jemand anderen schicken können«, entgegnete Hurless.

Poole holte tief Luft und versuchte, wieder zur Ruhe zu kommen. Dann riss er das Lenkrad erneut herum, weil er fast einen braunen Mitsubishi Outlander gerammt hätte, der links abbiegen wollte. Der Fahrer donnerte die Faust auf die Hupe und hielt sie gedrückt.

»Den Technikern zufolge hat er Sie von einem Prepaidhandy aus angerufen. Adresse und Handymast-Daten stimmen überein, er dürfte also tatsächlich irgendwo in der
Nähe dieses Sees gestanden haben, den er erwähnt hat. Ich
habe ein paar Satellitenbilder aufgerufen, aber darauf ist
nicht viel zu erkennen; die Bäume stehen zu dicht, als dass
man sehen könnte, was darunter los ist. Das hier ist merkwürdig...«

»Was?«

»Das Prepaidhandy wurde in New Orleans gekauft und
aktiviert«, sagte Hurless tonlos, als läse er es gerade ab.

»New Orleans? Könnte das ein Fehler sein?«

*Bishop war vor ein paar Stunden noch in Chicago. Und
Porter irgendwo draußen im Nirgendwo außerhalb von
Greenville, South Carolina.*

»Das Signal verschwindet, unmittelbar nachdem er aufgelegt hat. Wahrscheinlich hat er den Akku entfernt, um
nicht geortet zu werden. Erzählen Sie noch mal von vorn –
was genau hat Porter gesagt?«

Poole gab das Telefonat erneut Wort für Wort wieder.

»Das gefällt mir nicht. Porter ist mir zu unberechenbar«,
sagte Hurless, als Poole fertig war. »Wenn er mit Bishop unter einer Decke steckt, könnte das hier eine Nebelkerze sein.«

»Ich glaube eher, dass Libby McInley der Schlüssel zu
allem ist – über sie können wir Bishop festsetzen. Porter
weiß mehr, als er uns erzählt, aber er hat uns bislang nie
hängen lassen. Wenn er sagt, wir müssen diesen See in
South Carolina absuchen, dann sollten wir ihm glauben.
Die anderen sind immer noch mit den zwei Häusern von
heute Mittag beschäftigt, insofern können wir ohnehin
nichts anderes tun. Und ich muss dorthin – bitte, geben Sie
den Flieger frei.«

An der Flughafenausfahrt fuhr Poole vom Kennedy
Expressway ab und folgte der Beschilderung in Richtung

der Hangars des Flughafenbetreibers, wo die Charter- und Privatjets standen. »Während Libby McInley im Stateville Correctional saß, hatte Bishop mit ihr Kontakt. Wir müssen in Erfahrung bringen, wie er das bewerkstelligt hat und ihr helfen konnte, die falschen Papiere zu besorgen. Wenn wir das herausfinden, sind wir einen großen Schritt weiter. Ich gehe unterdessen Porters Brotkrumen nach – noch ein weiterer Schritt … Bleiben Sie kurz dran, Sir …«

Poole fuhr auf eine Schranke zu und hielt dem Wachmann seinen Ausweis hin. Sowie sein Blick auf den Mann in Uniform fiel, kam ihm ein Gedanke. »Sir, wir müssen das Sicherheitspersonal im Gefängnis überprüfen – sämtliche Justizvollzugsbeamte. Das muss es sein! Mail, Telefon, Elektrogeräte – all das steht unter Dauerkontrolle. Bleibt nur noch der Faktor Mensch.«

Der Mann von der Security drückte ihm ein Klemmbrett in die Hand, zeigte auf die entsprechende Zeile, und Poole unterschrieb. Dann verwies ihn der Mann auf einen Stellplatz zur Rechten und bedeutete ihm tonlos, um das Telefonat nicht zu stören: *Irgendwo dort drüben.*

Poole nickte und fuhr direkt neben das kleine Gebäude, das sich die Homeland Security, das FBI und das ATF teilten.

»Bin wieder da, Sir. Was machen wir also?«

SAIC Hurless seufzte. »Ich hab vor zehn Minuten den Auftrag gegeben, die Maschine zu betanken. In zwanzig Minuten sollten Sie in der Luft sein. Ich gebe dem dortigen Büro Bescheid, sobald Sie unterwegs sind. Das wäre in Charlotte Bob Granger – wir kennen uns schon eine Ewigkeit, seit der Akademie. Er soll den örtlichen Sheriff rausklingeln, Porters See lokalisieren und Taucher dort hinschicken. Melden Sie sich, sobald Sie wieder am Boden sind.«

»Danke, Sir.«

»Hoffentlich liegen Sie richtig …«

91

Porter

Porter und Sarah waren schweigsam, als sie zurück zum Autoverleih fuhren. Porter saß diesmal am Steuer, während Sarah per Handy den Flug reservierte.

Sie legte die Hand übers Mikrofon. »Der nächste Flieger geht erst um vier Uhr früh. Damit hätten wir noch gut fünf Stunden. Soll ich buchen?«

»Was?«

Sie wiederholte ihre Frage.

»Ja. Entschuldigung. Ich war mit den Gedanken woanders.«

Er starrte geradeaus. Die weißen Fahrbahnmarkierungen rasten an ihnen vorüber und verloren sich hinter ihrem Wagen. Um diese Uhrzeit war auf der Straße nicht mehr viel los, und dafür war er dankbar. Es fühlte sich fast an, als hätten Sarah und er die Straße für sich allein, während vor ihnen in der Ferne die ersten Lichter des Flughafens Greenville auftauchten. »Am besten, wir suchen uns ein Hotel in Flughafennähe, irgendeins, damit wir uns zumindest duschen und umziehen können.«

Sarah zurrte die Buchung fest und legte auf. »Dürfte ich dich daran erinnern, dass du mir noch ein Abendessen schuldest? Als erstes Date war das hier wirklich besonders, das muss ich zugeben, aber ich bin mir nicht sicher, ob ich schon so weit bin und mit dir in einem Stundenhotel landen will, Mr. Porter.«

Das verschnürte Bündel, das in der Lunchbox gesteckt hatte, lag zwischen ihnen auf der Mittelkonsole; das Wort »Mutter« war auf dem Umschlag im schlechten Licht kaum erkennbar, doch aus dem Notizbuch schrie ihm regelrecht Bishops Stimme, schrien ihm dessen Worte entgegen.

Abendessen?

Sie hatten tatsächlich seit New Orleans nichts mehr zu sich genommen.

Sein Magen knurrte.

Dreißig Minuten später saß Porter in einem winzigen Zimmer im Greenville Airport Motel 8 auf der Bettkante. Der Tisch neben der Zimmertür war übersät mit Imbissschachteln. Sarah stand unter der Dusche.

Das Bündel fühlte sich schwerer an, als es tatsächlich war – als hielte er nicht bloß Papier in den Händen, sondern noch etwas anderes. Er hätte es nicht benennen können. Jemandes Leben, das zwischen Seiten eingesperrt worden war.

Oder die Brandrede eines Verrückten.

Das gleiche Gefühl hatte er gehabt, als er Bishops Tagebuch erstmals gelesen hatte. Trotzdem hatte er gerade zwei Stunden zuvor genau an der Stelle gestanden, wo all die Ereignisse, die darin geschildert waren, tatsächlich stattgefunden hatten.

Die Carters.

Seine Mutter.

Sein Vater.

Die zwei Männer, bei denen es sich – wie Porter später erfahren sollte – um Kirby und Briggs gehandelt hatte.

Sie alle ...

Das alles ... war wahr gewesen.

Den Umschlag und das Notizbuch hatte jemand mit einer schwarzen Kordel zusammengebunden. Unwillkürlich fragte er sich, ob die von derselben Rolle stammte, mit der Bishop seine Schachteln verschnürte.

Porter zupfte die Kordel ab, zog den Umschlag auf, der an »Mutter« adressiert war, und faltete den Brief auseinander. Das Papier knisterte zwischen seinen Fingern.

Wie lange hatte er dort gelegen?

Wie lange hatte der Brief auf eine Mutter gewartet, die nie wieder aufgetaucht war?

Porter erkannte die Handschrift auf den ersten Blick wieder. Eine jüngere Version der Schrift aus dem Tagebuch.

Mama. Ich weiß, du hast immer gewollt, dass ich dich Mutter nenne, aber in Wahrheit will ich wirklich lieber Mama sagen. Ist das so verkehrt?

Mama

Mama

Mama

Mama.

Tut mir leid, Mutter.

Es tut mir aufrichtig leid. Was immer ich getan haben muss, damit du mich zurücklassen wolltest, tut mir aufrichtig leid. Es tut mir aufrichtig leid, dass alles, was ich getan habe, bloß dazu geführt hat, dass du ohne mich wegwolltest.

Bist du gegangen, weil du keine andere Wahl hattest?

Bist du gegangen, weil diese Männer zu uns gekommen sind und du fliehen musstest?

Das war der Grund, nicht wahr?

Sonst hättest du mich nicht zurückgelassen. Nicht einfach so.

Ich hab zu lang gebraucht, um vom See zurückzukommen. Wenn ich schneller zurück gewesen wäre, hättest du mich aufgefordert, hopp, hopp ins Auto zu hüpfen, hättest

*meine Taschen hineingeworfen, und dann wären wir ge-
meinsam davongefahren. Wir hätten gemeinsam ein neues
Leben begonnen und das alte im Rückspiegel verschwinden
sehen – im Staub, den der grüne Plymouth aufgewirbelt
hätte.*

*Ich wollte diesen Brief gar nicht schreiben, aber der Arzt hat
mir gesagt, ich soll das machen. Er behauptet, dass er ihn
nicht liest, aber mir ist klar, dass er ihn sich ansehen wird.
Vater hat mir beigebracht, eine Lüge als solche zu erkennen,
und Dr. Joseph Oglesby ist kein guter Lügner. Er glaubt, dass
er ein guter Lügner ist, aber das ist er nicht, kein bisschen,
nicht im Geringsten. Seine kleinen toten Augen werden
noch kleiner, wann immer er flunkert – zweiunddreißig Mal
allein während unserer letzten Sitzung.*

Hallo, Doc.

*Sie sollten sich die Haare abschneiden. Wen wollen Sie
bitte an der Nase herumführen, indem Sie sich die Haare
über die Glatze kämmen? Das sieht einfach nur albern aus.*

Tut mir leid.

So was darf ich nicht sagen.

Vater hat mich etwas anderes gelehrt.

*Einmal hat er gesagt, es ist besser, jemanden mit Kompli-
menten zu überschütten, bis er darin ersäuft – dann streckt
er sich nämlich nach dir aus und will sich festhalten und
für immer befreundet sein.*

*Aber nicht Mutter. Nicht meine Mutter, nicht du. Wenn
du mitbekommen hättest, dass ich mit Komplimenten zu
großzügig gewesen wäre, hättest du mich sofort aufgefordert,
das sein zu lassen.*

Ihr beide seid sehr verschieden.

Wart sehr verschieden.

Vater.

Ach, mein Vater.

Ich mag darüber gar nichts schreiben. Ich weiß, dass Dr. Oglesby mich dazu bringen will, aber ich kann nicht, es tut zu sehr weh. Es tut fast genauso weh wie damals, als ich die Stelle am See bei der Katze umgegraben und mein Messer gefunden habe.

Ich wusste, was das Messer bedeutete.

Dass du mich verlassen hattest, Mutter.

Sosehr ich mir wünschte, dass du mich nicht absichtlich dort alleingelassen hast, sosehr ich mir wünschte, dass du keine andere Wahl gehabt hattest, als ohne mich zu verschwinden, ist mir doch klar, dass das nicht wahr ist.

Es war mir im selben Moment klar, als ich das Messer fand.

Warum hasst du mich, Mutter?

Warum ~~hasst~~ hast du Vater so sehr gehasst?

Nach dem Haus, nach dem Brand – du weißt Bescheid über den Brand? –, nach dem Brand bin ich ins Camden Treatment Center außerhalb von Charleston gekommen.

Die Leute dort sind nett, sogar Dr. Oglesby mit seinen Lügen. Sie haben mir ein eigenes Zimmer gegeben. Es gibt auch ein Fenster, aber das geht nicht auf. Also keine Sommerbrise mehr für mich, bloß das Dauersummen der Klimaanlage.

Dr. Oglesby hat mich gebeten, Tagebuch zu führen.

Er hat mir ein schwarz-weißes Notizbuch in die Hand gedrückt und gemeint, das sei perfekt als Tagebuch.

Ich hab ihm gesagt, dass nur Mädchen Tagebuch führen, und er meinte, dann eben ein Erlebnisprotokoll, das würden Jungs auch schreiben.

Ich hab ihm gesagt, dass ich drüber nachdenken werde.

Ich bin ja nicht blöd. Ich weiß, dass er will, dass ich Sachen aufschreibe, damit er sie lesen kann, damit er mich besser versteht.

Ob das so falsch wäre?

Verstanden zu werden?

Mach dir keine Sorgen, Mutter. Deine Geheimnisse verrate ich ihm nicht.

Deine Geheimnisse sind bei mir sicher.

Die meisten.

Dein ~~dich liebender~~ Sohn

AB

PS: Sag Mrs. Carter schöne Grüße und dem Mann mit den langen blonden Haaren auch. Ich bin mir sicher, wir sehen uns alle eines Tages wieder. Bis dahin habe ich mein Messer bei mir und sorge dafür, dass es scharf bleibt. Danke, dass du es mir zurückgegeben hast.

»Und, steht was drin?«

Porter hob den Blick.

Sarah stand in der Badezimmertür. Sie hatte sich in ein weißes Badetuch gewickelt und ein anderes um ihr langes Haar geschlungen, wie es nur Frauen konnten. Hinter ihr stand Wasserdampf.

Porter ertappte sich dabei, wie er ihre gebräunten Beine anstarrte, und zwang sich, ihr ins Gesicht zu sehen.

»Vielleicht sollte ich mich besser anziehen.«

»Nein ... Klar ... Ich meine, nur zu. Dann gehe ich jetzt duschen.« Porter schluckte trocken. Seine Wangen glühten.

Du bist nicht mehr an der Highschool. Reiß dich zusammen.

Er sah weg und legte den Brief auf das Notizbuch, verschwand im Badezimmer und drückte die Tür hinter sich zu.

Sie roch nach Flieder.

92

Porter

Sarah hatte sich auf den Fensterplatz gesetzt.

Sie sah fix und fertig aus.

Porter ließ sich auf den Sitz daneben fallen, landete auf dem Sicherheitsgurt und stemmte sich hoch, um die Enden zu ertasten. Dann setzte er sich wieder, legte den Gurt an und zog ihn fest, damit er eng anlag.

Sarah sah ihn mit einem breiten Grinsen an. »Glaubst du wirklich, dieser fadenscheinige Gurt bringt irgendwas, wenn dieses Flugzeug meint, es müsste irgendwo in Alabama kopfüber in einem Acker landen?«

»Ich will einfach nur nicht, dass die Stewardess mich deswegen anblafft. Wenn man zu denen nett ist und die Regeln befolgt, kriegt man manchmal sogar eine ganze Dose Cola, nicht nur einen Becher voll.«

Sie wollte schon etwas sagen, überlegte es sich dann anders, machte es sich in ihrem Sitz bequem und schloss die Augen. »Weck mich, wenn wir da sind, Detective Sam Porter.«

»Danke.«

»Wofür?«

»Fürs Mitkommen. Ich dachte eigentlich, ich würde das hier allein durchziehen wollen, aber mit dir zusammen fühlt es sich besser an.«

»Nur wenige Dinge im Leben sind allein besser.«

»Das wird mir auch allmählich klar.«

»Schön, dass ich zu Diensten sein kann«, sagte sie erschöpft. »Vielleicht Kuchen.«

»Was?«

»Kuchen dürfte allein besser sein – da bleibt mehr für mich übrig.«

»Ich wusste gar nicht, dass es Kuchen gibt.«

»Nicht hier im Flugzeug, aber vielleicht, wenn wir landen. Kuchen müsste es immer geben.«

»Schlaf jetzt, Ms. Werner.«

Und irgendwie tat sie genau das – sie schlief ein, noch ehe die Türen verschlossen waren.

Die Maschine war vielleicht zu zwei Dritteln voll. Der Sitz hinter Sam war leer.

Er wartete noch, bis sie in der Luft waren, dann schaltete er das Leselämpchen über sich an, schlug das Notizbuch auf und blendete alles bis auf Bishops Aufzeichnungen aus.

93

Tagebuch

»*Fühlst du dich wohl, Anson?*«

Er lächelte mich an, aber es war kein aufrichtiges Lächeln. Es war die Art Lächeln, die man auch bei Dinnerpartys oder Wohltätigkeitsveranstaltungen oder Preisverleihungen auflegte – die Art, die sofort wieder verblasste, sobald der Lächelnde hinter einer Tür verschwand und die Zuschauer ihn nicht mehr sahen. Ich war nie bei einer Dinnerparty oder Wohltätigkeitsveranstaltung oder Preisverleihung gewesen, aber ich hatte davon gelesen. Mutter hatte mal eine Ausgabe der People *mit heimgebracht, und die Seiten waren voll von diesen höflich, aber unaufrichtig lächelnden Menschen gewesen.*

»Möchtest du etwas trinken?«

»Nein, Sir.«

»Sehr höflich«, sagte Dr. Oglesby und warf einen Blick in seine Notizen. »Du bist jetzt seit einer Woche hier, und ich habe immer noch das Gefühl, dass wir uns kaum kennen.«

Er war nicht besonders groß, allerhöchstens drei, vier Zentimeter größer als ich. Obwohl jeder ihn »Doktor« nannte, hatte ich ihn nie in einem weißen Arztkittel gesehen. Heute trug er einen grau-schwarzen Burlington-Pulli und eine Kakihose. Er hatte ein paar Pfund zu viel auf den Rippen; die kleine Wampe drückte sich über den Hosenbund, als er die Beine übereinanderschlug. Es war nicht wild, wahrscheinlich machte er sogar ein paarmal in der Woche

Sport, zumindest ein bisschen – er neigte zu Übergewicht, sein Körper wollte fett sein, aber er hatte seine potenzielle Fettleibigkeit im Griff. Zumindest noch. Unwillkürlich fragte ich mich, wie er wohl in zehn Jahren aussehen würde. Würde er dann einen Arztkittel tragen? Wenn ich Arzt wäre, würde ich definitiv so einen Kittel tragen.

Sein Sprechzimmer war kaum mehr als ein größerer Schuhkarton.

Die Wände waren cremeweiß und mit Zeugnissen und Fotos eines falsch lächelnden Dr. Oglesby neben anderen falsch lächelnden Leuten dekoriert. Im Gegensatz zu den anderen Schreibtischen im Camden Treatment Center war seiner aus Holz. Wahrscheinlich hatte er ihn sich selbst besorgt; die anderen waren aus grauem Metall.

Wir saßen einander vor seinem Schreibtisch gegenüber. In einem der Studiengänge, die er an der Wand dokumentierte, musste der gute Mann gelernt haben, dass man seinem Patienten besser auf Augenhöhe begegnet, und statt hinter dem Schreibtisch auf seinem bequem gepolsterten Schreibtischstuhl zu sitzen, kam er zu den Normalsterblichen nach vorn.

Ein großer, keinesfalls echter Perserteppich bedeckte fast den ganzen Boden. Ich hatte zwar noch nie einen echten Perserteppich gesehen – auch keine Fälschung, um genau zu sein –, aber irgendetwas an dem hier schrie regelrecht Fälschung. Vielleicht der ominöse Fleck in der hinteren Ecke, der von einem Zimmerfarn fast komplett verdeckt wurde.

»Eine Woche«, murmelte er und klopfte auf das Klemmbrett auf seinem Schoß. »Hast du früher Medikamente nehmen müssen, Anson? Bevor du hergekommen bist? Irgendwas?«

Er hatte mir die Frage schon gestellt, vier Mal bisher. Ich hatte ihm jedes Mal die gleiche Antwort gegeben.

»Nein.«

»Weil du ein bisschen zappelig wirkst, als würdest du gerade die letzte Phase eines Entzugs durchlaufen. Mehrere Krankenschwestern haben das in deiner Akte vermerkt – außerdem Schweißausbrüche in der Nacht. Und Zittern. Das alles sind Anzeichen für einen Entzug.«

Ich erwiderte nichts.

»War es Chlorpromazin oder Fluphenazin? Oder Haloperidol oder Loxapin?«

Ich schwieg weiter.

»Also Haloperidol? Als ich das gerade erwähnt habe, weißt du, da hat dein linkes Auge ganz leicht gezuckt. Das dürfte ein Hinweis darauf sein, dass dir das Präparat etwas sagt. Warum sollte ein Junge in deinem Alter das Präparat kennen, wenn er den Namen nicht tagtäglich auf der Schachtel gesehen hätte?«

Ich errötete. Dann holte ich tief und ruhig Luft.

»Haloperidol setzt man besser nicht von einem Tag auf den anderen ab. Wenn ein Arzt beschließt, die Medikamentierung anzupassen oder abzusetzen, dann entwöhnt man den Patienten über einen längeren Zeitraum. Mitunter ergänzt man zeitweilig ein anderes, weniger stark wirksames Medikament, um die schlimmsten Nebenwirkungen des Entzugs abzufedern.«

Dr. Joseph Oglesby hatte eine Brille. Die Gläser waren nicht besonders dick, und ich fragte mich, ob er die Brille tatsächlich brauchte. Auf mich wirkte er wie jemand, der nur Brille trug, um seine Rolle als Arzt zu unterstreichen. Um überzeugender rüberzukommen. Die Brille hing an einem Silberkettchen um seinen Hals, und in regelmäßigen Abständen setzte er sie auf und nahm sie wieder runter, eher um ein Zeichen zu setzen, denn dass er sie wirklich gebraucht hätte. Mit dieser Kette um den Hals erinnerte er mich an einen Bibliothekar. Aber er war kein Bibliothekar.

Von meinem Stuhl aus konnte ich sehen, wie viel Staub auf den Büchern in seinen Regalen lag.

»Wenn man Haloperidol von jetzt auf gleich absetzt, kann das zu Schlafstörungen, innerer Unruhe, Angst- und Erregungszuständen, depressiven Verstimmungen, Schwindel- und Krampfanfällen führen, manchmal sogar zu Wahrnehmungsstörungen. Merkst du, wie dein Fuß die ganze Zeit auf dem Boden auftippt? Dieses schnelle Tippeln? Das ist ein deutliches Zeichen. Gibt es einen Grund, warum du deine Medikamente nicht mehr nehmen willst, Anson? Hast du mich deshalb belogen?«

Ich hörte augenblicklich auf zu tippeln. Ich hatte wirklich gar nicht bemerkt, dass ich den Fuß bewegt hatte.

Von jetzt an würde ich das nicht mehr machen.

Der Arzt hob die Spitze seines Stifts an die Lippe, fing meinen Blick auf und notierte dann etwas. »Das geht jetzt schon eine Woche so, insofern solltest du über das Schlimmste hinweg sein. Ich wüsste nicht, warum wir es zum jetzigen Zeitpunkt wieder aufnehmen müssten. Wenn du aber das Bedürfnis hättest, würdest du es mir sagen, ja? Dann könnten wir die Wirkweise des Medikaments noch mal zusammen durchgehen.«

Ich wollte nicht nicken, tat es dann aber doch.

Wieder dieses Lächeln – nur vage, nur in den Mundwinkeln.

94

Tagebuch

»Bist du bereit, über den Brand zu sprechen, Anson?«

Er hatte meinen Fuß klopfen sehen, bevor ich imstande gewesen war, damit aufzuhören. Ich legte die Hand aufs Knie.

»Weißt du, wie viele Tote in dem Haus gefunden wurden?«

Mein Fuß würde nicht wieder anfangen zu klopfen.

»Drei. Ich stehe in engem Kontakt mit den Behörden vor Ort, seit du hier bei uns bist, und sie müssen sie alle erst offiziell identifizieren. Die Leichen sind so stark verkohlt, dass sie den Zahnstatus heranziehen müssen. Ohne Vergleichsbilder wird das allerdings schwierig. Insofern hoffen sie jetzt darauf, dass eins von zwei Dingen passiert: dass jemand entweder als vermisst gemeldet wird und der Vergleich der Zahnarztbefunde eine Übereinstimmung ergibt. Oder aber dass du uns weiterhilfst, damit die Opfer identifiziert werden können. Die Behörden gehen davon aus, dass du das kannst. Sie wollen sich unbedingt mit dir unterhalten, aber weil du noch minderjährig bist und unter meiner Aufsicht stehst, dürfen sie das nicht. Das könnte sich natürlich ändern – ich müsste bloß ein paar Formulare unterschreiben, und sie dürften dich hier rausholen und woandershin schaffen, wo sie dann versuchen, dich zum Reden zu bringen. Dass das angenehm wäre, kann ich mir nicht vorstellen, und ich würde nur ungern zulassen, dass einem *höflichen jungen Mann wie dir so etwas widerfährt. Trotz-dem kann ich diese Leute nicht ewig in Schach halten. Weißt du, was ein Bezirksstaatsanwalt ist, Anson?«*

Ich wusste, was ein Bezirksstaatsanwalt war. Die waren ziemlich oft in meinen Comics vorgekommen, aber das würde ich ihm nicht verraten. Ich hatte nicht vor, ihm irgendetwas zu verraten.

»War einer der Männer dein Vater, Anson?«

Mein Bein hielt still. Er sah mich unverwandt an – wie ein Habicht eine Maus.

»Die drei Leichen in eurem Haus waren alle männlich. Der Polizei zufolge ist dein Vater seit dem Feuer nicht mehr zur Arbeit erschienen, und daraus schließen sie jetzt, dass er bei dem Brand ums Leben gekommen ist. Um deine Mutter machen sie sich ebenfalls Sorgen. Die scheint nämlich auch verschwunden zu sein. Ehrlich gesagt machen sie sich riesige Sorgen. Ich glaube, sie haben den Verdacht, sie könnte den Brand gelegt haben. Im Haus wurde überall Brandbeschleuniger nachgewiesen, wahrscheinlich Benzin; nach allem, was sie mir erzählt haben, war das Haus quasi damit überschwemmt. Irgendwer hat sich da große Mühe gegeben. Sind deine Eltern miteinander klargekommen? Hatte deine Mutter einen Grund, deinem Vater etwas anzu-tun? Hat er ihr wehgetan? Hat er sie geschlagen?«

»Vater würde nie die Hand gegen Mutter erheben.«

Mir war klar, dass ich im Grunde gar nichts sagen sollte, aber ich würde nicht zulassen, dass jemand schlecht über meinen Vater sprach, weder dieser Mann noch sonst irgend-wer.

»Aber dein Vater war im Haus, als es passiert ist, oder?«

»Ich weiß es nicht. Ich war am See.«

Der Arzt setzte seine Brille auf und schob sie den Nasen-rücken hinauf. »Du hast den Feuerwehrmännern und später der Polizei erzählt, dass du stundenlang am See gewesen

*bist und geangelt hast und erst nach Hause gelaufen bist,
als du den Rauch gesehen hast. Allerdings hattest du weder
einen Angelkasten noch eine Rute dabei, und am See haben
sie auch nichts dergleichen gefunden. Sie glauben, dass du
gelogen hast.«*

»Ich lüge nicht.«

*»Du hast auch in Sachen Medikamente gelogen. Du hast
in Sachen Haloperidol gelogen – ein sehr ernst zu nehmendes Medikament.«*

»Ich habe nicht gelogen. Ich hab bloß geflunkert.«

*»Und was, Anson, ist der Unterschied zwischen lügen
und flunkern?«*

Mein Bein zuckte, allerdings nur ein einziges Mal.

*»Weißt du, wohin deine Mutter verschwunden ist, Anson?
Nachdem sie den Brand gelegt und deinen Vater umgebracht
hat?«*

*Mutter hatte weder Vater umgebracht, noch hatte sie den
Brand gelegt. Am liebsten hätte ich es ihm gesagt, am liebsten hätte ich es ihm entgegengeschrien. Ich wäre am liebsten von meinem Stuhl aufgesprungen, hätte ihm den Stift
aus der Hand gerissen und tief in den Hals gedrillt und zugesehen, wie das Blut über seinen Burlington-Pulli geströmt
und über die Bilder mit dem falschen Lächeln an der Wand
gespritzt wäre. Aber das tat ich nicht. Ich schwieg einfach
weiter.*

*»Der Instinkt einer Mutter, ihr Kind zu beschützen, ist
einer der stärksten Instinkte, die wir kennen. Hat dein Vater
dir wehgetan? Hat er dich unsittlich berührt? Wollte sie ihn
deshalb umbringen?«*

»Vater würde mir nie wehtun.«

*»Du bist im Krankenhaus untersucht worden, bevor du
hierhergekommen bist. Dort haben sie keinerlei Hinweise
auf einen Missbrauch feststellen können. Ich nehme also
an, dass du die Wahrheit sagst. Leider weiß ich nicht, wie*

gründlich die Untersuchungen gewesen sind, aber da bin ich zuversichtlich. Unser Personal hier hätte jeden Aspekt berücksichtigt, aber du warst nun mal in einem Bezirkskrankenhaus, und für die Fähigkeiten und die Qualität dort kann ich natürlich nicht bürgen. Einige dieser Krankenhäuser können absolut furchtbar sein, als wäre man in einer Zeltstadt in irgendeinem Drittweltland gelandet.«

»Ich hab Steine geschnickst.«

»Was?«

»Ich hab den Feuerwehrmännern und der Polizei gegenüber nie behauptet, dass ich angeln gewesen wäre. Ich hab am See Steine geschnickst. Das mach ich gern.«

»So steht es aber nicht im Polizeibericht, Anson. Man darf nicht lügen oder flunkern, besonders nicht mir gegenüber.«

»Der Bericht stimmt nicht.«

Er setzte die Brille wieder ab, und ich sah, wie sie an der Kette auf seine Brust hinabfiel.

Das Fenster seines Sprechzimmers war nicht vergittert. Draußen fing es an zu regnen.

»Wo bist du zur Schule gegangen, Anson?«

»Mutter hat mich zu Hause unterrichtet.«

»Wirklich? Das ist interessant.«

»Warum?«

»Weißt du noch, diese Tests, die du an deinem zweiten Tag machen musstest? Du hast sie alle mit einer extrem hohen Punktzahl bewältigt.«

»Ich mag Tests. Die machen Spaß.«

»Deine Mutter muss eine sehr intelligente Frau sein. Was macht sie beruflich?«

»Das habe ich doch schon gesagt. Sie hat in einem Verlag gearbeitet.«

Ohne hinzusehen, schrieb er sich etwas auf. »Das hast du erwähnt, aber es gibt nirgends Unterlagen über ihre Berufstätigkeit, weder aus jüngerer Zeit noch überhaupt. Deine Eltern haben eine gemeinsame Steuererklärung abgegeben, und was sie anging, war darauf nie ein Verdienst verzeichnet. Im Auftrag des Bezirksstaatsanwalts, den ich schon erwähnt habe, hat die Bundessteuerbehörde ihre Akten durchforstet. Der Mann ist übrigens ein echter Bluthund – und er will unbedingt mit deiner Mutter reden.«

»Ich weiß nicht, wo sie ist.«

»Macht es dir etwas aus, dass sie dich dort zurückgelassen hat? Dieser mütterliche Beschützerinstinkt, von dem ich gesprochen habe – ich könnte mir vorstellen, dass es für eine Mutter ganz fürchterlich schwer sein muss, ihr einziges Kind einfach alleinzulassen und komplett den Kontakt abzubrechen. Es einfach abzuschreiben, als hätte es nie existiert. Es wie einen Müllsack zu entsorgen. Ich bin mir nicht sicher, was eine Frau zu so etwas treiben könnte. Was hast du ihr angetan, dass sie dich so sehr hasst?«

Diesmal gab ich mir keine Mühe, das Zucken meines Beins zu kontrollieren. Stattdessen sah ich hinaus in den Regen.

95

Poole

Poole war um kurz nach eins auf dem Greenville-Spartanburg International Airport gelandet. Ein schwarzer Subaru Forester mit Behördenkennzeichen hatte an der Landebahn auf ihn gewartet. Am Steuer saß SAIC Robert Granger. Seine Augen sahen gerötet und geschwollen aus.

Er kam ihm mit ausgestreckter Hand entgegen und brüllte gegen den Motorenlärm des Jets an: »Sie müssen Frank sein. Willkommen in South Carolina.«

Poole schätzte ihn auf Mitte fünfzig, weil SAIC Hurless vierundfünfzig war und erwähnt hatte, dass die beiden sich aus der Akademie kannten. Dabei sah Granger deutlich älter aus. Wenn Poole dem Mann auf der Straße begegnet wäre, hätte er ihn leicht zehn Jahre älter geschätzt. Untersetzt, glatzköpfig, dicke Brillengläser und ein buschiger Kinnbart, der Poole überraschte, weil der Dresscode des FBI eigentlich jede Form der Gesichtsbehaarung außer einem Schnurrbart untersagte, aber im Süden schienen die Regeln ein wenig lockerer zu sein.

Granger winkte ihn in Richtung Beifahrertür, und beide stiegen ein. Noch bevor Poole sich angeschnallt hatte, rollten sie vom Flugzeug weg. Granger winkte der Security und fuhr am Kontrollposten vorbei in Richtung Highway. »Junge, Junge. 4MK, was? Hier unten?«

»Wir glauben, dass er immer noch in Chicago ist, aber anscheinend hängt dieser See in irgendeiner Weise mit ihm zusammen«, erklärte Poole.

»Ich hab ein bisschen gebraucht, aber um kurz nach Mitternacht hab ich Sheriff Banister doch noch an die Strippe gekriegt. Sheriff Hana Banister. Sie werden sie mögen – die ist der Kracher. Ist in Simpsonville seit knapp zwanzig Jahren Sheriff, hat nie einen Gegenkandidaten gehabt, was die Einwohner völlig in Ordnung finden. Ist nicht wahnsinnig dicht besiedelt dort draußen, da mögen sie keine Veränderungen. Sie sagt, in der Stadt gibt es zwei erfahrene Taucher, und ich hatte drei in Charlotte, die haben wir zusammengebracht und auf direktem Weg zu Ihrem See gefahren. Sie kennt das Grundstück, anscheinend wohnt dort niemand mehr, seit das Hauptgebäude abgebrannt ist. Es gibt noch einen Trailer, den die Besitzer damals vermietet hatten. Inzwischen treiben dort Teenager, was Teenager nun mal treiben … Nach allem, was sie mir erzählt hat, gibt's dort nicht wahnsinnig viel zu sehen.«

»Können die Taucher auch im Dunkeln arbeiten?«

Granger lehnte sich übers Lenkrad und überholte einen Sattelschlepper. »Schien sie nicht zu schrecken. Diese Leute springen ins Wasser, wann immer sich die Gelegenheit bietet.«

»Wie weit müssen wir fahren?«

Granger warf einen Blick auf sein Navi. »Wir brauchen etwa eine halbe Stunde. Dieser See scheint echt ziemlich ab vom Schuss zu liegen.«

Zwei Stunden später stand Poole am Ufersaum und sah den Tauchern zu, während Granger und Sheriff Banister (die wirklich der Kracher war) ihrem Team Befehle zuriefen.

Ein Stück weiter dröhnte ein Generator, von dem sich Kabel in alle Richtungen schlängelten. Riesige Flutlichter waren am Ufer aufgestellt worden und tauchten das schwarze Wasser in gleißendes Licht.

Eine Taucherin kam an die Oberfläche und streckte die Hand in die Höhe. »Ich hab noch eine! Genau unter mir auf sechs Metern. Ich hab einen Gurt darum gelegt und hänge jetzt den Ballon an.« Sie klemmte einen kleinen Kasten von ihrem Gürtel ab und drückte auf einen Knopf. Der Kasten sprang auf, und ein grell orangefarbener Ballon blähte sich auf. Den Ballon befestigte sie an einem Gurt, den sie in der anderen Hand gehalten hatte. Dann setzte sie ihn auf die bewegte Wasseroberfläche.

»Herrgott, wie viele sind es inzwischen?«, rief Banister irgendwo hinter Poole.

Er sah nach rechts zu den schwarzen Leichensäcken, die am Ufer aufgereiht worden waren. »Vier. Insgesamt vier.«

»Komplett oder Leichenteile?«, rief Granger der Taucherin zu.

»Komplett.« Sie nahm das Mundstück wieder in den Mund und verschwand unter der Oberfläche. Der Lichtstrahl ihrer Hochleistungslampe war im Nu verschwunden.

Sie hatten auch kleinere Müllsäcke mit Leichenteilen gefunden – sechs bislang. Nur einen davon hatten sie aufgerissen; er hatte einen menschlichen Schenkelknochen enthalten. Die anderen waren noch im Wasser vorsichtig in durchsichtige Plastikbeutel geschoben, dann erst heraufgebracht und in große Plastikwannen gelegt worden, damit der Inhalt nicht verunreinigt wurde und die Funde intakt blieben. Sie würden in die Rechtsmedizin der FBI-Niederlassung in Charlotte gebracht werden. Sheriff Banister hatte kein Problem damit gehabt, die Zuständigkeit an Poole und Granger zu übergeben. Ihr hätten ohnehin nicht genügend Ressourcen zur Verfügung gestanden.

Poole rieb sich die Hände. Es war beileibe nicht so eisig wie in Chicago, aber die Luft rund um den See war trotz-

dem schneidend kalt. Sheriff Banister richtete ihre Taschenlampe auf den Fuß eines großen Baums. »Agent Poole? Ich
glaube, ich hab Ihre Katze gefunden.«

*Wenn Sie am See angekommen sind, suchen Sie nach der
Katze.*

Er ging zu ihr und folgte dem Schein der Taschenlampe.

Eine verrostete Lunchbox lag halb vergraben zwischen
den Wurzeln einer Lorbeerblatteiche. Nach seiner Ankunft
war er zunächst das gesamte Areal rund um den See nach
Spuren einer Katze abmarschiert. Eigentlich hatte er erwartet, in unmittelbarer Nähe des Wassers zu finden, worauf
Porter angespielt hatte. Dann war die erste Leiche entdeckt
worden, und er hatte die Katze komplett vergessen. Die
Blech-Lunchbox lag etwa drei Meter vom Wasser zurück-
versetzt versteckt unter einem Baum.

Poole beugte sich vor und wischte die Erde vom Deckel.

Hello Kitty.

»Süß.« Er sah zu Sheriff Banister. »Hätten Sie vielleicht
Handschuhe für mich?«

»Ja, klar.« Sie zog ein Paar Latexhandschuhe für ihn aus
der Jackentasche, und aus ihrem Pferdeschwanz rutschten
einige blond-graue Strähnen. Sie zog das Haargummi heraus,
zwirbelte sich die Haare zu einem engen Knoten und legte
das Haargummi wieder darum – alles mit nur einer Hand.
Die andere Hand, mit der sie immer noch die Taschenlampe
auf die Lunchbox gerichtet hielt, hatte nicht mal gezuckt.
Unwillkürlich fragte sich Poole, ob sie mit der gleichen Fin-
gerfertigkeit ihre Waffe führte – sofern die hier draußen
überhaupt je zum Einsatz kam.

»Ich hab noch eine«, kam der nächste Ruf vom See.

Jetzt sind es fünf.

Granger kam auf sie zumarschiert und richtete seine
Taschenlampe auf die Lunchbox. »Das ist es? Was Sie hier
finden wollten?«

Poole öffnete den rostigen Verschluss an der Vorderseite und zog den Deckel auf. Aus seinem Versteck starrte ihm das Tagebuch entgegen. »Ich brauche die Grundbucheinträge, Bebauungspläne – was immer Sie für dieses Grundstück haben. Und auch für die Häuser, an denen wir vorbeigekommen sind.«

Banister beugte sich leicht vor. Ihr Atem bildete in der kalten Luft weiße Wölkchen. »Die liegen alle im Rathaus. Ich ruf dort an und weck ein paar Leute auf.«

96
Tagebuch

Die Neonröhren surrten wie eine Million Bienen, die irgendwo in der Deckenverkleidung versteckt waren. Ich versuchte, das Geräusch auszublenden, stellte irgendwann fest, dass es mir nicht gelingen würde, und ließ den Kopf wieder auf das dünne Kissen sinken, das sie mir gegeben hatten.

Mein Zimmer war vielleicht eins achtzig auf zwei vierzig groß. Sie sagten Zimmer, und ich nahm es so hin, auch wenn mir mein Unterbewusstsein zuflüsterte, dass dieses Zimmer eher einer Zelle gleichkam. Zimmer wurden schließlich nicht abgeschlossen, sobald man drin war. Zimmer hatten Fenster, die aufgingen. All das traf auf mein Zimmer nicht zu.

In der ersten Nacht war ich aufgewacht und aus meinem Bett gekrochen, um zur Toilette zu gehen. Im selben Moment, da meine Füße den kalten Boden berührt hatten, wusste ich irgendwie, dass etwas nicht stimmte, aber erst als ich die Stelle erreicht hatte, wo meine Zimmertür hätte sein müssen, wachte ich vollends auf und musste mir eingestehen, dass ich mich gar nicht zu Hause, sondern an einem fremden Ort befand.

Nicht in meinem Zimmer.

Nicht in meinem Bett.

Ganz woanders.

Mit einem Mal musste ich auch nicht mehr aufs Klo. Ich kroch zurück in das schmale Bett und stand auch nicht mehr auf, ehe um Punkt sechs Uhr die grellen Deckenlichter angingen und die Bienen zu ihrem vorprogrammierten Tag erwachten. Sie würden bis abends um Punkt zehn Uhr anbleiben. In meinem Zimmer gab es keine Uhr, und durch das Fensterchen in der Tür konnte ich auch auf dem Flur keine Uhr sehen, aber meine innere Uhr funktionierte einwandfrei. Vater hatte mir von klein auf beigebracht, mir immer der Zeit bewusst zu sein, er hatte mir beigebracht, auf dieses gleichmäßige Ticken irgendwo ganz zuhinterst im Unterbewusstsein zu lauschen – auf diese Uhr, die wesentlich präziser ging als jede, die an der Wand hing.

In unserem Haus waren nirgends Uhren gewesen.

Eine Armbanduhr hatte ich nie haben dürfen.

Es hatte immer nur die innere Uhr gegeben, die Vater regelmäßig abgeprüft hatte.

In den unmöglichsten Momenten hatte er mich nach der Uhrzeit gefragt. Wenn ich auch nur um eine Minute danebenlag, hatte das Auswirkungen. Auf diese Auswirkungen will ich nicht näher eingehen, aber ich muss wohl kaum eigens erwähnen, dass ich selten falschlag.

Vater brachte mir auch bei, die Zeit zu unterdrücken. Das sei wie Meditation, nur eben viel mehr. Für diese Fähigkeit hatte ich nicht allzu häufig Verwendung, trotzdem erklärte er mir, dass ich sie eines Tages vielleicht brauchen würde, und wie immer war ich nur zu begierig, von ihm zu lernen. Die Zeit zu unterdrücken erlaubte es mir, einfach die Augen zu schließen und runterzufahren – für fünf Minuten, für fünf Stunden, was immer ich mir anfangs vornahm. Anders als beim Schlaf blieb in dieser Zeit mein Verstand aktiv und beschäftigte sich mit einer ausgewählten Frage, oder aber ich konnte auch das abstellen und Ereignisse binnen eines Wimpernschlags einfach verstreichen lassen, die ansonsten langweilig an mir vorübergedümpelt wären.

Sobald sie mich in mein Zimmer gesperrt hatten, unterdrückte ich die Zeit.

Ich wusste genau, was sie vorhatten. Ich durfte das Zimmer lediglich verlassen, um zur Toilette oder zu den Sitzungen mit Dr. Oglesby zu gehen. Den Rest der Zeit verbrachte ich in diesem einen Raum. Sie wollten, dass mir langweilig würde. Sie wollten, dass ich das Zimmer verabscheute. Sie wollten, dass ich mich wegwünschte, dass ich mir die nächste Sitzung mit dem Arzt herbeisehnte. Auch wenn das mit meinen Vorgängern garantiert funktioniert hatte, bissen sie sich mit solchen Tricks an mir die Zähne aus – eben weil ich die Zeit unterdrücken konnte. Weil ich diese Fähigkeit nutzte, um meine derzeitige Lage zu überdenken, eine Lösung zu finden, irgendetwas auszutüfteln.

Die Neonröhren gingen also um sechs Uhr morgens an und um zehn Uhr abends wieder aus, und dann ging es wieder von vorn los. Inzwischen war es acht Mal wieder losgegangen. In diesem Augenblick war es 16.32 Uhr an meinem neunten Tag in dieser Anstalt. Aus meinem Zimmer gab es kein Entrinnen. Das Fenster war verschlossen, und selbst wenn ich es aufgekriegt hätte, hätte ich nicht zwischen den Gitterstäben hindurchgepasst. Ich hätte das Schloss in der Zimmertür aufbrechen können, wenn ich das richtige Werkzeug gehabt hätte – hatte ich aber nicht. Mein Zimmer war das fünfte auf dieser Seite des Flurs. Das Bad lag gegenüber zur Rechten. Auch wenn ich keinen der Bewohner der anderen Zimmer je zu Gesicht bekommen hatte, hatte ich sie – besonders nachts – durchaus hören können und drei männliche und zwei weibliche Stimmen identifiziert. Die weibliche Stimme zwei Türen weiter auf meiner Seite des Flurs klang, als wäre sie vielleicht fünfzehn Jahre alt.

Sie weinte in der Nacht. Sie weinte jede Nacht.

Ich wusste nicht, wie sie hieß. Hier benutzten sie keine Namen – nur Dr. Oglesby benutzte Namen.

Alles in allem war der Flur ungefähr fünfundvierzig Meter lang. Wenn sie mich abholen kamen und zu Dr. Oglesby brachten, wandten wir uns nach links und gingen ausschließlich an geschlossenen Türen vorbei. Sobald ich aus Dr. Oglesbys Sprechzimmer kam, prägte ich mir ein, was dort am anderen Ende des Flurs lag – links ein Schwesternzimmer, rechts ein Überwachungsraum, dazwischen auf der Stirnseite eine verriegelte Tür. Ich hatte die Tür noch nie offen erlebt, aber ich konnte es jedes Mal hören, wenn sie aufging: ein elektrisches Sirren, dann das Aufschnappen des Schlosses. Ich stellte mir vor, wie die Tür von dem Wachmann in seinem Zimmer geöffnet wurde, aber es war natürlich möglich, dass auch die Schwestern sie entriegeln konnten. Ich sah einen kleinen Schalter vor mir, der vom jahrelangen Gebrauch schon ganz schmuddelig war.

An beiden Enden des Flurs hingen Kameras – dunkle, schwarze Augen, die aus kleinen Halbkugeln unter der Decke herabstarrten. In Dr. Oglesbys Sprechzimmer hatte ich keine Kamera entdecken können, trotzdem war ich mir sicher, dass dort ebenfalls eine lauerte. Die Kamera in meinem Zimmer befand sich hinter dem Lüftungsgitter neben den Neonröhren und blickte auf mich herab. Sie gab keinerlei Geräusche von sich, aber ich konnte ihr Blinzeln spüren.

Ich bin neugierig, Doktor: Sitzen Sie in diesem Moment an Ihrem Schreibtisch und beobachten mich auf einem Bildschirm? Tragen Sie Ihre zahlreichen Eindrücke in Ihr kleines Notizbuch ein? Ich stelle mir vor, wie Sie hektisch Dinge aufschreiben und jedes Wort inhaltsleerer als das vorige ist. Der arme kleine Anson Bishop, das Waisenkind aus dem Feuer.

Das Mädchen ein Stück weiter den Flur entlang weint schon wieder. Merkwürdig, um diese Uhrzeit.

97

Porter

Auf Sarahs iPhone ging eine Nachricht ein.

Erst war sich Porter nicht sicher, was das für ein Geräusch gewesen oder woher es gekommen war, doch dann entdeckte er Sarahs Handy auf ihrem Schoß.

Sie regte sich, lehnte sich an seine Schulter und war auch schon wieder eingeschlafen.

Die nächste Nachricht.

Dann gingen die Lämpchen über ihnen an, und eine Stimme plärrte über Lautsprecher: »Verehrte Fluggäste, bitte bringen Sie Ihren Sitz in eine aufrechte Position und klappen Sie die Tische zurück, wir beginnen jetzt mit dem Anflug auf New Orleans. Es ist dreizehn Minuten nach sieben Ortszeit und fünfzehn Grad warm. Wir hoffen, Sie haben sich bei uns an Bord wohlgefühlt, und wünschen Ihnen einen schönen Aufenthalt in Big Easy.«

Sarah blinzelte. Dann kniff sie gegen das grelle Licht die Augen zusammen.

»Good morning, sunshine«, murmelte sie und leckte sich die Lippen.

Wieder ging eine Nachricht ein.

»Ich dachte, die Dinger müssten auf Flugmodus gestellt werden, oder dieses Metalltrumm kracht auf die Erde?«

»Dann ist es ja nur gut, dass du dich angeschnallt hast.«

Sie nahm das Handy zur Hand und warf einen Blick aufs Display. »Wenn man irgendwann wieder tief genug fliegt, haben sie wieder Netz.« Sie runzelte die Stirn. »Das sind SMS – aber die sind nicht für mich. Hier, für dich.«

»Was?«

»Sieh es dir selbst an.« Sie drückte ihm das Handy in die Hand.

Sie hätten das Handy nicht zerstören dürfen, Sam.
Das war nicht nett.
Überhaupt nicht.

»Woher hat Bishop deine Nummer?«

Sarah zuckte mit den Schultern. »Tja, keine Ahnung. Vielleicht von dem Schild an meiner Kanzlei? Aus dem Telefonbuch, aus dem Internet, von einer Visitenkarte? Vielleicht hat seine Mutter sie ihm auch gegeben. Ich bin Anwältin, Sam, meine Nummer kann man überall nachschlagen.«

Porter tippte eine Nachricht: Bishop?

Erst kam nichts, dann: Haben Sie Ihren kleinen Ausflug in die Vergangenheit genossen?

Porter tippte zurück: Ich hab die Katze gefunden.

Und Bishop antwortete: Meinen Sie nicht vielmehr, »wir« haben die Katze gefunden?

Porter warf Sarah einen Blick von der Seite zu. Sie hatte den Blick starr auf das Handy gerichtet.

BISHOP: Schon okay, Sam. Ich weiß, dass Sie nicht allein unterwegs sind. Ich freue mich für Sie – Sarah macht einen sehr netten Eindruck. Heather würde sie mögen. Ich bin mir sicher, sie wären beste Freundinnen.

PORTER: Ich habe Libbys Medaillon.

Keine Antwort.

PORTER: Es ist doch ihr Medaillon? Das unter den Dielen im Trailer der Carters lag? Was hat sie dir bedeutet? Du weißt, dass sie tot ist?

Keine Antwort.

PORTER: Bishop?
BISHOP: Ich vermisse meine Mutter, Sam. Ich muss dringend mit ihr über Libby sprechen.
PORTER: Stell dich der Polizei. Ich sorge dafür, dass ihr in benachbarte Zellen kommt.
BISHOP: Nicht nötig. Sie bringen sie mir.

»Einen Teufel werd ich tun«, fauchte Porter.

PORTER: Sie geht nirgendshin.
BISHOP: Ich schicke Ihnen jetzt gleich ein Foto, Sam. Es wird Ihnen nicht gefallen. Sobald Sie einen Blick darauf geworfen haben, müssen wir uns unterhalten.

Das Handy klingelte erneut, und auf dem kleinen Display tauchte ein Bild auf – zwei Mädchen, die bewusstlos auf einem Betonboden lagen.

BISHOP: Sind Sie noch da, Sam?

Sarah zog mit den Fingerspitzen das Bild groß, sodass sie Details erkennen konnten.

Eins der Mädchen war in eine grüne Decke gewickelt. Das Gesicht war leichenblass, und sie hatte Blut auf den Lippen. Das andere Mädchen sah aus, als wäre es eben erst aus einem Fluss gezogen worden – Kleidung und Haare triefnass und verfilzt.

Porter kannte keine von beiden.

PORTER: Wer sind die zwei?

BISHOP: Gäste eines Freundes von mir. Leider geht es ihnen nicht gut. Ich fürchte, wenn sie noch länger in seiner Obhut bleiben, könnte sie das gleiche Schicksal ereilen wie Ella Reynolds und Lili Davies. Das würden Sie doch nicht wollen? Noch mehr Blut an Ihren Händen? Wir machen einen Deal, Sie und ich: meine Mutter gegen die Mädchen. Nach dem Prinzip Auge um Auge – ganz wie in alten Zeiten. Sie schulden mir noch etwas … für letztes Mal.

PORTER: Keine Chance.

BISHOP: Es gibt immer noch mehr Mädchen, Sam.

BISHOP: Wenn Sie übrigens Ihren Freunden in Blau Bescheid geben, sind beide tot. Ich hab immer noch jede Menge Schachteln …

BISHOP: Lassen Sie all Ihr Geld beim Check-in im Gefängnisspind.

PORTER: Nein.

BISHOP: Und noch etwas, Sam. Das wird Ihnen jetzt nicht gefallen, nicht im Geringsten, aber auf die unwahrscheinliche Gefahr hin, dass Sie die Mädchen opfern, habe ich noch etwas deutlich Spektaläreres in der Hinterhand – das wird hochgehen wie eine Bombe. Eigentlich will ich das nicht, aber ich muss es tun, wenn Sie mir Mutter nicht bringen. Dafür hätte dann niemand mehr genügend Schachteln.

BISHOP: Sie beide, Sie UND Ms. Werner, müssen hinfahren. Die lassen sie nicht mit Ihnen allein gehen. Und außerdem braucht eine Gefängnisinsassin eine adäquate Vertretung, finden Sie nicht auch?

BISHOP: Sie haben bis 20.00 Uhr Zeit. Nur eine Minute später, und

»Eine Minute später, und *was*?«, fragte Porter.

»Kein Netz. Keine Verbindung mehr zum Sendemast.«

Sie zuckten beide zusammen, als die Räder auf der Landebahn aufsetzten, das Flugzeug abbremste und vor den kleinen Fenstern die Flughafengebäude vorbeischossen.

Sarah starrte immer noch auf das Handy. »Versuch's jetzt noch mal – wir haben wieder Netz.«

PORTER: Bishop?

Nicht gesendet.

Porter klickte auf »Erneut senden«.

Nicht gesendet.

Und noch mal.

Nicht gesendet.

»Was soll das heißen, verdammt?«

»Vielleicht hat er den Akku rausgenommen«, antwortete Sarah. »Oder das Handy in einen See geworfen.« Sie drehte sich zu ihm herum. »So viel zum Aus-der-Reserve-Locken. Den Mann kann wirklich nichts aufhalten.«

Porter scrollte erneut durch die Nachrichten. Als er wieder bei dem Bild der Mädchen war, krampfte sich ihm der Magen zusammen.

98

Porter

»Noch eine Stunde, bis der Besuchereingang aufmacht«, sagte Porter, der in Sarah Werners BMW auf dem Beifahrersitz saß.

Sie waren vom Flughafen direkt zum Gefängnis gefahren. Er hatte keine Wahl. Das war ihm klar.

»Sie wird gefesselt sein«, gab Sarah zu bedenken. »So kann sie nicht fliehen. Bleib immer dicht bei ihr. Du nimmst sie einfach wieder fest, sobald die Mädchen in Sicherheit sind. Genau genommen kann man dann gar nicht von Haftentlassung sprechen. Oder du kettest sie mit Handschellen an dir fest. Machen Cops das nicht so? Himmel, was weiß denn ich!«

Zehn Minuten nachdem Bishop den Kontakt abgebrochen hatte, hatte Sarah eine E-Mail aus dem Gefängnis erhalten – eine automatisierte Nachricht, die besagte, die Dokumente bezüglich Insassin 2138 seien eingegangen und geprüft worden. Sie enthielt außerdem ein rund zwanzigseitiges Standardschreiben zu den Regeln und Verantwortlichkeiten beim Freigang eines Gefängnisinsassen.

Porter hatte versucht, Bishop unter der Nummer zu erreichen, von der aus er ihnen die SMS geschickt hatte.

Die Nummer, die Sie gewählt haben, ist nicht mehr vergeben oder wurde abgeschaltet. Bitte überprüfen…

Diese Ansage hatte er schon einmal gehört. Er hatte aufgelegt.

»Wie viel Geld hast du noch?«, wollte Sarah wissen.

Porter seufzte und tätschelte die Innentasche seiner Jacke. »Zweitausenddreihundertundzwölf Dollar.«

Sie hielt mitten auf dem Parkplatz mit Blick zum Besuchereingang. »Die Öffentlichkeit darf erst ab neun, aber Anwälte können ab acht Uhr rein.«

»Es wäre wirklich besser, wenn ich das allein machen könnte«, sagte Porter. »Dass du jetzt auch noch in die Sache verwickelt wirst, ist echt unnötig.«

»Tja, ich würde mal sagen, ich bin jetzt schon so was von eingewickelt und verschnürt.«

»Das kommt einem Gefängnisausbruch gleich. Hier sind überall Kameras – bestenfalls verlierst du deine Zulassung.«

»Deine Aufmunterungsversuche sind wirklich unterirdisch.«

»Du musst wegen dieser Sache doch nicht dein Leben wegwerfen.«

Sarah seufzte. »Bishop war ziemlich deutlich. Er hat gesagt, wir müssen beide gehen, also gehen wir beide. Ich muss einfach nur aufhören zu schwitzen.«

»Du schwitzt? Es ist kalt.«

»Hat mit dem Bibbern zu tun, nehm ich an. Aber das dürfte gern auch gleich mit aufhören.«

Sie zitterte wirklich. Porter sah, wie ihre Hand auf dem Lenkrad bebte. »Ich gehe allein. Scheiß auf Bishop, der ist …«

Sarah stellte den Motor ab und war schneller ausgestiegen, als er seinen Gedanken zu Ende bringen konnte. »Gehen wir, Detective.«

»Verdammt«, murmelte Porter. Dann nahm er Bishops Messer und Libbys Medaillon aus der Tasche, warf beides ins Handschuhfach, befreite sich aus dem Gurt und eilte ihr hinterher.

Um diese Uhrzeit war der Besucherbereich noch leer. Genau wie beim letzten Mal wurde Porter um seine Papiere gebeten, und anschließend musste er Gürtel und Schnürsenkel ablegen. Er verstaute sie mitsamt seinem Geldbeutel und seiner Jacke in einem Spind; das Geld steckte in der Jackentasche. Der Wachmann drückte die Spindtür für ihn zu und überreichte ihm den Schlüssel. Dann wurde er abgetastet und mit einem Metalldetektor abgesucht. Sobald er durchgewinkt worden war, betrat er den angrenzenden Flur, und Sarah folgte kurze Zeit später.

»Und jetzt?«, fragte Porter.

Wie zur Antwort ging mit einem Summen neben ihnen eine Stahltür auf. Ein weiterer Wachmann trat auf sie zu und schob die Tür hinter sich zu. Weidner. Mit dem Handy am Ohr. Er hielt einen Finger in die Höhe und nickte ihnen wortlos zu. Als er sein Telefonat beendet hatte, bedeutete er ihnen, in einen angrenzenden Raum zu gehen. »Warten Sie bitte da drin.«

Jedes Mal, wenn draußen die Tür summte, hämmerte Porters Herz heftiger.

Es summte fünf Mal, ehe Weidner mit zwei weiteren Wachleuten im Schlepptau wieder auftauchte. Zwischen ihnen schlurfte Jane Doe. Sie war an Händen und Füßen gefesselt.

Weidner hielt Porter ein Klemmbrett hin. »Bitte hier, hier und dann noch mal da unten unterschreiben.«

Porter spürte Janes Blick, während er unterschrieb.

»Sie hat bloß einen Tagesschein. Um fünf Uhr heute Abend muss sie zurück sein. Die Handschellen bleiben die ganze Zeit dran. Außerdem trägt sie eine elektronische Fessel und darf damit die Gemarkung Orleans nicht verlassen. Bei Zuwiderhandlung verstoßen Sie gegen die gerichtlichen Auflagen.«

Gerichtliche Auflagen? Wie hatte Bishop …

»Normalerweise«, fuhr Weidner fort, »würde einer unserer Justizvollzugsbeamten Sie begleiten, aber da Sie Polizist sind und sie zum Zweck einer laufenden Ermittlung unter Ihrer Aufsicht bleibt, sind Sie allein verantwortlich. Oder wollen Sie einen oder mehrere Leute zur Verstärkung mitnehmen?«

Porter schüttelte den Kopf.

Dann drückte Weidner ihm eine Visitenkarte in die Hand. Auf der Rückseite klebte ein winziger Schlüssel. »Wenn Sie aus irgendeinem Grund nicht bis fünf Uhr zurück sein können, Detective, rufen Sie diese Nummer an und informieren Sie den Dienstleiter.«

Porter schob die Karte in seine Tasche.

Weidner nahm ihm das Klemmbrett wieder ab, blätterte zur zweiten Seite und hielt es Sarah hin. »Als ihre Anwältin müssten Sie bitte hier unterschreiben, dass Sie der Übergabe Ihrer Mandantin in die Obhut von Detective Porter zustimmen.«

Sarah unterschrieb und gab die Unterlagen zurück.

Er überflog beide Seiten, nickte erst den Wachleuten hinter ihm zu und dann zu der Kamera in der Ecke hinauf. Die Tür summte erneut, und die zwei Männer führten Jane Doe zurück nach drinnen. Hinter ihnen fiel die Stahltür ins Schloss.

Weidner drehte sich zu Sarah und Porter um. »Holen Sie Ihre Sachen ab, dann fahren Sie zu Tor zwölf an der Längsseite des Besucherbereichs.«

Dann verschwand auch er durch die Tür.

Porter und Sarah sahen einander für einen kurzen Moment an. Die komplette Prozedur hatte keine fünf Minuten gedauert.

Bei den Spinden nahmen sie ihre Sachen wieder an sich. Porter spürte sofort, dass das Geld in seiner Jackentasche fehlte.

Als sie bei Tor zwölf vorfuhren, stand Jane Doe bereits zwischen den Wachleuten hinter dem Maschendraht. Es summte laut, und das Tor ging auf. Die Wachmänner führten sie zu Sarahs wartendem BMW, bugsierten sie auf den Rücksitz und schlugen die Tür hinter ihr zu.

Jane Doe grinste in Richtung der Vordersitze. »Wir müssen zu Ihnen in die Kanzlei, Ms. Werner. Hopp, hopp.«

99
Gabby

Gabby Deegan lag auf ihrem Bett und scrollte durch Instagram.

Irgendjemand hatte das Hashtag #LiliDaviesMemorial ins Leben gerufen, und darunter waren quasi über Nacht zig Fotos von Lili aufgetaucht – Bilder, die Leute von der Schule geschossen hatten, Leute, die sie nicht kannte und die gar nicht mit Lili befreundet gewesen waren. Sie hätte kotzen können.

Wer gab ihnen das Recht, jetzt auf einmal mitzureden?

Ally Winters und Magen Plants hatten auch Fotos eingestellt. Keine der beiden hatte Lili zu Lebzeiten auch nur mit dem Hintern angeguckt – und jetzt taten sie gerade so, als wären sie beste Freundinnen gewesen. Als Ally Lili zuletzt gesehen hatte, hatte sie ihr an den Kopf geworfen, ihre Haare sähen grottig aus, und sie müsse dringend mal zu einem echten Stylisten gehen statt zu den Billigfriseuren in der Mall. Im Jahr zuvor hatte Magen Lilis Unterwäsche aus dem Sport-Spind geklaut und in der Schulbibliothek versteckt. Gabby und Lili hatten fast eine Stunde danach gesucht und einen Eintrag ins Klassenbuch kassiert, weil sie die vierte Stunde verpasst hatten. Blöde Schlampen, alle beide. Aber das war nicht mal das Schlimmste – auch komplett Fremde posteten Bilder, und ein Teil davon war entsetzlich. Bilder von der Leigh Gallery. Einige Leute hatten Selfies mit dem Galerie-Schriftzug auf der Markise gepostet. @Eddie-KnowsStuff aus West Virginia hatte ein Bild von Buffalo Bill aus diesem alten Film gepostet – *Das Schweigen der Lämmer* –, mit der Bildunterschrift »Sie hat sich die Haut NICHT mit der Lotion eingerieben!« Der Mann hatte sie gar nicht gekannt, er war einfach nur irgendein Arschloch, dem man sämtliche Social-Media-Rechte entziehen sollte.

Die Lehrer an der Wilcox hatten zu einer Kerzen-Nachtwache am Abend aufgerufen. Gabby wusste noch nicht, ob sie hingehen würde. Warum sollte sie? Eine Handvoll Leute, die mit Kerzen in der Hand herumstünden, würde sie ihnen auch nicht wieder zurückbringen, und diese Leute wussten alle, dass sie Lilis beste Freundin gewesen war. Jeder würde sie anstarren.

Sie klickte Instagram zu, rief iMessage auf und scrollte durch die Autobilder, die sie einander in den letzten paar Monaten geschickt hatten. Lili würde nie ein eigenes Auto besitzen, sie würde nie mehr fahren, sie würde nie heiraten, nie Kinder kriegen, sie würde nie …

Schon wieder kamen ihr die Tränen, und Gabby versuchte verzweifelt, nicht loszuheulen. Sie hatte sich nicht abgeschminkt, als sie ins Bett gegangen war, und konnte sich ungefähr vorstellen, wie ihr Eyeliner inzwischen aussah.

»Alles in Ordnung da drin, Liebes?«, rief ihre Mutter durch die geschlossene Zimmertür.

»Ja.«

Die Klinke wanderte mehrmals nach unten. »Warum hast du denn abgesperrt?«

Gabby antwortete nicht. Sie wischte sich über die Augen.

»Vielleicht solltest du mal was frühstücken. Du wirst dich besser fühlen, wenn du was im Magen hast.«

Klar. Mit Crunchy Nut wurde alles wieder gut.

»Später vielleicht, Mom.«

Sie drehte sich auf die andere Seite, und das Laken wickelte sich um ihre Beine. Sie klickte das Fotoalbum auf ihrem Handy an und scrollte durch ihren Lili-Ordner, in dem Hunderte Bilder lagen – Fotos von ihnen beiden im Park, downtown und in der Schule. Hier hatte sie auch ein paar ihrer Snapchats abgelegt. Für ihre Privatgespräche benutzte sie lieber Snapchat, weil die Nachrichten sofort verschwanden, sobald sie von sämtlichen Beteiligten gelesen waren. So konnten sie einander schreiben, was ihnen in den Sinn kam, ohne Angst haben zu müssen, dass ihre Schnüffler-Eltern alles mitbekamen. Auf iMessage wollte sie trotzdem nicht verzichten. Dort standen die Sachen, die ihre Eltern sehen durften und sollten, aber die echten Gespräche fanden auf Snapchat statt. Wenn Lili irgendwas geschrieben hatte, was Gabby hatte speichern wollen, zum Beispiel diesen Kommentar über Philip Krendals Poritze in Chemie, dann machte sie einen Screenshot, bevor die Nachricht wieder verschwand, und speicherte diesen dann in ihrem Lili-Ordner: passwortgeschützt und gut versteckt, elternsicher, so wie es sein sollte.

Im Gegensatz zu den Instagram-Nachrufen musste Gabby bei diesen Bildern lächeln. Lili war die Queen der Einzeiler gewesen. Sie hatte es geliebt, mit knappen Kommentaren versehene Bilder von Scrappy, ihrem Lhasa Apso, zu verschicken – Grumpy Cat war ein Scheißdreck dagegen. Und Bilder von Autos natürlich – nicht die online gefundenen, sondern solche, die sie bei Händlern entdeckt und echt gut gefunden hatte. Wenn ihr Dad das nächste Mal dieses versprochene Auto erwähnt hätte, hätte sie ihm eins davon zeigen wollen, ein ganz spezielles Auto, und dann hätte sie ihn überreden wollen, mit ihr zu dem Händler zu fahren, sodass er Farbe hätte bekennen müssen. Ihr Lieblingswagen war ein 2010er Camaro gewesen, den sie downtown gefunden hatte, kirschrot, schwarze Sitze. Wenn sie damit in der

Schule aufgetaucht wäre, hätten sich sämtliche Jungs nach ihr umgedreht – und die Mädchen auch.

Gabby blieb bei einem anderen Bild hängen. Darauf hielt sich Lili ihr iPad ans Gesicht und grinste breit in die Kamera. Die Bildunterschrift lautete: »#JACKPOT«. Das hatte Gabby ja schon ganz vergessen! Lili hatte bei einem Online-Gewinnspiel einer Fahrschule gewonnen. Gabby hatte ihr noch gesagt, dass das bestimmt bloß so eine Neppnummer sei, mit der sie die Kids anlockten und sie dann zu schweineteuren Fahrstunden überredeten. Halb Chicago machte das so – seit im Bundesstaat mindestens dreißig Stunden Pflicht waren, bevor man den Führerschein machen konnte. Lili hatte entgegnet, sie wollte es trotzdem austesten. Sollte es wirklich so weit gekommen sein, hatte sie nicht mehr die Zeit gehabt, Gabby davon zu erzählen.

Sie hätte mit ihr mitgehen sollen.

Abrupt setzte Gabby sich auf.

Ihr war wieder eingefallen, was die Polizei sie gefragt hatte. Ob Lili bei einem Fremden eingestiegen wäre. Sie hatte damals Nein gesagt, aber …

Sie zog das Bild auf dem Display groß und zoomte näher, bis sie den Namen der Fahrschule lesen konnte: Designated Driver.

Zehn Sekunden später hatte sie die Adresse herausgefunden.

Weitere zwanzig Minuten später war sie angezogen und zur Tür hinaus. Ihre Mutter hörte sie nicht einmal gehen.

100

Porter

»Fahren Sie hier rechts raus. Gleich hier, Sarah. Ich darf doch Sarah sagen?«

Porter war klar, dass sie den Anweisungen dieser Frau nicht blindlings Folge leisten durften. Er wusste, dass sie das Falsche taten, trotzdem waren sie drauf und dran, genau das zu tun.

Sarah tat wie geheißen, steuerte den BMW nicht auf einen der Parkplätze vor dem Haus, sondern in die Gasse, die seitlich daran entlangführte.

»Jetzt parken Sie und hupen zwei Mal.«

Das Hupen hallte von den Gebäuden zu beiden Seiten wider.

»Sie sehen ein bisschen angespannt aus, Detective. Versuchen Sie, alle paar Minuten zu atmen. Das wirkt Wunder auf Ihren Kreislauf.«

Porter hörte darüber hinweg.

Irgendwer kam aus der Gasse auf der anderen Straßenseite auf sie zu. Porter erkannte ihn wieder – derselbe Obdachlose, dem er beim Pinkeln auf dem Bürgersteig zugesehen hatte.

War das wirklich erst vierundzwanzig Stunden her?

»Kann ich bitte den Schlüssel haben, Detective?«

Porter hätte sie beinahe gefragt, welchen Schlüssel sie

meinte, dann erinnerte er sich wieder an die Visitenkarte. Er angelte sie aus der Tasche und hielt sie ihr hin.

»Ich würde auch gern etwas gegen die Hand- und Fußfesseln unternehmen.«

»Die bleiben dran.«

»Wir haben eine lange Fahrt vor uns.«

»Das Leben kann manchmal ungerecht sein«, murmelte Porter.

Sie schmunzelte wieder – bloß ein leichtes Kräuseln der Unterlippe. »Ja, wohl wahr.«

Er mochte dieses Schmunzeln nicht.

Ganz und gar nicht.

Der Obdachlose klopfte ans Fenster, drehte sich wieder um und überblickte die Straße.

Porter sah zu, wie Jane Doe den Schlüssel von der Visitenkarte abzog, sich vornüberbeugte und den Sender von ihrer Fußfessel nahm. Das kleine Kästchen fing sofort an zu piepen.

»Kriegen die das nicht mit?« Sarah hatte das Ganze im Rückspiegel beobachtet.

Jane Doe ließ das Fenster runter und überreichte dem wartenden Mann den Sender. Er befestigte ihn an seinem Knöchel.

Das Piepen hörte sofort auf.

Der Obdachlose klopfte noch einmal kurz auf das Wagendach, dann überquerte er wieder die Straße und verschwand ohne ein Wort in seiner Gasse.

»Diese Fußfesseln sind nicht annähernd so verlässlich, wie die Öffentlichkeit gern glaubt«, kommentierte Porter. »Sie speichern die Daten, sobald sie außerhalb der Reichweite eines Sendemasts sind und laden sie dann erst gebündelt hoch, wenn sie wieder im Netz sind. Die älteren, die eine Zeit lang im Umlauf waren, melden öfter mal, dass die Fessel abgenommen wurde, auch wenn das nicht stimmt –

zu viel Erschütterung auf Bauteile, die besser nicht erschüttert werden sollten. Deshalb gibt es eine kleine Gnadenfrist bei der Überwachung – erst wenn der Sender länger als eine Minute ein Problem übermittelt, schlägt das Ding Alarm. Unter einer Minute wird es ganz einfach ignoriert. Ich nehme an, sie haben ein Geo-Limit bei ihr einprogrammiert, bevor sie sie haben gehen lassen. Solange sie sich innerhalb eines bestimmten Radius aufhält, wird niemand hellhörig. Den Typen hab ich hier gestern schon gesehen, und sogar mein Taxifahrer meinte, dass der hier nicht hingehört. Ich würde sagen, der hat nur auf uns gewartet.«

Sarah hörte sich das alles an und blickte nervös in den Rückspiegel, dann wieder zu Sam.

»Wo fahren wir hin?«, fragte sie, ohne sich in ihrem Sitz umzudrehen.

»Hat mein Junge Ihnen das gar nicht gesagt? Chicago natürlich. Die genaue Adresse bekommen Sie, wenn wir uns der Stadt nähern.«

Wieder dieses Schmunzeln.

Dieses fiese Grinsen.

»Ich würde jetzt gern Ansons Brief lesen. Darf ich ihn bitte haben?«

Porter hätte am liebsten Nein gesagt.

Er hätte am liebsten gesagt, sie solle still sein, sich ordentlich hinsetzen und die Schnauze halten, aber er tat es nicht. Stattdessen griff er zum Handschuhfach, holte die knittrigen, vergilbten Seiten heraus und warf sie in Richtung Rückbank.

Er hörte, wie sie die Seiten zusammensuchte, sah aber nicht hin.

Er würde sie nicht ansehen.

»Gab es nicht auch ein Tagebuch? Ich lese ja so gern, was er schreibt.«

Porter warf die Handschuhfachklappe zu, ehe sie einen

Blick auf Messer und Medaillon erhaschte, und schlug das schwarz-weiße Notizbuch an der Stelle auf, wo er aufgehört hatte zu lesen. »Sie kriegen es, wenn ich damit fertig bin.«

Jane fing Sarahs Blick im Rückspiegel auf. »Soweit ich weiß, hat Anson Ihnen bis heute Abend um acht Uhr Zeit gegeben. Ich würde sagen, wir fahren gleich los. Will ihn schließlich nicht warten lassen. Er ist leicht aufbrausend, der Kleine. Und wenn ich richtigliege, hat er sich zudem ein paar Spielsachen besorgt. Also los, hopp, hopp.«

»Ich will nichts mehr von Ihnen hören, bis Sie angesprochen werden«, sagte Porter. »Haben wir uns verstanden?«

Jane hob die gefesselten Hände an die Lippen und drehte einen imaginären Schlüssel herum, ehe sie sich wieder dem Brief widmete.

Sarah warf noch einen nervösen Blick auf die Frau hinter ihr im Rückspiegel, dann fuhr sie rückwärts auf die Straße, legte den Vorwärtsgang ein und gab Gas.

»Dann also Chicago«, sagte sie. »Es geht doch nichts über einen schönen Roadtrip.«

101

Tagebuch

Heute hatte Dr. Oglesby einen grünen Burlington-Pulli an, allerdings dieselbe Kakihose. Wahrscheinlich ist in seinem Kleiderschrank alles von diesem Burlington überwuchert, und er verdrängt mit seinem aggressiven Muster langsam, aber sicher sämtliche einfarbigen und karierten Sachen. Ob man gegen den Burlington vorgehen kann? Irgendein Mittel muss es doch geben, um ihn in die Schranken zu weisen. Und verwandelt einen das regelmäßige Tragen von Burlington-Pullis in einen Seelenklempner? Wenn er täglich ein Grateful-Dead-Shirt, Shorts und Flipflops tragen würde statt dieser Pullis, wäre er dann ein anderer Mensch? Würde die Kleidung ihm eine andere Persönlichkeit verleihen? Kann Kleidung ihren Träger verändern? Oder ist es andersherum? Erst die veränderte Persönlichkeit, dann der Wunsch, eher legere Kleidung zu tragen? Ich war mir nicht …

»Anson? Wo bist du gerade?«

»Entschuldigung.«

»Du musst dich nicht entschuldigen, ist schon in Ordnung. Ich bin nur neugierig, wo du mit deinen Gedanken bist, wenn du dieses Zimmer verlässt.«

»Ich war hier. Ich bin nirgends hingegangen.«

»Du warst körperlich anwesend, aber in Gedanken warst du ganz weit weg. Worüber hast du nachgedacht?«

Seine Brille hing wieder an der Kette um seinen Hals.

»Wer ist das Mädchen auf meinem Flur?«

»Welches Mädchen?«

»Die zwei Türen weiter untergebracht ist.«

Der Arzt runzelte die Stirn. »Seid ihr euch begegnet?« Brille aufsetzen, Notiz machen.

Ich schüttelte den Kopf. »Ich hab sie weinen hören. Sie wirkt traurig.«

»Und macht dich das auch traurig?«

»Sollte es?«

»Weinst du manchmal, Anson?«

Darüber musste ich erst einmal nachdenken. Es war die erste überzeugende Frage, die er mir gestellt hatte, seit ich hier angekommen war. Ich konnte mich nicht erinnern, wann ich zuletzt geweint hatte. Vater hatte mir das Weinen beigebracht – ich konnte auf Kommando weinen, auf Zuruf ein Tränchen verdrücken. Aber ich konnte mich nicht erinnern, dass das je nötig gewesen wäre, nicht einmal als ... Nein, auch da nicht. Ich wollte ehrlich gesagt gar nicht darüber nachdenken. Das letzte Mal, dass ich geweint hatte, musste nach der Sache mit Ridleys Welpen gewesen sein. Und darüber wollte ich nicht sprechen, nicht vor dem Seelenklempner und überhaupt nie wieder. Vater hatte mir außerdem mal erzählt, auch wenn ich jetzt weinen könne, weinten echte Männer nicht. Echte Männer weinten nie. Dirty Harry wäre weit weniger respekteinflößend gewesen, hätte er geheult, wenn er mit seiner Knarre auf die Bösewichte zeigte – oder noch schlimmer: wenn die ihre Knarren auf ihn richteten.

»Als dir klar wurde, dass du allein warst – als dir dämmerte, dass deine beiden Eltern weg waren und du allein warst –, hast du da geweint?«

»Ja.«

Das sagte ich bloß, weil ich wusste, dass er genau das hören wollte. Weil es die korrekte Antwort war. Ich hatte nicht eine Träne vergossen – es hätte ja doch nichts gebracht. *Weinen hätte weder geholfen noch irgendetwas geändert. Es wäre reine Zeitverschwendung gewesen. Ich verschwendete keine Zeit. Ich ließ nicht zu, dass Gefühle mich dominierten.*

»*Trotzdem hast du in all der Zeit, die du jetzt hier bist, nie geweint.*«

Brille wieder ab.

»*Weinen ist kein Grund, sich zu schämen, Anson. Eine Gefühlsreaktion auf eine bestimmte Situation oder unsere Umwelt hilft dem Körper, mit der derzeitigen Lage besser umgehen zu können. Wenn man Gefühle hinunterschluckt und derlei Dinge für sich behält, kann das gefährlich werden. Hast du je eine Dose Limo so richtig ordentlich durchgeschüttelt und sie dann aufgemacht?*«

»*Ich trinke keine Limo.*«

»*Wenn man die Dose durchschüttelt, kommen die Gase darin in Bewegung. Macht man die Dose dann auf, wird die aufgestaute Energie freigesetzt. Wenn du die Dose nicht aufmachst, bleibt all die Energie darin gefangen und kann Schaden verursachen, die Moleküle krachen gegeneinander und werden immer energiereicher und wütender, weil ihnen klar wird, dass sie eingesperrt sind und es keinen Ausweg gibt. Wenn du eine Dose durchschüttelst und sie dann lange genug vor sich hingären lässt, schmeckt die Limo nicht mehr, wenn du sie irgendwann aufmachst.*«

»*Limo ist ungesund.*«

»*Das Mädchen auf deinem Flur weint, weil ihr etwas Schlimmes widerfahren ist. Ich darf keine Einzelheiten zu anderen Patienten herumerzählen, aber die Dinge, die ihr zugestoßen sind, waren schier unvorstellbar, so etwas wünsche ich niemandem. Nicht einmal jemandem, der mich anlügt oder anflunkert. Sie weint, weil es ihr dadurch besser geht. Sie weint, weil das Weinen dazu beiträgt, dass ihre Wunden verheilen. Weinen ist eine ganz normale Reaktion,* es ist die richtige Reaktion. Ich mache mir eher Sorgen um jemanden, der nicht weint, als um ein Mädchen wie sie. Ich will mir um dich keine Sorgen machen, Anson, aber leider mache ich mir welche.«

»Mir geht's gut.«

»Ja, tja …« Dr. Oglesby stand auf und ging um seinen Schreibtisch herum. Er zog die unterste linke Schreibtischschublade auf und nahm einen Ziplock-Beutel heraus. Auf dem Beutel stand etwas geschrieben, was ich nicht entziffern konnte, aber darin lag mein Messer.

Er legte den Beutel zwischen uns auf den Tisch. Dann kehrte er zu seinem Stuhl zurück. Mit seinem Stift stupste er den Beutel an. »Das ist ein schönes Messer, Anson. Hat dein Vater dir das geschenkt?«

»Ja.«

»Ich wette, du hättest es gern zurück.«

»Ja.«

»Was, wenn ich es behielte? Oder entsorgte? Ich könnte es auch einfach irgendwem vom Personal schenken. Wäre doch albern, ein so schönes Messer einfach vergammeln zu lassen.«

»Es gehört Ihnen nicht.«

»Nein? Oh, ich denke schon. Kennst du den Unterschied zwischen Besitz und Eigentum? Du magst der Eigentümer sein, aber ich hab das Messer in meinem Besitz, in meiner Gewalt. Die Polizei hat es mir übergeben, damit ich es verwahre. Ein Messer ist eine Waffe. Ich bin mir nicht sicher, ob ein Junge wie du im Besitz einer Waffe sein sollte.«

Ich hielt den Blick unverwandt auf ihn gerichtet.

Ich wollte das Messer ansehen, aber genau das erwartete er von mir, und ich würde nicht tun, was er von mir erwartete, no Sir.

Er stupste den Beutel ein zweites Mal an und lehnte sich dann auf seinem Stuhl zurück. »Wenn ich dir das Messer wiedergäbe, was würdest du wohl damit machen? Wäre ich dann in Gefahr? Hätte mein Team Grund, sich Sorgen zu machen? Was tut ein Junge, der nicht weint, mit so einem Messer?«

Etwas fehlte in dem Beutel, etwas, das ich unbedingt hätte sehen wollen, wonach ich ihn aber nicht fragen konnte: Das Foto von Mutter und Mrs. Carter hatte auch in meiner Tasche gesteckt. Wo war dieses Foto jetzt?

Ich stellte mir vor, wie Dr. Oglesby es sich im Dämmerlicht ansah, wie er daraufstarrte und ihm in seinem kleinen Kopf schmutzige Gedanken kamen. Schmutzige Gedanken, die er zweifelsohne mit einem Burlington-Pulli wegwischte.

Das ging nicht.

Das ging so wirklich nicht.

Ich sah das Messer an. »Damit kann man Korken aus einer Flasche ziehen, und ich hab es auch schon benutzt, um Kisten aufzumachen. Manchmal schneide ich damit Borke von alten Bäumen oder hole an Vaters oder Mutters Wagen Steinchen aus dem Reifenprofil. Es ist immer gut, ein Taschenmesser zu haben, aber wenn Sie es lieber verwahren möchten, wenn Sie so ein besseres Gefühl haben, dann ist das in Ordnung.«

Dr. Oglesby lächelte. »Gut, dass du meiner Meinung bist, Anson. Und du hast hundertprozentig recht. Ich hatte ein Schweizermesser, als ich in deinem Alter war. Das hab ich immer in der Tasche gehabt, ganz egal wo ich war.«

Vater hatte gesagt, dass Schweizermesser ein Witz waren. Viel zu klobig und mit unnötigem Schnickschnack beladen. Ein echter Kerl brauchte lediglich eine Klinge – und wer glaubte, auch einen Korkenzieher, eine Schere und einen Metallzahnstocher mit sich herumtragen zu müssen, wusste nicht, was wirklich wichtig war. Genau solche Männer weinten auch. Dirty Harry hätte im Leben kein Schweizermesser besessen. Aber das erwähnte ich nicht, weil der Arzt mit *meiner letzten Antwort anscheinend zufrieden gewesen war.*

Er kratzte sich an der Nase, beäugte kurz seinen Finger und nickte dann zum Schreibtisch. »Weißt du, Anson, bevor die Polizei mir das übergeben hat, haben sie mehrere Tests an der Klinge durchgeführt. Ich bin mir nicht ganz sicher, wonach sie gesucht haben, aber anscheinend gab es einen Grund, warum sie dein Messer so genau unter die Lupe genommen haben.«

Ich musste sofort an Mr. Carter denken, an seinen letzten Besuch am See. Vater hatte ihn in kleine Stücke zerhackt, diese fein säuberlich in Plastiksäcke verschnürt und mich dann losgeschickt, damit ich die Päckchen im See versenkte. Ich hatte jedes einzelne Päckchen mit dem Messer aufgeschlitzt, ehe ich sie alle mit Steinen beschwert ins Wasser geworfen hatte. Damit die Fische einen kleinen Vorgeschmack darauf bekämen, was sie erwartete, hatte Vater gesagt.

»Und weißt du, Anson, was sie gefunden haben?« Er griff nach seiner Brille, überlegte es sich anders und lehnte sich vor. »Dein Messer ist mit Bleiche abgeschrubbt und gereinigt worden – jeder Millimeter der Klinge und des Griffs. Hätte genauso gut brandneu sein können. Wenn man bedenkt, dass du es nur benutzt hast, um Kisten aufzuschneiden und Steinchen und Borke abzupulen, kommt es mir doch ein bisschen komisch vor, dass du Bleiche benutzt hast. Und genau das wird auch der Polizei aufgefallen sein, nehme ich an.«

»Ich will, dass die Klinge immer schön sauber ist.«

Er reagierte erst nicht, schwieg für eine Weile, und dann: »Ja. Das wolltest du sicher.«

Zehn Minuten später führte er mich aus seinem Sprechzimmer zurück über den Flur zu meinem Zimmer.

Schwester Gilman lächelte mich immer an, wenn der Arzt mich am Schwesternzimmer vorbeibrachte. Heute lächelte ich zurück, dann beugte ich mich vor, um meinen Pantoffel zurechtzuschieben – die Pantoffeln waren zu groß, und meine Füße rutschten manchmal raus.

102

Clair

Kloz hatte recht behalten, der kleine Scheißer.

Bislang hatten sie acht weitere Todesanzeigen für Angestellte des Stroger Hospital gefunden – Angestellte, die immer noch quicklebendig waren.

Nachdem sie die Namen abgeglichen hatten, hatte Clair mithilfe der Personalabteilung des Klinikums jeden Einzelnen kontaktiert und erzählt, was Sache war, und eine Streife vorbeigeschickt, um ihn abzuholen.

Den überwiegenden Teil der Nacht hatte Clair hier im Krankenhaus zugebracht und sie alle in Empfang genommen. Keiner von ihnen hatte persönliche Gegenstände mitbringen dürfen – kein Essen, keine Toilettenartikel, Bücher, Handys, keine Habseligkeiten außer den Kleidern, die sie am Leib trugen. Es würde ihnen alles zur Verfügung gestellt, sobald sie ankämen. Diejenigen mit Familie hatten ihre Angehörigen mitbringen müssen. Niemand hatte auch nur einen Anruf tätigen dürfen, weder bevor sie aufgebrochen, noch nachdem sie hier angekommen waren.

Clair hatte sie in der Cafeteria zusammengerufen.

Sie waren außer sich. Im Handumdrehen hatten sie einen Lagerkoller bekommen, und die meisten von ihnen sehnten sich einfach nur noch danach, dass ihre Schicht endlich losging, damit sie die Cafeteria verlassen konnten. Für die

Kinder und Ehepartner war es noch schlimmer, aber so ließ es sich eben am einfachsten handhaben. Die Cafeteria lag schön zentral inmitten des Krankenhauskomplexes und war leicht zu bewachen. Hier bekamen sie Essen und standen unter Beobachtung. Derart viele Leute hätte Clair in keiner sicheren Wohnung unterbringen können, nicht einmal in mehreren – das Department verfügte schlichtweg nicht über hinreichende Ressourcen.

Am anderen Ende der Cafeteria kam Nash durch die Tür, entdeckte sie, durchquerte den Raum und ließ den Blick schweifen. Er kam sich vor wie in einem Flüchtlingscamp.

»Wir haben den Jungen aus dem Pick-up identifiziert«, eröffnete er ihr. »Er hieß Wesley Hartzler. War Zeuge Jehovas. Ist im Lauf des gestrigen Tages verschwunden. Hatte am Morgen noch den Gottesdienst besucht, dann sind sie ausgeschwärmt, um in der Stadt Mitglieder zu werben.«

»Wissen sie, wo er unterwegs war?«

Nash schüttelte den Kopf. »Sie sind leider nicht nach Plan oder so vorgegangen. Klang eher, als wäre die Aktion ziemlich unkoordiniert gewesen. Sie schwärmen aus und gehen in alle Richtungen von Tür zu Tür.«

»War er allein?«

»Er war zusammen mit einem Mädchen namens Kati Quigley unterwegs. Ich habe gerade mit ihrer Mutter telefoniert. Kati ist ebenfalls verschwunden. Die AMBER-Meldung ist raus. Ich habe beide Elternpaare gebeten herzukommen, damit wir ihre Aussagen aufnehmen können. Hab mir gedacht, so geht es schneller. Und da ist noch etwas«, fügte er hinzu. »Eisley sagt, die Todesursache sei stumpfe Gewalteinwirkung auf den Schädel. Kein Wasser in der Lunge.«

»Dann ist er nicht gefoltert worden?«

»Ich glaube, er ist Bishop, der es auf das Mädchen abgesehen hatte, einfach nur in die Quere gekommen.«

Clair rief ihre Handy-Notizen auf und scrollte durch die Namen, die Kloz ihr geschickt hatte. »Keine Todesanzeige für Quigley oder Hartzler.«

Nash zuckte mit den Schultern. »Womöglich sind sie ihm *beide* in die Quere gekommen. Die zwei tauchen bei ihm an der Haustür auf, höchstwahrscheinlich komplett unerwartet, sehen vielleicht etwas, das sie nicht hätten sehen dürfen …«

Er brachte den Satz nicht zu Ende, aber Clair wusste, worauf er hinauswollte. Sie ließ den Blick durch die Cafeteria schweifen. Von den acht potenziellen Opfern, die Kloz identifiziert hatte, hatten vier Kinder. Keins der Kinder fehlte. Sie waren alle hier.

Nash war ihrem Blick gefolgt. »Wenn er sich die beiden geschnappt hat, dann vielleicht weil die Gelegenheit günstig war. Dass wir den Jungen gefunden haben, sagt mir, dass das Mädchen noch am Leben sein könnte.«

»Er könnte sie in diesem Moment seiner Folter unterziehen.«

»Aber wir sind an ihm dran.«

»Waren sie zu Fuß unterwegs? Schick die Streife dorthin, wo sie losgezogen sind. Die sollen ebenfalls ausschwärmen und die Nachbarn befragen. Und sie sollen zu zweit gehen – wir wollen nicht, dass noch einer Bishop in die Arme läuft.«

»Schon geschehen. Ich hab mit dem Einsatzleiter gesprochen, sobald ich mit Eisley fertig war. Ich fahre jetzt auch dorthin.«

Clair nickte. Dann wählte sie Pooles Nummer, setzte ihn über Wesley Hartzler ins Bild und erzählte ihm, dass sie Bishops potenzielle Opfer aufgespürt und im Krankenhaus in Sicherheit gebracht hatten.

»Wenn wir aufgelegt haben, rufen Sie bitte SAIC Hurless an, meinen Vorgesetzten. Erzählen Sie ihm, dass Sie die

Nachbarschaft abklappern. Er kann Ihnen mehr Leute zur Verfügung stellen«, sagte Poole.

Clair spürte die Blicke der Leute in der Cafeteria auf sich; jede ihrer Bewegungen wurde aufmerksam beäugt. Sie schlenderte an zwei Kollegen von der Streife vorbei, die am Ausgang der Cafeteria Wache hielten, und trat hinaus auf den Flur. »Wir haben Bishop die Suppe versalzen. Dafür wird er sich revanchieren.«

»Denken Sie darüber jetzt nicht nach. Sie müssen sich darauf konzentrieren, diese Leute zu beschützen. Wir werden ihn finden.« Es klang, als wühlte Poole in Unterlagen. Dann sprach er ein bisschen leiser weiter: »Ich habe in diesem See fünf Leichen gefunden, Detective. Womöglich noch eine sechste – zerstückelt. Die Einzelteile lagen in Tüten verpackt und mit Steinen beschwert am Grund des Sees und haben dort vor sich hin gerottet.«

»Grundgütiger.«

»Und ich hab das Tagebuch – Porter hatte es hier für mich deponiert.« Wieder das Rascheln von Papier. Dann fuhr er fort: »Auf dem Briefkasten stand ›Bishop‹. Ich bin gerade im Rathaus und gehe die Grundbücher durch.«

»Wir haben vor ein paar Monaten auch diverse Suchen gestartet, sind aber nirgends weitergekommen. Es gibt keine US-weite Datenbank, insofern konnten wir nur mutmaßen, welche Countys potenziell wichtig sein könnten. Außerdem werden die Grundbucheinträge noch nicht allzu lange elektronisch verarbeitet, und der Name Bishop kam ziemlich häufig vor ... Wir haben uns damals auf Illinois und die angrenzenden Bundesstaaten beschränkt. South Carolina hatten wir nie in Erwägung gezogen.«

»Tja, na ja, manchmal muss man auf die altmodische ...« Er hielt jäh inne.

»Etwas gefunden?«

Keine Antwort.

»Agent Poole?«

»Hat Sam irgendeine Verbindung nach South Carolina?«

»Er ... Er hat seine ersten Dienstjahre in Charleston verbracht, glaube ich, bevor er nach Chicago gezogen ist. Warum?«

»Wann genau kam er nach Chicago?«

»Warum fragen Sie?«

Poole atmete hörbar aus und sprach bleiern weiter: »Das Grundstück am See und die beiden benachbarten Häuser ... laufen auf seinen Namen.«

103

Gabby

Gabby Deegan stieg an der West Roosevelt aus dem 57er Bus, lief durch den Schnee drei Blocks weit bis zu Designated Driver und wäre auf dem vereisten Gehweg zweimal fast ausgerutscht.

Das Gebäude war nicht groß – ein gedrungenes, klobiges Ding mit Flachdach. Davor parkte ein halbes Dutzend weißer Kleinwagen mit dem obligatorischen Fahrschulschild und dem roten Designated-Driver-Aufdruck auf jeder freien Lackfläche. Der Schnee türmte sich auf den Fahrzeugen, die wegen der Witterung hatten stehen bleiben müssen.

Gabby zog die Eingangstür auf, kämpfte kurz mit dem Wind und schlüpfte hinein. Eine Mittfünfzigerin sah von der aktuellen *Tribune* auf und blickte ihr stirnrunzelnd entgegen. »Wir haben geschlossen, Liebes. Ich bin nur hier, um die Buchhaltung auf Vordermann zu bringen. Aber ich kann dir für nächste Woche einen Termin geben, falls dieses Mistwetter endlich aufhört.«

Gabby ging auf den Schreibtisch zu und streifte die Handschuhe ab. Es roch nach verbranntem Kaffee. »Ehrlich gesagt will ich gar keinen Termin.«

»Tja, wir kaufen auch nichts.« Sie wandte sich wieder ihrer Zeitung zu.

»Eine Freundin von mir war vor ein paar Tagen hier,

glaube ich. Ich bin auf der Suche nach ihr.« Auf dem Handy rief sie Lilis Foto auf und hielt es der Frau hin.

Die Frau sah Gabby ins Gesicht, und die glaubte für einen Moment, sie würde gleich vor die Tür gesetzt. Aber dann legte die Frau die Zeitung zur Seite und sah sich das Handy an. »Hübsches Ding. Kommt mir irgendwie bekannt vor.« Dann nahm sie Gabby das Handy aus der Hand und kniff die Augen zusammen, als sie das Display beäugte. »Ich weiß wirklich nicht, wie ihr Kids heutzutage mit diesen kleinen Dingern klarkommt. Meins ist so groß wie ein Notizblock.«

»Sie müsste Anfang der Woche hier gewesen sein.«

Die Frau neigte den Kopf leicht zur Seite. Dann huschte ihr Blick auf die Zeitung, und mit einer strengen Falte in der Stirn gab sie Gabby das Handy zurück. »Keine Ahnung, was das für ein Spielchen sein soll, aber es gefällt mir nicht.«

»Ich …«

Die Frau hinterm Schreibtisch nahm die Zeitung zur Hand und schob Gabby die Titelseite hin. »Ich rufe wohl besser gleich die Polizei und zeige dich an.«

Gabby starrte auf die aktuelle Ausgabe der *Tribune*. Auf der Titelseite war ein Foto von Lili abgedruckt, dann noch zwei weitere Mädchen, die sie nicht kannte. Und ein Junge. Die Schlagzeile lautete: DRITTES MORDOPFER ENTDECKT, EIN MÄDCHEN VERMISST. POLIZEI RATLOS.

»War sie hier?«

»Natürlich nicht. Daran würde ich mich erinnern. Wenn du da draußen herumerzählst, dass sie hier gewesen ist, hören deine Eltern von unseren Anwälten.«

Gabby hätte liebend gern nachgebohrt und diese Frau angeschrien, sie solle die Kundendatei durchsuchen, tat es dann aber nicht. Ihr Blick fiel auf einen kleinen Stapel Visitenkarten vor ihr auf dem Schreibtisch. Sie nahm sich eine, zog Mütze und Handschuhe an und lief hinaus in die Kälte.

Sowie sie draußen stand, rief sie erneut das Bild auf, das Lili ihr geschickt hatte. Sie zog das Foto groß und zoomte auf Lilis Hand, auf das iPad mit der Gewinnbenachrichtigung, warf einen flüchtigen Blick auf die Visitenkarte, dann auf die Vorderfront des Hauses.

Die Telefonnummer auf der Karte, am Hauseingang und auf sämtlichen Autos endete auf 0000. Die Nummer auf Lilis iPad – die Nummer, die sie hatte anrufen müssen, um ihren Gewinn einzulösen –, war eine komplett andere. Nicht einmal die Postleitzahl stimmte.

Gabby wählte die Nummer, die Lili geschickt bekommen hatte, und presste sich das Handy ans Ohr, um den heulenden Wind auszublenden. Nach dem fünften Klingeln ging jemand ran.

Gabby konnte die Frau in dem kleinen Gebäude vor sich sehen, die wieder in ihre Zeitung vertieft war.

»Fahrschule Designated Driver, was kann ich für Sie tun?«

Die Männerstimme am anderen Ende der Leitung klang schroff, und der Typ konnte das S nicht richtig aussprechen.

104
Poole

»Ich wollte nicht lauschen, als Sie eben telefoniert haben, aber ich habe gehört, was Sie gesagt haben ... Darf ich fragen, wer dieser Sam ist?«

Sheriff Hana Banister saß Poole gegenüber. Zwischen ihnen stapelten sich kistenweise Akten. Sie hatte sich mehrmals dafür entschuldigt, dass sie nicht über ein digitalisiertes Archiv verfügten – das County sei klein, der Etat noch kleiner, und wann immer sie auf das Thema zu sprechen gekommen seien, habe es Dringenderes gegeben, als die Grundbücher in ihr System einzupflegen, das gerade erst ein paar Jährchen alt sei.

Poole hatte die Unterlagen zu einem ordentlichen Stapel zusammengelegt. Daraus schrie ihm regelrecht Porters Name entgegen. »Detective Sam Porter von der Chicago Metro. War bis vor Kurzem Leiter der 4MK-Taskforce.«

»Und was ist vor Kurzem passiert?«

Poole konnte es ihr nicht erzählen – noch nicht. Er war sich selbst immer noch nicht sicher, womit sie es zu tun hatten. »Er hat den Fall zu nah an sich rangelassen.« Er ging seinen derzeitigen Aktenkarton durch und schob ihn anschließend zur Seite. »Ich habe seinen Namen nirgends sonst finden können. Nur bei diesem speziellen Grundstück.«

Banister ließ sich gegen die Stuhllehne fallen und unterdrückte ein Gähnen. »Der Name Porter sagt mir nichts, dabei bin ich hier aufgewachsen. Ich bin gerade mal vier Häuser weiter im hiesigen Krankenhaus zur Welt gekommen. Die Gemeinde ist recht überschaubar – hauptsächlich Landwirte. Ein paar haben mit den Jahren Land an Bauunternehmer verkauft, aber im Großen und Ganzen kenne ich meine Leute doch ziemlich gut. Klar gibt's auch hier ein paar Rowdys unter den Teenagern und so, aber hauptsächlich, weil die hier nicht sinnvoll beschäftigt werden. Bis heute Morgen lag der letzte Mord knapp sechs Jahre zurück. Da hat Edison Lindleys Frau seiner Fremdgeherei ein Ende gesetzt und ihm einen Löffelvoll Arsen in die Suppe gerührt. Dann hat sie es direkt selbst gemeldet und mit einem Glas Limo in der Hand auf der Vordertreppe auf uns gewartet. Nicht gerade das Verbrechen des Jahrhunderts.«

»Sie haben Bauunternehmer erwähnt«, sagte Poole. »Sagt Ihnen der Name Arthur Talbot oder Talbot Enterprises etwas?«

»Schon, aber nur aus den Nachrichten. Verrückt, was mit dem passiert ist! Wenn der hier draußen Baugrund hätte kaufen wollen, hätte ich das aus dem Rathaus gehört.« Sie hielt einen Aktendeckel in die Höhe. »Hab ihn.«

»Was?«

»Den Bericht über den Brand, der das Hauptgebäude dort draußen vernichtet hat.«

Sie legte die Akte vor sich auf den Tisch und blätterte durch die Unterlagen. »August 1995. Das war deutlich vor meiner Zeit. Brandstiftung, war gleich am Tatort klar. Tom Langlin hat den Bericht geschrieben. Der ist inzwischen pensioniert, wohnt aber noch in der Gegend. Ich kann Sie hinfahren, wenn Sie glauben, das könnte hilfreich sein. Dem Bericht zufolge hat die komplette Umgebung nur so nach Benzin gestunken. Als die Feuerwehr ankam, war das Haus schon nicht mehr zu retten. Drinnen haben sie drei Leichen gefunden, allesamt männlich. Todesursache bei allen dreien unbekannt, die Leichen waren zu stark verbrannt. Ein Überlebender, Anson Bishop, zwölf Jahre alt. War angeln am See und ist zurückgelaufen, nachdem er den Rauch entdeckt hatte. Seine Mutter wird verdächtigt, das Feuer gelegt zu haben – scheint abgetaucht zu sein. Sie wurde zur Fahndung ausgeschrieben, aber nie aufgespürt. Der Trailer hinter dem Haus war an einen gewissen Simon und eine Lisa Carter vermietet, die seit dem Feuer ebenfalls als vermisst gelten – auch von ihnen trotz Fahndung keine Spur. Der Junge wurde ins Camden Treatment Center hier in der Nähe gebracht.«

»Darf ich den Bericht mal sehen?«

Sie reichte ihn über den Tisch.

Im selben Moment fing Pooles Handy an zu klingeln. Er drückte auf Lautsprecher.

»Frank? Hier ist Granger. Ich habe gerade mit Hurless telefoniert und ihm alles erzählt. Die Taucher sind immer noch im Wasser, aber ich glaube, jetzt haben wir alles gefunden. Fünf Leichen und mindestens eine weitere, zerstückelt und in Tüten verpackt. Die einzelnen Tüten dürften zusammen eine Leiche ergeben, aber natürlich könnten sie theoretisch auch von unterschiedlichen Leichen stammen. Diesbezüglich können wir uns erst ganz sicher sein, wenn die Rechtsmedizin sie untersucht hat. Ich lasse jetzt alles nach Charlotte bringen, dort ist das nächste Labor.«

»Danke. Halten Sie mich weiter auf dem Laufenden. Wenn Sie mich nicht erreichen können, probieren Sie es bei Hurless.«

»Ich bin jetzt wieder zurück in dem Haus – ganz offensichtlich niedergebrannt. Mein Büro hat versucht, den Bericht abzurufen, aber wir haben nichts finden können.«

»Ich hab die Akte in der Hand. Ich bitte Sheriff Banister, sie einzuscannen und Ihnen zu schicken.«

»Was steht denn drin?«

Poole wiederholte, was Banister ihm soeben erzählt hatte.

»Der Trailer ist bei dem Brand nicht zerstört worden, und es sieht ganz danach aus, als wäre dort kürzlich erst jemand gewesen. Das hintere Schlafzimmer ist geplündert worden – irgendwer hat das Bett hochgestemmt und den Boden aufgerissen. Wir haben einen Rucksack voller Kleidung gefunden und Campingausrüstung. Liegt alles kreuz und quer dort herum. Da hat irgendwer was gesucht.«

Pooles Blick wanderte zu dem Tagebuch an der Kante des Schreibtischs. »Das dürfte Detective Porter gewesen sein.«

»Kann Ihnen leider nicht sagen, was er gefunden hat. Wir bringen die Sachen ebenfalls nach Charlotte und dokumentieren dort alles. Die Kollegen sollen mit schwerem Gerät hier anrücken und die Überreste des Hauses auf links drehen. Ist schon eine Weile her, aber vielleicht finden wir ja doch noch etwas, was wir mit den Leichen aus dem See in Verbindung bringen können.«

Pooles Handy fing an zu vibrieren.

»Ich hab SAIC Hurless in der Leitung. Ich muss auflegen. Halten Sie mich auf dem Laufenden!«

»Wird gemacht.«

Poole wischte mit dem Daumen über das Display und nahm den zweiten Anruf entgegen.

»Frank, ich glaube, wir sind da auf etwas gestoßen. Sie müssen zurück zum Flughafen.«

»Worum geht's?«

»Sie hatten recht mit dem Wachpersonal aus Stateville. Ich habe mit der dortigen Gefängnisleitung telefoniert, und es gab einen Aufseher dort, der verdächtigt wurde, für Libby McInley Infos zu schmuggeln, allerdings konnte es ihm nicht wasserdicht nachgewiesen werden. Deshalb ist er auch nie belangt worden. Aber kurz nachdem er befragt wurde, hat er sich versetzen lassen. Und jetzt raten Sie mal, wohin.«

»Wohin?«

»Nach New Orleans.«

Porters Handy.

»Das ist unsere Verbindung zu Porter! Irgendwelche Hinweise darauf, dass die beiden sich kennen oder zusammenarbeiten könnten?«

»Noch nichts, aber ich habe es auch gerade erst erfahren. Ich setze sofort Leute darauf an«, versprach Hurless. »Der Typ heißt Vincent Weidner. Ist bereits bei der Arbeit, hat Schicht bis heute Nachmittag um vier. Sie müssen dort hinfliegen. Der Gefängnisdirektor in Orleans versucht, ihn ein bisschen zu beschäftigen, auch nach der Schicht, wenn es sein muss. Die sagen diesem Weidner nichts, bis Sie dort sind, wir wollen ja keine schlafenden Hunde wecken. Granger hat mir erzählt, was Sie dort am See gefunden haben. Wir müssen herausfinden, was dieser Wachmann weiß, und uns dann an Porters Fersen heften. Der steckt verdammt tief mit drin.«

Poole setzte ihn von den Grundbucheinträgen in Kenntnis.

»Finden Sie Porter. Und kein Wort nach draußen. Ich will nicht, dass die Presse irgendeine halb gare Geschichte bringt.«

»Ja, Sir.«

»Ich habe auch mit Detective Norton telefoniert und vier Teams geschickt, die bei der Befragung der Nachbarschaft helfen sollen. Und ich will Porters Captain informieren – er muss wissen, was Sache ist. Wir sind ganz nah dran, Frank.«

Hurless legte auf.

Poole sah zu Sheriff Banister. »Würden Sie mich auch zum Flughafen fahren?«

Sie nickte.

Poole gab ihr seine Karte. »Sollten Sie hier noch irgendwas finden, rufen Sie mich oder SAIC Hurless an. Seine

Nummer steht auf der Rückseite. Und schicken Sie bitte die Akte an Granger, so schnell Sie können.«

Er schnappte sich das Tagebuch und wandte sich zur Tür. Das würde er im Flugzeug weiterlesen.

105
Tagebuch

Sieben nach drei in der Früh.

Ich liege wach.

Das Mädchen zwei Türen weiter weint schon wieder. Diesmal heftig.

Ich starre an die Decke.

Unter Garantie liegt mein Messer bei Dr. Oglesby in der Schublade.

Das Foto auch?

Da war ich mir nicht ganz sicher. Ich konnte mir durchaus vorstellen, dass Dr. Oglesby das Bild für sich behalten wollte. Aber ich wollte es sehen. Wenn ich die Augen schloss, sah ich es in allen Einzelheiten vor mir. Diesbezüglich ließ die Erinnerung mich nicht im Stich. Ich sah Mrs. Carter vor mir, die dort zwischen den Laken neben Mutter lag. Ich sah sie noch immer genauso klar vor mir wie an jenem Tag am See, als ich sie beobachtet hatte, oder dann später in ihrer Küche ...

Sie zitterte. »Ich glaube, ich wollte, dass du zusiehst. Ich hatte mitbekommen, wie du mit der Angel losgezogen bist. Ich wusste, dass du dort sein würdest.«

»Aber warum wollten Sie ...«

»Manchmal will eine Frau einfach nur begehrt werden ... schon alles.« Sie nahm noch einen Schluck. »Findest du mich schön?«

Ich fand sie wirklich schön.

Ich wollte das Foto zurückhaben. Bei der Vorstellung, wie Dr. Oglesby dieses Foto in der Hand hielt, es sich ansah und in sich aufsaugte, drehte sich mir der Magen um. Das Bild war nicht für seine Augen gedacht. Es war überhaupt nicht für ihn gedacht.

Ein Aufschrei. Ersticktes Weinen.

Schwester Gilmans Schritte über dem gefliesten Boden.

Sie ging das Mädchen trösten. Allmählich war da ein Muster entstanden. Ein lauter Aufschrei, dann Schwester Gilmans Schritte, das Aufschnappen des Türschlosses, gedämpfte Schluchzer und Stille.

Unter der Bettdecke drehte ich die Büroklammer hin und her – immer im Wissen um die Kamera hinter dem Lüftungsgitter, die mich beobachtete, da war ich mir sicher.

Die Büroklammer hatte ich vom Fliesenboden aufgehoben, als ich gestern auf dem Weg in mein Zimmer meinen Pantoffel zurechtgeschoben hatte. Keine Ahnung, wer sie dort hatte fallen lassen, und es war mir auch egal – was zählte, war doch nur, dass ich sie jetzt hatte. Ich konnte damit das Schloss in der Tür knacken, und genau das würde ich auch tun, wenn es Zeit wäre zu gehen. Noch war es nicht so weit.

Wieder ein ersticktes Schluchzen aus dem Zimmer zwei Türen weiter, dann Stille.

Wie sah sie aus?

Wie alt war sie?

Was war mit ihr passiert?

Ich sah sie regelrecht vor mir. Schwester Gilmans Arm um dieses zerbrechliche Ding, das sich dort in die Bettdecke gewickelt hatte, die beiden ...

Ich konnte nicht ohne das Foto gehen. Nicht ohne mein Messer.

Ich würde nachts gehen müssen.

Da waren die wenigsten Leute da.

Nachts hatte ich nie mehr als zwei Schwestern gehört, manchmal sogar nur eine, aber dann war da natürlich noch der Wachmann am Ende des Flurs. Ich müsste aus meinem Zimmer raus, dann den Flur entlang und am Schwesternzimmer vorbei zum Sprechzimmer des Arztes schleichen, sein Schloss knacken – ein Kvikset, das wesentlich leichter zu knacken wäre als das Schloss in meiner Tür. Sobald ich drinnen wäre, würde ich mir mein Messer holen.

Ich brauchte mein Messer.

Ohne das Messer wären der Wachmann und die Schwestern ein Problem.

Allerdings konnte ich mir mein Messer nicht zurückholen, ohne am Wachmann und an den Schwestern vorbeizuschleichen. Auch das war ein Problem. Ein ernst zu nehmendes Problem.

Außerdem waren da Kameras.

Vater wüsste, was zu tun wäre. Vater wusste immer, was zu tun war.

Es regnete immer noch, ein konstantes Trommeln an meinem Fenster.

Der Strom schien zu flackern.

Wenn der ausfiele, hätten sie hier ein Notstromaggregat?

Davon war auszugehen.

Vielleicht ja auch nicht.

Vielleicht aber schon.

Schwester Gilman hatte ein nettes Lächeln.

Ich fragte mich, ob das Mädchen zwei Türen weiter jemals lächelte. Wie sah wohl ihr Lächeln aus?

Ich schloss die Augen und konzentrierte mich auf den Flur.

Vater würde es austüfteln.

Ich würde es austüfteln.

106

Clair

Clair und Kloz beugten sich über den Lautsprecher des Tischtelefons in dem winzigen Büro, das Klozowski im John H. Stroger Jr. Hospital in Beschlag genommen hatte – im Grunde nichts weiter als ein unbenutztes Sprechzimmer und vom Boden bis zur Decke vollgestellt mit Kisten und ausrangierten Geräten, aber eben auch nur ein Stück von der Cafeteria entfernt und doch vor den Blicken der Leute dort geschützt.

Nash war am Apparat, und Clair berichtete ihm und Kloz, was Poole ihr erzählt hatte.

Nash musste sein Handy zugehalten haben, denn unvermittelt brüllte er irgendwas Unverständliches, Gedämpftes in eine andere Richtung und kehrte dann erst wieder zu ihnen zurück. »Das ist Bullshit, das ist dir doch hoffentlich klar, oder?«

Im blauen Licht seines großen MacBook-Bildschirms war Klozowski beinahe durchsichtig blass.

»Das muss Bishop gewesen sein«, sagte Nash. »Der hat die Grundbucheinträge irgendwie manipuliert.«

Clair hätte es nur zu gern geglaubt. »Wenn sie digital gewesen wären, meinetwegen. Aber auf Papier? Poole hat erzählt, er und die Sheriffs hätten im Keller irgendeiner Behörde erst ein Dutzend Kartons und alte Aktenschränke durchwühlen müssen. Aber selbst wenn Bishop das geschafft hätte – und ich bezweifle nicht, dass er es gekonnt hätte –, klang es nicht gerade so, als wären sie dort wahnsinnig organisiert. Wie hätte Bishop wissen sollen, wo er das Original finden würde, um es dann gegen seine Version auszutauschen?«

In Kloz' Kopf ratterten die Rädchen, sie konnte es ihm am Gesicht ablesen. »Ich glaube nicht mal, dass das gereicht hätte. Ich meine – Dokumente? Dafür hätte er zwei Mal einbrechen müssen. Einmal um das Original zu stehlen, und dann, um es durch seine Fälschung zu ersetzen. Er hätte Zeit mit dem Original gebraucht, um das Duplikat zu erstellen – die Schriften, das Format, die Papiersorte … Daten wären da einfach gewesen: Man hackt sich ein, ein paar Tastenbefehle, und schon ist alles geritzt. Papier ist altmodisch und somit echt tricky.«

»Aber nicht unmöglich«, wandte Nash ein.

»Okay, kommen wir wieder zur Sache«, sagte Clair. »Wir dürfen uns nicht ablenken lassen. Irgendwas Neues von der Suche?«

»Wir sind vier Straßenzüge weit gekommen. Mitsamt den FBI-Leuten ist jede Menge Personal unterwegs. Das Wetter macht die Sache allerdings zäh«, berichtete Nash.

Clair drehte sich zu Kloz um. »Gab es neue Treffer bei den Todesanzeigen?«

Kloz seufzte, dann nahm er sich einen Kugelschreiber und fing an, ihn zwischen seinen Fingern hin- und herzudrehen, während er auf sein MacBook starrte. »Dafür bräuchte ich mehr Daten.«

»Ich besorg dir mehr Daten. Das Krankenhaus hat uns Zugang zu sämtlichen Personallisten gewährt.«

Kloz nickte. »Und das hilft auch kolossal. Damit und mit den Unterlagen von den Lokalzeitungen konnte ich acht potenzielle Opfer identifizieren. Aber die sitzen jetzt alle in deinem Zeltlager dort draußen in der Cafeteria. Außerdem gibt es da noch ein Problem: Wenn wir uns unsere ersten drei Opfer ansehen, Reynolds, Davies und Biel, dann hat nur Davies tatsächlich hier am Krankenhaus gearbeitet. Reynolds war bei der UniMed America Healthcare und hat Versicherungen vertickt, und Darlene Biel ist im Außendienst eines Pharmaunternehmens. Solche Leute stehen nicht auf den Personallisten des Krankenhauses.«

»Dann ziehen wir eben noch andere Listen hinzu«, sagte Clair, und Kloz schnipste mit den Fingern.

»Einfach so, ja? Hast du eine Ahnung, wie viele Vertreter in einem Krankenhaus dieser Größe ein und aus gehen?«

»Kloz, wir haben keine Zeit, um jetzt Trivial Pursuit zu spielen.«

»Insgesamt zweihundertdreiunddreißig«, erklärte er. »Die Namen habe ich vor zwanzig Minuten gekriegt, und meine Leute bei der Metro durchleuchten sie in diesem Augenblick, aber so etwas braucht seine Zeit. Wir haben acht Familien in Sicherheit gebracht, doch das dürfte Bishop nicht aufhalten. Das schüttelt der einfach ab und nimmt sich den Nächsten auf seiner Liste vor.«

Clair starrte auf Kloz' Monitor. »Sind das alle?«

»Alle, die ich gekriegt habe, ja.«

Sie überflog die Namen. »Ich glaube ... Ich glaube, wir sollten besser auf Nummer sicher gehen und uns auf das konzentrieren, was wir schon haben ... statt auf diejenigen, die wir noch nicht herauspicken konnten. Bishop sucht sich seine Opfer nicht willkürlich aus, er geht nach Plan vor.«

»Nur so sind wir ja auch hier gelandet«, murmelte Kloz. »Sie arbeiten alle im medizinischen Sektor.«

»Ja, aber was machen sie da genau? Was haben sie miteinander gemein? Es muss da doch einen roten Faden geben – nur dass wir ihn noch nicht gefunden haben.«

Kloz tippte mit seinem Stift auf einen Namen nach dem anderen: »Krankenversicherungsvertreter. Onkologe. Pharmavertreterin. Dann ein Röntgenassistent, ein MRT-Spezialist, zwei Krankenschwestern, ein Chirurg, eine Chirurgieschwester, jemand aus der Termindisposition und dann die Frau, die unten an der Aufnahme arbeitet. Erkennst du ein Muster? Ich bin eigentlich ziemlich gut, was Muster betrifft, und ich sehe da keins.«

Clair nahm ihm den Stift aus der Hand und legte ihn demonstrativ auf den improvisierten Schreibtisch. »Ich kann nach wie vor nicht erkennen, was all diese Leute mit dem zu tun haben sollen, was er den Kindern angetan hat – dass er sie auf diese Weise ertränkt hat. Da muss es noch eine zweite Ebene geben.«

»Er übt Rache für irgendwas, das die Eltern verbrochen haben – irgendetwas, das wir nicht sehen«, antwortete Nash über den Lautsprecher. »Er bestraft die Kinder für den Fehltritt der Eltern. Das war immer Bishops Motivation.«

Clairs Handy klingelte, und sie zog es aus der Tasche. »Das ist bestimmt Sophie Rodriguez ...« Sie nahm den Anruf entgegen. »Sophie? Ich stell dich auf Lautsprecher. Ich stehe hier neben Kloz, und Nash ist in der anderen Leitung.«

Die Frau atmete schwer und keuchte. »Hier ist Gabrielle Deegan. Ich muss mit Ihnen sprechen.«

107
Poole

Der Flug von Greenville nach New Orleans dauerte etwas länger als drei Stunden. Über Alabama gab es Turbulenzen, sodass es sich anfühlte, als würde die G4 jeden Moment vom Himmel fallen. Die kleine Maschine gab Geräusche von sich, die man an Bord eines Flugzeugs lieber nicht hören wollte – Knirschen, Ächzen und Protest. Auch wenn Poole ein routinierter Fluggast war, hätte all das sogar ihn beunruhigt – sofern er denn etwas mitbekommen hätte. Aber das war nicht der Fall. Er war während der gesamten Flugdauer in Bishops Tagebuch vertieft.

Er raste regelrecht durch die Seiten des kleinen Notizbuchs, blätterte immer schneller um, und als er am Ende angelangt war, kehrte er zu diversen Seiten zurück, in die er ein Eselsohr geknickt hatte – die Stellen, die mit dem Grundstück in South Carolina zu tun hatten, mit dem See und den Überresten von Haus und Trailer. Außerdem hatte er die Seiten markiert, die von Bishops Eltern handelten.

Am Ende waren verdammt noch mal fast alle Seiten umgeknickt.

Was sollte er davon halten? Warum hatte Porter das Tagebuch für sich behalten? Warum *wirklich*?

Man kann nicht Gott spielen, ohne mit dem Teufel zu paktieren.

Wie ein Güterzug donnerte der Satz erneut in sein Bewusstsein.

Wie weit würde Porter gehen?

Vieles aus dem Tagebuch klang ehrlich und echt, und doch stimmte irgendwas damit nicht. Nicht nur, was Nebensächlichkeiten betraf – wie den Volkswagen, der in der Auffahrt vor sich hinrottete und bei dem es sich nicht um den erwähnten Porsche handelte. Oder den Trailer im Hinterhof statt des Nachbarhauses, das Bishop beschrieben hatte und in dem die Carters gewohnt haben sollten. Da war noch etwas anderes, das tiefer ging. Der komplette Text hatte fast schon etwas Märchenhaftes, einen Hauch von *Erwachsen müsste man sein*, hinter dem die Grenze zwischen dokumentarischen Fakten und klug konstruierter Fiktion verschwamm. Irgendwo dahinter verbarg sich die Wahrheit, da war Poole sich sicher. Die Worte an sich waren die eines Jungen, die Erinnerungen eines Kindes, das sich auf diesem Gelände aufgehalten hatte, das dort gelebt hatte – dieser Teil war unverrückbar. Wenn das Tagebuch tatsächlich von einem Kind verfasst worden wäre, hätte es ihn überzeugt. Doch Poole hatte Bishops Handschrift gesehen, er hatte sie ausgiebig studiert. Die Handschrift eines Menschen veränderte sich mit der Zeit, je älter die Person wurde. Mit den Jahren kamen an der einen Stelle Kanten hinzu, während sie an anderer Stelle verschliffen wurden. Eine Kinderschrift hatte stets etwas Zärtliches, etwas Zögerliches an sich: Unsere Gehirnzellen müssen sich erst wieder daran erinnern, wie ein Buchstabe oder ein Wort aussehen soll, ehe wir es zu Papier bringen können. Wenn wir älter werden, tritt dieses aktive Erinnern in den Hintergrund, und wir greifen eher auf unser Unterbewusstsein zurück. Eine Kinderschrift ist für gewöhnlich konzentriert ausgeführt, auch wenn sie mitunter nachlässig aussehen mag, aber das Kind schreibt bedächtig, während der Erwachsene durch die Wörter rauscht und sich immer wieder Abkürzungen erlaubt. In Quantico hatte Porter eine Reihe Kurse zur forensischen Handschriftenuntersuchung belegt und war immer und überall auf genau eine feste Größe gestoßen: auf den gravierenden Unterschied zwischen der Schrift eines Kindes und der eines Erwachsenen.

Die Tagebuchsprache, die Wortwahl, der Schreibfluss – all dies schien auf den ersten Blick Werk eines Kindes zu sein; doch die Handschrift selbst war die eines Erwachsenen. Wenn er das Tagebuch mit aktuelleren Schriftproben von Bishop vergliche, würde er seinen Verdacht bestätigt sehen, da war Poole sich sicher. Bishop hatte den Text vor noch gar nicht allzu langer Zeit verfasst – und zwar nicht bloß die erste Seite, auf der er sich höhnisch an die Polizei gewandt hatte. Sondern alles. Und doch hatte er versucht, die Erzählung wie die eines Kindes klingen zu lassen.

Genau diese Feststellung, dieser Gedanke machte ihn misstrauisch gegenüber allem, was er gelesen hatte.

Poole bezweifelte nicht, dass vieles im Tagebuch der Wahrheit entsprach.

Ihm war aber auch klar, dass andere Passagen erfunden waren.

Bishop hatte es nicht einfach nur verfasst, um eine Geschichte zu erzählen; er hatte es geschrieben, um den weiteren Verlauf der Geschichte zu steuern, um in den Köpfen derjenigen, die sie lasen, einen Samen zu säen und mit denen zu spielen, die ihm Gehör schenkten. Nach allem, was er jetzt gelesen hatte, war nur eine einzige Sache sicher: dass die zerstückelte Leiche vom Grund des Sees höchstwahrscheinlich die von Simon Carter war. Doch wie die Leichenteile dort hingelangt waren und wer ihn ermordet hatte, konnte er dem Text nicht zweifelsfrei entnehmen. Diesbezüglich würden sie auf Indizien vertrauen müssen, die sie hoffentlich bald entdeckten.

Ebenso wenig ließ das Tagebuch darauf schließen, wer die anderen fünf Toten waren, die sie gefunden hatten. Es erklärte auch nicht die Leichen im Haus und nicht den Brand an sich. Die einzigen Erklärungen, die das Tagebuch lieferte, gab Bishop gezielt vor – und die für bare Münze zu nehmen wäre gefährlich. Darauf würde Poole sich nicht einlassen.

Er hatte das Gefühl, das Tagebuch aus einem gänzlich neuen Blickwinkel betrachten zu müssen. Man durfte es lediglich als eine Liste der Dinge begreifen, die Bishop ihnen weismachen wollte, ob sie nun wirklich der Wahrheit entsprachen oder nicht. Wenn sie verstünden, welche Botschaft Bishop ihnen damit vermitteln wollte, und von der wörtlichen Auslegung abrückten, kämen sie der Wahrheit auf die Spur.

Poole rieb sich die Augen und sah aus dem Flugzeugfenster. Zwischen den Wolken tauchten grüne Flecken auf, Straßen und Gebäude nahmen Gestalt an, und vor ihnen kamen der Flugplatz und die Landebahn in Sicht. Als die Räder auf dem Asphalt aufsetzten, war es bloß als ein routiniertes Auftitschen zu spüren – ein kaum merkliches, entferntes Echo der Achterbahnfahrt, die sie gerade erst erlebt hatten.

Noch während die Maschine auf den Hangar am nördlichen Ende des Flughafens zurollte, fuhr ihnen ein weißer SUV von einem kleinen Parkplatz entlang des Gebäudes aus entgegen: Pooles Fahrdienst zum Gefängnis.

Er schnappte sich das Tagebuch und hatte die kleine Einstiegsluke des Flugzeugs aufgestoßen, noch ehe die G4 zum Stillstand gekommen war.

108
Tagebuch

»Ich habe heute Morgen einen interessanten Anruf von der Polizei bekommen. Willst du wissen, was sie mich gefragt haben?«

Roter Burlington.

Der Pullover des Tages.

Der Arzt hatte Pfannkuchen oder Waffeln zum Frühstück gegessen. Gleich unter dem Kragen war ein Siruptröpfchen gelandet. Ich konnte die Süße förmlich riechen. Und bekam Hunger. Ich hatte Cheerios und Milch gekriegt, definitiv eins meiner Lieblingsfrühstücke, aber eindeutig nicht annähernd so gut wie Pfannkuchen oder Waffeln.

Mir fehlten Mutters Pfannkuchen. Sie machte hervorragende Pfannkuchen.

»Anson, du bist mit dem Kopf schon wieder woanders. Wenn jemand dich anspricht, musst du dich auf die Stimme konzentrieren. Es hilft, wenn du deinem Gesprächspartner dabei in die Augen siehst und versuchst, die Stimmen in deinem Kopf auszublenden.«

Ich hatte ihm eigentlich in die Augen gesehen, aber ihn nicht zur Kenntnis genommen.

Wenn ich wollte, konnte ich einfach durch ihn hindurchsehen – genau wie ich ihm in den Kopf gucken konnte und ...

»Anson.«

Ich konnte den Sirup in der Luft riechen.

Ich sah ihm ins Gesicht.

Ich lächelte.

»Ja, Doktor?«

»Willst du wissen, wonach die Polizei sich erkundigt hat?«

»Ja, Doktor. Das wüsste ich wirklich gern.«

Er warf einen Blick in seine Notizen. »Es war ein gewisser Detective Welderman vom Greenville PD. Er hat erzählt, sie seien jetzt mehrmals zu eurem Haus gefahren, um die Nachbarn zu befragen, die ...« Wieder musste er seine Notizen absuchen. »Die Carters. Simon und Lisa. Anscheinend sind sie immer noch nicht nach Hause zurückgekommen. Daraufhin haben sie an Simon Carters Arbeitsplatz nachgefragt, aber dort ist er anscheinend schon seit einiger Zeit nicht mehr aufgetaucht. Seine Frau ist nicht berufstätig, scheint aber ebenfalls verschwunden zu sein.« Der Arzt hielt den Blick noch eine Sekunde auf seinen Notizblock gerichtet und überflog den Text, dann sah er mich stirnrunzelnd an. »Wir haben also vier Erwachsene – einschließlich deiner Eltern –, die entweder verschwunden oder gestorben sind. Nach dem schrecklichen Brand sind in eurem Haus drei Leichen gefunden worden – und es war Brandstiftung, das haben sie jetzt bestätigt. Außerdem haben wir es mit einem Jungen zu tun – einem Jungen, der allem Anschein nach nicht weinen will und der dort zurückgelassen wurde und der mir jetzt hier in meinem Sprechzimmer gegenübersitzt.«

Er nahm die Brille wieder ab. Diesmal war es nicht geschauspielert. Er nahm sie von der Nase und ließ sie resigniert auf die Brust hinabfallen.

»Ich muss sagen, Anson, das sieht nicht gut aus. Das sieht überhaupt nicht gut aus. Die Polizei ist hoch alarmiert und will mit dir reden. Ich habe ihnen natürlich mitgeteilt, dass das nicht geht – immerhin bist du minderjährig und stehst unter meinem Schutz, und so etwas würde ich dir nicht zumuten wollen.« Er lehnte sich leicht vor und senkte die Stimme. »Keine Stunde nach dem Telefonat mit Detective Welderman habe ich dann einen weiteren Anruf bekommen – von diesem Bezirksstaatsanwalt, von dem ich dir neulich erzählt habe. Weißt du noch? Der sich dringend mit deiner Mutter unterhalten will. Er hat mir mitgeteilt, dass es in meinem dringenden Interesse sei, der Polizei zu erlauben, dass sie mit dir reden – natürlich in meiner Anwesenheit. Er war ziemlich nachdrücklich und hat auch gleich darum gebeten, sich meine Notizen ansehen zu dürfen. Ich habe ihm gesagt, dass unsere Unterhaltungen streng vertraulich sind und dass daran auch nicht zu rütteln ist. Ich hab ihn in seine Schranken verwiesen, Anson, ich hab ihn um deinetwillen ganz klar in seine Schranken verwiesen, aber diese Leute – die Polizei, der Bezirksstaatsanwalt ... die scheinen zu glauben, dass du irgendwie mit der Sache zu tun hast, und wenn ich ehrlich sein soll, dann hast du mir nichts erzählt, was mich vom Gegenteil überzeugt hätte. Ich kann diese Leute nur noch bedingt auf Abstand halten, Anson. Du musst mir erzählen, was passiert ist.«

Mein Messer lag wieder auf seinem Tisch. Ich glaubte nicht, dass er es dort vergessen hatte, weil es diesmal in der äußersten Ecke lag, in meiner Reichweite, und nicht dort, wo es am Vortag gelegen hatte. Wenn ich gewollt hätte, hätte ich es mir schnappen können. Ich hätte es aus dem Plastikbeutel nehmen und dem guten Herrn Doktor in den Hals rammen können, noch ehe er potenziell gefährlich in seinen Notizblock hätte schreiben können – auf jeden Fall noch ehe er es hätte unterstreichen können.

Potenziell gefährlich.

Er sah mich schon wieder an; das Ticken der Stille türmte sich auf wie Jenga-Klötzchen. Mir war klar, dass er jetzt die nächste Stunde stumm vor mir sitzen und darauf warten würde, dass ich etwas sagte. Diese Taktik benutzte er gern. Seine Absichten waren leicht zu durchschauen.

»Vater hat den Brand gelegt und ist mit Mutter abgehauen.«

Er setzte die Brille wieder auf. »Also, das ist mal ein spannender Gedanke. Aber warum sollte er da sein Auto stehen lassen? Und auch ihr Auto? Wo sind sie denn hin? Und warum ohne dich?«

»Keine Ahnung, wo sie hin sind und warum sie mich nicht mitgenommen haben.«

»Wer waren die toten Männer im Haus?«

»Ich weiß es nicht.«

»Wo sind eure Nachbarn?«

»Ich weiß es nicht.«

»Wer hat den Brand gelegt?«

»Vater.«

Er wollte mich nach dem Foto fragen. Ich wusste genau, dass er es hatte, wahrscheinlich sogar irgendwo am Leib, wahrscheinlich in der Tasche seiner Kakihose. Oder zwischen den Seiten seines Notizblocks.

»Warum hätte dein Vater den Brand legen sollen?«

»Ich weiß es nicht.«

»Wer waren diese anderen Männer? Die sie im Haus gefunden haben? Haben sie ihn angegriffen? Haben sie versucht, deiner Mutter wehzutun?«

Das hier gefiel mir nicht.

Das hier gefiel mir ganz und gar nicht.

Dieses Schnellfeuer aus Fragen.

Und ich antwortete viel zu schnell.

Ich lieferte Antworten, ohne erst gründlich darüber nachzudenken. Er hatte bei dieser Unterhaltung die Oberhand. Das würde Vater nicht gutheißen. Ich musste die Oberhand gewinnen. Zwickmühle, Zwickmühle ... Ich war ...

»Anson, sagt dir der Begriff Kinesik etwas?«

Ich schüttelte den Kopf.

»Die Kinesik ist die Lehre vom Bewegungsverhalten, von der Körpersprache. Gesichtsausdrücke, Gesten – alles nonverbale Verhalten, das der Körper an den Tag legt. Ich bin in Kinesik ausgebildet, in der Interpretation von Körpersprache, und ich habe gelernt zu erkennen, wann jemand mir nicht die Wahrheit sagt. Wir haben ja schon darüber gesprochen, was ich davon halte, wenn jemand mich anlügt oder anflunkert. Wenn jemand nicht die Wahrheit sagt, dann sendet der Körper Signale aus, anhand derer ich das sofort erkennen kann. Je länger ich mich mit jemandem beschäftige, umso leichter fällt es mir, und nach einer Weile kann der Lügner mich nicht mehr an der Nase herumführen. Du und ich, Anson, nähern uns diesem Zustand. Was heißt das für dich? Tja, das heißt, du kannst mich weiter anlügen, und dann weiß ich, dass du mich belügst, oder aber du sagst jetzt die Wahrheit, und in dem Fall weiß ich, dass es die Wahrheit ist. Im Klartext: Du hast einen Punkt erreicht, an dem du dich entscheiden musst. Entweder fängst du allmählich an, meine Fragen wahrheitsgemäß zu beantworten. Dann fällt alles, was du mir hier erzählst, unter die ärztliche Schweigepflicht und kann nicht gegen dich verwendet werden. Oder du machst so weiter und lügst mich an. Wenn du dich dafür entscheidest, dann gibt es nicht mehr allzu viel, was ich für dich tun kann.« Oglesby lehnte sich auf seinem Stuhl zurück. »Als dein behandelnder Arzt erlaube ich der Polizei, dich zu befragen und dann die nächsten Schritte einzuleiten, die sie als notwendig erachten. Ich werde diesen Bezirksstaatsanwalt bei seiner Arbeit unterstützen. Du wirst in eine Einrichtung überführt, die deutlich weniger gastfreundlich ist – die Art Einrichtung, in der ein junger, gut aussehender Junge wie du als Währung gehandelt wird, als eine Sache, als ein Gegenstand, den man benutzen und wegwerfen kann. Das wird dich kaputtmachen. Du wirst jeden Tag ein bisschen mehr sterben, und es wird von dort kein Zurück geben. Wenn ein Junge erst mal an so einem Ort gelandet ist, dann gibt es von dort nie wieder einen Weg zurück, dann geht es immer nur tiefer hinunter in den Abgrund. Du wirst Tag für Tag mit einer Schaufel zubringen und tiefer und immer tiefer graben, um deine Grube auszuheben, nur um festzustellen, dass es die Monster ebenfalls in die Dunkelheit zieht und sie dir nur zu gern folgen.«

Er nahm die Brille wieder ab.

»Ich will dir wirklich helfen, Anson. Ich hoffe, du hast das erkannt. Aber allmählich läuft uns die Zeit davon.«

An diesem Punkt, fast zehn Minuten später als sonst, beendete er unsere Sitzung und führte mich am Schwesternzimmer vorbei den Flur entlang zu meinem Zimmer.

Die Tür des Mädchens stand offen, als wir vorbeigingen, Schwester Gilman hatte ihr gerade das Mittagessen gebracht. Das Mädchen saß auf dem Bett und hatte die Knie an die Brust gezogen.

Sie sah mich an, als ich vorbeilief, und ich sah sie an.

Selbst wenn ich gewollt hätte – ich hätte nicht wegsehen können.

109

Clair

»Ich habe Ihnen doch gesagt, wir richten keine Gewinnspiele aus. Ich habe keine Ahnung, was das sein soll.«

Clair starrte die Frau hinter dem Schreibtisch der Designated-Driver-Fahrschule an. Sie spürte, wie ihre Wangen glühten. Die Frau sah sie stur, fast trotzig an. Clair hätte sie am liebsten gepackt und über den Schreibtisch gezerrt. Kloz hatte das Foto von Lili Davies mit ihrem iPad vergrößert, sodass sie jedes Detail sehen konnten. Auf dem Ausschnitt, den Clair auf ihrem Handy gespeichert hatte, waren eindeutig dieses Gebäude und einige der Fahrzeuge draußen zu sehen.

»Schauen Sie sich die Bilder noch einmal an«, sagte sie und schob den Fotoausdruck der vermissten und toten Kinder über den Tisch auf die Frau zu.

Sie warf einen Blick darauf und sah wieder zu Clair hoch. »Wie schon gesagt, ich hab keins davon jemals gesehen. Keins dieser Kids hat hier je einen Fuß reingesetzt. Daran würde ich mich doch erinnern. Das Foto von draußen könnte jeder gemacht und dann bearbeitet haben – das ist nicht unsere Telefonnummer. Das ist ein Fake.«

Unter der Telefonnummer von Lilis Foto, die Gabby Deegan am Morgen angerufen hatte, ging inzwischen nur noch eine Mailbox ran, auf der man jedoch keine Nachricht hinterlassen konnte. Kloz hatte versucht, die Nummer nachzuverfolgen, aber sie gehörte zu einem Prepaidtelefon, das abgeschaltet worden war. Er und Nash und der Mobilfunkanbieter arbeiteten derzeit daran, Gabbys Anruf zurückzuverfolgen und auf diese Weise einen Standort zu ermitteln.

Gabby saß auf einem Stuhl in der Ecke. Sophie saß neben ihr und hielt ihre Hand. »Okay, erzähl es mir noch mal von vorn, Liebes.«

Gabby wischte sich über die Augen. »Ich hätte sie nie allein dort hingehen lassen dürfen. Es ist meine Schuld. Wenn ich mitgegangen wäre, wäre sie jetzt noch am Leben.«

»Erzähl mir von deinem Anruf. Von dem Mann, der den Anruf entgegengenommen hat. Was hat er gesagt? Hast du im Hintergrund irgendwelche ungewöhnlichen Geräusche wahrgenommen? Irgendwas, das einen Hinweis darauf geben könnte, wo er sich befindet?«

Gabby schüttelte den Kopf. »Ich hab sofort aufgelegt, als er sich gemeldet hat. Er klang komisch. Ich ... Ich hab diese Frau hier drinnen gesehen, ich konnte sie sehen – sie hat den Anruf nicht entgegengenommen. Ich glaube, ihr Telefon hat nicht mal geklingelt.«

»Ich habe den ganzen Tag lang noch keinen Anruf bekommen. Komplett tote Hose«, bestätigte die Frau.

»Inwiefern klang er komisch?«, hakte Clair nach und marschierte auf Gabby zu.

»Als wäre er gerade erst aufgewacht. Verschlafen oder so. Und er hat komisch gesprochen.«

»Hat er gestottert?«

Gabby runzelte die Stirn. »Nein, kein Stottern, mir fällt gerade das Wort nicht ein ... Er konnte das S nicht aussprechen ... Also, klar konnte er es aussprechen, aber es klang nicht korrekt, *Sie* klang bei ihm eher wie *Fffie*.«

»Hat er gelispelt?«, warf die Frau vom Schreibtisch ein. »Meinst du das vielleicht? Dass er gelispelt hat?«

»Ja.« Gabby nickte. »Das war's – er hat gelispelt.«

Clair wandte sich wieder zum Schreibtisch um. »Klingelt da etwas bei Ihnen?«

Die Frau griff zum Telefonhörer und wählte eine Nummer. »Ich ruf jetzt den Chef an.«

Clair nahm ihr den Hörer aus der Hand und legte auf. »Sie müssen mir auf der Stelle sagen, was Sie wissen.«

Ihr Blick huschte von Clair über Gabby zu Sophie, dann wieder zurück. Sie holte tief Luft. »Einer unserer Fahrlehrer lispelt ziemlich stark. Seit Kurzem erst – eine Nebenwirkung, nehme ich an.«

»Nebenwirkung wovon?«

Sie umrundete den Schreibtisch und lief auf die linke Bürowand zu, wo Bilder der Fahrlehrer hingen. Sie pickte sich eins heraus und nahm es von der Wand. »Paul Up-church. Arbeitet schon fast zehn Jahre hier. Vor gut sechs Monaten fing er an, Dinge zu riechen, die gar nicht da waren. Er erzählte mir immer wieder, dass ich nach Mandeln und Vanille rieche – und ich dachte noch, dass er einfach nur nett sein wollte. Er ist wirklich freundlich, der netteste Typ überhaupt – und echt lustig. Irgendwann ging es dann mit diesem Zittern los. Das fing ganz plötzlich an und hörte genauso schnell wieder auf, aber der Chef hat ihn daraufhin aus dem Dienstplan genommen und zum Arzt geschickt. Wir können nicht riskieren, dass unsere Fahrlehrer nicht auf der Höhe sind, wenn sie mit einem der Kids im Auto unterwegs sind. Er hat eine Reihe Untersuchungen über sich ergehen lassen – das ging etwa eine Woche lang. Am Ende haben die Ärzte ihm mitgeteilt, dass er einen Gehirn-tumor hat. Genau weiß ich es nicht mehr, er hat's mir er-klärt, aber das war alles ganz furchtbar speziell, ich habe kein Wort davon verstanden.«

Krebs, schoss es Clair durch den Kopf.

Krankenversicherung.

Onkologe.
Medikamente.
Röntgenbilder.
MRTs.
Der Chirurg.
Das Krankenhaus.

»Wo ist Paul Upchurch jetzt?«

»Zu Hause, nehme ich an. Soweit ich weiß, hatte er in der Zwischenzeit drei OPs, und wir haben seit über einer Woche nichts mehr von ihm gehört. Ich hab schon darüber nachgedacht, mal bei ihm vorbeizufahren, wenn er sich in den nächsten Tagen nicht meldet.«

»Ich brauche die Adresse.«

»Klar, natürlich.« Sie starrte immer noch auf das Foto in Clairs Hand. Ein Mann Anfang dreißig, der in die Kamera lächelte. »Paul würde niemandem etwas zuleide tun, er ist wirklich ein netter Kerl. Schrecklich, was er durchmachen muss. Er ist doch noch jung, sehr gläubig, wirklich eine gute Seele.«

Clair hatte bereits Nashs Nummer gewählt.

110

Poole

Poole hörte, wie der Gefängnisdirektor wieder zurück in sein Büro kam und die Tür hinter sich zuzog.

»Scheiße, jetzt haben wir ein Problem«, sagte er. »Es ist schlimmer, als ich befürchtet habe.«

Er war in Begleitung wiedergekommen.

Poole stand von seinem wackligen Besucherstuhl auf.

Direktor Vina zeigte auf den Mann neben sich. »Das ist Captain Fred Direnzo. Er leitet die Sicherheit hier im Gefängnis. Captain, das hier ist Frank Poole vom FBI. Erzählen Sie ihm, was Sie mir erzählt haben.«

Poole gab ihm die Hand. Der Mann war eindeutig nervös, seine Hand war kühl und leicht klamm. Was hier vor sich ging, behagte ihm nicht. Kein bisschen.

Direnzo räusperte sich. »Nachdem SAIC Hurless sich bei mir gemeldet hat, haben wir Weidner auf Schritt und Tritt verfolgt. Wir wollten bis zu Ihrer Ankunft nicht mit ihm sprechen – er sollte glauben, es wäre ein ganz normaler Tag –, aber wir haben ihn über die Kameras im Blick behalten. So hätten Sie ihn sich vornehmen können, und er hätte nicht mehr die Möglichkeit gehabt, sich bis dahin Ausreden zurechtzulegen oder Spuren zu verwischen. In solchen Situationen ist das Überraschungsmoment ja immer wichtig, nicht wahr?«

Poole nickte.

Captain Direnzo streifte den Direktor mit einem Blick und sah wieder zu Poole. »Er ist uns entwischt. Ich weiß noch nicht, wie das passieren konnte, aber er ist irgendwie rausgekommen.«

»Wann?«

Der Direktor hob beide Hände. »Bevor Sie sich aufregen – wir haben ihn. Ich hab bei der nächsten Dienststelle angerufen, und sie haben ihn in seiner Wohnung aufgespürt, nicht weit von hier entfernt. Haben ihn dabei erwischt, wie er eine Tasche gepackt hat. Sie bringen ihn hierher zurück, sollte nicht länger als zwanzig, dreißig Minuten dauern. Aber bitte, reden Sie weiter, Captain.«

Direnzo nickte. »Die Kameras sollen ja eigentlich die Insassen filmen, nicht das Wachpersonal, deshalb gibt es auch mehrere blinde Flecken dort, wo nur Wachleute hinkommen. Er hat sich bei den Spinden umgezogen und ist mit den Kollegen raus, die um drei Uhr Feierabend hatten. Aber wie der Chef schon sagte: Wir haben ihn. Er geht nirgends mehr hin, das schwöre ich Ihnen. Wir haben angefangen, Weidners Aufgaben von heute rückzuverfolgen, um besser einschätzen zu können, was er geplant hat. Sieht ganz danach aus, als hätte er einen Gerichtsbeschluss gefälscht und damit heute Morgen um acht einer Insassin zu einem Freigang verholfen.«

»Wem?«

Der Gefängnisdirektor überreichte Poole eine Akte. »Wir haben keinen Namen, keine Papiere, und sie taucht nicht in unseren Datenbanken auf. Hat sich geweigert, ihren Namen zu nennen, als sie wegen Taschendiebstahls in der Stadt aufgegriffen wurde. Allerdings wäre da noch Folgendes: Ihr Detective – Sam Porter ... Der hat sie gestern hier besucht. Hat mir erzählt, die Frau wäre irgendwie in die 4MK-Morde in Chicago verwickelt. Daraufhin hat er dreieinhalb Stunden mit ihr und der Pflichtverteidigerin im Vernehmungsraum zugebracht.«

»Gibt es Aufzeichnungen?«

»Die Kameras werden abgeschaltet, wenn ein Insasse sich mit seinem Anwalt berät.«

»Und wer ist ihr Anwalt?«

»Eine von hier aus der Stadt – Sarah Werner«, antwortete der Gefängnisdirektor. »Wir haben die Sendedaten der Fußfessel, die Insassin befindet sich in Ms. Werners Kanzlei. Die Fessel ist nach wie vor aktiv. Sie kann nirgendshin, ohne dass wir es mitkriegen.«

»Kann ich ihre Zelle sehen?«

»Haben wir leider geräumt. Da ist nichts mehr.«

»Ich will sie trotzdem sehen.«

Poole betrat den kleinen Raum und hatte das Gefühl, als rückten mit einem Mal alle vier Wände auf ihn zu.

Die Matratze war gegen die Wand gelehnt worden, sodass das blanke Metallbettgestell sichtbar war. Auf dem Boden lagen einige Kleidungsstücke verstreut: ein T-Shirt, zwei Jogginghosen. Der Inhalt einer Flasche Shampoo und eine Tube Zahnpasta waren ins Waschbecken geleert worden.

»Manche Insassen verstecken genau in solchen Sachen kleinere Gegenstände – hauptsächlich Klingen.«

»Etwas gefunden?«

»Nope.«

Poole machte einen großen Schritt an der Matratze vorbei und fing an, über die Kanten und Säume zu tasten.

»Haben wir schon gecheckt«, sagte Captain Direnzo. »Da war nichts.«

Poole untersuchte die Matratze trotzdem, fand aber nichts.

»Wie gesagt, hier ist nichts.«

Poole seufzte und kippte die Matratze zurück aufs Bettgestell. Das Metall schepperte – doch sein Blick war an der Wand hängen geblieben, an den eingeritzten Worten in der Wandfarbe. Und es waren nicht einfach nur vereinzelte Worte – die ganze Zelle war über und über damit übersät, ein Kondensat aus Jahren des Grübelns von Zelleninsassen, das dem jeweiligen Zellennachfolger hinterlassen worden war. Einige Worte waren Poole nur zu vertraut. Sie hatten ihn regelrecht angesprungen.

Lasst uns _heim_kehren, lasst uns zurückgehen,
Alles Suchen und Streben wird nutzlos sein,
Freude durchdringt das Hier und das Jetzt.
Aus dem blauen Ozean des Todes
Fließt das Leben wie Nektar.
Im Leben ist Tod; im Tod ist Leben.
Wo soll die Angst sein, wo ist _Angst_?
Die Vögel am Himmel singen: »Kein Tod, kein _Tod_!«
Tag und Nacht spült die Welle der Unsterblichkeit
auf diese Erde herab.

Genau wie in dem Haus in Chicago waren auch hier die Worte *heim*, *Angst* und *Tod* unterstrichen. Am Ende folgte ein weiterer Vers:

Die Erbsünde wird dein Tod sein.

»Was soll das heißen?« Captain Direnzo stand hinter ihm und versuchte, über Pooles Schulter hinweg den Text zu lesen. Poole hatte nicht mal mehr mitbekommen, dass auch er die Zelle betreten hatte.

Er fuhr mit den Fingern die Zeile entlang, und trockene Farbflocken blieben an seiner Fingerkuppe haften. Das hier war erst kürzlich hinzugefügt worden, ein neues Graffiti zwischen lauter älteren Schichten. »Eine Anspielung auf die Bibel, auf die Erbsünde. Shakespeare zufolge heißt es, ›die Sünden der Väter sollen an den Kindern heimgesucht werden‹, was im Klartext bedeutet, dass wir für die Sünden unserer Vorfahren mitverantwortlich sind und umgekehrt.«

»Shakespeare, ja? Unsere kleine Jane Doe schien mir nicht gerade der größte Shakespeare-Fan gewesen zu sein.«

Das Funkgerät an Captain Direnzos Schulterholster meldete sich, und er drückte auf einen Knopf. Die Stimme des Gefängnisdirektors knisterte durch den Lautsprecher. »Captain? Weidner ist jetzt hier. Bringen Sie unseren Freund bitte in Vernehmungsraum drei, wenn Sie fertig sind?«

»Wird gemacht.«

111

Tagebuch

Wieder Nacht. Kein Regen.

Als Schwester Gilman mir das Abendessen gebracht hat, habe ich sie nach dem Mädchen zwei Türen weiter gefragt, aber sie wollte mir nichts erzählen, hat mir nicht mal den Namen verraten. Ich hatte auf den Namen gehofft. Stattdessen setzte sie bloß das Tablett auf meinem Bett ab und lächelte. »Iss jetzt lieber.«

Ich wollte nichts essen. Ich wollte den Namen des Mädchens hören. Ich wollte mit ihr sprechen. Ich wollte nahe genug an sie herankommen, um die Wärme ihrer Haut, ihres Atems zu spüren.

Ich konnte sie weinen hören. Ich wollte wissen, ob sie auch lachen konnte.

Ich aß nichts.

Ich bemerkte nicht mal, wie Schwester Gilman mein Zimmer verließ.

Das Essen an der Bettkante wurde allmählich kalt.

Ich wollte nicht mit der Polizei reden.

Ich wollte auch nicht den Bezirksstaatsanwalt treffen, von dem der Arzt gesprochen hatte.

Und ganz gewiss wollte ich nicht an diesen Ort verlegt werden, den er erwähnt hatte.

Es war an der Zeit abzuhauen.

Vater würde wollen, dass ich etwas austüftelte. Und ich hatte einen Plan.

Nachts waren maximal ein Wachmann und zwei Schwestern anwesend. Die Ärzte waren daheim und alle anderen in ihre Zimmer gesperrt.

Ich würde nachts abhauen.

Ich würde warten, bis das Mädchen anfinge zu weinen.

Ich wollte sie nicht mehr weinen hören.

Ich wollte sie nie wieder weinen hören, aber ich wusste, dass es so kommen würde, und wenn sie anfinge, würde mindestens eine Schwester ihre Tür aufschließen und zu ihr reingehen, um sie zu trösten. Sobald ich sicher wäre, dass eine Schwester im Zimmer des Mädchens verschwunden wäre, würde ich meine Zimmertür knacken, den Flur entlanghuschen und ebenfalls ins Zimmer des Mädchens schlüpfen.

Die Schwester würde laut aufschreien.

Ich hoffte, es wäre nicht Schwester Gilman, sondern eine der anderen. Ich mochte Schwester Gilman. Doch selbst wenn sie es wäre, würde ich sie zum Schreien bringen. Vater hatte mir beigebracht, wie das ging. Ich würde sie dazu bringen, so laut zu schreien, dass die andere Schwester und der Wachmann in das Zimmer des Mädchens geeilt kämen. Ich würde sie dazu bringen, das Zimmer zwei Türen weiter zu betreten, und dann ...

Hier muss ich kurz innehalten.

Ich will etwas klarstellen.

Ich will niemandem wehtun.

Dass jemand verletzt wird, ist das Letzte, was ich will.

Aber ich muss es tun.

Sie müssen in diesem Zimmer bleiben, damit ich gehen kann.

Das ist das einzig akzeptable Ergebnis.

Ich hoffe, ich muss niemandem wehtun.

Ich will nicht, dass das Mädchen sieht, wie ich jemandem wehtue.

Ich sperre sie in das Zimmer ein, anschließend hole ich mir aus dem Sprechzimmer des Arztes mein Messer. Ich weiß, das ist riskant, aber ich bin bereit, dieses Risiko einzugehen.

Und dann haue ich ab.

Die Bänder der Überwachungskameras nehme ich mit. Der Rekorder steht bestimmt auf dem Schreibtisch des Wachmanns.

Wenn ich mein Messer habe und sollte ich jemanden in dem Zimmer verletzt haben müssen, in dem Zimmer des Mädchens, wenn ich irgendjemanden verletzt haben müsste, bevor ich gegangen wäre und sie dort eingesperrt hätte, müsste ich vielleicht zurückgehen und das Ganze zu Ende bringen. Das würde Vater von mir erwarten. Mutter würde sagen, ich müsste das Mädchen ebenfalls verletzen. Ich müsste mit ihnen allen Schluss machen, mir dann die Bänder nehmen und abhauen. Darin wären Vater und Mutter sich einig.

Ich wollte dem Mädchen nicht wehtun, aber ich würde es tun.

Es gab allerdings ein Problem bei der nächtlichen Flucht, ein ernsthaftes Problem, bei dem ich mir nicht sicher war, wie ich es lösen sollte. Ich wollte mich unbedingt von Dr. Oglesby verabschieden.

112

Nash

»Nash, können Sie mich hören?«, krächzte Espinosas Stimme durch den kleinen Lautsprecher, der versteckt in der gefütterten Kapuze angebracht worden war.

Nash widerstand dem Impuls draufzuklopfen. »Alles bestens, SWAT, höre Sie klar und deutlich.«

»Zugriff in drei Minuten.« Das war Brogan, der außer Atem zu sein schien und dessen Stimme leicht gedämpft klang. Er und sein Team hatten einen Block weiter geparkt und kämpften sich durch den Schnee zur Rückseite des Hauses.

Die Adresse dieses Paul Upchurch, die Clair von Designated Driver bekommen hatte, hatte Kloz mithilfe der Zulassungsstelle und des County-Einwohnermeldeamts bestätigen können. Sein Name hatte im Melderegister gestanden. Das Grundstück gehörte ihm seit fast zehn Jahren.

Nash wartete zwei Straßenzüge entfernt von Upchurchs Haus in seinem Wagen. Connie hatte sich an ihren eigenen Abgasen verschluckt, und der Auspuff keuchte, als sie die Wolke ausspuckte. Eine große Amazon-Kiste lag auf dem Beifahrersitz. Darin lagen ein Sturmgewehr und zwei flache Zehn-Pfund-Gewichte. Unter der dicken Jacke trug er eine Schutzweste.

»Ich kann die Rückseite des Hauses jetzt sehen«, verkündete Brogan. »Drei Fenster im ersten Stock, ein Dachfenster, zwei im Erdgeschoss. Scheiße …«

»Was?«, fragte Espinosa.

»Der Hinterhof ist eingezäunt, mindestens eins zwanzig Maschendraht. Wir haben sechzig Zentimeter Schnee, und die Schneewehen reichen fast bis an die Zaunkante. Ich positioniere mein Team im Nachbargarten. Sobald wir von dort vorrücken, sind wir offen sichtbar. Ich schätze, dreißig Sekunden, bis wir den Zaun überquert haben, zehn bis zum Haus, noch mal zwanzig, bis wir die Hintertür aufgekriegt haben. Nirgends Deckung, alles weit offen.«

»Verstanden«, sagte Espinosa. »Nash, Sie gehen auf mein Kommando. Wenn Sie eine Klingel sehen – klingeln Sie nicht, klopfen Sie an! Viele Klingeln in so alten Häusern funktionieren nicht mehr, nur dass Sie das von außen nicht beurteilen können – die Klingel würde Sie wertvolle Zeit kosten. Klopfen Sie laut an. Sobald Sie das tun, zähle ich bis fünf. Wir geben Upchurch Zeit, an die Tür zu kommen. Auf fünf kommen von beiden Enden der Straße die Mannschaftswagen, und Brogan und seine Jungs sind an der Hintertür.« Er hielt kurz inne. »Sie bleiben auf der kleinen Veranda stehen. Sieht aus, als wären es neun Stufen plus der Treppenabsatz, zu dem ein Geländer hochführt. Das wird eng – allzu viel Platz für Manöver haben wir nicht. Wenn Upchurch die Tür aufmacht, stoßen Sie ihn hinein, rammen Sie ihn mit dem Gewicht Ihrer Kiste nach hinten. Meine Leute sind bis dahin direkt hinter Ihnen. Die nehmen ihn fest. Versuchen Sie einfach, ihn zu überrumpeln, und gehen Sie aus dem Weg.«

»Was, wenn er nicht aufmacht?«

»Wenn er nicht aufmacht, machen Sie sofort den Weg frei. Mein Team ist hinter Ihnen und kümmert sich um die Tür, und dann dringen sie vorne ein, während Brogans Leute hinten alles sichern. Brogan?«

»Ja, Sir?«

»Beide Teams sichern das Erdgeschoss. Dann will ich, dass Sie in den Keller und sämtliche unteren Bauten gehen. Ich gehe nach oben und nehme mir den ersten Stock und das Dachgeschoss vor.«

»Verstanden.«

»Nash, bleiben Sie aus der Schusslinie, so gut es geht. Sie tragen keinen Kopfschutz, und ich will niemanden durch einen Zufallstreffer verlieren.«

»Ich will auch lieber nicht verloren gehen«, sagte Nash.

»Moment ...«, kam es von Espinosa. Dann: »Die Rettungswagen sind jetzt da. Sie folgen den SWAT-Wagen von beiden Enden der Straße, dahinter Streifen, um den Block abzusperren, falls der Typ wider Erwarten abhauen kann. Alle in Position?«

»Rückseite – in Position«, sagte Brogan.

»Östliches Ende – in Position.«

»Westliches Ende – in Position.«

»Streifen 6, 144, 38 und 1218 – alle in Position.«

Stille.

»Nash?« Wieder Brogan.

Nash holte tief Luft. »Ich bin bereit. In Position.«

»Okay, fahren Sie vor, wann immer Sie so weit sind. Hausnummer dreiundachtzig, rechte Straßenseite. Blau mit weißen Zierleisten. Wir sind direkt hinter Ihnen.«

»Verstanden.«

Durch den Mund holte Nash erneut tief Luft, hielt sie kurz an und atmete dann langsam durch die Nase aus.

Beruhigte ihn nicht die Bohne.

Seine Hände zitterten. Sein Herz raste wie verrückt. Er war im Lauf seiner Karriere schon bei Hunderten Hausdurchsuchungen dabei gewesen, aber die Aufregung nahm einfach nie ab. Porter hatte ihm mal gesagt, wenn es irgendwann anders werde, wenn man eines Tages urplötzlich vollkommen ruhig sei, sei dies der Tag, an dem man erschossen werde.

»Dann mal auf in die Schlacht«, sagte er.

Connies Schalthebel klemmte jedes Mal, wenn er sie geparkt hatte. Er setzte erneut an und schob ihn mit etwas mehr Kraft auf Drive. Das alte Auto rollte vorwärts.

»Langsam und bedächtig, Nash, Vorsicht auf dem Eis. Die haben heute Morgen geräumt, aber es ist immer noch heikel«, sagte Espinosa. »Noch sechs Häuser rechts vor Ihnen. Sie sehen es vor sich, sobald Sie über den Hügel kommen.«

Nashs Reifen suchten verzweifelt nach Halt. Es gab da den einen perfekten Punkt, wenn man auf Schnee und Eis unterwegs war – zu schnell oder zu langsam, und man kam ins Schleudern und verlor den Kontakt zur Straße. Connie hätte am liebsten beschleunigt, aber Nash hielt sie im Zaum. Dann konnte er das Satteldach des blau-weißen Hauses vor sich sehen, gleich anschließend die Ziffern der Hausnummer neben der Haustür. An der Straße parkten mehrere Autos – riesige Schneeberge, unter denen Farbe, Marke und Modell nicht erkennbar waren. Direkt vor dem Haus war eine Parklücke frei, und sie war groß genug, dass er nicht rückwärts einparken musste. Nash manövrierte den Wagen hinein und stellte den Schalthebel auf Parken.

Über den kleinen Sender im Ohr hörte er Espinosa krächzen: »Nash am Ziel. Sämtliche Teams bereitmachen für den Zugriff.«

Nash dachte kurz darüber nach, den Motor laufen zu lassen. Würde ein Kurierfahrer nicht den Motor laufen lassen? Er hatte nie darauf geachtet. Aber das hätte Sinn und Verstand, bei der Kälte. Raus, wieder rein, wieder raus, wieder rein, kein Grund, ihn jedes Mal abzustellen.

Upchurch könnte den Wagen als Fluchtwagen benutzen.

Er bezweifelte, dass Upchurch es bis auf die Straße schaffen würde. Trotzdem reichte die Vorstellung aus, damit er den Motor abstellte und die Schlüssel einsteckte. Connie röchelte, begriff, dass sie nicht mehr fuhren, ächzte noch einmal auf und verstummte.

Nash schnappte sich die Amazon-Kiste, schob die Fahrertür auf und trat hinaus in den Wind. Es schneite schon wieder, zentimeterdicke Flocken. Das trübte die Sicht. Der Wind peitschte ihm über die nackten Wangen, als er um seinen Wagen herumlief und eine Stelle ansteuerte, von der er annahm, dass dort unter der Schneedecke der Gehweg verlief.

»Da bewegt sich was«, sagte Espinosa in seinem Ohr, »erster Stock, Vorhang ganz links.«

Nash hatte nichts gesehen.

Er hatte inzwischen die Treppe erreicht.

Ganz vorsichtig – einen Arm um die Kiste, die andere Hand am Geländer – stieg er Stufe um Stufe hinauf.

Als er die schmale Veranda erreichte, steuerte er unwillkürlich die Klingel an, hatte die Hand bereits erhoben, erinnerte sich dann aber wieder an das, was Espinosa vor wenigen Minuten gesagt hatte.

Konzentrier dich, du Penner. Konzentrier dich jetzt.

Am liebsten hätte er einen Blick über die Schulter geworfen. Er wollte sich dringend umsehen und die Straße entlangspähen, um sicherzustellen, dass die anderen dort waren, wo sie sein sollten. Aber er tat es nicht. Stattdessen klopfte er an die Tür – drei Mal und so fest, dass ihm die Knöchel wehtaten.

Aus dem Augenwinkel konnte er erst den einen, dann auch den zweiten SWAT-Wagen aus der anderen Richtung die Straße heraufkommen sehen. Mitten auf der Straße kamen sie schlitternd und bereits mit offenen Schiebetüren zum Stehen, und Männer in schwarzer Montur sprangen heraus.

In seinem Ohr brüllte Espinosa Befehle: »Los, los, los!«

Niemand hatte die Tür aufgemacht.

Durch ein schmales Fenster neben der Tür warf Nash einen Blick in den Eingangsbereich – niemand da. Als er die Stiefel hinter sich über die verschneiten Treppen knirschen hörte, sprang er nach links von der Tür weg. Thomas oder Tibideaux – er hätte nicht sagen können, wer von den beiden es war –, rammte den alten Türrahmen mit einem riesigen schwarzen Metallrammbock: Zwei Schläge, und das Schloss krachte, die Tür schlug nach innen auf, und die Männer in Schwarz strömten an ihm vorbei ins Haus.

Ein weiterer lauter Schlag von der Rückseite, klirrende Fenster, dann eine Schockgranate.

Brogan: »Wir sind drin! Leiche auf dem Küchentisch – weiblich! Ansonsten Küche – sicher.«

»Wohnzimmer – sicher.«

»Kellertreppe – gehen jetzt runter.«

»Hier Espinosa – oberer Treppenabsatz.« Die Stimme leise, ein Flüstern. »Bad – sicher. Zimmer eins – sicher. Zimmer zwei …«

Er sprach nicht weiter. Nash drückte sich den Sender tiefer ins Ohr.

»Stehen bleiben! Halt – nicht …«

Nash riss das Sturmgewehr aus der Amazon-Kiste und rannte den Männern hinterher. Aus dem hinteren Teil des Wohnzimmers führte die Treppe ins Obergeschoss. Er nahm immer zwei Stufen auf einmal. Auf dem oberen Treppenabsatz richtete Espinosa seine Waffe auf jemanden oder etwas im zweiten Zimmer. Einer seiner Männer stand hinter ihm und hatte die Waffe zu Boden gerichtet.

Nash sah zu, wie Espinosa das Zimmer betrat.

Über den Sender in seinem Ohr hörte er wieder Brogans Stimme – diesmal kein Brüllen mehr: »Ach du Scheiße, was ist das, verdammt … oh Gott … eine zweite Leiche im Keller, noch ein Mädchen. Ansonsten Keller – sicher.«

113
Poole

Weidner saß auf einem am Boden verschraubten Metallstuhl hinter einem gleichermaßen verschraubten Tisch. Sein Blick huschte im Raum hin und her, seine Finger zuckten – die eine Hand im Schoß, die andere auf dem Tisch.

Poole beobachtete ihn durch den Spionspiegel. »Hat er irgendetwas gesagt, als sie ihn abgeholt haben?«

Direktor Vina schüttelte den Kopf. »Hat keinen Widerstand geleistet. Hat sich einfach abführen lassen. Hatte schon eine Reisetasche gepackt, mitsamt gut zweitausend in bar und einem Busticket nach Chicago. Zehn Minuten später, und er wäre weg gewesen.«

»Darf ich mit ihm reden?«

Der Direktor zuckte mit den Schultern. »Mit mir redet er nicht, hab ich schon probiert. Versuchen Sie Ihr Glück.«

Captain Direnzo stand links neben Poole und glühte dermaßen, dass Poole es spüren konnte.

»Wenn ich mit ihm fertig bin, gehört er Ihnen.«

Direnzo grunzte nur, sagte aber nichts.

Poole öffnete die Stahltür zwischen den beiden Räumen, betrat den Verhörbereich und zog die Tür hinter sich zu.

Weidner sah zu ihm auf, starrte dann wieder auf seine Hand auf der Tischplatte.

Poole nahm gegenüber von ihm Platz. »Hallo, Vincent. Ich

bin Special Agent Frank Poole, FBI. Klingt so, als hätten Sie einen ereignisreichen Vormittag gehabt. Warum erzählen Sie mir nicht erst mal, was Sie mit Libby McInley verbindet?«

Weidners Finger hörten auf zu zappeln. »Anwalt. Sarah Werner. Sofort.«

»Sie können es gern so versuchen, aber ich nehme an, Sie arbeiten lange genug im Justizapparat, um zu wissen, wie so etwas ausgeht. Wenn Sie mir nicht helfen wollen, wenn Sie einen Anwalt dazwischenschalten, dann kann ich Ihnen nicht mehr helfen. Was wiederum heißt: Wir gehen volle Kraft voraus, was die Vorwürfe gegen Sie angeht – Begünstigung und Beihilfe zu einem Gefängnisausbruch und zur Flucht vor den Strafverfolgungsbehörden … Sie sehen einer ziemlich langen Haftstrafe entgegen. Wenn Sie mir stattdessen ein paar Fragen beantworten und mir helfen, dann helfe ich Ihnen.« Poole lehnte sich vor und beugte sich ein Stück über den Tisch. »Ich will eins klarstellen, Vincent. Ich bin nicht Ihretwegen hier. Sie sind für mich einfach nur Mittel zum Zweck, das ist alles. Ich habe keinen Grund, hart gegen Sie vorzugehen. Aber dahinten auf der anderen Seite des Spiegels warten Ihr Direktor und Ihr Captain, und keiner der beiden ist gut drauf. Wenn ich Sie den beiden überlasse, statuieren die an Ihnen ein Exempel und demonstrieren, dass sie am längeren Hebel sitzen. Wenn Sie mir helfen, nehme ich Sie mit nach Chicago, und wir können das alles verhindern. Dort wollten Sie doch sowieso hin, oder nicht? Vergessen Sie den Bus. Für mich steht auf Louis Armstrong ein Flieger bereit.«

Weidner lehnte sich vor. »Anwalt. Sarah Werner. Sofort.«

»Erzählen Sie mir etwas über Anson Bishop. Warum helfen Sie ihm?«

Weidner antwortete nicht.

»Wer war die Frau, der Sie zur Flucht verholfen haben? Ist sie Bishops Mutter?«

Schweigen.

Poole würde die folgenden zwei Stunden in diesem Raum mit Weidner verbringen.

114

Nash

Nash trat durch die offene Zimmertür.

Espinosa stand mitten in dem kleinen Raum und hielt die Waffe auf einen Mann gerichtet, der vor dem Fenster saß – am selben Fenster, hinter dem sie zuvor eine Bewegung entdeckt hatten.

Der Mann hatte sie kommen sehen.

Er hatte nicht mal versucht zu fliehen.

Er saß einfach nur da, mit dem Rücken zu ihnen, ließ den Kopf hängen und starrte auf den kleinen Tisch hinab. Beide Hände lagen flach auf der Tischplatte, die Finger waren gespreizt. »Ich bin unbewaffnet.«

Im nächsten Moment stand Espinosa neben ihm. Aus einer hinteren Gürtelschlaufe zog er einen dicken Kabelbinder, riss erst den linken Arm des Mannes, dann den rechten auf dessen Rücken und fixierte beide Handgelenke hinter der Stuhllehne, während der zweite SWAT-Officer – Tibideaux – den Gewehrlauf noch immer auf den Mann richtete … auf den Kopf.

Nashs Blick blieb an der auffälligen OP-Narbe hängen, die über dem linken Ohr des Mannes ansetzte und unter einer schwarzen Strickmütze verschwand. Rotes, entzündetes Gewebe, verkrustet mit getrocknetem Blut.

Er durchquerte das Zimmer, stolperte fast über den Kleiderhaufen am Boden und zog dem Mann die Mütze vom Kopf.

Er war fast komplett kahl, hatte sich allem Anschein nach den Schädel erst vor ein paar Tagen rasiert, an einigen Stellen schien das Haar nachzuwachsen.

»Das kommt von der Chemo. Tut mir leid – das muss grässlich aussehen. Bitte entschuldigen Sie.«

Er lispelte.

»Paul Upchurch?«, fragte Espinosa und zog den Mann von seinem Stuhl hoch. »Sie haben das Recht zu schweigen…«

Während Nash das Zimmer in Augenschein nahm, blendete er Espinosas Ansprache aus.

Ein Mädchenzimmer. Pink und lichtdurchflutet. Auf dem Bettchen lagen eine Decke mit Hello-Kitty-Bezug sowie Stofftiere. Die Wände waren mit Bildern übersät. Ein paar davon schienen von dem Kind zu stammen, andere musste ein talentierter Erwachsener gemalt haben – da stimmte jede Kontur, jede Farbe.

In der Ecke stand eine Schaufensterpuppe in der Größe eines Kindes. Die Puppe trug Mädchenkleider: einen roten Pullover, blaue Shorts. Während Espinosa Paul Upchurch abführte, fiel Nashs Blick auf die Zeichnungen, auf denen die Hand des Mannes geruht hatte – Zeichnungen eines Mädchens in den gleichen Kleidern, wie sie auch die Schaufensterpuppe trug. Anscheinend hatte er versucht, die Zeichnungen auszumalen, doch es war nur unkoordiniertes Gekritzel dabei herausgekommen. Filzstifte ohne Kappen lagen überall auf dem Tisch herum.

»Bitte tun Sie ihr nicht weh«, sagte der Mann, als Espinosa und Tibideaux ihn an der Schaufensterpuppe vorbei aus dem Zimmer führten. Seine blutunterlaufenen Augen waren auf die Zeichnungen gerichtet.

»Detective Nash?«, kam Brogans Stimme aus dem Sender in seinem Ohr.

»Ja?«

»Wir brauchen Sie in der Küche.«

»Komme.«

Über die Mikros konnte er Upchurchs Schluchzen hören. Er durchquerte das kleine, spärlich möblierte Wohnzimmer.

In der Küche standen zwei Männer um den Küchentisch herum. Auf dem Tisch lag ein Mädchen, das den gleichen roten Pullover und die gleiche blaue Shorts trug wie die Schaufensterpuppe und das Kind von der Zeichnung, die er oben gesehen hatte. Ihre Hände waren über der Brust verschränkt. Darin eine kleine weiße Schachtel, die mit einer schwarzen Kordel verschnürt war.

»Sie lebt, ist aber nicht bei Bewusstsein«, teilte Brogan ihm mit und strich dem Mädchen vorsichtig über den Kopf. »Ich hab hier getrocknetes Blut gefunden, aber nirgends eine Wunde.« Dann drehte er sich zu Nash um. »Im Keller liegt noch ein weiteres Mädchen – ebenfalls bewusstlos. Keine erkennbaren Verletzungen.«

Nashs Blick haftete auf der weißen Schachtel in ihren Händen. »Könnte sie unter Drogen gesetzt worden sein?«

»Schon möglich.«

Im nächsten Moment stürmten die Sanitäter herein, eine Frau und zwei Männer. Binnen eines Wimpernschlags hatten sie dem Mädchen eine Blutdruckmanschette angelegt. Ein Mann zog ihr Augenlid hoch und hielt eine Stiftlampe über die Pupille, während die Frau über das Handgelenk tastete. »Puls bei dreiundsechzig.«

»Blutdruck hundertzwei zu siebzig.«

Hände untersuchten eilig Rumpf, Kopf und Gliedmaßen. »Keine Anzeichen für physische Traumata. Das Blut dürfte kaum von ihr sein. Wahrscheinlich stammt es von da unten.« Sie nickte in Richtung der Pfütze, der Schlieren und eingetrockneten Flecken auf dem Linoleumboden.

Die waren Nash bislang gar nicht aufgefallen.

Dann brachten sie eine Rollbahre herein und schoben sie neben den Tisch.

»Moment.« Nash zog ein Paar Latexhandschuhe aus der Tasche und nahm vorsichtig die weiße Schachtel in die Hand. Dann erst hoben die Sanitäter das Mädchen auf die Rollbahre und schnallten sie fest.

Nash setzte die Schachtel auf dem Tisch ab und zog an der schwarzen Kordel, bis sie zur Seite rutschte.

Weder hörte er, wie sich Stille auf den Raum herabsenkte, noch bemerkte er, wie alle um ihn herum – selbst die Sanitäter – für einen Moment innehielten. Er zog den Deckel ab und legte ihn beiseite.

Definitiv eine von Bishops Schachteln.

Darin lag auf einem Wattekissen ein winziger silberner Schlüssel mit einem blauen Schlüsselring. In das Metall waren die Buchstaben J.H.S.H. eingraviert. Nash nahm ihn heraus und legte ihn neben die Schachtel. Ansonsten war sie leer.

»Der Schlüssel zu einem Krankenhausspind, würde ich sagen.« Die Sanitäterin drehte sich zu dem Mann um, der immer noch an der Blutdruckmanschette hantierte. »Rick? Was meinst du? Das ist doch ein Stroger-Schlüssel, oder? J.H.S.H.?«

Er nickte und drehte sich zu Brogan um. »Sie meinten, da ist noch ein zweites Mädchen?«

»Im Keller, ja. Ähnlicher Zustand. Unter Drogen, nehme ich an. Schnitte rund um die Lippen, aber die sehen oberflächlich aus.«

Der Sanitäter zeigte auf das Mädchen auf der Rollbahre. »Im Oberschenkel ist eine Einstichstelle. Definitiv kürzlich erst eine Injektion. Anhand der Vitalwerte tippe ich auf Propofol oder ein anderes Narkotikum. Sie wirkt stabil, was konsistent wäre mit einem medikamentös verursachten Schlafzustand – hohe Dosierung, nichts, was durch ein kör-

perliches Trauma erzeugt worden wäre. Da wären die Vital-
funktionen deutlich unregelmäßiger.« Er drehte sich zu seinen Kollegen um. »Kat, du und Diaz bringt sie zum
Rettungswagen und dann ins Stroger. Sag Mike, er soll mit
der Trage runter in den Keller kommen. Wir holen uns das
zweite Mädchen und fahren euch hinterher. Nimm ihr
unterwegs Blut ab und gib per Funk Bescheid, dass sie bei
beiden einen kompletten Tox-Screen machen sollen.«

Sie nickte und packte die Rollbahre an den Griffen, während ihr Kollege die andere Seite übernahm. Gemeinsam
rollten sie das bewusstlose Mädchen aus der kleinen Küche.

Nash folgte dem dritten Sanitäter, der am rückwärtigen
Ende der Küche die Kellertreppe hinab in die Dunkelheit
verschwand. Brogan lief hinter ihnen her.

115

Tagebuch

In den folgenden drei Tagen dachte ich über Kinesik nach.

Ich dachte über Vater nach.

Ich dachte über Mutter nach.

Ich dachte darüber nach, was der Arzt mir über die Polizei und diesen schlimmen Ort erzählt hatte, an den sie mich bringen würden.

Ich hörte zu, wie das Mädchen weinte. Mitten in der Nacht hörte ich ihr beim Weinen zu.

Ich zog mich in mich selbst zurück und blendete alles andere aus.

Ihre Schluchzer wärmten mich, waren ihre Berührung, ihre Finger, die sich über die zwei Zimmer hinweg nach mir ausstreckten, als wären wir nur Zentimeter voneinander getrennt. Ich stellte mir vor, wie sie in ihrem Bett lag und das Klopfen meines Herzens hören konnte und es hören wollte – das Einzige, was ihr zwischen all diesen Höllengedanken, die sie zum Weinen brachten, noch Trost bescherte.

Ich nehme an, sie brachten mich weiter Tag für Tag zum Arzt, nur kann ich mich daran nicht mehr erinnern. Die Welt jenseits meiner Gedanken war nur mehr tiefe Dunkelheit, Schwärze, eine distanzierte Leere. Genau wie Vater es mir beigebracht hatte, unterdrückte ich die Zeit, ließ mich einfach dahintreiben und ging in den Wellen unter.

116

Nash

Nach über einer Stunde in Upchurchs Haus hatte Nash das Gefühl, dass ihm jeden Moment die Decke auf den Kopf fallen würde. Er rief Clair im Krankenhaus an. »Clair, das hier ist grässlich, das hier ist richtig schlimm. Bishop und dieser Typ …«

Er hielt sich das Handy ans Ohr und durchquerte langsam den Keller, lief von dem selbst gebauten Käfig zu der großen, wassergefüllten Gefriertruhe und wieder zurück und balancierte vorsichtig über die Trittplatten, die dort am Boden lagen, damit keine Spuren verunreinigt wurden. Am Ende stand er inmitten des Käfigs. Die Spurentechniker würden hier jeden Zentimeter absuchen. Er sah zu, wie einer von ihnen vorsichtig blutiges Erbrochenes aus der hinteren Ecke sicherte.

Clair klang, als wäre sie außer Atem, redete wohl im Gehen. »Wir haben das Mädchen aus dem Erdgeschoss als Kati Quigley identifiziert – die Zeugin Jehovas, die gestern Nachmittag zusammen mit dem Jungen aus dem Pick-up verschwunden ist … Wesley Hartzler. Ihr Zustand ist stabil, allerdings ist sie immer noch nicht bei Bewusstsein und liegt auf der Intensiv. Der Tox-Screen hat Propofol ergeben. Sie lassen sie jetzt einfach ausschlafen. Sobald sie wieder zu sich kommt, rede ich mit ihr. Sie hat diverse kleinere

Brandwunden am Körper, aber allesamt nur oberflächlich, es bleibt also nichts zurück.«

Nashs Blick fiel auf einen Stapel Autobatterien, die neben dem Wassertank standen. Er hatte Clair bereits davon erzählt und wollte gar nicht weiter darüber nachdenken. »Was ist mit Larissa Biel?«

Clair sprach kurz mit jemand anderem, kehrte dann aber ans Handy zurück. »Sie ist in deutlich kritischerem Zustand. Ebenfalls unter Narkoseeinfluss, was sich als Segen entpuppt hat. Sie ist vor einer halben Stunde in den OP gebracht worden.« Clair senkte die Stimme. »Sie hat Glas schlucken müssen. Sie hat Schnitte im Mundraum, im Hals und im Magen. Innerlich quasi aufgeschlitzt. Ich will mir gar nicht vorstellen, wie schmerzhaft das für sie gewesen sein muss.«

Nash schloss die Augen. »Was hat das zu bedeuten, Clair? Das geht weit über das hinaus, was Bishop früher getan hat. Wie steht er mit Upchurch in Verbindung?«

»Ich habe versucht, Poole zu erreichen, aber bei ihm geht nur die Mailbox ran. Kloz versucht, seit wir den Namen haben, irgendeine Verbindung zu Bishop zu finden, bislang aber ohne Erfolg. Wir haben Bishop immer als einen Einzelgänger betrachtet. Dazu passt all das nicht. Ach, und wir glauben, er hat die Kühltruhe in eine Art Deprivationskapsel umgebaut.«

»In eine was?«

»Eine Deprivationskapsel. Die sind in den Fünfzigern berühmt geworden. Darin wird Salzwasser auf vierunddreißig Grad erhitzt – also mehr oder weniger die Temperatur der Haut. Wenn du da drin liegst, werden sämtliche Sinne blockiert – von draußen hörst und siehst du nichts mehr. Und solange das Wasser deine Körpertemperatur hat, fühlst du dich, als würdest du schweben. Angeblich dient das der Entspannung – irgend so Zen-Zeug eben.«

Nashs Blick streifte die rostigen Zangen des Starterkabels neben dem Tank. »Das hier war garantiert alles andere als entspannend.«

Clairs Handy piepte. »Bleib mal kurz dran, ich hab einen anderen Anruf in der Leitung.«

Nash sah zu, wie einer der Techniker eine grüne Decke aus der Käfigecke sorgsam zusammenlegte und sie dann in eine große Asservatentüte packte.

Er musste hier raus.

Er lief hoch in die Küche und dann langsam weiter, während er darauf wartete, dass Clair wieder dran war. Als sie sich endlich zurückmeldete, stand er im ersten Stock vor dem Zimmer mit der Schaufensterpuppe und den Zeichnungen.

»Nash?«

»Ja, ich bin noch dran.«

»Das war die Streife, die Upchurch zur Metro bringen sollte. Er ist unterwegs im Wagen ohnmächtig geworden. Sie bringen ihn ebenfalls hierher.«

»Er ist ohnmächtig geworden?«

»Anscheinend hat er angefangen zu schreien und wollte sich an den Kopf fassen, hatte aber die Hände hinter dem Rücken gefesselt. Hat daraufhin den Kopf gegen die Autotür geschlagen. Nächstliegende Lösung, würde ich sagen. Sie glauben, er hatte eine Art Krampf oder so.«

»Könnte das irgendein Trick sein? Ein Fluchtversuch?«

»Klingt nicht so, aber wir gehen kein Risiko ein. Ich habe ihnen gesagt, sie dürfen die Türen nicht aufmachen, bis sie hier ankommen. Außerdem ist soeben die Streife mit dem Schlüssel vorgefahren, den du rübergeschickt hast. Ich geh gerade raus, um ihn mir zu holen. Dann wollen wir doch mal sehen, ob ein Spind dazu passt. Ich bitte die Kollegen, fürs Erste hierzubleiben und bei der Sicherung von Upchurch zu helfen. Der flüchtet nirgendwohin.«

»Okay, sag Bescheid, was du gefunden hast. Ich bleibe hier, bis die Techniker fertig sind.« Er war über die Schwelle in das kleine Zimmer getreten. Ein paar Zeichnungen waren verpackt worden, andere lagen kreuz und quer auf dem Bett. Die Techniker hatten alles fotografiert.

117

Clair

Clair folgte einer Pflegerin mit dem Fahrstuhl in den zweiten Stock und dann einen Flur entlang zum östlichen Flügel des Gebäudes. »Das ist der einzige andere Spindraum, den wir hier haben«, sagte die Frau über die Schulter. »Wenn der Schlüssel unten nirgends passt, dann muss er von dort sein.«

Clair war kreuz und quer durchs Krankenhaus gelaufen, hatte nur ganz kurz Halt gemacht, um nach Kati Quigley zu sehen (die immer noch bewusstlos war) und um den Transport von Paul Upchurch zu überwachen. Er war am Eingang zur Notaufnahme mit Handschellen an eine Rollbahre gefesselt und dann in ein Einzelzimmer gebracht worden, vor dem inzwischen zwei Streifenkollegen Wache standen.

Der würde nicht fliehen.

Sie hatte gehört, dass er wieder bei Bewusstsein war, aber aufgrund des Anfalls, den er auf dem Weg in die Stadt erlitten hatte, noch nicht wieder sprechen konnte. Der zuständige Arzt würde sie sofort verständigen, sobald Upchurch auch nur ein verständliches Wort von sich gäbe.

Die Pflegerin blieb vor einer Tür am Ende des Flurs stehen und schloss mithilfe eines Schlüssels an ihrem Schlüsselbund auf. Das Deckenlicht sprang automatisch an. Dann hielt sie Clair die Tür auf.

»Danke, Sue.«

»Ich wünschte, Sie hätten zwei davon, dann wären wir schneller«, sagte Sue. »Links für die Damen, rechts für die Herren.«

Die Außenwände waren mit Spinden gesäumt. Zwei weitere Reihen standen inmitten des Raums, dazwischen eine Trennwand, und zu beiden Seiten waren Sitzbänke aufgestellt worden.

Clair angelte ihr Handy heraus und versuchte es erneut bei Poole.

»Das wird nicht funktionieren«, kommentierte Sue. »Das komplette Stockwerk ist abgeschirmt – wegen der radiologischen Geräte am anderen Ende des Flurs. Sie werden entweder nach oben oder zurück in den ersten Stock laufen müssen. Dort stehen Signalverstärker.«

Stirnrunzelnd ließ Clair das Handy wieder in die Tasche gleiten.

Dann würde Poole wohl warten müssen.

Sie wandte sich der ersten Reihe zur Rechten zu, schob den Schlüssel ins obere rechte Spindschloss, versuchte, ihn herumzudrehen, zog ihn wieder heraus und machte mit dem nächsten Spind weiter. Einer geschafft, fehlten noch gefühlt drei Millionen.

118
Tagebuch

Der Arzt starrte mich an.

Wieder in seinem Sprechzimmer.

Mein Messer auf der Tischkante.

Auf meiner Schulter eine schwere Hand, die zu jemandem gehörte, den ich nicht sehen konnte.

Der Arzt lehnte sich vor.

Zwiebelatem.

»Anson?«

Ich sollte mir das Messer schnappen.

Ich sollte meinen Plan über den Haufen werfen, mir mein Messer schnappen und …

Ich schrie.

Ich schrie so laut, dass es in meiner Kehle brannte, tausend Rasierklingen, die herauf- und hinauswollten.

Zeit unterdrückt.

In meinem Zimmer.

Auf meinem Bett.

An die Decke gestarrt.

Ich wollte raus, aber das Mädchen weinte nicht mehr.

Mein Plan funktionierte nicht, wenn sie nicht weinte.

Noch mehr solche Tage.

Noch mehr solche Nächte.

Warum hatte ich mir nicht das Messer geschnappt?

119
Poole

Zum x-ten Mal verließ Frank Poole den Vernehmungsraum und lehnte sich im Flur an die Wand. Hätte er nicht geahnt, dass er sich damit die Hand brechen würde, hätte er am liebsten mit der Faust gegen die Betonziegel gehämmert.

»Dieser Typ redet nicht«, sagte Direnzo. »Ich würde ja sagen, ich probier's auch mal, aber ich hab schon eine Menge Jungs wie ihn erlebt. Der ist eine doppelt harte Nuss – als Wachmann kennt er die Routinen hier besser als die meisten anderen, und er wird nicht in die Knie gehen. Er weiß, dass Sie nur bedingt Druck auf ihn ausüben können.«

»Haben wir bei ihm zu Hause irgendetwas gefunden?«

Der Captain schüttelte den Kopf. »Der Mann wohnt in einem Schuhkarton, und mit ›wohnen‹ meine ich: im entferntesten Sinne. Kein Bild an der Wand, kein Fernseher, keine Möbel außer einem Klapptisch, einem Küchenstuhl und einer Matratze am Boden. Meine Leute meinten zwar, sie hätten ihn beim Packen erwischt, aber ich habe den Eindruck, er hatte schon lange gepackt. Oder vielmehr: Er hat nie ausgepackt. New Orleans war für ihn bloß eine Durchgangsstation. Er hat die Frau heute früh rausgeschleust, und damit hat er seine Pflicht hier getan. Er wollte weiterziehen.«

»Was ist mit Stateville?«

»Vina versucht schon den ganzen Nachmittag, den dortigen Direktor zu erreichen, bislang leider ohne Erfolg. Entweder ist der Mann irre beschäftigt, oder er duckt sich vor den Anrufen weg.« Direnzo schnalzte mit der Zunge. »Ich bin jetzt seit fünfundzwanzig Jahren dabei und jedem gegenüber misstrauisch, insofern ignorieren Sie gern, was ich jetzt sage, aber mein Gefühl sagt mir, wenn jetzt Ihr Chef dort anruft, mein Chef dort anruft und wer weiß wer noch, dann wird der Stateville-Direktor alles daransetzen, intern schleunigst für Ordnung zu sorgen. Sofern nicht halbwegs überraschend irgendjemand dort reinmarschiert, werden wir nicht von ihm hören, bis er seinen Scheiß bereinigt und sich eine schöne, plausible Geschichte zurechtgelegt hat, was Weidner dort drüben angestellt haben könnte.«

Libby McInley.

Direnzo drehte sich zum Spionspiegel um. Weidners Gesichtsausdruck war in den vergangenen Stunden allenfalls fester geworden, entschlossener.

»Und dann ist da noch Problem Nummer zwei. Er hat vor über zwei Stunden nach dieser Anwältin verlangt. Selbst für hiesige Verhältnisse haben Sie allmählich das Limit erreicht. Genau genommen darf keiner von uns mehr mit ihm reden.«

»Sie haben gesagt, Sie hätten sie angerufen ...«

»Ja, es geht aber niemand ran. Sowohl auf dem Handy als auch auf dem Festnetz bloß die Mailbox.«

»Und was ist mit Jane Doe?«

»Die lassen wir fürs Erste in Ruhe. Sie hat die unmittelbare Umgebung von Werners Kanzlei nicht verlassen. Laut Sender an ihrem Knöchel befindet sie sich auf der anderen Straßenseite in einer Seitengasse. Da gibt's bloß ein paar leer stehende Gebäude – nicht wahnsinnig viel zu sehen. Garantiert wartet sie dort auf irgendwas oder auf irgendwen. Das New Orleans PD hat an sämtlichen Zugangspunkten Zivilstreifen postiert. Sie bleiben auf Abstand, haben aber den ein- und ausfahrenden Verkehr im Blick. Wir gehen davon aus, dass sie den Sender abnimmt, sobald ihre Mitfahrgelegenheit auftaucht. Aber da wird sie nicht weit kommen.«

»Und immer noch keine Spur von Porter?«

»Nein, immer noch nichts. Sieht aus, als hätte er sie dort erst mal abgesetzt. Womöglich ist er mit Werner irgendwo hingegangen und noch nicht wieder zurückgekommen. Oder Werner ist drinnen, nimmt sich ein Beispiel am Stateville-Direktor und ignoriert unsere Anrufe.«

Als Poole mit SAIC Hurless gesprochen hatte, hatte der gemutmaßt, dass Porter die Frau irgendwo abgesetzt hatte, wo Bishop sie abholen käme. Aller Wahrscheinlichkeit nach in dieser Gasse. Die Anwältin würde einen Gefangenenaustausch in ihren eigenen vier Wänden niemals riskieren. Außerhalb ihrer Reichweite würde sie welche Umstände auch immer geltend machen. Poole wollte nicht einleuchten, warum sie sich überhaupt dafür hatte einspannen lassen. Warum ihre Zulassung riskieren? Ihr Auskommen? Womöglich ihre Freiheit?

Natürlich hatten Hurless' Annahmen darauf beruht, dass Sam Porter mit Bishop zusammenarbeitete. Aber für Poole fühlte sich das noch immer nicht überzeugend an. Er hatte versucht, es zu glauben, hatte versucht, sich die Hypothese zu eigen zu machen, aber irgendwas stimmte da immer noch nicht.

Hurless hatte ihm strikte Anweisungen erteilt: nach Porter Ausschau halten und Bishops Mutter als Köder benutzen, die Gegend im Blick behalten und zugreifen, sobald Bishop auftauchte. Bis dahin – Zurückhaltung.

Poole blieb nur eins übrig, wenn er nicht Däumchen drehen wollte. »Könnten Sie mich dort hinfahren?«

120

Clair

Als Clair den silberfarbenen Schlüssel mit der J.H.S.H.-Gravur in Spindschloss Nummer 1812 schob, hatte sie nicht damit gerechnet, dass er sich drehen ließe. Sie hatte damit gerechnet, dass der Schlüssel stecken bliebe, genau wie in jedem anderen Schloss, das sie im Lauf der vergangenen Stunde ausprobiert hatte. Sie hatte nicht erwartet, dass er sich drehte – und ganz sicher nicht, dass das Schloss aufging.

»Sue?«

Die Pflegerin blickte von ihrem Buch auf – dem aktuellen Nora-Roberts-Roman – und zupfte sich die Kopfhörer von den Ohren. »Ja, Ma'am?«

»Wem gehört Spind 1812?«

Sue schob sich eine blonde Strähne aus dem Gesicht und blätterte durch den Ordner, der neben ihr lag. Auf der dritten oder vierten Seite fuhr sie mit dem Finger die Spalte entlang. »Das wäre... Scheiße!«

»Wer ist es?«

»Dr. Randal Davies, Onkologie. Er... Er ist vorgestern gestorben. Das ganze Krankenhaus redet darüber: schwerer Schlaganfall. Dabei war er gesund wie ein Ochse. Seine Tochter...«

Clair hörte schon nicht mehr zu.

Langsam zog sie die Spindtür auf.

Vor ihr lag ein sicher fünf Zentimeter dicker Aktendeckel. Auf dem Karton thronte ein leuchtend roter Apfel, in dem seitlich eine Spritze steckte.

Clair zog ein Paar Latexhandschuhe heraus und streifte sie über. »Sue, könnten Sie mir meine Tasche holen? Ich glaube, die steht immer noch im Personalbüro.« Sie würde Asservatenbeutel brauchen.

Mit zwei steifen Fingern angelte sie den Apfel aus dem Spind und drehte ihn hin und her. Das Fruchtfleisch rund um die Kanüle war leicht verfärbt, ansonsten keine Auffälligkeiten. Vorsichtig setzte sie ihn auf der Bank hinter sich ab und wandte sich der Akte zu, und diesmal brauchte sie beide Hände. Sie nahm die Unterlagen aus dem Spindfach und legte sie neben den Apfel auf die Bank.

Obenauf stand: PAUL EDWARD UPCHURCH.

Zwischen den Deckeln lagen mindestens zweihundert Seiten – einige festgeklemmt, andere lose dazwischengeschoben. Arztberichte, Notizen, Testergebnisse, bildgebende Verfahren – alles noch kein Jahr alt. Ganz zuoberst lag ein Zettel mit einer wohlbekannten akkuraten Handschrift.

Hallo, Detective Norton – oder womöglich Detective Nash? Einer von Ihnen wird es schon sein. Ich hoffe, es geht Ihnen gut. Besser als anderen.

B.

121

Tagebuch

Ich hab nichts mehr aufgeschrieben.

Ich weiß nicht mehr, welcher Tag heute ist.

Vater wäre wütend auf mich.

Er wäre wirklich stinkwütend.

Es war 15.24 Uhr, so viel wusste ich immerhin dank meiner inneren Uhr, aber ich hatte keine Ahnung, welcher Tag gerade war oder wie lang ich inzwischen schon hier war. Immer die gleiche Leier, eine Gleichheit verschwamm mit der nächsten.

Als die Tür zu meinem Zimmer mit einem Schnappen des Schlosses aufging, stand Dr. Oglesby auf der Schwelle.

»Wie geht es dir heute, Anson?«

»Gut.«

Es hörte sich weich an und leise und schien ihn zu überraschen. Das erste Mal seit Tagen, dass ich ihm geantwortet hatte.

Ich setzte mich auf die Bettkante. Dann stand ich auf und dehnte die Beine.

Normalerweise lächelte er, wenn er mich zu unserer Sitzung abholte. Heute nicht. Heute huschte sein Blick in meinem Zimmer umher – über mein leeres Essenstablett auf der Kommode, die gestrige Kleidung in einem Haufen auf dem Stuhl ... Die Büroklammer hatte ich unter die Ecke meiner Matratze geschoben, und für einen Moment hatte ich das Gefühl, sein Blick würde genau dort hängen bleiben, auch wenn ich wegen der Überwachungskamera ganz vorsichtig vorgegangen war, als ich sie dort versteckt hatte.

»Gehen wir, Anson.«

Er schob die Tür ein Stück weiter auf und winkte mich vor sich her.

Als wir am Schwesternzimmer vorbeikamen, lächelte auch Schwester Gilman nicht; stattdessen starrte sie auf einige Unterlagen und schob sie auf ihrem Tisch hin und her.

Die Tür des Mädchens stand offen.

Ich warf einen Blick hinein, hoffte, sie auf ihrem Bett liegen zu sehen, aber sie war nicht in ihrem Zimmer. Ihr Bett war abgezogen, und das Zimmer war komplett leer – und nicht nur leer. Es war seelenlos.

»Wo ist sie?«

Der Arzt legte mir eine Hand auf die Schulter und schob mich vorwärts. »Komm jetzt, Anson.«

In seinem Sprechzimmer saßen zwei Männer, beide in zerknitterten Anzügen. Sie blickten auf, als wir eintraten.

Einer der Männer stemmte sich hoch. »Ist er das?«

Der Griff um meine Schulter verstärkte sich, dann ließ der Arzt mich los. »Detective, das hier ist Anson Bishop. Anson, das ist der Detective, von dem ich dir erzählt habe, Detective Welderman – und sein Partner, Detective ... Bitte entschuldigen Sie, ich habe Ihren Namen vergessen.«

Jetzt stand auch der andere auf und strich sich die Hose glatt. »Stocks. Ezra Stocks.«

»Dann dreh dich mal um, Anson. Hände hinter den Rücken«, sagte Detective Welderman.

Ich tat wie geheißen.

Kalter Stahl glitt über meine Handgelenke und schnappte zu.

Handschellen.

Der Detective versicherte sich, dass sie auf beiden Seiten

zugeklickt waren und mir in die Handgelenke bissen. »Sitzen gut.«

»Jupp.«

Ich dachte an die Büroklammer unter meiner Matratze. Damit würde ich die Handschellen öffnen können.

»Gehen wir.« Wieder Welderman, der mich von hinten anschob.

Detective Stocks ging voraus, am Wachmann vorbei, durch die Stahltür, die mit einem Sirren aufging, dann ein paar Flure entlang zu einem Fahrstuhl und zu guter Letzt durch die Eingangstür. Hinter mir konnte ich Dr. Oglesby hören, der Detective Welderman etwas zuflüsterte, aber ich konnte kein Wort verstehen.

Ein Chevy Malibu stand am Straßenrand. Der Lack war fleckig von Schmutz und Straßendreck. Stocks zog die hintere Tür auf.

Ich setzte beide Füße fest auf den Boden. Welderman zog die Handschellen hoch und riss mir fast die Arme aus den Schultergelenken. »Beweg dich, Junge!« Dann schubste er mich auf das Auto zu.

»Kann ich noch einmal ganz kurz mit dem Jungen reden? Unter vier Augen?«, fragte Dr. Oglesby in meinem Rücken.

»Dann aber schnell.« Der Griff um die Handschellen lockerte sich, und beide Detectives liefen vor zur Schnauze des Wagens. Stocks angelte eine Schachtel Zigaretten aus seiner Tasche, doch Welderman winkte ab. »Keine Zeit«, hörte ich ihn sagen.

Der Arzt drehte mich zu sich herum und ging vor mir in die Hocke. »Ich habe dir jede Chance gegeben, Anson, um mit mir zu sprechen. Jede Chance. Jetzt kann ich nichts mehr für dich tun.«

»Wo ist das Mädchen?«, wollte ich wissen. »Wo ist sie hingekommen?«

»Du musst jetzt mit diesen Männern zusammenarbeiten. Du bist noch jung, du kannst das durchstehen.«

»Ich will mein Messer wiederhaben.«

Der Arzt beugte sich zu mir vor, und ich dachte schon, er wollte mich umarmen. Stattdessen flüsterte er mir ins Ohr: »Welches Messer?« Dann stand er auf und machte einen Schritt von mir weg. »Viel Glück, Anson. Nur das Beste für dich.«

Dann winkte er den Detectives, und die zwei kamen mich holen. Stocks bugsierte mich auf den Rücksitz und donnerte die Tür hinter mir zu.

122

Porter

Sie kamen überraschend gut voran.

Mehr als ein Mal spähte Porter zur Seite. Die Tachonadel lag deutlich im roten Bereich, auch wenn Sarah betonte, die Polizei könne ihrem BMW nichts anhaben.

Vor ihnen tauchten die Lichter von Chicago auf, und Sarah ging vom Gas, nicht weil sie letztlich doch beunruhigt gewesen wäre, sondern weil der Verkehr dichter wurde.

»Nehmen Sie Ausfahrt 26A«, sagte Jane. Sie hatte die ganze Fahrt über kein Wort gesprochen.

Porter hatte anfangs versucht, sie auszuquetschen, hatte sie mit Fragen zu Bishops Tagebuch gelöchert – Fragen zu den Carters, zu Franklin Kirby und Riggs, zu ihrem Mann, sogar zu Bishop selbst –, aber sie hatte nicht reagiert. Sie hatte ihn bloß mit stahlhartem Blick angesehen oder durchs Fenster die vorbeiziehende Landschaft betrachtet.

»Die Laberliese redet wieder«, stellte Sarah fest und fädelte nach rechts ein. »Wo fahren wir überhaupt hin?«

»Nehmen Sie Ausfahrt 26A«, wiederholte sie.

»26A, verstanden. Und dann?«

Sie antwortete nicht.

Sarah verdrehte die Augen. »In Ordnung, aber ich brauche eine Vorwarnung, wenn ich die Spur wechseln soll, hier ist ganz schön dichter Verkehr.«

Die Stadt kam immer näher und hatte sie schon bald verschluckt. Hochhäuser ragten um sie herum auf.

Es sah kalt aus, hatte erst kürzlich wieder geschneit – sämtliche Flächen lagen unter einer blütenweißen Decke. Porter wusste, dass der Schnee entlang des Highways bis zum nächsten Morgen schmutzig grau aussehen würde, sogar schwarz an manchen Stellen, aber im Augenblick war alles frisch und weiß. Seine Jacke lag im Kofferraum – die hatte er in New Orleans nicht gebraucht. Sarah hatte immer noch ihr ärmelloses Oberteil an.

Der BMW wurde langsamer, und Sarah folge der Ausfahrt, die eine Kurve beschrieb und unter dem Highway hindurchführte. Hier waren Schneepflüge unterwegs gewesen, trotzdem mahnte er sie zur Vorsicht, weil er nicht wusste, ob sie solche Wetterbedingungen gewohnt war.

»Am Ende der Ausfahrt fahren Sie auf die Independence in Richtung Süden bis zur Hamilton.«

Porter kannte die Richtung. Ihr Ziel schien West Garfield und K-town zu sein. »Keine gute Gegend.«

»Wir sind nicht zum Sightseeing hier. Außerdem sind wir spät dran.«

»Es ist zwei nach acht«, entgegnete Porter.

»Anson war ziemlich deutlich.«

»Das hier gefällt mir nicht.« Sarah beäugte mehrere Männer, die an den Straßenecken standen und ihnen hinterherstarrten.

Der South Independence Boulevard verlief schräg nach rechts und ging dann in die North Hamilton Avenue über.

»Links auf die Washington.«

Sarah tat wie geheißen.

»Da. Fahren Sie ran. Dahinter.«

Porter drückte die Wange ans Fenster und sah nach oben. »Das ist das Guyon Hotel, oder nicht? Und ich dachte, das wäre schon vor Jahren abgerissen worden.«

Jane sah aus dem Fenster, als hätte sie soeben einen alten Freund entdeckt. »Versucht hat man's, aber es lässt sich nicht unterkriegen. Es hat Baulöwen beiseitegewischt wie lästige Mücken. Dann hat die Regierung es 1985 offiziell zu einem Baudenkmal erklärt.«

Sarah steuerte den Wagen auf den Parkplatz auf der Rückseite und stellte den Motor ab. »Und jetzt?«

»Jetzt gehen wir rein.«

»Wie denn? Da ist alles verbarrikadiert.«

Porter ließ den Blick über das Gebäude schweifen. Sarah hatte recht: Vor jede einzelne Öffnung vom Erdgeschoss bis in den vierten Stock waren Sperrholzplatten genagelt worden – und die oberen Stockwerke waren unerreichbar. Die Feuerleitern waren vor langer Zeit entfernt und ein Bauzaun drum herum gezogen worden. Derlei Gebäude waren ein Paradies für Gangs und Obdachlose.

»Wie gesagt, wir sind spät dran. Lassen Sie mich aussteigen.«

123

Poole

»Sicher, dass sie da drin ist?« Poole hatte in seiner Karriere unzählige Observationen durchgeführt – mehr, als er hätte zählen können –, aber inzwischen war seine Geduld erschöpft. Er ertappte sich dabei, wie er mit den Fingern gegen die Beifahrertür klopfte, während Direnzo in seinem Buch blätterte.

»Ich kann ja noch mal nachfragen«, sagte er. »Aber bis vor einer Viertelstunde war sie in dieser Gasse. Da gibt's keinen anderen Ausgang, und wir haben jede Bewegung und sogar ihren Puls aufgezeichnet. Sie ist immer noch da.«

Seit sie hier angekommen waren, hatte Poole zwei Mal mit SAIC Hurless telefoniert, und der hatte darauf bestanden, dass sie fürs Erste bloß observieren und auf Bishop warten sollten. Porter hätte sie nicht aus dem Gefängnis geholt, nur um sie dann einfach in dieser Gasse abzusetzen. Sie würden wiederkommen.

Poole glaubte nicht nur, dass Hurless falschlag. Er glaubte allmählich auch, dass Bishop alles andere als hier in der Nähe war. Es fühlte sich einfach alles verkehrt an. »Wie funktioniert das mit dieser Fußfessel – wie nimmt man die ab?«

»Das haben wir doch schon im Gefängnis geklärt – das geht nicht.«

»Es geht irgendwie – erklären Sie es mir noch mal.«

»Zu jeder Fußfessel gehört ein spezifischer Schlüssel, der auch nicht nachgemacht werden kann. Wenn jemand die Fessel abschneidet, empfangen wir keine Vitaldaten mehr, und ein Alarm wird ausgelöst. Der Schlüssel für Jane Doe Nummer 2138 ist genau dort, wo er sein sollte – das haben wir überprüft.«

»Hatte Weidner Zugang zu den Schlüsseln?«

»Wir haben ihren Schlüssel«, versicherte ihm Direnzo. »Es gibt nur den einen.«

Poole fluchte in sich hinein, weil er nicht früher darauf gekommen war. »Weidner wusste, dass Sie nachsehen würden – er hat einfach zwei Schlüssel ausgetauscht! Er hat einen x-beliebigen Schlüssel für Sie hinterlassen, nach dem Sie an anderer Stelle nicht suchen würden – und alles sah bestens aus. So würde ich es zumindest machen.«

»Wenn Sie jetzt in diese Gasse marschieren, ist unsere Tarnung im Eimer. Dann gibt's kein Zurück.«

Doch Poole war bereits ausgestiegen.

124

Clair

Clair beendete das Telefonat mit Nash.

Er war immer noch in Upchurchs Haus.

Sie und Kloz hatten den Inhalt von Upchurchs Kranken-akte vor sich ausgebreitet und durchkämmten die Seiten. Jeder Einzelne, der sich derzeit in der Cafeteria befand, war darin erwähnt, aber das war noch nicht alles. Sie hatten in den verschiedenen Unterlagen noch ein Dutzend weiterer Namen gefunden, und Clair hatte Streifen kreuz und quer durch die Stadt geschickt, die jeden herbringen sollten, der auch nur am Rande erwähnt war.

»Hier ist noch eine«, sagte Kloz. »Angelique Waltimyer. Krankenschwester in der Notaufnahme. Sieht so aus, als wäre Upchurch vor einem Monat dort gelandet und über Nacht dabehalten worden.«

Clair nickte Sue zu, die hinter ihr wartete. Sie hatten die Pflegerin sofort eingespannt, damit sie ihnen beim Zusam-menrufen der Leute behilflich war. Sue hatte bereits den Hörer am Ohr und rief in der Notaufnahme an.

»Es ist mir auch schnuppe, ob sie gerade irgendwem eine Kugel herauspult«, sagte Clair und wandte sich wieder den Unterlagen zu. »Ich will sie hier oben sehen.«

»Dieser Typ ist bislang drei Mal operiert worden«, sagte Kloz. »Die hätten ihm eigentlich auch gleich einen Reißverschluss in den Kopf nähen können. Die holen den Tumor raus, und im Handumdrehen ist er wieder da. Der erste war golfballgroß ... und jetzt hör dir das an: Er ist in gerade mal ein paar Wochen wieder auf die gleiche Größe nachgewachsen.«

»Sie bereiten ihn derzeit auf die nächste OP vor«, murmelte Clair. »Ich hoffe, der Wichser verreckt ihnen auf dem OP-Tisch.«

»Wie der überhaupt noch am Leben sein kann! Die haben ihm so viel Hirn entfernt, der könnte glatt Politiker sein.«

»Detective?«

Clair drehte sich um. Dr. Hirsch stand in der Tür – um die fünfzig, beginnende Glatze, kleine runde Brillengläser, leuchtend lila Krawatte.

»Ja?«

»Kati Quigley ist soeben aufgewacht. Ihre Eltern sind bei ihr.«

Clair sah zu Klozowski.

»Geh nur, ich mache so lange hier weiter«, sagte er.

Clair eilte zur Tür hinaus, und der Arzt lief ihr nach. »Gibt's was Neues von Larissa Biel?«, fragte sie, als sie im Fahrstuhl standen.

Dr. Hirsch kratzte sich am Kinn. »Ist immer noch im OP. Ich gehe davon aus, dass sie durchkommt, aber solche Verletzungen zu versorgen ist eine langwierige Sache. Dr. Crandal kümmert sich um sie – ein fantastischer Chirurg. Und er hat einen weiteren Spezialisten hinzugezogen, der sich den Hals ansehen soll, vor allem die Stimmbänder. Wenn sie irgendwelche dauerhaften Schäden davontragen sollte, dann hinsichtlich des Sprechvermögens. Es ist noch zu früh, um irgendetwas zu sagen, aber bald wissen wir mehr. Ich nehme an, sie werden noch Minimum eine Stunde brauchen.«

Die Fahrstuhltüren gingen auf, und sie eilten nach links den Flur entlang.

Kati Quigley war in einem Einzelzimmer im ersten Stock untergebracht worden. Vor ihrer Tür stand ein Streifenpolizist Wache. Clair konnte sie durch das kleine Fenster in der Tür sehen: Sie saß aufrecht im Bett und gestikulierte mit beiden Händen. Ihre Eltern standen links von ihr. Der Arzt zog die Tür auf und winkte Clair hinein. Kati und ihre Eltern drehten sich augenblicklich zu ihnen um, und Katis Vater stellte sich zwischen Clair und das Krankenbett.

»Oh nein, sie braucht jetzt Ruhe. Sie kann ihre Aussage machen, sobald sie wieder bei Kräften ist.« Er hatte einen Anzug getragen, aber sowohl Sakko als auch Krawatte hingen über einem der Stühle in der Ecke. Kloz hatte erwähnt, dass er Anwalt war.

»Schon in Ordnung, Dad. Mir geht's gut. Und ich will ja auch helfen.«

Katis Mutter beugte sich über sie und drückte die Hand ihrer Tochter. »Natürlich willst du das, aber dein Vater hat recht.«

Clair spürte, wie der Zorn in ihr hochkochte. Am liebsten hätte sie diese Leute beiseitegestoßen und sich an ihnen vorbeigedrückt, doch stattdessen zählte sie stumm bis fünf, atmete tief durch und zwang sich zu einem Lächeln. »Ich verstehe Sie vollkommen, Mr. und Mrs. Quigley, wirklich. Ich will Ihre Tochter auch nicht lange beanspruchen, Ehrenwort. Aber es ist immer ratsam, derlei Dinge zu besprechen, solange die Erinnerung noch ganz frisch ist. Dr. Hirsch bleibt hier und behält sie im Blick. Sobald sie Zeichen von Anstrengung zeigt, hören wir sofort auf.«

»Verdammt, Dad. Das hier ist wichtig!«

»Kati!« Ihre Mutter sah sie finster an.

»Tut mir leid, Mom«, sagte Kati. »Bitte lasst mich mit ihr sprechen.«

Der Vater rührte sich nicht von der Stelle. »Sie haben das Monster festgenommen, oder nicht?«

»Wir gehen derzeit davon aus, dass es zwei Täter waren.«

»Bitte – Dad?«

Er schloss die Augen und schüttelte den Kopf. »Okay. Aber nur eine Minute.«

»Danke.« Clair machte einen Schritt an ihm vorbei und setzte sich auf die rechte Bettkante gegenüber von Katis Mutter, nahm ihr Handy heraus und legte es auf das Bettlaken. Dann griff sie nach Katis Hand. Über dem Handgelenk klebte ein Infusionsschlauch. »Ich bin so froh, dass du in Sicherheit bist. Macht es dir etwas aus, wenn wir das hier aufzeichnen?«

»Nein, schon okay.«

»Dann erzähl mir jetzt bitte, woran du dich noch erinnerst. Fang ganz vorn an und lass dir Zeit. Manchmal können die kleinsten Details die allerwichtigsten sein.«

Kati nickte. Dann verzog sie das Gesicht und nieste.

»Gesundheit«, murmelte Mrs. Quigley.

Clair drückte Kati ein Taschentuch vom Nachttisch in die Hand.

Das Mädchen tupfte sich die tränenfeuchten Augen trocken.

125

Poole

Poole lief um die Hausecke, und ein halbes Dutzend Augenpaare starrten ihm aus der Gasse entgegen. Eine etwa fünfzigjährige Frau mit bunten Perlen im verfilzten Haar trat beiseite und drückte sich an die Außenwand des Gebäudes in ihrem Rücken. Mit dem Fuß angelte sie einen Pappkarton zu sich heran.

Poole hielt seine Dienstmarke hoch. Sie drehte den Kopf und nickte in Richtung des hinteren Endes der Gasse keine zehn Meter weiter.

Entlang des rund zweieinhalb Meter breiten Durchgangs waren die Mauern von großen Kartons, Müllsäcken und Zelten gesäumt, die aus allerhand Materialien von Laken bis hin zu zusammengeklebten Tüten bestanden. Es stank nach Pisse und vergammelten Nahrungsmitteln.

Sie nickte wieder, und Poole folgte ihrem Blick.

Etwa sechs Meter in die Gasse hinein lag der Verpackungskarton eines Kühlschranks links an der Mauer. Die Leute wichen nun in sämtliche Richtungen zurück. Drei rannten an ihm vorbei und aus der Gasse hinaus. Poole hörte, wie die Beamten sie noch auf dem Bürgersteig festnahmen.

Mit der Hand auf dem Griff seiner Dienstwaffe lief er auf den Karton zu. Als er nah genug dran war, trat er gegen die

Seite. »Special Agent Frank Poole vom FBI. Kommen Sie raus da!«

Eine Hand schob sich am hinteren Ende aus dem Karton, dann eine zweite.

Vor Pooles Augen krabbelte ein Mann in einem schmutzig blauen Hemd und Jeans heraus. »Nicht schießen!«

Direnzo war mit gezogener Waffe hinter Poole aufgetaucht. »Scheiße ...«

Am Knöchel des Obdachlosen hing eine elektronische Fußfessel.

Im nächsten Moment war Poole bereits an Direnzo vorbeigerannt. »Werners Kanzlei – sofort!«

126

Porter

»Kannst du den Kofferraum aufmachen?«, bat Porter.

Sie hatten direkt am Bauzaun am hintersten Ende des Hotels geparkt.

Porter stieg als Erster aus. Er lief um den Wagen herum und holte seine Jacke und die von Sarah aus dem Kofferraum. Nachdem es in New Orleans so warm gewesen war, fühlte es sich hier an, als wäre er direkt in eine Wanne mit Eis gestiegen. Er reichte Sarah ihre Jacke, zog dann die hintere Autotür auf und half Jane heraus. Er legte ihr seine Jacke um.

»Was sind Sie doch für ein Gentleman«, frotzelte sie.

Porter war es gelinde gesagt egal, ob sie fror oder nicht. Er wollte ihr einfach zusätzlich erschweren, die Hände zu benutzen. Obwohl sie immer noch Handschellen trug, traute er ihr keinen Meter weit. »Wie kommen wir rein?«

»Oh, ich nehme doch an, das wissen Sie bereits.« Sie duckte sich durch eine Öffnung im Bauzaun und marschierte zielsicher auf die Rückseite des Gebäudes zu. Sarah eilte ihr nach.

Erst da dämmerte es Porter. Er lief um das Auto herum zur Beifahrerseite, klappte das Handschuhfach auf und riss den Plastikbeutel mit dem Medaillon und dem Schlüssel auf.

Sein Blick fiel auf den zweiten Beutel mit Bishops Messer.

Er riss auch diesen Beutel auf, schob alles in seine Tasche und schlug die Tür wieder zu, ehe er den beiden Frauen nachlief.

Weil hier natürlich nicht geräumt worden war, lag der Schnee um das Guyon Hotel schwindelerregend hoch. Der Wind hatte ihn gegen das Gebäude geweht und rückwärtig und zur Längsseite hin Schneewehen aufgeworfen, die fast bis zum ersten Stock reichten. Wie feinstes weißes Pulver wirbelten Flocken über die Oberflächen – Nebelschleier über einem weißen See.

Vor Porter führten drei Fußspuren durch die Schneemassen: eine von Sarah, eine von Bishops Mutter sowie eine dritte. Bishop war also hier, und aller Wahrscheinlichkeit nach war er allein. Auf seine Fußstapfen war bereits frischer Schnee gefallen. In ein paar Stunden würden sie nicht mehr zu erkennen sein.

Vor einer schweren Stahltür in einer geklinkerten Mauernische gleich neben einer Laderampe schloss er zu den beiden Frauen auf.

Sarah stand ein Stück abseits und musterte Bishops Mutter misstrauisch. Die summte *Baby, It's Cold Outside* vor sich hin und hatte ein schurkisches Grinsen im Gesicht.

Sie nickte hinab auf das Bolzenschloss. »Hopp, hopp, Detective.«

Porter sah sie finster an, dann schob er die Hand in die Tasche und zog die Kette mit Libbys Medaillon und dem Schlüssel heraus.

Seine Hand zitterte, als er versuchte, den Schlüssel ins Schloss zu schieben. Er wünschte sich, er hätte die Kälte dafür verantwortlich machen können.

Der Schlüssel ließ sich problemlos drehen. Jemand hatte

das Schloss erst vor Kurzem geölt. Der Riegel schnappte mit einem leisen Klicken zurück, Porter zog die Tür auf und winkte die Frauen hinein. Dann zog er gegen den Protest des eisigen Windes die Tür hinter sich zu.

Sarah zog ihr Handy aus der Tasche und klickte die Taschenlampe an.

Sie waren in einer Küche gelandet … oder vielmehr in einem Raum, der einst eine Küche gewesen war.

Die meisten Küchengeräte waren genau wie die Edelstahltische anscheinend vor langer Zeit abtransportiert worden. Übrig geblieben war unbrauchbarer Schrott. An mehreren Stellen war die Decke abgesackt und hatte mit Putzbrocken und verrotteten Balken zu dem Durcheinander beigetragen.

»Was für ein Drecksloch«, murmelte Sarah, die ihr Taschenlampenlicht herumwandern ließ.

Porter stieg über den Müll und trat tiefer in den Raum hinein. »Wo ist Bishop?«

»Da lang.« Jane Doe schlurfte mit ihren Ketten vorwärts.

Porter und Sarah folgten ihr an ein paar durchgerosteten Öfen und alten Holzkisten vorbei, die sich bis zur Decke stapelten.

Eine Doppelschwingtür mit Bullaugen hatte früher die Küche von der Lobby getrennt. Jetzt lag eine der Türen flach auf dem Boden, das Gegenstück hing windschief an nur mehr einer Angel. Dahinter konnten sie Kerzen flackern sehen.

Sie traten hinter einer Art Empfangstresen, von dem man den einst so ehrwürdigen Eingangsbereich überblicken konnte, hinaus in die Lobby. In der rückwärtigen Ecke stand eine alte Popcornmaschine, in der unzählige Spinnennetze hingen.

»Eine mittlere Portion Popcorn enthält mehr Fett als ein Frühstück mit Bacon und Ei, ein Big Mac, Pommes und ein Steak zum Abendessen zusammengenommen«, verkündete

Bishop von irgendwo aus der Lobby. »Vielleicht gab es deshalb im Hause Bishop nie Popcorn, oder, Mutter?«

Porter spähte in die Dunkelheit, zu den Schatten, die zu einer stummen Melodie über Decke und Wände tanzten.

»Hier, Sam. Ihre Augen werden sich erst noch ein bisschen an das Licht gewöhnen müssen.«

Ein Glöckchen klingelte, und Porter wirbelte zur verbarrikadierten Vordertür herum. Bishop stand direkt daneben vor dem Hotelpagen-Platz. Er hielt eine Waffe in der Hand, hatte den Lauf jedoch zu Boden gerichtet. Sah aus wie eine .38er. Seine Haare waren länger als bei ihrer letzten Begegnung, und er hatte sich einen Bart stehen lassen. Porter hatte mit irgendeiner Art Verkleidung gerechnet, mit gefärbten Haaren vielleicht, aber nein – das dort war der Bishop, den er kannte, der Mann, der ihn wie ein Gespenst heimsuchte.

Porter machte ein paar Schritte auf ihn zu und stellte sich zwischen ihn und Sarah. »Du warst doch früher nicht der Typ für Schusswaffen.«

»Die hier?« Er hob sie hoch und wedelte amüsiert damit herum. »Tja, verzweifelte Zeiten.« Dann spähte er an Porter vorbei. »Hallo, Mutter. Wie ist es dir ergangen?«

Noch ehe sie antworten konnte, machte Porter einen weiteren Schritt auf ihn zu. »Wo ist die Bombe, Bishop? Du hast gesagt, wenn ich sie herbringe, wenn ich sie zu dir bringe, verrätst du mir, wo sie ist. Und du hast gesagt, du lässt die Mädchen gehen.«

»Das hab ich gesagt, stimmt's?« Er kratzte sich mit dem kurzen Lauf der Waffe an der Schläfe. »Ich meine aber auch, dass ich Ihnen einen Termin gesetzt hab, oder nicht? Sie haben sich verspätet, Sam, Sie sind leider zu spät. Es ist unhöflich, jemanden warten zu lassen, aber unter derlei Umständen kann Trödelei regelrecht tödlich sein. Ich hatte Sie eigentlich als Mr. Pünktlich in Erinnerung.«

Porter spürte das Gewicht von Bishops Messer an seinem Bein.

»Wir sind so schnell gekommen, wie es ging«, sagte Sarah hinter ihm.

Bishop ließ die Waffe sinken und drehte eine Runde um den Pagenplatz. »Das glaube ich gern. Es war aber auch eine lange Strecke, nicht wahr? Fast schon anmaßend von mir, es Ihnen – euch allen – so schwer zu machen.« Er lehnte sich gegen den Türstock, und der alte Holzrahmen ächzte unter seinem Gewicht. »Aber Sie können beruhigt sein. Noch ist niemand gestorben. Allerdings wird die Zeit kommen. Nachdem Sie aber nun mal zu spät dran waren, bleibt uns leider umso weniger Zeit, die wir zusammen verbringen können. Ich hatte insgeheim darauf gehofft, wir könnten uns ein bisschen unterhalten und alles besprechen, was Sie in den letzten Tagen in Erfahrung gebracht haben. Nur fürchte ich, kommen wir nicht mehr dazu. Zumindest nicht in der Ausführlichkeit, die für eine solche Unterhaltung angebracht wäre. Die Bombe tick-tick-tickt. Darum wird sich unser Pfadfinder wohl kümmern müssen. Aber ich glaube, wir haben alle ein paar dringendere Sachen zu erledigen.« Bishop machte ein paar Schritte nach vorn. Die .38er hing locker an seiner Seite nach unten. »Sie hätten ihr wirklich die Fesseln abnehmen können, Sam. So ist es doch barbarisch, meinen Sie nicht?«

Jane schlurfte nach vorn auf ihn zu. »Schön, dich wiederzusehen, Anson. Wirklich schön.«

Bishop lächelte sie an. »Du kannst dich an dieses Haus noch erinnern, nicht wahr? Ich bin mir sicher, es sind schöne Erinnerungen.« Er drehte sich um und betrachtete die verzierte Decke, ließ den Blick über die alten Holzbauteile und komplizierten Muster schweifen. »In diesen Mauern leben Geister, Sam. Hören Sie, wie sie schreien? Ich kann sie hören, als wäre es gestern gewesen – Libby am allerlautesten.«

Porter packte die Frau neben sich an den Haaren und zog sie zu sich heran. Ihre Handschellen klapperten unter der Jacke. Mit der freien Hand zückte er das Messer, ließ die Klinge aufschnappen und hielt ihr den scharfen Stahl an die blasse, nackte Kehle. »Das ist jetzt das letzte Mal, dass ich dich frage, du durchgeknalltes Arschloch: Wo ist die Bombe, und wo sind die Mädchen?«

Mit einem Lächeln hob Bishop die Pistole. »Danke sehr, dass Sie mir mein Messer gebracht haben, Sam. Vielleicht tauschen wir die Waffen, wenn wir hier fertig sind? Ich mag dieses Messer.«

Er marschierte quer durch den Raum auf sie zu, und mit jedem Schritt wurde die Pistolenmündung größer.

Die Frau wich zurück und presste sich gegen Porter. »Wir sind quitt, Anson. Ich kann doch sowieso nicht fliehen. Ich hab alles getan, was du von mir wolltest. Alles.«

»Ach ja? Fast«, erwiderte Bishop.

Der Schuss, der sich aus der .38er löste, war so laut, dass die wenigen restlichen Fenster klirrten.

Sarah kreischte.

Jane Does Kopf fiel gegen Sams Brust.

»Jetzt vielleicht«, sagte Bishop. »Ja, ich glaube, jetzt sind wir quitt.«

127

Poole

»Da drüben ist es!«, schrie Direnzo. »Das Shotgun-Haus mit den grün-weißen Leisten.«

Poole sprintete aus der Gasse und über die Straße. Ein Taxi musste eine Vollbremsung hinlegen und kam auf dem Eis ins Schleudern. Der Fahrer brüllte irgendwas, Poole verstand kein Wort, war sich aber auch nicht sicher, ob er ihn verstehen wollte.

Bei Werner brannte nirgends Licht.

Er spähte durch eins der vorderen Fenster und konnte vage die Umrisse eines verwaisten Schreibtischs und einiger Stühle vor der Rückwand des Zimmers erkennen.

Nichts rührte sich.

Er hämmerte mit der Faust an die Tür. »Ms. Werner, hier ist Special Agent Frank Poole vom FBI. Machen Sie die Tür auf!«

Von drinnen keine Reaktion.

Er trat auf die schmale Veranda zurück und versuchte, zu den Fenstern im ersten Stock hochzusehen. Zu dunkel.

Poole kehrte zur Tür zurück und drehte den Türknauf. Verschlossen.

»Sarah Werner!«

Er hämmerte erneut gegen die Tür.

Nichts.

Er zog seine Glock aus dem Schulterholster und schlug mit dem Griff eins der Zierfensterchen in der Tür ein. Vorsichtig griff er hindurch und drehte den inneren Knauf herum.

Die Tür ging auf, er trat ein und tastete mit der freien Hand nach einem Lichtschalter.

»Sarah? Sam? Ich komme jetzt rein. Wenn Sie hier sind, kommen Sie mit erhobenen Händen die Treppe herunter!«

Oben knarzte der Boden. Instinktiv richtete er den Lauf seiner Waffe auf die Stelle, von der das Geräusch gekommen war. Poole wusste nicht, ob dort jemand herumlief oder ob es nur eins jener Geräusche war, die ein altes Haus nun mal von sich gab.

Er durchquerte das Zimmer und suchte mit dem Blick jeden Schatten, jede Nische ab. Das Büro bot wenig Gelegenheit, sich zu verstecken, trotz all des Gerümpels, das hier herumstand.

Am rückwärtigen Ende führte ein Flur in die Dunkelheit. Das Licht aus dem Büro fiel lediglich bis zur Zwischentür und ein Stück weiter über die verzierten Leisten. Poole holte tief Luft und ging auf die Tür zu. Die Waffe schob er zuerst hindurch, und als er über die Schwelle trat, war er bereit, auf alles zu schießen, was sich dort auf der anderen Seite befinden mochte. Doch dort führte bloß eine Treppe nach oben. Er dachte kurz darüber nach, auch hier Licht zu machen, überlegte es sich dann aber anders. Sofern jemand oben wäre, wäre es besser, dieser Jemand wüsste nicht sofort, dass Poole auf dem Weg in den ersten Stock war.

Vorsichtig setzte er den Fuß auf die erste Stufe, verlagerte sein Gewicht, wusste nicht, ob ein Knarzen ihn im nächsten Moment verraten würde. Aber es blieb still.

Poole stieg die Treppe hoch, ließ sich kurz Zeit, damit sich seine Augen an die Dunkelheit gewöhnten, und vor ihm klarten die Umrisse einer Türöffnung auf, als er darauf zuging, ein Wandvorsprung, dahinter eine geschlossene Tür.

Er legte die Hand auf das kalte Metall des Türknaufs. Langsam drehte er ihn herum, vorsichtig, damit nichts zu hören war. Die Tür war nicht ins Schloss gefallen. Mit einem leisen Klicken befreite die Falle sich aus dem Schlosskasten.

Die Tür ging nach innen auf.

Augenblicklich schlug ihm Gestank entgegen.

Verwesung. Fäulnis.

Die Lichter waren aus, der Raum lag vollends im Dunkeln.

Poole trat ein, legte den Lichtschalter um und wünschte sich im selben Moment, er hätte es nicht getan.

Eine Frau starrte ihm vom Sofa entgegen. Über den blicklosen Augen lag ein milchiger Schleier. Sie war in sich zusammengesackt und neigte sich leicht zur Seite. Ihr Gesicht war leichenblass; das Blut war wohl schon vor einiger Zeit nach unten gesackt. Inmitten der Blässe hob sich ein dunkles, fast schwarzes Loch auf ihrer Stirn ab, und eine undefinierbare Mahlzeit war ihr auf den Schoß und auf das leere Kissenpolster daneben gekippt.

Ihr Mörder hatte wahrscheinlich genau dort gestanden, wo Poole jetzt stand, und hatte sie von der Tür aus überrascht.

Das war nicht die Frau aus dem Gefängnis – sie konnte es gar nicht sein. Dieser Leichnam kauerte schon seit Tagen hier, vielleicht sogar schon eine Woche, und Fäulnis fraß sich durch das, was einmal ein lebendiges Wesen gewesen war. An der rechten Hand trug sie einen Silberring, und der Finger war um den Ring herum angeschwollen und prall wie ein Hotdog.

»Scheiße«, sagte Captain Direnzo hinter Poole. »Das ist Sarah Werner.«

Poole hatte ihn gar nicht hereinkommen hören.

128

Porter

»Mutter, gib Sam dein Handy, bitte«, sagte Bishop. Vor seinem Gesicht stieg der Rauch aus der Pistolenmündung auf.

Sarah streckte die Hand aus und hielt ihm das iPhone hin. »Anson, mein Lieber, warum hast du diesem freundlichen Mann erzählt, dein Vater wäre tot? Wir haben dich anders erzogen. Dieses Notizbüchlein steckt voller Lügen.«

Die Leiche rutschte Porter aus den Händen und sackte am Boden zusammen.

Er ließ das Messer fallen.

Sein Herz hämmerte wie verrückt.

Bishop ging in die Hocke, nahm sich das Messer und legte die .38er auf die Theke neben der Popcornmaschine.

»Nicht das ganze Buch, Mutter. Nur Teile. Ein paar Notlügen hier und da. Darin warst du doch auch immer gut.«

Porters Blick flackerte zu Sarahs ausgestreckter Hand, zu dem iPhone, zu der Leiche am Boden.

»Sie sehen blass aus, Sam. Sie sollten sich hinsetzen. Manchmal mache ich mir wirklich Sorgen um Sie.« Bishop griff zur Seite, zog einen alten Holzstuhl aus einem Haufen kaputter Möbel und klopfte den Staub ab. Das Blumenmuster auf Rückenlehne und Sitzpolster war komplett durchlöchert und bis auf die Füllung abgewetzt. Irgendwas hatte an einem der Stuhlbeine genagt.

Bishop schob ihm den Stuhl hin, und Porter ließ sich darauf nieder. Seine Knie waren weich wie Pudding.

»Was zum Teufel soll das?«, keuchte er. »Ich kann nicht ...«

»Sam, Ihre Ausdrucksweise.«

Sarah verdrehte die Augen. »Gott, Anson, du bist wirklich keinen Deut besser als dein Vater.«

Porter starrte auf die Leiche zu seinen Füßen hinab. Die Kugel hatte in der Stirn ein kleines, rundes Loch und nur ganz wenig Blut hinterlassen. Es gab keine Austrittswunde, wahrscheinlich ein Hohlspitzgeschoss, das stecken geblieben war. Ihr Blick war geradeaus gerichtet, und die letzten Worte lagen ihr für alle Zeit auf der Zunge.

Wir sind quitt, Anson. Ich kann doch sowieso nicht fliehen. Ich hab alles getan, was du von mir wolltest.

Alles.

»Wer ...«, keuchte er, konnte aber nicht weitersprechen.

Bishop ging neben der Leiche in die Hocke und sah ihr in die leeren Augen. »Sie hieß Rose Finicky, und sie hatte es verdient zu sterben, sie hatte es hundertfach verdient – sie war durch und durch verdorben.«

»Finicky?«

»Ja.«

»Wer ... Hat sie Libby ermordet? Hast du deshalb ...«

»Ich wünschte mir, wir hätten genügend Zeit, um all das zu besprechen, aber wie ich schon sagte, waren Sie spät dran. Die Geschichte wartet auf niemanden, und wir müssen noch einige Bälle in der Luft halten.«

Porter spürte, wie Sarah ihn ansah. Bishops Mutter ... Er konnte sie nicht mal mehr ansehen. Er konnte ihr nicht ins Gesicht sehen. Jetzt nicht und womöglich nie wieder. Er ahnte, dass sie lächelte, und das machte es nur noch schlimmer. »Bringst du sie ebenfalls um?«

Sarah trat von einem Bein aufs andere. »Er würde mir doch nichts tun. Würdest du nicht, oder, Anson?«

»Nicht? Wir werden sehen. Das werden wir noch sehen.«

»Ich habe Finicky hergebracht, wie du gesagt hast«, gab Sarah zurück.

Bishop neigte leicht den Kopf und lächelte. »Und sie hat mir dich gebracht… wie ich es gesagt habe. Lustig, wie manche Dinge sich dann irgendwie ganz von allein zusammenfügen.«

Bishop wischte die Messerklinge an seinem Hosenbein ab, klappte sie ein und steckte es sich in die Tasche.

»Finicky hat ein paar schreckliche Dinge getan. Einige davon genau hier in diesem Gebäude«, erklärte Bishop. »Ich war schon eine ganze Weile hinter ihr her, fast ebenso lang wie hinter Mutter. Sicher, beide hatten gute Gründe abzutauchen, die eine noch bessere als die andere, aber niemand kann sich für immer verstecken.«

Porters Blick wanderte zurück zu der Waffe auf der Theke. Er saß bloß einen guten Meter davon entfernt, und er würde sie sich schnappen können. »Wenn dein Vater immer noch lebt, wo ist er dann? Was soll dieses ganze Tamtam um seinen Tod?«

Bishop kicherte in sich hinein. »Er hat es immer noch nicht begriffen, Mutter.«

»Noch nicht, aber das ist nur eine Frage der Zeit, da bin ich zuversichtlich«, sagte sie. Dann trat sie hinter Porter und strich ihm durchs Haar.

Porter hechtete auf die Waffe zu.

Er war vom Stuhl aufgesprungen und an ihr vorbei, noch ehe sie reagieren konnte. Seine Finger legten sich um den Griff, er riss sie an sich, warf sich zur Seite und nahm beide aufs Korn. »Keiner bewegt sich.«

Bishop schmunzelte. »Sam, das wird nicht…«

Sam feuerte eine Kugel an Bishops Kopf vorbei. Der Schuss hallte durch die Eingangshalle, und die Kugel schlug dumpf in der rückwärtigen Wand ein.

Bishops Mutter japste leise nach Luft. »Ich hab dir gesagt, dass er schießen würde, Anson.«

»Er hat nicht auf mich geschossen, Mutter.«

»Das Handy!«

»Gib Detective Porter das Handy, Mutter.«

»Ich habe vorhin schon versucht, es ihm anzudrehen, aber da hat er es vermasselt.« Sie machte einen Schritt auf ihn zu und hielt ihm das iPhone hin.

Porter riss es ihr aus der Hand und wischte mit dem Daumen darüber. »Geh wieder zu ihm rüber.«

Kein Netz.

»Sie werden hochlaufen müssen, um zu telefonieren. Diese alten Gebäude sind alles andere als handyfreundlich. Und ich hab in Zimmer 405 ohnehin was für Sie hinterlassen – dort oben dürfte es ohne Probleme funktionieren. Rufen Sie ihre Leute an, sobald Sie oben sind.«

Porter ließ den Blick durch die Halle schweifen. Das Treppenhaus befand sich am entgegengesetzten Ende. »Wir gehen alle nach oben – und du erzählst mir, wo du die Bombe versteckt hast, wo die Mädchen sind, und dann wandert ihr beide in den Knast. Wenn nicht, schieß ich noch mal – vielleicht diesmal auf sie? Und vielleicht schieß ich diesmal auch nicht absichtlich daneben.«

Bishop schob die Hände in die Taschen. »Ich möchte mich ausdrücklich bei Ihnen bedanken, Sam, dass Sie mir Mutter gebracht haben. Und Finicky. Gleich zwei Damen auf einmal... Meine Reisefreiheit war in letzter Zeit ein bisschen... eingeschränkt. Sie haben mir sehr geholfen. Die letzten paar Monate waren eine Herausforderung, aber endlich fällt alles an seinen Platz. Ich habe für die nächste Zeit ein gutes Gefühl, wirklich.«

»Zum Treppenhaus, los.«

Bishop schmunzelte ihn an. »Sie werden uns gehen lassen, Sam. Sie laufen jetzt hoch zu Zimmer 405 und erledigen Ihren Anruf. Allerdings nicht denjenigen, der Ihnen im Moment vorschwebt. Einen ganz anderen.«

»Letzte Warnung – zum Treppenhaus!«

Bishop streckte sich nach seiner Mutter aus, nahm sie bei der Hand und lächelte. »Sie tun genau, was ich Ihnen sage, Sam. Und hier ist der Grund.«

129

Kloz

Klozowski war zurück in ihrem improvisierten Büro im John H. Stroger Jr. Hospital und balancierte vorsichtig zwei Kaffeebecher zu seinem Computer. Der Inhalt von Paul Upchurchs Akte war strategisch im ganzen Raum verteilt.

In den vergangenen zwei Stunden hatte er jedes Blatt überprüft, Namen herausgefiltert und dann dem Team Anweisungen erteilt, sie alle aufzuspüren und augenblicklich hierherzubringen. Zweiunddreißig zusätzliche Namen – Ehepartner und Kinder nicht mit eingerechnet. Sie hatten so viele Leute hergebracht, dass Clair sich gezwungen gesehen hatte, sich aus der Cafeteria auf zwei angrenzende Personalräume auszubreiten. Genau dort war sie jetzt und versuchte, die vielen Leute zur Ruhe zu ermahnen, die Streifenkollegen zu koordinieren und Aussagen aufzunehmen.

Die meisten hatten keinen Schimmer, warum sie von der Polizei hergebracht worden waren. Clair hatte erwähnt, dass nur eine Handvoll von ihnen den Namen Upchurch wiedererkannt hatte. Sein Gesundheitszustand – so entsetzlich er sein mochte – war keine Ausnahme, und wer tagtäglich mit dem Tod zu tun hatte, lernte irgendwann, ihn auszublenden und sich abzuschotten.

Kati Quigley war inzwischen bei Bewusstsein und hatte

Grässliches berichtet. Clair hatte ihm erzählt, was das Mädchen durchgemacht hatte – beide Mädchen. All das verdrängte Kloz. Sich abschotten konnte er wie kaum ein anderer.

Larissa Biel war zwanzig Minuten zuvor aus dem OP geschoben worden. Sie lag jetzt im Aufwachraum, und ihr Vater war da. Sobald sie zu sich käme, würde sie in das Zweierzimmer zu ihrer Mutter gebracht, die in der Zwischenzeit ebenfalls das Bewusstsein wiedererlangt hatte. Beiden hatten die Ärzte eine vollständige Genesung prognostiziert.

Kloz stellte die zwei Kaffeebecher ab und knackste mit den Fingerknöcheln.

Er würde noch ein letztes Mal die Todesanzeigen checken und dann einen Haken daran setzen.

Sein Bett rief nach ihm, und schon bald würde er sich in seine herrliche Bettdecke kuscheln.

In der Ecke seines MacBook-Bildschirms blinkte ein rotes Kästchen.

Ein Warnhinweis. Kloz klickte ihn auf.

»Scheiße!«

Er wühlte sich durch die Papiere rund um den Computer, stieß fast seinen Kaffee um, fand endlich sein Handy und wählte Clairs Kurzwahl. Er landete direkt auf der Mailbox.

»Scheiße! Scheiße! Scheiße!«

Er rief Nash an.

Es klingelte ein Mal.

Zwei Mal.

Drei …

»Ja?«

»He, wo steckst du gerade?«

»Immer noch in Upchurchs Haus, muss sicher noch eine Stunde bleiben. Warum?«

»Ich hab doch Bishops Laptop auf Alarm gesetzt …«

»Ja?«

»Gerade ist er wieder aufgetaucht. Und zwar ganz in der Nähe.«

»Schick mir die Adresse. Und Espinosa auch – sein Team ist eben erst abgerückt.«

130

Clair

Clair hätte schreien können.

Sie hatte brutale Kopfschmerzen, und die drei Advil, die sie bereits genommen hatte, hatten nichts genutzt.

Sie stand in der Cafeteria inmitten von gut vierzig, fünfzig Leuten: Erwachsenen, Kindern, Klinikpersonal – inmitten all derjenigen, die Kloz in den Unterlagen gefunden hatte, all die vielen, für die Bishop Todesanzeigen geschaltet hatte. Und all diese Leute schrien entweder sie oder einander an.

Niemand wollte hier sein.

Je schneller Clair sie wieder loswürde, umso besser.

Sie hatte eine geschlagene Stunde bei Kati Quigley gesessen und bekam nicht mehr aus dem Kopf, was das Mädchen ihr erzählt hatte. Außerdem hatte sie gerade erfahren, dass auch Larissa Biel wieder aufgewacht war. Larissas Vater hatte sie aufgespürt, er hatte erwähnt, dass er erst das komplette Krankenhaus nach ihr habe absuchen müssen. Larissa durfte derzeit nicht sprechen. Die Ärzte wollten, dass sie ihren Hals schonte. Allerdings konnte sie schreiben. Sie hatte im selben Moment damit angefangen, als sie aufgewacht war, und nach dem hysterischen Zustand des Vaters zu urteilen würde ihre Geschichte noch schlimmer als die von Kati ausfallen.

»Ich muss Sie jetzt alle bitten, ruhig zu sein!«

Ein paar drehten den Kopf nach ihr um. Für einen kurzen Augenblick wurde es leiser, dann brandete der Lärm erneut auf.

Clair stieg auf einen Stuhl und von dort auf einen Tisch. »Je schneller Sie mir jetzt zuhören, umso schneller sind Sie wieder draußen!« Sie wedelte mit einem Stapel Fragebögen durch die Luft. »Wenn Sie die Formulare, die ich vorhin verteilt habe, noch nicht wieder abgegeben haben, dann füllen Sie sie jetzt bitte aus und geben Sie sie einem der Officers.«

Keine zwei Meter von ihr entfernt kreischte ein kleines Mädchen los – ohne ersichtlichen Grund und einfach nur, um zu dem Chaos beizutragen. Die Mutter des Mädchens nahm es auf den Arm und schaukelte es hin und her, aber auch das nützte nichts.

Sie erteilte die strikte Anweisung, dass niemand den Raum verlassen dürfe, aber diverse Klinikangestellte verstanden ihren Befehl lieber als guten Rat. Fast jeder von ihnen war in der Zwischenzeit weg gewesen – die meisten gleich mehrmals, sobald ihr Pager oder Handy gepiept und sie in andere Ecken des Krankenhauses beordert hatte. Dagegen konnte sie wenig ausrichten. In vielen Fällen war es um Leben und Tod gegangen – und zwar nicht um das eigene Leben, den eigenen Tod –, und keiner dieser Leute war tatsächlich verpflichtet zu bleiben. Sie war sich sicher, dass einige sich hinausgeschlichen hatten und gar nicht mehr wiedergekommen waren.

Clairs Handy vibrierte in ihrer Tasche.

Sie angelte es heraus.

Sie kannte die Nummer nicht. Das würde warten müssen.

Als Clair den Anruf ablehnte, sah sie, dass sie zwei Anrufe von Kloz verpasst hatte.

Zu dem würde sie als Nächstes gehen.

Er durchstöberte immer noch Upchurchs Akte und hatte vielleicht ja irgendwas Vielversprechendes gefunden. Außerdem arbeitete das Labor fieberhaft an der Substanz aus der Spritze, die in dem Apfel gesteckt hatte. Wenn das Labor sie nicht erreicht hätte, hätte es die Ergebnisse Kloz mitgeteilt.

Wieder klingelte ihr Telefon.

Die unbekannte Nummer.

Sie ging ran, presste das Handy ans Ohr und hielt sich das andere zu. »Hier Detective Norton.«

Eine Männerstimme am anderen Ende der Leitung. Allerdings konnte sie ihn nicht verstehen, weil es in dem Raum zu laut war. »Bleiben Sie ganz kurz dran, nur eine Sekunde bitte.«

Sie sprang vom Tisch und quetschte sich durch die Menge hinaus auf den Flur. Als sie die Aufzüge erreicht hatte, hielt sie sich das Handy wieder ans Ohr. »Bitte entschuldigen Sie. Hier ist Detective Norton, was kann ich für Sie tun?«

»Habt ihr Paul Upchurch?«

»Wer ist da?«

»Clair, ich bin's.«

»Sam?«

»Ja.«

Sie drehte sich um. Einer der Wachmänner vor der Cafeteria sah zu ihr herüber. Sie ging noch ein Stück den Flur entlang und drehte ihm den Rücken zu. »Wo steckst du?«

»Ich … Ich dachte, er hätte eine Bombe gelegt. Er hat mir weisgemacht, er hätte eine Bombe – aber es ist keine Bombe. Es ist alles andere als eine Bombe …«

»Sam, ich verstehe kein Wort. Von wem redest du? Upchurch? Den haben wir geschnappt. Der hat keine Bombe gelegt.«

»Habt ihr … Habt ihr die Mädchen auch? Die zwei Mädchen? Larissa Biel und die andere?«

»Ja, Sam. Sie sind in Sicherheit, alle beide. Die werden wieder gesund.«

Moment, da stimmte doch etwas nicht.

Das war verkehrt.

»Sam, woher weißt du das von Larissa Biel? Sie ist verschwunden, nachdem du beurlaubt wurdest – und von Quigley haben wir niemandem erzählt. Hast du mit Nash gesprochen oder mit diesem FBI-Typen? Frank Poole?«

»Clair, ich hab's versaut … Ich hab's so richtig versaut.«

»Was ist los, Sam? Sprich mit mir!«

Porter holte tief Luft. »Ist Paul Upchurch am Leben?«

»Ja. Espinosa und sein Team haben ihn festgenommen, und er hat keinen Widerstand geleistet. Nash meint, er hat quasi auf sie gewartet. Er ist freiwillig mitgegangen. Auf dem Weg zur Metro hatte er dann einen Krampf und hat das Bewusstsein verloren. Sie haben ihn hier ins Stroger gebracht, er wird gerade operiert. Hirntumor, Stadium vier. Sieht nicht gut aus für ihn.«

»Glioblastom. Er hat ein Glioblastom«, sagte Sam leise.

»Woher weißt du das? Woher kennst du überhaupt seinen Namen? Mit wem hast du gesprochen?«

Stille.

»Sam?«

»Wo sind die Mädchen jetzt?«

»Die sind auch hier im Krankenhaus.«

»Oh Gott.«

»Sam? Was ist denn los?«

Porter holte erneut tief Luft. »Sie müssen isoliert werden. Isoliert sie und alle, die mit ihnen in Kontakt gekommen sind. Sofort. Und lass keinen mehr raus.«

»Warum denn das?«

Wieder Schweigen.

»Sam, du machst mir allmählich Angst!«

»Bishop sagt, er hat beiden Mädchen eine konzentrierte

Dosis eines SARS-Virus injiziert. Er hat mir erzählt, woher er das Virus hat, und ich glaube ihm. Er hat auch gesagt, dass er dir zum Beweis eine Probe im Krankenhaus hinterlassen hat. Wortwörtlich meinte er: ›Schneewittchen wusste es auch nicht besser.‹ Klingelt da bei dir was?«

»Wir haben eine Spritze gefunden, die in einem Apfel steckte«, antwortete Clair, und fast blieben ihr die Worte im Hals stecken. »Der Apfel lag auf Paul Upchurchs Krankenakte.«

»Clair, hör mir gut zu. Ich gebe dir jetzt einen Namen. Bist du bereit?«

Nein.

»Schieß los.«

»Dr. Ryan Beyer. Er ist Neurochirurg am John Hopkins. Er hat sich auf etwas spezialisiert, was sich *fokussierte Ultraschalltherapie* nennt. Anscheinend ist dies das einzige Verfahren, das Upchurch noch retten kann, aber die Versicherung genehmigt es nicht. Obwohl die Heilungsrate enorm ist, heißt es immer noch, die Methode sei noch im Versuchsstadium. Bishop ist der Ansicht, dass alles, was sie bislang unternommen haben, reine Zeitverschwendung war, und er hat das Gefühl, dass sämtliche Leute, die mit Upchurchs Behandlung zu tun hatten – Ärzte, Krankenschwestern, die Versicherung, die Pharmaproduzenten –, ihn im Stich gelassen haben. Er hat all diese Leute ins Visier genommen, weil er der Ansicht ist, dass das System Upchurch auf dem Gewissen hat. Die Versicherung stiehlt sich aus der Verantwortung, und alle anderen machen einfach weiter, als wäre nichts gewesen. Aber er ist nicht bereit, den Typen einfach so aufzugeben.«

»Woher weißt du das alles?«

»Sobald wir auflegen, ruf diesen Dr. Beyer an und bestell ihn ein. Bishop sagt …« Porter verstummte. Dann war er wieder da. »Bishop sagt, er hat noch mehr von dem Virus, und wenn Upchurch stirbt, dann wird er in der Stadt wahllos Leute damit infizieren. Finde den Arzt und isolier alle, die mit den Mädchen in Kontakt waren. Du musst das dringend unter Kontrolle bringen ...«

»Bist du gerade bei Bishop?«

»Ich muss auflegen, Clair. Tut mir leid ... Es tut mir alles so schrecklich leid.«

Kaum war Porters Stimme verhallt, schlug der Lärm aus der Cafeteria erneut über ihr zusammen – immer mehr zornige Leute, die heraus auf den Flur strömten. Die zwei Wachleute hatten alle Mühe, die Leute zurückzudrängen.

Clair starrte auf die restlichen Formulare in ihrer Hand. Sie hatte sie persönlich ausgeteilt, um sicherzustellen, dass alle eins hatten, nachdem sie zuvor eine geschlagene Stunde bei Kati Quigley gewesen war ...

Die Formulare glitten ihr aus den Fingern und segelten zu Boden.

In ihren Knochen schien sie einen strudelnden Schmerz zu spüren.

Dann musste sie niesen.

131

Nash

Espinosa spreizte die Finger und zählte stumm von fünf herunter.

Vier.

Drei.

Zwei.

Eins.

Brogan rammte die Tür auf – das massive Holz splitterte in der Mitte – und stürmte hinein.

»Los!«

»Los!«

Nash sah, wie ein SWAT-Beamter nach dem anderen ins Zimmer 405 des Guyon Hotel stürzte, bis er schließlich allein auf dem baufälligen Flur stand. In der Lobby hatten sie eine Leiche gefunden. Eine Frau in Gefängniskluft und Fesseln, mit einer Kugel im Kopf.

Klozowski hatte das Signal bis hierher verfolgt – er hatte irgendwas von WLAN-Triangulation gefaselt. Espinosa hatte daraufhin irgendein Handgerät benutzt, um das einzige elektronische Signal in diesem Gebäude aufzufangen – und das hatte sie zu guter Letzt zu Zimmer 405 geführt.

»Hände hoch!«

»Keine Bewegung!«

»Er hat eine Waffe!«

Nash war sich nicht sicher, welche Stimme zu wem gehörte; die Schreie in seinem Kopfhörer und aus der offenen
Tür überlagerten einander.

Wieder ein Krachen. *Eine zweite Tür?*

»Nash! Hierher, sofort!«

Nash lief den Flur entlang auf die Tür zu. Die Schutzweste schnitt ihm in die Hüfte, und er bekam kaum noch Luft.

Als er über die Schwelle trat, war Zimmer 405 von einem
Dutzend oder mehr Kerzen erleuchtet, und die Lichtkegel
der Taschenlampen auf dem halben Dutzend Sturmgewehre
waren allesamt auf einen einzigen Punkt gerichtet.

Auf einen Mann.

Er stand mit dem Rücken zur Tür. Hatte die Hände gehoben. Ein Laptop flimmerte vor ihm auf einem schnörkeligen
Tisch. Neben dem Computer stapelten sich zehn, zwölf
schwarz-weiße Notizbücher, und daneben lag eine .38er.

»Sam?«

Porter drehte sich langsam zur Tür um.

»Nicht!«, warnte Tibideaux.

»Wegtreten!«, schrie Nash. »Sam? Was machst du hier?«

Porter hatte die Augen geschlossen und den Kopf geneigt.

Espinosa und Thomas hielten die Waffen auf die Wand
gerichtet. Das Licht ihrer Taschenlampen kroch über ausge-
blichene Blumentapeten und ein Dutzend gerahmter Bilder.

Nash trat darauf zu und sah sich eins der Bilder genauer
an.

Ein Foto von Sam – von einem jüngeren Sam, womöglich
gerade in den Vierzigern. Er lächelte in die Kamera. Neben
ihm stand ein ebenfalls lächelnder Junge von vielleicht
zehn, zwölf Jahren.

Espinosa runzelte die Stirn. »Ist das …«

»Ich glaube, das ist Anson Bishop«, sagte Nash leise. Er
sah sich noch zwei Bilder an. »Das ist alles Bishop.«

Nash marschierte auf Porter zu. »Sam, was soll das?«

Porter machte den Mund auf, aber es kam nichts heraus.

Auf dem Laptopbildschirm, der helles Licht auf Porters Gesicht warf, stand:

Hallo, Sam,

ich kann mir vorstellen, dass Sie jetzt verwirrt sind.

Ich kann mir vorstellen, dass Sie jetzt Fragen haben.

132

Tagebuch

Ich habe keine Ahnung, welche Polizeidienststelle es hätte sein sollen.

Deshalb weiß ich auch nicht mehr, wo genau das Camden Treatment Center lag. Ich hatte keinen Schimmer, wo ich die letzten Wochen verbracht hatte.

Auf jeden Fall waren wir eine Weile gefahren.

Ich sah, wie Charleston draußen vor den Fenstern vorüberzog. Keins der Gebäude war sonderlich groß. Vater hatte mir mal erzählt, dass die Stadtverordnung keine Bauten zuließ, die zu hoch in Richtung Himmel ragten.

Ich wollte diesem Arzt Schmerzen zufügen.

In mir loderte eine Wut, wie ich sie noch nie erlebt hatte. Trotzdem tat ich mein Bestes, um sie zu unterdrücken. Genau wie die Zeit kann man auch Wut unterdrücken, einfach einkapseln und aufbewahren, bis man sie wieder entlässt, wenn man sie am dringendsten braucht.

Ich würde sie im geeigneten Moment entlassen.

Keiner der Detectives sprach auch nur ein Wort. Ich hatte Fragen erwartet, aber es kam nichts. Sie sprachen weder mit mir noch miteinander. Entsprechend sagte ich ebenso wenig und ließ mein Schweigen Bände sprechen.

Draußen erkannte ich nichts mehr wieder. Die Stadt lag inzwischen hinter uns.

Mehr als einmal warf Detective Welderman mir im Rückspiegel einen Blick zu. Ich hielt ihm stand.

Ungefähr eine halbe Stunde hinter der Stadt fuhren wir von der großen Straße ab. Aus Asphalt wurde Schotter, und zu beiden Seiten wucherte Unkraut.

Spätestens als mir klar wurde, dass wir nicht zu einer Polizeiwache fuhren, hätte ich mir Sorgen machen müssen, aber diese Sorgen hielt ich weit von mir weg.

Vor einem großen Hof am Ende der Schotterstraße war die Fahrt zu Ende. Eine Frau etwa in Mutters Alter winkte und kam auf das Auto zu. Sie hatte kurzes braunes Haar und trug ein gelbes Kleid mit weißen Punkten.

Detective Welderman warf mir im Spiegel noch einen Blick zu, dann stiegen sie aus.

Die hinteren Türen hatten keine Türgriffe. Selbst wenn ich keine Handschellen getragen hätte, wäre ich nicht ohne Hilfe dort rausgekommen.

Die Detectives liefen auf die Frau zu, und die drei unterhielten sich. Ich konnte nicht hören, was sie dort sagten, aber hin und wieder warf einer von ihnen einen Blick zurück zum Wagen. Zu mir.

Welderman war bei der Frau stehen geblieben, während Detective Stocks schließlich zurückkam, die Tür aufzog und mir raushalf.

Die Frau keuchte leise auf. »Himmel, ist das wirklich nötig?«

Detective Stocks errötete. »Dreh dich um, Junge.«

Dann nahm er mir die Handschellen ab.

Ich rieb mir die Handgelenke.

Welderman öffnete den Kofferraum und nahm eine grüne Reisetasche heraus, die er der Frau in die Hand drückte. »Das Krankenhaus hat ein paar Sachen zusammengesucht. Es ist nicht viel – in seiner Größe war nicht allzu viel da. Bei dem Brand hat er alles verloren.«

Erst da kam die Frau auf mich zu, stellte sich vor mich und lächelte mich an. »Anson, ich bin Ms. Finicky. Du bleibst eine Weile bei mir.« Dann sah sie über die Schulter und rief: »Paul? Komm mal her, dein neuer Zimmergenosse ist da.«

Ich hatte ihn gar nicht gesehen, den Jungen auf der Veranda. Groß, schlaksig. Er trat aus dem einzigen Schatten, den die hoch stehende Sonne weit und breit geworfen hatte. Langsam schlenderte er über den Schotter und nahm der Frau die Tasche ab. Dann hielt er mir die Hand hin. »Hi, Anson, ich bin Paul Upchurch. Hier wird's dir gefallen.«

Bei diesen Worten kicherte Detective Stocks in sich hinein.

Die Frau kniff die Augen zusammen. Im nächsten Moment war ihr Lächeln wieder da. »Bring ihn hoch, Paul. Zeig ihm sein neues Zimmer.«

»Ja, Ma'am.«

»Anson?«, sagte Detective Welderman.

Ich sah zu ihm hoch. Er blickte finster drein.

»Wir wissen, was du getan hast, Anson. Das wissen wir alle. Nicht mehr lange, und wir können es sogar beweisen. Wir müssen nur noch ein paar Aspekte zusammenfügen. Pack ruhig aus, aber diese Klamotten sind bloß eine Leihgabe. Bald kriegst du neue Klamotten, ein neues Zimmer und einen neuen Zimmergenossen.«

Ich lächelte ihn und Detective Stocks an. »Danke fürs Fahren, Detectives. Es war mir eine Freude, Sie kennenzulernen.«

Dann lief ich hinter Paul Upchurch her.

Ich lief hinter Paul Upchurch her in den Schlund dieses Bauernhofs.

Das Haus war viel größer, als es von außen wirkte, vielleicht weil so viele Trennwände eingezogen worden waren, die zig Zimmer bildeten. Oder vielleicht weil das Haus deutlich tiefer als breit war. Oder eine Kombination aus beidem. Jeden-

falls fühlte ich mich im selben Moment, da ich eintrat, verloren.

Hinter dem Eingangsbereich blieb ich im kleinen Wohnzimmer stehen und sah noch einmal zur Haustür hinaus. Paul hatte mir gesagt, dass ich offen lassen sollte.

Die beiden Detectives waren immer noch da und unterhielten sich mit Ms. Finicky. Draußen, gleich hinter der Tür, schien die Welt heller zu sein; im Haus verspürte ich bloß Stille – es war nicht muffig oder modrig, sondern einfach nur still. Unwillkürlich musste ich an Luft in einem Sarg denken, sobald der Deckel geschlossen worden war.

»Wie heißt Ms. Finicky denn mit Vornamen?«, fragte ich.

Paul blieb am Fuß einer Treppe stehen und sah zu mir zurück. »Ist doch egal.«

»Mir nicht.«

Er zuckte mit den Schultern. »Keine Ahnung. Sie heißt einfach Ms. Finicky, hat immer schon nur so geheißen. Finicky, Finicky, Finicky. Nicht Fin, nicht Mrs. Finicky, höchstens Ma'am. *Aber nie* du. *Ich könnte mir vorstellen, dass die anderen Kinder sich mit den Jahren ein paar gute Namen für sie ausgedacht haben, aber da kannst du drauf wetten: Die sagt ihr keiner direkt ins Gesicht.«*

»Andere Kinder?«

Er hielt erneut inne, auf der fünften Stufe, zwei unterhalb des Treppenabsatzes. »Du weißt schon, wo du hier bist, oder? Das haben sie dir doch gesagt? Manchmal machen sie das, manchmal auch nicht. Wir sind alle aus unterschiedlichen Gründen hier, ein paar sind alte Hasen, ein paar sind frisch im Geschäft. Du hattest nicht diesen verschreckten Ausdruck im Gesicht, wie das Karnickel vor der Schlange, deshalb hab ich angenommen, dass du schon länger dabei bist.«

Er kam die Treppe wieder herunter, nahm meine Hand und schüttelte sie kräftig. »Du, mein Freund, bist hiermit

Teil des Systems geworden. Herzlichen Glückwunsch. Ich fürchte, du kriegst weder einen Willkommenskuchen noch ein Empfangskomitee, bloß mich, aber da gibt's Schlimmeres, was einem passieren könnte, wenn man in ein fremdes Haus einzieht. Man sollte meinen, es gibt so was wie ein Video oder eine Broschüre, die man sich ansehen könnte, aber dafür ist wohl kein Geld da. Wenn sie ein Video hätten, müsste Rod Serling der Sprecher sein – der Typ ist genial! Ein bisschen altmodisch, aber echt klasse.«

Paul sprang wieder die Treppe hoch und drehte mit hoch erhobenen Händen eine Pirouette. Seine Stimme war plötzlich eine Oktave tiefer, als er verkündete: »Es gibt eine fünfte Dimension, die hinter allem liegt, was wir Menschen wissen. Diese Dimension ist so weit wie das Weltall und zeitlos wie die Unendlichkeit. Sie liegt zwischen Licht und Schatten, zwischen Wissenschaft und Aberglauben – und sie liegt zwischen dem Abgrund menschlicher Ängste und den Gipfeln menschlichen Wissens. Es ist die Dimension der Vorstellungskraft. Und sie ist angesiedelt« – er hörte auf, sich zu drehen, und hielt sich am Geländer fest –, »hier im Finicky-Heim für missratene Kinder.«

Ich musste lachen. Ich hatte noch nie jemanden in so kurzer Zeit so viele Wörter sagen hören.

Er nickte zum oberen Treppenabsatz. »Dann mal weiter.«

An den Wänden hingen unzählige Bilder von Kindern. Die Blümchentapete darunter war kaum noch erkennbar. Es waren mindestens hundert, wahrscheinlich noch mehr, Jungen und Mädchen in sämtlichen Altersstufen, einige mit einem Lächeln im Gesicht, andere ohne – und alle standen sie in der Auffahrt zu dem großen Hof.

Paul zeigte auf einen braunen Bilderrahmen unter der Decke. »Da oben bin ich. Keine Sorge, du bist auch demnächst vor der Kamera dran. Waren wir alle.«

Da war irgendwas an der Art, wie er es sagte, etwas an

seinem Tonfall, wie er den Satz verklingen ließ – als dauerten seine Gedanken länger an als die Worte an sich.

»Wie viele Kinder wohnen denn hier?«

Er hatte inzwischen das obere Stockwerk erreicht und drehte sich zu mir um. »Du bist die Nummer acht, mein Freund. Drei Mädchen, fünf Jungen, alle zwischen sieben und sechzehn. Ich selbst bin fünfzehn. Noch drei Jahre, und sie müssen mich von der Leine und in die große, ahnungslose Welt entlassen. Möge Gott ihnen gnädig sein.«

Inzwischen hatte auch ich den Treppenabsatz erreicht. Vor mir lag ein langer, schmaler Flur – und hier hingen noch mehr Bilder, bald jeder Zentimeter Wand war von Fotos verdeckt, dazwischen zu beiden Seiten geschlossene Türen.

Paul zeigte auf eine Tür auf der linken Seite. »Da drin wohnt Vincent Weidner. Mit Vincent Weidner reden wir nicht. Geh ihm lieber aus dem Weg, dann geht er dir aus dem Weg. So ist es für alle am besten.«

Er wandte sich zur anderen Seite um und steuerte die zweite Tür rechts an.

»Und das sind wir – hier gibt's nur eine Handvoll Einzelzimmer. Die meisten sind Zweier. Immer noch besser als in den meisten anderen Einrichtungen, in denen ich war. Ich hab mir mal mit sechs anderen ein Zimmer teilen müssen – und das war kleiner als das hier. Da hast du nicht schlafen können, ohne dass dir irgendwer den Fuß ins Gesicht gesteckt hätte.« Er schlüpfte durch die Tür und streckte den Kopf heraus. »Das Klo ist am Ende des Flurs auf unserer Seite. Also, rechts die Jungs, links die Mädchen. Lass die Tür offen stehen, wenn du rauskommst, damit wir anderen wissen, dass frei ist. Im Schränkchen sind Streichhölzer, damit kümmerst du dich nach deinem Geschäft um deine Duftmarke. Im Spülkasten steckt in einem Ziplock-Beutel das neueste Tittenheft. Mach den Verschluss hinterher wieder gut zu. Kein Mensch mag verwässerte Pornos. Leg alles wieder genau dorthin zurück, wo du's vorgefunden hast, oder es hat ein Nachspiel. Mit dem Putzen wechseln wir uns ab. Der Putzplan hängt unten am Kühlschrank.« Paul verschwand wieder in dem Zimmer. »Kommst du?«

Ich blieb noch kurz auf dem Flur stehen, sah in beide Richtungen und ließ den Blick über die Fotografien schweifen. Ms. Finicky war noch nicht alt; ich fragte mich, wie lange sie das hier schon machte und wie viele Kinder hier schon gewesen waren.

Dann trat ich ein.

Ein Stockbett.

Ich hatte mir immer ein Stockbett gewünscht.

Die Reisetasche mit meinen Leihsachen lag auf der unteren Matratze.

»Ich hab die älteren Rechte, insofern erhebe ich hiermit offiziell Anspruch auf das obere Bett«, sagte Paul. »Wenn du länger hierbleiben solltest als ich, gehört es eines Tages dir. Man muss träumen können, mein Freund. Trau dich zu träumen.«

Genau wie der Flur war auch dieses Zimmer mit Bildern tapeziert. Doch im Gegensatz zu denen im Flur waren dies keine Fotos, sondern Zeichnungen, Entwürfe, Comicszenen. »Sind die von dir?«

Paul nickte stolz. »Jedes einzelne ein original Paul Upchurch.« Er lief auf einen kleinen Schreibtisch zu und nahm einen Zeichenblock zur Hand. »Ich arbeite an meinem ersten eigenen Comic. Es geht um ein kleines Mädchen, das ständig in Schwierigkeiten gerät. Aber nur weil die Hauptfigur ein Mädchen ist, bin ich nicht schwul oder so, okay? Sie ist ein echter Rowdy und dazu ein ganz kleines bisschen sexy, kapiert? Ich hab auch schon die Konkurrenz in Augenschein genommen und bin zu dem Schluss gekommen, dass ein Mädchen als Hauptfigur für alle Kids spannend ist.« Er tippte sich an die Schläfe. »Ich denk andauernd darüber nach ... Solche Sachen muss man sich gut überlegen. Spätestens die Verlage machen das ganz bestimmt so.«

Ich sah mir das Bild des Mädchens an. Es sah hübsch aus. In etwa unser Alter, mit einem Grinsen im Mundwinkel und einem Funkeln im Blick. Die Details waren fantastisch. Ich hatte schon einige Comics gelesen und war fast so etwas wie ein Experte. Pauls Zeichnung war genauso gut, wenn nicht noch besser als das allermeiste, was ich bislang gesehen hatte.

»Hast du schon einen Namen für sie?«

Pauls Augen leuchteten auf. »Ich hab einen Namen, natürlich hab ich schon einen. Der Comic heißt: Die Missgeschicke der Maybelle Markel.«

»Du bist echt gut.«

Paul hob den Zeichenblock an die Lippen und drückte ein Küsschen darauf. »Sie ist wie die Tochter, die ich nie hatte. Und Babygirl wird ihren Daddy eines Tages stinkreich machen.«

Im nächsten Moment hörte ich ein Schluchzen, ein weiches, gedämpftes Wimmern aus dem verschlossenen Zimmer auf der anderen Seite des Flurs.

Diesen Laut, dieses Weinen kannte ich doch.

Paul legte den Zeichenblock zurück auf den Schreibtisch und folgte meinem Blick zur Tür. »Die ist gestern angekommen, hat bisher kaum aus ihrem Zimmer geguckt. Hat uns letzte Nacht mit ihrer Heulerei die meiste Zeit wach gehalten. Aber wenn jemand neu kommt, versuchen wir, ein bisschen nachsichtig zu sein. Die Mädchen kümmern sich reihum um sie, damit sie sich nicht so allein fühlt.« Er hielt kurz inne, war mit den Gedanken woanders. »Ein paar Pflegekinder können echt heftig sein. Aber die wird sich schon halbwegs zurechtfinden. Du auch. Ich glaube, Ms. Finicky hat erwähnt, dass sie Libby heißt.«

Ich machte einen Schritt auf die Tür zu.

Paul legte mir die Hand auf den Arm und verstärkte seinen Griff. Dann flüsterte er, kaum hörbarer als ein Atemzug: »Ich glaube, die hören uns ab. Sei vorsichtig, was du hier sagst.«

Danksagung

Ein riesiges Dankeschön an meine Agentin, Kristin Nelson, die für Sam Porter und seine Geschichte eine Heimat gefunden hat. An Tim Mudie, der diesen Roman mit scharfem Blick lektoriert hat. Und an meine ersten Leserinnen – Summer Schrader, Jenny Milchman, Erin Kwiatkowski, Darlene Begovich und Jennifer Henkes –, die mir geholfen haben, all das in Form zu bringen, worauf ich beim Blättern in Bishops Tagebüchern und beim Stochern in seinen Gedanken gestoßen bin.

Danke an meine wunderbare Ehefrau, Dayna, für dein Zutrauen … und weil du du bist.

Und zu guter Letzt an Anson Bishop: Bist du bereit, dieses kleine Tänzchen zu Ende zu bringen?
J. D.

Das große Blockbuster-Finale der Reihe um den Four Monkey Killer!

Erscheint im Juli 2020

Eine Obdachlose findet auf dem Friedhof von Chicago die Leiche einer
Frau, deren Augen, Zunge und Ohren entfernt und in kleine weiße
Schachteln verpackt wurden. Neben der Toten liegt ein Schild mit der
Aufschrift »Vater, vergib mir«. Kurz darauf tauchen weitere, ähnlich
zugerichtete Opfer auf. Für die Polizei von Chicago und das FBI ist
klar, dass die Morde die Handschrift des immer noch flüchtigen Four
Monkey Killers Anson Bishop tragen. Doch Detective Sam Porter glaubt
nicht daran – die Tatorte liegen zu weit entfernt voneinander, als dass
nur ein Täter infrage kommen könnte. Zudem stimmt auch etwas
mit der Haut der Leichen nicht. Als sich Bishop aus heiterem Himmel
stellt und beteuert, keines der Verbrechen begangen zu haben, die
ihm zur Last gelegt werden, fällt der Verdacht auf Sam Porter selbst –
denn er hat kein Alibi, dafür aber ein verheerendes Geheimnis …

Lesen Sie mehr unter: **www.blanvalet.de**